倾心倾情倾智倾力
旷世厚礼隆重钜献

红色骑行十万里

赵国庆　曹锦芬　著

特别的爱

祝福伟大的中国共产党百年华诞

老共产党员老教授夫妇13年10万里单车骑行交响诗

中国文史出版社
CHINA CULTURAL AND HISTORICAL PRESS

图书在版编目（CIP）数据

红色骑行十万里 / 赵国庆，曹锦芬著．— 北京：中国文史出版社，2020.12
ISBN 978-7-5205-2630-2

Ⅰ．①红… Ⅱ．①赵… ②曹… Ⅲ．①中国文学 — 当代文学 — 作品综合集 Ⅳ．① I217.1

中国版本图书馆 CIP 数据核字 (2020) 第 236679 号

责任编辑：窦忠如　秦千里

出版发行：中国文史出版社
社　　址：北京市海淀区西八里庄路 69 号院　邮编：100142
电　　话：010- 81136606　81136602　81136603(发行部)
传　　真：010-81136655
印　　装：廊坊市海涛印刷有限公司
经　　销：全国新华书店
开　　本：850 × 1168　1/16
印　　张：29
字　　数：650 千字
版　　次：2021 年 4 月北京第 1 版
印　　次：2021 年 4 月第 1 次印刷
定　　价：98.00 元

序：爷爷奶奶的“红色骑行”

赵十可

我还没出生，爷爷奶奶就开始“红色骑行”了。

爷爷奶奶夸奖我，说我 4 岁时就会骑自行车，而且不用辅助轮。又表扬我还会提要求，要他们等我长大之后，带我一起去骑。爷爷奶奶高兴地答应了，还和我拉了“钩”。

我上小学以后，爷爷奶奶“红色骑行”的时间越来越长了，过年过节他们也在很远的地方骑。“六一”儿童节我只能在爸爸妈妈的办公室里玩，平常只好去吃“小饭桌”。我想爷爷奶奶来接送我，还特别想吃奶奶做的糖醋排骨、罗宋汤。

爷爷奶奶每次回来，都给我带很多好吃的。有新疆的大葡萄干，有西藏的牦牛肉干，还有台湾的牛轧糖和凤梨酥。

爷爷奶奶还给我看他们“红色骑行”的照片和视频。我知道了毛主席、周总理和朱老总，知道了红军打仗的故事，还知道有一个小萝卜头。

去年我 8 岁生日的时候，爷爷奶奶给我买了一辆大自行车。今年放寒假，他们真的带我一道“红色骑行”啦！我们骑到了王稼祥爷爷的纪念馆、戴安澜将军墓地和“渡江第一船”纪念碑。

爷爷奶奶“红色骑行”13 年 10 万里，他们把骑行的事情写成了这本书。他们还要我在书的前面写这篇文章，我写了很多天。

我喜欢我的爷爷奶奶！

孙儿赵十可与我们一道骑行参观王稼祥纪念馆

孙儿赵十可作序

2020 年 8 月 30 日

主题词

红色骑行，特别的爱，祝福伟大的中国共产党百年华诞！

目　录

开　篇

序曲：红色百年 骑行中国

一、诗词：

我用骑行贺大寿

仰望长空蔚蔚蓝，俯瞰大地淡淡青。
试问寰宇谁最美？看我中华彤彤红！
百年中国共产党，建国富国再强国。
美酒鲜花太平凡，我用骑行贺大寿！

二、歌曲：

梦里的中国红

1=♭B $\frac{2}{4}$

赵国庆　曹锦芬　词曲

稍慢，深情地

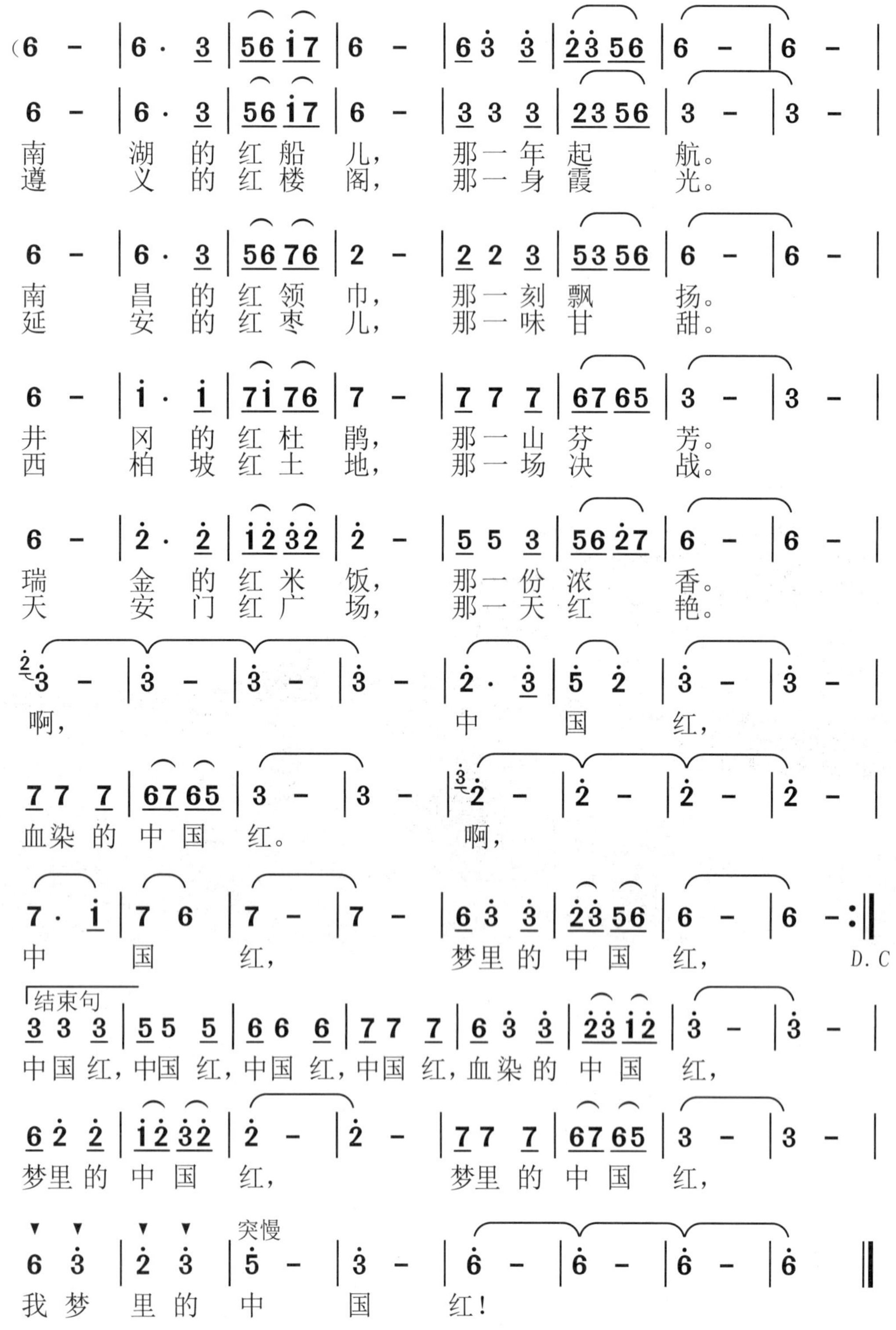

第一章

前奏曲：红色骑行 记录永恒

一、“红色骑行”Logo 及其释义

（一）“红色骑行”Logo

为了隆重纪念“红色骑行”战略工程的现实意义与历史意义，我们特意设计了 Logo。此项工作，我们邀请本校（安徽工程大学）艺术设计学院艺术设计专业研究生汪丽红同学参与设计。她按照我们的理念精心构思，几易其稿，最后我们整合数幅草样确定以下图样为“红色骑行”Logo。

（二）“红色骑行”Logo 释义

主要颜色：选择了红、黄、蓝“三原色”，配以黑色文字，体现了“红色骑行”战略工程之宏大气势的庄重性和稳定性。

主题图案：一是红色图案主体：为抽象的骑行者与自行车合体，传达了“红色骑行”战略工程之主要特征的显著性和本质性。二是红色图案附件：为抽象的面向东方飘扬着的（红色）党旗，其间中国共产党党徽（黄色）十分抢眼，昭示了中国共产党生命活力的深刻性和无限性；与此同时，旗帜抽象为“和平鸽”，意味着党领导与指引我们朝向和平、和谐、幸福、美丽的“中国梦”，说明了“红色骑行”战略工程之重要思想的感召性和久远性。三是图案后部车轮：车轮后伴有快速前进的黑色多层次印记，蕴含了“红色骑行”战略工程之丰富内涵的艰难性和动感性。四是图案整体下部：辅之“红色骑行”字样及汉语拼音，以及用黑色字体标有“纪念中国共产党建党 100 周年”字样，表现了“红色骑行”战略工程之核心理念的明确性和目的性。

系统背景：为全幅（蓝色）空间，象征着“红色骑行”驰骋于祖国生机盎然的蔚蓝色天空下及广袤大地上，展示了“红色骑行”战略工程之活动领域的生命性和宽广性。

整体寓意：整体“红色骑行”标志，立意鲜明醒目，图案端庄大方，显著表征了“红色骑行”战略工程之活动特色绝无仅有的纪念性和历史性。

二、“红色骑行”手绘中国地图

（一）前期制作

为了清楚表征与永久记载“红色骑行”显著的必要性和重要性，我们在专门设计 Logo 的同时，还专门手绘了“红色骑行”中国地图（后续骑行在该手绘地图上加盖了各地邮戳及其它纪念章）。

在购买所需地图原件、布匹等材料以后，开始手绘地图，几易方案，费时 19 天。图样尺寸为等比例的中国地图，实际长宽为 3.8 米 × 3.2 米，整体面积为 12.16 平方米。

2008 年 6 月至 7 月，在家中手绘中国地图

（二）后期制作

因为“红色骑行”手绘地图整体面积较大，材料（布匹）尺寸有限制，所以“红色骑行”战略工程开始之初即在 2008 年 6 月至 7 月，我们是将整体地图分割成几块而绘制（制作）的。这样做，便于携带——我们“红色骑行”的每一次战役，都在出发前根据该战役具体计划攻略所涉及的地域范围，确定携带其中的一块或几块（局部）地图。

“红色骑行”战略工程任务基本完成以后（完成了 20 次战役），我们开始拼制手绘地图，以便于在第 21 次“收官向北京”暨全部红色骑行战略收官之时顺利发布。此项工作，我们邀请了本校

（安徽工程大学）纺织服装工程学院顾春华老师（博士、副教授）帮助进行。手绘地图整个拼制工作用了两个下午时间。

孙儿赵十可与我们在手绘中国大地图前

完美收官骑达北京在宛平城城墙展开手绘中国大地图

三、“红色骑行”大数据

（一）“红色骑行”战略工程实施者之“八老”身份数字

我们是老共产党员、“红色骑人”和“快乐教授”，我们具有以下“八老”身份。

一是老共产党员：党龄合计91年：截至“红色骑行”完成之2020年（45年+46年=91年）。

二是老同志：年龄合计132岁：截至“红色骑行”完成之2020年（67岁+65岁=132岁）；工龄合计90年：分别于1970年、1974年参加工作，并于2016年退休（工龄合计47年+43年=90年）。

三是老教授：职称分别为教授（硕士生导师）与副主任医师（副教授）。

四是老大学生：1978年，分别考入安徽劳动大学政治系（后转入安徽大学经济系）与皖南医学院医疗系就读，并分别于1982年、1983年毕业（医学院在校学习5年）。

五是老知青（老农民）：分别于1970年、1974年插队农村参加工作（安徽省芜湖市郊区渔业公社第 1 生产队、安徽省宁国县青龙公社袁村大队第 8 生产队）。

六是老军人：1972 年 12 月作者之一赵国庆入伍于海军东海舰队 37891 部队（原 4310 部队）加工连服役。

七是老工人：1977 年 3 月作者之一赵国庆复员退伍进入安徽省芜湖市轴瓦厂做工人。

八是老夫妻：1983 年结婚。

（二）“红色骑行”基本情况数字

1.“红色骑行”总时间与起止时间数字

“红色骑行”总时间：前后历经 13 个春夏秋冬。具体的起止时间及主要内涵如下：

■“红色骑行”战略工程设计（立项）时间：2008 年 6 月 14 日。主要工作内容包括：

① 确定骑行主题：纪念中国共产党建党 100 周年（2021 年）；附纪念中华人民共和国成立 70 周年（2019 年）、中国工农红军长征胜利 80 周年（2016 年）和中国人民解放军建军 90 周年（2017 年）。

② 确定骑行总目标：寻访参观瞻仰 500 个以上红色景点，计划骑行 100000 里以上，骑遍全国 34 个省（含直辖市、自治区、港澳台），骑达 200 个以上（地级）市（含地区、州、盟）和 1000 个以上县（含县级市、自治县、区、旗）。

注：实际骑行活动全部超过以上计划景点、里程及地域。

③ 确定骑行战役批次：21 次。

注：数字 21，是为纪念中国共产党建党年份（1921）而设计。

■“红色骑行”手绘地图制作时间：

① 开始于 2008 年 6 月 19 日。

② 完成于 2008 年 7 月 7 日。

注：全部手绘地图制作时间为 19 天。

■“红色骑行”战略工程实际执行时间：

① 起始时间（第 1 次战役）：2008 年 8 月 8 日（北京奥运会开幕之日）。

② 结束时间（第 21 次战役）：2020 年 8 月 8 日（同于“红色骑行”战略首发之月日）。

■“红色骑行”战略工程（本书）撰写与出版时间：

① 初稿撰写与“红色骑行”活动同步进行，即文稿提纲、日记与初稿撰写起始于 2008 年 8 月 8 日。

② 完稿暨本书正式出版于中国共产党建党 100 周年之际（2021 年）。

2.“红色骑行”总里程数字

“红色骑行”战略工程实际骑行总里程为 104986 里——相当于 4 个 25000 里长征。

3.“红色骑行”地域范围数字暨主要数据

“红色骑行”战略工程，骑经全国 34 个省（含直辖市、自治区、港澳台）、269 个地级市（含地区、州、盟），1087 个县（含县级市、自治县、旗、区），数万个乡镇，以及不计其数的高山峰峦、江河湖泊。

其中：

■穿越及骑达的省份（排名不分先后，不包括出发地安徽省）：

北京 2 次，天津 1 次，上海 3 次，重庆 3 次，黑龙江 1 次，吉林 2 次，辽宁 2 次，内蒙古 2 次，山东 3 次，山西 4 次，河南 5 次，河北 4 次，江苏 11 次，浙江 3 次，湖南 5 次，湖北 7 次，江西 6 次，福建 5 次，陕西 4 次，四川 5 次，青海 1 次，甘肃 3 次，宁夏 3 次，广东 3 次，广西 1 次，贵州 1 次，云南 1 次，海南 1 次，新疆 1 次，西藏 1 次，香港 1 次，澳门 1 次，台湾 1 次。

■骑行绕行的面积排名在我国前四的岛屿：

台湾岛，海南岛，崇明岛，舟山岛。

■骑行绕行的面积排名在我国前三的半岛：

山东半岛，辽东半岛，雷州半岛。

■骑行经过的我国的主要国道、省道、县道、乡道等：

全国主要干线国道 101……201……311……318……遍布于各省市的省道和县道，以及不计其数的乡道、村道、山道和无名道路。

■骑行翻越的我国的高山（不完全统计）：

包括（海拔 5000 以上）的东达山、米拉山；（海拔 4000 以上）的业拉山、安久拉山、色季拉山、孜隆山、拉乌山、宗巴拉山、剪子弯山、卡子拉山口、高尔寺山、折多山；以及天山、祁连山、觉巴山、达坂山、二郎山、五台山、太行山、衡山、北岳恒山、长白山、武夷山、黄山、贺兰山、井冈山、六盘山、八盘山、岳麓山、大青山、分水关（武夷山山峰）、达坂山（青石咀垭口）、太白山、五指山、大黑山、大帽山（香港）、大青山、太湖山、石门山（台湾）、中央山脉（台湾）、金面山（九弯十八拐——台湾）、喜峰口、大散关、娄山关；秦岭、景阳岭、俄博岭、寒葱岭、紫溪岭、黄沙岭、黄竹岭、凉水坳、腊梅凹、乱石尖、船顶隘、叶竹隘；菩萨顶、观音山、罗汉尖、关帝峁、石佛山、莲花山、玄武山、神仙岭、快活岭；以及五龙山、卧龙山、黑龙山、龙行岭、虎马岭、虎头山、虎叉岭、狮山、狮子山、狮子岩、豹子峪、玉豹沟、狼凸尖、狼牙山、象鼻子山、大狐山、黄牛山、乌牛尖、瘦牛岭、牛牯山、走马岭、猴儿山、猴子岩、驼腰岭、獭狸尖山、猪脚岭、猫子岩、凤凰山、凤山、金鸡岭、鸡笼山、小鹦哥咀、蚂蚁岭、黛螺顶、老鼠坳等无数的高山峻岭。

■骑行跨越的我国的江河湖泊海峡（不完全统计）：

长江 23 次；黄河 17 次（含黄河故道 6 次）；青弋江 19 次；京杭大运河 13 次；淮河、澧水各 12 次；湘江、嘉陵江、大渡河、余姚江各 9 次；巴河、荣经河、漳河各 8 次；汨罗江、桃河各 7 次；沂河、浑江、信江、温河、基隆河（台湾）各 6 次；丰乐河、浏阳河 5 次；新安江、永定河、秦淮河、倒水、青衣江、昌江、姑溪河、运粮河、西溪、水阳江、裕溪河各 4 次；牡丹江、松花江、乌龙江、赤水河、柳江、涟水、澴水、钱塘江、汾河、秋浦河、牛屯河、州河各 3 次；岷江、吴淞江（苏州河）、黄浦江、新沂河、滁河、横江、盱江、濉溪、平江、汀江、曹娥江、甬江、赣江、拉萨河、雅鲁藏布江、湟水、金沙江、滦河、梅江、漠阳江、右江、东津河、竹竿河、耒水、捞刀河、沭水、渌水、漕河、滹沱河、江宁河、牧龙河、牧马河、工农河、板桥河、姑溪河、南淝河、拓皋河、淠河总干渠等各 2 次；以及台湾海峡、琼州海峡、金塘水道海峡、淇澳岛水道海峡等各 2 次，香港九龙半岛至香港岛、香港至澳门、澳门嘉模堂区至澳门望德堂等区海峡等各 1 次；其他河流不计其数。

■骑行穿越的国家隧道（不完全统计）：

二郎山隧道 2 次；另有象鼻山隧道、金鸡关隧道、清泉寺隧道、龙泉山隧道、柳树垭隧道、嘉陵江隧道、乌江隧道、司庄隧道、石鼓洞隧道、白杨坡隧道、将军山隧道、鹰嘴岩隧道、易家坡隧道、茅溪垭隧道、恒山隧道、剑门关隧道、飞仙关隧道、桃坝隧道、大岗山隧道、大田隧道、冒水江隧道、老虎嘴隧道、古田隧道、鼓山隧道、坂寮岭隧道、闽江源隧道、桐峙山隧道、四道舰隧道、大坂山隧道、观音坳隧道、南山隧道、鸡冠山隧道、三北隧道、寮子窝隧道、扯羊隧道、桃坝隧道、德威隧道、排梁椏隧道、大寨隧道、巨城隧道、蛇家坡隧道、娘子关隧道、白杨坡隧道、大垭隧道、三台隧道、小溪沟隧道、八堵隧道（台湾）、八盘山隧道、鸡儿嘴隧道、龙尾峡隧道、大垭口隧道、主岭脚隧道等，不计其数。

4.“红色骑行”主要内容暨实际瞻仰红色景点数字

“红色骑行”战略工程，骑达及参观与瞻仰的红色景点数为 793 个（不完全统计）。具体包括：革命圣地；伟人（重要领导者、著名人士）的纪念馆、故居（旧居或祖居）；英雄人物与革命烈士的纪念馆、旧居（出生地或牺牲地）和墓地；红色遗址与战斗遗址等纪念场馆；烈士陵园等。

本书遴选其中 400 个红色景点而作述说，分类未作严格要求，排名不分先后，具体内容参见本书（第二章　华彩乐章：红色历史　撼天动地）。

注：有关红色景点的说明，参见本书（附：红色骑行相关说明）。

5.“红色骑行”影像记录数字

“红色骑行”沿途共拍摄相关照片 30000 余幅，拍摄（自拍）相关影像 60 多个小时。

6.“红色骑行”地方邮戳等记录数字

“红色骑行”沿途在邮政局加盖邮戳 1229 个，其他纪念章数百个（不完全统计）。

7.“红色骑行”资料收集整理数字

1000 万字。

8.“红色骑行”日记数字与本书撰写数字

日记本：28 本。

日记数字：50 余万字。

本书撰写数字：46 万余字（不含照片）。

本书使用照片数字：600 余幅。

赵国庆部分日记本

曹锦芬部分日记本

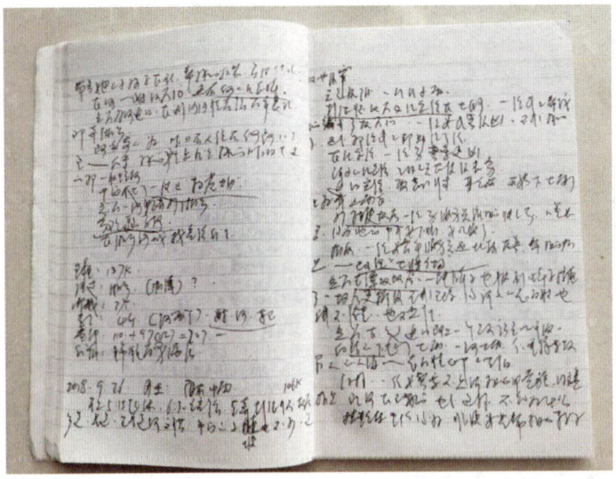

日记 1

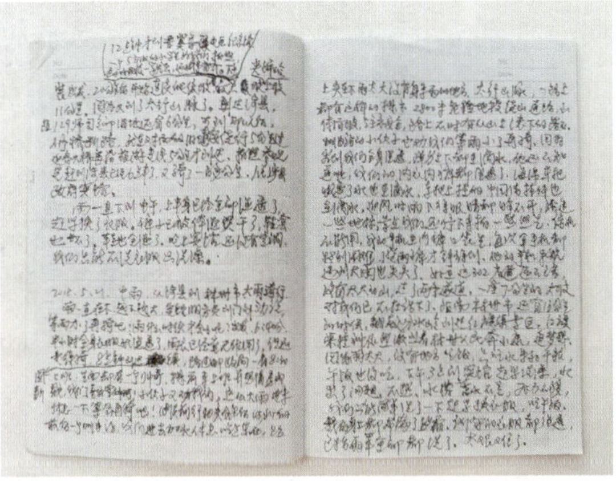

日记 2

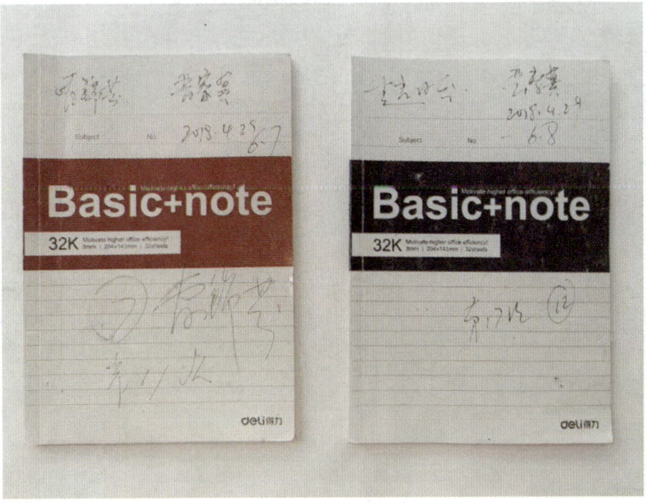

单次日记本封面

9.“红色骑行”执行计划数字、“具体计划书”（战役攻略）文字总数字

■“红色骑行”战略工程历时 13 年，共发动 21 次具体战役。

■“红色骑行”21 次《战役计划书》（具体计划攻略）文字总数字为 120000 字。

以下是 13 年 10 万里“红色骑行”的《战役计划书》及其部分内容照片：

计划书

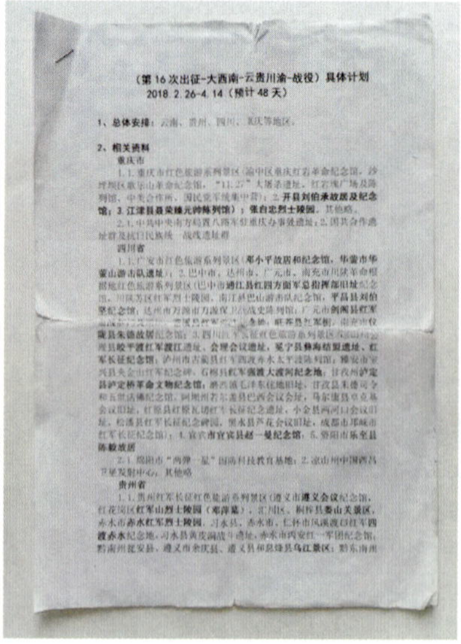

计划书例 1

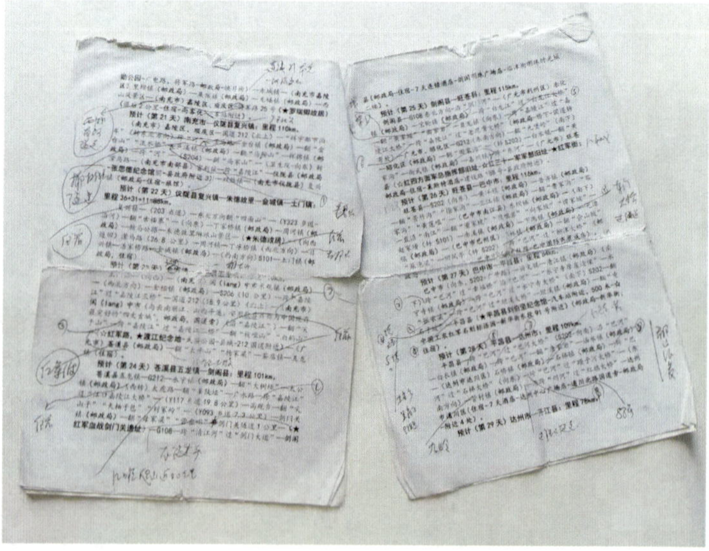

计划书例 2

10.“红色骑行”总费用数字

合计人民币 50 余万元。具体内容包括：

■骑行自行车购买与更换（共 7 部），车辆零部件修理与更换。

■骑行影像器材、通讯器材（单反照相机、运动摄像仪、码表记录仪）购买与更换，手机与车载手机架更换。

■骑行装备的购买、添置与更换（3 代），包括（衣着用品）四季骑行手套、服装与鞋袜等，（防雨用品）雨衣、雨罩与雨鞋等，（防护用品）骑行帽、护脸头巾、遮阳眼镜与头灯等，（修理用品）自行车修理工具与补胎用品等，（辅助用品）驼包、地席、绑带等。

■骑行路途食、住、行消费，饮食器具购买与更换（电饭锅 3 个、电压力锅 1 个，餐具）等。

■骑行其他用具用品，包括备用药品、护肤品与防晒品等。

■骑行相关用品，包括图书、资料、地图及其他备用材料等项。

■书稿出版费用。

■其他费用。

第二章

华彩乐章：红色历史 撼天动地

第一乐章：敢教日月换新天

（骑行瞻仰的100个红色圣地——含革命圣地、红色地点等）

红色起点

注：本书中★●◆☆标记，诗词歌赋用韵等，参见本书（附：红色骑行相关说明）。

一、开天辟地第一回

【题记】

我们曾数次参观★中共“一大”会址（上海黄浦区兴业路76—78号）；2015年2月13日与2019年3月30日，我们两次骑行到此。

【诗词】

七律·开天辟地第一回

盘古劈星做九宸①，女娲抟土创先人②。
怜察日月年年乱，忍看山河处处沦。
辟地开天生共党，翻江倒海启新春。
十三雄俊描红色③，大号中华赴远辰！

【注释】

①盘古劈星：中国民间传说，出自三国吴国徐整著《三五历纪》：太古的太空飘浮着一个巨星，内有名叫盘古的巨人，经一万八千年艰苦努力，挥斧将巨星劈成两半，宇宙开始有了天和地；又，九宸：犹九天，代指宇宙。②女娲抟土：出自《山海经·大荒西经》：相传女娲（中国上古神话中的创世女神）……以黄泥仿照自己抟土造人。③见下文。

【随记】

“爷爷奶奶，这么多画了圈的地方，你们都要骑车去吗？”这是2015年夏日的一天，我们正在整理“苏沪浙战役”骑行日记并在地图上画圈标记“一大会址”等骑行地点。赵十可——我们的孙子，来到了身边，踮着脚，扒在书桌边上，提出了上面的问题。还未等我们回答，十可紧接着又说：“等我长大了，我也要陪爷爷奶奶骑车去！”

十可的话让我们既感动更震惊！要知道，此时十可刚4岁。如此小小年纪，就算他知道我们骑行，可怎么会想到我们在地图上画的圈圈与骑行有关，又怎么会作出要和爷爷奶奶一道骑行的承诺？！

看着十分可爱的十可，我们坚定地答应他：“爷爷奶奶一定带你骑行！”后话是，我们开始训练他骑车，并在“红色骑行”完美收官之前，利用2020年1月寒假，我们带着已经读小学的9岁孙儿赵十可，骑行参观了王稼祥纪念馆和“渡江第一船”等红色景点——也让“红色骑行”添上了精彩一笔！

曾数次参观中共“一大”会址，“红色骑行”中我们两次骑行到达。瞻仰考察“一大”会址，沿着中国共产党成长发展壮大的历史道路，我们的“红色骑行”如期推进，完美收官。13年，10万里，何等的辛苦备至，但我们更收获了许许多多的至臻至美至善至亲的感动！

上海市黄浦区中共“一大”会址

二、南湖画舫扬红帆

【题记】

我们曾数次参观★南湖中共一大会址暨★南湖纪念船等（浙江嘉兴市南湖路）；2015 年 2 月 17 日与 2019 年 3 月 29 日，我们两次骑行到此。

【诗词】

七律·南湖画舫扬红帆

历数南湖潋滟天①，单思盛夏驶红船。
乘风破浪行千里，吹号扬帆越百渊。
革命声音传画舫②，斗争雷气震山川。
镰刀锤子联心愿③，志士英雄写大篇。

【注释】

① 1921 年 7 月底，因上海法租界巡捕袭扰，中共“一大”被迫转移至南湖一条游船上继续举行。②取自董必武诗词：“革命声传画舫中，诞生共党庆工农……”③镰刀、锤子，中国共产党党旗及党员徽章图案主体要素。

【随记】

又一个战役完成，十可来到我们家，小嘴叽叽喳喳，有那么多的话要和我们说。

“爷爷奶奶，你们在外面骑车，我经常想你们，有时候想的都要哭。但是，我忍着没有哭出来”——奶奶听了，哭了。

“爷爷奶奶也十分想念十可呀，我们在外面经常给你打电话的。”十可听了却很“苦恼”：“可是我没有给你们打电话，我没有手机。爷爷奶奶，等我上小学了就可以买手机了吧？”我们问十可：“是不是到那时候你就可以给爷爷奶奶打电话了？”十可笑着点头：“是的！”——我们听了，笑了。

“爷爷奶奶，我还梦见和你们一道骑自行车呢。”十可还记得我们相互的承诺。“爷爷奶奶，你们骑车累不累？”十可又问。我们回答：“当然累呀。”十可表情严肃：“累了要歇一歇的！”——5 岁小孩，如此的贴心、关心与细心——好一个小暖男！

十可又问老赵：“爷爷，你的头好些了吗？”（前次骑行，老赵的头碰了一个小伤口，难得十可还记得。）十可又转身问：“奶奶，你在外面骑车时间长，你的腰还疼吗？我在电视上看见一个‘曹清华’的广告说可以治疗腰疼，我已经存了一罐子硬币，给你买药。”——奶奶搂着十可转过了脸……

浙江嘉兴市南湖纪念园

想想，100 年前，南湖驶出的那条红船，载着那么多的领袖将军士兵、那么多的仁人志士先烈，他们所奋斗的、期望的，乃至不惜抛头颅洒热血要换取的，不就是要让中国江山红遍，不就是要让子子孙孙健康、快乐、幸福、仁爱地生活？！

三、井冈山上红旗奋

【题记】

我们曾数次参观★井冈山革命圣地暨井冈山革命博物馆、烈士陵园等（江西井冈山市）；2018 年 9 月 16 日下午，我们再次冒大雨骑行到此。

【诗词】

水调歌头·井冈山上红旗奋[①]

久有敬仰志，再上井冈山。千里来祭圣地，思念保容颜。到处成功改革，更有空前开放，新路入云端。雄伟黄洋界，今日最中看。

神州动，红旗奋，是人寰。一百周年过去，弹指一挥间。叩拜英明领袖，叩拜光荣先烈，高唱凯歌还。主义最宏大，后辈要登攀。

【注释】

①敬仰膜拜、和唱学作毛主席诗词《水调歌头·再上井冈山》；附毛主席诗词："久有凌云志，重上井冈山。千里来寻故地，旧貌变新颜。到处莺歌燕舞，更有潺潺流水，高路入云端。过了黄洋界，险处不须看。风雷动，旌旗奋，是人寰。三十八年过去，弹指一挥间。可上九天揽月，可下五洋捉鳖，谈笑凯歌还。世上无难事，只要肯登攀。"

【随记】

骑行去往井冈山，是从永新县走的县道长亭段，困难接二连三。首先是天公不作美，雨连着下个不停。其次是连续翻越了七溪岭与黄竹岭等几座大山。其中，15 公里七溪岭的山路坡太陡，我们许多时候不得不推行；而下山时路滑弯多，更是险象环生。怪不得昨天遇到的一位骑行者就说："你们要一天从永新骑到井冈山，非常困难。"

令人感动的是，中午经过井冈山市一个邮局，知道我们想盖邮戳，本来正拿着饭盒外出吃饭的小美女，马上客气地说："我等一会儿吃饭没有关系，要先给你们盖邮戳，你们二老真不容易。"并关切地告诉我们："前面去井冈山的路仍然难走。"果然，当我们冒雨在路边的树下匆匆吃完自带的午饭，匆忙赶路不过 5 公里，就看见了触目惊心的提示："去井冈山景区 16 公里盘山公路"，以及一系列"连续上坡""连续陡坡"和"注意安全"的路牌。

井冈山，我党领导创建的第一个农村革命根据地，是中国革命走上建立农村根据地，以农村包围城市，最后夺取全国胜利的道路的开端。井冈山因此也成为举世瞩目的中国革命摇篮。井冈山在我们的心中就是"圣地"，就是"圣山"，井冈山的精神更是激励人们朝向"复兴中华、实现中国梦"的巨大精神支柱。

江西井冈山市井冈山革命圣地雕塑

风雨中，我们终于骑达井冈山。风雨中，我们再次参观红色井冈山的一切。风雨中，我们又与许多前来参观的各色人等拾级而上至雕塑园，伫立在毛泽东、朱德、贺子珍、伍若兰的雕塑前……

四、韶山圣地颂无休

【题记】

我们曾于1993年毛泽东诞辰100周年之际，带着读小学的儿子赵瞡瞻仰★●毛泽东同志故居暨相关纪念场所（湖南韶山市韶山冲）；此后又数次来此。2018年9月26日下午，我们再次冒大雨骑行到此。

【诗词】

五绝·韶山圣地颂无休[①]

赤县升红日，神州去沈愁[②]。
韶山真圣地，百姓颂无休[③]！

【注释】

①韶山：伟大领袖毛泽东的诞生地，也是毛泽东青少年时期生活、学习、劳动和从事革命活动的地方。②沈愁：深愁；语出《颜师古注》："沈，深也。"③我们骑行到达毛泽东故居时大雨如注，但故居前参观敬仰者人山人海！

【随记】

"还记得20多年前带着儿子赵瞡一道来韶山吗？"骑行前往韶山的路上，我们回忆着近30年前的往事。1993年，为纪念伟大领袖毛泽东诞辰100周年，中国领导科学学会在湖南长沙举行"毛泽东领导思想研讨会暨学会年会"，老赵撰写的《毛泽东领导思想研究》之学术论文获奖并应邀参会。我们一商量，决定给上小学四年级的儿子请一个长假，一家人共同前往，并因此跟随会议组织参观瞻仰了心目中思念久久的韶山冲。

就是那一次参观，还有一段十分有趣又有意义的经历。我们巧遇了拍摄电视剧中途休息的毛泽东扮演者古月同志。我们赶紧给儿子与未卸妆的古月拍了一张合影照片。回来以后，儿子赵瞡与古月（神情皆似毛泽东）的合影照片及儿子自己撰写的短文《我与毛主席在一起》，发表在《芜湖晚报》上。"太不可思议了！"男女老少看着照片无不瞠目结舌，根本搞不清楚这小家伙怎么会与"毛主席"在一起。

20多年前参观韶山毛主席故居，
儿子赵瞡和"毛主席"在一起

后来，在工作期间我们又几次前往参观。今天，我们再度骑行前往这一革命圣地。

湖南，一个与中国革命有着千丝万缕联系的地方，此次骑行湘鄂赣战役，我们的感触又添了许多。即将抵达的开国领袖毛泽东的家乡韶山，多次参观的印象记忆犹新，今天又会有什么？

这是我们十几年来骑行参观瞻仰的近千个红色景点中最令人震惊而又最难以忘怀的情形：普通的日子（并非周末），瓢泼的大雨（我们穿的雨衣早就不顶事了，衣服从里到外都被淋得湿透了），但是在韶山的红色大地，尤其是在通往毛泽东故居的小道上，却依然是人潮涌动，人声鼎沸，故居前留影拍照者更是人头攒动、络绎不绝。一位美女经过许多次的努力，才帮我们在伟大领袖的家门口拍了一张珍贵的合影照片。

五、赤色瑞金孕政权

【题记】

2016 年 2 月 26 日上午，我们冒大雨骑行到★中央革命根据地历史博物馆、叶坪、中华苏维埃共和国中央政府旧址等地（江西瑞金市苏维埃纪念园、叶坪等）。

【诗词】

渔家傲·赤色瑞金孕政权①

赤色政权何诞孕？千秋伟业谁操柄？记忆瑞金红事兴，开盛境，共和大厦春风竞。

领袖登高行号令，将军趋步奔前景②。闽赣人民都警醒，齐驰骋，神州从此天辉映！

【注释】

①瑞金：闻名中外的红色故都，是当时全国苏区的政治、军事、文化中心，现存 180 多处革命遗址和纪念建筑物。②时年，毛泽东、朱德、周恩来等开国元勋，中国“十大元帅”中的九位，“十大将军”中的七位，都曾在江西瑞金生活战斗过。

【随记】

连续数日冒雨骑行，老曹原有的腰腿膝盖伤痛加重了，休息、喝水、上厕所都很困难。因为一路缺水，老赵的嘴也上火了，牙痛得什么都吃不了。就这样，昨天还冒雨骑了 100 多公里，到达江口镇时已经晚上 7 点多了，赶紧先找药店买了药，再找旅馆住下。可没想到，入住的小旅馆情况较糟，卫生间里面到处滴水，上厕所都要穿着雨衣。不过，我们也没有精力和时间换房间换旅馆了，只好将就着洗澡，吃饭，吃药，洗衣服，烘鞋袜衣服，一直忙到 11 点多钟。

今晨，天还没有完全亮，我们就出发骑向瑞金。依然一路有雨，骑到中央革命根据地历史博物馆时，雨下得更大。该馆馆址建在一个半山坡上，门卫说自行车不得入内，更何况下雨路滑坡陡。而当我们说明了来意，门卫感动得破例放行了。就这样，我们一步一滑地将自行车推到了博物馆门口。因为雨太大，游客匆匆而过，我们只能相互自拍。失望中准备离开时，一辆私家车驶过来停下，车里走下来一位帅哥，主动前来为我们拍合影照，同时还热情地介绍瑞金，一再提醒我们“要好好看看瑞金”。看得出，老区人民很自豪！

老区人民值得自豪，可以自豪，有千万个理由应该自豪！因为，这里是闻名中外的红色故都、共和国摇篮，“人民共和国从这里走来”那几个大字，就屹立在博物馆楼顶上，就悬挂在万里长空。因为，这里是一片血染的天地，那么多叱咤风云的领袖将帅，都曾在这里谋局天下号令三军；那么多的热血儿女，也曾在这里金戈铁马纵横驰骋，能不自豪吗？！

江西瑞金市瑞金革命圣地

六、遵义会议里程碑

【题记】

2018 年 4 月 7 日下午，我们骑行到★遵义会议会址暨遵义会议纪念馆（贵州遵义市子尹路 96 号）。

【诗词】

西江月·遵义会议里程碑①

同志眼含酸泪，士兵胸有伤悲。左倾盲目乱挥旗，儿孩千山万水②。

遵义天空晴朗，苗家岭岗芳菲。圣明会议里程碑，革命转机正轨。

【注释】

① 1935 年，中共中央政治局在贵州遵义召开扩大会议，是党史上的一个重大转折点。②儿孩：孩童；参加长征的红军战士平均年龄不到 30 岁，红 25 军许多长征战士只有十三四岁；甚至是 6 岁小孩（父亲用背篓与战友们轮换背着，一直背到陕北），18 天的女婴（蹇先任放在背篓里背着长征）。

【随记】

遵义会议，历史意义无比重大——那是怎样的一场关系中国工农红军、中国革命与中国共产党命运的神圣会议！红色骑行到达并参观该会议旧址，走进那著名的红楼，徜徉在那伟大的历史长河中，一定会深刻地感知这一点！而看到由毛泽东题写的遵义会议会址六个大字——是中华人民共和国成立后毛泽东为革命纪念地题写的唯一题词——就更确信无疑了。

在遵义，你还可以感受满城红色！特别要说，一路红色骑行，我们既参观了许多大家耳熟能详的红色景点，也寻访了一些鲜为人知的红色遗址——遵义泗渡会议旧址是其中之一。

泗渡会议与通道会议、黎平会议、猴场会议、遵义会议、扎西会议、苟坝会议及会理会议等，是不可分割也不可忽略的系列会议之一，还是中共中央政治局在遵义境域的三次会议之一。当年，中央红军撤离遵义城后，第一站就是来到离城 30 多公里的川黔道上不到百户居民的泗渡小镇（今属遵义市汇川区），并在此召开中央政治局会议进一步落实遵义会议决定。

我们昨天到达泗渡镇时已经天黑，今天一早即按打听的地址寻找过去。穿过一低矮过道，泗渡会议旧址就呈现在面前。这是一座陈旧的半四合院式的楼房，一位 70 多岁手有残疾的陈姓老者在此看护。这位曾经的生产队长，热情地领着我们里里外外、楼上楼下地参观，并用生硬的普通话作介绍，最后还现学拍摄技术为我们拍照。让我们感动的，是老人为守护红色遗址不遗余力，不拿国家一分钱，却焦虑着“修缮费用还没有完全到位”。

贵州遵义市遵义会议会址

七、延安精神放光辉

【题记】

2017 年 4 月 13 日下午，我们骑行到★延安革命纪念馆、杨家岭等（陕西延安市市区内）。

【诗词】

七律·延安精神放光辉

割肤献血饲鹰仔①，圣地原来有异奇。
革命导师扬艳采，红心战士显神姿。
枣园灯亮延河靓②，宝塔山雄凤岭怡③。
不忘延安长岁月④，精神万古永昌熙。

【注释】

①延安古称肤施，传说之一是为纪念释迦牟尼某弟子割肤饲鹰的自我牺牲精神而得名。②③延安是中国革命圣地之一，此两句即描述现存的宝塔山、枣园和凤凰山等多处革命遗址。④党中央于 1935 年 10 月至 1948 年 3 月在延安，前后近 13 年。

【随记】

奔向延安的道路注定是一波三折但前途光明！

昨夜有雨，清晨有雾，但很快阳光灿烂。我们一路狂奔，9 时 40 分就骑过甘泉县。然而，在距离延安尚有一段距离的地方，只听“咔擦”一声响，老赵的车链条断了。红色骑行 10 多年，第一次出现如此严重问题！我们带了一些修理工具，但总感觉链条不会有事而未带此专门工具。

推行不远就遇到一修摩托的小铺，遗憾的是，师傅说修不了自行车。我们又推行到路边一辆小皮卡车旁，说明情况后，司机答应带我们去甘泉县修车，可手机上网一查，甘泉县城没有自行车专卖店，也没有专业修车的。继续推行时，一辆下寺湾采油厂的工程车停下来，主动想带我们一段，但因为单位有规定而不能送我们去延安。我们知道他真的想帮我们。

就在焦急万分之时，一部河南的钱江摩托工程车又主动停了下来。司机名叫刘辉久，河南洛阳偃师人，是钱江陕西区销售经理。小伙子下车就很客气地问：“是不是需要帮助？”然后爽快地整理车厢，装上我们的自行车和两个驮包，一直把我们送到延安美利达专卖店。我们想留小伙子一道吃饭以示感谢，但乐善好施的刘经理一再拒绝：“出门在外，谁还没有个难处？何况，你们是这样的年纪，遇到这样大的困难，又在做这样的事！”这也再次验证：当你决定坚持去做一件有意义的事情时，全世界都会帮助你！

骑行在有着辉煌历史的红色延安，徜徉着雄伟壮丽的宝塔山、清凉山、杨家岭、枣园和凤凰山，聆听着那些久远却又仿佛就在眼前的红色故事，我们只有感动！而体验着骑行路途中的点点滴滴及好人好事，我们同样感动。

陕西延安宝塔山下

八、创新中国西柏坡

【题记】

我们曾经参观★西柏坡纪念馆（河北平山县西柏坡村）；2020 年 8 月 2 日下午，我们再次骑行到此。

【诗词】

蝶恋花·创新中国西柏坡①

西柏坡中擂战鼓，拉朽摧枯，天地风云怒。胜利大军开健步，溃亡蒋匪无生路。
滹沱河边明断语②，运策决机，孕育新国度。赶考进京前向处③，农村最后指挥所④。

【注释】

①④西柏坡：解放战争后期中共中央和中国人民解放军总部所在地。1958 年因修建水库而搬迁，1970 年复建，1977 年新建西柏坡纪念馆。②西柏坡一带村庄沿滹沱河分布；又，断语：作结论断定的话。③进京赶考：取自 1949 年 3 月 23 日毛泽东率中央机关离开西柏坡前往北平时说的话：今天是进京的日子，进京赶考去。

【随记】

革命圣地西柏坡，承载着中国革命的无上光荣；西柏坡精神，则是中国共产党人在革命时期铸就的一座精神丰碑，是全党宝贵的精神财富，是凝聚党心民心、激励全党全国人民为实现中华民族伟大复兴中国梦而共同奋斗的强大精神力量。再次参观瞻仰，如上感受尤为深刻。是的，西柏坡为中国革命画上了一个精彩的惊叹号，让中国共产党及其第一代领导集体华丽转身，建立起新中国。

天气预报说今天有暴雨。但早晨起来，却是阳光灿烂，风和日丽，我们感到特别惬意。加之从石家庄到西柏坡，除了后面小半程有山，其他大部分是一马平川，这样我们下午早早地就骑到了目的地。跟随着如织的人流，再一次参观西柏坡中共中央旧址、西柏坡陈列展览馆等。而当我们展开旗帜拍照时，许多游客兴致勃勃地围上来与我们交谈。看得出，人们对西柏坡精神，以及红船精神、井冈山精神、长征精神、延安精神等十分敬仰，并热烈地期待着中国共产党百年华诞。

河北平山县西柏坡纪念馆

明天，我们两个老共产党员将再次告别西柏坡，并按照 13 年前就设计好的，也是当年毛泽东率领中共中央“进京赶考”的路线——从西柏坡骑向北京，去完成我们的收官之战“收官向北京”及全部的“红色骑行”战略工程！

九、国歌高唱赤旗扬

【题记】

2016 年 10 月 4 日傍晚，我们骑行到☆义勇军进行曲发源地（辽宁葫芦岛市南票区）。

【诗词】

七律·国歌高唱赤旗扬

九州大地遭凶祸①，一脉山河处处伤。
儿女挺身除虎豹，子孙挥臂揍豺狼②。
进行曲调呼八面，义勇声音吼四方③。
血肉长城民筑起④，国歌高唱赤旗扬⑤！

【注释】

①九州：又作古九州，是中国古代的地理称谓，此处代指中国。②“九一八”事变后，东北儿女纷纷组建义勇军、自卫军、救国军、大刀会、红枪会等民众武装，统称东北抗日义勇军，与日寇进行了殊死战斗。③④内容取自国歌。⑤见下文。

【随记】

中午，我们从塔山阻击战纪念馆参观后又返回了 18 公里，为的是转道骑行去往南票。没想到 306 省道路况不好，到处修路修桥。在一修桥处，右侧便道既窄又陡，坡路面上全是石子，过往的大卡车、私家车、摩托车和三轮车挤行在便道上，我们只能跟着车流钻行于缝隙之中。不停地换挡，拼命地蹬踩，我们的身上混满了用力的热汗与紧张的冷汗。

辽宁葫芦岛市南票区“国歌发源地”

下午 5 时左右，骑到南票区所在地。这个地方不太大，较之于骑行到达的其他区镇，略显苍凉。宾馆也不多，价格还有一点高。然而，这却是我们红色骑行要抵达的一个重要地点。因为，庄严的国歌就是发源于此。

资料记载，今更名为辽宁葫芦岛的当年南票义勇军取得江家屯大捷，这是“九一八”事变后民众武装抗日取得的第一个大胜仗，是《义勇军进行曲》即国歌的基本素材，南票因此成为国歌的主要发源诞生地之一。此外，今内蒙古赤峰市敖汉旗四家子镇抗战及其《义勇军誓词歌》歌词，是国歌创作的原始核心素材之地。今辽宁抚顺市清原县中寨子村，时任血盟救国军总司令的孙铭武会同他人在“孙家大院”编写《血盟救国军军歌》，其歌词也与国歌十分接近。可以肯定的是，东北抗日义勇军为国歌创作作出了历史性的特殊贡献。资料还显示，1933 年 2 月，聂耳就是在热河慰问东北义勇军官兵时积累了创作国歌的宝贵素材。1935 年 5 月，以《义勇军进行曲》为主题歌的《风云儿女》首映，拍摄该影片的电通影片公司位处上海荆州路 405 号。2008 年，上海在此建造了国歌纪念展示馆和纪念广场，并将其视为国歌的诞生地。

当我们站在“东北抗日义勇军发源地之一”和“义勇军进行曲（国歌）发源地之一”的标志牌下时，心中油然升起一股强烈的民族情感。

十、灯火夜夕八角楼

【题记】

我们曾数次参观★茅坪革命旧址暨八角楼（江西井冈山市茅坪村）；2018 年 9 月 17 日中午，我们再次骑行到此。

【诗词】

阮郎归·灯火夜夕八角楼

窗前灯火夜夕稠①，茅坪八角楼②。救星挥笔写春秋③，指拨革命愁。
雪怨恨，报深仇，井冈旗戟遒④。更将信仰铸心头，红花分外柔。

【注释】

①夜夕：夜晚；唐·孟棨《本事诗·徵异》曰："少年夜夕久不寐，而吟讽甚苦。"②八角楼：茅坪村老中医谢池香的一栋土砖结构两层楼房，因装饰八角天窗而得名。井冈山斗争时期，湘赣边界党、政、军领导机关和红军后勤机关曾设立于茅坪，毛泽东就住于茅坪的八角楼。③见下文。④遒：强健、有力。

【随记】

"天上的北斗星最明亮，茅坪河的水啊闪银光，井冈山的人哎抬头望哎，八角楼的灯光哎照四方，照四方，我们的毛委员在灯光下写文章。革命风雷笔下起，五洲四海红旗扬，五洲四海红旗扬……"这是一首名叫《八角楼的灯光》的歌曲，描绘的是当年毛泽东在茅坪八角楼的光辉岁月及其丰功伟绩。

绕行翻越井冈山，走县道 864 北上，骑行瞻仰处于深山里面的红四军军部和祭拜袁文才烈士墓，再返回走县道 865 不久，我们就骑到了著名的茅坪暨八角楼。

江西井冈山市茅坪八角楼附近
毛泽东与贺子珍合影塑像

曾经数次参观瞻仰，今天仍然乐此不疲。因为，这里有太多令人惊叹不已的红色故事：茅坪现存革命旧址 20 多处，主要有八角楼毛泽东旧居、湘赣边界工农兵政府旧址等。1927 年 10 月至 1929 年 1 月，毛泽东在茅坪住了一年多。那年那月，就是在这里，毛泽东不仅领导和指挥井冈山根据地斗争取得一个又一个的胜利，而且写下了《中国的红色政权为什么能够存在》与《井冈山的斗争》等光辉著作——八角楼的清油灯光因此经常彻夜通明。

在茅坪，一座"八角楼的灯光永放光芒"的纪念雕塑，形象地浓缩了那个让人难以忘怀的年代，也意境深远地展现了毛泽东非常人所及的革命智慧、雄才大略与高瞻远瞩。不远处，毛泽东与贺子珍两尊相向而立、神情凝重、眺望远方、意味深重的高大雕塑，则与八角楼墙上悬挂的毛泽东与贺子珍当年平凡朴实的黑白照片遥相辉映。而此间，又饱含着多少凡夫俗子所难能体验的生死与共且浓墨重彩的夫妻情、战友情与革命情！

十一、朱毛龙市大会师

【题记】

2018 年 9 月 17 日下午，我们骑行到★井冈山会师广场、会师桥、会师纪念碑与会师纪念馆（江西井冈山市龙市镇）。

【诗词】

忆江南·朱毛龙市大会师[①]

龙市好，驼岭贯江川[②]。朱毛会师红土地，红军荟萃井冈山，从此有兵权[③]。

【注释】

①朱毛会师：又称井冈山会师，在中国革命史上具有极其深远的伟大意义。②龙市：地势西南高东北低，素有“驼岭峙其西，龙江贯其中”之称。③取自朱德为大会师所赋诗歌：“红军荟萃井冈山……人民专政靠兵权。”

【随记】

骑离茅坪八角楼，我们南下县道 865，又西北方向转走省道 230，下午 2 时到了龙市镇。这里隶属井冈山市，当然其威名亦同于英雄的井冈山。

1928 年 4 月 28 日，毛泽东率领的秋收起义部队与朱德、陈毅领导的部分南昌起义部队及湘南农军 10000 余人在龙市（时名砻市，属宁冈县）胜利会师，并于 5 月 4 日在龙市广场举行会师大会，正式建立工农革命军第四军。龙市因此留下了与会师纪念馆连成一体的毛泽东和朱德会见旧址——龙江书院和井冈山会师广场、红四军建军广场、会师纪念碑、会师桥等一系列与会师相关的纪念场所。

朱毛会师永载历史！无上荣光！龙江书院井冈山会师纪念馆里，我们看到了当时负责会师联络的何长工的回忆：“毛泽东和朱德会见地点是宁冈砻市的龙江书院。朱德、陈毅先到了龙江书院，当毛泽东到来时，朱德赶忙偕同陈毅等到门外来迎接……朱德抢前几步，毛泽东也加快了脚步，早早把手伸出来。他们的两只有力的手掌，就紧紧地握在一起了……”

两双巨手这一握，石破天惊，地动山摇——几千年饱受欺凌的中华睡狮终于发出怒吼。因为，两双巨手这一握，它握出了红四军，握出了井冈山革命根据地，握出了延安、西柏坡，握出了中国人民翻身当家做主的崭新鲜红艳丽的大中国！

江西井冈山市龙市镇朱毛会师广场

晚上，我们漫步在这深藏于井冈山北麓莽莽丛林中的古镇，再一次去瞻仰夜幕下的红色广场。但见身边散步或跳着广场舞的百姓，是那样的安详恬静。我们想，天堂里面的朱毛和他们的战友，一定也同样的安详欣慰！

十二、扭转乾坤杨家沟

【题记】

2017 年 4 月 18 日下午，我们骑行到★杨家沟革命旧址（陕西米脂县杨家沟镇杨家沟村）。

【诗词】

画堂春·扭转乾坤杨家沟①

米脂美女靓三秦②，老区陕北人淳。马家新院馈明君③，祈望熙春。
决断统天形势④，培植华夏初昕⑤。乾坤扭转好乡村，难忘人民⑥。

【注释】

①杨家沟：中共中央机关离开陕北走向全国胜利的出发点和西北战场取得光辉胜利的标志点。②三秦：关中、陕西一带；又，米脂美女（米脂婆姨），三秦大地上一道十分靓丽的人文风景线。③新院：毛泽东等住所，系窑主马醒民无偿捐献。④统天：语出《易·乾》：“大哉乾元，万物资始，乃统天。”后用以指统领天下；又，毛泽东在此写下了《目前形势和我们的任务》等多篇光辉著作。⑤初昕：谓太阳刚要升起，语出南朝·梁·沉约《阻雪连句遥赠和》：“初昕逸翮举，日昃驽马疲。”⑥毛泽东语，详见下文。

【随记】

骑离神泉堡中共中央旧址，一位热心老乡指引我们从一乡道重上米佳线。中午，路过高园则村一个工棚，看到我们顶着烈日骑行，正在吃午饭的民工们热情招呼我们休息一下。几个厨娘赶紧倒水，还非常客气地请我们品尝他们的臊子面。陕北人民真是热情厚道质朴，怪不得毛泽东当年离开陕北时对送行群众说：“杨家沟是个好地方。”

不久，我们骑离米佳线，左转进入专门通往杨家沟有 12 公里长的“红色旅游道路”。不过，临近杨家沟时，路况差了，路窄了，坡也陡了。沿着曲曲弯弯崎岖不平的山道，我们推车爬到了位处扶风寨上由若干旧址组成的杨家沟革命旧址与毛主席转战陕北纪念馆。1947 年 11 月至 1948 年 3 月，毛泽东、周恩来、任弼时等中央领导人率领以“亚洲部”为代号的中央机关和人民解放军总部转战陕北时就进驻这里，并在此领导和指挥了西北战场和全国的解放战争。

陕西米脂县杨家沟革命旧址

光阴荏苒，日月如梭，窑主马醒民无偿捐献的这幢耗资巨大、耗时漫长的堪称中华民族窑洞建筑之瑰宝的私人庄园，如今依然大气光彩。一尊汉白玉的毛泽东塑像巍然屹立于院落中间，塑像背后则是一长排的窑洞，分别是毛泽东、周恩来、任弼时，以及江青、叶子龙、汪东兴等人的办公室兼居室。走出院门，穿过左边长长的窑洞缓步向上，是记载着这扭转乾坤之圣地杨家沟光荣历史的纪念馆，在这里我们“听”到了当年解放全中国战争的号角声……

十三、红都保安誉中外

【题记】

2017 年 4 月 21 日下午，我们骑行到★保安革命旧址纪念馆（陕西志丹县城北炮楼山麓）。

【诗词】

秋蕊香·红都保安誉中外①

梁峁聚积慷忾②，窑洞显彰精彩。英明决策传天籁，道路不惜关隘。

求成统战真豪迈，添风采。红都大号扬中外，名绩丰功长在。

【注释】

①红都保安：现志丹县，1936 年为纪念民族英雄刘志丹而更名；该旧址由三部分构成，一是馆址所在地保安革命旧址，二是中国抗日红军大学，三是中央政治局会议室。②梁峁：志丹地貌特征；又，慷忾：犹慷慨。

【随记】

“红都”保安——志丹，遍布红色遗迹！城南的入口处是雄壮的志丹广场，城北的山坡上是凝重肃穆的刘志丹烈士陵园，附近则有中国抗日红军大学旧址和保安革命旧址。当然，保安之所以在中国革命史上占有极其重要的地位，既因之于这些红色遗迹，更因之于在这些红色遗迹上曾经发生的那些惊心动魄的事件。

旧址内，24 孔（间）石窑洞和房子就处于炮楼山麓的坡坡上，毛泽东、周恩来、张闻天、王稼祥等领导人旧居，以及叶子龙办公室的牌匾等依次挂在墙上。据史料记载，这些红砂石窑洞是由北宋年间镇守边关的大将杨继业父子为屯兵所凿。1936 年 7 月至 1937 年 1 月，毛泽东等率领中共中央机关进驻于此，先后召开多次政治局（扩大）会议，研究、发布和实施了诸多影响中国革命历史进程的重大政策、决定，取得了史无前例的革命成果。

驻足于窑洞门前的广场，背倚着伟人们曾经指点江山、叱咤风云的指挥部，看着眼前人来人往车来车往的繁闹街道，我们流连忘返。以至于，第二天早晨出发时，我们再次到此旧址合影留念。

陕西志丹县保安革命旧址

“红都”保安的红色历史，让我们一而再，再而三的感动！而今日志丹，也让我们体验到些许温馨。看着我们骑行这么远来到志丹瞻仰红色遗迹，安福居商务酒店的经理非常客气，并以优惠的价格让我们入住了带电脑的豪华标间。

十四、八七会议寻新路

【题记】

我们曾数次参观★八七会议旧址纪念馆（湖北武汉市江汉区鄱阳街 135—139 号）；2017 年 12 月 1 日中午，我们再次骑行到此。

【诗词】

七律·八七会议寻新路

蒋汪狼狈做朋奸①，革命征程起溃澜。
上海武昌流血泪，弟兄同志碎心肝。
八七会议寻新路，一干精英换旧盘②。
再看泽东勇振臂，政权创建赖枪杆③。

【注释】

①朋奸：朋比为奸，彼此勾结做坏事；语出成语“党恶朋奸”。②八七会议：中国革命由大革命失败到土地革命战争兴起的转折点。③毛泽东在八七会议上当选为政治局候补委员并提出了“枪杆子里出政权”的著名论断。

【随记】

早上，我们在新洲区阳罗镇爱优丽宾馆吃的自助早餐，出发时已经 7:30。通常，为了赶时间，我们早餐都是在路上吃干粮；此外，为了节省开支，多数时候我们住宿快捷酒店、小宾馆或小旅社，这些地方一般不提供早餐。

今天路程不长，距离武汉城的直线距离只有 50 多公里了。让我们感到头疼的是，进城的路况较差，省道 111 多处大修。跨举水过举水河大桥，跨倒水过倒水河大桥，跨滠水过新河大桥，我们骑经黄陂区后终于进入市区，而后因为车辆行人川流不息，骑行起来更加麻烦。

麻烦必须克服，因为在武汉有很多的红色景点需要考察。我们首先来到了位处江岸区的八七会议会址。1927 年，蒋介石、汪精卫先后背叛革命，导致革命统一战线破裂，第一次大革命失败。中共中央于 1927 年 8 月 7 日在汉口召开紧急会议，史称八七会议。为了纪念该会议在中国革命转折时期所作出的重大贡献，旧址修建了纪念馆，一楼有“八七会议历史陈列”，二楼为会场复原陈列以及“毛泽东在湖北”大型图片展。

湖北武汉市八七会议会址

在八七会议纪念馆，我们遇到了很多前来开展党员活动的队伍，大家都怀着十分虔诚的敬仰之心。还有一些年轻人，问后得知他们是在武汉读书的大学生，这让我们很欣慰。而门卫师傅在知道我们的骑行情况后，也破例同意我们将自行车推到景点门口拍照、留影。

十五、古田会议放光芒

【题记】

2016年2月29日上午，我们骑行到★古田会议旧址（福建上杭县古田镇古田八甲村）。

【诗词】

七律·古田会议放光芒①

高祖义师除隋乱②，大唐始有业隆昌。
奠基一定明思想，创业须当建法章。
树立权威依赖党，严明纪律指挥枪。
古田会议光芒放，从此红军向太阳。

【注释】

①古田会议：1929年12月28日至29日召开，是中国共产党历史上的一次重要会议，是我党我军建设史上的里程碑。②语出《三字经》："唐高祖，起义师，除隋乱"，记述隋朝末年，唐高祖李渊组织为"正义"而战的军队，先后平定各地叛乱，开创了盛唐基业。

【随记】

清晨6∶20出发。经过连城县新泉镇"三大纪律八项注意完善地"，南下翻大山顶，东向过庙前镇，走县道650，翻走马岭，10∶30我们骑到了位于上杭县古田镇采眉岭笔架山下的古田会议旧址。该旧址还包括红四军前委机关旧址、红四军司令部旧址中兴堂、红四军政治部旧址松荫堂和毛主席纪念园等。因为想到旧址前拍一张带有自行车的照片，以特别强调"红色骑行"，我们与门卫反复协商，又找负责人恳求。看看我们白发苍苍，千里迢迢，他们总算了却了我们的心愿。

在路边匆匆吃罢自带的午饭，我们骑向漳州。福建真是名副其实的八山一水一分田！我们一路逐次翻越了金峰顶、金谷岩、马安山和坂寮岭，待骑到孟头岭下岔路口旁只有十几户人家的新祠村时，已经傍晚。老赵坚持要骑到尚在十几公里之外的我们骑行计划住宿的适中镇。老曹提醒说，你抬头看看，山路绵延，森林重叠，夜晚特别阴森，黑咕隆咚地翻大山，费时不说，安全如何保证？老赵说："我保护你。"老曹反问："谁保护你？"而且，今天已经骑了100多公里，两条腿像是灌了铅注了醋，肚子也饿得咕咕叫。不得已，摸黑敲开了一户住宅院门，经协商付费100元后，同意我们留宿。老赵再出门找到唯一一家开门的小卖部，买了饼干和榨菜作为晚餐。也没有热水洗澡，我们合着臭汗熏熏的衣服睡着了。

福建上杭县古田会议旧址

十六、榜罗会议有功勋

【题记】

2016 年 5 月 21 日下午，我们冒大雨骑行到★榜罗镇革命遗址（甘肃通渭县榜罗镇）。

【诗词】

江城子·榜罗会议有功勋①

榜罗决策有功勋。散阴云，越丛林。剑插陕北，革命扎深根。万里长征明方向，驱虎豹，写雄文。

【注释】

①榜罗会议：红军长征和中国革命继遵义会议以来的第二次具有转折意义的重要会议。

【随记】

有朋友问：“你们为何经常走县道、乡道，甚至是山道、村道？”原因很简单，那就是红色遗址大部分位于偏远山乡。昨天夜宿“洛门镇”，为的就是今天从这里北上榜罗镇革命遗址。

清晨 6 时我们冒雨出发。离开 316 国道，跨渭河北上县道再转乡道，途中翻“花果山”，经“水帘洞”，爬羊湾山等。糟糕的是，小雨渐成瓢泼大雨，困难与危险也接踵而至：大雨的山中漫天是雾，能见度只有几米，顺着脸颊流下的雨水更让人视线模糊；两边光秃秃的因久旱而干裂严重的山坡，经雨水一冲，不时滚落石块，山体滑坡无时无处不在；而那些正在整修的路段破烂不堪，或石子坑坑洼洼，自行车骑上去蹦蹦跳跳，或又厚又黏的烂泥似糯米糍粑糊住车轮，骑行阻力很大。

待骑到榜罗镇革命遗址，老曹说：“我们更应该为当年的红军而感动，而流泪！”确实，当看见“中共中央政治局榜罗镇会议决定将红军长征落脚点放在陕北，以陕甘苏区作为领导中国革命的大本营”罕见那么长的巨幅标语，当管理人员小何特意为我们打开纪念馆大门而作专门介绍时，我们真的被震撼！1935 年 9 月 26 日，红军长征到达这里，毛泽东在报纸看见了一则陕北红军的消息，27 日晚即在榜罗小学校长室主持召开了著名的榜罗镇会议。在分析国内国际形势之后，正式决定改变俄界会议关于到邻近苏联边界地方建立根据地的战略方针，并宣布到陕北创建领导中国革命的大本营。也因此，陇中的这个偏僻小镇闻名遐迩。

甘肃通渭县榜罗镇会议纪念馆

遗憾的是，榜罗镇今天还不富裕，镇上唯一一家较好的榜罗宾馆连卫生间都没有。好在老板娘同意我们用她抽的地下水洗车——自行车烂泥太多，足足洗了 1 个多小时。

十七、会理会议保新星

【题记】

2018 年 3 月 3 日下午与 4 日上午，我们分别骑行到☆红军过会理纪念馆、纪念碑（四川会理县城）与★会理会议遗址（四川会理县城郊铁厂村）。

【诗词】

浣溪沙·会理会议保新星[①]

万马千军舞长缨，滇川出入走雷霆[②]。吉祥之地做中营[③]。
坚硬石头托历史[④]，翠青松柏掩精英[⑤]。会理会议保新星。

【注释】

①会理会议：遵义会议的继续，对巩固遵义会议成果起了十分重要作用。②取自会理会议纪念碑碑文：“千军万马由滇入川。”③中营：主帅所在的军营；又，会理是石榴之乡，中国传统文化视石榴为吉祥物。④⑤会理会议遗址被数百棵松柏掩映，当初开会的地点有几块零散的大石头。

【随记】

地处凉山彝族自治州最南端的会理具有石榴之乡等多种美誉。其实，会理人不仅会种石榴，储存猪肉的方法也很特别。每年腊月，将宰杀的年猪猪肉切成块用盐腌制两天，沥干水后用油炸，再用缸封藏起来，说吃一年都和新鲜猪肉一样，你信吗？昨天一到会理，那满大街让我们垂涎已久的招牌小吃羊肉米粉，更让我们“心动”。会理的羊肉出名，所用米粉也特别，在烹制方法和佐料使用上，则完全融合了川味麻辣鲜香的特色和当地少数民族原汁原味的豪爽风格。这样，肉肥粉粗，汤宽料足，洁白如玉，柔中带刚的羊肉米粉，有一种原始和野性的独特美感。没的说，赶紧坐下来，饥肠辘辘的我们美美地饱餐了一顿。

四川会理县会理会议旧址

当然，我们不远万里翻山越岭骑行到此，最想瞻仰的是会理会议旧址。1935 年红军巧渡金沙江到达会理之后，即于 5 月 12 日在该县城郊铁厂村召开了会理会议。昨天，我们参观了城里的相关纪念馆与纪念碑，今天一大早就赶往该会议旧址。

在 108 国道上骑了一段时间，天才微微亮。不久，我们右转进入小道并一路爬山，又绕行红旗水库，接着推着负重的自行车，再爬旧址所在地的山坡。几个围成半圆形的大石块，就是当年毛泽东等中共中央政治局的委员们举行具有重大意义的会理会议的“坐位”。老赵也兴奋地坐了上去，老曹则赶忙拿起了照相机、摄像机。正发愁没人拍照，恰巧来了一位中年妇女，我们简单教了一下，从来没有用过相机的她，居然给我们拍下了不错的合影照——也是纪念老曹生日的合影照。

十八、洛川会议迎抗战

【题记】

2017年4月12日中午，我们骑行到★洛川会议纪念馆（陕西洛川县永乡乡冯家村）。

【诗词】

渔家傲·洛川会议迎抗战

红冠红星天下赞①。一条洛水成名县②。红色精英描彼岸，声更璨，高原黄土赢娇面。

路线方针乘势转，战争战略随机变③。不计前嫌重亮剑④，迎抗战，洛川会议红旗展。

【注释】

①洛川苹果有“甲天下”美誉，红星红冠为获奖苹果名。②洛水流经洛川，县名也源于此河。③洛川会议正确指导党和军队实行由国内战争到民族战争、由正规战到游击战的战略转变。④洛川会议结束当天，中央军委发布了把红军改编为八路军的命令。

【随记】

陕西洛川县洛川会议纪念馆

去年骑行陕甘宁时已有领教——爬山是“常态”！即便走国道，也一爬就是几公里，乃至几十公里。这不，昨天早上六点半从铜川出发，一路翻芋家凹、走马梁、席子梁与金盆梁，过宜君县再爬老鸦窝、柳树沟与老塌沟，骑到下午两点多，才区区50多公里。老曹的左膝盖肿痛，右下肢腓肠肌痉挛，如此爬山，骑行也疼，推行也疼，好在下午很快进入一隧道。我们虽然很怕过隧道，但有隧道过就意味着少爬高山。果然，出隧道基本下坡，不久就顺利骑达有“天下第一陵”之盛誉——中华民族始祖轩辕黄帝陵寝设此而得名的黄陵县，我们也就此祭拜了位于城北桥山之巅的黄帝陵。

今天阳光灿烂，一开始2个小时骑了30多公里，但过了交口河镇又有大山。不过，上午11时多，我们仍然骑行抵达“洛川会议旧址暨纪念馆”。在抗日战争全面爆发的历史关头，1937年8月22日至25日，中共中央政治局在这里召开了一次重要会议。会议通过了《关于目前形势与党的任务的决定》，制定了著名的“抗日救国十大纲领”，成立了以毛泽东任主席的中共中央革命军事委员会，诞生了八路军，决定建立敌后抗日根据地。24孔窑洞，16间瓦房，数千件文物，清晰地展示了这一切。

在旧址门前拍照，许多人不仅热情帮忙、举手点赞，而且十分兴奋地借用我们所带的党旗、国旗拍照。几位来自新疆的老军人还执意要与我们合影：“中国现在就需要你们这样的人发扬中国精神。”是的，我们就是要向世人证明中国人不缺精神！

在神圣的洛川会议旧址，在“苹果甲天下”的洛川，吃地地道道的名不虚传的“红星”“红冠”，甜而微酸，酸酸甜甜；脆而微绵，脆脆绵绵；特别爽！

十九、礼州会议亮长征

【题记】

2018 年 3 月 5 日上午，我们骑行到☆礼州会议会址（四川西昌市礼州镇土官庄〈今田坝村七组〉边家祠堂）。

【诗词】

鹧鸪天·礼州会议亮长征①

八巷七街四户城，五州七县百门厅。丝绸行路成邮驿，古镇经年做市亭②。

凝武气③，赋功名，边家祠寺亮长征。礼州会议荣丹史④，天府深山颂远情。

【注释】

①礼州会议首次正式提出“万里长征”名称；此后“长征”一词开始出现在红军的文件和宣传标语中。②前阕四句描述礼州古镇曾经的辉煌：该镇建于明代，曾七朝设县郡，五代置州所，是古代南方丝绸之路的一大驿站和天府之国的一座古镇，镇内外有七街八巷和四大城门。③武气：士气，威武的神气；语出明·张居正《答四川总兵刘草塘书》：“又见近日武气不振……”④丹史：皇家史书；此处代指党史和红军史。

【随记】

想不到，阳春三月的四川，太阳不是暖洋洋而是火辣辣的。早晨骑离西昌不久，我们就出汗了，老赵的脸上甚至于有一些发烧。路经兴胜乡，我们去盖邮戳，邮政局里印泥用完了，但工作人员了解我们的情况后，急忙到马路对面的银行借来红印泥。呵呵，在这里，我们居然盖了一个红色邮戳。

上午 10 时，下 108 国道左转进入一条乡间羊肠小道，骑行不远，推开一扇依稀可见朱红色的陈旧院门，我们进入了礼州会议旧址——边家祠堂。1935 年 5 月 19 日，中央红军长征经过西昌礼州镇，毛泽东等在边家祠堂住了 6 天，并于 5 月 21 日在此召开了礼州会议。会议规模不大，耗时不长，但具有十分重要的意义：确定了北上抗日的行军路线，首次亮出了“长征”这一伟大名称。

祠堂即旧址不大，墙上有相关的文献资料和照片，一位负责看管的边姓老乡逐次介绍，并告知说他的家族早年由河南迁移来此。其中，一张照片上的一位长者是他的爷爷：“当年，毛主席腿有伤疾，我的爷爷还背着毛主席走了一段路。”边姓老者很自豪地回忆起往事。与老人聊天我们还知道，他在此负责看管，没有分文收入。政府将祠堂内小广场前一些土地交由他使用，算是补偿。“其实没关系的，我志愿的，我荣幸。”然后，他热情地帮我们拍合影照并说：“你们这样追寻红色很好。”临行前，他还执意要将他种的包菜送给我们。边姓老乡所言所思所做，让我们一次次感动。

四川西昌市礼州会议旧址

二十、重要会议七道江

【题记】

2016 年 9 月 15 日中午，我们骑行到★七道江会议旧址（吉林白山市八道区七道江村）。

【诗词】

鹧鸪天·重要会议七道江

炭矿通明青瓦房①，依山傍水富安乡②。往年南满遭凶暴，旧日家园降祸殃。

盘战局，捣营墙，反攻战略慨而慷③。慧心点亮灯一盏，会议光芒七道江。

【注释】

①七道江会议原址是通明炭矿的办公室，是一座青石砖瓦结构的平房。②七道江镇位于吉林省东部，长白山麓，浑江北岸，自然资源极其丰富。③会议决定把握时机，集中兵力收复辉南、集安等地，继续坚持南满斗争。

【随记】

中秋节，我们骑行在路上。对我们而言，骑行在外过春节、元旦、端午节、中秋节等重大节日，也是“常态”。

沿东北沿海边境一路北上，遇到的大岭小坡同样不少。前两天过通化前后，就连翻了高丽墓子岭、腰岭、虎马岭和梁家岭等。这样的骑行也很纠结：推行吧不甘心，骑行吧又太累。10 个手指分工不同，一刻也不闲：左手小指无名指控制前轮刹车，拇指食指中指控制主盘 3 个档位的调速；右手小指无名指控制后车轮刹车，拇指食指中指控制副盘的 30 个档位的调节，每天下来两手肿胀麻木疼痛，膝关节、踝关节和腰部更不轻松。

吉林白山市七道江会议纪念馆

今天“中秋节”，天公却不作美。早晨才骑了 10 多公里，就下起大雨。路面积水似河流一般，过往车辆急速飞驰，满身满脸都有溅过来的水柱和泥浆，嘴里甚至有沙。糟糕的是，路边还没有躲雨之处。好一个老曹，为了记下这艰难美好的过程，她居然冒着大雨，一面单手骑行，一面用手机单手录像。骑行让我们收获了坚强。特别是老曹，开始骑裸车，后来带驮包，过城市，穿隧道，骑夜路，经雨雪狂风，蹚坑洼泥浆，不比老赵少一圈，真正是“巾帼不让须眉”！

临近中午时，雨渐停了，我们第 5 次跨“浑江”，骑达七道江村内的七道江会议遗址。1946 年，国民党重兵压境，向我南满根据地大举进攻并连连得手。在这紧急关头，党中央派陈云、肖劲光到临江指挥作战。10 月 11 日至 14 日，在此组织了这一事关整个东北战局的会议，对我军扭转南满战局，坚持南满斗争，保卫长白山根据地，粉碎敌人对临江的进攻，有着决定性意义。

中秋节，在纪念馆瞻仰着陈云、肖劲光等主要领导人的照片与相关文献实物，别有一番意味。

儿子打电话说：“又在哪里过中秋？十可在问‘爷爷奶奶什么时候回来啊’？”

二十一、南昌起义扬军旗

【题记】

我们曾多次参观★八一南昌起义纪念馆等(江西南昌市中山路人民广场南端)；2016年2月13日下午，我们再次骑行到此。

【诗词】

南昌起义扬军旗

军旗初扬南昌府，军节始于瑞金城①。军号嘹亮摧战马，军旅慷慨奔征程。
军威浩荡震敌胆，军刀挥舞破贼营。军心振奋斗志壮，军气豪放势如宏。
军营汇聚好男儿，军歌激荡万代兵。军誉辉映百年路，军队铿锵向前行。
军装也曾穿在身②，军人不悔献年青。军魂缭缭总入梦，军情依依伴一生。

【注释】

① 1933年7月11日，中华苏维埃共和国临时中央政府决定，自时年起，每年8月1日为中国工农红军成立纪念日；新中国成立后，此纪念日改称为中国人民解放军建军节。② 1972年12月至1977年3月，作者之一赵国庆服役于海军东海舰队37891部队（原4310部队）加工连。

【随记】

预报说有中到大雨，昨夜也确实如此，而且在这二月初就有了隆隆雷声。不过，清晨6:30分出发，天气却不错，至少是一直到南昌市也没有下雨。虽然，骑行途中一直乌云密布，以及还有比较强烈的顶头风。

第4次骑跨信江过瑞洪大桥，我们很快进入南昌市。到南昌，必去之地是八一南昌起义纪念馆。我们曾经多次来过，但乐此不彼，更何况它是我们“红色骑行”的重中之重。此间，除了这份深深的敬仰之意，还有老赵曾经入伍从军当兵的特殊情怀。

八一南昌起义，是中国共产党为反击国民党当权派屠杀共产党人和工农群众，挽救革命，于1927年8月1日在江西南昌发动的武装起义。纪念馆辖五处革命旧址，包括总指挥部旧址、贺龙指挥部旧址、叶挺指挥部旧址、朱德军官教育团旧址和朱德旧居。站在高高的八一纪念塔下，依恋着“宣布起义”“攻打敌营”与“欢呼胜利”等三幅大型花岗石浮雕，拍下我们的合影照片，崇敬、光荣之情，油然而生。

晚上，老曹的大学同学马平选择了一家高档次的海鲜自助餐厅为我们接风洗尘。“好好补一下！”马平亲切招呼并一再感叹：“曹大姐、姐夫（皖南医学院78级3班的同学都这么‘称呼’我们），你们的骑行太辛苦了。”接着，马平言辞确凿地说，“但是，很值！并且，无论从哪一方面讲，都值！”说实话，我们的“红色骑行”，不仅得到了朋友的关注，更得到了大家的点赞，此情此意，令我们非常感动。

江西南昌市南昌起义纪念馆

二十二、秋收起义霹雳响

【题记】

2018年9月9日至13日，我们逐次骑行到★修水县秋收起义纪念馆（江西修水县城凤凰山路136号）、★秋收起义阅兵广场与铜鼓纪念馆（江西铜鼓县定江东路115号、489号）、★秋收起义纪念地与毛泽东化险福地（江西铜鼓县排埠镇）、★秋收起义文家市会师旧址纪念馆（湖南浏阳市文家市镇人民路34号）与★秋收起义纪念广场纪念碑（江西萍乡市建设中路）。

【诗词】

临江仙·秋收起义霹雳响

百姓仇深深似海，平生难见阳光。秋收暴动醒山乡①。暮云愁大地②，霹雳震穹苍③。

修水萍乡铜鼓地，鲜红旗帜飘扬。赣湘到处好儿郎。挥鞭奔沃野，策马上山冈④。

【注释】

①②③取自毛泽东诗词《西江月·秋收暴动》："秋收时节暮云愁，霹雳一声暴动。"④秋收起义队伍胜利会师浏阳文家市后，由毛泽东率军奔向井冈山。

【随记】

9月9日，42周年前毛主席逝世，90周年前他老人家领导的秋收起义爆发。这么巧，是绸缪还是天意？今年的纪念日，我们骑行抵达修水县秋收起义纪念馆。老赵十分感慨："做攻略时只策划路程时间，还真没注意具体日期。"

秋收起义，又称秋收暴动、中秋起义。是1927年9月9日，由毛泽东等在湘赣边界领导工农革命军举行的一次武装起义，是继南昌起义之后中国共产党领导的又一次著名的武装起义。秋收起义创建了工农革命军第一军第一师，开辟了一条具有中国特色的以农村包围城市、武装夺取政权的新型革命道路，为中国革命的胜利指明了前进的方向。分布于湘赣边界的秋收起义纪念场所有多处，从多个角度展示了秋收起义的伟大，我们亦悉数骑达并参观。

江西铜鼓县秋收起义江西阅兵广场

骑行在秋收起义发生地的山山水水，我们还感受到许多温暖：9日是星期天，乡镇邮政所都休息，但经过高田邮政所时，突然发现门开着，原来有工作人员过来取私人物品。当我们说明来意后，他很乐意为我们盖了邮戳。10日下午骑达大段镇时，邮政局还有半小时才上班，我们想赶时间，于是按提示打电话并说明情况，黄先生二话不说迅速赶来为我们盖了邮戳。10日是周一，铜鼓的纪念馆闭馆，一位中年男子为我们拍合影照，聊天后知道他是工作人员，他也了解了我们的来意，随即特意打开门并带我们进馆参观。

二十三、黄麻起义神明泣

【题记】

2017 年 12 月 2 日傍晚与 3 日下午，我们分别骑行到★麻城烈士陵园（湖北黄冈市麻城市城西牛坡山）与★黄麻起义和鄂豫皖苏区纪念园（湖北红安县城关镇陵园大道 1 号）。

【诗词】

钗头凤·黄麻起义神明泣

南昌笛，秋收戟。漫天星火何曾熄？黄麻汉，红安眷。揭竿伸义，挽弓飞箭。炫，炫，炫！

山亭立，人雄直。老区功绩神明泣①。红花绽，阳光灿。将军家府②，井冈重现③。艳，艳，艳！

【注释】

①红安老区的精神是“要革命，不要钱、不要命、不要家。”黄麻起义及其后期革命斗争，诞生了第四方面军、红二十五军和红二十八军等三支红军部队。②红安是全国著名的“将军县”。③鄂豫皖革命根据地，是当时仅次于井冈山中央根据地的第二大革命根据地。

【随记】

今天路况很好，不仅基本没有坡，而且有一点小顺风。于是，我们狂奔了 140 多公里。路途中，我们经过了“中国辣椒第一村”。当然，在通往麻城、红安的路上所看到的特别情形，我们才真的被感动：那就是，沿路两旁百姓的住房门头上，都悬挂着毛主席像。休息时，我们特意问房屋的主人“为什么”？百姓满怀深情地异口同声：“吃水不忘挖井人。”

这就是老区。多少年过去了，他们还记着领袖，记着英烈！

1927 年 11 月 13 日，湖北黄安（今红安）、麻城三万余名农民自卫军和义勇军在中共湖北省委领导下，攻打黄安县城，打响了鄂豫皖地区武装反抗国民党反动派的第一枪，正式成立了黄安农民政府，组建了工农革命军鄂东军，史称黄麻起义。该起义是继我党领导的南昌起义和秋收起义之后，在长江以北地区举行的规模最大的农民武装起义，是在八七会议精神指引下，党领导的武装起义总体布局的重要组成部分。大革命时期，麻城有 142000 多名英雄儿女为革命捐躯。黄麻起义和鄂豫皖苏区纪念园详细记载着这辉煌历史。

湖北红安县黄麻起义与鄂豫皖苏区纪念园

麻城不仅是红色县城，也是杜鹃花城，还有满城让我们垂涎三尺的地方小吃如肉糕、油面和鱼面等。坐下来，再佐以老米酒，你更能够知晓，为什么唐朝黄州刺史杜牧过麻城歧亭会留下“借问酒家何处有，牧童遥指杏花村”的千古名诗；为什么北宋大诗人苏东坡会有“酸酒如齑汤，甜酒如蜜汁。三年黄州城，饮酒但饮湿”的无限感叹！

二十四、六霍起义在独山

【题记】

2017 年 12 月 12 日上午，我们骑行到★独山革命旧址群暨六霍起义纪念馆（安徽六安市裕安区独山镇）。

【诗词】

定风坡·六霍起义在独山

户户红军岭岭碑，村村烈士老山凄①。将领星章一抹泪②，心碎，亲人心腑万般悲。

六霍乡民挥利剑，宣战。皖中红府展英姿③。起义大军盘堡垒，雄峙，独山革命冠安徽。

【注释】

①此两句取自当地描述独山英雄儿女投身革命、英勇献身情形的诗句“户户有红军、村村有烈士，山山埋忠骨、岭岭皆丰碑”。又，老山：深山。②独山镇被誉为“开国将军第一镇”，1955 年有 16 位独山籍人被授予少将军衔；又，星章：代指将军肩章。③红府：代指独山苏维埃城，该名称雕刻于独山革命旧址群入口处门楼上。

【随记】

安徽六安市独山苏维埃旧址

有人看到我们全身被雨淋得透湿，十分不解地问：“你们开车旅游多好，干嘛受这份罪？”与此相应，许多朋友也问：“旅游有太多的交通工具，干嘛骑行，多苦多累啊？”我们笑笑回答“有特殊的意义。”“红色骑行”的梦想萦绕我们心中多年，而“红色骑行”无比艰难的实践，或许才让我们真正体验到，当年我们党领导红军、八路军、新四军、游击队及其广大人民群众，究竟需要何等的信念、信仰、勇气与力量，才能万死不辞地跋涉在那荒郊野岭、穷乡僻壤与深山恶水，才能浴血奋战、前赴后继与勇往直前，直到创造如此大红的一个新中国！

早晨 6 时，借着街道微弱的路灯骑离金寨梅山镇，又跨史河转省道 210，再走县道 016、019，10 时多，我们骑到独山镇，来到了“独山革命旧址群”。这是全国罕见、安徽唯一完整保存着的，苏维埃时期集党、政、军、文化、教育、司法、经济于一体的县级机构旧址。核心景区内主要有独山暴动指挥部、苏维埃政府等九处革命旧址，一处六霍起义纪念馆和一处革命纪念塔等。“六霍起义”是继黄麻、商南起义之后的一次规模更大的农民武装起义，起义创建了红三十二师和皖西革命根据地，为鄂豫皖革命根据地的统一和发展打下了基础。纪念馆通过五个部分的陈展，再现了独山暴动、六霍起义和苏区创建的壮丽画卷。

如今，位处大别山东麓、淠河水源头的独山，已经今非昔比。宽阔的街道，喧闹的商店，鳞次栉比的高楼大厦，川流不息的男女老少，让这个远离都市的乡镇有了许多现代气息，也让那段血红的历史有了圆满。

二十五、平江起义号角鸣

【题记】

2018 年 9 月 30 日下午，我们骑行到★平江起义纪念馆（湖南平江县东兴中路 338 号）。

【诗词】

一剪梅·平江起义号角鸣

天岳山峰总染青，书院开萌①，教育吟声。诗城忽地舞长缨②。将领出征，壮勇拼争。
起义平江号角鸣，遍地旗旌，满目雄兵。德怀再向井冈行③。公略钟英④，代远忠精⑤。

【注释】

①平江县南有小天岳山，始建于清康熙五十九年（1720 年）的天岳书院因而得名。②平江县有“中华诗词之乡”美誉。③平江起义创建的红五军主力，在彭德怀等率领下于 1928 年 12 月到达井冈山，与毛泽东、朱德领导的红四军胜利会师。④公略：黄公略；又，钟英：极其优异；语出宋·曾敏行《独醒杂志》卷五：“……所以立为后者，以钟英甲族故也。”⑤代远：滕代远。

【随记】

今天一大早出发，我们首先翻山越岭参观了寻淮州故居，然后在路边寻得一块有阴凉的地方匆匆吃自带的午饭，丝毫没有松懈，就沿着国道 106 直奔平江起义纪念馆。

湖南平江县平江起义纪念馆

骑行的路上，我们想起了在家时与孙儿赵十可的聊天：“爷爷奶奶，我支持你们骑车！”十可很认真地对我们说。

“什么叫支持？为什么呀？”我们真的想知道 5 岁孩子怎么会有这些想法。

“因为我喜欢你们，爷爷奶奶一定在做大事！”——我们紧紧地抱住了十可！

其实，我们更想告诉十可，在那遥远的昨天，更有许多仁人志士在为今天干着惊天动地的大事。“平江起义”就是其一。

大革命时期，平江是湖南农民运动的中心地区之一。1928 年 7 月 22 日，彭德怀、滕代远、黄公略等在此发动了平江起义。该起义成功粉碎了平江的反动武装，成立了工农红军第五军和平江工农兵苏维埃政府。

而伴随着平江起义这往日的“红”，是平江今天的“绿”——幕阜山、连云山等群山叠翠，汨罗江碧澄清澈，联合国工发组织和国家环保总局认定平江是绿色产业示范区和生态建设示范区；还有平江今天的“蓝”——文化厚土，“中华诗词之乡”，屈原和杜甫两位世界文化名人的归依处；中华文化的源头，“蓝墨水的上游是汨罗江”，而汨罗江的源头就在平江。

二十六、广州起义败犹荣

【题记】

2017 年 1 月 19 日下午，我们骑行到★广州起义纪念馆和★广州起义烈士陵园（广东广州市起义路 200 号之一与中山二路 92 号）。

【诗词】

七律·广州起义败犹荣

隆隆炮火震羊城①，壮士冲冠为百生②。
继续南昌先烈志，承接湘赣战兵情。
珠江水岸迎晴朗，越秀峰峦盼太平。
血迹未干霞映衬③，遗文高唱败犹荣④。

【注释】

①羊城：广州别名。②取自唐·骆宾王《于易水送别》："此地别燕丹，壮士发冲冠。"又，百生：指人民。③取自朱德为广州起义题诗："血迹未干映彩霞。"④取自董必武为广州起义题诗："虽败犹荣应赞扬。"

广东广州市广州起义纪念馆

【随记】

昨晚停宿顺德佛山，安徽师大毕业生、现在此任教的张宏兵同学请我们吃粤菜，凃德源等几位同学也应邀作陪。果然是"吃在广东，厨出凤城"，顺德的名厨在中国甚至世界上都颇有名气，那历史悠久的顺德美食让我们饱尝口福，不仅凭祖训、家传绝技及扎实的基本功让菜肴味道鲜美，而且店堂装饰及餐桌也式样独特。

今晨张宏兵再打电话挽留，"赵老师，至少要喝了早茶啊。"我们谢过说："已经在骑行的路上了。"这不，连续跨容桂水道、顺德水道、潭州水道和屏山涌及三跨珠江，我们骑达广州。

在广州，参观广州起义纪念馆和广州烈士陵园也是重点之处。

广州起义是中国共产党领导人民对国民党反动派的又一次英勇反击，是在城市建立苏维埃政权的大胆尝试。起义发生于 1927 年 12 月 11 日，由张太雷等领导，经过三天英勇战斗而失败，起义军民有 5700 余人在广州被屠杀。纪念馆以广州起义而建立的苏维埃政府（广州公社）旧址为馆址，烈士陵园则包括了烈士墓、纪念碑亭等。

肃穆地站在烈士墓前，我们总是思考"他们为什么？""他们图什么？"记得电视台记者采访时，我们也总是这样一再地自我设问。"他们肯定不是为了自己！"我们还总是这样自我回答。不是吗？读遍青史，有谁见过为自己而抛头颅洒热血的？只有真心实意为中国人民站起来，他们才能够奋不顾身、舍生取义！再看天下，这样的英勇与壮烈，唯有中国共产党人！这也就是毛泽东等为什么千秋伟大、万古光荣！！！

二十七、宁都起义史无前

【题记】

2016 年 2 月 23 日中午，我们冒雨骑行到☆宁都起义纪念馆（江西宁都县城区东梅江河畔）。

【诗词】

临江仙·宁都起义史无前

玄远教堂华美①，耶稣眷恋难眠②。忽传圣地闹兵变。斗争求解放，革命为当权。

看我博生挥剑，又兼季董连肩③。宁都起义史无前④。文乡传美话⑤，诗府唱雄篇⑥。

【注释】

①玄远：幽深眇远。②宁都起义总指挥部旧址，原为耶稣教堂。③博生、季董：赵博生、季振同和董振堂。④见下文。⑤⑥宁都素有“文乡诗国”之美誉。

【随记】

早上 6 点，我们就骑离广昌去宁都。出发时天气不错，可不久即如昨天一样下起了越来越大的雨，且一直持续。家人朋友常劝说“下雨就别骑了”，但骑行人永远在路上，心中只有里程和目标，更何况我们为了“红色骑行”梦想。当然，这也真正印证了“苦不苦，想想长征两万五”，还有什么困难不可以克服？好在是，路况较好，因此风雨中我们骑得依然很快。过盱江，南下走国道 306，翻乌石岗，再转省道 216，跨梅江，过宁河大桥，中午 11 时多就到达宁都。

宁都是中央苏区前期的政治、军事中心和核心省份，是中央苏区反“围剿”的红军集结地、决策地、指挥中心和主战场之一，具有厚重的革命历史。毛泽东、朱德和周恩来等老一辈无产阶级革命家，都曾在这块红土地上进行过伟大的革命实践，并因此留下了许多革命遗址和伟人故居。到达这里，我们先后参观瞻仰了中央苏区反围剿战争纪念馆等。

而宁都起义纪念馆暨宁都起义总指挥部旧址也是我们计划瞻仰的重要红色景点。1931 年 8 月，国民党二十六路军进驻宁都。同年 12 月 14 日，该军 17000 余人在参谋长赵博生（共产党员）、旅长季振同、董振堂等率领下宣布起义加入红军，震惊中外，开创了中共策动国民党军大规模战场起义的先河，史称宁都起义。旧址里建有陈列馆。

参观完毕，已经是下午 1 点多钟，我们在一个菜市场的遮雨棚下草草吃午饭，顺便也补充了一些菜肴，然后再度出发。本来准备继续走国道，但一位老乡将我们指引上了一条“路比较近”的县乡道。雨一直下，数小时后，我们的身上完全湿透，老曹也感觉有一些累，于是在临近天黑时，我们不得不停留在宁都县青塘镇住宿。镇虽小，入住的皇朝商务宾馆却有像模像样的标准间，老曹喜出望外地赶紧打理湿透的衣服、鞋袜和装备。

江西宁都县宁都起义纪念馆

二十八、百色起义树红旗

【题记】

2017年2月7日傍晚与10日中午，我们分别骑行到☆百色起义烈士纪念馆（广西南宁市南湖公园南岸）与★百色起义纪念公园暨百色起义纪念馆（广西百色市城东北）。

【诗词】

七绝·百色起义树红旗

大山十万峰坚挺①，左右双江水阜熙②。
百色人民同起义，武装割据树红旗。

【注释】

①十万大山：广西著名山脉，因山脉连绵，峰峦重叠，点不清，数不尽，故称。②左右江：广西两条大河；又，阜熙：昌盛安和。

【随记】

百色起义，又叫右江暴动、百色暴动。是由中共广东省委和中央代表邓斌（即邓小平）指导，由陈豪人、张云逸、雷经天、韦拔群和中共广西前委直接领导，于1929年12月11日在广西少数民族地区实行“工农武装割据”的一次光辉实践，起义建立了中国工农红军第七军。

有关百色起义的纪念馆所有几处，我们首先骑行前往参观的是位处南宁市南湖公园内的百色起义烈士纪念馆。但是，有一些小麻烦——不让自行车进去（每到一个红色景点，我们总是想带着自行车拍照，以完美展现“红色骑行”），门卫打电话请示“领导”，仍然不同意，我们只好搁下自行车进入景点参观纪念馆。顺便说一下，很多红色景点不仅可以通融，而且让我们感动。例如前述古田会议旧址等，既满足了我们带车拍照的愿望，还为我们的万里“红色骑行”点赞。

离开南宁，继续西走国道324，一跨“右江”，翻马鞍山，冒雨过隆安县，路经“中国香蕉之乡”，又过平果县；二跨右江，翻鬃马山，过田东县，参观右江革命纪念馆暨右江工农民主政府旧址，瞻仰田东县红军码头和平马会师纪念碑，再过田阳县。

三天的栉风沐雨和翻山越岭，我们骑进了百色市。此刻，大道两旁连续矗立着有关百色起义的雕塑，不久我们就骑行抵达百色起义纪念园。该主题公园建设在百色市东北郊的迎龙山上，已经形成一个馆园结合、园中有馆、馆寓于园、观中有游、寓教于乐的独具特色的纪念体系。其中，纪念馆共有七个展厅，陈列多件革命文物和图片资料；纪念碑矗立在后龙山上，碑体造形是直刺苍穹的红缨、大刀，昭示着革命者顽强不屈的精神和力量；不远处，则是历史久远的由栏杆相护、绿树相伴的红军铁索桥。

广西百色市百色起义纪念公园

二十九、金坑东方苏维埃

【题记】

2016 年 2 月 19 日中午，我们骑行到★东方县苏维埃政府旧址等红色遗址（福建邵武市金坑乡）。

【诗词】

七律·金坑东方苏维埃

闽赣商人来复去①，金坑历史好交通。
红军九次留村落，大帅一心建楚宫②。
唤醒娇娘挥剑戟，动员壮汉举刀弓。
水南桥小恩情在③，赤色光辉映昊穹！

【注释】

①金坑乡地处邵武市西部，为闽赣二省三县交界处，历史悠久，是古时重要的闽赣商贸通道。②楚宫：古宫殿名，春秋卫文公在楚丘（今河南滑县）营建；此处代指东方苏维埃政权。③水南桥：又称“红军桥”，位处金坑乡街道入口，当年老百姓就是在该桥上送别红军长征；2010 年 6 月 18 日，百年不遇特大洪水将其整体冲毁，当地人民捐资及申请专资重建并改称“红军桥”。

【随记】

在邵武市天仁宾馆吃早餐，7 点多钟出发。西走县道 805，不仅烂，而且有大窠山和鹅公包等大山。路上，老乡说这条路太难走了，又说：“这山是有名的‘碎石岭’，又高又陡弯特别多。”果然，一转弯，老赵的身影就被山弯遮挡，老曹顿时感觉是一人在深山。而就在这推车爬坡困难时，一抬头，对面一个如狼似狗的大动物，两眼冒着光地瞪着她。老曹吓了一身冷汗，心想这下完了，既不敢动，也不敢打电话，对峙了几分钟后，那只动物才离开。见到老赵时，老曹一顿发泄，眼泪夺眶而出：“你只管自己走，一点都不顾及我的安全吗？”其实，平时老曹自己多次解嘲说：“在你老赵的眼中，我就是个女汉子，你能骑的我都能骑。”

福建邵武市东方县苏维埃政府旧址

艰难上陡坡，惊险下陡坡，接近金坑了，两位老者还指错路，往返又多骑几公里。几番周折，我们骑入了金坑革命老区。1931 年 6 月至 1934 年，红三军团先后九次进入金坑开展革命活动，开辟革命根据地。总指挥彭德怀、政委滕代远亲自率兵开展活动，建立各级苏维埃政权，留下了“闽赣省东方县苏维埃政府旧址、东方县金坑区委、将军庙、红军桥”等许多革命遗迹，并成为革命历史的见证。

遗憾的是，遗址因缺乏保护而格外沧桑；此外，因为偏僻，行人、游客都少。当地的一位中年人看见我们骑车来瞻仰，显得比较兴奋，一边帮我们拍合影照，一边还陪我们沿街参观并作讲解，看得出他为当年的金坑而感到光荣。中午，我们坐在“红军桥”上吃午饭，看着当年红军九番进驻、又由此出发长征的金坑及其“红军桥”，老曹疑惑地“采访”老赵：“你怎么知道这里？”

三十、红色梁弄根据地

【题记】

2015 年 2 月 20 日下午，我们骑行到★浙东四明山抗日根据地旧址群（浙江余姚市梁弄镇横坎头村）。

【诗词】

五律·红色梁弄根据地

漫漫三千里①，诗仙爱四明②。
亲亲梁弄镇，赫赫浙东城。
三反游击战③，一腔抗日情。
鲜红根据地，历史太恢宏！

【注释】

①取自李白《早望海霞边》：“四明三千里，朝起赤城霞……”②唐代有 160 多位诗人写过以四明山为题材的诗词。③浙东抗日根据地所取得的“反清乡、反扫荡、反蚕食”斗争的重大胜利。

【随记】

昨夜宿于上虞城边一个名叫江滨宾馆的小旅，本来预定如家酒店，但“投资方”老曹感觉价格高了。也确实，我们长期骑行，每天花费很多，其中住宿费用占有较大比例（13 年“红色骑行”结束，全部费用统计为人民币 50 多万元）。半夜里，又让雨声吵醒了，并有一些纠结：去还是不去梁弄镇？短暂思考，我们决定还是去，重要的红色景点一定要骑行到达。起床，洗漱，穿雨衣，推车出宾馆时只有 6∶18，天仍未亮。

走县道 502，先过梁湖，翻鲤鱼山，再跨余姚江，经丰惠。但这时骑错了路（“红色骑行”的前几年，还没有高德地图导航，只能依靠地图册），下大雨的早晨又问不到人，转进一条小道，经谢桥村南下，才重返了县道 027。翻过黄竹岭的时候开始绕四明湖，然后从梁弄镇附近一个巨大的红色雕塑群那里南下，七八公里后到了横坎头村。

这是四明山浙东抗日根据地旧址群所在地。1942 年 7 月，华中局和新四军根据党中央指示，确定进一步发展浙东敌后地区的方针，在慈溪宓家埭成立中共浙东区委。1943 年 8 月，中共浙东区委与三北游击司令部进驻余姚横坎头村和梁弄镇，逐步形成了以四明山为根基，以梁弄为军事指挥中心的浙东抗日根据地，就此留下了中共浙东区委旧址、新四军浙东游击纵队司令部旧址等 10 余处红色革命遗迹。我们仔细参观，对四明山成为抗战名山，梁弄称之为“浙东小延安”，有了更深的认知。

浙江余姚市四明山抗日根据地旧址群

如今的梁弄镇，早已褪去了战火硝烟，满大街一派繁荣景象。呵呵，尤为特色的梁弄大糕随处可见，从热气腾腾的蒸笼中现场取出，饥肠辘辘的我们吃上去感觉特别可口。

三十一、藕塘美誉莫斯科

【题记】

2015 年 10 月 2 日中午，我们骑行到★藕塘烈士纪念馆及中原局旧址（安徽定远县藕塘镇）。

【诗词】

木兰花·藕塘美誉莫斯科

当年抗日无穷事，十九英雄根据地①。
中原会议说前行②，新四军旗扬正义。
挺身津浦驱倭鬼，占据皖东拼悍匪。
藕塘美誉响千里，小莫斯科成历史③。

【注释】

①抗日战争时期，安徽定远是皖东抗日根据地的创始地之一。②此处有中原局第一、二、三次会议旧址等。③定远藕塘素有“小莫斯科”之誉称。

【随记】

刚刚由最为“恐怖”的川藏线骑行归来，稍事休整，我们即马不停蹄于昨天（国庆节）再一次出发，并开始执行第 9 次骑行计划皖苏鲁战役。早晨 4 时就起床，可是外面下着非常大的雨。老曹说：“再等一会儿吧，现在一出门就全湿透啦。”

待到 7 时，雨渐停，我们按计划启程。出家门，下楼出校园，直奔芜湖长江大桥，第 7 次骑跨长江。接着，沿长江大堤小道北上裕溪口，转县道 016 向西，从铜闸镇北上走省道 226，过含山县。下午 5 时多，在骑了近百公里后，我们停在全椒县古河镇，先在小镇上逛逛，补充一些干粮和水果，然后住进了一家小旅馆。房间比较干净，价格也不高，餐饮还不错。朴实的老板娘亲自掌勺，我们点了一个鱼头火锅、一份韭黄炒肉丝，再加上一瓶青岛啤酒，算是犒劳一下辛苦一天的自己，也顺便小小地庆祝新战役开始并预祝顺利。

翌晨 5 时半，我们出发去定远。这一带是丘陵地貌，坡不大，但因为多是县道与乡道，一路爬上爬下也蛮辛苦的。好在气候很给力，因为已经进入真正的秋高气爽时分，少雨轻风，冷热相宜，骑起来自然爽快。中午 11 时，我们骑到“藕塘烈士纪念馆与中原局旧址”。纪念馆位处藕塘烈士陵园内，馆藏文物资料展现了当年“小莫斯科”的赫赫风采，馆内《烈士英名录》铭记着的 2000 多个烈士英名，让皖东沉重而又光荣。

安徽定远县藕塘烈士纪念馆及中原局旧址

正是因为这红色的浸染，不远处与藕塘老街隔水相望，集湖光山色、流水、花卉、果林等自然景观为一体，融宝塔、寺庙、诗词瀚墨和现代建筑等人文景观于一身的令狐山风景区，才格外的草木葱茏、景色宜人。更远处，是“红色”孕育的丰收在望的山乡，日新月异的城镇，幸福满满的人们。

三十二、长冈调查是榜样

【题记】

2016 年 2 月 24 日中午，我们骑行到★毛泽东长冈乡调查纪念馆（江西兴国县长冈乡长冈岭）。

【诗词】

如梦令·长冈调查是榜样

戎马四方豪放，研调民生榜样①。七日在长冈，成就非同凡响。高唱，高唱。务实求真思想。

【注释】

①毛泽东同志不仅是决战千里之外的三军统帅，还是关心中国老百姓问题的伟大领袖。长冈乡是苏区时苏维埃政府工作的模范乡。1933 年 11 月，毛泽东利用七天时间率临时中央政府检查团到此作调查，并著《长冈乡调查》一文。

【随记】

骑行之艰苦真得难以言表，尤其是对于老曹这样“花甲”年纪的女士。更何况，老曹还有许多的运动伤疾。这不，连续冒雨骑行，老曹的腰腿膝盖伤痛又复发了，不得已，今天一大早就起来进行热敷自疗。欣慰的是，老曹医术不错，以往工作中常得到患者夸奖。而这对于我们的“红色骑行”来说，具有不可或缺的重要作用。老曹给自己的微信取名“吉祥三保”——保卫的“保”，其中一保是“保健”（二保是“保安”，三保是“保姆”）。今天，一保“保健”真正产生功效了。因为，老曹自疗后伤痛显著减轻，于是我们开始出发，骑往毛泽东亲自命名的“模范兴国”将军县。在临近兴国时，我们还要专门去看一个红色地方——毛泽东长冈乡调查纪念馆。

早晨离开青塘镇时，已经 6 点 40 分。一开始走的依然是县道，路况比较差，不仅道路坑坑洼洼，还要翻山越岭，以及顶风冒雨，上午近 4 个小时的骑行都是如此。不过，沿路刻有毛泽东手写体“模范兴国”很有特色的宣传标志牌，给人精神鼓舞，也明确提示兴国快到了。临近中午，我们骑过一个隧道，天终于放晴，还露出了轻柔的阳光。与此同时，骑上国道，道路好起来。更有好消息是，老曹刚刚停下来接电话得知，儿子提拔为银行的业务部经理。老曹幸福之情溢于言表：“这是最好的生日礼物！”。呵呵，是的，还有几天老曹就是 60 周岁！

进入兴国县城之前，我们右转骑上一条乡道，直奔毛泽东长冈乡调查纪念馆。可惜纪念馆中午休息，大门关了，与门卫怎么也沟通不了。幸运的是，一位帮我们在门口拍照的老乡指引我们绕到后门，说可以进去看看，并告知“纪念馆附近还有其他红色遗址”。那就是曾为临时中央政府检查团驻地的苏区时列宁小学旧址。

江西兴国县毛泽东长冈乡调查纪念馆

三十三、“模范兴国”将军县

【题记】

2016年2月24日下午，我们骑行到★“模范兴国”暨将军县（将军园）（江西兴国县将军大道附近）。

【诗词】

浣溪沙·“模范兴国”将军县

开府抗元正气燃，天祥威武万千年，丹心一片照人寰①。
民众再兴模范县②，将军又创义荣园③，大红兴国史无前④。

【注释】

①前阙三句：民族英雄文天祥曾在兴国开府抗元，留有著名的《正气歌》诗词及“留取丹心照汗青”诗句。②模范县：1934年1月，毛泽东称兴国人民创造了“第一等工作”，并亲笔书写了“模范兴国”的奖旗授予兴国。③④第二次国内革命战争时期，兴国是著名的苏区模范县、红军县、将军县、烈士县；是第三、四、五次反“围剿”的主战场；在参加长征的红军12个主力师中，有7个师是从兴国出发的，其中“兴国模范师”“少共国际师”“中央警卫师”三个师大多是兴国子弟；又，义荣：荣誉。

【随记】

如果说中国共产党领导的中国革命是世界上最波澜壮阔的一部史书，那么“模范兴国”就是一个必须大书特书的辉煌章节。

江西兴国县“模范兴国”将军县

骑行前往兴国，我们交谈着有关兴国的光荣历史。最令人动容的是“一将功成万骨枯”！人说“小小兴国县，将军一大片”。殊不知，这背后是“万里长征路，里里兴国魂”！兴国是全国第二大将军县，拥有上将萧华等开国将军54人。而全县为国捐躯的烈士有5万多名，有姓名可考者就达23179名，位居全国各县市之首，占全国烈士总数的1/10，仅牺牲在长征路上的就达12038名，几乎每一公里就有一名兴国籍将士倒下。

忽然想起，孙儿赵十可曾问过：“爷爷奶奶，什么叫‘勇往直前’呢？”我们反问：“你说呢？”十可回答：“我看动画片上说，是不是有什么困难也要朝前走啊？”接着，十可神情凝重地说：“爷爷奶奶骑车就是‘勇往直前’！”是的。只有“勇往直前”，才能实现梦想。当年的红军，也正是因为“勇往直前”，才打出了红色的中国！

进入兴国县城，进入将军大道，我们逐个参观“一园一院六馆”等7大革命旧址。两鬓斑白的老曹举着摄像仪四处拍摄，胡子也已花白的老赵则提着照相机四处拍照。老曹感慨万分：“人家说你老赵是‘红专家’，莫如准确地讲是‘红疯子’。”而老曹本人则自诩是“红傻子”。是的哦，不是红色的“疯子”和“傻子”，如何能够克服常人无法想象的千难万险而相伴前行，去找寻红色，去追寻梦想。

三十四、汀州试院幡旗赤

【题记】

2016年2月28日上午，我们骑行到★福建省苏维埃政府旧址——汀州试院（福建长汀县兆征路98号）。

【诗词】

忆秦娥·汀州试院幡旗赤①

东风急。冬宫昨夜墙遭拆②。墙遭拆。马恩指路，列宁冲击。

今天试院又鸣笛，汀州大地幡旗赤。幡旗赤，红军乡土，将士家室③。

【注释】

①汀州试院：福建省苏维埃政府旧址。②冬宫：俄罗斯故宫，位于圣彼得堡宫殿广场上，原是沙皇皇宫；1917年11月7日起义群众攻下冬宫，标志着十月革命取得了辉煌胜利。③时年，长汀有“红军故乡，红色土地，红旗不倒的地方”之光荣。

【随记】

我们每天骑行出发的时间都很早，为的是抓紧时间、掌控进程、落实战略规划。今天骑离新桥镇时，天空依然漆黑一片，同时还有很浓的雾。

沿省道205南下，跨汀江，我们骑行抵达长汀县。长汀位于福建西部武夷山南麓，是全国著名的革命老区、中央苏区的发祥地，有着十分光荣的革命历史。波澜壮阔的革命历程，也为长汀留下了辛耕别墅、福音医院等大量的革命遗址。

在欧龙山下的杨成武将军广场，我们先祭拜了瞿秋白就义处暨瞿秋白烈士纪念碑。我们曾去过瞿秋白的家乡江苏常州参观纪念场所。瞿秋白是我党早期主要领导人之一，红军长征时因患肺病而留在江西瑞金坚持游击战争。在中央决定派人送他转道香港去上海就医，路经福建长汀濯田区水口镇小径村时被捕，后被叛徒指认而牺牲于长汀。接着，又敬仰了杨成武将军纪念碑。一位由北京探亲于此的杨姓游客，一直热情地陪着我们并帮助拍照。

然后，我们直奔汀州试院。始建于宋代，作为闽西八县文化中心的古代汀州的代表性建筑的试院，果然建筑古朴兼环境清雅，规模宏大又气势恢宏。当然，汀州试院之有名，还在于它的红色。1932年3月18，福建省第一次工农兵代表大会在此召开，正式成立福建省苏维埃政府，标志着福建苏区的革命斗争进入一个全盛时期。今日之旧址，门口还挂着长汀县博物馆的牌子，同时也是长汀革命历史陈列馆。

福建长汀县省苏维埃政府旧址——汀州试院

院内，两棵珍稀罕见的唐代双柏还是那样的参天繁茂，宋代的禁军署地、元代的汀州卫署址、明清两代汀属八县八邑科举应试秀才的场所，还是那样的庄重严肃，“红色”更让其名噪历史。

三十五、辛耕别墅享荣名

【题记】

2016 年 2 月 28 日上午，我们骑行到★辛耕别墅——长汀革命旧址（福建长汀县营背街 7 号）。

【诗词】

临江仙·辛耕别墅享荣名①

三省边陲冲要地②，客家首府长汀③。红军队伍再安营。金沙河沸动④，试院势声灵⑤。
割据武装惊闽赣，井冈道路重生。毛朱陈毅绘前程。辛耕吹号角，别墅享荣名。

【注释】

①辛耕别墅：原系长汀商会会长卢氏的住宅，时年红四军首次入闽驻扎于此，使之成为中国革命道路上的重要驿站之一。②冲要：要冲；又，长汀是福建的边远山区，系闽、粤、赣三省的边陲要冲。③古代长汀（汀州）所辖八县均是福建省的纯客家县，故汀州城被称为“八闽客家首府”。④金沙河：辛耕别墅门前的一条小河。⑤试院：汀州试院，参见上一内容；又，声灵：声势威灵之意。

【随记】

长汀是一座如梦似幻的千年古城，流连忘返于城隍庙、长汀古城、三元阁、汀州古城墙等，久远而又沧桑的历史活脱脱就在眼前。驻足于“客家首府　大美汀州”的标志性巨石面前而留影，吃一碗味道纯正的以当地黏性特好的番薯粉为原料的珍珠丸，再加一份位列闽西“风味八大干”之首却依然价格低廉的豆腐丸。长汀，这一融人文景观与自然景观于一体，与湖南凤凰一起被国际友人路易·艾黎誉为“中国最美丽的山城之一”的小城，就深深地刻在了记忆之中。

考察了其他红色景点及匆匆参观古城之后，顺着“兆征路”东去，穿过逼仄的古城墙，跨“汀江”过小桥右转，踏着静静的青石板，进入幽深的街巷，我们很快骑达著名的“辛耕别墅”。

旧时，长汀商会卢会长的这一栋“别墅”，实际是由门楼、庭院、前厅、后厅、两边厢房与后厨房组成的厅堂式三合院，其内堂结构精巧雅致，其外围风情亦如诗如画。1929 年 3 月 14 日，毛泽东、朱德、陈毅率红四军首次入汀，设司令部、政治部于此，并分别住后厅左右房间。我们瞻仰参观，想象着当年风华正茂的革命家们曾经在此“辛耕”着让广大劳动人民当家做主的鸿鹄之志，既作出许多重大决策，又引导百姓建设苏区投身革命。

福建长汀县辛耕别墅——长汀革命旧址

倏忽之间一念飞过，不知那些参加座谈会的老佃农、老裁缝工人、老教书先生、老钱粮师爷、老衙役们，以及那些参加前委扩大会议，总结离开井冈山向赣南闽西进军与开展游击斗争的元帅们、将军们，在那遥远的天国可好？

三十六、红旗不倒赞八闽

【题记】

2016 年 3 月 4 日下午，我们骑行到★福建省革命历史纪念馆（福建福州市福马路 988 号鼓山下院）。

【诗词】

眼儿媚·红旗不倒赞八闽①

红旗不倒太光荣②，满目是坚贞。武夷山险③，汀江水急④，宝地人灵。
长汀宁化清流地⑤，血战事长征⑥。古田绚耀⑦，大安红艳⑧，八闽恢弘。

【注释】

①八闽：福建简称闽，宋朝时称福建路，置福州等六个州及邵武等两个军，共计有八个同级行政的机构，“八闽”因而得名。②福建是革命老区、苏区，革命早，坚持久，贡献大，有“红旗不倒”之赞誉。③武夷山：福建著名山峰。④汀江：福建主要河流之一。⑤长汀有“长征第一村”，宁化也是长征出发地，清流还是长征的集结地。⑥见下文。⑦⑧（上杭）古田、大安等，皆为著名的苏区县。

福建福州市省革命历史纪念馆

【随记】

今天是 3 月 4 日，对老曹而言很特殊——她的生日（身份证日子），而且是步入花甲之年的 60 寿辰纪念日。本次战役启程前，老赵就对老曹说，这一次“红色骑行”告一段落，我们将超过 4 万里了，就以此来为你“祝大寿”吧！

清晨出发，中午在闽侯县参观瞻仰林祥谦烈士陵园之后，我们很快进入福州二环，连跨乌龙江大桥和鼓山大桥，奔向福建省革命历史纪念馆。该馆组织多个空间序列及内容，详细展示了福建革命的光辉历史。仅举一例即可知：福建籍参加红军有 10 多万人，参加长征有近 3 万人，其中 5000 多人在湘江战役中壮烈牺牲，一路征战只剩下 2000 多福建籍红军将士到达陕北。

今天的骑行，还真是“好戏连台”。

先有麻烦接二连二：穿福州城右转时，导航将我们引上了高架，经环保工人指点才骑下高架，但已远离纪念馆，不得已绕路返回；参观后骑向马尾时，老赵的车胎又连爆两次。

后有大惊喜送与老曹：因为参观船政文化纪念馆要前往马尾，昨日老赵试着联系 20 多年前来此任教的安徽师大学生。电话一通，朱茂文同学还清楚记得老师。当听说我们骑车路过并顺道看望，朱茂文同学异常兴奋，不仅设海鲜大宴盛情款待，而且还邀来安师大其他系的毕业生如严华英夫妇等作陪。本来“老乡见老乡，两眼泪汪汪”，此刻可是在他乡师生久别重逢，那份喜悦无法形容。当然，更有意义的是，这是赵老师借花献佛，为学生们的师母（老曹）特意安排的 60 大寿生日晚宴（学生们至今还不知道）！

三十七、仲勋两当闹兵变

【题记】

2016年5月18日中午，我们骑行到★两当兵变遗址与★两当兵变纪念馆（甘肃两当县城关北街4号与城关镇南街20号）。

【诗词】

浪淘沙·仲勋两当闹兵变

华夏好风光，甘肃苍芒。丝绸之路美名扬①。黄帝女娲和太昊②，历史辉煌。

秦岭立高昂，西北丰昌。仲勋兵变写新章③。天佑两当旗漫卷，换易新妆④。

【注释】

①丝绸之路横贯甘肃全境。②甘肃是中华民族和华夏文化的发祥地之一，人文始祖太昊即伏羲氏、女娲和黄帝相传诞生于此。③见下文。④换易：调换、更换，语出汉·荀悦《汉纪·文帝纪下》："……岁更之，换易其处。"

【随记】

昨天翻越秦岭是一场硬仗。从宝鸡出发不久，就连爬28公里大坡翻大散关和观音山，到秦岭垭口费时6个小时。不过这很值！不只是因为必须从这里骑过，还特别因为秦岭的伟大。我国名川大山众多，但秦岭最为独特，没有哪一座山像秦岭这样哺育和影响着中华文明的进程。如果把黄河比作中华民族"母亲河"，那秦岭就是中华民族"父亲山"。我们曾攀登过秦岭主峰海拔3767米的太白山，老赵出版的散文集《疯情生命》中有过详细描述，但"红色骑行"骑越秦岭更有意义。在秦岭标志处合影，我们心中满是自豪。

甘肃两当县两当兵变纪念馆

从秦岭往前，依次可见"嘉陵江的源头"与"通天河"的标识，以及在具有民族特色跨山门楼上高悬着的七彩凤县标志。果然，伴随着一路"秦岭峡谷 氧吧凤县"与"凤飞羌舞"的宣传牌，各种鲜艳夺目的花卉遍及山坡路边。空气如此清新，景色如此诱人，让我们忘记了全身酸痛而一口气骑了100多公里，停宿在七彩凤县。

今天由省道转国道，满以为不会再爬山，但跨嘉陵江一入甘肃省，就连爬东山梁和鸡脖岭等两座十几公里长的大山等，直到下午2时才骑到两当。县城虽小，但清洁而宁静，真正验证了上午初入甘肃省界的"陇上明珠 诗画两当"的宣传语。

当然，两当还是一座具有光荣革命传统的县城。1930年2月，年仅16岁的习仲勋受党组织委派到国民党部队做兵运工作。1932年4月2日，在陕西省委特派员刘林圃的协助下，领导了著名的两当兵变。狭窄街巷的一个不起眼的房屋，那是两当兵变遗址，不远处则是新建的两当兵变纪念馆。资料文物桩桩件件，生动还原了伟大历史。

三十八、回民自治在同心

【题记】

2016年5月27日下午，我们骑行到★陕甘宁省豫海县回民自治政府旧址（宁夏同心县城西南清真大寺）。

【诗词】

踏莎行·回民自治在同心

清亮长河，清真古寺①，那年到处红旗帜。大军征战陕甘宁，呼嚎百姓绘新史。

自决当家②，自行立世，三图二字书文示③。回民自治在同心，全新豫海先成事④。

【注释】

①同心清真大寺：地处清水河畔，是始建于元末明初、中国现存的十大古老清真寺之一。②当时的中央机关报《红色中华》曾报道："新成立的回民县，实行了'民族自决'。"③自治政府印章刻有斧头、镰刀和五星三个图像并用汉文与阿拉伯文书写；又，文示：犹文告。④见下文。

【随记】

昨天的骑行，苦乐两重天。早上从经源县六盘山镇出发，出门路过汉武大帝雕塑，北上转国道后，20多公里的修路路段，烂得一塌糊涂。那泥浆又厚又韧，牢牢地粘上并堵满了自行车的车轮与挡灰板，不要说骑车了，推车都困难。我们只好找来树枝掏泥巴，掏一段，推一程，累得满身大汗。不过，此后路况大改变，我们快马加鞭，翻瓦亭峡，走萧关，过固原，一口气骑了近百公里，到海原三河镇住宿。

但今早刚出发，老赵车就爆胎，老曹试着敲开一户人家，一个约五六岁的孩子走出来，老曹做了一个动作，他马上会意，找来了水盆。老赵用水盆盛水找爆胎处，补好胎再出发，下午我们骑到了同心县。

同心的历史非常悠久，文化底蕴深厚，不仅是中华民族灿烂文化的发祥地之一，也是宁夏回族自治区最富有民族特色的地方（全国建制县中回族人口比例最高的县），独特的地理环境及风土人情，古老的清真大寺，宏大的明王陵墓，绵延数十里的古长城，赢得了"看宁夏当看同心"的美好赞叹。

红色遗迹更让同心声名远扬。1936年6月，红军西征解放同心预旺等地，11月红军一、二、四方面军又在同心胜利会师。同心红色声誉，关乎同心清真大寺。在参观红军西征纪念馆等之后，我们即骑行前往。1936年10月20日，陕甘宁省豫海县回民自治政府在此宣布成立。

今天的清真大寺香火依然，神圣依然，但同心已经历经沧桑、天翻地覆。站在寺庙高高的城墙上，满城春色与满城红色尽收眼底。

宁夏同心县陕甘宁省豫海县回民自治政府旧址

三十九、国民师范是摇篮

【题记】

2018 年 5 月 11 日下午，我们骑行到★山西国民师范旧址革命活动纪念馆（山西太原市五一路 276 号）。

【诗词】

七律·国民师范是摇篮

太行险峙吕梁坚①，汾水滔滔走九阡②。
自古龙城肩控背③，而今都邑人挥鞭。
牺盟战士冲锋去，抗敌雄兵含笑眠④。
马列真知培大器⑤，国民师范是摇篮。

【注释】

①太原市区东有太行山，西有吕梁山。②九阡：泛指南北方向的道路；汾水自北向南纵贯太原全境。③龙城：太原别称；又，太原建城有“控带山河，踞天下之肩背，襟四塞之要冲，控五原之都邑”之说。④牺盟：全称“山西牺牲救国同盟会”，山西群众性抗日救亡组织，曾在“国民师范”举办各种抗日训练班，并成立了山西青年抗敌决死队。⑤徐向前、薄一波等在国民师范接受马列主义启蒙教育而走上革命道路；又，大器：珍贵器物，比喻能干大事业的人。

【随记】

骑向太原，不时有小雨。在进入阳曲县前，又爬了十几公里长的石岭关，但总体路况还是好于前几天的太行山区。尤其是过了阳曲县，骑上了快速通道，一路更顺。这样，我们一天虽然骑了 100 多公里，但仍然在下午 3 时就骑到太原，并按照计划攻略先后参观了太原解放纪念馆和山西国民师范旧址革命活动纪念馆。

山西太原市国民师范旧址革命活动纪念馆

国民师范旧址是太原市唯一保存下来的较为完整的一处革命旧址，它曾经是山西革命活动的坚强堡垒之一。我们骑达的时候，该馆已下班，热心的过路人不仅帮我们拍合影照，还与我们一道恳请门卫。终于，门卫开门允许我们推车进去并在旧址留影、参观。

晚上，河海大学商学院 MBA 学生王东夫妇，在“老太原菜馆”用地道的太原菜盛情款待。老赵长期在河海商学院做兼职教授，在太原工作的王东同学早知道老师骑行的事情，并数次邀请说：“老师有机会骑行经过太原，学生一定尽地主之谊。”此次“晋察冀战役”，正好机缘巧合。其实，老赵 44 年未见面的太原战友胡学平等也发出了邀请，但因为我们不能在太原多停，于是将“机会”给了学生，并叫来了几位战友。学生王东夫妇还不停地向老师、师母和师叔（老赵的战友）敬酒，师生加战友，大家一同把酒言欢，别有一番情趣。

四十、北大光荣在红楼

【题记】

2016 年 10 月 19 日下午，我们骑行到★北大新文化运动纪念馆（北京五四大街 29 号）。

【诗词】

风入松·北大光荣在红楼

燕园本为帝王修①，神韵不含羞。明清两代逍遥殿②，最风流、多少温柔。亭宇阁中遗梦，池湖水里消愁。

改天换地来从教，思想更清遒③。接迎五四春风飔，英姿在，依旧鳌头。功在传播马列，光荣北大红楼④。

【注释】

①②燕园：北大校园本部地址，明清两代是著名的皇家园林，其基本格局与神韵依然存在。③清遒：清新有力；又，1917 年，蔡元培出任校长，整顿和改革旧式教育，提倡新文化、新思想。④见下文。

北京东城区北大新文化运动纪念馆

【随记】

我们的“红色骑行”,“大北方战役”单程历时最长（71 天）、距离最长（7552 公里），跨越省份也最多（穿越绕行于黑、吉、辽、京、津、冀、苏、鲁、皖等 9 个省区）。骑行出发之际，我们曾填词《浪淘沙·剑指大北方》：“车向最天边，盔甲重穿。白山黑水战骑欢。生命必须赢气度，不愿平凡！剑指大北方，跃马挥鞭。长城内外笑谈间。年考怎能成阻挡，梦想联翩。”词中“年考”，即年寿，多用于指老者年龄。

年考是问题吗？至少，在我们这里它不是！更何况，我们的“红色骑行”，是信仰在支撑，是意志在给力；是中国共产党的伟大、光荣与正确，中国红色基因的丰厚、壮丽与特殊，让我们不断感动，及其从中汲取了身体与精神的充沛营养。

这是我们第一次骑经北京。北京，我国的首都，一座有着 3000 多年历史的古都，是首批国家历史文化名城和世界上拥有世界文化遗产数最多（7 处）的城市，共有文物古迹 7309 项，其中 99 处为全国重点文物保护单位。而我们说：北京红色更是“世界之最”！

北大新文化运动纪念馆是红色遗产之一，因全楼以红砖红瓦建成，故称之。该馆原为北京大学第一院，是一座具有光荣革命传统的近代建筑，是中国新文化运动的主阵地和五四爱国运动的策源地，中国共产党早期的一些重要活动曾在这里举行。该馆以著名“红楼”为依托，是全面展示五四新文化运动历史的综合性博物馆。

晚上，老赵的大学同学苏志良携太太在凯德 MAH 为我们骑行北京设宴，同学郭世坤也欣然前来。他们三人在大学里“同居”一个寝室，那是一种什么样的情感？！聊起了将近 40 年前的生活及毕业后的日子，两鬓染霜的几位先生，就是打开了一个说不完的话匣子——将各自相濡以沫的太太完全撂在了一边。

四十一、少奇北方演传奇

【题记】

2016 年 10 月 15 日中午，我们骑行到★中共中央北方局旧址（天津和平区黑龙江路隆泰里 19 号）。

【诗词】

七绝 · 少奇北方演传奇

左倾道路白区疲①，重整河山正遇时。
伟大少奇身伫立，北方局里演传奇②。

【注释】

①白区：指由反对激进的、反对革命的势力所控制的地区，特指中国第二次国内革命战争时期（1927—1937）国民党控制的地区。②北方局初建于 1927 年，后由于“左”倾路线的错误领导而遭到极大破坏。1935 年 5 月，中共中央决定重建北方局，并派刘少奇代表中共中央主持工作。

【随记】

昨天的骑行，也有一些麻烦。先是路途有顶风，感觉还有四五级，再是自行车有一些异样声音，骑起来不是很爽。幸运的是，中午骑到地处唐山南部沿海、渤海湾中心地带，原名唐海县的唐山曹妃甸区时，还找到一家美利达专卖店。店长郑浩，是一个年轻的帅哥，技术精湛，特别热情友好。他仔细地为我们检修自行车，反复地调刹车、紧螺帽与加油保养传动部位，忙乎了很久，解决了好多问题。他的父亲不仅在一边帮忙，父子俩最后还坚决不收一分钱，真得让我们很感动。下午车好路好，补回了上午损失，一天骑了近 140 公里，傍晚时骑到了天津汉沽。

昨天的努力为今天赢得了许多时间。尽管，今天的天气仍然不是令人满意，但风向变了，有一些小小的顺风，中午时分就骑行进入了天津市区。参观瞻仰平津战役纪念馆和周恩来邓颖超纪念馆，我们又匆匆赶向中共中央北方局旧址。因为附近在修路，又因为该旧址是在一个比较闭塞的街巷之中，我们在旧址附近转了几个圈才找到。

这是旧时天津法租界石教士路隆泰里的名叫惠兴德成衣铺的一栋小楼。时年，楼上住着一位正在养病的南开大学“周教授”，实际上他是刚刚从陕北长途跋涉 2000 公里抵达天津化名胡服的刘少奇。1935 年，鉴于“左”倾路线错误领导而导致我党组织在国民党统治区（白区）遭到极大破坏的严重局面，中共中央决定重建北方局并派刘少奇主持工作，从而使北方和天津党的工作进入了一个崭新阶段。

天津和平区中共中央北方局旧址

红墙边，林荫下，我们展开了党旗、国旗和我们自己的“红色骑行”旗帜。一位美女立马走到面前说：“要拍合影照吧？我来帮你们。”又十分惊叹：“哇塞，好几面旗帜呀！真了不得哎。”

四十二、革命纪律最精真

【题记】

2016 年 2 月 29 日清晨，我们骑行到☆“三大纪律八项注意完善地”（福建连城县新泉镇）。

【诗词】

风入松·革命纪律最精真

冻杀不拆屋一尊，难撼岳家军①！曹操割发行承诺②，讲规矩、队伍灵魂。胜利原来如此，成功只在完陈③！

与民不要线和针④，成就铁红军！严明训令传天下⑤，践诚言、万众一心。革命前程灿烂，皈依纪律精真！

【注释】

①“冻杀不拆屋，饿杀不打掳”，是岳家军士兵的崇高准则；故敌为之语曰：“撼山易，撼岳家军难。”②曹操行军立下规定，凡马匹践踏农民庄稼的要砍头，但有一次他的坐骑被飞鸟吓惊，不及控制践踏了农田。为严明军纪，曹操决定自我惩罚，但三军之帅岂可砍头，于是象征性地割断头发。③完陈：严整的军阵。④不要线和针：改编自《三大纪律八项注意》。⑤训令：又称“双十训令”，有关三大纪律八项注意，正式颁布于 1947 年 10 月 10 日。

【随记】

昨天，一路疯骑狂奔，一路翻山越岭，连续参观了几处红色景点，还赶了 100 多公里，骑到了连城新泉镇，住宿在岔路口附近一家私人开的温泉旅社。停留在此小镇，老曹已经见怪不怪了。因为，为了“红色骑行”，十几年来老赵在“攻略”设计上，投入了常人无法想象的精力，确证了常人少知的“红色地点”。驻足新泉，亦是如此，它红色资源丰富，还特别是“三大纪律八项注意完善地”。

福建连城县“三大纪律八项注意完善地”

今天，在淡淡的晨曦中，我们伫立在标志牌下相互拍照。

早在 1927 年 9 月，毛泽东领导秋收起义，就对部队官兵提出许多要求；同年 10 月向井冈山进发，又明确规定三项纪律；1928 年 1 月，部队进驻遂川县城，再提出六项注意；同年 3 月 30 日，部队到达湖南桂东沙田村，毛泽东正式宣布“三大纪律六项注意”。1929 年 1 月，红四军主力进军赣南闽西，并于 6 月 10 日到达新泉休整，针对红军战士洗澡随意不避人等情况，毛泽东等又增加了两项注意，“三大纪律八项注意”就此诞生。1947 年，毛泽东亲自起草《中国人民解放军总部关于重新颁布三大纪律八项注意的训令》，它不仅成为中国人民解放军的优良传统和行动准则，而且体现了人民军队的本质和宗旨。

纪律，今天更需要。无视纪律，践踏纪律，我们怎么可以无往而不胜？！老赵在课堂上，尤其是在给那些肩负重任的官员们开展讲座时，都一而再再而三这么去强调。

四十三、武昌农运讲习所

【题记】

2017 年 12 月 1 日下午，我们骑行到★中央农民讲习所旧址纪念馆（湖北武汉市武昌区红巷 13 号）。

【诗词】

七律·武昌农运讲习所

黄鹤楼王天下噪①，又听辛亥第一枪②。
鄂州多次排前列，江夏从来显贵昌③。
农讲所中修柱栋④，武昌城里训龙骧⑤。
喜看革命人才旺，农运英雄志气昂。

【注释】

①黄鹤楼：有“天下江山第一楼”之美誉。②辛亥革命第一枪发生于武昌。③武昌古有鄂州、江夏之称。④柱栋：屋柱与栋梁，喻指承担重任之才。⑤龙骧：比喻气概威武。

【随记】

参观了八七会议旧址及其他几个红色景点以后，我们沿路南下，先跨汉水过汉江桥，再第 12 次骑跨长江过武汉长江大桥，从汉口到武昌。大桥下不远处，就是著名的黄鹤楼景区。一则我们以前曾经来此游玩，二来时间也比较紧，所以我们拍了几张以黄鹤楼为背景的照片，就没有再去景区了（一路骑行，为了赶路，我们放弃了无数的风景名胜）。接着，我们右转进入解放路，一会儿又右转骑入红巷，来到了武昌农民讲习所旧址纪念馆暨武汉革命纪念馆。

湖北武汉市中央农民讲习所旧址纪念馆

创立于 1927 年 3 月 7 日的武昌农民讲习所，全称为中国国民党中央农民运动讲习所，是第一次国共合作时期毛泽东倡导主办的一所培养农民运动干部的学校，是广州农民运动讲习所的继续和发展。该馆以讲习所旧址为依托而建立，征集、收藏文物、文字资料和历史照片等，并多次修改复原陈列和辅助陈列。

几位门卫非常热情客气，不仅帮我们拍照，还为我们保管自行车与驮包等。参观结束时，门卫又指引我们去参观距此不远的其他几处红色景点。古老的道路，两旁是浅灰色的高墙旧房，左边是共于一处的陈潭秋烈士纪念馆和中共五大会址，会场上内陈独秀、瞿秋白、张太雷等座位依次列在主席台前排；右边的毛泽东旧居内，分别有毛泽东和杨开慧携子毛岸英和毛岸青，彭湃和毛泽覃及杨开慧母亲等住过的房间。旧居天井的小花园中，巍然屹立着“毛泽东在武汉”的巨石标志。

四十四、广州农运讲习所

【题记】

2017 年 1 月 19 日下午，我们骑行到★毛泽东同志主办农民运动讲习所旧址（广东广州市中山四路）。

【诗词】

清平乐·广州农运讲习所

浩然孔庙①，越秀峰呼啸②。往日楚庭真热闹③，讲习所中论道。
马恩主义精真，泽东思想精深④。革命气氛高涨，更行更远长新。

【注释】

①孔庙：毛泽东同志主办农民运动讲习所旧址原是番禺学宫（孔庙）。②越秀（山）峰：位于广州北侧，为广州标志之一。③楚庭：广州最早的名称。④语出吴玉章先生为“讲习所”所作诗：“马列重农新发展，泽东思想最精深。”

【随记】

离佛山，过番禺，三跨珠江去广州。路况好，直线距离本来不长，但因为寻找与参观几处相隔较远的红色景点，我们绕了很多路。这不，晚上一看码表，今天还是跑了 93 公里。此外，骑行于繁华奢侈、人流如织、车水马龙、交通繁忙的广州市区，还得格外小心谨慎。下午 4 时，我们终于骑到广州农运讲习所。

第一次国共合作形成后，为了培养农民运动干部，适应形势发展，在共产党人的倡议和主持下，该所以国民党名义在广州举办。1926 年 5 月，毛泽东任第六届所长，周恩来、萧楚女、彭湃等共产党员任教员。在参观当年来自 20 个省区 327 名学生学习农民运动的理论和方法，接受严格军事训练的教室、宿舍与操场时，更敬佩学员毕业后为中国革命所作出的重大贡献。

晚上，我们入住中山大学宾馆。这是老曹的老乡、中学同学、现在中山大学任教授、博导的储小平特意安排的。非常关注我们的“红色骑行”，也知道我们“大华南战役”要途经广州，他早就发出邀请。晚餐中，不胜酒力的储小平夫妇为我们打开了珍藏多年的法国葡萄酒并一同畅饮。

第二天早上，储小平夫妇又请我们去喝茶——正宗的广州早茶，一顿丰盛的早餐：吃了水晶虾饺、椰汁年糕、龙凤饼和榴莲酥，又尝凤爪、龙牛肉丸、炸云吞和鸡丝粉皮，再喝蟹粥、艇仔粥……怪不得广州人把饮茶称为“叹茶”（即享受之意），并流传着“叹一盅两件”（即享受一盅香茶、两件点心之意）的口头禅。搞笑的是，我们长途骑行中“油水”少，见到如此天花乱坠的美食，怎么忍得住“细嚼慢咽”？那边，储小平夫妇又不停地招呼，好家伙，享受过分，撑得不行！也少了一份广州人“为名忙，为利忙，忙里偷闲，饮杯茶去；劳心苦，劳力苦，苦中作乐，拿壶酒来”的悠游自在。

广东广州市毛泽东同志主办农民运动讲习所旧址

四十五、红宫红场永远红

【题记】

2017年1月12日上午，我们骑行到★红宫红场旧址（广东海丰县人民南路中段）。

【诗词】

红宫红场永远红

仓埔改造做红场，学宫装扮成红宫。
红墙红壁红土地，海丰革命气吞虹①。
红色大军再会师②，红色政权更兴隆。
彭湃英魂红万代，红宫红场永远红。

【注释】

①气吞虹：源自成语气吞虹蜿，犹气吞山河，形容气魄宏大。②1928年1月2日，董朗等率领的南昌起义部队红二师与徐向前率领的广州起义部队红四师在红场胜利会师。

广东海丰县红宫红场旧址

【随记】

早上骑离惠来县葵潭镇华侨旅社时，天还没有亮，但不一会儿就阳光灿烂了。临行前，宾馆服务员送了一小包好茶叶，并嘱咐我们注意安全。骑到可塘镇加油站休息时，我们刚停下车，穿着工作服的美女就围了过来，为我们加热水，与我们拍照留影。骑到吉隆镇邮政局时，员工又很爽快地在我们的地图上盖邮戳，并送一些餐巾纸让我们路上用。除了加油站，邮局是我们去的最多的地方，远远看到中国邮政绿色的特别标识，我们都有一份特殊的小激动——十万里“红色骑行”，我们要在亲手绘制的中国地图上尽可能盖上各地邮戳。

说实话，一路骑行，我们被红色一再感动！或者说，我们感受到满满的红色震撼。与此同时，我们也被许许多多的普通人感动！我们亲身体会到，老百姓真好、很朴实，尤其是那一股满满的正能量。在过陆丰市时，在金川加油站，鲜红的国旗插满了高高的棚顶及四周边。

中午，我们骑达汕尾市海丰县海城镇，参观了中国农民运动先驱彭湃旧居之后，再骑往红宫红场旧址。

红宫原为建于明代的海丰学宫。1927年11月18日至21日，这里召开了县工农兵苏维埃代表大会，成立了海丰苏维埃政府。因为会场四周和街道墙壁都刷成红色，会场内用红布覆盖墙壁，中国第一个红色政权在此诞生，所以人们把学宫改称“红宫”。红宫东侧原为东仓埔，为庆祝海丰苏维埃政权成立，彭湃同志指示在该地兴建“红场”及大会主席台和“红场”大门，并亲自在大门门额上手书“红场”两个大字，以红宫、红场为中心的海陆丰革命根据地由此闻名于世。旧址现辟为红宫红场旧址纪念馆，1986年红场中心安放了彭湃烈士铜像，红宫红场的革命史迹与彭湃的革命功绩日月同辉。

哦，红宫红场，红大门红墙壁红道路，我们见到的全红的红色景点。记住了！

四十六、桐柏霞光洒中原

【题记】

2017 年 12 月 7 日下午，我们骑行到★桐柏革命纪念馆（河南桐柏县城南叶家大庄）。

【诗词】

浪淘沙·桐柏霞光洒中原

淮水显奔湍①，清绮涓涓。取名置县赖高山②。福地大名天下响③，真不平凡。

劲旅聚军团④，逐鹿中原。叶公慷慨献房间⑤。桐柏霞光多灿烂，光照千年。

【注释】

①淮水：古淮河之称，发源于桐柏山主峰太白顶西北侧河谷；又，奔湍：急速的水流，取自唐·杜甫《营屋》诗："萧萧见白日，汹汹开奔湍。"②隋开皇十八年（598 年）置桐柏县，因位于桐柏山麓，以山为名。③桐柏史称"天下七十二福地"之一。④⑤见下文。

【随记】

今天的骑行很特别——在两个省之间来回穿越。早晨从河南信阳市出发，沿国道 312 一直向西，翻羊山，过张家土城大桥，30 多公里之后，我们第三次骑入湖北。经随县小林镇，翻陈家寨，第四次骑跨淮河过淮河大桥，又 30 多公里后，我们第三次入豫，再过南阳桐柏县月河镇。

路经吴家店镇，恰逢大雪节气及赶集日。集市繁荣，人山人海，一烧饼摊十分抢眼，不锈钢的夹子将烧饼放进精致的小纸袋，走乡串街还第一次看到这么贴心的小摊贩，难怪这么多人排队，正好我们饿了，烧饼吃起来很香。中午到达月河镇时，邮局已下班，老赵试着绕到侧面的窗户并敲了一下，一位年轻美女立刻打开卷帘门，在盖邮戳的时候，还一再说特别佩服我们的骑行。

然后，我们第五次骑跨淮河过东十里桥，到达叶家大庄桐柏革命纪念馆。

河南桐柏县桐柏革命纪念馆

地处淮河源头的桐柏县是革命老区，1925 年就成立了南阳地区第一个党组织。1945 年 10 月 24 日，李先念率新四军五师、王震率八路军三五九旅、王树声率河南军区部队等三路大军六万雄师在桐柏胜利会师，大大加强了中原地区的军事力量，也为解放战争的胜利和新中国的诞生建立了不朽功勋。本地名绅叶逢雨先生主动腾出大小院落 11 个、房屋 194 间和花园 1 座的住宅，成为当时中原解放区的核心区域和各级首脑机关所在地。参观桐柏霞光等五个专题展厅，桐柏革命史实历历在目。

冠名"太白"的山峰有几座。我们曾在 2007 年春节期间攀登秦岭主峰太白山，老赵在出版的《疯情生命》中记述了那"银光四射"故称太白的神山。你呢，桐柏山的主峰"太白山"，一定打上了深深的"红色"烙印！

四十七、少儿新安旅行团

【题记】

2015年10月10日下午，我们骑行到★新安旅行团革命历史陈列馆（江苏淮安市楚州区县西街）。

【诗词】

浪淘沙·少儿新安旅行团

幼小旅行团，生在新安。一心抗日志齐天。民族少儿军号手①，声震瀛寰②。

足迹遍山川，西北东南③。唤呼民众赴国艰④。救国图强留美誉，影响无边。

【注释】

①少儿新安旅行团，被誉为“中华民族的小号手”。②瀛寰：寰瀛，天下、全世界、五洲四海意；晋·崔棁《晋朝飨乐章·三举酒》有：“朝野无事，寰瀛大康。”③见下文。④国艰：国难意；改编取自中山先生遗嘱：“唤起民众，共赴国难。”

【随记】

昨天进入淮安，穿过长长的市区以后，我们住宿于淮安区的格林豪泰，一天共骑行了135公里。晚上，在“千年古镇河下”景区内的一家酒店，河海大学MBA学生李鸿设宴招待我们，学生季玲玲、马艳等也前来作陪。李鸿同学是当地一民营企业的老总，创业有成，几年前老赵来淮安的河海大学MBA教学点讲课，知道他40多岁还考取MBA，留下较深印象，这才有了我们骑经淮安的师生聚会。交谈中，还感知李鸿对红色景点也有许多了解，这让我们又多了一些感动。

昨天跑这么远，是因为要给今天争取时间。在瞻仰周恩来故居暨纪念馆后，我们骑到了新安旅行团革命历史陈列馆。

江苏淮安市新安旅行团革命历史陈列馆

新安旅行团是一个特殊组织，是我党领导的一个少年儿童（文艺）教育团体，最大的17岁，最小的只有12岁，先后参加该团的达六七百人之多。该团业绩更特殊，他们“人小志气大，爱国走天下”，旅行全国进行抗日救国的教育与宣传，东起黄海之滨，南至港澳地区，西达兰州以远，北抵内蒙古百灵庙，行程50000余里，在全国20多省市留下足迹，被誉为“中国少年儿童的一面旗帜”，堪称我国青少年运动史上的绝美篇章。领袖们对该团大加赞赏：毛泽东曾亲笔写信，周恩来也数次加以指导，国家名誉主席宋庆龄还亲自为该馆题词。

我们骑行到该旧址的这一天，正是它80周年的纪念日，馆内外一派热气腾腾的欢庆景象，有许多孩子前来参加庆典，他们稚嫩的脸上更多的是快乐与兴奋。我们忽然好奇地想知道，现在的孩子们是否晓得，与他们年龄相仿的少儿新安旅行团，当年出发时每人只有一身单衣、一双草鞋、一把雨伞及简单行装，却走遍了大江南北。

四十八、苏区首府鄂豫皖

【题记】

2017 年 12 月 4 日下午，我们先后骑行到★鄂豫皖苏区首府革命博物馆（河南新县城东南文博新村 4 号）、★鄂豫皖苏区革命烈士陵园（河南新县县城南白马山东麓）与★首府路和航空路革命旧址群（河南新县首府路生产街）。

【诗词】

西江月・苏区首府鄂豫皖

鄂豫皖中拼命，大别山上搽拳①。飞机起义战黄安，军号声声嘹亮②。

劲旅四支沥胆③，英雄一脉披肝。苏区首府事功欢④，异彩满天大放⑤。

【注释】

①搽拳：施展拳术。②飞机、军号：皆为博物馆珍贵藏品。其中，飞机系农民赤卫队缴获的国民党双翼军用飞机，后命名为“列宁”号，参加过攻克黄安战斗。③在鄂豫皖苏区，先后诞生了红四方面军、红二十五军、红二十八军三支主力红军与一支抗日武装——新四军第五师等四支劲旅。④事功：功绩、功劳；《三国志・卷二六・魏书・牵招传》有：“而渔阳傅容在雁门有名绩，继招后，在辽东又有事功云。”⑤异彩：取自博物馆标题之一“大放异彩”。

【随记】

早晨从红安出发，走省道 109 北上，一路上坡，在翻连康山与悟仙山时，还顶着五六级的风，不要说骑，推都困难，且漫天雾霾。

今天一路红色景点较多，有关“鄂豫皖苏区首府”的内容也十分丰富。在新县，我们逐一参观了相关纪念场所。新集（今新县县城）是鄂豫皖苏区首府。鼎盛时根据地发展到 26 个县，人口发展到 350 万，主力红军发展到 45000 余人。博物馆馆藏多件文物十分珍贵；烈士陵园内，事迹陈列室、烈士墓等多个纪念建筑物，让人肃然起敬；首府路和航空路革命旧址群里，鄂豫皖分局与红四方面军总部等旧址，更集中展现了鄂豫皖革命根据地的辉煌。

河南新县鄂豫皖苏区首府革命博物馆

原本计划在新县休息，但看看时间不过是下午 3 时，于是决定再向前赶一些路。不料，该决定让我们吃了不小的苦头。20 多公里以后到了吴陈河镇，真惨了，旅社太少，路边找到一家，脏得不得了，老曹急得要哭。好不容易换了一家，住宿不仅要上二楼（我们不得不小心踩着窄窄的楼梯搬车搬行李），还没有卫生间和浴室（上厕所和洗漱要去走廊尽头的公共卫生间）。没办法，只能凑合一晚了。

四十九、确山竹沟小延安

【题记】

2017 年 12 月 8 日下午，我们骑行到★确山竹沟革命纪念馆（河南确山县竹沟镇延安街）。

【诗词】

鹧鸪天·确山竹沟小延安

红色中原主阵地，竹沟美誉小延安①。游击抗日燃烽火，征战为民揍敌顽。

拂晓报②，破春言③。少奇修养著高篇④。石榴果树栽门前⑤，历史铭功记确山⑥。

【注释】

①见下文。②拂晓报：我党著名报刊，在竹沟创刊，彭雪枫是创始人和领导人。③破春：入春；语出元·杨奂《宿南石桥》诗："岸柳犹含冻，溪花欲破春。"④高篇：诗文的美称，宋·韩维《览梅圣俞诗编》诗曰："高篇屡云阁，远思殊未终。"⑤石榴树：见下文。⑥铭功：语出《后汉书·南匈奴传论》：东汉窦宪破北匈奴，登燕然山，"铭功封石，倡呼而还"。

【随记】

早晨房间停电，无奈，我们开启手机电筒照明洗漱和打理行装。老曹则在走廊的插座上做好午饭（我们带着电饭锅，常自备午饭）。

12 月的河南，气温已低至零下，行人都穿羽绒服了，我们的行头单薄，很够呛。骑行到上午 10 点多，全身还未回暖，手指僵硬都换不了车挡，只好下车喝热水，原地搓手跺脚。

省道上"保通道路"的牌牌，不知所云。老乡说："你们马上就知道的。"原来，前面是十几公里烂路。不过，翻越的高乐山很美，让我们忘却辛苦。而在竹沟镇，吸引眼球的广告又让我们"轻松一刻"："老黑烧饼，全球第一"，小老板自夸"烧饼上过央视"。买了，吃了，确实不错。

河南确山县确山竹沟革命纪念馆

竹沟镇曾美称"小延安""小陕北"，中午我们骑到竹沟革命纪念馆，两个美女工作人员热情接待并为我们拍照。

竹沟是中原地区战略支撑点，刘少奇等曾在这里工作战斗。刘少奇的石榴树故事令我们啧啧称奇。当年，刘少奇在竹沟将老乡送的一棵石榴树栽在他的办公室暨居住室门前，希望我们党的干部像它一样"扎根、开花，映红竹沟，映红全国"！后来，国民党进攻竹沟，听说这是共产党一个大官栽的树，就连根拔掉。而国民党刚一撤退，竹沟群众又把这棵干了一冬的树栽回原处。"文革"间，这棵树又被造反派连根拔出，抬着游街示众。老人张金明冒着生命危险，趁夜偷偷在树上剪下一枝，插在自家院子并悉心照料。"文革"后，老人把已长成的石榴树献出，重新种回原地，且如今长得枝繁叶茂。

在"神奇"的石榴树前拍照，我们思绪万千！

五十、七里长胜列宁市

【题记】

2017 年 12 月 4 日上午，我们骑行到☆七里坪革命遗址群（湖北红安县七里坪镇）。

【诗词】

阮郎归·七里长胜列宁市

天台山上乱云萦[①]，对天河水腾[②]。只因长胜创红军[③]，山乡获极荣[④]。
马恩地，列宁城[⑤]。琼琼七里坪。魂牵梦绕几多情，那堪岁月峥。

【注释】

①②天台山、对天河：位处七里坪镇，是著名的风景区。③长胜街：七里坪的一条主街。④极荣：非常光荣，最大的荣耀，语出《醒世恒言·三孝廉让产立高名》：“匹夫而膺辟召，仕宦而至九卿，此亦人生之极荣也。”⑤见下文。

【随记】

七里坪镇位于大别山南麓、鄂豫两省交界处，大革命时期是鄂豫皖革命根据地的中心，曾被鄂豫皖苏维埃政府命名为“列宁市”。

果然，今日骑行前往七里坪，我们真的深刻感受到“将军故乡”的名不虚传。在七里坪开国将军陈列馆的纪念堂里，供奉着开国上将秦基伟、中将刘昌毅、徐深吉等百数位将军的灵位。最令人震撼的是，在通往七里坪沿路的两侧，“全国将军第一镇”及其真名实姓的、雕刻有相片、撰写有简介的“将军纪念碑”，每隔一定距离就伫立一个，并且延续着很长很长的道路，直到七里坪镇：少将甘思和、张天恕、张竭诚、闵学胜、陈美藻、邹国厚、郑国仲、赵鹤亭、秦光远、袁克服、程启文、程儒珍、戴克明、戴克林……将军威武，英名永存，乡亲们没有忘记，共和国没有忘记！这也是我们骑遍全国，瞻仰近千个红色景点，所见到的唯一的特别的景象！

七里坪镇，革命文物最集中的一条街是长胜街。穿过街口一座飞檐翘起的弧形门洞，就踏入了宽不过二三米，地面仍是遗留下来的长方形石板路。街道较长，两边都是近似徽派式样的古老房屋，飞檐翘壁，颜色灰暗。沿着长长的街道，我们恍如走进了久远的红色年代……鄂豫皖特区苏维埃、革命法庭、苏维埃银行、红色邮局、红军经济公社、列宁小学等 40 余处革命旧址，一一呈现。

湖北红安县七里坪长胜街革命遗址群

七里坪，“列宁市”，你在中国红色的历史中。

五十一、红色首府在大安

【题记】

2016 年 2 月 17 日下午，我们骑行到★闽北红色首府大安（福建武夷山市洋庄乡大安村）。

【诗词】

七绝·红色首府在大安

红色大安成首府，人欢马叫业升腾①。
且看闽北风光秀，分水关头赤帜萦②。

【注释】

①1931 年，方志敏、周建屏率红十军两次入闽作战，巩固和发展了闽北革命根据地；闽北分区党政军机关不久迁至大安，使之成为闽北苏区“红色首府”，统管 300 多里与 50 万人口，各项建设进入鼎盛时期，毛泽东赞扬为“方志敏式的根据地”。②分水关：闽赣两省具有军事价值和重要地位的雄关，为历史上兵家必争之地；大安地处分水关南麓。

【随记】

一大早，我们就骑到石塘镇参观石塘新四军整编暨新四军第三支队第五团旧址。接着，走一段乡道烂路，翻过大岗山，重上省道 202。然后，爬陡峭的紫溪岭，骑到了地属上饶铅山的武夷山镇。

远远看到一路边公安检查站，正愁找不到加油站休息吃午饭，只好向警察求助。准备外出吃饭的一位年轻警官，马上折回为我们烧开水，并送上当地茗茶大红袍。该警官与我们合影后提醒：“前面有分水关——武夷山山峰等好几座大山，比刚才的紫溪岭更高更陡。”正巧，一位反向骑行、来自辽宁鞍山海城名叫刘子赫的独行小伙子，此刻也停在我们面前并证实了山情路况，小刘握拳鼓励：“二老加油！”。

福建武夷山市闽北红色首府大安

好一个分水关，雄伟壮观，山路漫长，垭口还有积雪。辛苦备至的老曹，居然兴致勃勃地停车玩雪——恰如一个心无旁骛的青春少女，但接下来这“少女”生气了。老曹要老赵先骑，老赵“得令”飞奔而去，不料在洋庄乡邮局盖邮戳时，老曹骑过去几公里不见老赵，相互电话寻找，一见面老曹“龙颜大怒”：“我不是你的学生，我是 60 多岁的老太太了，你经常头也不回地把我甩很远，太过分了！”从那以后，老赵被永远地“控制”在老曹身后而不得超越半步。

刚骑到大安村“红军街”，巧遇该村纪委书记，他马上叫来温女士，这位志愿者热情引导，讲解的同时还为我们拍照。缓步走去，闽北红色首府序列——闽北分区苏维埃政府、中共闽北分区委、军委、司令部、政治保卫局、银行、列宁俱乐部等旧址历史厚重。不远处，沿街路灯杆上的“毛泽东：今日向何方，直指武夷山下”和“方志敏：中国红军万岁”等红标，则愈加璀璨耀眼。

五十二、美名莲花一支枪

【题记】

2018 年 9 月 14 日下午，我们骑行到☆莲花一支枪纪念馆暨☆毛泽东引兵井冈决策会议纪念馆（江西莲花县解放街 148 号）。

【诗词】

五律·美名莲花一支枪①

革命遇凶殃，征程有雪霜。献身藏火种，舍命保钢枪②。
烈义惊天地③，精神撼上苍。莲花宾兴馆，千古美名扬。

【注释】

①取自毛泽东儿子岸青和儿媳邵华参观纪念馆所留诗词："莲花一支枪，美名传四方。"② 1927 年大革命失败后，莲花农民自卫军总共 60 支枪被敌人缴去 59 支，只剩贺国庆保存的一支枪。为保此枪，贺国庆之父被敌人活活烧死，其弟全家被害得妻离子散，家破人亡。③烈义：谓刚正而有节义。

【随记】

一大早，骑离芦溪县去祭拜卢德铭烈士陵园后，掉头重上县道 161，再返回南下走省道 231，不久就开始连翻水牛岭、黄七岭和文步岭等又高又陡又长的大山。三公里处问从山上骑摩托车下来的小伙子，说还有五公里；两公里后问一位开拖拉机的老乡，说还有五公里；再爬三公里，养路工人说，只有四五公里了。这山到底有多高啊？终于，在码表显示 15.7 公里时抵达垭口。爬这几座山，耗时四个半小时。下山则十分危险，一个接一个的 270 度急弯，陡峭吓人。一路下冲到长丰乡，我们才寻得一户人家讨要了一点开水，然后在一果园边阴凉处吃午饭。接着，转国道 319，再翻大坳里，4 时许，骑入莲花县，骑到莲花一支枪纪念馆暨毛泽东引兵井冈决策会议纪念馆。

贺国庆一家为保存这一支枪英勇悲壮，毛泽东在《井冈山的斗争》一文中对"莲花一枝枪"的革命斗争精神给予充分肯定。1928 年初，中共莲花县特支队成立，重建红色地方武装赤色队，就是拿起这保存下来的一支枪，并由一支枪发展成为我军一支光荣的英雄部队。纪念馆里，我们看到了这神奇的一支枪。

江西莲花县莲花一支枪纪念馆

当我们展开党旗、国旗拍照时，围观的人很多并问道：你们是什么组织的，政府给你们钱吗，没有钱那你们为什么呢？是的，为什么呢？我们常常反问："毛泽东为什么呢？红军为什么呢？"祭奠他们，传承红色，我们想尽微薄之力。

晚上，老赵有意将几张背景为"莲花一支枪"的照片发给战友袁文讯和刘凤海等，果然反响强烈。他们异口同声："被带进了美好的回忆！"说来话长哦。40 多年前，老赵在部队宣传队里，曾经和战友们表演过一出名叫"莲花一支枪"的小话剧！

五十三、老区泰宁红军街

【题记】

2016 年 2 月 20 日下午，我们骑行到★泰宁“红军街”（福建泰宁县红军街）。

【诗词】

小重山·老区泰宁红军街

三进三出破险关①。人民齐决战，共宣言。泰宁奋勇渡时艰。组两队②，双手再出拳③。

闽赣是家园。纵横千里地，志弥坚。红军街上好容颜，人道是，故事太斑斓。

【注释】

①创建泰宁苏区，当年红军历经了敌我双方三进三出的拉锯争夺战。②两队：泰宁人民参军参战所组织的“夫子队”和“担架队”。③ 1933 年，中共中央制定了“两个拳头打人”的军事方针。

【随记】

从江西黎川骑往福建泰宁，一条终身难忘的路！看着我们骑车还有大驮包，老乡们问：“去哪里？怎么走这条路？太难了，那前面根本就不是路，还能骑车？走都困难！”果然，30 公里上山路全程大修，泥石流，山体滑坡，不见路面，水夹着泥沙形成一道道水沟，没有地方下脚。艰难推行 15 公里以后，“前方傍山险路 16 公里”的路牌更让我们泪奔。五个多小时过去了，路边总算有几块大石头可以停车休息。这时，一个骑摩托车的当地人过来了，他说这条路太难了，他今天也是第一次走。他很同情我们，“这把年纪，吃这样的苦，前面的路还很长很难啊”，接着拿出饼干和水送给我们，让我们好感动。爬到下午 2 点才到山顶，一块石头上隐约刻着“叶竹隘”三个字。后来在江西和福建，一听到“隘”，老曹就胆战心惊！“隘”，就是又高又陡的大山。

在山顶，我们在江西、福建的两省界碑前拍照。前方路虽好转，但下山更陡更险。在距离泰宁还有十几公里时，老赵的车又出问题，驮包太重，站脚彻底断了，卡机坏了，链条挂不上，根本骑不了。胆子贼大的老赵，竟沿着蛇一般盘绕的下坡路滑骑撑到泰宁。

无论如何，我们先要去看看泰宁著名的“红军街”。泰宁是革命老区，一度成为闽赣省物资供应和经济文化建设的中心。至今，在古城老街两旁仍完好保留着当年红军用繁体字书写的大幅标语等。为纪念这一段光荣革命历史，该街被命名为“红军街”。

福建泰宁县“红军街”

幸运的是泰宁有捷安特专卖店，老板又很热情，说我们太不容易了，帮我们换了新站脚，又把店里唯一的卡机带钢圈车轮换到我们的自行车上，还只收 100 元，连本都不够。好人很多，感谢不尽。

五十四、广昌路上情更迫

【题记】

2016年2月22日中午，我们冒大雨骑行到★广昌路上红色主题雕塑园（鹰瑞高速江西广昌县城北挂线公路收费站旁）。

【诗词】

减字木兰花·广昌路上情更迫①

风寒雨白，红色骑行情更迫。几见高山，闽赣征程多大关。
此行何去？广昌赤旗招展处。主义昨颁，亿万工农向永安②。

【注释】

①和唱学作毛主席诗词《减字木兰花·广昌路上》："漫天皆白，雪里行军情更迫。头上高山，风卷红旗过大关。此行何去？赣江风雪迷漫处。命令昨颁，十万工农下吉安。"②永安：永远安宁。

【随记】

今天是元宵节，本该团圆，可我们却在骑行的路上，且从福建建宁里心镇去往江西广昌，冒雨出发，全天大雨，还一直在爬山。五个小时以后，我们躲进了一个漏着雨的工棚吃干粮。再度出发时，一个老乡说，刚刚爬的是螺蛳湾，前面还有一座大山叫船顶隘。上山九公里多，雨还在下，山还要爬，全身上下湿透冻得直哆嗦，手脚嘴唇冻得麻木没了知觉。

而我们知道，1930年1月毛泽东带领红军顶着漫天鹅毛大雪，就是从这条路经广昌去吉安开辟革命根据地。毛泽东在途中触景生情，吟成了千古绝唱的光辉词章《广昌路上》。那"头上高山"及其要过的"大关"，就是我们车轮下的"船顶隘"！

咬着牙，顶着风雨，拖泥带水爬上了山顶。可望着弯曲陡峭的下坡，才真正懂得什么叫"上山容易下山难"。但是，再难也要下，因为"开弓没有回头箭"。捷安特山地车是V型刹车，两手拼命捏刹车时，刹皮与带起泥沙雨水的车轮钢圈剧烈摩擦，发出刺耳的声音，车还不时打滑。惊心动魄之间，里里外外交织着雨水和汗水的我们，毅然决然冒雨下山，并终于骑达广昌路上红色群雕主题园。

第二次国内革命战争时期，广昌是中央革命根据地的一个重要组成部分，因地处苏区前哨，素有苏区北大门之称。

风还在刮，雨还在下，风雨中的巨大的红色群雕，是那样的神采奕奕，仿佛正在重现"风卷红旗过大关"！老曹则深有感触地说道："我们是现代版的'广昌路上'啊！"

晚上给长辈报平安，老人们接电话开口就问："到哪里啦？你们也是60岁的人了，小心再小心啊！"

江西广昌县广昌路上红色主题雕塑

五十五、红军医院驻陈塘

【题记】

2016 年 2 月 26 日傍晚，我们骑行到★宁化红军医院纪念园暨☆中央红军村旧址（福建宁化县石壁镇陈塘村）。

【诗词】

西江月 · 红军医院驻陈塘

老宅姓名瑞日①，祖屋大号昭彰②。红军医院驻陈塘，众口欢声高唱。

妙手除残治病，暖心救死扶伤。他年将士报衷肠，杀敌豪情万丈。

【注释】

①瑞日：瑞日裕后，陈塘张氏祖屋名，宁化红军医院驻扎的旧址。②昭彰：显而易见、远扬之意。

【随记】

此次“泛东南战役”，我们是春节前出发的（“红色骑行”中，我们在外面度过了数个春节）。出发的时候天气还冷，不得不带上许多衣服。现在，20 多天过来，天气逐渐转暖，这些保暖内衣等就成了负担。我们总不能将它一直带着，因为后面还有许多路——2016 年以后，我们都正式退休，“红色骑行”的每一次战役设计，其日程、路程都加长，一般都在 40 天左右，最长的有 70 多天。于是，在瑞金参观了中央革命根据地历史纪念馆等之后，我们找到一邮局并将多余衣服寄给儿子。

看看雨渐小，前面又基本是国道，我们决定继续前行。谁知，由瑞金北上的国道 206，经石城转宁化的省道 307，道路虽然不错，但沿途不知名的山坡太多。老曹说，“怎么总是上坡，不见下坡呢？”老赵说：“不要紧的，开‘音乐会’吧。”便随手打开置于车把手机架上的手机放音乐——老曹戏称“音乐会”——老赵也跟着音乐哼起来。老曹常说，“红色骑行”不仅意义重大，而且有其他收获。你看，60 多岁的一对“老青年”，一边骑车一边唱歌，对身心健康就极有益，也不失为人们所说是“神仙眷侣”“浪漫之旅”。听听，在江西、福建老区，唱的还是红歌“十送红军”，“一送里格红军介支个下了山……”

说话间，我们第三次骑离江西，翻夫人山，经客家祖地，100 多公里下来，傍晚时分我们第三次骑入福建，抵达宁化的石壁镇陈塘村。很快，也找到了宁化红军医院纪念园—陈塘红军第四医院旧址。据当地老人回忆说，当时医院有五六名医生，三四名护士，30 多间房子里都住着伤病员，最多曾住了 200 多人。红军医院的存在，为巩固和扩大苏区政权，作出了不可磨灭的贡献。

纪念园大门内广场所竖立的“中央红军村”纪念碑虽然不大，但分量很重。暮色中，我们拍照留影，然后又骑向几公里以外灯火闪烁的镇街，并祈祷能找到一个稍微好点的旅社哦。

福建宁化县宁化红军医院纪念园

五十六、清流苏区红广场

【题记】

2016 年 2 月 27 日上午，我们骑行到★苏区广场（福建清流县长兴北街）。

【诗词】

诉表情·清流苏区红广场

朱毛圣武立头前①，令箭待离弦。清流数万儿女，慷慨别家园。

求解放，建民权，盼晴天。广场如画，旗帜含风②，梦里难眠。

【注释】

①清流苏区广场红色群雕人物场景，毛泽东、朱德铜像立于前面；又，圣武：圣明英武，指圣明而有武功的君主，语出《书·伊训》：“惟我商王，布昭圣武……”②取自毛泽东《如梦令·元旦》：“风展红旗如画”；又，时年，毛泽东率红四军过宁化、战清流，在马背上所吟该词章。

【随记】

早晨去瞻仰宁化革命纪念园，然后我们骑向清流。先跨翠江，接着沿东南方向走省道 307，一路小坡不断，翻石寨后，大约中午 11 时我们骑到清流苏区广场。

这个紧邻红都瑞金，被称作中央苏区东方门户的清流县，是原 21 个中央苏区县之一。毛泽东主席和朱德等六位元帅，粟裕等七位大将都在这片红土地上留下了战斗足迹，清流人民也作出了重大贡献。清流现存有多处红色遗址，而苏区广场是最重要的红色工程：红色群雕人物场景以毛泽东、朱德铜像为中心，铜像身后还有士兵、拥军群众等 15 尊人物雕塑；毛主席雕像总高度 8.3 米，代表其一生走过 83 个春秋；雕像基座置于长达 41 米的台基上，代表着毛主席主政 41 年；组雕背景是三面红旗，代表着红一方面军、红四军和红十二军。

清流的苏区广场虽然非常壮观，但中午游人很少。这样，就找不到人帮我们合影——合影是我们骑行中的一大麻烦。这里的广场离马路有一段距离，老赵只好拎着相机去路边等人。半个小时过去了，只有匆匆过往的各种车辆。老曹安慰说：“别灰心。干脆我们在这里吃午餐，边吃边等。”功夫不负有心人，刚刚吃好，远远走来一个带孙子的老爷子，可把我们乐坏了。老爷子也热情，就是不会使用单反相机。现场教了几次，还真行，居然自由发挥，自己选景，照得还真不错。一路上，为了合影，我们“培训”了许多摄影师，最小的是七八岁的小学生，最大年纪的是一位老环卫工人。记得那是骑行在温州大桥上，请这位老师傅帮助拍照。他说，“第一次用这玩意”，但特别认真，也激发了兴趣，还有一些幽默，拍了一张后说“换个姿势再来一张”。

福建清流县清流苏区红广场

五十七、福音医院大功臣

【题记】

2016 年 2 月 28 日上午，我们骑行到★福音医院（福建长汀县东门街东后巷 58 号）。

【诗词】

虞美人·福音医院大功臣

医师两个添一半，顶起天一片①。福音医院大功臣，起义大军得以疗伤痕。

陈赓有幸留双腿②，将士康而喜。瑞金红地再悬壶③，演绎恢宏历史创卓殊。④

【注释】

①当时能够动手术的外科医生只有两个，傅连璋主治内科，外科凑个数可算半个。②会昌战斗，陈赓腿骨被子弹打断，经福音医院治疗与护理，终于保住。③福音医院后搬往瑞金，改名为中央红色医院；又，悬壶：传说世有壶翁（约公元二世纪），因其诊病卖药之地常悬挂一葫芦作为标志，治病皆愈，后人即以悬壶指行医、卖药。④卓殊：卓越、特异意；汉·王充《论衡·超奇》有："何言之卓殊，文之美丽也！"

【随记】

因为长汀是全国著名的革命老区，中央苏区的发祥地，所以在地域范围不大的长汀县城内，革命遗址比比皆是，且几乎连在一起。前已述著名的汀州试院与辛耕别墅等，这里要说的福音医院同样十分光荣。

在曲曲弯弯的街巷中穿行，不久就骑到了坐落于县城北卧龙山下的福音医院。该院原是英国人创办的教会医院，1908 年落成时命名为亚盛顿医馆，1926 年改现名，由傅连璋负责。如今它还保持着原貌，围墙内 30 间土木结构的平房，分别是外科、内科、化验室、手术室及男女病房、膳厅等。

1927 年 9 月，周恩来、朱德等率八一南昌起义部队路经长汀，该院热情为之服务并收治了 300 多位伤员。1931 年，毛泽东曾数次来此养病，并在此写就名篇《关心群众生活、注意工作方法》，毛泽东的夫人贺子珍亦曾在这里分娩。旧址还特辟展厅，介绍傅连暲从一个基督徒成长为共和国开国中将的生平事迹。

福建长汀县福音医院

红色故事让人难以忘怀，老曹更别有一番滋味："当初同意陪老赵骑行，并不十分清楚路有多远，去哪些地方，有多难，有多险，以及到底会有多少感动？"然而，路越骑越远，去的地方越来越多，历经的千难万险也越来越超出想象和承受力，我们却越来越被身临其境的悲壮英勇所冲击、震撼与感动，并因此越来越坚定要将"红色骑行"进行到底。作为老共产党员，我们亦越来越深刻地认为，要有一份责任和担当，要用奋斗守护梦想。我们就是要通过特殊的"红色骑行"告诉全世界，中国共产党伟大光荣！中国共产党人无比坚强！

五十八、三湾改编新历史

【题记】

2018 年 9 月 15 日，我们骑行到★三湾改编旧址暨纪念馆、纪念广场（江西永新县三湾乡）。

【诗词】

减字木兰花·三湾改编新历史

四八倦马，数百戎兵真混假①。时局艰辛，将士焦心征途昏。
三湾村里，决策改编新历史。枫树坪前，领袖风姿靓毕天②。

【注释】

①秋收起义部队到达三湾时已不足千人，战马也只有 48 匹，而且人员成分混杂。②枫树坪：三湾旧址之一；又，毕天：犹永世，永恒；语出晋·葛洪《抱朴子·金丹》：“黄金入火，百炼不消，埋之毕天不朽。”

【随记】

出莲花县莲花宾馆，沿国道 319 南下，翻彭隆山，接着转东南方向翻阁老顶，再南下走县道 853，30 多公里后我们骑到了永新县高溪镇。在邮政所盖邮戳时，热心的钱女士提醒我们：“前面的路很难走，二老千万要多加小心哦。”果然，翻十里山，走乡道烂石子路和坑洼不平的水泥路，十几公里以后才上了省道 865。不久右转，便到了三湾改编旧址暨纪念馆。旧址主要景点有枫树坪、毛主席旧居及其他，包括有四部分内容的纪念馆，则全面展示了三湾改编的历史。

1927 年 9 月 29 日至 10 月 3 日，毛泽东率领秋收起义部队来到三湾乡，进行了具有伟大历史意义的三湾改编，创造性地确立的“党指挥枪”“支部建在连上”和“官兵平等”等一整套崭新的治军方略。

江西永新县三湾改编纪念馆

参观的游客很多，看见我们展开党旗、国旗和“红色骑行”专旗，大家把我们团团围住问：“你们是两口子吗？”我们回答“是啊。”一些人却有点不相信，“不会吧，如此志同道合、同甘共苦和具有共同的目标爱好，这样的老两口现在不多。”一男士就说：“老了就懒得动，在家闲得吵，没有你们这样的。”一位女士却猜着，“好像是兄妹俩”。一位游客则以半玩笑的口吻肯定，“一定是这位老先生带上兴趣相投的老相好女骑友骑天下！”看了身份证，大家纷纷举起大拇指：“真是两口子，一定是共产党员，绝对是中国第一骑人。”

五十九、红军标语是雄诗

【题记】

2018 年 3 月 23 日下午与 9 月 18 日上午，我们分别骑行到★中国工农红军标语石刻园（四川平昌县新华街佛头山红色文化区）与★红军标语博物馆（湖南炎陵县新市街 2—4 号）。

【诗词】

西江月 · 红军标语是雄诗

渡口石岩要隘①，柱磁户院屋基②。红标璀璨是雄诗，信仰铿锵昭示。
固守初心理想，弘扬革命风姿。誓言红色未来时，华夏江山大美！

【注释】

①②红军标语石刻形式多样，分别镌刻于渡口边、要隘旁、石岩上、户院围墙、祠堂庙宇、柱磁、屋基石，甚至是水缸上。

【随记】

几进几出湖南都没有拍到湖南省界碑，老赵感觉有一点遗憾，而今天从井冈山龙市镇出发 12 公里，也是第六次骑离江西、第二次骑进湖南时，老曹突然发现了隐藏在竹林杂树后面的“湖南人民欢迎你”的大石碑。赶紧的，我们整理周边环境，然后激动地钻进去拍照留影。

9 时多，我们就骑到了炎陵县红军标语博物馆。当年，工农红军为发动群众起来闹革命，在炎陵城乡书写了大量宣传标语，仅保存到现在的就有 151 处、339 条、4826 字。该馆是全国最大并且唯一，其建筑仿江南清代祠堂式，三层一序厅八展厅，尽数陈展了这一件件一幅幅历史地位高、内容丰富、时间跨度长、书写形式多、宣传对象广、番号特别多（可辨别的书写部队番号达 66 个之多，包括参加过井冈山斗争的所有部队）的红军标语。

而此前 3 月份，我们“大西南战役”到达的四川平昌中国工农红军标语石刻园，则是目前国内最大规模的红军石刻标语园区。在长达 1000 米的走廊内墙壁上，镶嵌着收录有当年浴血转战于全国 12 大苏区的红军所书写的标语、漫画等共计 1600 多幅。记得很清楚，那一天赶到该园时园门已关，门卫冯师傅看我们如此年纪，如此来意，不但让我们免费参观（该园需要购票），还主动为我们拍照。

四川平昌县中国工农红军标语石刻园

红军标语博物馆和中国工农红军标语石刻园所展示珍贵的红军墨迹，是红军留下的宝贵精神财富，是中国革命斗争的珍贵信史，并共同成为中国红色文化的重要组成部分，乃至可赞誉为世界先进文化的奇葩，人类史无前例的雄诗。

六十、红军长征过冕宁

【题记】

2018年3月5日下午，我们骑行到★冕宁长征纪念馆与☆红军广场等（四川冕宁县县城东街8号）。

【诗词】

五律·红军长征过冕宁

图腾崇拜虎①，美丽贵于黄②。
彝海迎兄弟，彝乡送俊郎。
红军心志好，领袖炽情昂。
再上长征路，铿锵向远方。

【注释】

①虎是彝族崇拜的原生图腾。②彝族以黄为美。

【随记】

在云田村的路边休息时，一位唐姓老者从屋里出来给我们倒水，还送了两根当地的甘蔗："你们年纪也大了，骑车太辛苦。路上要多喝水、多休息。"是的，我们清楚自己的年纪，更清楚责任和担当可以激发人的无限潜能，调整好状态可以超越极限挑战不可能，追逐梦想则潜能可以发挥到极致。这不，今天我们又在多山的川道上骑了100多公里。

途中，我们特意弯进几公里，爬坡去了中国西昌上山下乡知识青年博物馆。在毛主席语录"下定决心，不怕牺牲，排除万难，去争取胜利"的宣传牌下，我们不禁想起了50年前的往事。1970年，老赵当时只有16岁，高中未读就穿着打补丁的衣服插队去了渔业公社，以一条渔船为家，漂泊于长江及其内河，跟着渔民一起摇桨背纤撒网捕鱼。1974年，当时老曹刚高中毕业，18岁的青春少女也背上简陋行囊插队去了农村，与贫下中农一起插秧割稻务农五年。其实，真的要十分感谢那一段特殊经历，它让我们学会了坚持，锻炼了坚定，收获了坚强，孕育着信念，憧憬着理想，企盼着梦想。

四川冕宁县冕宁长征纪念馆

下午4时，我们骑到了冕宁长征纪念馆。在一条非常古色古香的街巷中，该馆看上去特别抢眼。而进入馆内，保留着当年毛泽东接见彝族代表和地下党代表的布局原貌的厅堂与200多件文献、文物、图片等，一下子把我们带回了历史。1935年5月3日，中国工农红军一方面军在毛泽东、周恩来等领导下，从皎平渡巧渡金沙江进入凉山，历时31天，在冕宁建立了入川第一个革命政权——冕宁县革命委员会、建立了入川第一个革命武装——冕宁县抗捐军。建于清光绪年间的这所房屋，就是红军长征过冕宁时总司令部驻地。与老曹同姓的门卫，欣然允许将自行车推到大厅里面的标识前让我们拍照留影。此后，我们又去参观了红军广场和红色冕宁纪念馆。

六十一、万古诗圣毛泽东

【题记】

2016年5月22日下午，我们冒大雨骑行到☆毛泽东第一次公开朗诵《七律·长征》诗词的地方（甘肃通渭县文庙街小学）。

【诗词】

破阵子·万古诗圣毛泽东

捷报飞驰原野①，赤旗浩荡天穹。万水千山谈笑去，野火霜风述叙终。红军是俊雄。

璨璨长征难忘，隆隆战事无穷。诗圣旋窝谋大作②，文庙街前诗兴浓③。巍巍毛泽东！

【注释】

①1935年9月17日红军攻克天险腊子口，19日毛泽东随一军团翻越大拉梁（即岷山）摆脱雪山和草地。②毛泽东触景生情，遂留下了这两首诗词（另一是《念奴娇·昆仑》）。③数日后即29日，毛泽东满怀豪情地在文庙街小学第一次公开朗诵伟大诗作《七律·长征》。

【随记】

今天从榜罗镇到通渭县，中雨转大雨，下得眼睛都睁不开。刚出榜罗镇又是一条塌方路段，一夜大雨浇注和车辆轧拌，道路成泥潭，烂泥没过脚脖子，整个车轮陷进去，连人带车被定住了，老赵返回连拉带拽才把老曹拖出泥潭。车被泥糊得推不动，路边工地一位老师傅二话不说，拖出一条又粗又长的水管，推上电闸，抽地下水为我们洗车洗鞋。我们想表示一下心意，但老人执意不收，说："你们骑这么远来我们榜罗太不容易了。"

大雨中，导航似乎不灵敏，我们只能一路询问奔向通渭，找到红军长征纪念碑，再几经周折找到了文庙街小学。这么难找，为什么来这个小学？站在纪念碑前，老曹又明知故问："怎么晓得这里？"——老赵的脑海里填满了鲜为人知的红色景点。

1957年《诗刊》首次公开发表的《七律·长征》，就是毛泽东在长征期间创作的重要诗词之一。时年，即1935年9月29日，在红军陕甘支队主力进驻通渭县城之当晚，红军组织了盛大的文艺晚会和大会餐，毛泽东就是在这文庙街小学接见了先锋连全体指战员，并满怀豪情地第一次公开朗诵了这一伟大诗作。现该小学建有纪念雕塑以兹纪念。

甘肃通渭县
毛泽东第一次公开朗诵《七律·长征》诗词的地方

我们来到学校时，学生已经放学，闲人不得入内。经与门卫协商，说明来意，他允许我们进入参观。一位正欲离校的小女孩，又主动冒雨为我们在朗诵碑前拍照。

六十二、泽东领军克漳州

【题记】

2016 年 3 月 1 日下午，我们骑行到★芝山红楼（毛主席率领红军攻克漳州纪念馆）；2018 年 7 月 28 日，我们再带孙儿赵十可到此参观（福建漳州市府大院内）。

【诗词】

眼儿媚·泽东领军克漳州

闽南遭罪闽西愁①，革命在蒙羞。武威不见，苏区流泪，战士心忧。
泽东号令红军勇，胜利克漳州。策功领袖②，俯临芝岭，稳坐红楼。

【注释】

① 20 世纪 30 年代初，国民党第四十九师盘踞于漳州，时常摧残闽南革命，迭犯闽西苏区。② 策功：记录功勋，源自《千字文》。

【随记】

昨天到的小村庄，没有旅馆，借宿农家，没吃好也没睡好，早上天还没亮，吃了一点饼干就离开，去爬昨晚没爬的那座“孟头岭”。一个多小时以后到山顶，俯瞰峰岚起伏、蜿蜒连篇的群山，老曹深深叹了一口气说：“多险啊！昨晚我这个‘保安’的坚持是正确的。”老曹自定“职称”为“吉祥三保”：保健、保安、保姆。有人风趣说，赵教授骑行还带保姆啊？

下了孟头岭，依然山连山，路边香蕉惊人便宜，1 元 1 斤还任由买家先吃。蕉农不容易！下午 4 时，我们骑到了漳州市政府，并入院参观“芝山红楼”（毛主席率领红军攻克漳州纪念馆）——毛泽东曾经居住过的地方。

1932 年 4 月，红军东路军在毛泽东率领下一举攻克漳州。该馆馆藏丰富，特别是有 1932 年进漳、1955 年解放军授衔时 94 名将军的肖像，以及红军进漳的许多动人传说和故事。

正急着找人帮忙合影，一位姑娘直奔过来。她叫王小娟，说看到我们好奇又佩服，欣然为我们拍照并与我们合影及互留联系方式。娟子是优秀的大学毕业生，作为选调生去基层锻炼期满来市政府工作，今天刚报到就听说了我们“红色骑行”，很感动，非要请吃饭。因为我们想赶往角美镇而婉谢邀请，但答应一定再聚。

带孙儿赵十可参观红军攻克漳州纪念馆

几年后的 2018 年 7 月 28 日下午，老赵来福建漳浦六鳌半岛参加海军战友聚会，我们特地带孙儿赵十可停留于漳州与娟子相会圆梦，并携可儿和娟子再次参观“芝山红楼”。临行时又与娟子约定冬天邀她来芜湖做客，重要的是想让家居闽南长到 20 多岁的姑娘，看一看她还从来没有看见过的“皑皑白雪”。

六十三、旺苍中国红军城

【题记】

2018 年 3 月 21 日下午，我们骑行到★中国红军城，内含☆红四方面军总指挥部旧址、☆红 31 军军部旧址等（四川旺苍县东河镇龙潭街）。

【诗词】

阮郎归·旺苍中国红军城

鼓城天下第一名，世人谁不倾①。红军城坞更光荣，陕川大本营。
妇女秀，水兵灵，少儿童子兵②。宽街窄巷事升腾，旺苍尽赤旌。

【注释】

①旺苍鼓城山，有天下第一鼓之美誉。②在旺苍中国红军城诞生了中国革命军队历史上“三个之最”：建制最早的水兵——红四方面军指挥部直属水兵连；规模最大的妇女武装力量——红四方面军妇女独立师；建制最大的红色童子团组织——少共国际先锋师。

【随记】

从广元利州区宝能镇去旺苍县，期间第七次骑跨嘉陵江过嘉陵江大桥。整个路况不错，但在出广元昭化区时遇到了修路断道情况，不知所措时，骑车迎面而来的小伙子热心地返回为我们带路。他是旺苍人，在广元工作，酷爱骑车，只是没有时间，因此特别羡慕我们。小伙子一直把我们带上 202 省道，才返回去上班。

旺苍地处四川盆地北缘、米仓山南麓，据出土文物证实，约一万年前就有先民在此繁衍生息，自西汉太祖年间置县也历 2200 多年。当然，其红色文化更具特色，有“中国红军城”之称。1933 年 6 月 15 日，川陕省广元县委、县苏维埃政府在这里成立。之后两年，川陕省委、省苏维埃政府、西北革命军事委员会和红四方面军总部等 40 多个党、政、军主要领导机关，以及张国焘、徐向前等主要将领迁驻于此，并部署指挥了广昭、陕南和强渡嘉陵江三大战役。当时仅有 10 万人口的旺苍，有 12000 万人参加红军。1935 年 4 月，红四方面军又从这里踏上长征之路。该“红军城”是目前我国保存面积最大、遗址最多、最集中的革命遗址群。

四川旺苍县“中国红军城”

刚骑到飞檐高翘的嵌有“中国红军城”醒目字号的特色城门下，尚未进入总长 1300 余米的遗址街道，就遇到了一支几十名小学生的队伍，孩子们穿着红军服，每个孩子的身上都背着一块画板。经询问得知，这些孩子来自山东，是专门来“画红军城的”。“太精彩了”。一个孩子告诉我们。由此可见，红色基因教育从孩子抓起十分有意义。

旺苍县城不大，城市公交却非常特别，是清一色的公园旅游观光车。晚上，我们入住莱斯特酒店，老板了解我们的情况后，很客气地将 188 元的标间优惠到 128 元，还送了“双早”。

六十四、血拼大漠西路军

【题记】

2016年6月2日下午和13日全天，我们分别骑行到★中国工农红军西路军纪念馆（青海西宁市南川东路烈士陵园）、★西路军历史博物馆（甘肃临泽县）与另一处★中国工农红军西路军纪念馆（甘肃高台县烈士陵园）。

【诗词】

西江月·血拼大漠西路军

远路山穷水恶，征途雨骤风昏。男儿两万尽忠心①，荒野遗留长恨。
视死如归气概，见危授命精神。血拼大漠铸丹青②，西路红军威震。

【注释】

①西路军出征时有21800余人。②丹青：本指丹砂青雘矿石颜料，因其不易褪色，故史家以此比喻一个人业绩昭著；再因丹册多记勋，青册多记事，故“丹青”意同史册。

【随记】

昨天一直下雨，看错了路标，连爬两座大山上了301省道、感觉不对，但导航失灵。一筹莫展时，大雨中来了一部警车，警察友好地停车并指引我们原路返回10公里重上109国道。穿着湿透的衣服和灌满泥浆的鞋子，我们咬牙坚持骑到乐都区，此时已是下午1点。老曹说，“大西北战役”已经18天未曾休息，如此大雨干脆停下休整半天，又玩笑地补充：“顺便过一个‘六一儿童节’。”

今日中午骑到西宁市西路军纪念馆。西路军是中国工农红军一支英勇悲壮的队伍，新馆迎面一座高昂着不屈头颅的七名被捕西路军战士的汉白玉雕塑，是为缩影。征得同意，我们进入还在筹建的新馆参观，一位环卫工人帮我们拍照。此后，我们又骑行参观了位处甘肃的两处相关纪念馆所。

西宁是青海省会，十多年前车驾绕行青藏线、川藏线时曾经驻足（老赵出版散文集《疯情生命》有记述），但此次骑行到此意义非同一般。我们按自己确定的“省会城市必须住宿”的惯例停留下来，并骑车掠看西宁，还美美地尝了手抓羊肉、酿皮子等西北小吃，喝了青海名酒天佑德青稞酒；再购买了许多牦牛肉、莜面馍馍以备日后路上充饥补能量。

后续骑行会更加得惊心动魄：从青海西宁一路北上直到甘肃张掖，顺便去那里带领河海大学商学院MBA河海蓝鲸户外运动俱乐部沈银峰、徐红梅、张峰、于志敏等一行商界精英学生，参加“国际商学院第二届‘丝绸之路挑战赛’”，再西去新疆。沿着高山峻岭遍布、风云时刻变换、人迹稀少、近400公里的国道227骑行数日，要骑着自行车翻越那银装素裹的祁连山脉，攀登那料峭严寒海拔近4000米的达坂山—青石咀垭口、景阳岭和俄博岭……

青海西宁市中国工农红军西路军纪念馆

六十五、中国红色第一街

【题记】

2018 年 3 月 24 日中午，我们骑行到☆“中国红色第一街”（四川达县石桥镇）。

【诗词】

渔歌子·中国红色第一街

标语彰明扫阴霾，红旗飞舞大胸怀。马恩路，列宁牌①，中国红色第一街。

【注释】

①中国红色第一街又称“列宁主义街”，简称“列宁街”，这几个字刻于街中第二道牌坊的横额正中。

【随记】

“蜀道之难，难于上青天！”名不虚传，且在四川哪天可以不爬山？但是，山再高只要肯攀登就能登顶，路再远只要坚持都会达到目标。老曹经常在爬那无尽的高山时慷慨兴叹：“看你什么时候下坡？！”待胆战心惊地从陡峭山上下来后，她又举目远眺回看并激动地自问：“我们是怎么从那上面下来的？！”前天过巴中市时，执勤警察亦向我们敬礼。

昨天宿平昌，今天 40 多公里后入达州界，依然是绵延不绝的山脉。奇怪的还在于，总感觉爬了很长的坡，下坡却只有几百米。尤其是那高海拔的九岭山，连续九道大岭啊，而且是在大雨中翻越。糟糕的还有脚下这一条特别烂的国道，整个路面被穿梭不停的大货车压坏，雨水拌着泥浆，车骑上去就像抹了油一样滑。

中午时分，我们骑到了石桥镇，右转进入“中国红色第一街”。街前是伫立着列宁塑像的列宁公园广场，后面是红军陈列馆。沿着石板铺路、木板墙壁、青瓦层面及其四座清代牌坊横跨的列宁街，由东向西见到的，不只是古朴隽秀、重檐半拱、雕刻精美的石牌坊，更有那满满的彰显着红军文化特色的“红色”印记——“打倒帝国主义，武装拥护苏联”、“打倒国民党统治，建立苏维埃政权”与“活捉杨森，活捉刘湘”等多幅石刻宣传标语。该街被联合国教科文组织和中国民俗摄影家协会联合授予“民俗文化体验区”。

四川达县“中国红色第一街”

前方，老赵的达州战友谭仕章携妻子已经等了许久，我们来不及脱掉沾满泥水的衣服，就吃上了四川火锅，喝起了泸州老窖。老谭分外激动，席间还满怀激情地朗诵了专门为我们撰写的诗词：“赠战友赵国庆夫妇惠存——飞轮叱咤风云变，红星辉耀更无前。求春何惧艰险难，雾霾过后是晴天。”与此同时，又赠送了他作词谱曲的《神马岛》与《东海，我的家》，与大家分享他们那 40 多年前的海军战斗与生活。说来读者也许不相信，谭仕章如同后述在大别山盛情相邀的程金贵一样，与老赵是素未谋面，他们只是在 37891 部队的战友微信群里相识相知且相见恨晚。这就是战友！一生一世的兄弟！

六十六、西路红军入新疆

【题记】

2016年6月19日下午，我们骑行到★红军西路军进疆纪念园（新疆哈密市东北红星西路）

【诗词】

减字木兰花·西路红军入新疆

路途悲悴，西路红军真仗义。两万英雄，大漠茫茫强挽弓。
气吞戈壁，哈密小城迎远客。挺进新疆，九死一生向太阳。

【随记】

今天，创造了骑行以来单程最高纪录：216公里！事出有因。一是因为从星星峡到哈密市国道大修，无路可通新疆，于是政府允许非机动车辆行走高速，这就使骑速提升。二是原计划停宿于骆驼圈子镇，你听听这镇名，实在找不到可住宿的旅社，我们只能赶往哈密。

比较昨天路况极差的312国道，今天全程高速很爽，但骑了50多公里时我们两人的车后胎同时爆了，横风劲吹，无法立车补胎，只好推到两米高的路基底部，取下驮包，放倒车辆，再次上演陕甘宁大戈壁补胎之举——用饭缸倒上饮用水，找破洞补胎。

麻烦接踵而至。可能是昨晚贪吃或者不适应手抓饭，老赵肚子出了问题，连续拉，腿都软了。无人区没有厕所，瞅着一望无际的无人戈壁，不得已在路边刨坑解决问题。老曹再化糖盐水给老赵喝，又在路经骆驼圈子镇时买了FPA和藿香正气水给老赵服用。赵教授骑行带的“保健医生”派上了大用场！

傍晚6时入哈密市前，我们弯道去了红军西路军进疆纪念园。见我们骑这么远，门卫允许我们入园参观。纪念园由纪念馆、纪念碑和石雕三部分组成，馆内四壁展出红军西路军征战河西、会合星星峡、返回延安的大量珍贵历史图片和部分实物，颂扬了西路军坚持革命的英雄气概和为党为人民的献身精神。一位游客为我们拍照留影。

西北边陲的此时此刻，依然阳光灿烂，我们抓紧时间骑奔。终于，在晚上9时许的余晖中，骑到了美丽的哈密市——内地进入新疆的第一站，自古以来的西北重镇，古代西域与中原联系的要塞，丝绸之路新北道的必经要地。

难得来哈密，今天又骑了400多里。第二天，我们破例休整骑车游览市区。参观了清代哈密历代回王的墓葬建筑群哈密回王府，观赏了新疆木卡姆纪念馆。哦，到了哈密瓜原产地，不能不吃著名的哈密瓜。也就是这一次，才知道哈密瓜实际有200多个品种。我们精心挑选了6个品种品尝，“乖乖，肉真甜，皮薄得如一张纸”。一个想法油然而生：在其他地方吃的哈密瓜，是不是真的？！

新疆哈密市西路军进疆纪念园

六十七、西安事变再握手

【题记】

2017年4月9日下午，我们骑行到★西安事变纪念馆（陕西西安市建国路69号）。

【诗词】

定风坡·西安事变再握手

自古阿房璨璨玄，长安情结许多年①。将帅忽然惊世界，精彩。张杨果敢闯难关②。

大义恩来说远见，无憾。衷心志士释前嫌。破镜再圆重握手，交友，西安事变写雄篇。

【注释】

①长安情结：西安古称长安、镐京，自古帝王都，先后有西周等13个王朝在此建都；又，阿房宫、兵马俑等勾勒出的“长安情结”享誉神州。②张杨：张学良，杨虎城。

【随记】

“陕甘宁战役”隆重开始。今天上午10点40分，我们乘坐的1154次列车准时抵达西安。下车出站取车，熟练而顺利，然后直奔西安事变纪念馆。曾数次来该地，但此次是骑行且专程为红色而来。西安是“陕甘宁战役”第一站，瞻仰西安事变纪念馆是重中之重。

纪念馆为遗址性博物馆，是以“西安事变”重要旧址张学良公馆等为基础而建立。行走于沧桑的楼宇间，物是人非但光荣依然，更怀念当年的一代风流——那个壮志未酬的年轻爱国将军。

晚上，我们入住维纳斯大酒店。出征前，老赵在安徽师大任教时的学生焦贤文就已经做了特意安排，另一位学生劳侠亦携夫参加晚宴。师生间的那种特殊情感无以言表，尤其是看到20多年未见面却已两鬓染霜的老师与师母是骑车而来，焦贤文同学谦逊而又真情地说：“我不是您最出色的学生，而您却是我最崇敬的老师，尤其是老师师母二老年过花甲创造性的‘红色骑行’之壮举，既让我敬佩不已，更为之而感到莫大光荣！”学生劳侠及其夫婿王先生都是火箭兵工程大学的著名教授，亦频频举杯给老师师母敬酒并真切感叹：“中国人骨子里的那种精神，血脉里的那种基因，需要发掘，需要传承，需要教育。赵老师与师母功莫大焉！”而我们却一致、一直、一再强调：“是党感动着我们！是红色中国感动着我们！”

陕西西安市西安事变纪念馆

六十八、转战陕北神泉堡

【题记】

2017 年 4 月 18 日上午，我们骑行到★神泉堡革命纪念馆（陕西佳县佳芦镇神泉村）。

【诗词】

转战陕北神泉堡

清泉日夜村南秀①，可晓乾坤从此扭？高家窑洞北西方②，知否神州将怒吼？

宣言双十威风抖③，训令严明垂不朽④。神泉堡里写春秋，秋月五七书永久⑤。

【注释】

①神泉堡因该村南山崖上有两股日夜长流的清泉水而得名。②该旧址为当地民众高继荣窑洞院落，有北东西数孔。③双十宣言：《中国人民解放军宣言》。④训令：《三大纪律八项注意训令》。⑤见下文。

【随记】

这几天，在陕晋两省来回穿越且几渡黄河。陕晋以黄河为界，我们原计划走陕西沿黄公路去佳县。于是，前天第六次骑跨"黄河"，第二次入陕，晚宿于榆林市吴堡县。待第二天早上欲上沿黄公路时，一小伙子友情提醒："前面路封闭大修，根本不能走"。我们只好第七次回跨"黄河"，第二次入晋，并沿黄河北上，走山西沿黄公路。经"毛主席东渡黄河纪念碑"拍照留影，再过"九曲黄河第一镇"碛口古镇，从克虎寨村第八次骑跨"黄河"，第三次入陕。

昨天一天，沿黄河骑了近百公里，路况十分险恶。一是大风，它卷起黄沙扑面而来，墨镜面巾遮挡不住，满嘴满脸满身都是沙。运黄沙大卡车又沿途洒落像小滚珠般的黄沙，骑在上面车轮直打滑。黄沙忽又伴着黄土漫天飞扬，能见度不到两米，老赵都看不见前面的老曹。二是坡陡山危，沿路到处有山上滚落下的石头，最大的石块上吨重。举头望去，山上岩石互不相连，裂着缝隙，有的大石头像顶帽子延伸到马路上，随时都有掉下来的可能。路边不停出现的指示牌"落石路段观察路过"与"前有滑坡注意安全"等，更让人心惊肉跳。激战一天，待看到黄河对面"陕西佳县欢迎你"的大幅雕刻时，心里顿觉温暖。"千年枣都"佳县很特别，县城建于高山顶上，且四公里的盘山路十分陡峭，筋疲力尽的我们是拖着两条腿一步一步推车而上，幸亏一上坡顶就看到佳县宾馆。

今早从佳县下山，9 时许，我们就骑到了神泉堡革命纪念馆。1947 年 9 月，毛泽东率领转战陕北的中央机关来此，与周恩来、任弼时、汪东兴等住于北窑。神泉堡居住时间不过 57 天，但意义非凡。不仅发表了《双十宣言》等重要文件，最重要的是第一次提出"打倒蒋介石，解放全中国"的口号，揭开了全国战略进攻的序幕……所以，神泉堡是扭转乾坤之圣地！

陕西佳县神泉堡革命纪念馆

六十九、抗战奠基瓦窑堡

【题记】

2017 年 4 月 20 日上午，我们骑行到★瓦窑堡革命旧址（陕西子长县瓦窑堡镇）。

【诗词】

七律·抗战奠基瓦窑堡

瓦窑堡里决前程，遵义精神再阐明。
雾散云开迎统战，天罗地网灭洋兵。
奠基抗战描新路，抉择联军唱凯声。
辞赋一章赢胜利①，千年洞府太光荣②。

【注释】

①辞赋：古代一种文体，此处代指《决议》。②洞府：代指窑洞，是中国西北黄土高原上居民的古老居住形式，历史可以追溯到 4000 多年前；瓦窑堡革命旧址为窑洞。

【随记】

“陕甘宁战役”一路过来，每天都爬上爬下或乘风顶风地骑行在陕北“沟梁”之间。老曹笑道：“现在才真正懂了王二妮所唱‘妹子站在圪梁梁上，哥哥他站在那个沟，看见了那个妹子儿，哥哥你就摆摆手……’”，也真正感受到“不管是西北风还是东南风，都是我的歌”的含义了。一个侧面，也反映了在陕甘宁数不清的圪梁梁与沟沟里，“空旷”伴有“寂寞”。

可能大货车司机师傅的体会最深。我们经常看到，副驾驶的位置上放着妻子儿女等家人的照片。在大西北时，远看一辆车副驾驶上有位漂亮扎眼的女士，近看才知原来是一张剪修放大的女明星像。10 多年的“红色骑行”踏遍大江南北，尤其是骑行在大西北、大西南、太行山与陕甘宁，“空旷”都会带给你一种“窒息”的感觉。

说话间，今天一早离开清涧县岔口镇，顶风骑过“沟沟梁梁”，11 时骑到了革命红都瓦窑堡革命旧址。1935 年 12 月下旬，中共中央在瓦窑堡城内田家院窑洞中召开了政治局会议，史称瓦窑堡会议。旧址包括会议旧址、其他旧址及毛泽东旧居等。

陕西子长县瓦窑堡革命旧址

今天骑行中还遇见数个迎亲车队。西北的迎亲很有趣，嫁妆都放在车子外面展示，每辆迎亲的车子上都有个红包袱。今天是什么好日子？ 4·20，死爱你！多浪漫啊。春节，元宵节，端午节，中秋节，以及情人节……多少个节日，我们却骑行在追寻红色的路上。

七十、周公红岩做关梁

【题记】

2018 年 4 月 1 日下午，我们骑行到★红岩革命纪念馆暨八路军重庆办事处旧址（重庆渝中区红岩村 52 号〈原 13 号〉）。

【诗词】

南歌子·周公红岩做关梁

阆水掀飞浪①，嘉陵涌浩洋。呼嚎志士尽忠良，保卫家园儿女要担当。
女士捐房地②，红岩做战场。周公领导是关梁③，举世闻名八载大后方④。

【注释】

①阆水：嘉陵江古称，到重庆市注入长江。②女士捐房地：饶国模女士，其所有“大有农场”的一幢三层楼房，用于南方局和八路军驻重庆办事处办公楼旧址扩建。③关梁：关口和桥梁，喻关键，语出《文选·宋玉〈九辩〉》：“猛犬狺狺而迎吠兮，关梁闭而不通。”④取自董必武为饶国模所赋诗词：“八载成功大后方……”。

【随记】

说实话，骑行者如老赵一样的老男士并不少见。在川藏线上，就遇到一位与老赵同年的江苏老汉；在甘肃，还遇到一位 78 岁已经基本骑遍全国的贵州老头。而如老曹一样“奶奶”级别的老女士，那真是凤毛麟角！老曹的大学同学也多次玩笑般地与她说：“让老赵一个人骑去，你一个‘老太太’跟着受这份罪干吗？！”

还必须强调指出，我们“红色骑行”所至之处，当年直到今天，还多为偏僻山乡，则我们骑行的许多县道、乡道和山道，骑行者是根本不涉及——因为他们都是骑国道，看风景。

追梦，我们既累也苦，今天早上真不想起床。然而，目标在前，梦想在前，一咬牙，一蹬脚，换档调速，风雨兼程，直奔重庆市，并在按计划参观其他红色景点之后，再骑到庄严的红岩村。

1938 年 10 月，国民党政府迁都重庆。我党以周恩来为书记的中共中央南方局也在渝成立，并与八路军驻重庆办事处共设于红岩村。参观了红岩革命纪念馆，再沿着林荫小道去往饶女士的大有农场，踏上楼房进入红色旧址一间间房屋，敬仰之情更甚。

晚上，重庆大学 MBA 学生、与我们一道参加亚太地区商学院腾格里沙漠挑战赛的沙友刘勇同学，特意携妻在江边 1981 酒楼临江 C 座设席为我们接风洗尘。吃着正宗的重庆火锅，喝着地道的山城啤酒，俯瞰着美不胜收的嘉陵江夜景，聊完“沙漠穿越”，再聊“红色重庆”，连日冒雨爬山的疲劳顷刻间荡然无存。

重庆市渝中区红岩村

七十一、优秀子孙融抗大

【题记】

2017 年 4 月 21 日下午，我们骑行到★中国人民抗日军政大学旧址（陕西志丹县县城）。

【诗词】

后庭花·优秀子孙融抗大

瑞金首府初盘马①，远征难跨。子长延安重构厦，晋冀潇洒②。
三八校训传佳话③，苦而高雅。优秀子孙融抗大④，学界称霸⑤。

【注释】

①盘马：跨马盘旋驰骋。②前阕记述"抗大"发展历史（详见下文）。③三八校训：毛泽东为抗大规定的"坚定正确的政治方向，艰苦朴素的工作作风，灵活机动的战略战术"的教育方针和"团结、紧张、严肃、活泼"的校风。④取自"抗大"校歌："黄河之滨，集合着一群中华民族优秀的子孙。"⑤取自斯诺《西行漫记》：（抗大）"这种'高等学府'，全世界恐怕就只有这么一家。"

【随记】

去往志丹县，除了瞻仰刘志丹烈士陵园和保安革命旧址，还有一个重要任务就是瞻仰抗大。

抗大，全称中国人民抗日军事政治大学，是中国共产党培养抗日军事、政治干部的大学。其前身是 1931 年我党于江西瑞金创建的中国红军学校，1933 年扩建为中国红军大学，1934 年随中央红军长征时又改称干部团。红军长征到达陕北后，1936 年党中央决定继续开办红大， 6 月 1 日在陕北安定县（今子长县）瓦窑堡举行开学典礼，6 月 21 日迁往保安（今志丹县）。到了 1937 年 1 月，又随党中央进驻延安，改为现名。此后，辗转于晋察冀等地及再返回延安坚持办学至 1945 年 8 月抗战胜利，完成了伟大而光荣的历史使命。

抗大——红大初创时物质条件十分困难，田野就是操场，院子就是课堂，砖头就是凳子，膝盖就是书桌。毛泽东在最初的开学典礼上就明确指出："办好红大就要艰苦奋斗"，以后又亲自担任抗大教育委员会主席，以及制定了"三八校训"。在志丹的抗大旧址前面，当年学员们学习讨论的群体雕塑栩栩如生，亦形象地再现了当年如火如荼的抗大情形。

陕西志丹县中国人民抗日军政大学旧址

"老赵，应该找邮局了。"老曹的提醒让我们从沉思中转回。呵呵，这也是我们骑行中每天必做的事情。麻烦的是，陕北一些乡镇少有邮局，或导航不清楚，或问人不知道，找起来挺费劲，在志丹县城我们就兜了几个圈。待入住宾馆时，街道已是华灯初上。

七十二、敌后模范晋察冀

【题记】

2018 年 5 月 9 日傍晚，我们骑行到★晋察冀军区司令部旧址纪念馆（山西五台县金岗库乡）。

【诗词】

木兰花·敌后模范晋察冀

五台山下金岗库，威武荣臻军帅府。进攻退守扎营盘①，布阵排兵杀剧虏。

英雄抗日震金鼓②，政府携民歌赞语③。敌后模范誉神州④，晋察冀中旗帜舞。

【注释】

①取自《聂荣臻回忆录》："首先考虑创立一个进可攻退可守的根据地……在晋察冀牢牢扎根。"②金鼓：金属制乐器和鼓。《左传·僖公二十二年》有："三军以利用也，金鼓以声气也。"③晋察冀边区是抗日战争时期唯一得到国民政府行政院和军事委员会承认的边区政府。④晋察冀抗日根据地被中共中央和毛泽东誉为"敌后模范的抗日根据地及统一战线的模范区"。

【随记】

早上刚骑离繁峙县砂河镇，就遇到河北邯郸一位 74 岁的老车友。他昨天翻山夜宿一公路道班，今早下来见到我们很高兴并提醒道："翻五台难度不亚于西藏。"我们骑过川藏线，曾翻越包括东达山与米拉山这样海拔 5000 米以上的高山，虽心中有数，但陡峭艰难的盘山道，也委实不敢掉以轻心。果然，31 公里，我们七个多小时才到山顶。一位司机惊讶地说："我开车上来时看见的，觉得你们不到傍晚是爬不到山顶的。这么大年纪，这么快就骑到山顶，真了不起！"然后，他热情为我们拍照并提醒："天色不早，赶紧下山，下山路更难，坡陡弯多，车多人多。"

确实，坡陡吓人，捏刹车的两手麻木胀痛已无知觉。过五台山景区，车水马龙更难骑，因我们曾来过两次，所以无暇再驻足，并以 20 多公里的时速冲到位处金岗库乡的晋察冀军区司令部旧址纪念馆。

"晋察冀"是一片红土，刚刚翻越五台，我们还绕进伯强村参观毛主席伯强路居纪念馆。现在所到之金岗库，则是 1938 年 3 月聂荣臻率晋察冀军区司令部进住之地，是其创建的第一个敌后晋察冀抗日根据地，发挥有极为重要的作用，并得到国共双方的一致认可。

紧赶慢赶，景点还是下班关门。一位老乡告诉我们，可以打指示牌上的电话，我们立即拨过去，10 分钟后小伙子陈鑫赶来开门并带我们参观。小陈是五台山文物局派来管理纪念馆的，看看天色已晚，劝我们别往前赶，"很远才有旅社"，小陈好心地留我们住宿于他办公室的值班室。

山西五台县
晋察冀军区司令部旧址纪念馆

七十三、晋冀鲁豫中央局

【题记】

2018 年 5 月 20 日中午，我们骑行到★晋冀鲁豫中央局（含晋冀鲁豫军区司令部）旧址与晋冀鲁豫边区革命历史纪念馆（河北武安县冶陶镇）。

【诗词】

鹧鸪天 · 晋冀鲁豫中央局

雄踞太行起狂飙，打拼华北做英豪。贼心老蒋撕协议①，铁血男儿举剑刀。
谋土地②，议钱包③。冶陶决策领风骚。大军又向南方去④，晋冀风云鲁豫潮。

【注释】

① 1946 年 6 月 26 日，国民党以 30 万大军围攻中共中原解放区，全面内战爆发，《双十协定》被撕毁。②③④著名的华北财经会议、土地会议、大军挺进大别山南征会议等在冶陶旧址召开；又，钱包：代指财经。

【随记】

昨晚一直下大雨，今天骑不骑？邯郸的朋友师光复夫妇也一再挽留。想想骑行计划不能改变，一大早我们依然出发，何况冒雨骑行已成“常态”。只是路途中，雨一直不停，并且越下越大。雨衣已经不顶事，雨鞋套也坏了，鞋子往下滴水。风雨中还爬了许多山坡。中午时分，我们骑到武安市冶陶镇冶陶村，左转进入一条窄窄的街巷，一步步小心向下推移，七弯八扭，终于来到晋冀鲁豫中央局等旧址，随之又去了相关纪念馆。

从 1946 年 10 月至 1948 年春，冶陶村成为晋冀鲁豫边区秘密首府暨政治、军事、经济、文化中心，成为刘邓大军千里跃进大别山的出发点和指挥部。

参观时，喊过来一位上小学五年级的小姑娘，单反相机一学就会，拍照时还认真地喊着“预备齐”，聪明而又天真可爱。

此刻，肚子“提意见”了。于是，在纪念馆的门前，我们寻得一块地方坐下来吃午饭。昨天在邯郸的超市和菜市场补充了许多食物，因此今天中午的伙食不错，有红烧排骨，还有凉拌蔬菜，尽管有一点凉，但饥肠辘辘的我们依然吃得很香。老赵夸奖老曹这个“保姆”烹调手艺不错，老曹则表扬老赵这个“司务长”菜买得好。革命乐观主义，一路贯穿于我们的“红色骑行”！

河北武安县晋冀鲁豫中央局等旧址

七十四、盐湖窑洞留精彩

【题记】

2017 年 4 月 24 日上午，我们骑行到☆三五九旅窑洞旧址（陕西定边县盐场堡乡花马池盐湖）。

【诗词】

五律·盐湖窑洞留精彩

花马池涟漪①，红草地蜿蜒②。
雄狮开旷土③，劲旅铸盐田。
窑洞留精彩④，盐湖展妙颜。
一方新大陆，百世艳阳天。

【注释】

①④为解决食宿困难，三五九旅指战员自己动手，在花马池湖畔古长城下挖掘窑洞 175 孔（尚存 23 孔）。②红草地：盐湖边的植物因盐分太多变成红色。③旷土：荒芜的土地，语出《礼记·王制》：“无旷土，无游民……”

【随记】

因为修建吴定高速，从吴起到定边的 303 省道，全程路面被各种运料工程车压坏，满地的石子砖头，裂开的路面呈现着纵横交错的深沟，颠簸的根本无法骑行，车把上的运动摄像仪也被颠得歪歪倒倒无法操作。与此同时，气候干燥的黄土高原，西北风还呼呼号叫，吹得我们连人带车向后倒退，吹得我们的上衣鼓起像个气球。过往车辆又扬起漫天飞舞的黄土沙尘，我们带着两层面罩也满脸满嘴有沙。就沿着这烂路，还要不停地翻党河沟、高拐沟、夏沟、新安边川和白圪瘩等山坡，其中有 12 公里和 15 公里的两座大坡，陡峭险峻中还不时地转 360 度弯。

所以，昨天一天很辛苦。早上 6 点出发，3 个多小时才骑了 20 公里。在路边休息吃干粮时，一位操着陕北口音的老乡过来搭讪，竖着大拇指说：“你们这是在学‘老毛’，爬雪山，走草地，啃干粮，喝凉水，好样的。”

到下午 6 点多钟，在累得快散架且跑了 100 多公里以后，我们停宿于定边城外的贺圈镇。赶到这里，是为了今天方便去盐池，尤其是保证有时间去考察“三五九旅窑洞遗址”。

为粉碎国民党对陕甘宁边区的经济封锁，解决边区财政经济的极端困难，1940 年秋至 1943 年间三五九旅 2000 余名指战员，来到榆林定边盐场堡花马池盐湖驻防打盐自救，这一活动揭开了边区全面开展大生产运动的序幕。尚存的 23 孔窑洞，依古长城而建，沧桑而壮观，一些工人正在进一步做保护性修缮，崭新的两柄红黄双色似刀如剑的纪念雕塑，已经巍然伫立。

陕西定边县三五九旅窑洞旧址

七十五、安源路矿掀工运

【题记】

2018年9月13日下午，我们骑行到★安源路矿工人运动纪念馆及补习夜校、大罢工谈判等相关旧址（江西萍乡市安源镇陵园路）。

【诗词】

如梦令·安源路矿掀工运

牛角坡边兴奋①，路矿巷中威震②。百姓唱歌谣③，传记罢工音讯。工运，工运，看那安源高俊。

【注释】

①牛角坡：安源路矿工人俱乐部成立时的旧址。②路矿巷：总平巷，安源煤矿井口，工运开拓者毛泽东、刘少奇、李立三等多次下矿井考察。③歌谣：指1922年安源路矿工人大罢工胜利后，在工人中传唱的一首长篇叙事歌谣《劳工记》。

【随记】

早起在住宿的故乡精品商务宾馆餐厅吃早饭，年轻的经理杨女士很客气，还非要让我们带上一些鸡蛋、馒头等食品路上吃。谢过以后，我们骑离位于湘赣两省三市（萍、浏、醴）结合部——世界花炮之源、世界花炮文化发祥地的浏阳市大瑶镇，沿国道106南下，第二次跨渌水，赶到醴陵市参观李立三故居。

老赵做攻略非常仔细认真，许多地方的拐弯抹角都清楚，路上总是不断提醒老曹，前面有什么状况，以至于老曹都有一点迷惑："老赵，你好像来过这里？"。这不，从李立三故居出来上国道时，老赵发现，马路那边一条狭窄小道似乎连着一条新大道，而这不在攻略中。一位工程师模样的修路人告诉我们，这是一条正在兴建的笔直朝向江西的新省道，虽尚未正式通车，但基本完工，并肯定地说："可以骑自行车的。"这条无车无人的新路，我们骑得特别爽。不久，离开湖南，第六次进入江西，过萍乡市，跨萍水河，下午3时骑到安源镇。

沿途，"红色安源"与"中国工人运动的策源地"等宣传牌已经向我们昭示了安源的伟大。1922年5月1日，安源路矿工人俱乐部成立，9月14日发动安源路矿工人大罢工并取得胜利。以该俱乐部为馆址的安源路矿工人运动纪念馆建在高高的牛形岭山的山坡上，下面及其附近则是与之相关的"工人夜校"等一系列旧址。

江西萍乡市安源路矿工人运动纪念馆

如今，牛形岭山上树木葱郁，山下花草艳丽。隐约中，长达1600多行的长篇叙事歌谣《劳工记》所唱"父挖窿中煤，子扯窿中拖。煤炭堆如山，父子都挨饿。寅吃卯时粮，妻寒子也饿。三月无饷发，生活真难过……"仿佛还在安源的上空激荡。

七十六、京汉二七大罢工

【题记】

2018年5月24日下午，我们先后骑行到★二七纪念堂旧址、二七广场、二七纪念塔与二七纪念馆（河南郑州市钱塘路中段82号正兴街）。

【诗词】

忆江南·京汉二七大罢工

多少恨，血泪二七中。汉口郑州掀怒潮，长辛店里啸悲风①。京汉大罢工。

【注释】

①二七大罢工，以郑州为中心，北起长辛店，南至汉口。

【随记】

早晨出发不久，老曹的车胎就被扎，107国道上前不着村后不着店，只能在路边摆“龙门阵”。老赵用手在外胎上找元凶，果然摸到一根钢丝，在相应位置找到洞洞，赶紧补上。骑了不到一公里，后胎又没气了，在一个洗车店要了一盆水，发现原来是刚才一根钢丝扎了两个洞。12点钟，第八次跨黄河过郑州黄河公路大桥。大桥上没有慢车道，车流不息，五公里惊魂而过后，在大桥附近吃午饭。刚骑不久，老赵的车后胎又连续被扎两次。大货车遗留的小钢丝，防不胜防也无法防。今天共补胎四次，创骑行当日爆胎最高纪录。不过，我们仍按计划骑到二七纪念堂等一系列相关景点。

1923年2月1日，京汉铁路各站工人在郑州普乐园（今二七纪念堂）成立京汉铁路总工会，决定在2月4日举行全线总罢工，2月7日军阀吴佩孚等在帝国主义的指使下，对罢工工人进行残酷镇压，共产党员、工人领袖林祥谦、施洋以及高斌等40多人被杀，300多人负伤，激起了全国工人大罢工的革命怒潮，史称“二七”大罢工。该罢工沉重地打击了帝国主义、封建主义和官僚资本主义，显示了中国工人阶级大无畏的革命精神，是中国工人运动史上的光辉篇章。位于郑州市二七广场的二七纪念塔为我国建筑独特的仿古联体双塔，是专为纪念该大罢工而修建。拾级而上，“二七”大罢工的历史风云呼啸于身边。

河南郑州市二七纪念堂

晚上，老赵的老战友欢迎我们骑来郑州。袁文迅在桃花源饭店设宴，张启成早早地在酒店门前迎接，远在灵宝的范玉灵也乘高铁赶来。1972年年底，分别从安徽、河南入伍，在一个连队摸爬滚打四年，一转眼退伍已42年未见。当年青春焕发的帅小伙、今天两鬓斑白的糟老头，拥抱的行为是那么热烈，拥抱的时间是那么久长，让老曹在一旁禁不住潸然泪下。如果说，前面师生间喝酒碍于辈分礼仪总有收敛，而这一场战友聚会，那个酒啊，喝得是山摇地动倒海翻江日晕月羞天昏地暗！

七十七、气壮山河湘鄂西

【题记】

2018年10月3日上午与下午，我们分别骑行到两处（同名）★湘鄂西革命根据地旧址群（湖北洪湖市瞿家湾镇，监利县周老嘴镇）。

【诗词】

鹧鸪天·气壮山河湘鄂西

威武将军斗志坚，英雄儿女气分澜①。洪湖浪里杀凶寇，湘鄂西中战蠢顽。
周老嘴，瞿家湾。苏区首府尽开颜。出奇制胜虹霓贯②，气壮山河世代传。

【注释】

①气分：人的体质，气质；语出《孔子家语·卷六·执辔》："人及万物，鸟兽昆虫，各有奇耦，气分不同。"②虹霓：雨后或日出没之际，天空所现的彩色弧；《楚辞·严忌·哀时命》有"虹霓纷其朝霞兮……"常用来比喻经历事情后战胜困难的喜悦心情。

【随记】

汉中大平原，一马平川。想当年，这里可是刀光剑影闪烁、枪林弹雨如骤、金戈铁马姿雄、红旗赤巾漫卷的英雄土地。这不，沿途洪湖赤卫队大队长彭国财纪念碑等红色景点，就能清楚证明。特别是今日一天，我们连续参观了两个体量很大的革命旧址群——分别存在于洪湖市瞿家湾镇与监利县周老嘴镇的同名的湘鄂西革命根据地旧址群。

湖北洪湖市洪湖湘鄂西革命根据地旧址群

湘鄂西革命根据地，又称湘鄂西苏区，位于湘鄂两省西部边界地区，曾覆盖58个县市，拥有20000人正规红军和近50000人地方武装。1931年7月至1932年4月，周老嘴成为湘鄂西苏区的首府，后迁至瞿家湾，期间先后建立了中共中央湘鄂西分局、中共湘鄂西省委、省苏维埃政府、省革命军事委员会等机关。其中，周老嘴革命旧址群现保存有48处重要的革命旧址，并建立有革命历史纪念馆和柳直荀烈士纪念亭；瞿家湾革命根据地旧址共有代表性建筑39处，并设有洪湖革命历史博物馆瞿家湾分馆陈列室。

恰逢国庆节期间，来此两处红色景点参观的人很多。往日的革命旧址之"湘鄂西省委、组织部、宣传部、文化部"，"湘鄂西省合作市管理总局"和"中国工农红军第二军军部"，甚至是"湘鄂西省委机关食堂"和"湘鄂西省药材仓库"里面，都是人头攒动。监利实验中学的初中女生胡柔和她的几个同学，亦乘车前来参观，帮我们拍照时顺便问她们："为什么要来这里？"女孩子们回答说："老师布置了作文。"这表明，教育很重要。没有教育，就会忘本！而正是通过教育，我们才能够知道从哪里来，到哪里去；才能不忘初心，传承红色；才能懂得奋斗，体会幸福。

七十八、茶陵政权第一家

【题记】

2018 年 9 月 18 日下午，我们骑行到★茶陵县工农兵政府旧址（湖南茶陵县城关镇前进村三角坪）。

【诗词】

风入松·茶陵政权第一家

多茶陵谷是茶坪①，炎帝葬茶陵②。涓涓洣水长流水③，一江清，万种柔情。又见云阳山好，千层迭翠还琼④。

英名领袖善经营，擘画亮前程⑤。工农兵士新生代，身亭立，坐镇官厅。红色权威为冠，光荣就在犀城⑥。

【注释】

①②茶陵：古因陵谷多生茶茗而称“茶乡”，是中国唯一一个以茶命名的行政县；又据宋·罗泌《路史》记述：炎帝“崩葬长沙茶乡之尾，是曰茶陵”。③洣水：茶陵主要河流之一。④云阳山：茶陵名山；又此两句取自茶陵县“好山千迭翠，流水一江清”之说。⑤擘画：谋划、经营，语出《淮南子·要略》：“财制礼义之宜，擘画人事之始终者也。”⑥犀城：茶陵又因南宋县令刘子迈铸铁犀镇河妖而有此美誉。

【随记】

从龙市镇出发二进湖南，参观炎陵“红军标语博物馆”之后，我们立刻转道并首次跨洣水直奔茶陵。国道 106 沿途无乡镇，无加油站，一路都没有加到水。太阳晒得嗓子要冒烟似的，总算看到一户人家，50 多岁的老乡拿来一壶温开水，说是从很远地方打来的泉水，因为“当地井水不能饮用”，我们很感激。100 多公里以后，我们骑到茶陵工农兵政府旧址。

1927 年 11 月工农革命军第二次攻克茶陵县城后，毛泽东指示在此创建了“第一个县级红色政权”（毛泽东语）。中央电视台 1997 年 10 月 27 日特别节目《井冈山》中介绍说“井冈山根据地的红色政权、中央苏区的红色政权，乃至今天的中南海国务院都是从井冈山洣水之滨的小屋里走出来的”。可见其意义非同一般。该旧址 1928 年曾毁于战火，2005 年以来茶陵县按照“修旧如旧”原则全面修复，并丰富了展馆陈列内容。

我们寻找该旧址颇费周折。离开省道转向茶陵的小道曲曲弯弯，导航导不出，问人不清楚。在旧址前面合影亦困难。到对面的小商铺找了几个人现场培训，第四位勉强完成“任务”的人还笑着嘀咕：你这老头要求真高。

县城里面找宾馆也很麻烦，沿街宾馆铺面都是商场，二层以上没有电梯，我们需要向上拎两个大驮包、扛两部自行车（车上装有运动摄像仪等不便拆卸则不宜存车于楼下）。这一点，乡镇更难。

湖南茶陵县工农兵政府旧址

七十九、绥蒙革命大篇章

【题记】

2018 年 5 月 4 日下午，我们骑行到★绥蒙革命纪念园（内蒙古凉城县城南井子村）与★贺龙革命活动旧址（内蒙古凉城县井沟子村一教堂院内）。

【诗词】

七律·绥蒙革命大篇章

七山一水二分滩①，升起太阳好地方②。
正义追求年悠久，人文荟萃史轩昂。
铮铮抗日游击地，赫赫除奸战斗场。
蒙汉一家红土地，绥蒙革命大篇章。

【注释】

①凉城县地形地貌素有“七山一水二分滩”之称。②有文字记载以来，凉城就成为草原文明和中原文明水乳交融的沃土，著名考古学家苏秉琦先生曾赞誉为“太阳升起的地方”。

【随记】

沿着省道 102，一路狂奔去凉城县。内蒙古的道路有特色，主要是上坡比较缓、比较长，换档调速，大部分的坡我们都可以骑上去。今天的前半程路况尤为不错，我们三小时就骑了近 50 多公里。过了赛罕区，待爬了两个多小时缓坡后，一路下坡，全天全程 120 多公里，下午 4 时就飙到凉城。转小道，走小巷，我们骑到岱海镇井沟子村。进入一座教堂院内，来到贺龙革命活动旧址。大门敞开，没有人，我们自行参观。正离开时，一位美女工作人员开车来上班，客气地再作讲解并帮我们合影。

接着，返回原路穿过省道，我们骑到了绥蒙革命纪念馆。绥蒙革命在中国革命中的历史地位十分重要，凉城县则是内蒙古自治区著名的革命老区，是党中央在绥蒙地区建立的第一个抗日根据地所在地，是蒙、汉各族人们团结一致、共同抗日的历史见证。由凉城境内的一些纪念园、革命遗址等组成的绥蒙革命纪念地，因此成为绥蒙革命的红色地标。

气势宏大，具有民族特色的新纪念馆正在建造，因此少有游人。偶遇一对浪漫恋人走过来，老赵赶紧上前说，“能否麻烦你们到大门口帮我们拍一张合影？”背着女孩的男孩抬头看看说：“你们还是互相自拍吧。”呵呵，我们可能耽误了小青年的“好事”，无奈只能自拍。幸运的是，行至大门口时，一位门卫帮我们了却合影意愿。不仅如此，一位即将“走马上任”担任讲解工作的美女还走出值班室，热心地介绍了该内蒙古自治区唯一一处全面展示绥蒙革命史的红色旅游景区及纪念馆的基本情况。

内蒙古凉城县绥蒙革命纪念园

八十、建党先声数新民

【题记】

2018 年 9 月 28 日上午，我们骑行到★新民学会成立会旧址（湖南长沙市岳麓区新民路）。

【诗词】

南歌子·建党先声数新民

岳麓山高峙，湘江水沈浑①。成汤盘铭启发深②，毛蔡知心呼唤众行人③。

改造当宗旨，冲锋扫秽尘。仁人志士弄风云，建党先声中国数新民。

【注释】

①新民学会旧址，西傍岳麓山，东临湘江；又，沈浑，深沉浑厚意，语出清·侯方域《孟仲练诗序》："孟君之诗豪宕感激，顿挫沉浑。"②成汤：商朝的开国君主；盘铭：刻在器皿上用来警戒自己的箴言；做新民是成汤的座右铭；又，新民学会名取自《大学》："大学之道，在明明德，亲民，在止于至善……在新民……"③毛蔡：毛泽东、蔡和森。

【随记】

昨天就骑到长沙，已经参观了许光达大将旧居等几处红色景点。因为长沙的红色景点特别多，我们今日继续停留于此，并逐一去瞻仰。第三次跨浏阳河，第六次跨湘江，我们骑到了岳麓山下、湘江边上的新民学会旧址。

新民学会成立于 1918 年 4 月 14 日，是我国在俄国十月革命以后成立的一个影响最大的革命团体，其宗旨为"改造中国与世界"，由时年 25 岁的毛泽东和 23 岁的蔡和森为主要发起人。五四运动前后，新民学会在湖南发起了一系列反帝反封建斗争，孕育了毛泽东、蔡和森、何叔衡、谢觉哉、向警予、杨开慧、萧子升、蔡畅等一批共产主义者，筹组了长沙社会主义青年团，并于 1920 年创建了中国共产党长沙早期组织，为中国共产党的创立作了准备，在中国革命史上被誉为"建党先声"。该旧址原为蔡和森长沙寓所，抗战期间毁于战火，1986 年按原貌复建，并新增设有辅助陈列室。

湖南长沙市新民学会成立会旧址

参观之后，我们顺道参观第九战区司令部战时指挥部旧址并祭拜"抗日阵亡将士"。1939 年 9 月至 1942 年 1 月，中国军队与侵华日军在长沙三次会战，国民党正面战场奋勇抵抗。此役胜利，沉重打击了日本侵华军队，振奋了全国人民抗战胜利的信心。穿过绿树成荫的湖南师大，推车爬到岳麓山景区门前，再放下自行车并沿着爱晚亭背后的一条山道拾级而上，顺着指示牌，我们在清风峡一汪潺潺溪水旁，找到了一个黝黑的防空洞——旧址所在。只见洞门上方刻有一只扭动飞龙，左侧刻有一头愤怒石狮，仿佛一直提示国人：莫忘日军暴行，必须保家卫国！

八十一、南方三年游击战

【题记】

2016 年 11 月 12 日中午，我们骑行到☆南方三年游击战争纪念园暨新四军纪念林（安徽淮南市国庆东路上窑森林公园）。

【诗词】

巫山一段云·南方三年游击战

一幕游击战，三年血泪潮。成仁取义在今朝①，大雪满弓刀②。
奏响集结号，咸言意气高③。新军上阵领风骚，抗日是英豪。

【注释】

①取自陈毅诗词《梅岭三章》：“……取义成仁今日事，人间遍种自由花。”②取自唐·卢纶《塞下曲》：“……欲将轻骑逐，大雪满弓刀。”③取自唐·王昌龄《塞下曲》：“……昔日长城战，咸言意气高。”

安徽淮南市南方三年游击战争纪念园

【随记】

骑向淮南，遇到了 30 多公里的修路路段。一边是深深的水沟，一边是高高的斜坡，斜坡上还有大大的石块，我们从斜坡底部骑行时，自行车后面的驮包会撞到斜坡上的大石块，好几次连人带车掉进沟里。全身紧张，汗如雨注中，进入了淮南市境界，路况也转好。在国道 206 边上，我们转向上窑森林公园花果山，骑到了南方三年游击战争纪念园暨新四军纪念林。

1934 年，第五次反“围剿”失利，中央红军不得不进行战略转移。留守中央苏区的部队，面对国民党数十万军队和地方反动武装的疯狂“围剿”，在项英、陈毅等人的率领下，将部队化整为零，在深山密林中坚持了三年艰苦卓绝的游击战争。直到 1938 年，各红军游击队才集中整训改编为新四军。这其中，新四军与安徽源远很深。安徽，是新四军组建时八省红军游击队的集结地，是新四军东进北上战略展开的出征地，是新四军打响对日作战第一仗及其首战告捷的战斗地，又是新四军泾县云岭和盱眙黄花塘（时属安徽）等两处军部驻扎时间最长的所在地，也是新四军军歌的诞生地，还是震惊中外皖南事变的发生地。

在安徽骑行，就是在家乡骑行。加上网络时代，信息畅通，大家又一直关注我们，所以一到淮南，我们就被“热情”簇拥。老曹的大学同学何爱南，在宾馆将我们“截住”，老赵的研究生学生杨连珍已经在酒店预订了中餐。晚上，曾经在党校听过老赵讲课的华明中先生，又邀上一帮学生朋友聚在一起，弄了满满的一大桌，为我们“补充营养”，还非要听我们说“红色故事”。

电话又接二连三地响起来：父母亲问：“这一趟，已经骑了 60 多天，现在到了哪里？”儿子的电话是抱怨：“再不回来，我要成家庭妇男了。”孙子的电话是期盼：“想奶奶做的‘罗宋汤’！”

八十二、湘区凤凰清水塘

【题记】

2018年9月28日下午，我们骑行到★中共湘区委员会旧址暨毛泽东杨开慧故居（湖南长沙市八一路538号——清水塘）。

【诗词】

长相思·湘区凤凰清水塘

开慧芳，润之良①。情爱湘区清水塘②。人间凤恋凰。

玉心昌③，忠肝慷。又在家乡举剑枪。至贞为祖邦④。

【注释】

①润之：毛泽东字。②清水塘：湘区旧址门前有两口池塘，池水明亮清澈，故名之。③玉心：坚贞如玉的心，语出唐·李白《怨情》诗：“……花性飘扬不自持，玉心皎洁终不移。”④至贞：指最纯正的心，最坚贞的节操；语出《管子·侈靡》：“故至贞生，至信生”；汉·陆贾《新语·道基》亦有：“曾闵以仁成大孝，伯姬以义建至贞。”又，祖邦：祖国。

【随记】

“我失骄杨君失柳，杨柳轻飏直上重霄九。”一曲“蝶恋花”，多少柔情蜜意，又有多少的深情怀念！当我们骑行到达清水塘，流连忘返于这砖木结构的青瓦平房时，心中除了敬仰，还是敬仰，只有敬仰，也不能不敬仰：一对风华正茂的青年男女，一双才华横溢的青春人杰，本可以恩爱相伴诗意生活而直到永远，可是为了唤醒受苦受累的百姓，为了拯救灾难深重的民族，他们却毅然决然选择了一条荆棘丛生又饱含希望的道路！

清水塘边毛泽东和杨开慧的旧居，原是几间简朴的农舍，菜圃、瓜棚与小径环绕周围，时年毛泽东以湖南省第一师范教员身份租下此屋。1921年7月，毛泽东和何叔衡出席中共一大后，于10月建立了全国最早的省级支部——中共湖南支部；次年，支部改为中共湘区委员会（辖湖南及江西萍乡），毛泽东任书记。1921年秋至1923年4月，该旧址成为中共湘区委员会机关的秘密办公地。在毛泽东领导下，中共湘区委员会广泛传播马克思主义，大力开展工人运动，领导反帝反封建斗争，及其在斗争中巩固和发展共产党和社会主义共青团，推动了全国革命运动的迅速发展。

湖南长沙市

中共湘区委员会旧址暨毛泽东杨开慧故居

典型的南方民居风格的院落里，单层二进三开间共六间房屋，分别是堂屋、毛泽东夫妇住房、开慧母亲向振熙老人住房与客房等。刘少奇、李立三等都曾来此开会，并在客房休息或住宿；毛泽东杨开慧的长子毛岸英、次子毛岸青也相继在这里出生。毛泽东与杨开慧在此共同生活仅有一年半，却是他俩共同生活时间最长的地方。

水塘南面的广场上，毛泽东（全身塑像）身穿军棉大衣，挥手屹立在蓝天白云下……

八十三、红军改编在琼崖

【题记】

2017 年 1 月 26 日中午，我们骑行到★琼崖红军改编旧址（海南海口市云龙镇）

【诗词】

浣溪沙·红军改编在琼崖

孤岛拼争不畏艰，红旗不倒廿三年①。一心革命志贞坚。
绝地抗倭功巨大，琼崖编改史无前。换来赤色海南天。

【注释】

① 1950 年 5 月 1 日，海南岛解放。时任海南区委书记兼海南军事管制委员会副主任的冯白驹高兴地说："党中央对琼崖地方革命总的评价是：孤岛奋战，坚持二十三年红旗不倒。"

【随记】

今天起床很早，我们在晨曦中首先祭拜了位处海口市区内的解放海南岛烈士陵园，又去瞻仰李硕勋历史纪念馆，接着赶往琼山区云龙镇玉仙村参观 琼崖纵队抗日第一枪纪念园。然后，从乡道原路返回 223 国道继续南下，六七公里后经过云龙产业园，中午 12 时许骑到了紧靠在云龙镇附近国道边上的琼崖红军改编旧址。

为贯彻中共中央关于建立抗日民族统一战线的方针政策，中共琼崖特委于 1938 年 10 月 22 日与国民党琼崖当局达成协议，并于 1938 年 12 月 5 日在云龙将琼崖工农红军改编为广东民众抗日自卫团第十四区独立队（简称琼崖抗日独立队，队长为冯白驹）。此后，独立队先后扩编为独立总队、独立纵队，1947 年 10 月由中央军委命名为中国人民解放军琼崖纵队，冯白驹任司令员兼政治委员。

云龙改编意义重大，所以该旧址被列入有关红色景点的国家目录。我们在大门口拍照后，走进旧址，认真参观。大门内的广场中央，竖立着一尊手握钢枪的独立队战士全身铜质铸像，周边还有纪念亭等建筑设施。铜像的正后面有一排房屋，那是相关陈列馆，馆内提供的大量文物文献资料，清楚表明了作为我党领导下的琼崖革命武装斗争史上重大事件之"云龙改编"，是抗日民族统一战线政策在琼崖胜利的标志，充分展现了琼崖革命斗争 23 年间可歌可泣的历史画卷。

海南海口市琼崖红军改编旧址

海南的冬天，果然不一般，不亲临其境感同身受，还真的不知道居然有如此温暖如春的冬季。加之临近春节，沿路尽是来此越冬度假的数不清的车和人，看那些涵盖了所有省份牌照的私家车，你就会真真切切的明白是"来自全国各地"。当然，你一定懂得：红色中国，今天不仅站起来，而且富起来，并且强大起来。

我们穿着单衣，骑着单车，与如织的车流和人流一道环绕美丽的海南岛。

八十四、海南西柏五指山

【题记】

2017 年 1 月 29 日中午，我们骑行到★五指山革命根据地纪念园暨五指山革命烈士陵园（海南五指山市毛阳镇毛贵村）。

【诗词】

鹧鸪天·海南西柏五指山

翡翠山城五指山①，当年革命色斑斓。海南西柏吹军号，毛贵村坊建政权。
披斗笠，举钢鞭。雨林企盼有晴天。赢来通什青春在②，蝶舞兰花花做篮③。

【注释】

①五指山四季湿度宜人，被誉为“翡翠山城”。②通什：五指山古称通什峒，黎语“通什”指山谷中连片的田地。③彩蝶、兰花、“空中花篮”等，为五指山热带雨林的稀有名贵植物及其著名景观。

【随记】

昨天是 2017 年 1 月 28 日，也是农历丁酉年的春节。算来，这是我们在骑行路途中度过的第三个春节。一黄山，二杭州，三即是此次“大华南战役”，我们又在海南的万宁市度过年三十，再在奔向琼中县的路途中过春节。

刚刚过去的年三十晚上，一夜爆竹声炸的无法入睡。大年初一的日子里，我们依旧一路狂奔。先翻“草岭”，后转省道 304 朝西北方向，连翻风门岭、毛书岭、公山岭和青湾岭，路经李振亚将军就义地纪念碑，到琼中黎族苗族自治县。翻那么多的山、越那么多的岭过春节，老曹感慨无限：“这样过春节不仅真有意思，还真有纪念意义！”

今天（初二日），我们从琼中出发，再翻牛岭和金屏岭，经红毛镇白沙起义纪念园，过毛贵大桥，骑到五指山革命根据地纪念园。

创建于 1947 年的五指山革命根据地，跨白沙（包括现在的琼中、五指山）、保亭、乐东三县的五指山区，位于全岛中心，方圆一万多平方公里。毛贵村曾是根据地大本营——琼崖党政军首脑机关所在地，因此被称为海南的“西柏坡”。当年，冯白驹等在此领导的琼崖纵队，历经土地革命战争、抗日战争和解放战争的艰苦卓绝考验，迎接和配合大军渡海作战，最终迎来全海南的解放。因为地点偏僻，参观人很少，但我们依然怀着崇敬心情瞻仰纪念碑、烈士陵园等。

接着，我们返道再翻高岭、阿陀岭、南岭和掉鼓岭。海南岛的象征，红色娘子军故事的背景地，名不虚传的海南岛第一高山脉五指山，因峰岚起伏形似五只手指而得名。山峰连绵，陡坡达 60 度以上，最后一座山，13.5 公里陡上，9 公里陡下，弯弯相连几成直角，太惊险！我们到达五指山市时，超市都打烊了。

海南五指山市
五指山革命根据地纪念园

八十五、两战圣地沂蒙山

【题记】

2016年11月7日中午，我们骑行到☆沂蒙革命纪念馆（山东省临沂市银雀山路与沂州路交汇处东南角）。

【诗词】

阮郎归·两战圣地沂蒙山

东来大海第一山①，天低云在肩②。东夷文化远源长③，群星智勇全④。
是圣地，誉延安，沂蒙故事传。深情红嫂乳汁甘，人民大爱甜。

【注释】

①沂蒙山有沂山与蒙山，沂山为中国东海向内陆的第一座高山，有“大海东来第一山”之说。②取自青年诗人王心鉴《东蒙行》：“天低雾沾履，路险云在肩。”③沂蒙山是“东夷文化”的发祥地之一。④这里名人辈出，较著名的文有智圣诸葛亮，武有名将蒙恬等。

【随记】

昨天去的蒙阴县孟良崮战役纪念馆，返回在沂南县青驼镇住宿。该镇虽紧靠205国道，但不太繁荣，补充食品等有一些困难。好在是，今天到临沂市的路程不长，10时许我们即骑达。先去河东区参观“新四军军部及华东野战军军部”，随即跨过沂河，我们骑到三山区沂蒙革命纪念馆。

山东临沂市沂蒙革命纪念馆

沂蒙老区是著名的革命根据地，临沂作为山东解放区的首府和华东地区革命斗争的指挥枢纽，被誉为“两战圣地”（抗日战争和解放战争）与华东“小延安”。刘少奇、徐向前、罗荣桓、陈毅、粟裕等都曾在这里战斗、生活过，留有大量的革命遗迹。根据地也涌现出了抗日楷模村渊子崖、用乳汁救助伤员的“红嫂”、为革命作出重大贡献的“沂蒙母亲”王换于和支前模范“沂蒙六姐妹”等一大批英模人物和先进群体。参阅纪念馆的大量资料，不能不对沂蒙人民的革命精神、牺牲精神与奉献精神大加赞赏。

参观完红色景点，去了美利达专卖店。老曹的车胎慢跑气已经好几天了，换下内胎才知道，是旧疤子在“作怪”，且一条内胎居然补了11个疤。换胎的小伙子舌头一个劲地咂：“这是我见到疤子最多的胎。”殊不知，此次“大北方战役”时间距离皆长，抵达临沂已是60多天6000多公里，备胎早用完，不得已而已。是的，此次战役时间距离都“空前”的长，孙儿赵十可已经多次通过他爸妈的电话呼叫喊话：“爷爷奶奶，快点回家！”

今日立冬。日子也很特别，既是老赵的生日，也是我们的结婚纪念日。为了庆祝一下，我们安排半天休息，住进预定的格林豪泰豪华大床房。然后，放下车与包，逛逛街，放松一下，再去吃老赵比较青睐的火锅，喝一杯始于春秋战国时越王勾践酿造的山东名酒琅琊台。

八十六、重要堡垒看茅山

【题记】

2015 年 2 月 9 日，我们骑行到★茅山新四军纪念馆及☆苏南抗战胜利纪念碑（江苏句容市茅山镇大茅街 1 号；茅山北麓）。

【诗词】

清平乐 · 巍巍堡垒看茅山①

人间奇象，触目心情亢。鞭炮放声军号响②，抗日凯歌高唱。
铮铮铁骨苏南，巍巍堡垒茅山。处处旌旗飞舞，村村烽火连天。

【注释】

①巍巍堡垒：毛泽东语，详见下文。②见下文。

【随记】

一大早，我们骑行到达水西村，参观新四军江南指挥部。9 时许，再骑上一条新路去茅山。2 月的江南，天寒地冻，天气预报是零下 5 度，而在凛冽的寒风中骑车，感觉气温或许更低。果然，停车休息时，老曹走到路边的一个池塘边，敲了一下水面结成的冰，居然没有敲破！不久以后，我们开始翻瓦屋山。山路很长，人少车稀，或者说几乎只有我们跋涉在这漫漫山区。直到下午 1 时，我们才骑到茅山新四军纪念馆，随后又瞻仰了苏南抗战胜利纪念碑。

茅山抗日根据地，广义上指以茅山为中心的苏南抗日根据地，茅山新四军纪念馆以志纪念。苏南抗战胜利纪念碑坐落于当年新四军浴血奋战的茅山北麓、望母山山巅之上，由镇江市全体党员交纳特别党费而建成。

该纪念地还有一大“奇观”：1997 年冬，人们竟然发现“纪念碑前放鞭炮，纪念碑下听军号”。此后，附近就有了“售卖鞭炮”的小商店。不远处，还真有许多的游客在放鞭炮。最让人瞠目结舌的是，还真能够听到那“嘀嘀嗒嗒”的“军号” 声声。

江苏句容市茅山新四军纪念馆

在附近的小饭馆吃了一大碗面条，我们继续骑行翻越高高的茅山。途中，依然人烟稀少，依然寒风萧萧。我们既冷又饿，也越来越累。尤其是在“红色骑行”的最初几年，对老曹而言，是 种非常巨大的挑战——“红色骑行”十万里的路途中，老曹是逐渐地进入状态，及至后来所表现的满腔热情和万丈豪情，都让老赵自叹不如及惊叹不已——老赵一边骑，一边与老曹聊，更多的是谈梦想。“有梦想，万一实现了呢？”企盼与梦想中，坚韧与努力中，我们于傍晚 6 时在骑行 120 多公里以后，来到了历史悠久的齐梁故里，古称曲阿，后取“丹凤朝阳”之意而得名的小城丹阳。

八十七、军民鱼水沙家浜

【题记】

2015 年 2 月 11 日晚 8 时与 2019 年 4 月 4 日中午，我们两次骑行到★沙家浜革命历史纪念馆（江苏常熟市沙家浜镇）。

【诗词】

长相思·军民鱼水沙家浜

党依民，军赖民，鱼水军民情意深。春来盼彩云①。
东进军，南进军，芦荡军魂火种欣。沙家浜太神。

【注释】

①春来：春来茶馆，京剧《沙家浜》中新四军的联络点。

江苏常熟市沙家浜革命历史纪念馆

【随记】

一再与学生说，我们是路过，中午吃饭简单一些，怕耽误时间。可是，河海大学 MBA 在无锡工作的学生朱晓松、张素琴等不依不饶，非要在恒隆五楼和美之声酒家摆上一大桌。学生们说："赵老师与师母骑车来，太感动，太特殊，也太惊奇了！做学生的不能不盛情款待！"又告诉我们，"这里的骨头汤，熬得特好"。几个同学都要买单，谁知他们带来的朋友侯先生说，"老师与师母是奇人！还是让我来略表心意"，并执意抢先买了单。

呵呵，真得延误了行程。骑离无锡，晚 8 时才抵达常熟，来到沙家浜，天空漆黑一片，广场空旷无人，大门上锁紧闭，什么也看不见，更不要说去参观沙家浜革命历史纪念馆。这才有了我们事隔几年后再行"长三角战役"、二进常熟沙家浜之举。

抗日战争时期，位于阳澄湖畔的沙家浜成为苏、常、太游击根据地。依靠当地人民群众的支持，利用阳澄湖地区天然地理条件，新四军开展艰苦卓绝的抗日武装斗争。血战沙家浜、激战阳沟娄、伏击八字桥、夜袭浒墅关、奇袭虹桥飞机场等历史事件，至今仍广为传颂。

"朝霞映在阳澄湖上，芦花放稻谷香岸柳成行。全凭着劳动人民一双手，画出了锦绣江南鱼米乡。祖国的好山河寸土不让，岂容日寇逞凶狂！"伴随着仿佛还萦绕在耳边的现代京剧《沙家浜》歌声，我们午后骑到苏州。

晚上，老赵的大学同学、苏州大学经济学教授、却又出版诸多小说与报告文学的作家唐晓玲，携夫君为我们设宴。晓玲多次打招呼，骑行经过苏州，一定要驻足"东方威尼斯"之美誉的姑苏，让她尽地主之谊。果然，晓玲"高规格"款待，打开的是一瓶珍藏了 14 年的"茅台"，还未喝，那个醇香就先醉倒了人。照片发到她的微信群，惹来了一片"嫉妒"十足的唏嘘声："是哪一路'神仙'驾到，唐大师如此隆重而热烈！"晓玲在手机上轻戳纤纤玉指，一行字潇洒地在圆润指尖流出："是老同学啊！了不得，他们夫妻俩用 10 多年的时间，把中国骑遍了！"

八十八、八路鏖战太行山

【题记】

2018 年 5 月 13 日下午，我们骑行到★八路军太行纪念馆（山西武乡县县城太行街 363 号）。

【诗词】

浪淘沙·八路鏖战太行山

历史水涟涟，万古成山①。八陉延袤万般川②。烽火不息鏖战激，满目雄关③。

贼虏犯家园，遍地狼烟。英雄八路美名传。血洒太行拼倭寇，气贯青天。

【注释】

①六亿年以前，太行山地区是一片汪洋大海，后经过数万万年锤炼而产生太行山。②③太行山山地古有“太行八陉”之称，且山中多雄关，包括著名的紫荆关、娘子关等；又，延袤：绵亘、绵延伸展意；再，太行山地势险要，历来为兵要之地，近两千多年间烽火不息。

【随记】

今天从祁县到武川，听说要爬一座叫分水岭的大山，老曹心里开始打“鼓”了。而出发不久，我们两人的车胎又先后被扎，元凶还是小钢丝，老曹却幽默地说：“缘分啦，爆胎都一道。”补胎后爬分水岭，基本是推行，爬了 25 公里才在路边一个小饭店加了一点开水。老板说：“早着呢，还有十几公里。”说得我们心里“拔凉拔凉的”。实际上更惨，我们又爬了 15 公里。翻过著名的分水岭，已经是下午 2 点钟了，总算找到一个可以避风遮阳的路边吃午饭。

我们喜欢骑国道省道，可在山西，老曹却紧张发抖，手脚不听使唤。原因是，山西道路比较窄，大货车又太多，不是几辆、十几辆，而是几十辆、成百辆，呼啸着或迎面或追着屁股，凶猛而来，疾驶而去。在窄窄的两车道上，前面的车冲你而来，后面的车又不顾一切地超车擦身而过。今天还过了无数的像架在半空中的桥梁，没有护栏，偶有几个水泥隔断，一双手紧握车把，直摇直晃，随时都有掉下去的危险。下坡更危险，我们将时速控制在 30 公里左右，遇到路面大个大个的坑，颠得车和人都跳起来了。就这样，胆战心惊爬山过桥下坡，伴随着滚滚车流，终于骑到武川。

八路军太行纪念馆设立于武乡，它是反映八路军和华北各根据地八年抗战史实的大型军事专题纪念馆。殷红资料告诉我们：八路军八年抗战从 4.7 万人发展到 102 万人，先后建立了晋察冀、晋冀鲁豫、晋绥、山东等敌后抗日根据地，32 万八路军将士为国捐躯，其中牺牲了 720 多名正团职以上领导干部。

太行山永远是光荣的！是的，曾经“我们在太行山上”，“燃烧”着“抗日的烽火”，创造着光荣！今天，我们“红色骑行”在太行山上，正在传承光荣！

山西武乡县八路军太行纪念馆

八十九、抗日战争大胜利

【题记】

2016年10月19日下午，我们骑行到★中国人民抗日战争纪念馆（北京丰台区宛平城内街101号）。

【诗词】

渔家傲·抗日战争大胜利

湖荡柳条莲花绮①，卢沟桥上人如织。谁料妖贼真暴戾。膏药至②，家园何处无悲泪？

保卫民族明大义，救亡华夏同生死。兄弟决心赢胜利。年十四③，飘扬抗日红旗帜。

【注释】

①沈阳市柳条湖桥，是震惊中外的“九一八”事变的发生地；史记，柳条湖，每到应季，莲花盛开，芳香飘逸，有“花泊观莲”之说。②膏药：“膏药”旗，日本国旗。③抗日战争始于1931年“九一八”，共计14年。

【随记】

记得2008年8月8日清晨推车下楼，儿子赵累送到学校大门口并帮我们拍下第一幅“红色骑行”合影照片。5时48分，我们正式开始远征。当时的日记是这么写的：这是一场具有重大意义的骑行长征，也是一场将要持续很长时间的活动，还是一场“蓄谋已久”的行为。所谓“蓄谋已久”，是我们早就有这一想法，且有意设计了战略的起始时刻与完成时间。第一次战役出征，是2008年8月8日借助于北京奥运会开幕“东风”；第21次战役献礼，是2020年3月23日沿着毛泽东率领中共中央“进京赶考”的时间与路线，一路骑行向北京（后因抗击新冠而延期但路线不变）。

昨日，我们在“大北方战役”中第一次骑达北京，今天穿行北京并参观几处红色景点，然后再一路向西，骑到丰台区宛平城中国人民抗日战争纪念馆——这是一座全面反映中国人民抗日战争历史的大型综合性专题纪念馆（截至2014年）。该馆址所在也是“1937.7.7中国人民抗日战争全面爆发纪念地”——该标志亦分别用中英文镌刻成流光溢彩的金色大字，并镶嵌在一块巨大的斜面纪念碑上。参观该馆，让我们进一步理解抗日战争胜利的伟大意义。

北京丰台区中国人民抗日战争纪念馆

得知我们骑行数千公里来到首都，在北京工作的学生李栊用设宴为我们接风洗尘。因其已身居中国人保高管要职而不能分身，遂委托学生吴启忠等先行接待，并在处理完公务后匆匆赶来，先鞠躬致意，再举杯先干，其尊师之情溢于言表。

九十、梅园呼唤共婵娟

【题记】

我们曾数次前往★中共代表团梅园新村纪念馆（江苏南京市玄武区长江路东端梅园新村街道两侧）；2015 年 10 月 16 日中午与 2019 年 4 月 11 日下午，我们又两次骑行到此。

【诗词】

摊破浣溪沙·梅园呼唤共婵娟

美丽梅园故事玄，去年志士著宏篇，奔呼国共重握手，共婵娟。
尽管弟兄存壁障，依然筋骨有情缘①，一统江山圆华夏，唱人寰。

【注释】

① 2015 年 11 月 7 日下午，两岸领导人习近平、马英九在新加坡香格里拉大酒店会面，这是 1949 年以来两岸最高领导人首次会面。习近平在致辞中说：“我们是打断骨头连着筋的同胞兄弟，是血浓于水的一家人。”

【随记】

梅园新村纪念馆，由中共代表团办事处旧址、国共南京谈判史料陈列馆、周恩来铜像、周恩来图书馆等组成，属于近现代历史遗迹及革命纪念建筑物。1946 年 5 月至 1947 年 3 月，以周恩来为首的中国共产党代表团，在这里同国民党政府进行了 10 个月零 4 天的谈判。纪念馆以包括梅园新村 17 号、30 号和 35 号的原址原貌陈列为主，藏有文物文献资料多件。

我们以前多次参观该纪念馆，但如我们参观过的其他红色景点（尤其是如韶山、井冈山和西柏坡等特别重要的）一样，在我们的“红色骑行”战略计划中，都再次设计安排进去。其一，是想进一步深刻感受这些红色景点的博大内涵；其二，因为是“红色骑行”，我们想尽可能将自行车“骑”到这里，以完善“骑行”的特征及其意义。

再次骑行来到梅园新村纪念馆参观，巧的是，在位于露天庭院的正面墙前的周恩来铜像前面——该铜像以周恩来当年步出梅园新村 30 号大门的照片为原型，神形兼备地表现出这位伟人坚定、沉着、机智、从容的革命家形象——还遇到了许多戴着红领巾的小朋友。小朋友们兴致高昂，情绪热烈，时而认真倾听，时而举手提问，时而贴近图片资料仔细观看，时而又掏出小本本记写着什么。

江苏南京市中共代表团梅园新村纪念馆

有人说，中国人缺精神。其实，这些人说得不对！因为，中国人从来不缺精神！我泱泱大中华、数千年的大中国历史斑斓，星光灿烂，英雄辈出，则伟大精神、英勇精神何其多！中国人独特的红色精神更是“世界之最”！客观地说，我们需要加强精神教育，尤其是要加强“红色精神”“红色基因”乃至系统的“红色文化”教育，并且“要从娃娃抓起”！

九十一、东山学校孕国才

【题记】

2018 年 9 月 25 日下午，我们骑行到★东山学校（湖南湘乡市书院路 1 号）。

【诗词】

浣溪沙·东山学校孕国才

绅士捐资挂校牌①，一方圣地孕英才。英明元甫识国才②。
耽读东山听教育③，取名子任敞胸怀④。泽东豪迈大开台。

【注释】

① 1880 年，下里士绅许时遂等十余人，在知县严鸣琦支持下，集资筹建东山书院。②国才：校长李元甫思想进步，对少年毛泽东的入学考卷作文“言志”非常赞赏，大呼学校“取了一个新中国成立才”。③耽读：取自《千字文》：“耽读玩市”；记述汉代王充在街市上沉迷留恋于读书。④子任：毛泽东在该校博览群书，给自己取名“子任”，意即以天下革命大业为己任。

【随记】

昨天中秋节的骑行很苦：从双峰出发，穿娄底市区，经湘乡壶天镇、宁乡青山桥镇，再到流沙河镇，100 多公里，几乎全程有雨。翻山越岭不说，穿越娄底还遇到大堵车。而从青山桥到流沙河更糟糕：大修正在进行时，碎石遍地，一片狼藉，坑洼无数，加上雨水一搅合，泥土塞进车盘，自行车推都推不动。这十公里，我们搞了一个半小时。

今天任务更重。5 点钟洗漱完毕即出发，爬山走乡道去参观何叔衡与谢觉哉故居，然后原路返回（来回 50 公里），再从流沙河镇转道去湘乡。

幸运的是，去湘乡的道路很好。返回镇前右转进入一条新大道，虽然途中也翻越了杨虎坳等山坡，但无大碍。我们一口气骑到湘乡东山学校——毛泽东 1910 年秋第一次走出韶山冲读书的学堂。

湖南湘乡市东山学校

该校始建于 1895 年，初建时称东山精舍，又多次易名。解放后，毛泽东为该校题写“东山学校”校名，沿用至现在。该校历史悠久，具有光荣的爱国传统和革命传统，培养了陈赓、谭政等许多革命志士和知名人士。

我们饶有兴趣地找到了毛泽东的读书教室。时年，17 岁的毛泽东才来此读小学，这位被校长李元甫称为“建国才”的小学生，因为个头太高而坐在倒数第二排。几十年以后，毛泽东坐在中国领袖的第一排居中，并让全体中国人民“站起来”了！

来该校求学，是毛泽东走出韶山的第一步。临行前，他改写了一首诗，悄悄夹在他父亲精心保管的账簿里：孩儿立志出乡关，学不成名誓不还。埋骨何须桑梓地，人生无处不青山！实际上，1910 年秋毛泽东挑着简单行李开始他的第一次远行，也是他从此走上革命道路，开始他伟大一生的里程碑！

九十二、三方谈判宣化店

【题记】

2017 年 12 月 5 日中午，我们骑行到★大悟县宣化店谈判旧址（湖北大悟县宣化店竹竿河西岸，原湖北会馆）。

【诗词】

浣溪沙·三方谈判宣化店

竹竿河西商贾城①，三方谈判论前程。周公慷慨道真情。
握手议和宣化店，返身失信信阳城②。中原顷刻乱枪声。

【注释】

①湖北会馆始建于清代道光年间，其时商贾云集。②信阳："围剿"我中原军区部队的蒋军从信阳等地出发。

【随记】

昨晚住宿吴陈河镇让我们吃了苦头，尤其是小旅社被子太薄太窄，半夜冻醒了，无奈起来将被子横过来凑合着盖。今早我们 5 点多即起床出发，12 月初的这段时间白昼最短，小镇又没有路灯，路上漆黑一片。顶着雾霾和严寒，摸黑骑了一个多小时天才蒙蒙亮。天气又冷，手脚冻得生疼麻木，我们不得不停下来休息，也顺便拿出馒头等干粮吃早饭。

湖北大悟县宣化店谈判旧址

"鄂豫皖战役"同其它战役一样艰苦备至，翻山越岭是常态！我们西走省道 339，连续翻大银尖、余小寨和刘长寨，苏河镇南下转乡道 010，又翻徐寨骑离河南。转宣苏线县道 022，第二次入湖北，进大悟县界，再翻杜家寨，转省道 108，跨竹竿河，中午 11 时我们骑到湖北会馆——宣化店谈判旧址暨纪念馆。

清道光、同治年间，宣化店进入商贸繁荣时期，有"小汉口"之称，又有"搬不完的宣化店"之说。位于竹竿河西岸又称河西会馆的湖北会馆，即建于清道光元年（1821 年）。会馆"名声大噪"，还因之于 1946 年 1 月起开始的长达半年的"中原和谈"。至 5 月，周恩来偕同中原军区司令员李先念与美国代表白鲁德、国民党代表王天鸣在这里进行了举世闻名的"宣化店（三方）谈判"，迫使国民党同我军先后签订了《罗山协议》及发表《宣化店会谈公报》等。但协议墨迹未干，6 月 26 日蒋介石即撕破和平面皮，悍然发动内战，我中原部队就此展开"中原突围"战役，打响了全国解放战争第一枪。该会馆现包含于中原突围纪念馆内，两馆相隔不远。

沿着三进两天井式清代建筑的纵深较长的会馆，经一进舞台戏楼，过二进楼宇，三进七架梁台式建筑的一并五间房屋即在眼前。内部会场和人物原景雕塑仿制，美蒋代表的对面，着国军制服佩戴上将军衔的周恩来英姿飒爽；依次向右，身着灰色八路军服装的李先念、王震栩栩如生……英雄还在！

九十三、盐池解放啸先声

【题记】

2017 年 4 月 24 日下午，我们骑行到☆红军七十八师攻克盐池县城遗址与★盐池革命烈士纪念馆（宁夏盐池县县城古楼北街；花马寺国家级森林公园）。

【诗词】

七绝·盐池解放啸先声

红军西去滩羊县①，夜半冲锋战匪兵②。
宁夏迎接新时代，盐池解放啸先声③。

【注释】

①滩羊县：盐池县；滩羊是我国优秀的地方羊品种，盐池县被国务院有关部门命名为“中国滩羊之乡”。②红军午夜向县城发起攻击。③盐池解放比全国解放早了 13 年。

宁夏盐池革命烈士纪念馆

【随记】

10：44，我们站在了国道 307“宁夏界”的告示牌下，骑离陕西，第二次进入宁夏，抵达盐池县界。

盐池地处宁夏东大门，历史悠久，资源丰富，素有“中国长城博物馆”之称。通往盐池的国道旁道，绵延横亘、气势恢宏的隋、明长城及烽火台等随处可见。著名的“中国滩羊之乡”和“中国甘草之乡”，它还是全国最早解放（1936 年）的县城，并与地处惠安堡国民党盐池县政府对峙，形成两个盐池县并存的局面。

距盐池县 10 多公里处，一支骑行队伍浩浩荡荡直奔过来。这是盐池美利达专卖店老板史强、陈华嵘夫妇，率领一批骑友出城远迎我们。史陈两人，从他们的中学同学、老赵的学生、现在江苏工作并就读于河海大学 MBA 的董宁那里知道我们的骑行，几年前就发出邀请，“红色骑行”事关盐池，这才有了这一场精彩幸会。

素未谋面的年轻骑友们热情高涨，与我们在“中国滩羊之乡”巨型纪念碑下合影留念，陪我们登上可供两辆汽车并行的城墙上俯视盐池全貌，又领我们骑行瞻仰红军七十八师攻克盐池县城遗址，参观盐池县革命烈士纪念馆与中国滩羊纪念馆。晚上，再买一只完整的宁夏滩羊，在专卖店门口架起大锅炖熬。白水中只放萝卜、生姜，但香味芬芳四溢。盐池人说，这羊吃的是“冬虫夏草”、拉的是“六味地黄丸”，是全世界最美味的羊肉，在北京市场每公斤卖到 400 元。

告别盐池，连续三天骑行不止：走灵武，第九次骑跨黄河，过青铜峡、永宁和银川，经西夏王陵，翻著名的贺兰山，第一次入内蒙古，沿空旷无垠、浩瀚无比的沙漠边缘骑行，直达阿拉善左旗太西国际饭店大厅。此后数日，我们将作为河海大学 MBA 指导老师兼主力队员，携沈银峰、张峰等 10 余名弟子，以及亚太地区名校商学院 MBA 的 1800 名同学，参加“第六届亚太地区商学院沙漠挑战赛”，穿越腾格里沙漠。

九十四、淮海战役总前委

【题记】

2018年5月30日中午与31日上午，我们分别骑行到★淮海战役总前委会议暨华东野战军指挥部旧址（安徽萧县丁里镇蔡洼村）与 ★淮海战役总前委旧址纪念馆（安徽濉溪县临涣镇文昌宫）。

【诗词】

菩萨蛮·淮海战役总前委

文昌宫里吹军号，蔡洼村里书天诏①。五帅聚成团②，大军坚似磐。
山南雷雨劈③，淮海风云急。红色染江山，人民才久安。

【注释】

①天诏：皇帝的诏命；代指总前委战斗命令。②蔡洼会议，是总前委五位领导第一次共聚一堂商讨战事，也是他们在淮海战役期间的唯一一次聚会。③山南：淮海又称山南区域，因地处山水之南而得名。

【随记】

昨天由河南返回家乡安徽，今天我们一路向东并在豫皖大地进进出出。先是由安徽骑回河南，参观永城淮海战役陈官庄纪念馆，随之又入皖来到萧县蔡洼村淮海战役总前委会议暨华东野战军指挥部旧址。第二天，再南下穿过淮北市，骑到濉溪临涣镇文昌宫另一处淮海战役总前委旧址纪念馆。

1948年11月6日，淮海战役拉开战幕。为便于华东、中原两大野战军协同作战，中央军委决定成立由刘伯承、陈毅、邓小平、粟裕、谭震林等五人组成的淮海战役总前委。10日，总前委进驻文昌宫，在此后的50个日夜里于此多次召开会议，为取得淮海战役的全面胜利发挥了重要作用。1948年12月16日，粟裕进驻蔡洼村设立华东野战军指挥部并驻守28天，17日刘陈邓谭相继来蔡洼参加会议，总结前两阶段胜利经验，研究制定第三阶段部署，重点是研究淮海战役结束后渡江战役问题。

到此，淮海战役在苏豫皖的多处纪念场馆，包括徐州淮海战役纪念馆和淮北双堆集淮海战役烈士陵园，我们都已参观。

淮海战役，是著名三大战役的第二个战役，也是三大战役中解放军牺牲最重，歼敌数量最多的战役。人们没有忘记！在文昌宫，三个小伙子看着我们千里迢迢，重装骑行，举着党旗、国旗拍照，佩服点赞之时，一定要借旗拍照。其中一人还表示，一定争取早日入党。

还有感动的事。中国科大的MBA赵士君同学，知道我们骑经淮北，急切地想见我们“真人”（此前，我们与赵士君同学并不相识，只是在“沙友群”互加微信），等不及了，他竟然从合肥开车近300公里到淮北为我们接风洗尘！

安徽萧县
淮海战役总前委会议暨华东野战军指挥部旧址

九十五、渡江战役总前委

【题记】

2018年6月5日上午与6日上午，我们分别骑行到★渡江战役总前委旧址（安徽蚌埠市蚌山区燕山乡孙家圩子村）与另一处★渡江战役总前委旧址纪念馆（安徽肥东县撮镇瑶岗村）。

【诗词】

如梦令·渡江战役总前委

曾在瑶岗布阵，又在孙家授印。智慧总前委，决策跨江金刃①。前进，前进。遍地喜人音讯。

【注释】

①党中央当时提出“打过长江去，解放全中国”的口号；又，金刃：指刀剑，此处代指战役。

【随记】

这几天，艳阳高照，可“苦”了我们骑行人。下雨骑行难，太阳暴晒也让人受不了。晒得满脸通红不说，我们俩大腿内侧都磨烂了，被汗浸得钻心痛，只能咬牙坚持着一圈一圈地骑。欣慰的是，麦收季节，政府下大力气全面禁烧，沿路都设立禁烧指挥部，有床、有桌子、有凳子让村民昼夜值班，呵呵，我们正好在遮阳伞下或休息或就餐。

毕业于安徽师大、现在蚌埠学院任教的崔执树同学早已发出邀请，“同学们都知道老师与师母的骑行‘壮举’，真心期待驻足蚌埠”。正好，此次“晋察冀战役”从内蒙古一路南下，我们计划考察蚌埠等地的渡江战役总前委旧址，于是昨天晚上在蚌埠与分别多年的学生欢聚一堂。推杯换盏中，除了畅谈师生情谊，交谈过去与今天，“红色骑行”及其故事也是一大主题，这让我们有许多开心。只是，太高兴，太投入，年纪也近50的崔执树同学，这位今天也小有名气的教授，一不小心喝高了，以至于把老师师母送到宾馆的门前却一直握手不放，惹得其他同学邬旭东、周娟、张丽和黄树桥等笑个不停。

今天一早，10多公里后拐进县道再转乡道，我们骑到了地处市郊孙家圩子村的渡江战役总前委旧址。两天后，我们又骑到肥东县的另一处同名旧址。

安徽肥东县渡江战役总前委旧址纪念馆

1949年2月11日，淮海战役结束后，中央军委决定淮海战役总前委在渡江战役中“照旧行使领导军事及作战的职权”，渡江战役总前委遂在河南商丘张菜园村成立。3月22日，总前委迁往蚌埠市孙家圩子村；3月27日至29日又迁至肥东县瑶岗村。孙家圩子旧址中邓小平、陈毅、张震等旧居、大食堂及会议室，瑶岗旧址中总前委旧址、中共中央华东局旧址等，依然存在，斯人却已去。

九十六、运筹丹阳战上海

【题记】

2015 年 2 月 15 日清晨，我们骑行到☆总前委旧址纪念馆（江苏丹阳市城河路宝塔弄 5 号—原戴家花园）。

【诗词】

浪淘沙·运筹丹阳战上海

五帅聚丹阳①，满面红光。昨天决策跨长江。今日运筹拿上海②，谁敢猖狂?
将士战沙场，扫荡蟑螂。一腔热血志如刚。不朽丰碑生命建，国运恒昌。

【注释】

① 1949 年 4 月渡江战役胜利后，由邓小平、刘伯承、陈毅、粟裕、谭震林五人组成的总前委从南京来到丹阳，在该旧址胜利指挥了上海解放战役和接管工作。②见下文。

【随记】

昨天傍晚 6 时半，我们一路风尘仆仆骑到了丹阳市，住宿于城市心情商务宾馆。选择住宿地点，也是我们每一次战役计划攻略中认真准备的，包括超市、邮局等。既要相互靠近，又特别注意尽可能在景点附近，为的是方便参观、购物，以及避免转来转去而耽误时间。丹阳市的总前委旧址就在我们住宿的宾馆附近。早上起来，沿着城河路向北，经过人民广场再转向东，不足一公里的路程，我们就来到了旧址门前。

江苏丹阳市总前委旧址纪念馆

1949 年 4 月渡江战役胜利后，距离上海数百里之外的苏南小城丹阳解放。5 月 3 日起，由邓、刘、陈、粟、谭等五人组成的总前委陆续从南京来到丹阳，抉择如何取胜上海解放战役并实现成功接管。随后，成百上千的干部接到通知，从各个解放区奔赴丹阳集中。小小丹阳，会聚了中共党政军等各界精英三万多人。刚刚获得新生的古城丹阳，成了我党我军解放和接管上海的大本营，故该旧址历史意义十分厚重。

来到旧址前时间太早，大门尚未开，经与门卫商量，他同意我们进去参观。该旧址是门楼一座，内有一较大天井。旧址按当年原貌布置陈列，西侧的纪念馆为一幢三层楼房，内设“光辉的总前委”展览。一位名叫毛凤仪的热心晨练老人，不仅为我们拍照，而且给我们充当讲解员。

参观以后，才感觉肚子饿了，看见一杨记镇江锅盖面门庭若市——知道肯定不错——这也是找饭店的经验，我们赶紧坐下早餐。因为连续几天途中吃干粮较多，老赵喉咙嘶哑，嘴角还有小泡，老曹再去向阳药店购买药品。店主是 60 岁的庄小园女士，聊天中知道我们情况，她非常客气地“拒收”药费，还送了一些菊花、桔梗等。谢过庄女士，我们沿国道 312 直奔常州，去虔诚祭拜瞿秋白、张太雷、恽代英等著名的“常州三杰”。

九十七、人民海军亮战舰

【题记】

2015 年 10 月 14 日中午与 2019 年 4 月 6 日下午，我们两次骑行到★中国人民解放军海军诞生地纪念馆（江苏泰州市白马镇）；2016 年 11 月 3 日中午与 2017 年 5 月 12 日，我们又骑行或步行到★海军博物馆（山东青岛市莱阳路 8 号）。

【诗词】

点绛唇·人民海军亮战舰

精彩当年，泰州歌唱英雄事。海军宝地，白马扬旗帜。
红色水兵，战舰奔天际。心窃喜，乘风顺势，慷慨当兵士①。

【注释】

①作者之一赵国庆曾服役于海军 37891 部队。

【随记】

骑行在苏北大地的感觉真好！一马平川哦！举目远眺，你尽可以看得很远很远。骑起来则更爽。从黄桥到白马近 50 公里，我们只用两个小时，10 时许，就骑到泰州“海军诞生地”。

1949 年渡江战役东线指挥部设于泰州市白马庙，4 月 23 日中国人民解放军第一支海军——华东海军在此宣告成立。此后，中央军委确定“4·23”为海军诞生日。白马庙为海军诞生地，泰州市因此被誉为“水兵的母亲城”。旧址现辟为纪念馆。四年前，我们曾专程骑行到此参观。海军建军 70 周年前夕，我们再次骑来庆祝。

期间，我们又两次到青岛，参观由海军创建、中国唯一一座全面反映中国海军发展的军事博物馆海军博物馆。一次是骑达，另一次是老赵参加“海军 37891 部队加工连战友聚会”，与百多位老战友一道参观。此次聚会盛况空前，老赵的战友李德生热情承办。李德生退伍后成功创业，业务遍及海内外。战友们退伍后几十年未见，当年青春帅气，如今两鬓斑白，甚至于许多人秃顶，清一色的一群 60 岁左右的老头，抱在一起哭得稀里哗啦！

江苏泰州市中国人民解放军海军诞生地纪念馆

数次参观这两处，因为老赵有独特情感——老赵是老海军！1972 年底，老赵从插队农村应征入伍，当兵即在海军东海舰队。老赵一路喋喋不休，真是“有故事的人”，何况是当兵的人。老赵说，咱海军战士军服忒漂亮——水兵服是上白下蓝，无檐水兵帽带有两根飘带，上绣“中国人民解放军海军”字样。部队出操，那就是一道靓丽的风景线。

呵呵，说着说着，老赵的老战友魏少华在前方（兴化市）打来了电话：“还有多少路？酒店安排好啦，都在等你们俩！”“嘀嘀”几声，少华又从微信里发来了他的感言诗词：国庆骑行，遍布祖国大地；赵氏夫妇，无畏风雨直行；访问红色，瞻仰全部经典；不忘初心，永记老兵本色！

九十八、进京赶考毛泽东

【题记】

2020 年 8 月 5 日下午，我们冒雨骑行到☆毛主席进京驻涿纪念馆（河北涿州市粉子胡同三义小学）。

【诗词】

七绝·进京赶考毛泽东

三雄聚义留佳话①，剑影刀光伴远情②。
更见泽东行赶考，斩关夺隘为民生。

【注释】

①涿州市是三国时期刘备、关羽、张飞桃园三结义故地，现建有“三义宫景区”；又，三义小学取名与该典故相关。②远情：犹深情；唐·杜甫《西阁雨望》诗曰：“菊蕊凄疏放，松林驻远情。”

【随记】

设计总第 21 次（纪念 1921）“收官向北京”而完成 13 年 10 万里“红色骑行”，意义非凡自不必说，其一波三折的行程亦有精彩故事。

13 年前，为了隆重纪念中国共产党百年华诞，我们精心抉择于 2008 年 8 月 8 日北京奥运会开幕之时，踏上波澜壮阔的“红色骑行”征程。13 年前，我们同时决定要在建党 100 周年前一年（即 2020 年）3 月 23 日，按照毛泽东 70 多年前率领中共中央“进京赶考”的时间与路线从西柏坡出发向北京。谁承想，前所未有的新冠病毒的肆虐，迫使我们不得不延缓出发日期。眼看着抗疫战斗取得决定性胜利，北京进入消费季，我们准备再启动骑行工程时，不料又突如其来了“新发地”新疫情……

好事多磨，胜利总是来之不易。今天，北京抗疫大功告成，我们亦终于可以启动 13 年“红色骑行”第 21 次战役“收官向北京”——虽不能如期执行“进京赶考”的时间，但仍可以如愿践行“进京赶考”的路线——此刻我们正骑行于该路线上，并依次经灵寿、行唐、曲阳、唐县、完县（今顺平县）、保定、徐水、定兴和新城（今高碑店），顺利到达了领袖们“进京赶考”的最后一站涿县（今涿州市）。而前方不远处，则是领袖们“进京”的第一站（北京）香山“双清别墅”。

路途中，突然下起了大雨，但我们的热情却丝毫不减。进入涿州，沿古楼大街向北，右转进入粉子胡同，我们骑到了当年毛泽东在涿县住过的那座平房——最初的一座天主教堂，后为三义小学一隅，现已建成的毛主席进京驻涿纪念馆。纪念馆不大，但历史厚重，一份份纸页泛黄的文献史料和一张张记录历史的影像图片，告诉了我们“进京赶考”的红色故事。事关涿州，纪念馆还特别记载了毛泽东进（涿县）城吃“闭门羹”的一段“佳话”，以及毛泽东指示“市场回城”为涿州党政领导上的“执政为民”的第一课……

河北涿州市毛主席进京驻涿纪念馆

九十九、双清别墅毛泽东

【题记】

2016年10月19日上午与2020年8月8日上午，我们两次骑行到★双清别墅（北京海淀区香山公园南麓半山腰）。

【诗词】

减字木兰花·双清别墅毛泽东

双清别墅，御笔题词添嫉妒①。变换苍穹，迎住恩人毛泽东。
进军全国，又挽弟兄说共识②。倩倩香山③，永远风光记昨天。

【注释】

①双清别墅，原是清代皇家园林香山静宜园松坞山庄旧址，是乾隆御题的香山二十八景之一。②见下文。③倩倩：美好貌。

【随记】

2016年，我们由东北一路S型南下骑到北京香山，并跟着如织的人流，缓步登攀前往著名的双清别墅。四年后，我们沿着毛泽东率领中共中央“进京赶考”的路线从西柏坡向北京，再次骑行到此。中共中央北京香山革命纪念地的工作人员手捧鲜花热情接待我们；我们则在此圣地隆重宣告13年10万里的“红色骑行”战略工程完美收官！

北京海淀区双清别墅

1949年3月25日，中共中央、毛泽东从西柏坡迁入香山双清别墅。从此，这一有乾隆御笔题写名号的皇家园林，再留下许多扭转中国命运、决定中国前途的华彩篇章：毛泽东在此起草《向全国进军的命令》，指挥渡江战役，写下了《人民解放军占领南京》等脍炙人口的不朽诗篇；毛泽东在此会见多个民主党派的负责人，又给在上海的宋庆龄写亲笔信邀请她来北平“共商建国大事”；毛泽东还在此运筹帷幄，筹备新政协，筹建了新中国。直到1949年8月23日，毛泽东才告别香山，入住中南海丰泽园内的菊香书屋。如今，在香山双清别墅毛泽东居住了五个月的那排平房中，还保留着当年陈设原貌，见证着开国前夕那段除旧布新、风云际会的历史时刻。

还有一个特别有趣的故事。当年选择香山，主要还是考虑安全问题。几部电视剧里都有这样一个片段（纪念地的杜先生也向我们证实）：毛泽东问负责保卫的李克农：“这里对外叫什么名字？”李克农回答：“劳动大学。”毛泽东思考着：“劳动大学？劳大，劳大”！随即大笑起来。说这些，读者可能云里雾里，老赵却十分兴奋！原来，1978年全国统考，老赵考上的是安徽劳动大学（后转入安徽大学），全体师生都习惯简称“劳大”。老赵将这一段镜头录下视频发到班级微信群，陈乐等许多同学瞠目结舌：“毛泽东还有这一说！”

一〇〇、五星国旗天安门

【题记】

曾多次参观★天安门广场（北京东长安街），2016年10月我们数次骑行到此，2020年8月我们红色骑行收官之战再骑行到此并瞻仰升旗仪式。

【诗词】

七律·五星国旗天安门

国旗招展启良辰，满目神州处处新。
金水河铭人奋勇①，雕栏桥记事艰辛②。
帝王禁地留青史③，华夏广场换主人。
升起东方红太阳，天安丽日暖凡民④。

【注释】

①②金水河，雕栏桥：天安门城楼前有外金水河，河上飞架七座汉白玉雕栏石桥。③禁地：天安门广场曾是明清帝王统治时代的一个宫廷广场，东、西、南三面用围墙围成禁地。④天安丽日：天安门广场为“北京十六景”之一，景观取此名。

【随记】

伟大的北京城，历史悠久，红色分量更重！雄伟的天安门，名扬天下，红色色彩更浓。

天安门，原名承天门，建于明永乐十五年（1417年），清顺治八年（1651年）改建后称天安门。1949年10月1日，毛泽东在天安门城楼上宣告中华人民共和国成立，从此天安门城楼成为新中国的象征。天安门广场，是世界上最大的城市中心广场，是中国无数重大政治、历史事件的发生地，是中国从衰落到崛起、从富裕到强大的历史见证。

刚刚取得抗击新冠肺炎的决定性胜利，让世界对我国刮目相看，这，对我们两个老共产党员的“红色骑行”也有特别意义：它让我们“红色骑行”整体战略能按照13年前的设计，如期推进收官之战。清晨，我们再次来到天安门广场，亲眼看国旗扬升。

北京天安门

鲜红的五星红旗升起来，英雄的人民站起来，高亢的歌声唱起来：“五星红旗迎风飘扬，胜利歌声多么嘹亮，歌唱我们亲爱的祖国，从今走向繁荣富强！”

就在这一刹那，我们脑海中闪烁起13年10万里的“红色骑行”，我们亦曾“越过高山越过平原，跨过奔腾的黄河长江”，奔驰在“宽广美丽的土地”……

第二乐章：风流人物铭史册

（骑行祭拜的100个红色伟人——含革命领袖、重要领导者、著名人士等）

一、中国出了毛泽东

【题记】

我们曾于1993年10月9日与2011年7月15日两次参观★●毛泽东故居（湖南韶山市韶山冲）；2018年9月26日下午，再次冒大雨骑行到此； 2016年10月与2020年8月，我们多次骑行到★●毛主席纪念堂（北京东长安街）；并骑达全国各地多个毛主席纪念场所。

【诗词】

七绝·中国出了毛泽东①

历史辉煌有圣雄②，谁同日月竞苍穹？
太阳升起东方亮③，出了中国毛泽东④！

【注释】

①毛泽东（1893～1976），字润之，湖南湘潭人；中共中央第一代领导集体的核心，位列中国共产党36位开国军事家之首，《时代》杂志评定的20世纪最具影响100人之一；因毛泽东担任过的主要职务几乎全部称为主席，所以被人们尊称为“毛主席”。②圣雄：品格高尚、富有智慧和无私无畏而受人尊敬的人。③④此两句取自歌曲《东方红》。

【随记】

多次参观韶山的毛泽东故居，13年的“红色骑行”中更是在祖国的四面八方——东到上海，南到广东、海南，西至西藏贡嘎，北到鞍山、抚顺，中到河南、湖南、湖北等许多的地方，瞻仰了毛主席的塑像。“红色骑行”收官之战，在聆听了激昂澎湃的国歌，敬仰了五星红旗扬升之后，我们再次来到庄严肃穆的毛主席纪念堂前（因为仍然是抗击疫情期间而未能有机会进入纪念堂）。

湖南韶山市韶山冲毛主席故居

心中无限感慨，心中无限激情。在纪念堂前鞠躬致意，又回身走过“人民英雄纪念碑”，移步至天安门城楼前，瞻仰伟大领袖毛主席的画像，感觉老人家根本没有离开我们！是的，毛主席没有远去，毛主席怎么可能离开人民？老人家永远与人民在一起！永远活在人民的心中！每天，这里有数不清的人扶老携幼前来瞻仰。据称，仅纪念堂即已接待超过了两亿人次的国内外人民！

二、人民公仆刘少奇

【题记】

我们曾于1993年10月9日参观★刘少奇同志故居及纪念馆（湖南宁乡县花明楼镇炭子冲村）；2018年9月27日上午，我们再次冒雨骑行到此。

【诗词】

七绝·人民公仆刘少奇①

修养一生志不移②，高歌思想举红旗③。
鞠躬尽瘁无遗憾，大众公仆数少奇④。

【注释】

①刘少奇（1898～1969），字渭璜，湖南宁乡人；是以毛泽东同志为核心的党的第一代中央领导集体的重要成员，曾任全国人大常委会委员长和中华人民共和国主席。②1939年7月，刘少奇在延安马列学院作《论共产党员的修养》的著名演讲。③1945年，刘少奇在我党“七大”作《关于修改党章的报告》，对毛泽东思想做了中共历史上的第一次系统论述，将“毛泽东思想”明确写入党章。④刘少奇和人民同呼吸共命运，强调国家主席是人民的勤务员。

【随记】

清晨6时从韶山主题酒店出发，老赵有一点小纠结：因为昨天大雨如注，参观内容多，到达市区时间晚，没有盖到邮戳。巧的是，一小时以后骑经清溪镇时，看见一代销店兼挂着“中国邮政——清溪镇（如意）电子商务服务中心”的牌子，老赵试着进去说明来意，店主很客气地盖上了地属韶山的邮戳——幸亏是小商店，正规邮政所还没到上班时间呢。

一路虽然顶风冒雨，但我们骑得依然很快，9时许即骑达花明楼——刘少奇故里。较之于20多年前，现在的纪念场所及其周边都发生了巨大变化。尤其是，呈山墙暴露式的故里门楼颇具江南古建筑风格，整体建筑设计恢宏壮观，布展内容亦更加丰富。而在刘少奇铜像前，在故居纪念馆里，在文物馆、花明楼、修养亭、万德鼎、一叶湖、刘家祖坟等景点中，则随处可见参观瞻仰的人群。

湖南宁乡市刘少奇同志故居及纪念馆

看见我们骑行前来，珠海统一战线观光团一行几十人围上来问这问那，既对我们的骑行表示敬佩，又要与我们合影留念，有的人还马上发微博和朋友圈。一些人感慨地说：“应该多多加强红色宣传与教育。”我们的初衷没有白费，我们就是因此而在尽微薄之力。因为，知道中国共产党为什么出发及其怎样一路走来，怀念老一辈革命家的生平业绩，记住革命先烈的英勇壮举，认知理想在前、梦想在前，初心才能不忘，前行才能坚定！

三、安国良相周恩来

【题记】

我们曾数次参观☆●周恩来祖居（浙江绍兴市劳动路369号），2015年2月19日再次骑行到此；同年10月10日，我们又骑行到★●周恩来纪念馆与周恩来故居（江苏淮安市永怀路2号、淮安区驸马巷7号）；2016年10月15日，我们再骑行到★●周恩来邓颖超纪念馆（天津市水上北路天津水上公园风景区内）。

【诗词】

七绝·安国良相周恩来①

安国良相功巨大，恩来誓死为人民②。
精神伟岸惊环宇③，品德高廉是伟人。

【注释】

①周恩来（1898～1976），字翔宇，原籍浙江绍兴，生于江苏淮安；是以毛泽东同志为核心的党的第一代中央领导集体的重要成员，新中国成立后长期担任国务院总理，中国共产党36位开国军事家之一。②周恩来生前留下嘱咐：死后火化，不保留骨灰。周恩来逝世后，其骨灰撒向了祖国的山山水水。③伟岸：容貌气度非凡；《新唐书·李从晦传》有："从晦姿质伟岸，所至以风力闻。"

【随记】

1976年1月8日，一个人逝世，联合国总部门前的联合国旗罕见地降了半旗——自1945年联合国成立以来，世界上有许多国家的元首先后去世，联合国还从来没有这样做过！

这个人是伟人，是周恩来，是我们的周总理！他把骨灰都撒向了祖国的山山水水，个人却什么也没有留下。但是，他的伟大功绩与人格魅力，不仅感动了全中国，更震撼了全世界！

江苏淮安市
周恩来纪念馆与周恩来故居

在他的祖居绍兴，在他的家乡淮安，在他与他夫人的纪念馆，参观瞻仰者永远是人山人海！多年来，我们骑行到达了许多红色景点，尤其是到达那些列入"全国红色旅游经典景区名录"的重要场所，应该说参观的人皆多，然而最为汹涌澎湃的瞻仰情形，则是在毛泽东故居、毛泽东纪念堂和周恩来纪念馆。

老赵还翻开了他在1976年元月期间的日记："1月8日：简直不敢相信，有这样无比沉痛的消息：我们敬爱的周总理逝世了，战友们无不悲痛万分……""1月9日：战友们都在悼念周总理……""1月10日、11日……1月24日：上午指导员上课，带领战友们学习邓（小平）副主席在周总理追悼会上的悼词……"接着，老赵，这个当时年轻的水兵，在日记中用几页纸将悼词全部抄录下来……

四、朱德永远红司令

【题记】

2018 年 3 月 17 日下午与 19 日中午，我们分别骑行到★●朱德故居暨纪念馆（四川仪陇县马鞍镇琳琅山下）与朱德铜像纪念园（四川仪陇县金城镇西环路 2 号）。

【诗词】

七绝 · 朱德永远红司令①

志士只身走西东②，南征北战气如虹。
朱德永远红司令③，一代元戎亮皓穹。

【注释】

①朱德（1886 ~ 1976），字玉阶，清末秀才，四川仪陇人；是以毛泽东同志为核心的党的第一代中央领导集体的重要成员，中国共产党 36 位开国军事家之一；1955 年授衔时，位列十大元帅之首。②取自 1909 年春朱德明志赋诗：“志士恨无穷，只身走西东……”③毛泽东称朱德是“红司令”。

【随记】

老赵在家里做攻略时就纠结，去朱德故里的路不好走。果然，今天骑行险象环生。昨晚雷鸣电闪大风大雨，今早出发还是风雨交加，且一出仪陇县城就连续翻山越岭。在果山上，一老乡劝我们改道走双胜 —— 骑上一条越来越可怕的山乡县道。祸不单行，岔路既多又小，导航又不灵，17 公里费了三个多小时。下山后又遇到大修省道。一老乡说：“这条省道全程如此，根本无法骑车，试试前面村道吧。”待穿过泥泞省道，十分艰难地将车推上烂泥巴糊的山坡找到那条村道时，情形更可怕。因为路窄泥烂，这里已堵得水泄不通。一位胡姓师傅“热情”中带有几份“霸道”：“你们这么大年纪，真得不要走这条路，前面推都危险！”胡师傅怕我们听不懂，就用手指在他那布满灰尘的车窗上画路线图——后来，我们一直念叨胡师傅的好！

我们只能原路返回十几公里重上另一条远程省道。折腾了一上午，肚子提“抗议”了，加上雨越来越大，我们便躲在一屋檐下吃午饭。恰巧主人回来，他热情地开门让我们进屋，搬凳子，烧开水，还介绍路程：“前面又要转乡道，还有许多大山，但路况不错。”

下午 4∶45，我们艰难地骑到了朱德故里暨纪念馆，可惜已经关门。就在失望之时，一位名叫李卫的年轻警卫走了过来，原来他也喜欢骑车，他很爽快地破例开门让我们进去参观拍照，还和我们合影留念。

红司令朱老总伟大，他家乡的人好！

四川仪陇县朱德故居纪念馆

五、党史骆驼任弼时

【题记】

2018 年 9 月 29 日上午，我们骑行到★任弼时故居纪念馆（湖南汨罗市弼时镇唐家桥新屋里）；此前即 2016 年 10 月 16 日，我们骑行到☆任弼时墓地（北京市八宝山革命公墓）。

【诗词】

七绝·党史骆驼任弼时[1]

望重龙门示绍熙[2]，青春赴苏始奔驰[3]。
年华四六高一百[4]，党史骆驼任弼时[5]。

【注释】

①任弼时（1904 ~ 1950），湖南湘阴（今汨罗市）人；以毛泽东同志为核心的党的第一代领导集体的重要成员。②取自任弼时故居中堂门额“望重龙门”御匾；又，绍熙：继承前业，发扬光大意；取自《尔雅》：“绍，继也；熙，兴也。”③任弼时 17 岁赴莫斯科共产主义大学学习。④任弼时对事业和工作恪守“能坚持走一百步，就不该走九十九步”的准则。⑤叶剑英赞誉任弼时：“他是我们党的骆驼，中国人民的骆驼……”

【随记】

长沙到汨罗路况不错，老赵骑得飞快，回头看才发现老曹没跟上。原来，老曹的车在爬坡换挡时卡住了链条，她调整链条再拼命追赶。满腹委屈与气恼的老曹，面对粗心的老赵，常常自嘲是“女汉子”。一起生活几十年，又一起骑行十几年，老曹早就练就了强大的认知和能力，老赵骑得，老曹就能骑！

老赵真心赞赏老曹：“骨子里除了信仰，还有女排精神。”其实，老曹运动基础很好。读中学时，正赶上国家提出大打三大球翻身仗，她有幸参加安徽省青少年排球比赛，并从此开始业余体育运动生涯。高中毕业前夕，为迎接安徽省第三届全运会，她入选徽州女排并担任队长。集训时，她已插队农村，是通过层层协调，经公社批准而获此机会。老曹说，体育这东西，一旦沾上就会喜欢，也会因为努力而有收获。读中学，她在田径比赛的标枪、铁饼、跳远和中长跑等多个项目上夺得过较好名次；读大学，她破过学校女子跳高记录，是学校的女篮队长、女排队长，多次参加大学生比赛；工作以来直到现在，也一直坚持长跑、登山等。正是得益于五年的知青生涯和数十年业余体育运动锻炼，老曹才有了顽强毅力与坚强体魄，也因此才能和老赵风雨同舟而完成“红色骑行”。

湖南汨罗市任弼时纪念馆—故居

说话间，我们骑到任弼时故居和纪念馆。这位具有忧国忧民、追求真理、脚踏实地、不辞重负的“骆驼精神”的伟人，可惜因身体有恙而于 46 岁时英年早逝。

六、红色掌柜数陈云

【题记】

2015年2月16日上午，我们骑行到★陈云故居暨青浦革命历史纪念馆（上海青浦区练塘镇朱枫公路3516号）。

【诗词】

清平乐·红色掌柜数陈云①

练塘有爱，舅父恩情在②。慷慨陈云奔上海，要为罢工豪迈③。
险区辗转拼争④，危途奋力出征⑤。红色管家掌柜，党史永记英名。

【注释】

①陈云（1905～1995），江苏青浦（今属上海）人；是以毛泽东同志为核心的党的第一代中央领导集体和以邓小平同志为核心的党的第二代中央领导集体的重要成员，在党内有“红色掌柜”之称。②见下文。③④⑤陈云15岁赴沪学徒，后领导罢工、在白区工作及参加长征。

【随记】

骑达上海已几天。白天参观“一大”会址等红色景点任务很重，但丰盛的晚餐让我们补充了营养缓解了疲劳。老曹的中学同学陆有荣设宴邀请，安徽工程大学的学生孙艳、桂艳林携夫君轮番款待，安徽师范大学的学生王芳、范成山夫妇亦热情做东并邀来茆坤河等学生作陪。

今天一大早我们即骑离上海城区，上国道318，在朱家角镇转朱枫公路，下午2时半骑到练塘镇陈云故居。该故居实际是陈云舅父母家，是一座砖木结构的老式江南民居，陈设基本保持当年原貌。陈云幼时很不幸，父母早亡，多亏舅舅抚养才得以长大。故居纪念馆里展示有反映陈云光辉一生的图片、文献、实物等史料。这是一个典型的江南小镇，小桥流水，安静祥和。一个算盘博物馆更让我们大开眼界，那么多的种类，看得我们眼花缭乱。想来，“红色掌柜”与这里有深刻渊源。

再上松蒸公路，我们顺道赶到松江大学城去看望老赵的老师陈志友与孙桂芳夫妇。上大学时，老赵是陈老师最喜欢的学生，老赵在其开设的《资本论》课程考试中得分96。后来，陈老师夫妇转到安徽师范大学，不久即帮助老赵也调到该校。此后，老赵作为支部书记，又介绍陈老师加入了中国共产党。再后来，陈老师夫妇调往上海立信会计学院，老赵从头至尾为他们张罗乔迁事宜。可见，我们与老师的感情非同一般。两位老师也十分期待我们骑行来此，并告诉我们：“昨天就专门‘考察’了酒店。”又说，“今天下午4点，就来到过街天桥上看着，等着……”

上海青浦区陈云故居

七、总设计师邓小平

【题记】

2018 年 3 月 30 日傍晚，我们骑行到★●邓小平故里（四川广安市协兴镇牌坊村）。

【诗词】

阮郎归·总设计师邓小平[①]

广安沃土孕精英，神龙山显灵[②]？地平线上啸风云[③]。成功邓小平。

爱华夏，为民生。倾心战两程[④]。马儿上下总能赢[⑤]。丹心照汗青。

【注释】

①④邓小平（1904 ~ 1997），四川广安人；中国共产党 36 位开国军事家之一，是以毛泽东同志为核心的党的第一代中央领导集体的重要成员，是党的第二代中央领导集体的核心，改革开放总设计师。②神龙山，原称蛇龙山，位于广安新城南侧，因邓小平而更为现名。③新西兰作家路易·艾黎访问邓小平故居并赞颂这里是“东方的地平线”；又，风云：邓小平曾两次当选《时代周刊》“年度风云人物”。⑤毛泽东赞誉邓小平是一位能够“上马击狂胡，下马草军书”的非凡帅才。

【随记】

从大竹去广安，20 多公里后面临两条路。继续走国道，路稍平缓，但总路程要长 40 公里。当地人劝我们走近路乡道。结果，我们遭遇骑行来最“恐怖”的山道。山越爬越陡，陡到连人带车往下滑。我们不得不埋着头，弯着腰，撅着腚，用 Z 字行一步步往上挪。30 公里向上，其中有一段七公里陡坡爬了三个半小时。下午 30 公里下坡再让我们心惊肉跳。老曹说：“魂都吓飞了！”路宽不足三米，一面悬崖，一面峭壁，270 度弯道接二连三，在一急转弯处老曹差点摔了下去。

好不容易下完陡坡，距离广安还有 50 多公里时，老赵的后车胎突然大爆，老疤子撕开二公分大的口子，补不了啦，只好换胎。换胎比补胎麻烦，心急火燎的老赵，白发额头上汗水直滴。一老乡告诉我们：“可以从前面横店村的小水泥路抄近上省道。”可哪想到这省道正在维修，路烂车多艰难行进之时，又遭遇大雨。我们只好穿上雨衣，吃点干粮，喝点水，向广安狂奔。

四川广安市邓小平故居

紧赶慢赶骑达邓小平故居，景点还是关门。正门警察说什么都不让进，我们只好去远处“消防”门央求，熊姓警察终于被感动，我们得以在暮色中匆匆进去参观拍照。接着再返回六公里，入住北辰宾馆已近晚 8 时。11 点睡下时，邓小平伟大辉煌又富有传奇色彩的人生历程及其故居情形，与我们白天的爬越陡山、路途换胎及雨中奔袭，在脑中像放电影似的轮流闪现……

八、思想明星陈独秀

【题记】

2017年11月26日上午，我们骑行到☆陈独秀纪念馆、陈独秀墓（安徽安庆市北郊十里铺乡独秀园）。

【诗词】

如梦令·思想明星陈独秀①

身为秀才教授②，要做大红领袖。共产首开言，思想明星长久③。独秀，独秀。无字墓碑不朽④。

【注释】

①陈独秀（1879 ~ 1942），安徽怀宁（今安庆）人；20世纪中国思想解放运动的倡导者，五四运动的总司令，马克思主义的积极传播者，中国共产党最重要的创始人之一。② 1896年陈独秀考中秀才，曾为北京大学教授。③毛泽东评价陈独秀："对马克思主义是有贡献的……是思想界明星，是五四运动的总司令。"④见下文。

【随记】

昨晚，老赵的大学同班同学李伟国、王南方、方晓悟等邀来许多不同班的同学，为我们骑经安庆设宴欢迎，推杯换盏中大家诚恳感叹"确实要好好看看安庆的'红色'"。

安徽安庆市陈独秀纪念馆

今天一早，我们即骑行在市内按图索骥（导航）寻找陈独秀纪念馆，可转了一个多小时无果，问附近居民也说不清楚。好在出发前做攻略有准备，我们立刻再赶往位处安庆市郊的独园秀。清晨人少车少，我们一路飞奔，8时半就骑到目的地，一看才知道，陈独秀纪念馆已经迁到这里（地图未更新）。

独秀园是以陈独秀墓为核心的大型人文景观，占地110亩，树木成林，宁静浓郁。汉白玉材质的五门石牌坊、惊雷浮雕与新青年碑刻，黑色大理石板铺成的柏林墓道，青铜铸成的陈独秀铜像，汉白玉贴面的半球形墓冢与"无字无语"的"陈独秀先生之墓"等要素，其纪念性的气氛强烈鲜明，肃穆庄严。

这么早就能够有时间来此祭拜瞻仰，是因为昨天我们从铜陵赶到了安庆市。昨天路程近130公里，不仅一直顶风，而且一路是绵延不绝的不高不陡的长缓坡，这就必须不停地换挡调速，骑行很是吃力，一个上午才骑了60多公里。匆匆吃了午餐后，下午2点骑经纵阳县，老曹有很多的感叹。44年前，18岁的她插队农村，选调为徽州地区女排队长，带领一批年轻的女排姑娘，就是到纵阳县参加安徽省第三届全运会排球预赛，并取得优异成绩而进入决赛。一转眼，青春焕发的小曹已成为年过花甲的老曹，却依然迸发着"女排精神"，奋力拼搏朝向"梦想"！

九、拯救导星李大钊

【题记】

2016 年 10 月 13 日下午与 19 日下午，我们分别骑行到★李大钊纪念馆（河北乐亭县新城区大钊路）与★李大钊烈士陵园（北京西郊香山东南万安公墓）。

【诗词】

菩萨蛮·拯救导星李大钊①

山河破碎风飘絮②，家园废败云埋雾。忧虑痛心肝，大哀悲不眠③。
铁肩担道义，妙手写文字④。拯救弄风潮，导星李大钊⑤。

【注释】

①李大钊（1889 ~ 1927），河北乐亭人；中国共产党的主要创始人之一；1927 年 4 月被捕受尽酷刑折磨后英勇就义，时年 38 岁；新中国成立 60 周年之际，当选“100 位为新中国成立作出突出贡献的英雄模范人物”。②取自宋·文天祥《过零丁洋》：“山河破碎风飘絮，身世浮沉雨打萍。”③“隐忧”，“大哀”：李大钊面对当时国家现状而发出的感慨。④取自李大钊的著名对联：“铁肩担道义，妙手著文章。”⑤李大钊被称为“拯救中国的导星”。

【随记】

从唐山出发，一路风尘，烟雾弥漫，再次体验北方的干燥和灰尘。尤其是货车特别大、特别多，运沙运煤运各种物资，交通线上忙得不亦乐乎，也把道路折腾得“面目全非”。

不过，老曹有独特的感慨：“可怕的是卡车，可爱的是司机。”前者，是说与卡车交汇的危险；后者，是说有些师傅还十分有爱心。记得去新疆的一段在修国道上，便道狭窄，全是沙子水泥，来往大车，我们只能停下让路。一天，当我们刚停下时，迎面而来的大货车却同时停下，并用手势示意我们从右边推到左边去。我们迷惑不解，而当大货车从我们身边开过去时，才发现我们站的右边处于下风口，而换了一个方位，随风而去的弥漫灰尘就不能“覆盖”我们。是不是？司机可爱吧？！

今天总体路况不错，加上顺风（这是很令人愉快的情况），下午 2 点多我们骑了 90 多公里，来到了李大钊纪念馆。自行车刚停下，一位来自北京的中年女士就走到我们身边，问这问那，并与我们合影，还说“带回去给老公看，且非要激励老公走出去”。门卫也主动为我们照看自行车和行李，说：“你们慢慢参观，不要着急。”数日后，我们又骑到北京西郊香山东南万安公墓李大钊烈士陵园，再一次祭拜了掩映在松柏之中的李大钊烈士及夫人赵纫兰墓地。

河北乐亭县李大钊纪念馆

十、国际歌唱瞿秋白

【题记】

2015 年 2 月 10 日上午，我们骑行到★◆瞿秋白故居纪念馆（江苏常州市延陵西路 188 号）；2016 年 2 月 28 日清晨，我们骑行到★◆瞿秋白就义处暨烈士纪念碑（福建长汀县罗汉岭）。

【诗词】

卜算子·国际歌唱瞿秋白

——和瞿秋白绝笔《卜算子》①

红色此人间，且喜国民主。
遍地欢歌沸热时，可记伤心处？
战士命凋残，思想掀风雨。
祈祷秋白复再来，国际歌如故②。

【注释】

①瞿秋白（1899 ~ 1935），江苏常州人；我党早期的主要领导人之一，中国革命文学事业的奠基者之一；曾两度担任我党最高领导人，1935 年被捕后慷慨就义，年仅 36 岁；新中国成立 60 周年之际，当选“100 位为新中国成立作出突出贡献的英雄模范人物”。②瞿秋白系《国际歌》词曲译配者。

【随记】

位处常州市内的瞿秋白纪念馆由故居和纪念馆两部分组成。故居原为瞿氏家族祭奉祖宗的祠堂，瞿秋白一家曾寄居于此。纪念馆是仿明清建筑物，陈列、收藏有丰富的有关瞿秋白生平和思想的文献资料。

作家梁衡曾数次参观瞿氏故居，因惊叹该故居祠堂前一条觅渡河而以《觅渡，觅渡，渡何处》为名写就散文一篇，并在文中不胜唏嘘“如果他一开始就不闹革命，只要随便拔下身上的一根汗毛悉心培植，他也会成为著名的作家、翻译家、金石家、书法家或者名医”，进而又感叹“他短短的一生就像一幅永远读不完的名画”。

福建长汀县瞿秋白就义处

而当我们骑行到远在瞿秋白故乡千里之外的福建长汀县罗汉岭下瞿秋白就义处暨烈士纪念碑时，却深刻感知瞿秋白的身躯虽然柔弱，但骨头坚硬，灵魂崇高，人格伟大。而且这坚硬、崇高、伟大具有独特性——他是我党曾经的最高领袖，史记还有中国共产党“六个第一”：是中国报道十月革命后苏俄实况的第一人；是中国用文艺体裁描写列宁风采的第一人；是中国完整译配《国际歌》词曲的第一人；创作了歌颂中国工农革命的第一首歌曲《赤潮歌》；创办了我党第一张日报《热血日报》；还是系统向中国读者介绍马列主义文学艺术理论的第一人。

十一、红色教授张闻天

【题记】

2015 年 2 月 14 日上午，我们骑行到☆张闻天故居（上海浦东新区机场镇邓三村）。

【诗词】

菩萨蛮·红色教授张闻天①

秀才亭落江南院②，鲜红教授真稀罕③。苏日美寻因④，倾心为草民。
三番贤让位⑤，万代留豪气。历史赞明君⑥，汗青书伟人。

【注释】

①张闻天（1900 ~ 1976），字洛甫，江苏南汇（今属上海市）人；中国共产党早期的重要领导人之一。②张闻天故居庭院前有“秀才亭”。③张闻天被誉为“红色教授”。④张闻天曾留学苏、日、美。⑤张闻天曾三次主动“让贤”。⑥毛泽东曾对张闻天说：“洛甫，你是‘明君’，开明之君。”

【随记】

骑行到上海已经几天。上海，是我国社会经济非常发达的巨大城市，也是我国红色印记非常突出的英雄城市。几天里，我们骑行参观了“一大”会址、宋庆龄陵园、故居、邹韬奋故居和龙华烈士陵园等，今天第一次（过渡轮）跨黄浦江，到浦东新区机场镇张闻天故居。

张闻天故居是一座具有江南农村特色的“一正两厢”砖木结构的普通民宅，目前已得到修复，卧室、书房、客厅、厨房等亦恢复原状，不少家具甚至还是当年旧物。故居中专门辟有张闻天革命史迹陈列室，陈列有几百幅图片和数百件实物，让人们缅怀张闻天波澜壮阔的一生，了解他对中国新民主主义革命、社会主义革命和社会主义建设事业的胜利，以及对作为党的集体智慧结晶的毛泽东思想的形成和发展，所作出的重要贡献。

虽然这里相对偏僻，仍有不少人前来参观瞻仰，其中不乏年轻父母带着正在读书的儿童。无论出于何种原因，这种关注红色历史的教育与学习行为，都是有意义的。

在此时、此前及其此后的“红色骑行”参观瞻仰中，我们更强烈地感知，即如张闻天这样的无产阶级的革命家、政治家们，许多人都出生殷实富有家庭，又接受过良好教育，甚至于数次跨洋深造留学于多个国家；又有人如陈独秀、董必武和何叔衡等是秀才出身。正是因为读书、学习及受到良好教育，这些学富五车的富家子弟或秀才举子，最终才知晓做人的真正的历史使命、责任与担当，及确立起正确而又崇高的信仰，并因此带领全体中国人民去创造一个美好的红色国家。

上海浦东新区张闻天故居

十二、党的智囊王稼祥

【题记】

我们曾数次参观★王稼祥纪念园（安徽芜湖市第十一中学校园附近）；2020 年 1 月 19 日下午，我们再次带孙儿赵十可骑行到此。

【诗词】

渔家傲·党的智囊王稼祥[①]

圣雅各中花待放[②]，莫斯科里明方向[③]。马列在胸信共党。真巨匠，党的智囊稼祥享。

遵义忠肝千古响[④]，延安率直歌思想[⑤]。万里征程英俊状，不迷惘，逐梦路上何惆怅？

【注释】

①王稼祥（1906 ~ 1974），安徽泾县人；中国共产党早期重要领导人之一；又，党内老同志回忆王稼祥：“……总愿意沉思问题，属于‘摇羽毛扇’的‘智囊’型人物”。”②见下文。③王稼祥曾赴莫斯科中山大学与红色教授学院学习五年。④遵义会议，王稼祥投了毛泽东“关键的一票”；又，取自宋·辛弃疾《水调歌头》：“千古忠肝义胆，万里蛮烟瘴雨……”⑤ 1943 年，王稼祥首次提出“毛泽东思想”这一科学概念，也是阐述“毛泽东思想”基本涵义的第一人。

【随记】

孙儿赵十可 8 岁生日时，我们对他说：“可子，以前你说过，要陪爷爷奶奶骑车。今年你过生日，送一部自行车给你，锻炼锻炼，准备出发哦。”可子高兴答道：“好的呀。我现在已经有 1 米 40 了，小自行车已经不好骑了。就换与爷爷奶奶一样的车把手是‘蝴蝶型’的车。”

“红色骑行”以来，我们已换了六部自行车，现在的车就是在美利达芜湖专卖店购置。这一次，年轻老板后强宝再帮助调整拆改，让可子如愿以偿换了“蝴蝶把”的自行车。顺便说一下，后老板非常关注我们的“红色骑行”，也给予了很多支持与帮助。每次出发前后，他都亲自为我们整修保养车辆等，骑行途中遇到问题，他也及时通过自行车专卖店网络帮助联系解决。

对十可而言，26 寸的车子还是显大，特别是上下车还有一些困难（脚够不着地），但他很快就骑得像模像样了。今天，我们带他骑到了本市的王稼祥纪念园。

安徽芜湖市王家祥纪念馆

不敢高攀，但很是有缘。王稼祥是我们安徽人，特别是曾在芜湖圣雅阁中学（今天的第十一中学）读书并领导学生运动。纪念园就建于该校园附近。十可看得很认真：“爷爷奶奶，这位老爷爷好像与去年在漳州看到的毛主席（纪念馆）有关系耶。”我们已经带十可骑行几个红色景点，除了以上还有本市小赭山上的戴安澜墓、渡江第一船纪念碑等。

十三、英年早逝叹博古

【题记】

2015 年 2 月 11 日上午，我们骑行到☆博古（秦邦宪）故居（江苏无锡市崇宁路 112 号）；2017 年 4 月 13 日下午，我们骑行到☆博古墓（陕西延安市四八烈士陵园）。

【诗词】

鹧鸪天·英年早逝叹博古[1]

博学英姿一俊才，青春主政坐前排。不期盲目迎围剿[2]，怎料元心遇害灾[3]。

求解放，唱新台[4]。斡旋万里走悬崖[5]。可惜命遭机失事，早逝英年党痛哀[6]！

【注释】

①博古（1907 ~ 1946），名秦邦宪，江苏无锡人；中国共产党早期领导人之一。②见下文。③元心：本心，本意。④博古是党的新闻事业的重要奠基人和开拓者之一。⑤博古协助周恩来促使西安事变和平解决，此后还参与了重庆谈判等。⑥ 1946 年 4 月 8 日，博古由重庆返延安汇报工作途中因飞机失事，在山西兴县遇难，时年 39 岁。

【随记】

在江苏无锡市繁华市中心的崇宁路上，高楼林立之间，有一组建于清光绪末年的青砖黛瓦、庭院抱厦、马头墙矗立的典型的江南民居。它就是原为无锡名流、秦邦宪族叔秦琢如的家宅既翕堂——秦邦宪（博古）故居。期间，“秦邦宪生平事迹陈列”通过一大批珍贵文献资料，展示了这位伟人辉煌与悲壮的一生。

所谓“辉煌与悲壮”，意蕴深刻。“辉煌”，青年博古 24 岁时就是中国共产党实际最高领导人，曾主持中共中央工作达四年之久；“悲壮”，既悲壮于他在中央苏区第五次反“围剿”中盲从于共产国际军事顾问李德的指挥，给我党我军造成重大损失及被迫进行长征；又悲壮于他壮志未酬命丧空难。

骑行瞻仰博古故居之后的第二年，我们骑到远在千里之外的陕西延安市西北李家村的四八烈士陵园，又祭拜了朴素的博古墓。此时也是百感交集，因为坟墓里面躺着的是“辉煌与悲壮”的灵魂，也是一位期望给中国创造美好社会的伟人。

潸然泪下中思绪乱飞：博学多才、温文尔雅、勤奋读书、立志报国的江南才俊；探求真理、投身革命、临危受命、历尽艰难的青年领袖；摆脱“围剿”走过“长征”、坦然交出党中央三颗印章与文件箱，不计较个人得失，主动让出领导岗位，最后站在毛泽东一边；呕心沥血于统战工作，开创辉煌新闻事业……鞠躬尽瘁、名垂千古的博古同志：“红色事业”如今如火如荼，您泉下可知？！

江苏无锡市博古（秦邦宪）故居

十四、青年楷模恽代英

【题记】

2015 年 2 月 10 日与 2019 年 4 月 5 日，我们两次骑行到★◆恽代英纪念馆（江苏常州市晋陵中路娑罗巷）。

【诗词】

一剪梅·青年楷模恽代英

共产奇男恽代英①，亲娘启萌②，杰子登程，摈除忧患事寻常③，贵贱无惊，生死看轻④。

文化先驱是主兵，楷模年青⑤，囚楚豪情⑥。高歌国际赴刑场⑦，吃苦一生，福佑苍生⑧。

【注释】

①恽代英（1895 ~ 1931），江苏武进人；中国共产党早期领导人之一；新中国成立 60 周年之际，当选“100 位为新中国成立作出突出贡献的英雄模范人物”；又，奇男：学堂先生因恽代英文采出众而夸其为“奇男儿”。②见下文。③④⑥此三句取自恽代英在狱中留下的著名诗篇：“浪迹江湖忆旧游，故人生死各千秋，已摈忧患寻常事，留得豪情作楚囚。”⑤取自纪念馆主题展览“青年的楷模恽代英”。⑦见下文。⑧取自恽代英语：“我们吃尽了苦中苦，而我们的后一代则可以享到福中福。”

【随记】

常州市的红色资源非常丰富，最著名的是被誉为“常州三杰”的瞿秋白、张太雷和恽代英。他们都曾是中国共产党早期的重要领导人，新中国成立 60 周年一同当选“100 位为新中国成立作出突出贡献的英雄模范人物”。

其实，还需要完整认识为实现共产主义而毕生奋斗的无产阶级的革命先驱。他们不仅是顶天立地的英雄志士，也是至情至性的男儿女子。恽代英是其中之一。顶天立地——1931 年 4 月，恽代英被杀害于南京，他昂首挺胸走向刑场，沿途高唱《国际歌》。至情至性——在亲娘陈葆云的启蒙教育下，恽代英品德高贵、情义厚重。与“婉柔似室女”的沈葆秀之门当户对的婚姻虽属旧式，却因沈葆秀“豪爽似男儿”“好诗书、通情理、志道德”而产生挚爱真情。在年仅 22 岁的爱妻因难产去世之后，风华正茂的恽代英怀有刻骨铭心的丧妻之痛而守义 10 年！

江苏常州市恽代英纪念馆

再一次骑经常州，是想更深入地祭奠“红色”。此外，也因考察周边“红色”而需要路经这里和去向那里。

十五、解放老兵董必武

【题记】

2017 年 12 月 3 日下午，我们骑行到☆董必武旧居（湖北红安县城关镇正南街文化馆大院内）及☆董必武纪念馆（湖北红安县黄麻起义和鄂豫皖苏区革命烈士陵园内）。

【诗词】

减字木兰花·解放老兵董必武①

秀才立志②，聚义南湖行大事。解放老兵③，必武功勋举世明。
签书世界，联合国中留气派④。舌战群儒⑤，敢问人间谁丈夫？

【注释】

①董必武（1886 ~ 1975），湖北黄安（今红安）人；党和国家的卓越领导人之一，中国社会主义法制的奠基者之一。②董必武是清末秀才。③ 1944 年党中央提前为董必武作六十大寿，贺电中说："……你是中国民族解放、社会解放的老战士。"④ 1945 年 4 月，董必武代表中国共产党和解放区军民，出席在美国旧金山举行的联合国制宪会议及签字仪式。⑤董必武多次参与同国民党的谈判。

【随记】

红安有数百位将军，因此在中国"将军县"中排名第一。红安也牺牲了 14 万有名有姓的烈士，也还出了两位国家主席。今天，我们骑行先参观了李先念故居，然后再骑行 20 多公里，进入县城后转了几条小街，来到董必武故居。

地处红安县城关镇的董必武故居是真正的老家，又称红安故居。整个故居包括院子、走廊、堂屋、卧室、灶房及陈列室等，清幽、古朴、雅静而大方。当年，这个院子里住着的是董必武一个近 30 人的大家。令人刮目相看的是，从这个院子里走出了一位曾获清朝学部授予拔贡学衔的清末秀才；更了不得的是，他做出了开天辟地的大事，创造了与日月同辉的功勋——创建中国共产党，创造新中国，并且位居国家副主席、代主席。他就是董必武！

董必武纪念馆则位于红安县城东北处稞子山上的黄麻起义和鄂豫皖苏区革命烈士陵园内，庭院式的结构彰显出古朴庄重，白墙碧瓦飞檐翘角的建筑，掩映在苍松翠柏之间。

在门口拍照时，围过来一群孩子，最大的读五年级，最小的才上一年级，孩子们都知道他们的家乡是"将军县"。一位上五年级的小姑娘居然"夸奖"我们，"爷爷奶奶骑行中国，一生都没有遗憾了！"又"希望爷爷奶奶能骑行世界"。呵呵，孩子们不仅可爱天真，还很有思想哦。

湖北红安县董必武纪念馆

十六、可当大局何叔衡

【题记】

2018 年 9 月 25 日上午，我们骑行到★◆何叔衡故居、☆纪念碑（湖南宁乡市沙田乡杓子冲）。

【诗词】

五律·可当大局何叔衡①

秀才原厚道②，仗剑赖衷情。
建党昭天下，冲冠为百生。
头颅金万两③，躯骨铁铿铮④。
大事能当者，叔衡留盛名。

【注释】

①②何叔衡（1876 ~ 1935），清末秀才，湖南宁乡人；新中国成立 60 周年之际，当选“100 位为新中国成立作出突出贡献的英雄模范人物”；又，毛泽东评价何叔衡：“叔翁办事，可当大局。”③时年，国民党悬赏万元要买何叔衡的头颅。④当年的知己、诗人萧三诗誉何叔衡：“铁骨铮铮壮烈死……”

湖南宁乡市何叔衡故居

【随记】

早晨 5 点即起床，洗漱后简单吃干粮，6 点半就出发了。按照计划，今天先要去参观一大代表何叔衡故居和中国法制第一人谢觉哉故居，然后再返回流沙河镇转去湘乡市。任务比较重，仅仅是前面的这一个往返，就有 50 多公里，且多为县道、乡道与山路，还要爬斗笠寨等几座五公里的大山。

在一个标记有何叔衡故居的岔路口，拐进一条村道，迎面遇到一位带着小孩玩耍的 50 多岁妇女，上前打听情况，巧的竟是何叔衡故居看护人。一听说要去参观，她马上回头领着我们向小山坡上的故居返回。一交谈又知道，原来她还是何叔衡的曾孙媳妇。一路上及参观故居，她非常热情地作介绍。

这是一个小小的四合院，何叔衡就是从此出发去长沙。1920 年，他与毛泽东等共同发起成立湖南共产党的早期组织，1921 年 7 月再与毛泽东一道去上海、南湖，出席中共“一大”，创建了中国共产党。此后，他赴苏联出席中共“六大”，入莫斯科中山大学特别班学习，奉命回国进入中央革命根据地担任多项要职，在中央红军主力长征后留于中央革命根据地坚持游击战争，直到 1935 年在长汀突围战斗中壮烈牺牲。毛泽东十分信任的“可当大局”的“叔翁”，就这样永远地告别了他为之奋斗的革命事业，诀别了他偏僻山乡的故居旧屋……

“站到这里来，这个位置拍照好看。”何叔衡曾孙媳妇的招呼声打断了我们的沉思。原来，这位热情的妇女更热心，她非常认真地帮我们选择拍照背景，并指导我们站在故居门前。她说，她要到门前小池塘的对面去给我们拍照，“游客们都是这样拍照的，画面很完整，很好看”。

十七、尽善尽美好同志

【题记】

2016年10月30日早晨与11月4日早晨，我们分别骑行到★◆王尽美墓（山东济南市英雄山路18号济南革命烈士陵园内）与★◆王尽美纪念馆（山东诸城市区南岭）。

【诗词】

长相思·尽善尽美好同志①

四里山②，乔有山③。壮丽河山是故园，儿郎要保全。
尽善男，尽美男。美好青春无愧天④，大名留万年。

【注释】

①王尽美（1899～1925），山东诸城人；新中国成立60周年之际，当选“100位为新中国成立作出突出贡献的英雄模范人物”；又，好同志，尽善尽美等，见下文。②四里山：英雄山原名，济南革命烈士陵园建于该山。③乔有山：王尽美家乡山峰，王尽美诗词中曾描述“铮铮乔有”。④王尽美因劳累过度，于1925年8月在青岛病逝，终年27岁。

【随记】

骑行，翻山越岭，顶风冒雨，非常困难，十分辛苦。而路经城市，也比较头疼。

昨天骑离青岛，让我们再次感觉到了穿城的麻烦。出青岛的路太难走，导航更把我们搞得晕头转向。在几个立交桥前面，根本不知道从哪里走，绕来绕去，多骑许多路，费时又费力，穿城用了三个小时，才找到了去胶州的路。不久，推车过三公里长的女姑口大桥，但下桥以后吓了一跳，不知怎么回事，走上了一段高速公路。好在是很快就离开高速，骑上一条小道，再转上了省道。

昨天的麻烦还真多，一路骑去几乎一直顶风，而且，实在想不到的是，在胶州半岛居然也有许多上上下下的小坡。加上距离本来就不短，又兜了许多圈子，昨天足足骑了140多公里，到达诸城时已是晚上6点多了。因为没有在网上预订到宾馆，只好找了一家私人小旅馆勉强住下。

我们今天一早就骑达“王尽美纪念馆”。前几天，我们在济南已经去烈士陵园祭拜了王尽美墓。到诸城，既是我们此次骑行的必经之路，也是想再去看看该纪念馆。王尽美是诸城市枳沟镇大北杏村人，原名王瑞俊，参加中共“一大”后，认定解放全人类的共产主义理想是无产阶级“尽善尽美”的社会理想，因此改名“王尽美”，并为此作诗“贫富阶级见疆场，尽善尽美唯解放”。家乡父老乡亲也一直以这位“中国共产党创始人”为荣，并在城南三里庄水库坝北南坡上建立了该纪念馆。

山东诸城市王尽美纪念馆

十八、楚山英雄陈潭秋

【题记】

2016 年 6 月 26 日中午，我们骑行到★◆陈潭秋烈士墓（新疆乌鲁木齐烈士陵园内）；2017 年 11 月 30 日上午与 12 月 1 日下午，我们分别骑行到★◆陈潭秋故居（湖北黄冈市陈策楼村）与☆◆陈潭秋烈士纪念馆（湖北武汉市都府堤 20 号）。

【诗词】

乌夜啼·楚山英雄陈潭秋[1]

一生为党分忧，绩功稠。无奈奸人阴毒、弑潭秋[2]。
天山怒，西风骤，泪横流。敢问英雄何在？楚山幽[3]。

【注释】

①陈潭秋（1896 ~ 1943），湖北黄冈县（今黄州区）人；新中国成立 60 周年之际，当选“100 位为新中国成立作出突出贡献的英雄模范人物”。② 1943 年 9 月陈潭秋在新疆被军阀盛世才杀害。③楚山：取自陈潭秋被评为英雄模范时的评价“楚山英雄天山魂”。

【随记】

2016 年的 5 月至 7 月，“红色骑行”之“大西北战役”，穿越绕行“陕甘宁青新”等五个省区，历时 50 多天，行程 4000 多公里，最后骑行抵达新疆乌鲁木齐市。位处该市天山区的燕尔窝风景，既是“天然绿色空调”，也是防风护沙的天然屏障，更是该市唯一的一片天然风景林——白榆、杨、柳等古树葱郁，野蔷薇等鲜花竞艳开放。楚山英雄陈潭秋就安眠在这里。

2017 年 11 月至 12 月，我们“红色骑行”之“鄂豫皖战役”，历时 20 多天，行程 2500 多公里，期间先后骑行到达陈潭秋故居和陈潭秋烈士纪念馆。

去往陈潭秋故居，大雨如注，导航将我们带上了一条崎岖的乡道（后来，老赵不敢再使用导航中的“骑行”功能了）。有一段路，居然是沿着一个小池塘边不足半米的田埂走，接着又爬向一片杂草丛生的小土坡。埂窄，草深，土松，路滑，加上大驮包，许多地方车都没法推，我们爬了一次又一次。

终于找到大路，来到陈潭秋故居公园。正门口是一汪清水池塘，不远处分别是著名的陈策楼和红色广场。陈潭秋建党立业功莫大焉，始终为党内同志怀念，以至于 1945 年召开中共“七大”时代表们因不知其牺牲噩耗，仍选他为中央委员。而家乡的歌谣，则承载着对陈潭秋的无限怀念：“南湖的红船，铭记下了你的功绩；高唱的国歌，声声在把英灵慰藉……你是伟人曾经开天辟地，你是乡亲走不出塆下的惦记。老人在念叨你，孩子又问起你。陈策楼的陈潭秋，你在一口乡音里！”

新疆乌鲁木齐市陈潭秋墓

十九、水族战士邓恩铭

【题记】

2016 年 10 月 30 日早晨，我们骑行到★◆邓恩铭墓（山东济南市英雄山路 18 号济南革命烈士陵园内）。

【诗词】

菩萨蛮·水族战士邓恩铭①

少年远足寻真见②，拒婚只为天红艳③。建党震雷霆，奏鸣最响声。
可惜先别世，期待九泉慰④。水族邓恩铭，神州好士兵。

【注释】

①邓恩铭（1901 ~ 1931），水族，贵州荔波人；新中国成立 60 周年之际，当选“100 位为新中国成立作出突出贡献的英雄模范人物”。②邓恩铭 16 岁即离开家乡辗转千里寻求真理。③父母催逼邓恩铭回家结婚，他回信拒绝说：“……儿主张既定，决不更改。”表达了他义无反顾的革命精神。④取自邓恩铭狱中所写《诀别》诗：“不惜唯我身先死，后继频频慰九泉。”

【随记】

“大北方战役”已经连续 60 多天，骑过了白山黑水，骑过了长城内外，骑过了华北平原，前天进入山东境界。德州是我们进入山东的第一个城市，满大街都是德州扒鸡总店，难怪德州扒鸡誉满天下。昨天第四次骑跨“黄河”，过“济南建邦黄河大桥”，骑达别称“泉城”的济南。

今天一早骑到“英雄山”，参观“济南战役纪念馆”，以及到“济南革命烈士陵园”祭拜王尽美、邓恩铭和刘谦初等。

100 年前，中国诞生了共产党。还要特别提及一个令人十分敬佩的信息，那就是在这数十位创造开天辟地大事的人群中间，还有几位非常年轻的人，20 岁的邓恩铭是其中之一，而且他还是水族战士！五四运动爆发后，他积极响应北京学生爱国运动，组织学生参加罢课运动。1920 年 11 月，他与王尽美等组织励新学会，介绍俄国十月革命，抨击社会现状。1921 年春，他参与发起建立济南的共产党早期组织，7 月与王尽美代表山东共产党早期组织，赴上海出席中共“一大”。1928 年因叛徒告密被捕，1931 年被杀害，时年 30 岁。

在一片清幽的小松林中，我们找到邓恩铭的墓，他与他的亲密战友王尽美躺在一起。我们轻轻拭去墓碑上的浮灰，郑重地放上了党旗，也放上了我们精心设计的“红色骑行”专旗。

山东济南市邓恩铭墓

二十、骄杨丽质杨开慧

【题记】

2018年9月29日中午，我们骑行到★◆杨开慧纪念馆暨杨开慧故居——板仓（湖南长沙县开慧镇）；此前，我们骑行到另一★●◆毛泽东杨开慧故居（湖南长沙市清水塘）。

【诗词】

天仙子·丽质骄杨杨开慧①

识字岭中云锦美②，棉花坡里红花媚③。板仓爱女几时回？心憔悴，泪珠坠，寂寞嫦娥广袖慰④。

一纸情诗千滴泪⑤，遥祝夫婿心愿遂⑥。皈依革命斗艰危⑦，霞儿魅⑧，开慧义，丽质骄杨品德最⑨。

【注释】

①②⑧杨开慧（1901～1930），号霞，字云锦，湖南长沙板仓人，毛泽东夫人；新中国成立60周年之际，当选"100位为新中国成立作出突出贡献的英雄模范人物"；又，识字岭：杨开慧英勇就义之地。③棉花坡：杨开慧墓地。④⑨取自毛泽东《蝶恋花·答李淑一》词："我失骄杨君失柳，寂寞嫦娥舒广袖。"⑤见下文。⑥杨开慧就义前说："我死不足惜，愿润之的事业早日成功！"⑦取自周世钊作《踏莎行·瞻仰杨开慧烈士旧居感怀》："皈依革命斗艰危……"

【随记】

进入板仓"杨开慧故居"，在一间陈旧的居室内，我们看见了那后墙上距离地面约两米高的泥砖缝。一封半个世纪前用千丝万缕之情、之心血写就的《偶感》，就藏在那里！"天阴起溯风，浓寒入肌骨。念兹远行人，平波突起伏。足疾可否痊？寒衣是否备？孤眠（谁）爱护，是否亦凄苦？书信不可通，欲问无（人语）。恨无双飞翮，飞去见兹人。兹人不得见，（惘）怅无已时。"字里行间，无不是对丈夫毛泽东的思念，又何止是对丈夫毛泽东的思念，真正是对丈夫毛泽东和杨开慧自己所追求的伟大理想的倾诉。

杨开慧，虽女儿身，也从小有名、有字、有号，不仅在出身大家闺秀的母亲向振熙那里承袭了贤惠品德，而且从欧洲留学归来的湖南著名学者杨昌济那里接受了良好教育。认识并与毛泽东结成伴侣后，其人生也与中国革命结合在一起。1930年10月，29岁的杨开慧被捕，拒绝退党或声明与毛泽东脱离关系而英勇就义。其牺牲之壮烈为人们传颂，毛泽东更是痛彻心扉："开慧之死，百身莫赎。"

湖南长沙县杨开慧故居

故居中、纪念馆内，来自世界各地的参观瞻仰者络绎不绝。杨开慧，这位"骄杨"的珍奇才女，这位旷世的刚强烈女，这位为了伟人和伟人的事业而慷慨奉献年轻生命的优秀的中国共产党人，永活人们的心中！

二十一、忠义两全贺子珍

【题记】

2018 年 9 月 15 日下午与 16 日中午，我们分别骑行到☆贺子珍纪念馆（江西永新县湘赣大道附近）与☆贺子珍故里（江西永新县黄竹岭）。

【诗词】

一丛花令·忠义两全贺子珍[①]

永新花艳又芳芬[②]，光彩曜星辰。随夫革命忠贞志，更柔情，恩爱青春。山寺抱拥，竹寮陪伴，翘首盼虹云[③]。

井冈赫赫女红军，最是贺子珍。长征万里冲锋去，太心酸，儿女丢魂[④]。忠义两全，甘心一片，美誉亮乾坤。

【注释】

①贺子珍（1909 ~ 1984），江西永新县人；毛泽东第三任妻子。②贺子珍，曾美誉“永新一枝花”。③当年，毛泽东受排挤，贺子珍陪同其生活在牛牯扑一竹寮及东华山一古寺中。④长征前及途中，毛泽东和贺子珍将一儿两女送给老百姓，后一直没能找回。

【随记】

绕道参观三湾改编纪念馆，我们在景区内“工农革命军士兵委员会”门口吃午饭。“红色骑行”，我们常常是早晨在旅馆自己用压力锅做好午饭，既解决了路途中找饭店的困难，也大大节约时间。当然，吃午饭的地方就五花八门了：加油站、农村公交站台、百姓家门口屋檐下、景区台阶、路边石头，只要可以遮阴挡风避雨坐得下，就是我们的“餐桌”。今天吃饭，老曹笑道：“红军战士也曾在此吃红米饭南瓜汤呢。”

说起“汤”，才发现水壶中没有水了。因为，今天上午从莲花到三湾，基本骑走山乡，路上无加油站，甚至于没有人家。在三湾乡邮政所盖邮戳时，一位年轻妇女热情地帮我们烧了一些热水。

参观三湾改编纪念馆后继续骑行，下午 4 时骑达永新县贺子珍纪念馆。井冈山的第一位女党员贺子珍，其生平事迹陈列于纪念馆的第一层。第二天，骑行前往井冈山，又路经黄竹岭、贺子珍故里。黄竹岭也是井冈山革命斗争时期的重要地点，现有红军营地等多处遗址。

对贺子珍这位当年的“永新一枝花”，我们除了敬佩，还是敬佩，只有敬佩，不能不敬佩！贺子珍，忠义两全、肝胆相照的巾帼英雄，问青史，谁能与之相比？！令人十分心痛的是，陪伴毛泽东在永定度过逆境，跟随毛泽东走过万里长征，子珍大姐不小心却别离了延安的毛泽东到苏联看病，且再没有机会陪伴她最心爱的润之……后面骑行路经八角楼景区，我们凝望着神情专注、激情迸发、深情伉俪的毛泽东贺子珍的合影雕塑，潸然泪下……

江西永新县贺子珍纪念馆

二十二、南宁女儿邓颖超

【题记】

2017 年 2 月 7 日傍晚，我们骑行到☆邓颖超纪念馆暨邓颖超故居（广西南宁市朝阳路 3 号）；2016 年 10 月 15 日中午，我们骑行到★周恩来邓颖超纪念馆（天津南开区水上北路水上公园风景区内）。

【诗词】

巫山一段云·南宁女儿邓颖超①

翠水民歌俏②，邕江红豆娇③。木棉似火领风骚④，何处不妖娆？
长路陪英士，西花助俊豪⑤。南宁女子志凌霄⑥，玉爱邓颖超⑦。

【注释】

①邓颖超（1924 ~ 1992），祖籍河南光山，生于广西南宁；党和国家的卓越领导人之一，中国妇女运动的先驱之一，周恩来总理的夫人。②③④邕江：南宁的母亲河；又，其他见下文。⑤西花：指西花厅，周恩来邓颖超办公地与住所。⑥邓颖超称自己为“地地道道喝着邕江水长大的南宁女儿”。⑦玉爱，邓颖超的乳名。

【随记】

离粤入桂，国道 325 路况不好，其水泥路面呈龟裂状，十分颠簸。前几天过钦州，老赵的手机都从手机架上颠掉到地上。此外，大卡车崩裂下来的细钢丝很多，每天都被扎胎数次。骑向南宁依然险象环生，压坏的水泥路上的垂直裂缝形成了一条条深沟，塌陷部分坑洞特多，汽车开在上面摇晃颠簸得像在跳舞，骑行就没法说了。即便如此，我们每天还是骑行 100 多公里。

今天终于骑达美丽的南宁。南宁简称“邕”，别称邕城、绿城，满城皆绿，四季常青，并享有“木棉和红豆的故乡”以及“天下民歌眷恋的地方”之美誉。南宁历史悠久，古属“百越之地”，今为广西壮族自治区首府，是华南及北部湾唯一的特大城市，也是一个以壮族为主的多民族和睦相处的现代化城市。

广西南宁市邓颖超纪念馆

如此美丽的城市必定英雄辈出，南宁女儿邓颖超就是南宁父老乡亲的骄傲。位处市中心的“邓颖超纪念馆”即通过大量文献资料，展出了邓颖超这一南宁女儿伟大光荣的一生。此前曾骑经光山，那里有邓颖超祖居。

美丽城市的人也热情似火。晚上，广西大学 MBA 学员杨克春老总安排盛大晚宴为我们接风。与杨总认识，是一段佳话。他从安徽入伍，在南宁从军几十年，转业后留在南宁并做大企业，不惑之年还攻读 MBA，又与学弟学妹们赴张掖参加“国际商学院丝域比赛”。也就是在“丝绸之路”穿越中，他与我们两个老乡相认，并约定我们骑经南宁一定再见。晚上，杨总还邀请了许多“丝友们”作陪。

二十三、民主先驱孙中山

【题记】

我们曾数次参观★中山陵（江苏南京市中山陵）；2015 年 10 月 16 日清晨，我们再次骑行到此；2017 年 1 月 18 日中午，我们骑行到★孙中山故居纪念馆（广东中山市翠亨村）；2019 年 5 月 19 日中午，我们骑行到☆国父纪念馆（台湾台北市仁爱路四段）。

【诗词】

清平乐·民主先驱孙中山①

吊民伐罪，直把殷汤废②。革命再生辛亥沸，民主先驱发誓。
驱除鞑虏凶蛮，复兴华夏河山③。崇尚三民主义，逸仙抱恨山峦④。

【注释】

①孙中山（1866 ~ 1925），名文，号逸仙，广东香山（今中山市）人；中国近代民主主义革命的开拓者，中国民主革命伟大先行者，中华民国和中国国民党缔造者，三民主义的倡导者。②取自《千字文》："吊民伐罪，周发殷汤。"③孙中山曾提出"驱除鞑虏，恢复中华"的革命宗旨，后被采纳为同盟会纲领。④山峦：孙中山葬于南京紫金山。

【随记】

南京紫金山，又称钟山，是江南四大名山之一，古有"钟山龙蟠，石城虎踞"之称，又有"金陵毓秀"之美誉。再因它囊"六朝文化、明朝文化、民国文化、山水城林文化、生态休闲文化、佛教文化系列"于一山之中，是为"中华城中人文第一山"。中山陵即位处这里，被国民政府通令全国尊称为"中华民国国父"的孙中山即葬于此处。

多次前往瞻仰，2015 年 10 月 16 日清晨我们在"皖苏鲁战役"中特意骑行来此——带上自行车拍照留影——这是我们"红色骑行"一项具有标志性意义的活动。"红色骑行"，没有车哪行？早晨的中山陵人迹稀少，沿着一条偏僻的观光小道，我们骑到了中山陵的石阶前，请一位环卫工人帮我们合影。

两年以后的 2017 年 1 月 18 日中午，我们在"大华南战役"中，长途跋涉至深圳，从罗湖口岸出关，骑行穿越香港和澳门，再从珠海口岸入关进广东，又骑到中山市孙中山故居。

广东中山市孙中山故居纪念馆

纪念园大门不远处，一道围墙环绕着庭院，里面是一幢砖木结构、中西结合的两层楼房，正门上有孙中山亲笔撰写的一副对联："一椽得所，五桂安居。"孙中山即诞生于此。童年时代即向往太平天国革命，几经奋斗后成立中国同盟会，领导辛亥革命，推翻晚清政府，终于结束了中国两千年的封建帝制。

2019 年 5 月，我们在骑绕我国第一大岛台湾岛一圈以后，再在台北市参观国父纪念馆。

二十四、伟大女性宋庆龄

【题记】

2015 年 2 月 13 日，我们骑行到★宋庆龄旧居（上海徐汇区淮海中路 1843 号）与☆宋庆龄陵园（上海宋园路 21 号）。

【诗词】

如梦令·伟大女性宋庆龄[1]

少女远洋留学[2]，思想超然活跃。坚定信中山，实践共和承诺。如约，如约。伟大庆龄英卓[3]。

【注释】

①宋庆龄（1893 ~ 1981），广东文昌（今属海南）人；新中国成立后曾任国家副主席、人大副委员长、国家名誉主席等，中华民国国父孙中山的末任妻子。②宋庆龄 14 岁时赴美留学。③英卓：才智卓越的人。

【随记】

宋庆龄故居有多处，上海故居是她一生中居住时间最长的地方，也是她从事国务活动的重要场所。宋庆龄陵园是以宋庆龄墓为中心的纪念设施。参观瞻仰，宋庆龄的端庄与伟大，给我们留下深刻印象。14 岁时赴美留学，回国后革命奋斗近 70 年，她的一生与祖国统一、保卫世界和平、促进人类的进步事业紧密联系在一起。

同学、战友和学生特别关心我们的身体，毕竟都已过花甲。尤其是老曹，大家还知道她的身体问题不小。

前面说过，老曹少年时即开始业余体育运动并有不俗成绩，但也因此留下一些伤疾。当年省全运会排球集训选址歙县中学，运动场是室外水泥操场，一次后退救球，她从几米高的台阶上摔了下去，腰部疼痛剧烈，简单处理后又投入了紧张的训练比赛。19 岁的她根本不知道这次受伤留下了终身残疾。直到 2003 年，腰腿疼痛加剧，一检查才知道是第一、第二腰椎压缩性骨折，第三腰椎弓板骨裂，第四、第五腰椎三度椎体滑脱，膝关节半月板、肘关节、踝关节及多处韧带损伤。

去北京协和医院和上海六院诊疗，专家们都不相信她是自己走来的。老曹本人也是医生，顾虑太多，不同意手术，并选择了保守治疗及通过锻炼以增强腰部肌肉力量来缓解症状。所以，当 2008 年我们决定“红色骑行”时，受到同学、亲朋好友及各方的反对和阻挠。尤其是她的大学同学（也都是各个医学领域的专家了），直接说她严重违背医学科学常识，这把年纪带着这样的伤病骑行十万里，教科书都要改写了。

上海徐汇区宋庆龄故居

后来每次出征，为了不让大家担心，老曹都很少在朋友圈发照片发消息了。但是，坚持、坚定、坚决要完成“红色骑行”伟大工程的决心没有动摇，初心没有忘记，并义无反顾地一直朝向梦想砥砺前行！

二十五、横刀立马彭德怀

【题记】

2018年9月26日上午，我们骑行到★●彭德怀故居纪念馆（湖南湘潭县乌石镇）。

【诗词】

鹧鸪天·横刀立马彭德怀①

血战罗霄扫雾霾②，百团再去灭狼豺③。昨天王翦称军将④，今日德怀叫帅才。
征万里，走悬崖。横刀立马站前排⑤。乌石峰翠英魂绕⑥，卧虎山中侠骨埋⑦。

【注释】

①彭德怀（1898～1974），湖南湘潭人；中国共产党36位开国军事家之一，1955年被授予元帅军衔。②③此两句记述彭德怀指挥的著名战役。④王翦：秦国名将；取自《千字文》："起翦颇牧，用军最精。"⑤语出毛泽东赞誉："谁敢横刀立马，唯我彭大将军。"⑥乌石峰，南岳七十二峰之一，位于彭德怀故居西侧。⑦卧虎山，彭德怀纪念馆所在地。

【随记】

早晨5∶15起床，6∶30出发，离开湘乡锦程商务宾馆，我们骑往彭德怀故居。

天阴沉沉的，飘着小雨。我们已经习惯风风雨雨的天气了。出发前在宾馆就穿好雨衣雨裤，带好防雨鞋套，又给架在自行车上用于导航的手机套上防雨的塑料袋，再给驼包套上防雨罩，然后，毫不犹豫地顶着风雨前行。

彭德怀故居位处湘潭县乌石镇乌石乡乌石峰下。那里远离城市，是一个偏僻的山乡。所以，一路过去，皆是县道、乡道，甚至是无名村道，而且沿路的小山坡绵延不绝。阴雨天气，窄小的道路愈加滑溜，骑起来真是提心吊胆。九时半左右，我们终于骑到了目的地。

为迎接彭德怀诞辰120周年，当地政府投入了许多的人财物，到处可见忙碌的建筑工人、来回运送建筑材料的车辆。说心里话，看见这些，我们还是很欣慰的。因为，这说明人们还记着"横刀立马"战功赫赫的"彭大元帅"！人们还念着敢于"为人民鼓与呼"的开国元勋、共和国忠臣、中国人民的儿子彭德怀。

新的纪念馆正在建设之中，故居也在维修之中，根本进不去。一位看上去像是施工负责人的先生，感动于我们的来意，主动去叫开了故居的门，又与门卫协商，这样我们才如愿以偿进去参观拍照。这位好心的先生又指引我们去祭拜了附近的德怀墓。在雄伟壮观的彭德怀纪念馆门廊前面，一位美女再主动停下车为我们拍合影。

湖南湘潭县彭德怀故居

二十六、传奇战神刘伯承

【题记】

2018年3月26日下午与27日，我们分别骑行到★●刘伯承纪念馆（重庆开州区北环路781号）与★●刘伯承故里（重庆市开州区城南赵家镇）。

【诗词】

鹧鸪天·传奇战神刘伯承①

举世传奇刘伯承，人间多少大英名？东方巴顿神明誉，华夏军神声望荣②。
猿臂奋，仔肩擎③。将军仗剑救苍生④。心牵举子山乡地⑤，瘦马征人桑梓情⑥。

【注释】

①刘伯承（1892～1986），四川开县（今属重庆开州区）人；中国共产党36位开国军事家之一，1955年被授予元帅军衔。②参见下文。③猿臂，仔肩：取自朱德为刘伯承寿诞题词："将军猿臂依然健，还我山河任仔肩。"④取自刘伯承辛亥革命时毅然从军所说："大丈夫当仗剑拯民于水火……"⑤刘伯承故乡开县素有"举子之乡"之美称。⑥瘦马征人：取自唐·刘长卿《代边将有怀》诗："瘦马恋秋草，征人思故乡。"

【随记】

今天，又提心吊胆地骑上我们称其为"羊肠省道"的202省道。在四川，爬山已成常态，但还有骑遍全国才见到的最窄的单车道省道。路面坑洼不平，左侧山体不时有大石块滚落，右侧是悬崖式的高坡，连护栏都没有，来回的车辆擦身而过，随时有被挤下山的危险。一位老乡说："这条省道很老了，可能不会再修了。"

爬到28公里处休息时，老赵发现手表丢在宾馆了。打电话询问，才知已保存并答应给我们寄回芜湖。开江帝豪宾馆小老板黄远航，是个好人。昨天在县城找到该宾馆时，小老板就热情地帮我们将驮包搬上二楼，记得他还说："自己太年轻就经营了酒店，为了赚钱娶媳妇，没有出过开江。"又说特别羡慕我们，想过不一样的生活。正是昨天聊天，小黄老板给了名片，这才能够联系上。住宿取名片是一件很重要的事情，以后还有同样经历。

重庆开州区刘伯承故居

骑100多公里到开州区，再爬到一高山顶上，我们到达刘伯承纪念馆。第二天早晨，跨南河绕了近40多公里，又转县道512跨赵家大桥，再爬山骑到刘伯承故居。刘伯承，这位被西方军事家称为东方巴顿、当代拿破仑，又有"川中名将"、"军神"和"战神"等称号的开国元勋，就出生于此。人们没有忘记将军，将军亦不忘故里与故国。遵其遗嘱，他的骨灰回葬于故里及撒在了曾经战斗过的太行山、大别山、淮海战场和大西南……

二十七、天下无双是贺龙

【题记】

2018年5月4日下午，我们骑行到☆●贺龙革命活动旧址故居（内蒙古凉城县井沟子村教堂院内）；10月11日中午与12日上午，我们分别骑行到☆●贺龙刀劈芭茅溪盐税局旧址（湖南桑植县芭茅溪乡）与★●贺龙故居纪念馆（湖南桑植县洪家关乡）。

【诗词】

浣溪沙·天下无双是贺龙①

天下无双是贺龙，菜刀革命惊苍穹②，南昌起义再建功。

刀剑斩倭削剧寇③，旗枪抗日砍元凶④，骋驰西北抖雄风⑤。

【注释】

①贺龙（1896～1969），湖南桑植县人；中国共产党36位开国军事家之一，1955年被授予元帅军衔。②见下文。③1928年，贺龙和周逸群历经三起三落而开辟了湘鄂边和洪湖红色根据地。④旗枪：旗帜与枪；语出唐·王建《秋日送杜虔州》："山楼添鼓角，村栅立旗枪"；又，元凶：罪魁；抗日战争中，一二〇师在贺龙率领下，击毙被称为"名将之花"的第二混成旅旅团长阿部规秀中将。⑤解放战争时期，贺龙率部转战于西北战场。

【随记】

"湘鄂赣战役"已近尾声，今天是艰苦的最后一战。果然，坐落在群山环抱之中的湖北鹤峰小城，云雾晨曦间的巍峨群山虽然美不胜收，但山峦绵延不绝，既高又陡还坡长，许多地方还有270度的急弯。较之于蜀道，这湘西北的山路毫不逊色！ 40多公里用时六个多小时。一位老乡说，"你们比农民工还要苦累"。

天蒙蒙亮就出城，不久转县道开始翻母山与公山。道路窄得怕人、烂得怕人。一开始无人无车，我们都以为导航又有问题，以至于不敢继续骑行。终于来了一辆工程车，问了师傅才敢向前。辛苦爬到三台隧道前，一位护路师傅说，"后面以下山为主了"。我们才稍稍松了一口气。

今天七出湖北，五入湖南，九跨"澧水"，翻山越岭骑了13个小时，直到晚7时才到达桑植县洪家关白族乡。贺龙元帅故里周边的宾馆旅社全部住满，返回两公里后才找到住处。第二天早晨先去祭拜桑植烈士陵园，再去参观贺龙故居和纪念馆。为我们拍照的是贺龙中学的男生女孩。

湖南桑植县贺龙刀劈芭茅溪盐税局旧址

贺龙"两把菜刀闹革命"的故事从小就耳熟能详，直到今天网络上还这么说。路经笆茅溪乡贺龙刀劈笆茅溪盐税局遗址，参观后才知菜刀不是"两把"是"三把"。当然，无论几把，贺龙菜刀起家传奇，天下无双！

二十八、文武兼备是陈毅

【题记】

2018 年 3 月 13 日上午，我们骑行到★●陈毅故里（四川乐至县劳动镇旧居村）。

【诗词】

西江月・文武兼备是陈毅①

诗剑伴同非凡，武文兼备称奇。孟良崮上斩骄狮②，头向国门悬去③。
元帅真实俊烈，诗人真正英资。春光照眼意如痴④，炳世殊勋陈毅⑤。

【注释】

①陈毅（1901 ~ 1972），四川乐至人；中国共产党 36 位开国军事家之一，1955 年被授予元帅军衔。②骄狮：代指国民党军第七十四师，被陈毅消灭于孟良崮。③⑤取自陈毅诗词《梅岭三章》“此头须向国门悬”与《无题》“春光照眼意如痴”。④⑥见下文。

【随记】

昨天离成都，先过两条长长隧道，接着骑上了沿途没有一个乡镇的“成简快速”。到简阳后，上了国道 318，乡镇多了，邮戳也盖了五个。好一个成都平原、川西坝子，一路居然如此“平缓”，因此，我们骑得较快，下午 4 时即到了乐至县童家镇。该镇很小，好不容易才找了一个能够入住的桥头旅馆。停留于此，是要转道去往陈毅故里。

天刚亮，我们就从童家镇出发。一路的上下坡多起来。尤其是省道右转进入 M06 县道后，还翻了姚家大坡和猴子坡，再经劳动镇转 M07 县道，继续爬山，才到达旧居村陈毅故里。整体故里景区的范围很大，里面的道路也在维修。其中，故居是陈毅太祖于乾隆丁卯年买下的基业，后经扩建完善，共计大小房屋 36 间，具有浓郁的川中民居特色。院落一重堂左侧的一间小瓦房里，就诞生了享誉世界的文武兼备的中国元帅陈毅。大门处赵朴初所撰写楹联“直声满天下，殊勋炳世间”是真实写照。

四川乐至县陈毅故里

“一定要追溯并大书特书中国红色！”记得前天在成都，老赵的大学同班同学张黎明就这样说。骑经成都，张黎明为我们远道而来十分高兴，可劲地问吃什么。我们俩异口同声：“在四川，就吃地道的四川火锅。”举杯言欢中自然聊到骑行，黎明还说了一番与此相关又有他个人特别感受的一番话：“骑行人很多，也有意思，但你们是用头脑在骑。离开大道去钻山沟，骑行寻访那深藏于广大乡村的红色，许多人做不到，甚至想不到。”他又说，“有人能欣赏，也会有人不理解。但不管怎样，你们活出了自己！而且确实意义非凡——十万里‘红色骑行’，这其中有多少故事？！”

二十九、军政双优罗荣桓

【题记】

2018年9月22日上午，我们骑行到★●罗荣桓元帅故居纪念馆（湖南衡东县荣桓镇南湾村南湾街）。

【诗词】

七绝·政军双优罗荣桓[①]

武王大禹做标杆[②]，北战南征十数年。
国有疑难可问谁[③]？政军优秀是荣桓[④]。

【注释】

①罗荣桓（1902 ~ 1963），湖南衡东人；中国共产党36位开国军事家之一，1955年被授予元帅军衔。②罗荣桓从小立志救国救民，对“武王伐纣”“大禹治水”等典故尤其有兴趣。③取自毛泽东《吊罗荣桓》七律：“国有疑难可问谁”。④罗荣桓是唯一终身从事政治工作且军功卓著的元帅，是我军不可多得的政军双优的元帅。

【随记】

今天一大早，离开衡东的7天快捷酒店，我们前往罗荣桓元帅故里和纪念馆。此去大约30多公里，但沿途的山岭不断，且有曾家湾、鹅形岭冲和神仙岭等好几座大山。再就是省道315路况不好，骑起来蹦蹦跳跳的。经过热闹非凡的“荣桓镇”，然后向南转县道002继续骑几公里，就到了目的地。

南湾村南湾街，是一组以青石板街道连成的清代古建筑群，罗帅故居黑田罗氏异公享祠居于街道的西北端。该祠是1914年由罗父罗国亘先生为纪念其12代祖先异山公而经手建造。修复后的罗帅故居，完全保持了原貌，再现了罗帅家庭当年的生活情景。罗帅是我军不可多得的政军双优的元帅，参观故居，你可知事出有因。资料记载，“罗荣桓小时候常捧起祖辈留下的书籍，读得上瘾。”经常在油灯下读书，使得他中学时就戴上了近视眼镜。故居中当年兄弟练武的场所“健身房”里，桩板、石锁、石担、刀、枪、棍、耙、剑、戟等民间武术器械依然熠熠生辉。

湖南衡东县罗荣桓故居纪念馆

再返程30多公里回经衡东县，北上省道314，第四次跨湘江过衡山湘江大桥，我们又赶到衡山县。在临近县城的路边，在距离衡山火车站一公里处，欧阳海纪念馆的指示牌让我们心头一震，我们决定绕道进去参观。欧阳海就是在这里英勇就义的。时光退回50多年，那个时候英雄欧阳海家喻户晓，居民住宅有线广播的“小匣子”里，一到中午就播送着长篇小说《欧阳海之歌》。

三十、布衣元帅徐向前

【题记】

2018 年 5 月 10 日下午，我们骑行到★●徐向前纪念馆（山西五台县东冶镇）。

【诗词】

浪淘沙·布衣元帅徐向前①

征战许多年，风雨如磐。临汾战罢又太原②。硬仗大拼还恶仗③，笑傲山川。

烧焚等闲言，清正人间④。布衣元帅是向前。天下黎民齐感叹，德性高贤。

【注释】

①徐向前（1901 ~ 1990），山西五台县人；中国共产党 36 位开国军事家之一，1955 年被授予元帅军衔，并被誉为“布衣元帅”。②徐向前指挥的主要战役。③李先念回忆徐向前：“越是大仗、硬仗、恶仗来临，他越是生龙活虎，精神百倍。”④此两句取自明·于谦《石灰吟》：“……烈火焚烧若等闲……要留清白在人间”，是徐向前生前最喜欢的诗词并亲笔书写，现陈列展示于故居。

【随记】

早晨从五台山下的金岗库乡出发，一路连续更换 205、310、311 等三条省道，绕过五台县，并顺道参观瞻仰了耿镇镇松岩口村的白求恩纪念馆和白求恩模范病房以及茹村乡南茹村八路军总部旧址，下午 3 时许，我们骑到了位处东冶镇的徐向前元帅纪念馆。几经协商，门卫才让我们推车进去在纪念馆门前拍照，然后我们进馆参观。

徐帅是黄埔一期中我党的高级将领，其功绩盖世，一句“哪有红军打红军的道理”的震天呐喊，不仅遏制了红军分裂，更被党史千古传诵。之所以被誉为“布衣元帅”，还因为他生活简朴，不讲究吃穿。战争年代，他自己缝补衣服，自己织的毛衣一穿就是 30 年，死后也不搞遗体告别，不开追悼会。回望纪念馆，徐帅将马驰骋，五台山、黄埔军校、大别山、大巴山、祁连山、太行山展示于两侧，徐帅走出山西五台永安村、戎马中华的一生的光辉形象，分外栩栩如生。

因为东冶镇住宿不方便，我们决定继续赶路。顶风狂奔一个多小时，淅淅沥沥的小雨中，筋疲力尽黑夜降临之时，我们骑入定襄县城。诚如老曹常说：“不知道自己是怎么坚持下来的。”其实，我们内心明白，“红色骑行”让我们收获了许多。红色文化、红色精神的底蕴与伟大，不仅能够给每一个人增强意志与体能，更能够让每一个人坚定信念与梦想。

山西五台县徐向前纪念馆

三十一、千秋风流聂荣臻

【题记】

2018 年 4 月 2 日中午，我们骑行到★●聂荣臻元帅陈列馆（重庆江津区几江城区西郊）。

【诗词】

一剪梅·千秋风流聂荣臻①

壮志雄心铲秽尘，呼啸雷霆，搅动风云②。果然没有困池中③，伫马山峦，取胜平津④。

救孤沙场情义深⑤，感动东洋，震撼倭民。风流元戎聂荣臻⑥，长寿千秋⑦，厚道百春⑧。

【注释】

①聂荣臻（1899 ~ 1992），四川江津（今重庆江津区）人；中国共产党 36 位开国军事家之一，1955 年被授予元帅军衔。②聂荣臻领导与参加了南昌起义和广州起义。③池中（物）：比喻没有远大抱负的人，典出《三国志·吴志·周瑜传》；又，聂荣臻故乡教师曾誉其“资赋不凡，终非池中之物”。④聂荣臻领导了晋察冀军区及平津战役等。⑤抗战时期，聂荣臻救下两个日本小姑娘并送回日本。⑥⑦⑧毛泽东说“聂荣臻是个厚道人”；又，作家魏巍写给聂荣臻的祝寿诗有：“一生厚道人称赞，千秋风流一元戎”；再，长寿，百春：十大元帅中，聂荣臻最晚去世，长寿享年近百岁。

【随记】

出城难已司空见惯，可出重庆市特别难。有人说，重庆堵车全国排名第一，抬眼望去全是车，而且没有自行车道。20 多公里后骑到中梁山隧道前，被一位辅警拦下：“非机动车和行人不得通过。”国道为什么不让人与车过？真搞不懂？绕路转道，第十次骑跨长江过几江长江大桥，骑达江津区聂荣臻元帅陈列馆。

江津区因地处长江要津而得名，是长江上游重要的航运枢纽和物资集散地，也是川东地区的鱼米之乡，还是“中国长寿之乡”——怪不得聂帅是最长寿的老帅。聂帅陈列馆位处城郊巍巍鼎山之麓，景区内树木葱郁，芳草青青，鲜花吐蕊，湖光山色，环形公路则将整个馆区连为一体。我们到达之日逢周一闭馆日，但门卫通情达理，同意我们骑行进去参观。在陈列馆前，一部白色 SUV 停下，走出的年轻女士主动说：“我帮你们拍合影。”罗女士真善解人意，她是来办事的，看出了我们的心思。

重庆江津区聂荣臻陈列馆

江津，不仅有尊敬的老帅，还有这么好的人们。舍不得离去，于是我们就在纪念馆前风景优美的湖畔吃午饭并稍事休息。呵呵，难得在如此美好的环境中路餐，大部分情况下可都是路牙、溪边、桥下与屋檐哦，甚或风霜雨雪、烈日暴晒中。

三十二、矢志共产叶剑英

【题记】

2017 年 1 月 9 日，我们骑行到★●叶剑英元帅纪念馆暨叶剑英元帅故居（广东梅县雁洋镇虎形村）。

【诗词】

巫山一段云·矢志共产叶剑英①

巨虎生梅县②，中华叶剑英。斗迎恐怖向前行③，引颈啸军营。
诸葛来今世④，吕端复智名⑤。洞中肯綮又豪情⑥，共产志坚贞⑦。

【注释】

①叶剑英（1897 ~ 1986），广东梅县人；中国共产党 36 位开国军事家之一，1955 年被授予元帅军衔。②参见下文。③叶剑英在 1927 年 7 月严重的白色恐怖中秘密加入中国共产党。④⑤诸葛亮：三国时蜀汉丞相；吕端：宋朝时一宰相；毛泽东赞誉叶剑英并说："我送你两句话，'诸葛一生唯谨慎，吕端大事不糊涂'。"⑥洞中肯綮：指切中问题的症结，语出《元史·韩性传》："……性从容开导，洞中肯綮，裨益者多。"⑦取自叶剑英诗："矢志共产宏图业，为花欣作落泥红。"

【随记】

"大华南战役"如期开始。晚上 11 时，儿子赵幂送我们到火车站，火车 K677 次凌晨出发，第二天下午到达广东龙川，再立刻转 T8370 火车，晚上 8 时半到梅州，住进预定宾馆。

广东梅县叶剑英故居纪念馆

早餐后去火车站取托运的自行车，在附近邮政局盖邮戳。接着，我们马不停蹄骑跨梅江过秀兰大桥，并沿梅江向东走省道 223，经丙村镇，到雁洋镇，转剑英绿道，上午 11 时左右骑达虎形村叶帅故里。从雁洋五指峰往下看，可望见两条长河环抱着一座椭圆的山，而山形似一伏卧休憩的巨虎，这巨虎就是叶剑英故居所在地虎形村，所以人称雁洋是"藏龙卧虎"宝地。

叶帅的纪念馆与故居相隔不远。纪念馆正门口右侧台基上，叶帅的坐姿铜橡栩栩如生，像座上镌刻着中共中央撰写的碑文，四周是一棵棵翠柏和一簇簇鲜花。纪念馆内分多个专题展示了叶帅光辉伟大的一生。故居是泥砖砌筑的一座普通客家民间农舍，属粤东地区客家围屋，系泥土石灰混合结构，15 间房子有 4 间为叶帅家所有。叶帅就是出生在此并度过童年和青少年时期，以及从这里走上了波澜壮阔的共产道路——特别是在南昌起义前夕、红军长征途中，以及新中国成立后叶帅几次力挽狂澜，为中国革命与建设事业立下不可磨灭的功勋。

三十三、壮哉粟裕付青山

【题记】

2015年10月13日早晨，我们骑行到☆●粟裕同志纪念馆暨粟裕大将墓（江苏海安县海安烈士陵园）；2016年11月7日，我们骑行到☆●粟裕大将另一部分骨灰安葬处（山东省临沂市华东烈士陵园）。

【诗词】

虞美人·壮哉粟裕付青山①

笑言百战沙场事②，跃马挥鞭史③。才如韩信义云长④，更有绝伦智慧胜张良⑤。

头颅弹片今犹在⑥，捷报疆场湃⑦。毕生兄弟要同眠⑧。粟裕壮哉宏愿付青山⑨。

【注释】

①粟裕（1907 ~ 1984），侗族，湖南会同人；中国共产党36位开国军事家之一，1955年被授予大将军衔。②⑨取自粟裕诗词："沙场百战谈笑过……乐将宏愿付青山"；又，1955年评军衔，粟裕三次辞帅，毛泽东感叹："难得粟裕！壮哉粟裕！"③⑦取自粟裕夫人楚青的诗："唯思跃马挥鞭日，但忆疆场捷报频。"④⑤作家张雄文评价粟裕："智如张良，才如韩信，义如关羽。"⑥粟裕逝世后，家人从他火化的头颅骨灰中发现了三块弹片。⑧参见下文。

【随记】

以上"题记"所提及的两处"粟裕大将骨灰安葬处"，只是我们骑行所抵达的地点。粟裕的英雄足迹与光辉事迹，遍布中国大地。

粟裕生前就对夫人楚青口授了以下遗嘱："我在革命战争年代，在党的领导下，身经数百战，在和我共同参加战役、战斗的同志中，牺牲了的烈士有十数万，而我还活着，见到了革命的胜利。在我身后，不要举行遗体告别，不要举行追悼会，希望把我的骨灰撒在曾经频繁转战的江西、福建、浙江、安徽、江苏、上海、山东、河南几省市的土地上，与长眠在那里的战友们在一起。"

清晨，我们来到海安烈士陵园。粟裕曾说，"海安是我的第二故乡……"可见其对海安的感情有多深。苍松翠柏中，胡耀邦题词"一代名将"的身着大将制服的粟裕塑像神情自若，在这部分骨灰安葬处前，我们深深地鞠躬致敬。不远处，是粟裕同志纪念馆，门前一副长长的对联："共和国第一将两让司令率三军蟠六省七战皆捷威震五湖四海 华夏史无双勳半世戎马敌数劫建多勋众人同誉功载万代千秋"，是粟裕革命一生的真实写照。

这就是粟裕，一位赢得领袖直呼"难得""壮哉"的高风亮节的将军，一位在我党我军历史上建有罕见功勋的统帅，一位中华民族历史上可歌可泣的侗族儿子！

江苏海安县粟裕部分骨灰安放处

三十四、革命大功徐海东

【题记】

2017 年 12 月 5 日下午，我们骑行到☆●徐海东纪念馆及徐海东亲属烈士纪念馆（湖北大悟县新城镇严河村）。

【诗词】

眼儿媚·革命大功徐海东①

亲人世代是窑工②，悲愤苦熬中。领头老虎③，满门忠烈，全数英雄④。
伯阳再现红中国⑤，神秘我海东⑥。满身弹孔⑦，一汪心血，万古勋功。

【注释】

①徐海东（1900 ~ 1970），湖北大悟县（原属黄陂县）人；中国共产党 36 位开国军事家之一，1955 年被授予大将军衔；又，毛泽东称徐海东是“对中国革命有大功的人”。②徐海东祖上六代都是烧窑工人，他本人从 14 岁起当了 11 年窑工。③徐海东因作战勇猛被称为“徐老虎”。④参见下文。⑤夏伯阳：苏联国内战争时期的传奇英雄人物、红军指挥员，民间传颂徐海东是“中国的夏伯阳”。⑥取自美国记者埃德加·斯诺《西行漫记》：“中国共产党的军事领导人中，恐怕没有人能比徐海东更加‘大名鼎鼎’，也肯定没有人能比他更加神秘的了。”⑦徐海东多次负伤，身上留下了 17 个枪眼（洞）。

【随记】

参观宣化镇谈判旧址和中原突围纪念馆后，我们在路牙上吃过午餐即骑上省道 108。这是一条正在改建的路，路况极差，路窄车多。一路向南，在吕王镇附近西转吕秀线，再西南方向转毛新线，又上省道 304，不久即到达徐海东大将及其亲属烈士的纪念场馆。

中国共产党人，真正是世界上最伟大、最令人敬佩的人。当年，许多领袖人物、元帅将军和革命志士，为了“中国人民站起来”，英勇奋斗无比坚强，其亲人也义无反顾紧随左右，甚至不惜抛头颅洒热血。毛泽东的妻子杨开慧及兄弟等二人，刘少奇的妻子何宝珍，朱德的妻子伍若兰，谢子长亲属九人……都献出了宝贵生命。1930 年蒋介石下令“对徐族满门抄斩”，徐海东家族有 66 位亲人牺牲。新建的纪念碑上，徐向前亲笔题写的“光荣流血”四个大字，字字鲜血淋漓。

湖北大悟县徐海东纪念馆

瞻仰完毕，我们骑向大悟县。这段省路也难骑，歪边咀、桐子崖、大凸子、大礼山、小礼山和将家寨此起彼伏。特别是坡与坡之间的距离很近，坡陡处只能推车上去。下坡更可怕，坡度近 70 度，刹车也提心吊胆。傍晚，我们终于在全天骑行 120 多公里以后赶到大悟县城，并且赶在邮政局下班前一刻顺利盖了邮戳。

三十五、仰不愧天黄克诚

【题记】

2018年9月19日下午，我们骑行到☆●黄克诚大将雕塑暨生平业绩陈列室（湖南永兴县人民公园内）。

【诗词】

摊破浣溪沙·仰不愧天黄克诚[①]

弹雨枪林伴癸庚[②]，克诚复活战场惊[③]。从政治军功灿烂，著英名。

奋斗一生抒秉意[④]，钦点三次赖忠诚[⑤]。仰不愧天无死憾[⑥]，最恢弘。

【注释】

①黄克诚（1902～1986），湖南永兴人；中国共产党36位开国军事家之一，1955年被授予大将军衔。②癸庚：原是军粮的隐语，引申为军旅生活；语出《左传·哀公十三年》："梁则无矣，粗则有之。若登首山以呼曰，庚癸乎，则诺。"③黄克诚一生战斗多次历险，死而复生的奇闻流传至今。④⑤秉意：执意，坚持自己的意向，引申为不屈从；又，毛泽东曾三次"钦点"黄克诚并说他"是个敢讲真话的人"。⑥取自黄克诚夫人唐棣华所写挽联："即死无憾矣，仰不愧天，俯不怍人。"

【随记】

早晨起来按惯例检查自行车及其装备，发现老赵的车胎瘪了。一定是昨天车胎被扎，勉强骑到目的地，一夜过来气全跑了——这状况已屡见不鲜。赶紧补车胎，从茶陵出发时已经7点。开始的省道320路况不错，山坡亦少。但进入安仁县以后，柏油路换成了水泥路，路况差了，到处都是从大货车上撒落的石子，特别难骑，速度明显降下来。

在灵官镇没盖上邮戳，有一点扫兴。眼看转省道212就要穿越安仁进入永兴了，老赵在嘀咕："看来很难盖到安仁的邮戳了。"（我们尽可能要在十万里"红色骑行"所经过的数千个县区盖上邮戳）。幸运的是，"柳岸花明又一村"。刚骑没多远，龙海镇在路边新建了一个邮政所。工作人员不仅盖了邮戳、加热水，还一个劲地赞赏我们。

湖南永兴县黄克诚生平业绩陈列室

省道212的路况一直不好，山也越来越多，太阳更十分的"热情洋溢"，我们已经全身是汗。热累渴饿交加的中午，我们停留在农村公交牛尾岭车站座位上匆匆吃午饭。

进入永兴县，导航带我们绕了许多路，又引我们爬上了人民公园的后山。经询问，不得不下山再绕回到公园前门，然后继续攀登高高的台阶，瞻仰了黄克诚大将雕塑，参观了黄克诚事迹展览馆。黄克诚"仰不愧天，俯不怍人"的精神日月可鉴。"死而无憾"的黄克诚，在天之灵应该欣慰，因为永兴百姓及其红色中国记得他。

三十六、神奇将军数陈赓

【题记】

2018 年 9 月 26 日上午，我们骑行到☆●陈赓故居（湖南湘乡市龙洞乡泉湖村杨吉湾）。

【诗词】

五律·神奇将军数陈赓[1]

将门生虎子[2]，黄埔练陈赓[3]。
淬火刀锋利，磨莹剑刃铮[4]。
横枪除日寇，跃马战年兄[5]。
历史神奇事，将军盖世名。

【注释】

①陈赓（1903 ~ 1961），湖南湘乡人；中国共产党 36 位开国军事家之一，1955 年被授予大将军衔。②陈赓出身将门，其祖父为湘军将领。③陈赓是著名的“黄埔三杰”之一。④磨莹：磨治光亮。⑤取自陈赓被捕关押于死牢时所写诗词：“横枪跃马几春秋……”；又，年兄：科举制度中同榜登科者称为同年，互称年兄；此处代指解放战争期间被陈赓打败的黄埔同学。

【随记】

每一次战役，我们在出发前都要用很多时间精心设计攻略。路经规划，里程计算，景点考虑，邮局地址，住宿安排，甚至于旅馆附近的超市、商场等，都要尽可能计划周全。实际骑行，我们也严格按计划推进，且披星戴月、起早摸黑、风雨无阻，不顾天寒地冻烈日炎炎而马不停蹄。除非情况特殊会偶作一点微调。有朋友或学生约我们在所经城市小聚，如果我们答应，即便是三四十天以后也一定准时到达。老赵是河海大学商学院兼职教授，数十年给 MBA 学生授课，好几次是上午到家的他下午就乘火车赶到南京。有学生深刻体会说：“赵老师与师母的骑行，日程紧凑，时间精准，比‘高铁’还准。”

今天，我们一大早按计划参观彭德怀故居，在县道、乡道上来回往返近 50 公里后，未作休息，又穿上雨衣及做好全副防雨事项，顶风冒雨骑行抵达“陈赓故居”。工作人员热情指导我们参观，既帮助拍照，又用他们自己的手机拍照。一位美女工作人员激动地说：“马上就发朋友圈。工作到现在，还没有见过千里迢迢骑车来参观的。”

湖南湘乡市陈赓故居

千里迢迢？呵呵，我们是十万里“红色骑行”！这么远的路，两个人，两单车，我们想看看“红色中国”，想看看毛主席、周总理、朱老总……想看看诞生在这英雄的“三湘大地”上，既为我党毛泽东，又为国民党蒋介石都“中意”的神奇的陈赓大将。

三十七、笔战将军惟谭政

【题记】

2018 年 9 月 26 日上午，我们冒雨骑行到☆●谭政故居（湖南湘乡市龙洞镇楠香村楠竹山屋场）。

【诗词】

西江月·笔战将军惟谭政①

书写前行号令，绘描决议先声②。文房四宝伴一生，立说著书绵亘③。
堪比金戈铁马，恰如略地攻城。古来征战最传神④，笔战将军谭政⑤。

【注释】

①谭政（1906 ~ 1988），湖南湘乡人；中国共产党 36 位开国军事家之一，1955 年被授予大将军衔。② 1928 年，谭政在井冈山任前敌委员会秘书，并为毛泽东起草红四军“九大”决议草案。③谭政参加革命后一直带着“文房四宝”，并撰写了大量论著；又，绵亘：绵延不断。④古来征战：取自唐孟浩然《凉州词》：“古来征战几人回。”⑤谭政是著名的“用笔战斗的大将军”。

【随记】

离开陈赓大将故居，重上 036 县道，几百米处即路经“大将广场”。该广场，十分宏伟壮观，是我国第一个弘扬十位开国大将的广场。我们来到的时候，该广场尚未完全建成，但已经初具规模。其中，十位开国大将的雕塑都已经完工，大将们神态各异又神采飞扬。

继续向前不远，左转进入 125 乡道，大约两公里的地方，即骑行到达谭政故居所在地。为什么说是“所在地”？因为，在“楠乡村”的村口路边，我们看见了一块指向谭政故居的路牌，可是费尽九牛二虎之力，村里面转了几个圈，就是找不到地点。问了许多老乡，居然也说不清楚。在我们一筹莫展之时，终于有一位老乡指着一片瓦砾告诉我们，“就是这儿”。我们的心蓦地揪起并有了一些些酸楚……

这么多年了……谭政，这位 1927 年参加秋收起义，历经三湾改编，在井冈山入党，奉毛泽东之命为古田会议调查研究草稿决议，参加长征，转战陕甘宁，从东北打到广东的开国大将，新中国成立后获一级八一勋章、一级独立自由勋章、一级解放勋章，长期主持全军政治工作……无奈中，我们借着“谭政学校”这几个字，再拍了几张纪念我们骑行抵达谭政故居并祭拜悼念谭政的照片。

又下雨了，不知怎么感觉特别的寒冷。沿着湿滑的乡道重返县道，我们在路边的谭政故居公交停靠站座位上避雨休息及吃午饭，眼睛却还朝向那山乡里面的“谭政故居”，期待着那片瓦砾上竖立起英雄形象……

湖南湘乡市谭政故居

三十八、海军之父肖劲光

【题记】

2018 年 9 月 28 日上午，我们骑行到☆●肖劲光故居（湖南省长沙市照洲港 29 号）。

【诗词】

阮郎归·海军之父肖劲光[①]

当年宗悫乘风扬[②]，一心做栋梁。而今志士赴他乡，用情学剑枪[③]。

忘生死，蔑存亡。冲锋陷阵忙。海军之父旱鸭郎[④]，将军肖劲光。

【注释】

①肖劲光（1903 ~ 1989），湖南长沙人；中国共产党 36 位开国军事家之一，1955 年被授予大将军衔。②宗悫：南朝宋著名将领，从小刻苦练武并说“愿乘长风破万里浪”，“乘风破浪”成语即出自于此。③肖劲光曾两次去苏联学习，并立志要做一个中国的军事家。④参见下文。

【随记】

今天连着来回过湘江。老曹特别怕过大桥，因为桥边窄窄的慢车道上，来往者行色匆匆，摩托车、电动车又跟在后面催促鸣笛，或者从你的身边挤擦而过，路很不好走。

过湘江，是要去开国大将、首任海军司令员肖劲光的故居。那是位处于四周高楼大厦林立之中的、一栋坐西朝东的四栋三间、两边出橹、土墙青瓦的清末民居。整个故居，有房屋共计 14 间。前留坪地，后有竹林，背依岳麓山峦，东临湘江堤岸，西靠天马山嘴。100 多年前，肖劲光就在该厅屋北房呱呱落地，并在这里度过了童年和青年学生时代。

老赵看得分外仔细，所有房间都转几个圈，还不时拍照。老曹知道，这是老赵的情结所在——曾在中国人民解放军海军服役。来的路上，老赵就喋喋不休地说：“今天要去司令的家喽。”还记得很清楚，几年前我们去泰州白马庙参观“海军诞生地”时，老赵亦是异常兴奋。

湖南长沙市肖劲光故居

肖劲光当海军司令，还有一段佳话。其时，开国大典的礼炮声刚刚响过，中南海红墙内的毛泽东又在酝酿一个重大决策：组建全国性海军迫在眉睫，但是战将如云，尽是豪杰，到底由谁来当海军第一任司令员？多番权衡之后，毛泽东选择了肖劲光。而肖劲光却有一些为难，因为他是个“旱鸭子”，只“坐过五六次海船，还晕得不行”。毛泽东笑着说，“我就是看上你这个‘旱鸭子’”；又声明：“肖劲光是终身海军司令。他在，海军司令不易人。”从此，肖劲光开始了他的海军生涯，并在海军司令员的岗位上一干就是 30 年。

三十九、沙场福将张云逸

【题记】

2017 年 1 月 26 日傍晚，我们骑行到★●张云逸纪念馆（海南文昌市文建路 51 号）。

【诗词】

菩萨蛮·沙场福将张云逸[①]

军中福将张云逸，南征北战多出色。弹雨断肠时，沙场碎铁衣[②]。
南昌身伫立，百色心飞急[③]。海角际涯人，中华民众魂。

【注释】

①张云逸（1892 ~ 1974），广东文昌（今属海南省）上傍村人；中国共产党 36 位开国军事家之一，1955 年被授予大将军衔；又，张云逸戎马一生从未受伤，人称“福将”。②语出李白《从军行·百战沙场碎铁衣》。③张云逸历经南昌、百色等起义。

【随记】

在伟大祖国的版图上，南部有一个形似椭圆形雪梨的地方，那就是我国仅次于台湾岛的第二大岛——美丽的海南岛。

海南岛，真的是横卧在碧波万顷的南海之上的、世界上少有的“未被污染的净土”。岛上四季常春，风景优美，山势磅礴，“五指”参天，阳光、海水、沙滩、绿色、空气五大旅游要素俱全，居民分属于汉、黎、苗等 30 多个民族，具有得天独厚的热带海岛自然风光与独具特色的民族风情。

毋容置疑，骑行美丽的海南岛是十分惬意的事情！尤其是在这全国严寒的春节期间。渡过琼州海峡，起始于海口，沿国道从东由北向南，至万宁转道上行琼中绕五指山，横穿海南岛中部，又南下三亚，再从西由南向北绕回海口，我们将海南岛转了整整一圈还骑入腹地。而在这绿色、蓝色、五彩缤纷的宝岛之中去寻访“红色”，更有意义！

今天，在骑行 100 多公里参观其他几个景点后，已是傍晚时分，我们到达文昌张云逸纪念馆。工作人员正锁门下班准备回家过年——明天就大年三十——大门上电子移动屏幕正连续播放“欢度春节”的字样。我们一再请求并说明来意，几位路人也帮着“说情”，工作人员动了恻隐之心，并开门让我们进去。呵呵，终于赢得机会，匆匆参观，匆匆拍照，张云逸的雕塑前留下我们瞻仰的身影，张云逸光辉战斗的一生也深刻地印在了我们心中。

海南文昌市张云逸纪念馆

参观完毕找寻宾馆时，文昌这座被全球机构推选获评为“中国特色魅力城市”，这座被誉为“阳光东海岸上的明珠”，这座拥有我国椰子之乡、华侨之乡、长寿之乡等“九乡”之美誉的自然风景优美、文化底蕴深厚的城市，已经华灯初上。隐约之中，依稀可听到远处此起彼伏的迎接新年的鞭炮声、喧闹声。

四十、长子将军罗瑞卿

【题记】

2018年3月16日上午，我们骑行到☆●罗瑞卿故居（四川省南充市将军路25号）。

【诗词】

鹧鸪天·长子将军罗瑞卿①

少小逃脱封建亭②，冲冠一怒为天明③。前头捉住张辉瓒④，后面熏陶抗大兵⑤。
心志笃，意行诚。几回魂梦凯歌声。倾心共产宏图业，长子将军罗瑞卿。

【注释】

①罗瑞卿（1906～1978），四川南充人；中国共产党36位开国军事家之一，1955年被授予大将军衔；又，毛泽东称罗瑞卿为“罗长子（个子很高的人）”。②取自罗瑞卿诗词：“少小叛逃封建家……”③冲冠一怒：语出西汉司马迁《史记·廉颇蔺相如列传》：“相如因持璧却立，倚柱，怒发上冲冠”；④语出毛泽东诗词《渔家傲·反第一次大围剿》：“前头捉了张辉瓒”；又，罗瑞卿时任第11师政委，率部及与友邻部队全歼张辉瓒部并将张活捉。⑤罗瑞卿曾任抗日军政大学教育长、副校长。

【随记】

昨天，本来是想赶到南充就去参观罗瑞卿故居的。前40多公里从遂宁到蓬溪，318国道坡缓路平，10点多钟我们就到达蓬溪并参观了位处城郊的旷继勋纪念馆。可是，后半程从蓬溪到南充的60多公里太难了。318国道“毫不客气”，长高山、金笔山和尖子山，一座接着一座，而且坡陡弯多。

麻烦还在于老赵又一路水泄不停。他的胃肠不耐油腻，前晚在超市买的烤鸭可能油太重。老曹再一次使用土法“绝招”，只允许他喝糖盐水，并且绝对禁食。想一想，一个60多岁的老汉，翻山越岭100多公里，还不吃东西？幸好提前预定了7天优品酒店，所以昨天近12个小时赶到南充即住下，老曹再赶紧煮白粥让老赵补充能量。

今早8点，我们骑到了位处南充城郊的罗瑞卿故居暨纪念馆。这是修建于清光绪年间的一座三合院式木结构穿斗青瓦房，曾经统率百万大军的将军，就出自这偏僻山乡的童蒙塾师家庭。看见我们骑行到此，围上来许多路人，他们一边帮我们拍照，一边与我们聊天，并告诉说：“稍等一下，8点半就会开门的”。我们清楚感知，南充家乡的人们很敬重这位“一生正气，两袖清风”的将军。当然，将军没有远去，将军的半身铜像屹立在故居前的院坝正中，将军的骨灰就安放在故居左侧的雪松下。

四川南充市罗瑞卿故居

四十一、善射将军王树声

【题记】

2017年12月2日傍晚，我们骑行到☆●王树声纪念馆暨王树声大将墓（湖北麻城市城区陵园路75号麻城烈士陵园）。

【诗词】

浣溪沙·善射将军王树声①

乘马岗中王树声②，决然起义赴前程③。将军善射享神名④。
三次长征无悔懊⑤，四方鏖战尽忠贞。一生为党做雄兵。

【注释】

①王树声（1905～1974），湖北麻城人；中国共产党36位开国军事家之一，1955年被授予大将军衔。②乘马岗：王树声故乡。③王树声参与领导黄麻起义。④将军善射：王树声于红四方面军有“神射手”之称。⑤长征中，王树声曾三过草地。

【随记】

今天，路好微风少坡，沿着省道111，再转国道106，我们一路向北狂奔140多公里，从武汉市一直骑行到达麻城市。

途中，路经武汉新洲区凤凰镇邮政所，我们期望能盖个邮戳。因为是周六，前面路过的邮政所都休息，此时又是下午1点多钟，所以在这里我们是抱着试试看的心情去碰运气。谁知，真的运气不错，门开了，走出来一位女员工。知道了我们的来意，她很热情地既为我们盖邮戳，又为我们加开水，还一再说特别佩服赞赏我们的举动。原来，她是有事情临时过来的。我们则玩笑着对该友好女士说：“你是特意过来给我们盖邮戳的。”

到麻城，我们很快找到麻城烈士陵园，因为王树声纪念馆暨王树声大将墓都在该陵园内。但不巧的是，我们现在来到的期间，该陵园正处于封闭大修状态。就在此时，一位老者热情指引说：“去后门试试，哪里是工作人员进出的地方。”再一次遇到好人——门卫邓丛政师傅看见我们是长途骑行来此，很愉快地同意我们进去参观拍照。不仅如此，担心我们不清楚情况，邓师傅一会儿又骑着电动车赶过来，一路热情当导游，带领我们去参观纪念馆、纪念塔及祭拜王树声。

湖北麻城市王树声墓

两棵高高的松柏护佑着王树声的墓地，将军的雕塑嵌于墓碑的正上方。“红色麻城”，永远记住他的优秀儿子，也一直传扬着这位开国大将的英勇故事：当年，身为乘马岗初等小学校长的王树声，就是在他的家乡入党，然后领导本地农民运动，组织农民武装，大义灭亲干革命，率部参加黄麻起义，走上了艰苦卓绝又壮丽辉煌的革命道路……

四十二、明镜将军许光达

【题记】

2018年9月27日下午，我们骑行到☆●许光达故居（湖南长沙县黄兴镇桂花村）。

【诗词】

减字木兰花·明镜将军许光达①

程门立雪，堪比杨时心炙热②。再去苏俄，留学归来奏凯歌。
沙场百战，碎骨粉身真铁汉③。慷慨推衔，明镜光达盖圣贤④

【注释】

①许光达（1908～1969），湖南长沙人；中国共产党36位开国军事家之一，1955年被授予大将军衔。②程门立雪：旧指学生恭敬受教，成语出自《宋史·杨时传》："一日见颐，颐偶瞑坐，时与游酢侍立不去。颐既觉，则门外雪深一尺矣。" 年少许光达亦伫立于学堂窗外听先生讲学且晕倒在雪地。③取自许光达诗词："百战沙场驱虎豹……粉身碎骨若等闲。"④见下文。

【随记】

湖南长沙县许光达故居

参观花明楼刘少奇故居后，即刻向长沙。路途中，小雨淅淅沥沥，我们在一个社区的广告牌下躲雨吃午饭。今天中午有一些"惨"，只有米饭没有佐餐的菜。因为昨天冒大雨到韶山较晚，宾馆又位处城郊，老赵在附近绕了许久，也没有找到稍微像样的超市或市场，只在一个小店里买了几包榨菜。

欣慰的是，吃完午饭后雨停了，我们赶紧出发。可是，连接长沙的道路是087、081、079和083等县道，且有不少坡。连续穿越或绕经大石坝森林公园与狮峰山森林公园，入长沙第五次跨湘江过猴子石大桥，再第二次跨浏阳河过黄兴大桥，下午3时许骑到了位处长沙县黄兴镇的许光达故居。

故居也在大修。但惊奇于我们骑行而来，施工师傅非但没有阻止我们进入"工地"，反而热情引导参观。院中一块"让衔碑"，让我们肃然起敬。1955年评衔，许光达主动写"降衔申请书"请辞大将，毛泽东十分感慨："这是一面镜子，共产党人的明镜啊！"

一位师傅又特意带我们到房屋后面去看一条小路，去看一块石碑。石碑上面刻写："1928年10月3日（农历8月20日），许光达在故居与邹靖华结婚。婚后十天，长沙警备司令部奉何键的命令缉拿许光达。当时，许光达从这条小路脱离追捕。"心酸的是，许光达夫妇一别就是十年，并且了无音讯。欣慰而又称奇的则是，1938年，已经是抗大教育长的许光达，竟然在到达延安的一批新学员中，看见了他的结发之妻。

四十三、特工将军李克农

【题记】

2016年11月14日下午，我们骑行到☆李克农故居（安徽巢湖市炯炀镇中李村）。

【诗词】

七律·特工将军李克农①

卓异将军走坳洼，克农谍战最奇葩。
能谋颇似房仆射②，用间差同李左车③。
深入龙潭除兽害④，出征虎穴斗人渣。
功勋不朽传千代，红色特工是大家⑤。

【注释】

①⑤李克农（1899～1962），安徽巢县（今合肥巢湖市）人；青年时代参加革命，长期在情报和保卫等特殊战线上工作，被誉为“传奇将军”“中共特工之王”。②③取自董必武悼李克农诗；又，房仆射（房玄龄）、李左车分别是唐太宗、秦汉之著名谋士。④李克农是中共中央特科情报人员“龙潭三杰”之一（详见下文）。

【随记】

秋高气爽的时刻，依傍着丰收在望的皖中大地与水产富饶的巢湖之滨，我们寻访参观位居黄麓镇洪家疃村的和平将军张治中故居之后，又马不停蹄地骑往炯炀镇中李村李克农的故居。

这是一间祖上留下的农家四合院，故居门楣上的“李克农故居”门匾，由杨尚昆题写。将军的半身铜像迎门而立，铜像后是一块汉白玉照壁，正面刻有杨尚昆题写的《丹心留人间　勋业传后世》文章，背面刻着李克农将军大事年记，院内左右两侧分别是将军历尽沧桑的故居和新建的陈列厅。

徜徉于此，我们与参观的人们一样神情专注，思绪万千。不是吗？如果没有“龙潭三杰”之李克农在上海，以及南京的钱壮飞，天津的胡底，遥相呼应形成铁三角，很难想象关键时刻中共中央怎样才能得以保全？

确实，隐蔽战线上的红色特工，是党和军队的守护神。他们的战场，虽然很难看到炮火硝烟，但同样有刀光剑影；他们的功勋，当然更加独特。1955年国庆前夕，当毛泽东把金灿灿的军衔授予那些身经百战的将帅们的时候，李克农，这位唯一没有领过兵、打过仗的从“寂静战场”上走出来的神秘人物，也和战功赫赫的52位将军一道被授予上将军衔。如此殊荣，李克农名至实归！

安徽李克农故居

四十四、修身治世林伯渠

【题记】

2018 年 10 月 6 日上午，我们骑行到☆林伯渠故居纪念馆（湖南临澧县修梅镇凉水井村）。

【诗词】

减字木兰花·修身治世林伯渠①

古亭明鉴②，临澧伯渠盟誓愿。小道通天③，达士披肝为九寰。
修身治世④，奇逸人龙存大志⑤。红色财神⑥，荣耀一生是伟人。

【注释】

①林伯渠（1886 ~ 1960），湖南安福（今临澧县）修梅镇凉水井村人；党和国家领导人之一，与董必武等并称“延安五老”。②③④林伯渠故居有修身治世亭、林伯渠小道等多处景点。⑤取自续范亭赞誉诗：“林老奇逸人中龙……”⑥林伯渠被称为“红色理财家”。

【随记】

昨天，从湖北监利鄢浦渡口第 16 次跨长江，第三次进湖南到达华容县。今天，北上省道 203，绕塌西湖，第六次进湖北，过石首市团山寺镇。然后，西南方向走省道 302，再第四次入湖南省。经安乡县官垱镇，连续跨“河”，不断过“桥”，再第一次跨澧水过岑河大桥，到津市市、澧县。紧接着，国道 207 向西转西南方向，第二次跨澧水过张公庙大桥，翻白虎山，经修梅镇转乡道 108/109，骑到了凉水井村林家大屋。

两天里，湖北、湖南几进几出。微信上看到我们的行程，很多朋友不解地问：“你们为什么经常地在省与省、市与市之间来回穿梭呢？许多时候，走的既不是国道，又不是省道，还尽是一些县道、乡道，甚至是无名村道，还要不停地翻山越岭，这是为什么呢？”原因很清楚，我们的战略策划与战役设计，是走在我们党的前进路线上，是走在“中国红色”的重要节点上，是走进“红色人物”和“革命先烈”的家乡！

湖南临澧县林伯渠故居

今天骑达的林家大屋，就是“延安五老”之一，先入同盟会和中华革命党，1921 年再加入中国共产党，曾任陕甘宁边区政府主席，新中国成立后任中央人民政府秘书长，在开国大典上宣布“请毛主席升国旗”，此后担任全国人大常委会副委员长的林伯渠的“故居”。

路经公路超限监测站白虎山站，顺便打听林伯渠故居的具体情况。一位路政女工热情介绍说：“路是新修的，很不错，只是上下坡多。但来这里参观的人依然许多。”又招呼休息一下，说是“刚刚烧了一壶开水”，要给我们加上。看着林伯渠家乡的这位朴实妇女，我们问她姓名，想记在这本书中，可她笑笑说，“应该的，不用谢”。

四十五、奠基司法谢觉哉

【题记】

2018 年 9 月 25 日上午，我们骑行到★谢觉哉故居（湖南宁乡市沙田乡堆子村）。

【诗词】

减字木兰花·奠基司法谢觉哉①

为民谋利，日理万机亲百事。对党深情，相许一身做战兵②。
奠基司法，旧日秀才新创业③。教育开门，铭记觉哉俊乂人④。

【注释】

①谢觉哉（1884 ~ 1971），湖南宁乡人；人民司法制度的奠基者之一；与董必武等被尊称为“延安五老”。②诗词前阙，取自延安时期人们向谢觉哉祝寿时所赠诗句：“为党献身常汲汲，与民谋利更孜孜。”③谢觉哉 1905 年考中晚清秀才。④俊乂：才德出众的人；语出《千字文》：“俊乂密勿，多士寔宁。”

【随记】

早晨骑行不久，看见路边一刻有明代正德皇帝巡游处的大石碑，并介绍说当年正德皇帝巡游到此说花猪肉好吃，于是这里成为草冲土花猪发源地。我们终于恍然大悟，昨夜所宿之流沙河镇之所以被称为“花猪小镇”。因为今天任务很重，没有太多时间驻足。

翻山越岭，接近目的地时，离县道转乡道，再爬上一个小山坡，我们先到了谢觉哉故居。故居始建于清道光三十年（1850 年），是一座坐东朝西，砖木结构，中辟天井的二进三间的普通的农家房舍。周围环境幽雅，前临农田，后依山坡；内部保存完整，陈列清朝遗物的家具和床，其中不乏谢觉哉生前爱物；院落里外，则布展有若干资料图片等。

谢觉哉的青少年时代即在此度过。我们到达时，管理员还没有来，只有一位不善言辞的老汉在打扫卫生。好在故居是开放式，我们得以自行徜徉于古旧的房屋，沉淀于庄严的历史。故居尤为宁静，可以听到竹松轻盈的低吟，又似乎还能感受到那久远的风云变换。

是的，不是这风云变换，谢觉哉这位晚清秀才，怎么可能走出偏僻山乡，走进滚滚的时代洪流，而蜕变为伟大的中国共产党人？

同于延安“五老”，新中国成立后担任要职的谢觉哉，年纪较大，资历非同一般。他 35 岁参加五四运动，41 岁加入中国共产党，49 岁时到中央苏区担任毛泽东秘书、苏维埃中央政府秘书长和内务部长，主持和参加起草中国红色革命政权最早的《劳动法》等一系列法令和条例，参加长征时已年过半百！

晚清秀才出身的共产党人谢觉哉，历史分外斑斓！

湖南宁乡市谢觉哉故居

四十六、坚强战士徐特立

【题记】

2018年9月28日下午，我们骑行到☆徐特立公园和☆徐特立纪念馆（湖南长沙县特立路、长沙师范学院内）。

【诗词】

七绝·坚强战士徐特立①

断指血书惟特立②，握拳宣誓血污中③。
长征万里近花甲④，战士坚强老俊雄⑤。

【注释】

①徐特立（1877 ~ 1968），湖南善化（今长沙县）人；毛泽东和田汉等著名人士的老师。②③④⑤见下文。

【随记】

“延安五老”，人人都有可歌可泣的故事，个个都有精彩绝伦的历史。徐特立亦非同一般。

1907年清政府向外国屈辱妥协，徐特立在学校作时事报告，讲到激愤之处竟拿菜刀砍掉自己的左手小指，并蘸血写了抗议书，他因此被誉为最有血性的激进人物。1911年，他参加辛亥革命。1919年，年已42岁的他报名赴法勤工俭学，是年纪最大的留学生。1927年大革命失败，他以50岁年龄在“白色恐怖”中入党。随即，他参加南昌起义，任师党代表，后又被派赴莫斯科入中山大学。1930年，他回国后进入中央革命根据地，任苏区政府教育部副部长等。1934年，他再以57岁的高龄参加长征，到延安后曾任边区政府教育厅厅长等，在党的“七大”上当选中央委员。年近70，老当益壮的他，还参加了延安青年体育运动会的游泳比赛。如此，在党中央为他庆贺70岁诞辰时，毛主席题词“坚强的老战士”，朱总司令则题词“当今一圣人”。

徐特立公园位于长沙县星沙大学城中央，毗邻长沙师范学院等院校。公园正门朝南，是高达五米的徐特立铜像。公园山坡中心为师恩台，正中间一个半圆形石墙上，镌刻着毛泽东的感言：“你是我20年前的先生，你现在仍然是我的先生，你将来必定还是我的先生。”石墙背面则刻着毛泽东1937年祝贺徐特立60岁生日的亲笔信。公园最高处，矗立着陈列徐特立先生一生重教、忧国忧民生平事迹的师圣阁。徐特立纪念馆坐落在他曾经担任校长的长沙师范学院。馆内有大量图片资料等，展现了“革命老英雄，当今一圣人”的光辉一生。

湖南长沙县徐特立纪念馆

看我们是骑着单车远道而来，并且带着党旗、国旗和“红色骑行”专旗，学校保安十分惊讶：“你们是怎么找到这里的，骑单车不远万里，是真是假啊？简直不敢相信。”帮我们拍照的几位同学则面带羞涩而难为情地说：“我们就在这里读书，可是一些同学还不知道这纪念馆。”

四十七、一身正气胡耀邦

【题记】

我们曾参观☆胡耀邦陵园（江西省共青城）；2018 年 9 月 12 日上午，我们骑行到★胡耀邦故园（湖南浏阳市中和镇苍坊村）。

【诗词】

西江月・一身正气胡耀邦①

起号诗经昭显②，立身族属相帮③。敏溪湛湛孕忠良④，西岭诞生巨匠⑤。
山野红心小鬼⑥，中华架海金梁⑦。耀邦正气闪金光，最是胸怀坦荡。

【注释】

①胡耀邦（1915 ～ 1989），湖南浏阳人；曾任中共中央主席和中共中央总书记。②起号：取名号；又，胡耀邦属“耀”字辈，“邦”取自《诗经》“周虽旧邦，其命维新”与《尚书》“百姓昭明，协和万邦”。③胡耀邦考取浏阳公学，却苦于家境窘迫，胡氏祠堂族人开会决定担负其所需费用。④⑤胡耀邦故居地处西岭山下、敏溪河边。⑥见下文。⑦架海金梁：喻能够身肩重任的栋梁之材，语出元・无名氏《黄鹤楼》第一折：“想周瑜破了百万曹兵，他正是擎天玉柱，架海金梁。”

【随记】

今天从永和镇出发，30 多公里的县道乡道是破旧的水泥路，路面坑洼不平，山坡此起彼伏。进入中和镇以后，路况有所好转。上午 10 时许，我们骑达“胡耀邦故园”。

1927 年 9 月 19 日，秋收起义部队集中到文家市。第二天清晨，当千余名起义官兵在里仁学校操场上聆听毛委员豪言壮语时，12 岁的胡耀邦与一帮高小学生，趴在学校围墙的豁口上，既看到沸腾红色，更看到中国未来。三年以后，15 岁的胡耀邦即投身革命，并从此终生追随共产主义事业。

湖南浏阳市胡耀邦故园

令我们高兴的是，门卫不仅给加开水，还允许骑车进入参观。整个故园修建完善，恢宏壮观，绿树成荫，风景优美。深藏其中的故居，则是一座始建于清朝咸丰年间的小青瓦、砖木结构的典型的湖南农家建筑，已有 140 余年的历史。就是在此，胡耀邦度过了他的童年和少年。

休息时，张家界的一个旅行团几十个人把我们连车带人围了个水泄不通。“骑了多少路了？去了哪些地方？花了多少钱？车坏了怎么办？感冒生病了怎么办……”就像是一次记者采访会。其中一位中年男子（据说是带队的），尤为感慨：“我们此行既学习了耀邦精神，还意外地感受到了你们二老的情怀。”

四十八、革命元老李先念

【题记】

2017 年 12 月 3 日中午，我们骑行到☆●李先念故居纪念园（湖北红安县高桥镇长丰村）；傍晚骑行到☆●李先念纪念馆（湖北红安县黄麻起义和鄂豫皖苏区革命烈士陵园）。

【诗词】

革命元戎李先念①

九龙冲里一木匠②，经历传奇神貌状。
出生入死战西东，弹片随身无恨怅③。
三朝元老惟先念④，主席将军都像样。
祁连大巴祭英魂⑤，捷报飞来天敞亮。

【注释】

①李先念（1909 ~ 1992），湖北红安县（原黄安）人；中国共产党 36 位开国军事家之一；新中国成立后，曾任国务院副总理、中共中央副主席、中华人民共和国主席、全国政协主席等。②李先念出生木匠，故居坐落于九龙冲。③李先念骨灰中有一“随身”60 多年的弹片。④李先念是新中国成立后的“三朝元老”。⑤遵照李先念遗嘱，他的部分骨灰撒到曾经战斗过的大别山、大巴山与祁连山等地。

【随记】

轻信了导航，去往李先念故居，我们骑上了一条十分艰难的村道。导航表明，这一条路要少走 15 公里，一开始较好路况迷惑了我们。可是，骑着骑着，道路越来越差，越来越窄，除了沙子石头满地，村道坎坷不平，还有连绵不绝的小山坡。我们进也不是，退也不是，只能硬着头皮向前骑。15 公里的村道——路程较之省道是少了不少——可是却耗费了两个多小时。尤其是爬坡太多，老曹的膝盖疼痛加剧，老赵又挨“批”了——连着被“批”了几天，并保证再不听导航指示的“骑行道路”。

李先念纪念园地处红安县以南 20 公里之外的高桥镇，其牌坊式的门楼高大气派；李先念图书馆、故居纪念馆，其建筑亦十分雄伟且内容丰富。但紧紧相依的李家大屋——李先念故居——红马寨下的这一幢两间土砖瓦房，相对较小，非常简朴，极其普通。然而，前共和国主席李先念就是诞生于此！另一处李先念纪念馆，坐落于红安县黄麻起义和鄂豫皖苏区革命烈士陵园内稞子山上。

湖北红安县李先念故居纪念馆

李先念揭竿起义、创建苏区、万里长征、浴血西征、深入敌后、经略中原到治国理政的战斗奋斗的壮丽历程，一名普通木匠成长为举世瞩目的将军，从农民的儿子成为党和国家卓越的领导人，集平凡和非凡、朴实和传奇于一身的光辉业绩，更闪烁着个人的独特风采。

四十九、群玉佼佼杨尚昆

【题记】

2018 年 3 月 14 日中午，我们骑行到☆●杨尚昆故居（重庆潼南区双江镇）。

【诗词】

七绝·群玉佼佼杨尚昆①

群玉之中一佼佼，苏俄远去学箴言。
头颅弹片陪生死②，革命功臣是尚昆。

【注释】

①杨尚昆（1907 ~ 1998），四川潼南人（今属重庆市）；中国共产党 36 位开国军事家之一；新中国成立后，曾任中华人民共和国主席等职；又，杨尚昆为“尚”字辈，又取《晋书》“犹桂林之一支，昆山之片玉”的“昆”字，故名尚昆，意即“群玉中的佼佼者”。②杨尚昆遗体火化后，骨灰中拾得一块指甲大的弹片。

【随记】

早晨离开四川遂宁安居区，一开始向东骑的是国道 318，看看绕路太多，我们即从玉丰镇右转东南方向，再“冒险”骑上一条乡道。此后，道路复杂了，导航也“疯”了，“美女机器人”不断提示“掉头”或“左转”或“右转”，转得我们稀里糊涂，很长时间找不到北，直到西眉镇。不久，终于骑上了省道 205，不久再次骑离四川一进重庆地界。11 点半，赶到双江镇，找邮局盖了一个邮戳。

顺便说一下，盖邮戳不是一个太容易的事。因为“红色骑行”大多经过乡镇，又因为我们起的早、到的晚，而乡镇邮局是上班晚、下班早，周末休息，有的中午还休息。这样，虽然我们最终在亲手绘制的中国地图上盖了 1229 个邮戳，但还是错过了几百个邮局。

杨尚昆故居在该镇的长滩子，又名四知堂。建于清代同治中期的这处建筑群，风格古朴典雅，保存基本完整，具有浓厚的地方特色，是一座古朴的四合院。当然，也即在这故乡，年轻的杨尚昆，在他四哥杨闇公的影响和帮助下，走上了一条革命道路。

今天是老曹的生日，我们的心情特别好。下午，我们不顾疲倦，又再度由重庆骑返四川。晚上停宿于遂宁市船山区，并特意寻得一家餐馆，专门吃了长寿面！快乐中，老曹的手机“滴”的一声响，原来是曾经的学生、后来认作干女儿的励娜，又给“干妈”发了一个“188.88”的生日礼包。

想想，我们已经记不清在“红色骑行”的路上，究竟度过了几个生日，几个元旦、春节、端午节和中秋节？永远值得自我安慰的是，我们的“红色骑行”是期望着，并且昭示着中国的红色“长寿”。

重庆潼南区杨尚昆故居

五十、蒙古大汗乌兰夫

【题记】

2018年5月3日上午，我们骑行到★乌兰夫故居（内蒙古土默特左旗塔布赛村）；下午骑行到★乌兰夫纪念馆（内蒙古呼和浩特市乌兰夫公园）。

【诗词】

鹧鸪天·蒙古大汗乌兰夫①

盼望家园花郁芬，等期蒙古草青春。云泽振臂迎红日②，民众勤身扫旧尘。

亲大汗，铁木真③。百灵暴动换星辰④。当今瀚海天晴朗⑤，赤色儿郎蕴意深⑥。

【注释】

①②乌兰夫（1906～1988），曾用名云泽，蒙古族，内蒙古土默特左旗塔布村人；新中国民族工作的开拓者之一，有“蒙古王”之称；新中国成立后，曾任国家副主席等职。③铁木真：建立蒙古帝国可汗，尊号“成吉思汗”，是蒙古族人民的大英雄；乌兰夫生前被内蒙古人视若“大汗”。④乌兰夫策划了1936年的“百灵庙暴动”，挫败了亲日分子德王的分裂阴谋，打响了蒙古民族武装抗日的第一枪。⑤瀚海：古指整个蒙古高原，此处代指内蒙古自治区。⑥乌兰夫在蒙文中的意思是“红色之子”。

【随记】

昨天参观“塞外小延安”德胜沟后计划向前，可面对着崇山峻岭、山路弯弯，导航却“停止”工作，我们找不到去土默特的路了。咨询德胜沟农家乐老板得知，前面没有路，要么原路50多公里返回武川，再100多公里经呼和浩特市到土默特；要么退到20多公里外的井尔沟，右转走40多公里“土路”。

坐在山坡边的石头上，我们边吃午饭边分析讨论，考虑可以节约一天时间，最后决定走土路。返回井尔沟不久，骑上了那条土路——这是我们骑行以来遇到的唯一没有修过的路！或者说根本就没有土，也没有路，就不是路。左侧是石头山，右侧是悬崖，到处可见断层垮塌的沟壑，遍地是小石头和泥沙。自行车骑上直打滑，我们俩都多次摔跤（是13年间摔跤最多的一个下午）。

本来荒无人烟的土路，后面突然过来一辆小车，两个下乡检查工作的同志停下车并惊讶地问我们“怎么骑到了这一条路”？他们甚至主动观察，最后还是无奈地摇头说“实在没办法带你们”。艰难，孤独，干渴，饥饿，就这样跌跌撞撞，傍晚6点半钟上了国道，又一个小时15公里，我们付出了比平时多几倍的辛苦，终于赶到土默特左旗，此时时钟已指向晚8点。

内蒙古土默特左旗乌兰夫故居纪念馆

但昨天的努力值得。今天一早出发，辗转数条县道，30多公里后即骑到乌兰夫故居。紧接着，我们直奔50公里开外的呼市乌兰夫纪念馆……

五十一、终身奋斗习仲勋

【题记】

2017 年 4 月 10 日下午，我们冒雨骑行到☆习仲勋纪念馆与☆习仲勋陵园（陕西富平县怀德大街）。

【诗词】

七绝 · 终身奋斗习仲勋①

兵变两当惊大地②，边区又去统新兵。
倾心国是忠于党，奋斗一生习仲勋③。

【注释】

①习仲勋（1913 ~ 2002），祖籍江西新干县，生于陕西富平县；陕甘边区革命根据地的主要创建者和领导者之一；新中国成立后，曾任国务院副总理、中央政治局委员、人大常委会副委员长等。②参见本书“第二章 第一乐章 三十七、仲勋两当闹兵变”。③取自习仲勋语：“天天战斗，天天快乐；奋斗一生，快乐一生。”

【随记】

早晨，西安怎么还在下雨呢？因为，有朋友说西安白天很少下雨，经常是“晚上下雨白天晴，靠天就有好收成”；所以，又听说西安人很幸运，劳作不辛苦。那么，今天下雨，应该是为我们接风洗尘吧。但不管怎样，这样的风雨对我们来说又算什么呢？这不，路经西安站时，我们还饶有兴趣地冒雨拍照。

当然，冒雨骑离西安城，还是费了一些时间。不过，转向 210 国道以后，道路不那么拥挤了。迎风冒雨，下午 2 时许我们骑到了富平县。

富平县位处陕西中部，关中平原和陕北高原的过渡地带，隶属陕西渭南市，因取“富庶太平”之意而得名。富平县是华夏文明的重要发祥地之一。史记，早在人类文明尚处蒙昧的远古时代，中华民族的人文初祖黄帝，就曾采首阳之铜，铸鼎于县南荆山之巅。在大禹统理天下之后，象征最高权力的九鼎又浇铸于此。故富平自古即有“关中名邑”之美誉。今日之富平，作为陕甘宁革命老区，还是全国著名的墨玉之乡、石刻之乡、陶艺之乡、奶山羊之乡、柿子之乡等。

参观瞻仰习仲勋的纪念馆与陵园，是我们今天的主要任务，也是我们沿着中国共产党 100 年走过的足迹而“红色骑行”的重要地点之一。

回忆着已经参观的两当兵变纪念馆，对习仲勋的认知更加深刻。重要的是，“红色骑行”，让我们“特别真挚的爱献给伟大光荣正确的中国共产党百年华诞”之心愿如愿以偿。

陕西富平县习仲勋纪念馆

五十二、革命铁人是项英

【题记】

2019 年 3 月 26 日下午，我们骑到★项英烈士墓（江苏南京雨花功德园）。

【诗词】

浣溪沙·革命铁人是项英①

工运冲锋做统兵，苏区奋战是精英②，南方又去舞长缨。
变化战场功绩著，爬逃坟墓铁人名③，项英革命最坚贞。

【注释】

①项英（1898 ~ 1941），湖北武昌人；新四军的创建人和主要领导人之一，2014 年列入“民政部第一批著名抗日英烈和英雄群体名录”。②见下文。③取自美国记者埃德加·斯诺评论：“项英是从坟墓里爬出来的铁人。”

【随记】

南京南郊雨花台望江矶的石头山，满山青松翠柏，形如“龙体”，其支脉顺着龙体蜿蜒向南，宛若“龙爪”，博得梁武帝称为“龙岗”，又名望江矶。此地“风水”甚好，民间又流传望江矶倚龙望江，归葬于此，福荫后人。1954 年，为安葬皖南事变中牺牲的新四军将领项英、袁国平和周子昆的遗骨，刘伯承和陈毅等老帅亲自过问，中央军委和原华东军区领导躬身多次选点，最终确定将陵墓建于石头山，且命名“功德园”。

项英 15 岁当工人，20 岁领导罢工，24 岁加入中国共产党，此后将自己交付于中国革命事业，并历任新四军副军长兼政委等多项要职。

骑行祭拜项英，沿着雕有松、梅、竹及革命历史图案的 49 块大型浮雕镶嵌的“三烈士墓”道，阴雨绵绵中缓步而上，更觉庄严肃穆。及至山顶园区中央，但见项英陵墓安详地躺在那里，他的战友陪在他身旁。长方形石碑，半圆墓穴，是那样的寂静。而东望江南，西眺长江，南瞻牛首，北看钟山，尽是红遍的河山！

在南京的同学朋友多，已经工作的学生更多。既有河海大学 MBA 的，又有安徽师大的，还有安徽工程大学的（前者老赵长期兼职至今还担任 MBA 教学任务，后两者是老赵曾先后工作的高校）。知道老师与师母骑行到此，邀请函纷至沓来。此次机会就给了尹雪龙、杭正武、叶战备、韩勇和苏潜，他们年纪稍长于其他学生，是老赵 20 多年前在安徽师大任教时的学生。谁买单由他们自己决定，开心的是，60 多岁的老师和师母，是在十万里“红色骑行”中骑经南京，与学生相聚而把酒言欢！

江苏南京市项英墓

五十三、杨殷中共玉麒麟

【题记】

2017 年 1 月 18 日中午与 2019 年 3 月 30 日中午，我们分别骑行到☆◆杨殷故居（广东中山市南朗镇翠亨村）与★◆杨殷墓（上海龙华烈士陵园内）。

【诗词】

阮郎归·杨殷中共玉麒麟①

清新秀丽翠亨村，几番产伟人。中山革命又杨殷，一心换日辰。
战虎豹，斗猢狲，羊城再领军。朝闻夕死玉麒麟②，忠诚建大勋。

【注释】

①杨殷（1892 ~ 1929），广东香山人（今中山市人）；早年参加同盟会和中华革命党，1922 年加入中国共产党，1929 年因叛徒告密而被捕牺牲；新中国成立 60 周年之际，当选“100 位为新中国成立作出突出贡献的英雄模范人物”；另，玉麒麟：杨殷曾几次变卖家产等交给组织充作经费，乃至辞掉盐务处师爷高薪职位，党内笑称其为“玉麒麟”。②“朝闻道，夕死可矣”：语出《论语·里仁》；杨殷笑对狱友念颂此语而从容就义。

【随记】

2017 年“大华南战役”，我们骑到广东中山翠亨村。该村西近五桂山脉，东临珠江口伶仃洋，清康熙年间有蔡姓人来此建村，并因地处山坑边而取名蔡坑。后见该村山林苍翠，坑水潺潺，且方言“蔡翠”“坑亨”谐音，又寓意万事亨通，即于道光初年改“蔡坑”为“翠亨”。

翠亨村享誉海内外，因之诞生了世纪伟人孙中山和有名的中共玉麒麟杨殷。瞻仰了孙先生故居，我们即沿翠亨村大道前往与之毗邻的始建于清代咸丰年间的富有中国古建筑形式的杨殷故居。两年后，我们在“长三角战役”中，“二度”骑到上海龙华烈士陵园专门祭拜杨殷墓。

出大门，徐雄、邓卫中、钱四弟、焦维顺等战友已在等候。随即，他们开车引路，我们骑车跟随，又一起参观“中共一大会址”。晚上，梅勇、高兴、杨伟等 20 多位战友再从上海的四面八方赶过来。一支队伍齐步向前，一个连队摸爬滚打，一口锅里吃饭，一间房屋入眠，一起为人民站岗放哨，一道为国防贡献青春，什么都不说了，上酒，倒酒，喝酒，再满上，不醉不归！

照片发到连队微信群，电话、微信随之而来。教导员杨文炳在宁波设宴，营长张广栋在唐山相邀，连长王圣开在启东喊，魏少华在兴化叫，叶明在嘉定等，李德生在青岛吆喝，陈其云、王绪章在家乡接风洗尘，呵呵，都要去的，“红色骑行”我们也要顺便看望“红色”战友，那都是经过党和国家“政审合格、体检合格”被“批准”而战斗生活在一起的兄弟！

上海徐汇区杨殷墓

五十四、肇起鸿图罗亦农

【题记】

2019 年 3 月 30 日中午，我们骑行到★◆罗亦农烈士墓（上海龙华烈士陵园）。

【诗词】

捣练子·肇起鸿图罗亦农①

邀大众，唤劳工。肇起鸿图罗亦农②。慷慨登车迎敌去③，浩然正气贯苍穹。

【注释】

①罗亦农（1902 ~ 1928），湖南湘潭人；1928 年 4 月因叛徒出卖被捕被杀害于上海西郊，年仅 26 岁；新中国成立 60 周年之际，当选“100 位为新中国成立作出突出贡献的英雄模范人物”。②肇起鸿图：取自罗亦农为自家大门书写的横批。③取自罗亦农的绝命诗：“慷慨登车去……大敌正当前。”

【随记】

昨晚我们第二次停宿松江，见到了老曹的大学同学孙杰。上一次，我们与老赵的老师陈志友、孙桂芳夫妇相聚，没有时间联系孙杰，她很“生气”。这一次，孙杰高兴了，还带上她帅气的儿子一道陪我们。小伙子选了一家豪华大酒店，忙前忙后点了一大桌的菜肴，尤其是点了许多老赵喜欢吃的海鲜。小伙子一边敬酒一边说：“妈妈在家里经常讲你们的骑行。我们一家都是你们的‘粉丝’。”孙杰马上又“批评”老曹：“是的哦，你告诉得太迟了。老公在外面出差，他听到消息，恨不得赶回来。”细聊中才知道，他们都关注红色，特别是她的儿子，还能够说出许多的红色经典。

从松江到上海市区已经不远，只是入市区后不容易骑行。你想想，大上海，不要说常住人口，仅流动人口就有 1000 万左右，如此数字下的交通，是一个“车水马龙”能够形容？我们在人流、车流中慢慢“蠕动”，今天上午 10 时许终于在“长三角战役”中第二次骑达上海，并按计划二度前往“龙华烈士陵园”，在陵园中慢慢寻找（上一次比较匆忙，此次补充完善）去祭拜罗亦农等。

上海徐汇区罗亦农墓

罗亦农，中国共产党早期活动及工人运动的领袖人物。早年赴苏学习并入党，回国后参与领导五卅运动、省港大罢工和上海工人三次武装起义等。1927 年，在中共五大上当选为中央委员，八七会议上，当选为中共中央临时政治局委员，后入选为政治局常委兼任中共组织局主任，成为中共最高层领导人之一。他也是被捕遇害的最年轻的中共领导人。

近百年了，罗亦农为之奋斗的事业已经大功告成。当然，呵护它，承续它，仍然需要戮力同心。

五十五、志士仁人赵世炎

【题记】

2019 年 3 月 30 日中午，我们骑行到★◆赵世炎烈士墓（上海龙华烈士陵园）。

【诗词】

鸪天·志士仁人赵世炎①

不尽狼烟燎故园，男儿一怒走乡关。欧洲建党先宣誓，京沪携民齐奋拳。

头颈挺，血身坚②。英雄不倒立人寰③。千山万壑高声唱，志士仁人赵世炎④。

【注释】

①赵世炎（1901 ~ 1943），重庆酉阳人；1927 年被捕牺牲，年仅 26 岁；新中国成立 60 周年之际，当选“100 位为新中国成立作出突出贡献的英雄模范人物”。②③据说赵世炎烈士的头颅被刽子手砍下后，英雄的身躯却立而不倒。④志士仁人：取自《论语·卫灵公》：“志士仁人，无求生以害仁，有杀身以成仁。”

【随记】

十万里骑行，我们天天住宿，在乡镇多为小旅馆，还住过朝鲜族、哈萨克族的民宿，以及独具特色的台湾民宿。而路经县城以上，则习惯于住宿 7 天、格林豪泰与尚客优等一些连锁酒店。相对而言，连锁酒店价格适中，比较卫生，也有一定的“安全感”。哦，此安全是指住宿条件。因为一些非连锁宾馆的实施不敢恭维，我们常“帮助”通下水道与清理电水壶内胆等，有空调效果差的，就按老板说的“把门窗关紧一点”。

当然，也要回答常被问及的“骑行那么多的地方，遇到过‘打劫’吗”等相似问题。绝对没有！十万里“红色骑行”，即便在大西南、湘鄂赣的乡镇，即便在西藏、新疆、青海之人迹稀少的路上，社会治安都很好。特别是，十几年骑行虽有磕磕碰碰，但我们“毫发无损”——老曹说这是奇迹且最有成就感。

第二次骑到上海，再次前往龙华烈士陵园，去完成第一次到此因时间关系而未完成的任务——寻找并祭拜赵世炎等其他几位著名烈士的陵墓。

上海徐汇区赵世炎墓

赵世炎，1919 年参加五四运动，留学法国，1922 年 6 月在巴黎主持召开中国少年共产党成立大会，并当选为书记，与周恩来等同为中国共产党旅欧总支部主要负责人。1923 年，赵世炎再赴莫斯科东方大学学习，回到国内，先后担任中共北京、江浙和上海等要职。1926 年，与周恩来等共同领导了上海三次工人武装起义，1927 年当选中央委员，时年在中共江苏省委书记任上不幸被捕牺牲。

赵世炎，英雄不死，身躯不倒，精神永在，生命永在，不是神话，真是神话！

五十六、忠诚志士陈延年

【题记】

2019年3月30日中午，我们骑行到★◆陈延年烈士墓（上海龙华烈士陵园内）。

【诗词】

七律·忠诚志士陈延年①

赶赴欧俄寻道理，奔波南北为家乡。
罢工省港燃烽火，铁甲羊城重武装②。
立业誉称小列宁③，建功成就两广王④。
青春廿九遭杀戮，志士延年命阜昌⑤。

【注释】

①陈延年（1898～1927），安徽怀宁（今安庆市）人；陈独秀长子，1927年6月于上海被捕牺牲；新中国成立60周年之际，当选“100位为新中国成立作出突出贡献的英雄模范人物”。②羊城：广州俗称，陈延年重视建立和掌握革命武装，曾为黄埔军校输送了一大批党团骨干，并帮助周恩来组建了“铁甲车队”和“独立团”等。③④陈延年因其在我党我军早期活动中的重大贡献而在党内有“小列宁”之称，并被誉为“两广王”。⑤阜昌：繁盛、昌盛。

【随记】

有人问我们的“红色骑行”需要多少资金，又从哪来？老曹总是拍着胸脯自豪地说：“预计50万，老赵是‘项目负责人’，老曹我是‘投资方’。”13年的骑行，从自行车装备到骑行行装，衣食住行，耗资较大。记得在一个红色景点参观时，一位老先生要我们去找当地党组织，说可以接待你们的。也确实有人愿意并主动帮助我们，都被谢绝了，唯一接受的400元“赞助”，是2018年春节时，上小学一年级的孙儿赵十可“提供”的。

2015年的初春，我们曾专程骑行到上海龙华烈士陵园，因天色渐晚，来不及寻找及祭拜陈延年等。今天，在“长三角战役”中，我们有意再一次到此。时间很充裕，我们按计划慢慢寻找。

青松翠柏被修剪得整整齐齐，前方一块殷红色的小石碑上刻有“陈延年烈士”字样，石碑中间的上方是陈延年的照片。1919年，陈延年赴法勤工俭学，1922年与周恩来等一起创建中国少年共产党，并担任宣传部长，同年秋加入法国共产党再转为中国共产党党员。1923年，他又去莫斯科东方劳动大学学习，回国后任政治局候补委员、江苏省委书记等多项要职。1925年与邓中夏、苏兆征等人领导省港大罢工。1927年被捕后第九天，刽子手以乱刀残忍杀害。

上海徐汇区陈延年墓

29岁的革命先驱陈延年“悄然无声”地躺在这里，然而他当年的“叱咤风云”却永远被人们记住。

五十七、醒世惊雷张太雷

【题记】

2015 年 2 月 10 日，我们骑行到★◆张太雷故居（江苏常州市清凉路子和里 3 号）。

【诗词】

鹧鸪天·醒世惊雷张太雷①

醒世惊雷是太雷，青年领袖举红旗。打击强暴除痴顽②，扫荡阴霾换烈辉。
天地恸，子民悲。沙场岂料弹横飞③。广州起义辉煌业，早逝英年泪点垂④。

【注释】

①②张太雷（1898 ~ 1927），江苏常州人；新中国成立 60 周年之际，当选“100 位为新中国成立作出突出贡献的英雄模范人物”；又，张太雷原名曾让，投身革命后改名太雷，寓意“震醒痴顽，打击强暴”。③④张太雷在广州起义中不幸身亡，是中国共产党首个牺牲在一线的中央政治局成员，年仅 29 岁。

【随记】

常州，是一座古老而又年轻的城市。说其古老，是因为该城新石器时代村落遗址距今已有 6000 余年，还有其他若干遗址，而作为吴国领地的常州，则有 3200 多年的文字记载史。其中，地处武进区的淹城遗址，是中国目前西周到春秋时期保存下来的最古老的城市，也是世界上仅有的三城三河形制的古城。说其年轻，是因为改革开放以来常州已成为长江三角洲地区中心城市之一、先进制造业基地和文化旅游名城，并与苏州、无锡一起构成了世界著名的苏锡常都市圈。

我们还认为，常州的“红色文化”底蕴很深，著名的“常州三杰”就是这座城市一直引以为荣的骄傲。张太雷是其中之一。老赵多次来常州讲学，也几次参观包括张太雷故居在内的红色遗迹。当然，这一次我们是一道骑行而来，意义尤为特殊。

张太雷之英勇壮烈，更兼有许多的痛惜与痛心！ 1920 年，他即参加了李大钊创建的中国共产党北京早期党组织，很早就成为中国共产党的重要领导人之一。而无穷的精力、渊博的知识、杰出的政治和外交才能，更是赢得了各国共产党人对他的尊重，被誉为“真正的国际主义者”。谁料想，他却是第一个倒在战火中的中央政治局成员，能不让人扼腕？ 29 岁的青春，后面还会有多少的精彩与靓丽？

站在清凉路子和里 3 号这一两进三开间木结构的居民建筑前，浏览着张太雷一家曾八年借居于此的旧居的一间间房屋，阅读着按编年体例布置的张太雷生平事迹，想到斯人去，风采在，业迹留……只待继往开来！

江苏常州市张太雷故居

五十八、清贫大爱方志敏

【题记】

2016年2月11日、13日与15日，我们分别骑行到☆方志敏旧居（江西乐平市翥山东路78号）、★●◆方志敏烈士陵园（江西南昌市郊梅岭）与★●◆方志敏纪念馆（江西弋阳县广场北路69号）。

【诗词】

临江仙·清贫大爱方志敏①

往日湖塘描美景②，沉思中国新生③。清贫大爱又牺牲④。铮铮方志敏，湛湛好名声。

两条半枪拼革命⑤，东南血战峥嵘⑥。一生奉献是雄兵⑦。平凡出骏彩，奇迹作功名⑧。

【注释】

①方志敏（1899～1935），江西弋阳县湖塘村人；中共江西党组织的创始人之一，中国共产党36位开国军事家之一；新中国成立60周年之际，当选“100位为新中国成立作出突出贡献的英雄模范人物”。②③⑤湖塘：方志敏故居所在地；又，少年方志敏喜欢在此读书思考，后来成为他“两条半枪闹革命”的发源地。④⑦见下文。⑥⑧取自叶剑英为方志敏雕像题诗：“血战东南半壁红，忍将奇迹作奇功。”

【随记】

上小学就知道方志敏的大名，读过方志敏的《可爱的中国》。以后的学习，又知道他是闽、浙、皖、赣革命根据地的创建者之一，他所创立根据地被毛泽东称为“方志敏式根据地”等。

此次“泛东南战役”，我们有意设计骑行路线，不惜多绕路，经安徽祁门、休宁，翻海拔1400米的“虎头山”，第一次进入江西省，过浮梁、景德镇、乐平、万年、余干、南昌、进贤、东乡、余江、鹰潭、贵溪，到弋阳县，除了沿途瞻仰若干红色景点，再就是为了能够多参观几处有关方志敏的“红色遗址”。

位处乐平市一条街市上的方志敏旧居，一件件保存完好的遗物，一封封略微泛黄的日记，一张张珍贵的历史图片，再现了方志敏的英雄事迹。方志敏的尸骨是解放后在毛泽东的指示下才找到，并在位处南昌西郊梅岭山麓建起方志敏烈士陵园，它背依青山，面向东方，青松翠柏环抱，方志敏烈士之墓由毛泽东亲笔题词。位于弋阳县城北面峨眉嘴山顶的方志敏纪念馆，布局合理，内容丰富，介绍了方志敏参加江西地方党团组织创建、领导江西农民运动闹革命、创建闽浙赣根据地和红十军团、狱中斗争的事迹。

江西南昌市方志敏烈士陵园

“红色骑行”，让我们知道为什么方志敏的女儿是如此敬重她的父亲——“清贫，大爱，奉献，牺牲，这是父亲方志敏留给我的最珍贵的遗产”！这让我们对方志敏越发敬佩。

五十九、不死英雄关向应

【题记】

2016年9月8日下午，我们骑行到★◆关向应纪念馆（辽宁大连市向应街道大关屯173号）。

【诗词】

醉花阴·不死英雄关向应

不死英雄关向应①，为党忠心耿②。征战鄂湘川③，将马齐秦④，破阵能驰骋。
百年槐树多苍劲⑤，石磨仍钢硬⑥。优秀满族人，席卷春风，换得山河靓。

【注释】

①②关向应（1902～1946），辽宁大连人，满姓瓜尔佳氏；中国工人运动、青年运动的重要领导者之一；新中国成立60周年之际，当选“100位为新中国成立作出突出贡献的英雄模范人物”；又，取自毛泽东为关向应所题挽联：“忠心耿耿，为党为国，向应同志不死。”③④所述皆为关向应战斗过的地方。⑤⑥关向应故居仍然留有他少年时代亲手栽种的大槐树和一家世代传用的老石磨。

【随记】

“大北方战役”开始，自行车提前托运到大连，我们则随着卧铺车厢摇摇晃晃前往。与我们同车厢的一位中年男子是在外经商的大连人，聊天中知道他虽然只有小学文化程度，却对生活、对教育，有独到想法。而聊到我们的“红色骑行”，他羡慕“这才叫生活”，也赞赏“我们现在真需要弘扬中国精神”。还建议“你们应该打一面中国梦的旗帜，骑遍中国”！如此普通公民，也有这般爱国热情，让我们高兴。

火车晚点了五个多小时，19：40才到大连，拐弯抹角找到行包房，顺利取了自行车，我们入住预订的格林豪泰。

大连之地名是俄语“达里因”的音转，有“远处”之意，其由来是在大连沦为俄国租借地以后，根据沙皇尼古拉之令而命名。又说，大连名称源于大连湾，始于近代。因为位于辽东半岛辽宁省南端，东濒黄海，西临渤海，今日之大连有“东北之窗”和“北方明珠”之美誉，以及滨城之别称。

今天，我们只能浮光掠影，很快出市区，先国道201，到亮甲店镇，再转省道212，朝向地处关家村的“关向应纪念馆”。

辽宁大连市关向应纪念馆

商科学校毕业、做过印刷工人的关向应，1925年就加入了中国共产党，并在战斗中成长为党的早期军事领导人。至1937年，关向应任八路军第一二〇师政治委员，与贺龙一起开辟了晋绥根据地。可惜的是，关向应1946年病逝于延安。

家乡人们记住了他。看着被工作人员精心呵护的大槐树和老石磨，你就知道这里面所饱含的怀念之情。

六十、农运大王数彭湃

【题记】

2017年1月12日上午，我们骑行到☆◆彭祖祠——彭湃农民革命运动旧址（广东陆丰市广汕公路旁）；中午我们骑行到★◆彭湃烈士故居（广东海丰市海城镇桥东社）。

【诗词】

如梦令·农运大王惟彭湃①

勇敢弃遗血脉②，致力送呈忠爱。身裹布衣时③，心系万千世界。彭湃，彭湃。农运大王豪迈。

【注释】

①彭湃（1896～1929），广东海丰人；中共早期农民运动的主要领导人之一，广东海陆丰农民运动和革命根据地的创始人之一，被毛泽东称为“中国农民运动大王”；1929年因叛徒出卖而被捕牺牲，年仅33岁；新中国成立60周年之际，当选“100位为新中国成立作出突出贡献的英雄模范人物”。②彭湃出身于地主家庭，后背叛家庭投身革命；又，弃遗：遗弃，抛弃意。③彭湃早年留学日本，归国不久即脱下学生装，换上粗布衣，头戴斗笠，深入农村，从事农民运动。

【随记】

从梅州去丰顺，山高坡陡弯道多，下坡时不得不一直紧捏刹车。老曹突然间闻到一股煳焦味，停车检查，才发现是碟刹片和轴盘长时间强烈摩擦而致。紧张心情刚消除，前面一连续下坡弯道处，又见一私家车撞停在路肩。此后经普宁到惠来，山少了，但我们的车又连爆几次胎。“红色骑行”的路上，“事件”多多。

当然，广东的“红色”让我们记忆深刻。而这一带，就是被毛泽东称为“中国农民运动大王”彭湃闹革命的地方。陆丰城边的“彭祖祠”——一所既有红色遗迹，又见香火缭绕的破旧祠堂，就是彭湃当年开展农民运动的旧址。而海丰县的红宫红场旧址，则是以彭湃为首的共产党人领导建立的第一个县级苏维埃政权的革命活动场所，并以此为中心形成了海陆丰革命根据地。

在海丰海城镇附近，我们走进了始建于清末，风火式山墙围建，主楼双层，前廊仿西式建筑的彭湃烈士故居。据《海丰文物志》记载，彭湃任书记的中共海丰地委曾在此办公；时年，广东国民革命军第一次东征到达海丰，周恩来和革命军的苏联军事顾问鲍罗廷及加伦将军还曾在此住宿。后来，革命军回师广州后，军阀陈炯明残部重陷海丰城，故居遭焚毁，只遗下墙基。故该故居是解放后按原貌重建。

广东海丰市彭湃故居

哦，书斋得趣书室还在故居东侧，英雄去了哪里？悠悠的龙津水还在门前流淌，志士何日归来？

六十一、农运先驱韦拔群

【题记】

2017年2月7日傍晚与12日下午，我们分别骑行到☆◆李明瑞韦拔群烈士纪念馆（广西南宁市南湖公园南岸）与★◆韦拔群纪念馆暨韦拔群烈士墓（广西东兰县烈士陵园）。

【诗词】

太常引·农运先驱韦拔群①

乌鸡板栗育儿孙②，水墨四乡亲③。震鼓问山民④：奋斗事，谁来领军？
农民运动，东兰革命⑤，大地尽虹云。壮族有拔群，人道是、先驱厚恩。

【注释】

①韦拔群（1894 ~ 1932），广西东兰县东里村人，壮族，中国早期农民运动领袖之一，广西农民运动的先驱者之一，中国工农红军第七军和广西右江革命根据地领导者之一；新中国成立60周年之际，当选“100位为新中国成立作出突出贡献的英雄模范人物”。②③④水墨东兰有将军之乡、铜鼓之乡、板栗之乡与三乌鸡之乡等“四乡”美称。⑤1923年，韦拔群三打东兰，夺取县城，成立东兰革命委员会，是中国现代农民革命运动史上最早的一次武装起义。

【随记】

广西的十万大山真是领教了。昨天，从田阳县走国道323北上，连续翻爬坡三耀、坡使缘和坡考下，到“世界长寿之乡”巴马瑶族自治县。今天，过赐福湖，再翻爬乜兰王和拉廷山，到达东兰县。骑行速度明显下降，昨天爬向巴马时，五小时只骑了40多公里。

有趣的是，十万大山中巧遇一对重装骑行（自带帐篷）的年轻的老外夫妇——这也是多年骑行遇到的唯一一对夫妻型的外国骑友（单个外国骑友曾经遇见）。因为志趣相投，我们像老朋友一样热情拥抱，相互分享食物，并用各自夹生的外语，再加上肢体语言，愉快地聊天。他们来自波兰，在中国已经骑了北京、乌鲁木齐等地，这次是从桂林过巴马去百色骑向云南。分别时，大家还交换电话地址，期望重逢。

广西东兰县韦拔群纪念馆

而身处十万大山深处的“水墨东兰”，更是一个你来了就不想走的地方。不想走，可能因为东兰今天是山清水秀的物华宝地，而我们更钟情于东兰曾经是热血沸腾的红色热土。

骑向东兰的道路两旁，无数个刻有革命先烈英名的墓碑十分罕见，这也是东兰红色的最好见证！韦拔群则是其中最优秀的代表之一。拔群，广西人民的“拔哥”，生于斯长于斯，革命于斯牺牲于斯！爬上东兰烈士陵园高高的山坡，但见韦拔群纪念馆巍然耸立。

六十二、虽死犹生谢子长

【题记】

2017年4月20日中午，我们骑行到★◆子长陵（陕西子长县城西）。

【诗词】

风入松·虽死犹生谢子长[①]

千沟万壑谷深渊，大理水蜿蜒[②]。兵藏龙凤吉祥处[③]，聚儿女、攥住双拳。西北苏区创建，陕甘转战连连。

全家革命共时艰[④]，义举震山川。一生为党谋红地[⑤]，魂安宁、走马梁边[⑥]。虽死犹生榜样[⑦]，子长百姓青天[⑧]。

【注释】

①谢子长（1897～1935），陕西安定县（今子长县）人；陕北红军和苏区创建人之一，新中国成立60周年之际，当选“100位为新中国成立作出突出贡献的英雄模范人物”。②子长县地理地貌。③县北高柏山，呈现“龙凤吉祥”自然景观。④见下文。⑤⑧取自中共中央西北局为谢子长所写挽联：“一生为人民创造红地，百姓到如今叫你青天。”⑥“子长陵”位处县城走马梁山脚下。⑦毛泽东给谢子长烈士题词“虽死犹生”。

【随记】

大约在800万年以前，西起青海日月山，东到河南洛阳，南至陕西秦岭，北到陕北长城，有一片湖面辽阔、水如汪洋的湖泊，其面积之大等同于如今六个渤海，那是黄土原湖。随着时间推移、气候作用与地质变化，这片湖区愈抬愈高，湖水越来越少，并最终干枯，黄土亦被抬出地面而渐成高原——诞生了中国四大高原之一的黄土高原。

如此壮观之地域，一定有盖世英雄！果然，黄土高原的中部，沟壑纵横、河谷深切、峁梁起伏、蜿蜒连绵之间，就有一个以人名而命名的县——子长县。民族英雄谢子长就出生在这里，原来的安定县也就是因为纪念他而在1942年改为现名。

陕西子长县谢子长陵园

骑向子长县时，我们遇到狂躁的大风。山峦中，风口间，转弯处，我们无法控制方向，甚至于有时不进只退。而呼啸而过的大卡车，居然还使气流方向突变，并差一点让我们摔跤。忽然想到谢子长，当年他是如何教育和带动全家先后11人参加革命，其中有9人为革命英勇献身？他又是如何在此创建红军，创造根据地，纵横转战于陕北？清涧起义，渭华起义，横山鏖战，安定奇袭，硝烟早已散去，1935年因伤重而逝世的“谢青天”，你还好吗？

我们看你来了！我们来到了走马梁下的子长陵。白色的砖砌围墙彰显凝重，铁栅栏大门上的红五星和镰刀斧头分外显眼，门内革命烈士纪念塔则愈发庄严。纪念塔两侧是雅静肃穆的陈列室，再向后是纪念堂和英雄陵墓，就建在七米的高台上……

六十三、群众领袖刘志丹

【题记】

2017 年 4 月 21 日下午，我们骑行到★●◆刘志丹烈士陵园和☆志丹广场（陕西志丹县城）。

【诗词】

西江月·群众领袖刘志丹①

先读书经训典②，又学刀枪渊谋③。领军队伍报冤仇，奋斗歌声高奏。
三色筹思万代④，三窟创造千秋⑤。志丹胸有子民愁，群众心中领袖⑥。

【注释】

①刘志丹（1903 ~ 1936），陕西保安县（今志丹县）人，中国西北红军和西北革命根据地的主要创建人之一，中国共产党 36 位开国军事家之一；新中国成立 60 周年之际，当选“100 位为新中国成立作出突出贡献的英雄模范人物”。②刘志丹从小熟读四书五经。③刘志丹受党指派入黄埔军校学习；又，渊谋：深远的谋略。④三色：系“红白灰”色，是刘志丹形象化创建革命武装的三种形式。⑤三窟：刘志丹又采用“狡兔三窟”的办法，创造了以南梁为中心的陕甘边根据地。⑥毛泽东亲笔为刘志丹题词：“群众领袖，人民英雄。”

【随记】

清晨，我们离安塞去志丹。一开始，走省道 206 沿延河南下，不久转县道 217 向西，连翻几座山，并经过了两个陕甘宁边区机器厂旧址。此时，来到一条岔路口，一老乡说右边可去志丹县，比左边近 20 多公里——我们的规划也是这样。骑了几公里后，一私家车停在我们面前，年轻的帅哥为我们点赞，但提醒说不能走这条道，虽然距离近，但山多且又高又陡，另外还有 15 公里的泥巴土路。我们感谢后立马掉头转向 303 省道，直到下午一点多才在马路边的枯树墩上吃午饭。

翻过关帝峁等，终于到了志丹县。志丹原名保安，是为纪念 1936 年在率领红军东征战斗中牺牲的刘志丹而更名。刚入县城，志丹广场即在面前，刘志丹雕塑十分雄壮巨大，底部是一长排栩栩如生的红军战士，中间镌刻着毛泽东手书“群众领袖，民族英雄”，顶部是巍然屹立的英雄刘志丹。刘志丹烈士陵园则位处县城城北的炮楼山和瓦窑山之间的山坡上，这是全国单个陵园中面积最大，且是唯一的夫妻合葬墓，也是领袖题词最多的陵园。陵园深处就是烈士纪念堂和刘志丹将军之墓。

陕西志丹县刘志丹广场雕塑

周恩来曾经称赞“上下五千年，英雄万万千，人民的英雄，要数刘志丹”。确实，多年前从保安县第一家高等小学第一批 12 个毕业生之中走出的刘志丹气贯长虹，并谱就了经久不息的歌谣“陕北出了个刘志丹”。

六十四、名将左权炳千秋

【题记】

2018年5月14日下午与19日中午，我们分别骑行到☆●◆左权烈士陵园（山西左权县陵园街6号）与★●◆左权墓暨左权纪念馆（河北邯郸市晋冀鲁豫烈士陵园）。

【诗词】

七绝·名将左权炳千秋

横枪跃马功勋灿，论道谈兵著作稠②。
名将殉国十字岭③，左权隽气炳千秋。

【注释】

①左权（1905～1942），湖南醴陵人；中国工农红军和八路军高级将领，中国共产党36位开国军事家之一；2014年列入“民政部第一批著名抗日英烈和英雄群体名录”；新中国成立60周年之际，当选“100位为新中国成立作出突出贡献的英雄模范人物”。②左权是一个既有实践经验又有理论修养的军事家，撰有《论坚持华北抗战》等大量军事论文。③十字岭：左权殉国地；又，朱德缅怀诗歌曰：“名将以身殉国家”；再，2014年12月，台湾军方把左权列为“殉国将领”。

【随记】

在砖壁村参观八路军总部旧址后，12时半我们原路返回走县道651下山。肯定是因为当年的辉煌，该县道才有了一个响亮的名字叫凯旋路。转西北方向后，一路偏僻狭小，但随处可见的“红色旧址”让我们感受到了它当年的威武雄壮。肚子提意见了，我们在八路军兵工厂庄底旧址附近，坐在庄底农村公交站候车亭的座位上吃午饭。饭后继续向前，又依次经过几处红色遗址。

山西左权县左权烈士陵园

又一次插过“红色第一镇”蟠龙镇，东北方向转省道322，翻红龙山等，再转国道207北上，翻尖山等。太行山脉也属黄土高坡，海拔险峻虽不及云贵川，但烈日炎炎下翻山越岭，让我们很吃力。口干舌燥，水早就喝完了，而且沿路无处补水。远远看到一个小加油站，进去后却被告知，水是给加油者准备的。看看我们俩渴得可怜样，师傅恩赐了我们两杯水。

傍晚前，终于骑到了左权烈士陵园。大门尚未关，工作人员在打扫卫生，当说明来意之后，允许我们进去参观拍照。几天后，我们又骑到河北邯郸的左权墓暨左权纪念馆。

真正科班出身，左权先后在陆军讲武学校、黄埔军校、莫斯科中山大学和伏龙芝军事学院学习。入党长征，前后担任过红军、八路军多项要职，并以八路军副参谋长身份领国民革命军陆军少将军衔。

英雄左权还在，晋冀鲁豫边区政府在其不幸牺牲后将辽县改名为左权县。这是最好的永恒纪念！

六十五、赤胆忠心旷继勋

【题记】

2018 年 3 月 15 日上午，我们骑行到☆◆旷继勋公园暨旷继勋纪念馆（四川蓬溪县城）。

【诗词】

临江仙·赤胆忠心旷继勋[①]

年少衔艰非众俗[②]，感知世上积阴。蓬溪起义搅风云[③]。黎民都抗命，百姓闹翻身。

鏖战百场枪锃亮，继勋赤胆忠心。可惜屈死自家门[④]。山川哀宿将，青史祭良臣。

【注释】

①旷继勋（1895 ~ 1933），贵州思南县人。中国工农红军高级军事指挥员；新中国成立 60 周年之际，当选“100 位为新中国成立作出突出贡献的英雄模范人物”。②旷继勋少时只读过三年私塾，辍学后随父串乡摆摊卖药；又，众俗：一般人。③④见下文。

【随记】

从遂宁出发向蓬溪，路一直不错，是四川少有的一段没有山坡的道路。我们先跨涪江过通德大桥，沿着一条不知名的小河走国道 318 北上。过永兴镇几公里后，318 朝向偏东方向，到道湾村 318 又重新向北，但小河东去。不久，我们在一高速公路的高架桥前，看见了一个写有“旷继勋蓬溪牛角沟起义遗址”和“继勋现代农业产业园”并列的红色路牌。我们知道，前方不远处应该就是蓬溪县了。果然，继续前行，路经有名的“中国·红海”——彰显着“自然之红”“革命之红”与“文化之红”，让人置身于“红的海洋”，领悟着“红运吉祥”，我们很快骑到了以蓬溪（河）得名的蓬溪县。

四川蓬溪县旷继勋纪念馆

距今已有 1600 多年历史的蓬溪，素有“五史之乡”和“孝子故里”等多项美誉。而伴随着人们对“红色纪念”的升温，当年中国共产党在四川省建立的第一个县级苏维埃政府所在地的蓬溪，又享有了“梓东邹鲁”（人杰地灵，人文荟萃）的荣誉。“梓东”所指是说蓬溪处于梓州东部，“邹鲁”也，孔孟故乡，代指文化发达地区。

80 年前，家在贵州思南，后入川当兵，历任连长、营长、旅长的旷继勋，在蓬溪率部起义树起“中国工农红军四川第一路军”旗帜并建立四川第一个县级苏维埃政府。后来，旷继勋历任红六军、红四军和红二十五军军长及川陕省临时革命委员会主席。再后来，36 岁的他——年富力强时光，肃反中屈死于四川通江洪口场。

县城西北角的旷继勋公园以旷继勋纪念馆为主体部分，我们推车爬上山坡到达时，该馆正处于改扩建之中。馆内唯一的一个 40 多岁的工作人员，热情地帮我们拍照，指导我们去看资料图片，言谈举止中透着对我们此行的赞赏，更内含着他对旷继勋的尊敬。

六十六、红军能将王尔琢

【题记】

2018 年 10 月 6 日下午，我们骑行到☆◆王尔琢烈士纪念园（湖南石门县石门二中门前）；此前，我们骑行到多处☆◆王尔琢雕塑（井冈山烈士陵园）等处。

【诗词】

七律·红军能将王尔琢①

黄埔当年练铁拳，红军能将不虚传②。
孔明功盖三分国③，尔琢勋昭万仞山。
北战南征拼恶寇，冲锋陷阵斩奸顽。
杏仁六十恩情重④，哭我英雄上九天⑤。

【注释】

①王尔琢（1903 ~ 1928），湖南石门人；中国工农红军优秀指挥员；新中国成立 60 周年之际，当选“100 位为新中国成立作出突出贡献的英雄模范人物”。②王尔琢牺牲，朱德挥泪长叹：“我军失去一位能将啊！”③孔明：诸葛亮；又，功盖三分国：取自唐·杜甫诗词《八阵图》赞孔明“功盖三分国，名成八阵图”。④ 1988 年，85 岁的郑凤翠（王尔琢妻子）去世，家人清点遗物时，在一首饰盒里发现了 60 粒杏仁，表达了她对王尔琢牺牲 60 周年的怀念之情。⑤在王尔琢追悼会上，毛泽东起草、陈毅书写挽联：“一哭尔琢，二哭尔琢，尔琢今已矣……”

【随记】

参观林伯渠故居以后，我们走乡道绕常德夹山国家森林公园，途经很温馨的高桥加油站——不仅可以加开水，还免费提供热咖啡和各种果汁——经营服务技巧里透着老板人品。

在县二中门口，我们找到了王尔琢烈士纪念园。1924 年，王尔琢考入黄埔军校第一期，同年秋由周恩来培养和介绍入党。此后，参加南昌起义，参加领导湘南起义，担任了工农革命军参谋长，协助毛泽东、朱德指挥了许多著名战斗，为保卫和发展井冈山革命根据地作出了重大贡献。可惜的是，25 岁时在江西追击叛徒中英勇牺牲。

湖南石门县王尔琢烈士纪念园

因为还是国庆长假期间，石门住宿比较紧张，但住下的宏启宾馆让我们满意。小美女周波，还帮助联系电脑，让我们将相机手机里面的照片与视频倒腾到随身携带的硬盘里。

知道我们要去鹤峰，门卫说：“单车根本骑不上去！”果然，第二天一出石门城就连爬几座大山，穿两个隧道绕行仙阳湖水库时，特别窄的道路还一连串有十几座桥。一位司机从后面疯狂超车呼啸而过，吓得老曹赶紧刹车。还没缓过神，一辆车又从前方下坡拐弯处反道迎面冲了过来。过维新镇前往磨市镇，再遭遇全程修路单边放行。磨市镇很小，老赵在家做攻略时就找不到宾馆，所幸新开了“澧杰宾馆”（后面随记有它的故事）。

六十七、忠诚为党许继慎

【题记】

2017 年 12 月 12 日下午，我们骑行到☆●◆许继慎将军陵园（安徽六安市土门店 105 国道东 50 米）。

【诗词】

西江月·忠诚为党许继慎①

黄埔执持牛耳，东征闪耀星辰②。真诚为党义情深，堪比云长忠信③。
豫皖拼杀劣畜，苏区保卫人民。一心革命却蒙阴④，悲我英雄继慎。

【注释】

①许继慎（1901 ~ 1931），安徽六安人；中国工农红军早期杰出将领，中国共产党 36 位开国军事家之一；新中国成立 60 周年之际，当选“100 位为新中国成立作出突出贡献的英雄模范人物”。②许继慎在黄埔军校门门功课都取得了优异成绩。③云长：蜀国大将关羽，历史奉为忠义的化身。④许继慎 1931 年 11 月在肃反中遭诬陷被杀害，时年 30 岁。

【随记】

参观了独山革命旧址群—独山苏维埃城及六霍起义纪念馆以后，我们马不停蹄赶向下一个景点。基本是狭窄的县乡道了。先走乡道绕柿子冲和五里冲，接着转县道跨“河”过“苏石”两座桥，又转县道与乡道，跨淠河总干渠过戚家桥，再南下国道 105，骑达六安市青山乡土门店村许继慎陵园。

我们要为许继慎感到骄傲！这位黄埔军校一期的优秀学生，刚入学就加入了中国共产党，先后两次参加东征及参加北伐先遣队，曾担任工农红军第一军军长和皖西军委分会主席等。令人扼腕叹息的是，这位战功赫赫的战将，却在“肃反”中遭诬陷，被杀害于河南光山白雀园。1945 年，党的七大追认他为革命烈士。

如今负责该处管理工作的是父女两人，分别是许继慎的侄儿许光明与侄孙女许明丽，政府给他们有少许补贴。看得出来，许女士仍然很乐意这份工作，不仅为我们仔细讲解，还告诉了一些不为人知的往事：许继慎自幼聪明好学，四岁就能背诵诗词，八岁破蒙入塾时熟练背诵《千家诗》和《唐诗三百首》等许多古诗，让先生惊叹不已；在学校里，乡里少年都乐意与他交朋友，因为他好打抱不平……许女士对他的堂爷爷许继慎（许继慎与许女士爷爷是堂兄弟）的敬意溢于言表。许女士又将我们引到一块石碑前，该碑镌刻着“民族英雄日月同辉”八个大字，左上方刻有“缅怀许氏英才许继慎将军”字样，是世界许氏联谊会于 2008 年元旦敬立。许女士说：“我们整个许氏家族都为爷爷感到骄傲！”哦，中国共产党、中国人民都为许继慎感到骄傲！

安徽六安市许继慎纪念馆

六十八、盖世英雄蔡申熙

【题记】

2017年12月3日傍晚，我们骑行到★●蔡申熙陵墓（湖北红安县黄麻起义及鄂豫皖革命根据地烈士纪念馆）。

【诗词】

七绝·盖世英雄蔡申熙①

东征北伐英姿飒②，起义连连走两回③。
创建红军旗帜艳④，英雄盖世蔡申熙。

【注释】

①蔡申熙（1906～1932），湖南醴陵人；中国共产党36位开国军事家之一。②东征北伐：蔡申熙黄埔军校毕业后两次参加东征及参加北伐战争。③蔡申熙先后参加南昌起义和广州起义。④1930年，蔡申熙创建红十五军。

【随记】

参观其他几处红色景点之后，骑达黄麻起义和鄂豫皖苏区革命烈士陵园时已近傍晚，得到门卫允许后，我们推车进入陵园，找寻几个重要的陵墓。

该陵园是为了纪念在黄麻起义和鄂豫皖苏区革命斗争中牺牲的先烈们而修建。穿过绿瓦红檐的高大牌坊，高达25.7米的纪念碑迎面而来，上镌刻有叶剑英、徐向前、李先念等的题词，碑座正面塑有五星碑徽，台座正中为汉白玉雕成的花环，左右分嵌有再现黄麻起义和苏区军民坚持武装斗争、保卫苏维埃政权的浮雕。走过一系列纪念设施，在陵园的苍松翠柏丛中，我们找到了蔡申熙墓。

蔡申熙是"盖世英雄"，永远值得我们缅怀——26岁的青春年华，蔡申熙书写了最壮丽的人生：从孙中山陆军讲武学校到黄埔军校，蔡申熙武装了自己；而加入中国共产党，则终于导引他走上了为共产主义奋斗的光明大道。于是，东征北伐，几度起义；于是，创建红军，开辟鄂豫皖根据地；1932年，蔡申熙不幸在湖北省红安河口镇战斗中英勇牺牲，年仅26岁。

湖北红安县蔡申熙墓

蔡申熙同志之墓，是由中共"一大"代表，后来身居国家副主席的董必武，于1963年3月亲笔题写的，可见其规格崇高。陵墓旁，我们拔除杂草；陵墓上，我们轻拭浮尘；接着，庄重地放上中国共产党党旗、中华人民共和国国旗，以及为"红色骑行"特别设计制作的专旗；然后，再深深地三鞠躬。

与朋友聊天，知道一些人还不熟悉蔡申熙的名字。由此，我们坚信，我们的"红色骑行"不仅重要，而且必须。不忘初心，还包括不忘红色中国历史上如蔡申熙这样的盖世英雄。

六十九、一号烈士段德昌

【题记】

2018 年 10 月 9 日下午，我们骑行到★◆段德昌烈士墓（湖北鹤峰县湘鄂边苏区革命烈士陵园）。

【诗词】

江城子·一号烈士段德昌①

红军儒将智才昂②，前文章，后分详③。第一烈士，屈死主人旁④。五万大洋谋不去⑤，憎败子，恨家狼。

红心志士气高扬，鄂湘忙，战场狂。青松廿九⑥，呵护段德昌。无比功勋天地彰，歌好汉，唱忠良。

【注释】

①段德昌（1904 ~ 1933），湖南南县人；中国工农红军杰出指挥员，湘鄂西革命根据地创建人之一，中国共产党 36 位开国军事家之一；新中国成立 60 周年之际，当选“100 位为新中国成立作出突出贡献的英雄模范人物”。②段德昌是有名的红军儒将。③段德昌天资聪明，十岁时就以诗文对联出口成章而小有名气，读私塾时与南县劝学所所长严世杰对联，被夸为奇才；战场上，与饱读经书的匪首对联，让其叩头认罪。④第一烈士：见下文；又，段德昌 1933 年在“肃反”中遭诬陷被错杀。⑤蒋介石曾悬赏五万大洋要取段德昌首级。⑥见下文。

【随记】

位于北京天安门广场中央的人民英雄纪念碑厚重无比——是我们中华民族的丰碑，记录着我们中华民族的荣与辱！碑身正面镌刻毛泽东题词“人民英雄永垂不朽”八个镏金大字；背面是毛泽东起草、周恩来题写的碑文：“……由此上溯到一千八百四十年，从那时起，为了反对内外敌人，争取民族独立和人民自由幸福，在历次斗争中牺牲的人民英雄们永垂不朽！”

其中，第一号烈士证书，是由毛泽东代表中华人民共和国中央人民政府，于 1952 年为段德昌而签发。

段德昌，1925 年加入中国共产党，毕业于黄埔军校，后又入中央政治讲习班学习，历任红九师师长等多项军政要职，是湘鄂红军和苏区创建人之一，还是彭德怀元帅的入党介绍人。然而，1933 年他却蒙冤被害。1944 年，中国共产党在延安召开六届七中全会，通过中共历史上第一个关于历史问题的决议。会上，毛泽东为冤死的段德昌平反昭雪。

段德昌，今天静卧在恩施土家族苗族自治州鹤峰县八峰山脚下的“满山红烈士陵园”中。瞻仰陵园中高达 22 米的“湘鄂边苏区革命烈士纪念碑”，沿着林中水泥石梯拾级而上，在高高陵园的主墓群里，我们跪拜在英雄的陵墓前。

满山的杜鹃花火一般的盛开怒放，彰显着陵墓前湘鄂西苏区群众在其坟前栽下了代表段德昌年龄的 29 棵青松，愈加青翠欲滴……

湖北鹤峰县段德昌墓

七十、坚决革命董振堂

【题记】

2016 年 6 月 13 日下午，我们骑行到★◆董振堂墓暨纪念碑（甘肃高台县烈士陵园内）；2018 年 5 月 17 日中午，我们骑行到★◆董振堂纪念碑与雕塑（河北石家庄市华北烈士陵园内）。

【诗词】

定风坡·坚决革命董振堂①

起义宁都向太阳②，宣威百战凯歌扬③。后卫铁流击虎豹④，光耀，前行大漠砍豺狼。

忍看天崩城寨毁，心碎，悲哀地颤将军伤。壮士振堂千古在，气派，坚强革命志如刚⑤。

【注释】

①董振堂（1895 ~ 1937），河北新河县人；红军著名将领；新中国成立 60 周年之际，当选“100 位为新中国成立作出突出贡献的英雄模范人物”。②见下文。③宣威：声名远扬；《千字文》有“宣威沙漠，驰誉丹青”句。④长征时，董振堂指挥红五军团担任全军后卫，并在湘江血战和金沙江阻击战中立下赫赫战功，荣膺“铁流后卫”的光荣称号。⑤在董振堂追悼会上，毛泽东深情地说，董振堂是“坚决革命的同志”。

【随记】

迎接新中国成立 60 周年之时，经中央批准，中宣部、中组部等 11 个部门联合组织开展评选“双百”活动，先后参与投票群众总数近 1 亿。在最后确认的“100 位为新中国成立作出突出贡献的英雄模范人物”中，有一位十分响亮的名字，他就是“高台壮歌著荣光”的董振堂。

2016 年初春，我们执行“泛东南战役”，从家乡安徽出发，在闽赣大地数次穿越，在第三次入赣后骑达宁都，参观了宁都起义旧址——董振堂华丽转身的地方。曾经被蒋介石收编任 73 旅旅长参加对中央苏区的第二次“围剿”，董振堂数月后幡然醒悟，调转枪口，率兵举行了震惊中外的宁都起义。

2016 年夏日，我们执行“大西北战役”，穿越茫茫大漠戈壁，骑到位处甘肃高台县烈士陵园——董振堂光荣献身的地方。入党长征再执行宁夏战役计划并攻占高台县城，后与马步芳重兵激战九昼夜而牺牲。董振堂的汉白玉雕像伫立在纪念亭内，大红木柱上刻写挽联：“宁都豪气千秋在，高台雄风万古传”。

2018 年初夏，我们执行“晋察冀战役”，从浩瀚的内蒙古大草原一路骑行南下至河北石家庄华北烈士陵园——董振堂纪念碑与雕塑所在地。家乡父老为缅怀它的优秀儿子而亲手塑立。

亭亭壮烈，碑碑震撼。率部宁都起义，参加苏区反“围剿”的几乎所有战斗，长征中血战湘江和金沙江，西征中威震高台的董振堂，是千古功臣。

甘肃高台县董振堂墓暨纪念碑

七十一、北伐名将是叶挺

【题记】

2017年1月14日下午，我们骑行到★●◆叶挺纪念馆（广东惠州市惠阳区叶挺中路）。

【诗词】

西江月·北伐名将是叶挺①

幼少练枪弄棒②，成年忘死丢生。投身北伐将成名，天下谁人不信？
统帅两番起义③，领航一路新军④。囚歌一曲志难伸，叶挺悲情遗恨⑤。

【注释】

①叶挺（1896～1946），广东惠州客家人；中国共产党36位开国军事家之一；新中国成立60周年之际，当选“100位为新中国成立作出突出贡献的英雄模范人物”。②叶挺先后毕业于广东陆军小学堂、湖北陆军第二预备学校和保定军官学校。③④见下文。⑤叶挺被国民党扣押期间，拒绝蒋介石的威逼利诱，写出著名的《囚歌》以明志。

【随记】

昨天天还没有亮，我们就借助路灯冒雨骑行，才骑了十几分钟，就听到“嗤嗤”的声音——老曹的车骑不了了——前轮被轧。还下着雨呢，怎么修车？好在是尚未骑离海丰城区，我们赶紧推车走向亮着门灯的一家宾馆。门卫很热情，找个盆，端来水，老赵坐在台阶上补胎。

今天骑行不仅依然有雨，而且祸不单行，我们的车又数次爆胎，直到天黑才骑达惠东。好在是，上午10时许骑到叶挺将军故里，雨暂时停了一下。

叶挺功盖青史，曾参与指挥南昌起义并出任前敌总指挥，参加广州起义任起义军工农红军总司令，抗日战争中出任新四军军长；抗战胜利获救出狱后，却不幸遭遇空难。遗憾的是，门卫不让我们推车进去，说是要“丢饭碗的”。只能理解喽。我们带着党旗、国旗步行进去参观，拍照也只能在馆外的“叶挺将军纪念园”广场上。

参观完毕，骑向深圳。导航引上有许多隧道的道路，其中有一条隧道路长1447米，长长的车队接成龙，交汇，错车，还堵车。留给我们的缝隙只有不到30厘米宽的下水道窨井盖，车上的驼包几乎紧挨着汽车车身，且窨井盖多处被车压坏，只剩下钢筋，坑洼颠簸。咬紧牙关，按紧车把，双腿用力蹬，丝毫不能停。出了隧道，手心滴水，全身汗透。脸上除了汗水还有泪水的老曹说：“差一点魂都吓没了。”

学生郑洋洋深得我们喜欢，在校期间他跟着老赵非常认真地学习《管理学》，还常登门请教，如今在深圳亦创业有成。晚上，洋洋领我们去一家非常地道的酒店吃正宗海鲜，又告知已为我们办好了骑行香港澳门的有关手续——他一直关注并支持我们的“红色骑行”。

广东惠州市叶挺纪念馆

七十二、神行太保罗炳辉

【题记】

2016 年 11 月 7 日中午，我们骑行到★●◆罗炳辉墓（★山东临沂市华东烈士陵园）。

【诗词】

太常引·神行太保罗炳辉①

当兵报仇少儿威②，革命志不移。更有事神奇：射飞鸟、枪枪不离③。
长征四万，神行太保④，百战举红旗。历史写宏诗，字字叹，英雄炳辉。

【注释】

①罗炳辉（1897 ~ 1946），云南彝良人；中国共产党 36 位开国军事家之一；新中国成立 60 周年之际，当选“100 位为新中国成立作出突出贡献的英雄模范人物”。②罗炳辉 12 岁状告地霸即萌生“当兵报仇”志向。③罗炳辉是闻名军内外的神枪手，举枪可打中飞鸟头部与眼睛。④罗炳辉所率九军团，是长征中唯一行程达到四万多里的部队，美国记者斯诺前夫人尼姆·韦尔斯在《续西行漫记》中赞颂他是“神行太保”。

【随记】

前已述“大北方战役”，在我们“红色骑行”的“单程”骑行中，历时最长（一次性骑行 71 天），距离最长（一次性骑行 7552 公里），途经省份地域最多（一次性穿越绕行黑吉辽京津晋冀鲁苏皖等 9 个省、36 个地级市与 182 个县区），参观瞻仰景点较多（112 个红色景点）。而所谓“穿越绕行”，是因为去往必须瞻仰的红色景点，必须在一些省份之间穿插骑行（参见第一章“红色骑行”地域范围数字暨主要数据）。

“大北方战役”第 62 天，我们穿越“白山黑水”，走过“长城内外”，几度跨越黄河，先后骑游辽东半岛和山东半岛，一路鞍马劳顿，一路风尘仆仆，在老赵生日暨我们结婚纪念日的这一天，骑达山东临沂。

山东临沂市罗炳辉墓

参观瞻仰若干红色景点后，我们前往华东烈士陵园，祭拜其中规格最高的陵墓——罗炳辉陵墓。1915 年入滇军当兵，参加讨袁护国战争、东征战争和北伐战争，1929 年秘密加入中国共产党，领导靖卫大队士兵起义，参加红军，历八路军、新四军，罗炳辉从农民出身的普通士兵，成长为统率千军万马、屡建战功的杰出军事家。痛心的是，因积劳成疾，罗炳辉不幸病逝，是共和国早早陨落的将星之一。陵墓旁，“瞻容思功”的石像亭庄严肃穆，也向人们述说着英勇壮丽。

七十三、经纶共产蔡和森

【题记】

2018 年 9 月 23 日下午与 28 日上午，我们分别骑行到☆◆蔡和森纪念馆（湖南双峰县复兴路 247 号）与☆◆蔡和森故居（湖南长沙市周家巷 2 号）。

【诗词】

临江仙 · 经纶共产蔡和森①

猛译猛读经典②，坚持坚定忠心。经纶天下盼新晨③，命名共产党④，功著蔡和森。

工运续接农运，言谈理想精深。倾心为党做人臣。一生多壮丽，灿烂蔡和森。

【注释】

①蔡和森（1895 ~ 1931），湖南双峰人；新中国成立 60 周年之际，当选“100 位为新中国成立作出突出贡献的英雄模范人物”。②见下文。③经纶天下：语出《礼记 · 中庸》：“唯天下至诚，为能经纶天下之大经……”④见下文。

【随记】

此次骑行已经 18 天，一直阳光灿烂，也因此被晒了 18 天。今天爬一个小山坡时，终于下雨了。我们依次经过“花果山景区”和“曾国藩故居”，并冒雨匆匆参观拍照。下雨不停，下午近 1 时，我们只能在一个农村公交车站下躲雨吃饭。在离双峰县还有 30 多公里时，高大山岭黄巢山横躺在前。好在是，进入双峰境界，尽管两车道的省道依然很窄，但水泥路变成了柏油路，路要顺畅一些。此外，翻越黄巢山后下坡路多了。

湖南双峰县蔡和森纪念馆

下午 4 时许，骑行近百公里之后，到达双峰县城内的蔡和森纪念馆。馆前为蔡和森广场，中央矗立着九米高的纪念碑，顶层为蔡和森立身塑像，馆外有包括蔡和森、向警予、蔡畅、葛健豪、蔡鹿仙、李富春等六人的“蔡和森同志光辉一家”群雕，馆内设有六个展厅。五天以后，我们再骑行到位处长沙的蔡和森故居暨新民学会旧址。

早在 1913 年，蔡和森就同毛泽东等人一起组织新民学会，创办《湘江评论》。赴法勤工俭学后，“猛看猛译”马克思主义著作，他很快成为坚定的马克思主义者。回国后参与中央领导工作，1931 年不幸在广州遭叛徒出卖被捕而英勇牺牲。杨昌济先生将其与毛泽东并誉为“救国二子”，毛泽东高度评价说“一个共产党员应该做的，和森同志都做到了”，而我们最敬重的是蔡和森在留法期间，数次致信毛泽东等“要发展中国革命，先要组织党——共产党”，并且第一次旗帜鲜明地称这个党为“中国共产党”！

七十四、妇女领袖向警予

【题记】

2017年12月1日下午，我们骑行到☆◆向警予烈士陵园暨向警予墓（湖北武汉市龟山）。

【诗词】

唐多令·妇女领袖向警予[1]

素手复江山[2]，悲哉秋瑾颜。再木兰、替父挥鞭。且看中华多烈女，辉日月、誉千年。

向蔡恋姻缘，爱情更入玄[3]。警予君，最不寻常。妇女冲锋当领袖[4]，创造党[5]、为红天。

【注释】

①向警予（1895～1928），湖南溆浦人；妇女解放运动领导人之一；新中国成立60周年之际，当选“100位为新中国成立作出突出贡献的英雄模范人物”。②取自秋瑾《勉女权歌》：“恢复江山劳素手”。③入玄：谓达到玄妙境界；详见下文。④⑤见下文。

【随记】

武汉汉阳城北龟山，前临大江，北带汉水，西背月湖，南濒莲花湖，威武盘踞，和武昌蛇山夹江对峙，形势十分险峻。据称，龟山得名源自一传说：大禹治水到此，遇一水怪作乱，数载不克，幸得一灵龟降伏水怪，治水方获成功，灵龟遂化为一山，是谓龟山。后来，龟山因名胜古迹渐多而成为游览胜地。山东麓，可瞻仰辛亥革命领导人之一黄兴铜像；山南腰间，可凭吊三国名人鲁肃之墓；山西头，就是伟大的中国共产党人向警予的陵墓。

向警予，先赴法勤工俭学，再赴莫斯科东方共产主义者劳动大学学习，为党的事业付出青春年华，其人之伟大，了不起的许多“第一”可以佐证：1920年，她与蔡和森共同首次提出“中国共产党”的名称与计划，毛泽东后称“她是我党惟一的女创始人”，赞其为“大革命时代牺牲了的模范妇女领袖”；1922年初她加入中国共产党，是最早的女共产党员之一，第一个中央女委员，党中央的第一任妇女部长，妇女运动委员会的第一任书记。

向警予的故事更奇特：她与蔡和森自主结婚，没有采取法律形式，这令当时的许多人羡慕。而结婚照上是一对马克思主义的虔诚信徒并肩坐在草坪上，共同捧着一本打开的《资本论》，更令人啧啧称奇，并被称作“向蔡同盟”。

湖北武汉市向警予烈士陵园暨向警予墓

1928年由于叛徒出卖，向警予被捕牺牲。当夜，船工、共产党员陈春和将其遗体运至龟山西南麓月湖畔掩埋，后迁于扁担山。1978年，为纪念她英勇就义50周年，墓地移至龟山重新修建。我们骑行驻留龟山脚下，沿石阶缓步移至陵墓前，放上了党旗、国旗与“红色骑行”旗帜。

七十五、全党模范苏兆征

【题记】

2017 年 1 月 18 日上午与 2019 年 3 月 30 日中午，我们分别骑行到☆◆苏兆征故居纪念馆（广东香山县〈今珠海市〉淇澳岛淇澳村）与苏兆征墓（上海龙华烈士陵园）。

【诗词】

破阵子·全党模范苏兆征①

年少漂洋越海②，青春忍苦含辛。举手反清寻革命③，昂首宣言奔远程。党中模范兵④。

省港罢工掀浪，羊城起义挥旌⑤。正为人民天下事，恨却艰辛劳疾生⑥。悲哉苏兆征。

【注释】

①苏兆征（1885 ~ 1929），广东香山县（今珠海市）淇澳岛人；新中国成立 60 周年之际，当选“100 位为新中国成立作出突出贡献的英雄模范人物”。②苏兆征 18 岁离家到香港谋生，在英国轮船“乐生”号做海员。③苏兆征 23 岁加入中国同盟会，积极参加孙中山领导的反清革命运动。④ 1929 年，中共中央悼念苏兆征称其为：“……是全党的模范。”⑤苏兆征是香港海员大罢工、省港大罢工、广州起义的领导人；又，羊城：广州别称。⑥见下文。

【随记】

珠海香洲东北部，珠江口内西侧伶仃洋上，有一个面积只有 23.8 平方公里的小岛——淇澳岛。该岛自然景色优美，四周海（港）湾较多，岛上高山连绵起伏，素有“九湾十八峰”之说，被誉为“珠海十景”之一。该岛更不乏人文史迹，既有珠江三角洲最完整的新石器时代末期渔猎文化沙丘遗址，又有宋代淇澳祖庙、明代天后宫、清代文昌宫，还有近代的抗英炮台，以及我们今天要参观的苏兆征故居等。

前两天，我们骑行港澳，使党旗、国旗尽情飘扬于香港紫荆花广场、澳门总督府门前和大三巴前。昨天，回大陆夜宿美丽的珠海。今天天未亮，就沿着海滨大道骑向淇澳岛。跨“淇澳大桥”，过文昌宫，在淇澳祖庙附近骑到了苏兆征故居。

广东珠海市苏兆征故居纪念馆

该故居是苏之祖父于清朝道光年间所建，是一幢青砖土木结构、一座两间并一小厨房和一椿米房的建筑，苏兆征出生于此并度过了青少年时代。然后，他由此出发，走上波澜壮阔的革命道路，1929 年因积劳成疾病逝于上海。

因为到得早，故居纪念馆没有开门。看门师傅麦建中告知“要到九点半”。我们说明来意，又说还想抓紧时间赶向其他景点，麦师傅同意我们进去，并爽快开灯让我们参观，既作解说，还帮助拍合影照。

七十六、工运领袖邓中夏

【题记】

2015 年 2 月 16 日上午与 2018 年 12 月 26 日下午，我们两次骑行瞻仰★◆邓中夏烈士塑像及其事迹（江苏南京雨花路 215 号雨花台烈士纪念馆内）。

【诗词】

西江月·工运领袖邓中夏①

五四炸开旧世，马恩孕育新芽。罢工怒火起红霞，工运传留佳话。
不惧烧成灰烬②，甘心献祭中华。创新理论为邦家③，且看英雄中夏。

【注释】

①邓中夏（1894 ~ 1933），湖南宜章人。新中国成立 60 周年之际，当选“100 位为新中国成立作出突出贡献的英雄模范人物”。②见下文。③邓中夏是中共早期为数不多的理论家之一，尤其是对新民主主义革命理论的形成作出了贡献；又，邦家：国家，语出《诗·小雅·南山有台》：“乐只君子，邦家之基。”

【随记】

在有着厚重历史的南京城里，有一个独具特色的纪念性风景名胜区叫雨花台。所谓“六朝雨花凝天地神韵，一部青史铸千秋圣台”，是其真实写照。而细究“独具特色”，皆因为这座松柏环抱的秀丽山岗，在中国革命年代悲惨壮烈地成为革命烈士的殉难处——在这里遇难的共产党人和革命群众达十万之多。

由著名建筑大师杨廷宝先生设计的最后一座建筑——雨花台烈士纪念馆置于雨花台中。纪念馆建筑平面呈“凹”字形，是一座古朴典雅的具有民族风格的现代建筑。纪念馆的馆徽，是馆门庭南北两面雕有的象征着烈士精神与河山共存、与日月同辉的“日月同辉”花岗石浮雕。

我们再一次骑行来此祭拜，并驻足在党的早期领导人邓中夏的塑像前。馆中所展示的生平事迹史料告诉我们，随父进京的邓中夏，1917 年考入北大国文门（文学系）后，即在北大任教的李大钊的引导和十月革命的鼓舞影响下，开始研究马克思主义。1919 年他参加五四运动，后被推为北京联合会总务干事；1920 年 10 月，参加北京共产主义小组，是共产主义小组的最早成员之一；从此，邓中夏将自己的一生系于共产主义事业。他先后参与发动和领导京汉铁路工人二七大罢工，参加创办上海大学，参与组织领导省港大罢工，并在党的八七会议上被选为中央临时政治局候补委员。

江苏南京市邓中夏影像及其事迹

1933 年，邓中夏被捕后在雨花台下英勇就义，其视死如归之慷慨陈词：“就是把我邓中夏烧成灰，也是共产党人！”让他名震华夏、流芳千古！

七十七、赤帜高擎赵博生

【题记】

2016年2月23日中午与2018年5月17日中午，我们分别骑行到☆◆赵博生墓（江西宁都县县城烈士陵园内）与★◆赵博生同志纪念碑（河北石家庄市华北军区烈士陵园内）。

【诗词】

浪淘沙·赤帜高擎赵博生①

抗日志难伸，北上无门②。男儿辗转觅星辰。入党始知真理在，再不孤身③。
从此紧随跟，呼啸风云。宁都霹雳响天新④。壮士博生擎旗帜⑤，星坠乡村⑥。

【注释】

①赵博生(1897～1933)，河北黄骅人；新中国成立60周年之际，当选“100位为新中国成立作出突出贡献的英雄模范人物”。②“九一八”事变后，赵博生请求北上抗日，被蒋拒绝。③赵博生知道入党申请被批准时激动地说：“我现在最大的满足是自己不再是个孤身奋斗的‘志士’了……”④⑤取自叶剑英诗云：“宁都霹雳响天晴，赤旗高擎赵博生……”⑥乡村：江西南城县邓坊村，赵博生牺牲地。

【随记】

作为中央苏区核心省份江西的宁都县，具有厚重的革命历史，红色遗址因此很多，我们冒雨骑行前往。风雨中遇到一个骑友，看着我们这样的年纪，一定坚持要与我们合影，说要用我们的精神去激励他的同伴们，“年纪轻轻有什么理由不骑！”五个多小时以后，我们到达宁都，在参观若干红色景点之后，再去“博生陵园”祭拜赵博生。

河北石家庄市赵博生纪念碑

保定军官学校毕业，辗转于皖系、直系、奉系等国民军的赵博生，1931年加入中国共产党。随即，在该年底与董振堂一道发动了中国苏维埃革命中一次伟大的士兵暴动——宁都起义。起义后，部队编为中国工农红军第五军团，赵博生历任军团参谋长、军长、军团副总指挥等。因屡立战功，中华苏维埃共和国临时中央政府通令嘉奖，并授予一级红旗勋章。1933年初，在第四次反“围剿”战役中，不幸牺牲于亲临前线指挥的战场。

为了纪念赵博生，中华苏维埃共和国下令改宁都县为博生县，并在瑞金叶坪红军广场上建造了博生堡；解放后，又在宁都县城西大校场烈士公墓内，建立了“博生陵园”。赵博生的铜像高高耸立，铜像后面是赵博生烈士墓。两年多以后，我们又骑行到河北石家庄的华北烈士陵园。沿着南门一直走到底，在华北革命战争纪念馆的左侧，顶部呈弧形，下边由六个水磨石石柱支撑的赵博生同志纪念碑亭，就伫立在那里——因为赵博生是河北人，家乡父老始终惦念着他们的优秀儿子。

七十八、北国雄狮赵尚志

【题记】

2016 年 9 月 22 日下午与 10 月 5 日下午，我们分别骑行到☆◆赵尚志将军塑像（黑龙江尚志市中心广场）与★◆赵尚志纪念馆（辽宁朝阳市中山大街二段 10 号）。

【诗词】

青门引·北国雄狮赵尚志①

痛见长白耻②，悲看辱残江水③。万千性命被侵凌④，哀声四野，百姓断肠涕。

雄狮尚志男儿义，视死如归志。护呵北际林海，笑觑骨肉金银值⑤。

【注释】

①赵尚志（1908 ~ 1942），热河朝阳（现辽宁朝阳市）人；东北抗日民主联军创建人和领导人之一；2014 年列入“民政部第一批著名抗日英烈和英雄群体名录”；新中国成立 60 周年之际，当选“100 位为新中国成立作出突出贡献的英雄模范人物”；又，北国雄狮：东北父老乡亲对赵尚志誉称。②长白：长白山。③江水：松花江；又，辱残：谓受耻辱与伤害。④侵凌：侵犯欺凌。《史记·五帝本纪》有：“炎帝欲侵凌诸侯，诸侯咸归轩辕 。”⑤日伪军曾悬赏一万元通缉赵尚志，叫嚣“一钱骨头一钱金，一两肉得一两银”。

【随记】

在尚志市瞻仰赵尚志将军塑像后，我们向北绕哈尔滨，又一路向西南骑离黑龙江省，第 2 次进入吉林省。穿榆树等市以后，又第二次进入辽宁省。再经昌图县等以后，跨大凌河，过朝阳哨口大桥，十几天、千公里的长途跋涉，我们骑到朝阳市赵尚志纪念馆。

纪念馆设在尚志公园内，四处是栅栏，我们不得不将车扛进去拍照及参观。1942 年，赵尚志在抗日战场上身负重伤，被捕后英勇就义，时年 34 岁。纪念馆以弘扬尚志精神为主题，展示了赵尚志革命战斗的一生。新中国为缅怀“北国雄狮”，珠河县改名为尚志县，他的牺牲地也改名为尚志村。

今天的骑行很难：早晨出发时顶风，接着又路遇修路修桥。连日下雨，窄窄的便道全是烂泥浆，无法骑行时，深一脚浅一脚推车上坡，刚出烂泥潭，老曹的后车胎又被轧。双脚与车轮全是烂泥，怎么补胎啊？勉强撑骑了一段路，看到一家小药店，一看才 7 点钟，又不好意思敲门。欲离开时，主人开门了，还没等我们开口，热情搬凳子，找盆端水，让我们洗车补胎。“红色骑行”，我们也有好多“怕”，其中之一怕，即怕车胎被轧，而且无论你多么小心。但是，“红色骑行”让我们看到了那么多英雄的精彩与壮烈，感受了那么多百姓的朴实与暖心，很感动，很值！

辽宁朝阳市赵尚志纪念馆

七十九、抗联脊梁杨靖宇

【题记】

2016 年 9 月 14 日下午、16 日中午与 2018 年 5 月 24 日下午，我们分别骑行到★●◆杨靖宇烈士陵园（吉林通化市靖宇路）、☆●◆杨靖宇殉国地暨纪念馆（吉林靖宇县城西南 6 公里处）与☆●◆杨靖宇纪念碑亭（河南郑州烈士陵园）。

【诗词】

临江仙·抗日脊梁杨靖宇①

自古中州多美誉，今天更有雄兵②。北国亮剑最光荣，漫天歌英勇，遍地唱坚贞。

抗日脊梁杨靖宇③，一心拯救苍生。昂扬斗志舞长缨。英雄拼热血，倭寇祭魂灵④。

【注释】

①杨靖宇（1905 ~ 1940），河南确山人；中国东北抗日民主联军的主要创建者和领导人之一；2014 年列入“民政部第一批著名抗日英烈和英雄群体名录”；新中国成立 60 周年之际，当选“100 位为新中国成立作出突出贡献的英雄模范人物”。②中州：河南古称，自古有“天下名人，中州过半”之说；又，杨靖宇祖籍河南。③杨靖宇被誉为“抗日脊梁”。④杨靖宇牺牲后，日寇剖开其遗体，发现他的胃饿变了形，里面除了尚未消化的草根和棉絮，连一粒粮食都没有！残暴的侵略者也为之震惊与折服，感叹是“大大的英雄”并特意为杨靖宇举行了“慰灵祭”。

【随记】

到通化时已经下午 4 点多，我们去瞻仰杨靖宇烈士陵园。推车上山，参观东北抗日联军纪念馆之后，转身去祭拜合葬杨靖宇遗首遗骨的灵堂和墓室。河南儿子杨靖宇，创建红军鄂豫皖别动大队，受中央派遣到东北组织抗日联军，历任抗日联军总指挥、政委等职，被叛徒出卖壮烈殉国时年仅 35 岁。

两天后，我们骑向靖宇县。从江源镇出发不久，天居然越来越黑！老曹认为要下大雨又无处躲，并果断决定原路返回。刚退回一公里，大雨倾盆而至，我们右转窜进了“鹤大高速 ZT13 标段项目经理部”。办公室里的四个小青年（两男两女）特热情，腾出一块地方，又为我们烧开水。一位长者则对他们说：“你们更应该学习这两位老人的精神。”

待雨稍微小的时候，我们谢别大家，全副武装骑向靖宇县靖宇将军殉难处。穿过茂密的小山岗，找到了靖宇将军最后决战时刻背依的“常青树”，祭拜了杨靖宇烈士墓，再参观了杨靖宇纪念馆。当展开鲜红的党旗、国旗时，一位小伙子主动为我们拍合影，还点赞说：“你们一定是老党员。”

吉林靖宇县杨靖宇殉国地暨纪念馆

八十、功垂祖国彭雪枫

【题记】

2015年10月5日下午、2016年11月10日下午与2018年5月24日下午，我们分别骑行到两处★●◆彭雪枫纪念馆（江苏宿迁市雪枫公园、安徽宿州市雪枫公园）与☆●◆彭雪枫纪念碑亭（河南郑州烈士陵园）。

【诗词】

五律·功垂祖国彭雪枫①

诸葛躬耕地，英雄又诞生②。
学潮当领袖，鏖战做尖兵③。
泽被长淮业，功垂桑梓情④。
英皇赠宝剑⑤，华夏雪枫荣。

【注释】

①彭雪枫（1907～1944），河南镇平县人；中国共产党36位开国军事家之一；2014年列入“民政部第一批著名抗日英烈和英雄群体名录”；新中国成立60周年之际，当选“100位为新中国成立作出突出贡献的英雄模范人物”。②诸葛亮躬耕之地在南阳；又，彭雪枫祖籍南阳。③彭雪枫是著名学生运动领袖，是抗日战争中新四军牺牲的最高将领之一。④取自1945年中共中央为彭雪枫挽词：“功垂祖国，泽被长淮”。⑤见下文。

【随记】

“红色骑行”13年十万里。回忆中我们常说“自己都不知道是怎样骑过来的！”

是一脚一脚踩过来的！今天，从江苏徐州向安徽宿州，虽然一路顶风，多处修路，但骑速依然很快。一路被人追捧、点赞，也受到很多激励。

宿州雪枫公园彭雪枫纪念馆门卫特别给力，破例让我们推车直到门前。彭雪枫投身革命20年，反“围剿”，走长征，占娄山，取遵义，渡金沙，过草原，抗日投枪，胜战无数，其功勋甚至惊动英国女王：在诺曼底登陆50周年（1994年）之际，女王批准将《威尔克圣宝剑》转赠彭雪枫墓园，以纪念他在世界反法西斯战争中做出的卓越贡献。毛泽东、朱德更赞誉其为“共产党人的好榜样”。

得知我们“大北方战役”要骑停宿州，20多年前的安徽师大学生马玲与其夫君张鸿剑早做周密安排，既邀来学生赵柳、张杰、邱广辉、米丽和陈剑，还让老赵叫上了他的大学同学陈乐和郑思亭，学生同学为我们接风洗尘，十分高兴；喝着安徽家乡的名酒古井贡，推杯换盏中共同敬仰中国“红色”，更觉欣慰。马玲等还说：“老师师母，周边还有‘淮海战役总前委’等纪念馆啊。”呵呵，这些早已设计在我们的后续战役中。

安徽宿州市彭雪枫纪念馆

八十一、青年将才卢德铭

【题记】

2018年9月14日上午，我们骑行到★◆卢德铭烈士纪念碑（江西芦溪县卢德铭烈士陵园，又名秋收起义烈士陵园）。

【诗词】

浪淘沙·青年将才卢德铭[①]

斩棘又披荆，跋涉前行，从戎壮举感巨星[②]。黄埔楷模真不假[③]，血战成名[④]。
为党做尖兵，将帅年青，秋收起义领头鹰[⑤]。忽报德铭还我辈[⑤]，千载哀声！

【注释】

①卢德铭（1905～1927），四川自贡人；新中国成立60周年之际，当选“100位为新中国成立作出突出贡献的英雄模范人物”。②卢德铭立志从戎，19岁时长途跋涉几个月投考黄埔，但错过考试时间，经孙中山面试合格，被破格批准入学；又，巨星：伟人，代指孙中山。③由于品学皆优，卢德铭曾受到孙中山“全校学生要以德铭为学习楷模”的表彰。④卢德铭屡立战功，有诗赞曰：“血战两桥敌胆惊……”④卢德铭22岁即担任秋收起义部队总指挥。⑤惊闻卢德铭牺牲，毛泽东痛惜不已：“还我卢德铭！”

【随记】

昨天，在按计划骑行100多公里参观有关红色景点以后，老赵提议再赶30公里前往芦溪。尽管很累，时间也不早，老曹还是欣然同意。走乡道022北上，转县道128向东，忽然导航失灵，又问不到人。好在老赵方向感比较好，从小路骑上正在拓宽还没有通行的320国道，下午5∶10我们骑到了芦溪县，并在还未下班的邮局盖上一个邮戳。

芦溪居袁水源头（古称芦溪），芦溪县是因河得名。芦溪有着光荣革命历史，陈毅、王震等在这里战斗，毛泽东率领的秋收起义部队从这里上井冈山。而距县城八公里的上埠镇山口岩村，是当年卢德铭进军井冈途中，为掩护部队撤退而壮烈牺牲的地方，卢德铭烈士陵园又名秋收起义烈士陵园就坐落在这里。

一大早，我们骑行前往。陵园内有以秋收起义为内容的浮雕文化墙、秋收起义烈士纪念碑、纪念馆和展现秋收起义前委委员、师团负责人毛泽东、卢德铭、罗荣桓、谭政等共15座15人的名人雕塑园等系列红色景观。

江西芦溪县卢德铭烈士陵园暨陵墓

崭新的卢德铭纪念馆正在修建，师傅们告诉我们，预计2020年完工。而塑有卢德铭全身像的纪念碑及其陵墓，则位处山口岩的山坡上。缓步而上，静默哀思，我们为22岁就献身革命的我军早期优秀军事家卢德铭而感动，也为那些在秋收起义中牺牲的出身农民的青春战士而震撼。

八十二、奇男邓萍肩重担

【题记】

2018 年 4 月 7 日中午，我们骑行到★◆邓萍墓（贵州遵义市红军山烈士陵园）。

【诗词】

清平乐·奇男邓萍肩重担①

武昌磨剑②，待命冲霄汉。鄂赣闽湘经百战，盈手红花浪漫③。
邓萍大任昭临④，奇男重担肩身⑤。悲痛将星玉碎，征途哭倒三军⑥。

【注释】

①邓萍（1908 ~ 1935），四川富顺人（今自贡市）；中国工农红军著名战将；新中国成立 60 周年之际，当选“100 位为新中国成立作出突出贡献的英雄模范人物”。②邓萍 1926 年考入武汉中央军事政治学校，校址武昌。③盈手：满手；语出唐·张九龄《望月怀远》：“不堪盈手赠……”④ 1931 年，毛泽东调任邓萍创建红军中央军事政治学校，并风趣地说：“天将降大任于斯人焉。”⑤⑥取自张爱萍为邓萍所写挽诗：“长征转战肩重担……三军征途哭奇男。”

【随记】

早晨，参观泗渡会议旧址后直奔遵义市。虽然走国道 210，但一出泗渡就开始爬山，而且绵延不绝。好在路程不长，中午即骑到遵义。过汇川区，第一次跨湘江，再沿湘江骑行凤凰北路，我们先去参观红军山烈士陵园。

1935 年 2 月，时任红三军团参谋长的邓萍，在遵义战役前线指挥作战时英勇牺牲，年仅 27 岁，他也是红军长征中牺牲的唯一一位军团级将领。从 1926 年考入武汉中央军事政治学校，入团转党，到 1928 年 7 月参与组织领导平江起义，参加领导开辟湘鄂赣苏区与中央苏区历次反“围剿”战斗，参加长征并协助彭德怀指挥红三军团担任右路前卫，连续突破四道封锁线，遵义会议后又纵横驰骋在黔北、川南地区，两渡赤水河，激战娄山关，直逼遵义城……谁曾想，却倒在了冲锋路上！

邓萍烈士的遗骸，是在中央军委和彭德怀同志的关怀下，经党政和各界人士努力，于 1957 年找到。1958 年，邓萍墓开始动工修建，次年建成伫立在碧水环绕的凤凰山（后改称红军山）。

贵州遵义市邓萍墓

祭拜下山，我们在林荫下找一个遮风避阳的地方，将树下的碎花杂草清理一下，也算有个坐的地方。老曹将早晨在宾馆里煮好的饭菜分到各自的不锈钢饭缸中，我们开始吃着自带的午饭，却时不时将眼光看向那红军山岗。邓萍已经走了 80 多年，他与所有为革命牺牲的先烈，如果泉下有知，是否晓得革命早已成功？而今，共和国的繁荣昌盛之路，俨然一场惊心动魄的新长征，看新时代新领袖正肩身重担！

八十三、超然将星寻淮洲

【题记】

①2018 年 9 月 30 日上午，我们骑行到☆◆寻淮洲故居（湖南浏阳市社港镇淮洲村黄狮塘组）。

【诗词】

鹊桥仙·超然将星寻淮洲[①]

少年立志，青春入伍[②]，要为家国炽富[③]。身经百战不贪生，铸就了，功勋无数。

只身虎穴[④]，领军关隘，殉职黄山陌路。超然将星是淮洲，问对手，谁能不惧？

【注释】

①寻淮洲（1912 ~ 1934），湖南浏阳社港人；新中国成立 60 周年之际，当选“100 位为新中国成立作出突出贡献的英雄模范人物”。②见下文。③炽富：昌盛富足；语出汉·赵晔《吴越春秋·勾践阴谋外传》：“……三年五倍，越国炽富。”④ 1929 年，寻淮洲单枪匹马，趁半夜翻进土豪大院，成功缴获了十支枪。

【随记】

从岳阳金牛镇去浏阳社港镇，当地人说得骇人听闻，“这条路坡很多，还有一座很大的山”，劝我们绕道远走。我们不为所动，骑过大西南的人要再战湘西北！不久，著名的文家岭横在面前，山高坡陡，单车道山路，有些路段需要走 Z 字形向上推车。苍山翠岭，郁郁葱葱，本可享受一下天然氧吧，但成群结队的大黑蚊子铺天盖地围了上来，我们不得不赶紧蒙上头巾，戴好眼镜。上山九公里，用去一个半小时。

我们经验十足，“有上就有下”。这不，一口气冲下山，也大爽了一把。十几公里山道后转国道 106，再从社港镇右转社大公路，爬几个小坡，转一条乡道，我们骑到了寻淮州故居。当地政府特别重视，此前三公里处即有“寻淮洲村欢迎你”的巨大路标。

湖南浏阳市寻淮洲故居

始建于清道光年间的寻淮洲故居，是三合院建构形式。修整之后，移入了寻淮洲生前诸多遗物，并布展相关文献资料。十几位年轻人正在此过组织生活，一下子把我们团团围住。老赵开始讲红色故事——不亚于专门讲解：生于贫苦农民家庭的寻淮洲，幼时体弱多病，4 岁时仍不能站立行走，13 岁读高小就立下“将来与国家做些大事业”的志向，15 岁参加秋收起义，16 岁入党。1934 年 7 月初，奉命组成中国工农红军北上抗日先遣队（对内称红 7 军团）任军团长兼总指挥 —— 红军最年轻的将帅之一。同年底，22 岁的超然将星战死在黄山谭家桥。

我们又说：“谭家桥与先遣队纪念馆已经骑去了。”男男女女的年轻孩子们听得瞠目结舌，领队激动地邀请我们去镇里做客吃饭，我们表示谢意并告知：“今天还要赶到平江起义纪念馆。”

八十四、不朽军魂吴焕先

【题记】

2017年12月3日傍晚与4日中午，我们分别骑行到☆◆吴焕先墓（★湖北红安县革命根据地烈士纪念馆）与☆◆吴焕先故居（河南新县四角曹门村）。

【诗词】

唐多令·不朽军魂吴焕先①

先导敬中间②，破家勇揭竿③。数十年，舞动旌旃④。鄂豫皖中拼苦战，林为宅⑤，石能眠⑥。
奉命去西边，军魂吴焕先⑦。叹泾川，悲号磐桓⑧。生死弟兄心痛切，哭尔去，盼君还。

【注释】

①吴焕先（1907～1935），河南新县箭厂河乡人；新中国成立60周年之际，当选“100位为新中国成立作出突出贡献的英雄模范人物”。②③见下文。④旌旃：旃旌，泛指赤色旗帜，代指红旗；语出《左传·定公四年》：“分康叔以大路、少帛、綪茷、旃旌。”⑤⑥取自吴焕先诗句：“深山密林是我房，沙滩石板是我床……”。⑦战士们称吴焕先为红二十五军“军魂”。⑧磐桓：盘旋；语出屯卦初九。

【随记】

骑离七里坪镇翻“连康山脉”，陡坡风凶处，车骑不了，甚至推不动。喘口气，老曹玩笑地采访老赵：“那么艰难惊险，你就不担心我掉下去吗？”老赵立马回答：“你的车技越来越好，不用担心。”老曹因此自嘲：“在你老赵的心里，我就是女汉子，甚至不是女人，更不是老女人。”

确实，骑行多年，遇到过一些老头，但奶奶级妇女却从未见着。老曹自己说：“得益于插队农村五年锻炼，得益于多年业余体育运动。”插队农村第一年，她就光荣入党，并从生产队、大队到公社，担任了民兵、妇联与党委许多职务。割稻插秧拣牛粪，带领生产队男女老少上山拣竹丫扎扫帚卖钱买汽油灯办夜校，也锻炼了一副好身板。

昨天祭拜吴焕先陵墓，今天骑到吴焕先故居。故居沧桑，也没有管理人员，推门进去，吴焕先半身塑像敬在中间，暗淡墙壁上的资料图片述说着一个非同凡响的英雄：作为鄂豫皖革命根据地、红二十五军与红四方面军创始人之一的他，1924年将一张马克思画像贴在香案上并对父亲说：“他是革命导师，照他的办法，就会创造出个新社会来！”1926年秋，他再将几家佃户债户请到家并当面烧毁租地契约和债务借据，此举被赞之为“破家革命，揭竿而起”！南征北战，在率部西进接应中央红军北上时，他不幸牺牲于甘肃泾川，年仅28岁。

河南新县吴焕先故居

不忍离去，我们坐在吴焕先故居门口吃自带的午饭。

八十五、回民骄傲马本斋

【题记】

2016 年 10 月 27 日，我们冒雨骑行到★◆马本斋纪念馆与☆马本斋母子烈士陵园（河北献县本斋乡本斋西村）。

【诗词】

菩萨蛮·回民骄傲马本斋①

童年随父谋生计，青春抱负伤心涕②。抗日扫阴霾，挺身马本斋。
冀中杀野兽，鲁地削凶寇。老母义凌云③，儿郎心至真。

【注释】

①马本斋（1901 ～ 1944），回族，河北沧州献县人；八路军冀中军区回民支队的创建人，著名的抗日民族英雄；2014 年列入“民政部第一批著名抗日英烈和英雄群体名录”；新中国成立 60 周年之际，当选“100 位为新中国成立作出突出贡献的英雄模范人物”。②马本斋家境贫寒，13 岁即辍学随父外出谋生，受尽凌辱；青年时投军入伍，但为自己一腔抱负不能实现而愤然解甲。③见下文。

【随记】

早晨 6∶15 离开安新（今雄安），导航有一条路可近几十公里，太诱惑了。可没骑多远，我们就感觉又“上当”了：这是一条坑坑洼洼的土路，全是土疙瘩，战战兢兢颠骑了五公里。可谁知，换上的省道在大修，被轧坏的水泥路面，不仅呈龟形大裂缝，还有大卡车洒落的沙土。过高阳经河间，又是一段大修的碎石路。艰难骑行几十公里，转向本斋乡时车后胎再次被扎，幸亏附近一小饭店年轻妇女提供了盆与水助我们找洞补胎。一路骑行，真实感觉“老百姓朴实友好”。老曹深有感触地回忆说：“改革开放考取大学离开插队五年的农村，村民们纷纷拿出最好木板，打了一只木箱子敲锣打鼓送给我。”

“屋漏偏遭连阴雨”，刚扎胎天又变了。我们冒大雨骑到马本斋纪念馆及其相向而建的“马本斋母子烈士陵园”。纪念馆主体系伊斯兰风格，分九部分展示了马本斋生平事迹。抗战时期，马本斋率回民支队驰骋在冀中平原，威名远扬，被毛泽东称为“百战百胜的回民支队”。马母之壮烈更惊天地泣鬼神：日寇抓捕马母以诱捕马本斋，深明大义的马母宁死不屈，绝食七天，以身殉国，时年 68 岁。

河北献县马本斋纪念馆

参观完毕已是下午 4 点多钟，雨也越下越大。这里距献县还有 30 多公里，我们坚持骑到那里住宿。川流不息的车辆呼啸来往，甩过来的泥沙溅遍浑身上下。出乡道转县道后上国道还有 13 公里，天完全黑了，大雨还在下，我们更担心车胎再出问题。心惊胆战摸黑骑行，7 时许终于到献县。献县地处河北边缘，明天就要进入山东了。冒雨在路边小超市买了一些食品，住进了蛮不错的君乐快捷宾馆。

八十六、彝海结盟小叶丹

【题记】

2018 年 3 月 6 日中午，我们骑行到★◆冕宁彝海结盟纪念地（四川冕宁县彝海乡彝海西北岸草坡）。

【诗词】

鹧鸪天·彝海结盟小叶丹①

丽日晴空记昨天，碧波绿水忆当年②。伯承跃马长征路，头领交心彝海边③。
喝血酒，拜金兰④。汉彝原本有亲缘。果基支队红旗艳⑤，高唱英雄小叶丹。

【注释】

①果基约达（1894 ~ 1942），彝族，别名小叶丹，四川越西县人，解放前系四川冕宁彝族果基部落的头人；新中国成立 60 周年之际，当选“100 位为新中国成立作出突出贡献的英雄模范人物”。②彝海四季多为丽日晴空，终年碧波粼粼。③见下文。④金兰：义结金兰，结拜为兄弟姐妹的代称，语出南朝·宋·刘义庆《世说新语·贤媛》：“山公于嵇、阮一面，契若金兰。”⑤红军授予小叶丹“中国彝民红军沽鸡（果基）支队”的旗帜，并委任他为支队长；该旗帜作为革命文物珍藏于中国人民革命军事博物馆。

【随记】

昨夜一直刮大风，担心下雨，老曹夜里起来看了好几次。天助我也，早晨放晴。从冕宁出发不久，即开始绕灵山景区爬灵山——名闻遐迩的“大凉山”山脉。山坡很长，有几十公里；山坡还很陡，一些地方只能推行。但对我们而言，这一点点困难根本不算什么。不是吗？想一想当年的红军，他们前行在这大凉山，何止是山高路险？天上地下前堵后追无处不在——那穷凶极恶的蒋介石国民党几十万匪兵，织成的是危机四伏的天罗地网。

四川冕宁县彝海结盟纪念地

经彝海镇，我们右转彝大路，再爬几公里坡，骑到了彝海结盟纪念馆。1935 年 5 月，红军长征经过此地，出生于上普雄黑彝贵族家庭的彝族头领小叶丹与红军刘伯承司令员，以水代酒歃血盟誓结为兄弟，红军终于在彝人帮助下，顺利走出凉山彝族地区，摆脱了国民党追击。采用独具彝族特色的羊蹄牛头等色彩符号进行装饰的、呈全框架结构彝式石板房的纪念馆，真实记录了红军长征途中“彝海结盟”一段佳话。广场上，高举酒碗，脸带笑容，并肩站立的刘伯承和小叶丹（塑像），遥看远方，对天盟誓，栩栩如生。沿路可见标语“共产党，瓦吼瓦！”当地彝族老乡说，就是共产党好的意思。

返回彝海镇再上国道，不久开始下雨，看前面还耸立着高高的“拖乌山”。因为沿路没有住宿，我们只能冒雨前行。幸亏翻越山岭后是连续几十公里的下坡路，骑到石棉已是晚上 8 点。一看码表，今日全程 140 公里。

八十七、琼崖旗帜冯白驹

【题记】

2017年1月26日中午，我们骑行到☆冯白驹故居（海南海口市云龙镇长泰村）。

【诗词】

阮郎归·琼崖旗帜冯白驹[1]

琼崖奋战是雄狮，威名谁不知？海南孤岛秀英姿，勇忠再智奇[2]。

革命菜，百花衣[3]。弟兄紧傍依。廿三年份树红旗[3]，白驹志不移。

【注释】

①冯白驹（1903 ~ 1973），海南琼山县（今海口琼山区）人；琼崖革命武装和根据地创建人之一。②海南岛孤岛奋战，冯白驹被称为“大勇大智大忠”的将军。③艰苦斗争，冯白驹与战士没有粮食，把一种无名野菜叫作“革命菜”；衣服破烂了，剥树皮来做“百花衣”。④冯白驹创立了琼崖武装斗争“二十三年红旗不倒”的光辉业绩，周恩来称誉他是“琼崖人民的一面旗帜”。

【随记】

明天就是大年三十，又要在外面过年了，有同学发微信呼喊我们：“疯子，快回家过年啊，海南的酒店那么贵。”因为“红色骑行”，我们已经连续三个春节没在家过了，挺想家的，惦念老人，想孙子。记得清清楚楚，去年寒假期间，十可去南京玩，返程时来我们家，在门口兴奋地对老曹说：“奶奶，妈妈给我钱，我给你买礼物了，是香香（护肤品）。”然后，十可低下头很内疚地说：“可是，没有给爷爷买酒。妈妈说，背不动。”五岁小孩，竟然有这样的心情体验！第二天十可再来我家，非要买酒，并且非要自己拎着，人小酒重，摇摇晃晃直到我家，十可兴高采烈，我们却激动得老泪纵横。

参观若干红色景点后，在云龙镇左转，向西南走省道202，翻岭脚岭，再南下乡道136，我们骑达冯白驹纪念馆。冬天的海南确实与众不同，一路过来，到处郁郁葱葱，乡道上路窄人少村庄不多，两旁的常绿树木，让人感到清爽无比。处于村庄最高处的，屋后古木成林，屋前花圃艳丽的冯白驹故居，更透着一派春天气息。故居始建于1922年，1942年冬日军“蚕食”“扫荡”时被焚毁，1951年修复，1984年按原貌重建。冯白驹铜像竖立在庭院正中，陈列室陈列着冯白驹的革命业绩，及其亲属英烈的生平简介——在冯白驹影响下，其亲属先后有20人投身革命，有12位亲人献出了宝贵生命。如此共产党员，我们已见过许多。

热情的管理人员，逐一介绍，还不厌其烦地为我们拍合影照。当我们坐在门前广场的石椅上吃着自带午饭时，又送来了热水。

海南海口市冯白驹故居

八十八、终身为民扛长工

【题记】

2018 年 10 月 4 日下午，我们骑行到☆何长工纪念馆与何长工墓（湖南华容县烈士陵园内）。

【诗词】

浣溪沙·终身为民扛长工[①]

设计军旗舞碧空[②]，秋收起义更威风。再邀王佐变英雄[③]。
南粤倾心寻劲旅[④]，瑞金施教做先锋[⑤]。躬身民众做长工[⑥]。

【注释】

①何长工（1900 ~ 1987），湖南华容人。②秋收暴动时，中国工农革命军第一面军旗主要设计者是何长工。③ 1928 年春，何长工只身赴井冈改造王佐。④何长工再奔赴广东，寻找朱德、陈毅率领的南昌起义余部，为朱毛会师奠定了基础。⑤何长工是我党最早的教育家之一，曾在瑞金红军时期创办红军大学并任校长，以后又担任抗日军政大学副校长和东北军政大学代校长。⑥何长工原名何坤，毛泽东建议他改现名，并嘱咐要“为民众扛一辈子长工”。

【随记】

清晨离开湖北监利县，穿过繁忙热闹的县城，骑上长江大堤，十公里左右，来到鄢铺渡口——我们将要第五次骑离湖北，第 16 次跨长江，第三次进入湖南省。渡船显得十分古老陈旧，而且是各类车辆和行人混装过江。很久没有这样过江了，有一些兴奋，船行在浩瀚壮阔的长江上，我们展开旗帜拍了很多照片。半个小时以后，渡船靠岸，我们又踏上湖南大地，进入岳阳华容县，而且立刻爬山。

华容历史悠久，人杰地灵。公元 280 年设县治，迄今已有 1700 多年。几千年来，华容人民耕耘生息于这块肥沃土地，创造了光辉灿烂的文化。大禹在这里登山治水，杜甫在这里把酒赋诗，岳飞在这里插旗操军……现代，则诞生了我们今天要去瞻仰的革命先驱何长工。

一辈子为民众扛长工的何长工，是华容的优秀儿子。赴法勤工俭学，加入旅欧中国少年共产党再转为中国共产党党员，回国后先从事党的秘密工作，再从事学生运动，参加秋收起义，历任红八军军长、红军大学校长等职，新中国成立后，又担任全国政协副主席等。“华容县烈士陵园”内的纪念馆，充分展示了何长工在建党、建军和建国等方面的丰功伟绩。一位帮我们拍照的老乡自豪地说：“何长工是我们华容的骄傲与光荣！”

晚上，我们入住华诚宾馆。“湘鄂赣战役”接近尾声，几天后骑到张家界，我们要乘火车返程。老赵网络订票，已经没有预想的车次，不得已我们将票买到上海，然后准备在路过杭州时提前下车再中转芜湖。

湖南华容县何长工纪念馆与何长工墓

八十九、赤子忧国李立三

【题记】

2018 年 9 月 13 日上午，我们骑行到☆李立三故居（湖南醴陵市渌江乡福建围村）。

【诗词】

采桑子·赤子忧国李立三①

书香门第花开日②，天降豪贤。天降豪贤，赤子忧国李立三。
南昌起义安源沸，地覆天翻。地覆天翻，生死三番李立三③。

【注释】

①李立三（1899 ~ 1967），湖南醴陵人；中国工人运动的杰出领导人之一；又，李立三以“忧国子”而自名。②李立三家为书香门第，其出生时适逢家中一株百龄凤尾盛开。③在斗争岁月中，李立三同志被传言死过三次及开过三次追悼会。

【随记】

从大瑶镇出发，走国道 106 一路向南，过李畋镇、王仙镇，40 多公里后右转进入小道阳三石路，再右转走一条无名村道，上午 11 时我们骑到了位处醴陵市渌江乡的李立三故居。故居正在扩建维修，到处是建筑材料、建设工地与忙碌的人们。工作人员告知我们，“是为了迎接明年李立三 120 周年诞辰”。

该故居坐东朝西，黄色围墙，八字柴门，芋园两字题写在门额上，门联为“春华秋实，日升月恒”。柴门内有房屋 32 间，为土木结构的单层庭院式民居，15 米处是正屋，原中共中央总书记胡耀邦题写“李立三同志故居”在大门石刻门额上。该故居原为他人产业，1891 年由李立三祖父购置。作为前清秀才的李立三的父亲和伯父，曾经在故居内办过私塾。

出生于书香门第、殷实人家，李立三却将自己的一生系于共产主义事业。赴法勤工俭学回国，1921 年就加入中国共产党，先后在地方和中央担任工人运动领袖，曾一度掌握着中共中央的实际权力，参与领导安源大罢工、五卅反帝爱国运动、上海三次工人武装起义和南昌起义。新中国成立后，又历任中共中央工委书记、中华全国总工会副主席等职。故居内右横屋及住房现辟为辅助陈列室，陈列有 230 多件实物照片和文字资料，介绍李立三光荣的一生。

湖南醴陵市李立三故居

整修中的李立三故居，仍然开着大门并允许人们参观。参观者既有本地人，也有如我们一样来自他乡。看见我们是远道骑行而来的两位老者，许多人赞赏之中还有一些惊奇。有人甚至于不相信年纪，看了我们的身份证，才惊讶地承认：“真的快 70 了，全国都恐怕难以找到这样的老夫妻。”在帮我们拍合影照片之后，一些人还特地用自己的手机拍照片，说是要给亲朋好友看。

九十、经济领导毛泽民

【题记】

2016 年 6 月 26 日中午，我们骑行到★◆毛泽民烈士墓（新疆乌鲁木齐市烈士陵园内）。

【诗词】

南乡子·经济领导毛泽民①

最早是泽民，做主当家算百辛②。财政金融一手务，清楚。国兴民歆经济举③。

建业正逢春，又去天山做大臣④。岂料贼人挥钺斧，无语。悲痛相思知几许？

【注释】

①毛泽民（1896 ～ 1943），湖南湘潭县人，毛泽东二弟；新中国成立 60 周年之际，当选“100位为新中国成立作出突出贡献的英雄模范人物”。②百辛：种种艰辛，代指经济问题；宋·范仲淹《明赏赋》有：“惧四维之有艰，尚疮痍而百辛。”③歆：悦服、欣喜；《国语·周语下》有“以言德于民，民歆而德之，则归心焉”。④天山：代指新疆；详见下文。

【随记】

艰苦卓绝的“大西北战役”在 2016 年年中启程，共穿越陕甘宁青新等五个省区 53 个市县。出发之际，曾赋诗《丝绸之路大穿越》一首：千年丝绸路，今天我出发；万里长征途，一路骑天涯。拂晓接晨曦，黄昏送晚霞；渴饮戈壁露，饥食大漠沙。两脚踩冰川，双肩披丹霞；身边伴驼队，耳际绕胡笳。始自敢当者，行至无我家；梦想要穿越，吾心在到达。

新疆乌鲁木齐市毛泽民墓

骑行 40 多天以后，我们终于到达乌鲁木齐——世界上最内陆、距离海洋和海岸线最远的美丽而神秘的大型城市。曾经无数次地向往，而今我们也没有想到是骑着单车来的！中午参观“八路军驻新疆办事处纪念馆”，下午骑到了南郊燕尔窝风景区的烈士陵园。经过沟通，门卫允许我们骑行进入，还饶有兴趣地与我们合影。

跟着兄长毛泽东，毛泽民早年入党，并在瑞金中华苏维埃出任国家银行第一任行长，后兼任闽赣省苏维埃政府财政部部长等职。参加长征到陕北后，任国民经济部部长。抗日战争爆发后，受党中央派遣，先后出任新疆省财政厅、民政厅厅长等职。1942 年，毛泽民和陈潭秋等被军阀盛世才逮捕，一年后被秘密杀害。我们在毛泽民墓碑前默哀。

晚上，新疆财经大学 EMBA 学生吕俊毅在乌市著名的新疆国际大巴扎设宴欢迎我们。与吕总相识，是在此前的国际商学院丝绸之路挑战赛上。吕总之父是安徽人，曾经的老兵团战士。见到家乡人倍感亲切，得知我们骑行新疆，并有了此次远方相约。酒喝高了，微醉中我们登上大巴扎大舞台，与热烈奔放的新疆朋友携手共舞。

九十一、鲁迅精神民族魂

【题记】

我们曾数次参观★◆鲁迅故居（浙江绍兴市鲁迅路208号）；2015年2月19日与2019年3月27日，我们两次骑行到此。

【诗词】

西江月·鲁迅精神民族魂①

俯首暖拥孺子，横眉冷对奸民②。中华必须有灵魂，敢问谁担重任？
壮语权当匕首，豪言可为钢针。文坛主将领千军③，伟大先生鲁迅。

【注释】

①鲁迅（1881 ~ 1936），无产阶级文学家、思想家、评论家，中国现代小说、白话小说和近代文学的奠基人之一，新文化运动的领导人之一，左翼文化运动的支持者，被誉为“民族魂”；新中国成立60周年之际，当选“100位为新中国成立作出突出贡献的英雄模范人物”。②改自鲁迅著名诗句：“横眉冷对千夫指，俯首甘为孺子牛。”③见下文。

【随记】

乙未年大年初一，我们骑行在由杭州前往绍兴的路上！

昨晚年三十，我们在杭州度过。曾经在杭州浙江省委党校工作，杭州也有一些朋友，但过年的时候不愿惊动，也不好意思惊动，于是住进了预订的锦江之星。稍事休整，寻得一家川菜馆吃火锅，老赵说“取一个红红火火之意”，老曹心里清楚，老赵喜欢吃火锅。酒足饭饱后，我们携手夜逛美丽西湖。“别有诗情画意！”——我们自己说。其实，后续“红色骑行”之路，我们还度过了数个春节等节假日以及我们两个人的生日等纪念日。

今早7时半，第一次骑跨钱塘江过西兴大桥—钱江三桥。不久，转入国道104，我们听着远处的喜庆鞭炮声，沐浴着新年的浓郁气息，顶着刺骨寒风，骑向绍兴（四年后的“长三角战役”，我们再一次骑经绍兴）。

绍兴有2500多年建城史，素称“文物之邦、鱼米之乡”，也是著名的水乡、桥乡、酒乡、书法之乡和名士之乡。因此，绍兴获得首批国家历史文化名城、联合国人居奖城市、中国优秀旅游城市和国家森林城市等殊荣。中午骑到绍兴，我们着重参观了与“红色骑行”有关的周恩来祖居和鲁迅故里。

浙江绍兴市鲁迅故居

鲁迅的著作，家中书橱放了一长排，但我们清楚这只是一部分。被毛泽东评价为伟大的无产阶级文学家、思想家、评论家，中国文化革命的主将，中华的精神的先生，被人民誉为“民族魂”的先生，一生著作有近1000万字。先生对五四运动后中国文化的深刻影响，一直持续至今乃至未来——至少，我们如此肯定认为。

九十二、华侨旗帜陈嘉庚

【题记】

2016 年 3 月 2 日上午，我们骑行到☆◆陈嘉庚故居暨纪念馆（福建厦门市集美区嘉庚路 149 号、24 号）。

【诗词】

鹧鸪天·华侨旗帜陈嘉庚①

创业南洋成大亨，入盟知晓为民生②。支援抗日忙筹赈，致力强国唤奋争。

捐富贵，食残羹③，华侨旗帜是嘉庚。尊称校主师生愿④，华夏光辉誉毕身。

【注释】

①陈嘉庚（1874 ~ 1961），福建同安县集美社（今厦门市集美区）人，著名爱国华侨领袖、企业家、教育家、慈善家、社会活动家，被毛泽东誉为“华侨旗帜，民族光辉”；新中国成立 60 周年之际，当选“100 位为新中国成立作出突出贡献的英雄模范人物”。②③见下文。④陈嘉庚创办厦门大学、集美学村（集美大学前身）等，师生尊称其为“校主”。

【随记】

昨天下午，我们在漳州参观景点后再匆匆赶往角美镇。天渐黑，路灯也没有了，糟糕的是，全程修路。原本道路就不宽，分段隔离墙则将路划得更窄。加之前几天一直下雨，坑坑洼洼的路面全是烂泥浆，川流不息的车辆射出刺眼灯光，让我们无法辨别方向。而当车一过去，眼前又是一片漆黑。此时，我们骑的“捷安特”还没有自备发光车灯，只有老赵带着光线很暗的头灯，而老曹只好远瞅着老赵衣服和驮包上的荧光条反光前行，我们几次掉进路旁的沟里。晚 8 点多钟，我们总算骑到侨乡角美镇，休息时已经夜 11 点。

今天早晨 5 点就起床，在用电吹风烘吹尚未干透的衣服时，老曹发现自行车前胎又瘪了，赶紧拿出工具补胎。烘衣补胎，8 点出发直奔厦门。

厦门又称鹭岛、海中之城，我们曾数次旅游到此，而此次是“红色骑行”去嘉庚故居和集美中学李林纪念碑。沿着厦门国际马拉松主赛道堪称最美最经典的环岛骑行路线骑行，海风拂面，我们亦尽情享受着临海城市的优雅和浪漫。上午，我们骑到了集美区嘉庚路上的“陈嘉庚故居纪念馆”。

出生于华侨世家的陈嘉庚，17 岁时渡洋前往新加坡谋生艰苦创业获得巨大成功。他一生具有强烈的爱国情怀，1910 年加入中国同盟会即在盟书上签名发誓“驱除鞑虏，恢复中华……”此后，他不仅为辛亥革命、民族教育、抗日战争、解放战争，而且在 1949 年应毛泽东电邀归国，为新中国建设作出了卓越贡献。令人肃然起敬的是，他为国家和民族慷慨输捐，自己一生却过着非常俭朴的生活。晚年的陈嘉庚，还请人在鳌园刻录“台湾省全图”，念念不忘国家统一。

福建厦门市集美区陈嘉庚故居暨纪念馆

九十三、竭尽微忱张自忠

【题记】

2018年4月1日上午，我们骑行到★◆张自忠烈士陵园（重庆北碚区西南缙云山麓）。

【诗词】

五律·竭尽微忱张自忠①

临沂杀悍将②，随枣喊冲锋③。
微忱红心尽④，精忠赤胆终⑤。
献身拼日寇，舍命做英雄。
敏慧真芳烈⑥，天堂伴自忠。

【注释】

①张自忠（1891～1940），山东临清人；著名抗日将领、民族英雄，新中国成立后追认为革命烈士；2014年列入“民政部第一批著名抗日英烈和英雄群体名录”；新中国成立60周年之际，当选“100位为新中国成立作出突出贡献的英雄模范人物”。②临沂会战，张自忠所部斩杀日寇名将板垣。③随枣会战是抗日战争期间，正面战场上国民党军发动的惟一一次战略性进攻战役。④⑤取自张自忠：“当兵就要精忠报国，竭尽微忱”；又，张自忠取字“荩忱”即忠臣。⑥张自忠殉国时，年仅50岁的夫人李敏慧闻耗悲痛绝食七日而死。

【随记】

冒雨骑行已成常态，昨天早上又冒雨出发，下午1点多钟才找了个躲雨的地方吃午饭。此时，距离重庆北碚区还有60多公里。问了两个司机，他们说前面还要爬山，要翻过了“大田坎”才会是下坡。

重庆北碚区张自忠烈士陵园

雨，一直在下，我们全身上下、里里外外已经湿透了。与此同时，上坡时气喘吁吁弄得满身大汗，下坡时呼呼大风夹着雨水迎面扑来，热汗交织着冷雨，全身都透凉。握着湿透的海绵车把，加上淋雨，控制刹车不停调控的双手，不仅被泡得肿肿的，还有阵阵的麻木胀痛，被湿透的鞋子泡肿了的双脚，甚至失去了知觉。一直骑到晚上7点多，我们才到达北碚区，入住的“7天”居然没有电梯。我们拎包上楼，吃饭，洗澡，洗衣服，再用吹风机吹干鞋子和设备衣服等，直到夜11点多才休息。

连续地冒雨爬山，对我们60多岁的人来说，实在是挑战极限。老曹一直念叨“钢铁是怎样炼成的，钢铁就是这样炼成的”来鼓励她自己！这不，今天我们依然斗志昂扬，清晨8时许即骑到了重庆梅花山的“张自忠烈士陵园”。大战无数，功勋卓著，不幸的是，张自忠1940年在襄阳与日军战斗时壮烈殉国，时年49岁。1942年，冯玉祥书写《梅花山》，刻于石碑，立于墓前，还亲自在墓前种植了梅花树，以祭奠张自忠。本名雨台山从此改名梅花山，张自忠因此又有“梅花上将”之美誉。

大雨过后，梅花山中的张自忠陵墓，格外庄严肃穆，而且无比清新壮丽。

九十四、血性少帅张学良

【题记】

2016 年 10 月 1 日中午与 15 日中午，我们分别骑行到☆◆张学良旧居（辽宁沈阳市朝阳街少帅府巷 48 号）与☆◆张学良故居（天津和平区赤峰道 78 号）。

【诗词】

南乡子·血性少帅张学良[1]

国耻日悲伤[2]，少帅学良不放枪[3]。事变西安彰血性，强硬。到底男儿知大政[3]。

【注释】

①张学良（1901 ～ 2001），辽宁海城人；著名爱国将领，人称“少帅”；新中国成立 60 周年之际，当选“100 位为新中国成立作出突出贡献的英雄模范人物”。② 1931 年 “九一八”事变，国人将这一天视为国耻日。③驻守北大营的 10000 多名东北军将士因遵循张的严令没有抵抗。④大政：国家政务。语出《左传·襄公二十九年》：“吾子为鲁宗卿，而任其大政，不慎举，何以堪之？”

【随记】

国庆节，秋高气爽，阳光明媚。有人问老赵：“是不是出生在国庆节？”老赵笑笑：“是前苏联的‘国庆节’”。1917 年 11 月 7 日，列宁领导的布尔什维克取得十月社会主义革命的胜利，1922 年苏联成立。此后，“十月革命节”就成为这个国家和全民的“国庆节”——直到苏联解体。老赵出生于 1954 年 11 月 7 日，于是老一辈人就给取了“国庆”这个名字。

6:30，我们骑离抚顺向沈阳。沿途骑行人很多，快进沈阳时一位热心骑友指了一条沿江自行车道，风景特美，环境特雅，骑友特多，大家互相致意，我们的心情也特好。当然，这一条路要多出几公里，幸运的是在路边遇到一家“美利达专卖店”。老板宋景茹（男士取了个女生名字，宋老板腼腆地说：“是父亲老来得子，取了女孩名字以求平安好养。”）宋老板人热情，技术又好，将我们的车全面调试，上油，加气，而且无论如何不收费。真正的东北人“个个是雷锋！”

辽宁沈阳市张学良旧居

少帅张学良曾经不抵抗，背负“骂名”，心有委屈，更有不甘。终于，1936 年血性的他与杨虎城一起发动震惊中外的西安事变，扣押蒋介石，逼蒋抗日，促成国共二次合作，结成抗日民族统一战线，在由国内战争走向抗日战争的转折点上，做出了特殊贡献。参观张学良的几处旧居故居，让我们对他有了进一步认知。

沈阳太大，节日气氛很浓，游人如织，酒店宾馆价格暴涨。幸亏我们三天前预订了“七天”快捷酒店。老曹舌头一伸：“差一点要露宿街头了。”

九十五、和平将军张治中

【题记】

2016 年 11 月 14 日，我们骑行到☆张治中故居（安徽巢湖市黄麓镇洪家疃村）。

【诗词】

西江月·和平将军张治中①

处事若同大梦②，立身定志精忠③。咬姜喝醋去冲锋，至爱亲娘相送④。

抗日只因华夏，和平为了苍穹。将军奔走有奇功，历史丰碑高耸。

【注释】

①张治中（1890 ~ 1969），字文白，安徽巢县（今巢湖市）人；著名爱国将领。②取自唐·李白《春日醉起言志》：“处事若大梦”；又，宋·苏轼《西江月》有：“世事一场大梦”。③定志：专心，立志。④张治中 16 岁独自离家远行，母亲要其咬口生姜喝口醋（安徽洪家疃村流传古训），寓意人生只有承受所有的苦辣辛酸，才能成人立业。

【随记】

常州“三杰”与我们安徽巢湖“三杰”，情况有一些不同。前者瞿秋白、恽代英和张太雷，是我党早期的三位优秀领导人。后者李克农、张治中和冯玉祥，则是分属国共两党，却一致要报效祖国的三将军。

“大北方战役”，我们脚踩单车穿越九省历时 70 余天，在即将结束时，骑到了巢湖，骑向“张治中故居”。前行的道路也在大修——十几年间我们记不清遇到了多少大修的道路，也因为这些道路而吃尽了“额外”的苦头。要是再遇到下雨，那更是苦不堪言。

安徽巢湖市张治中故居

张治中故居建于 1927 年，是“巢湖三将军”故居中最“原汁原味”的建筑。故居背山面水，砖木结构，小瓦屋面，门首悬有张治中故居花岗岩匾额，张治中当年的生活用品则按原样陈列室内。大门两侧，各有一棵当年用直升机从原金陵大学农学院移栽于此的龙柏树，依然枝叶茂盛。离故居南约 100 米，是张治中先生创办的黄麓师范。校园中，汉白玉将军塑像身板挺拔，桂翁堂位处塑像左侧，今属故居纪念馆一部分。

流连忘返于故居前清澈碧绿的水塘，以及周边洪家疃村两百多户民宅及幸福人儿，陶渊明笔下的“世外桃源”再现眼前。忽然遐想，坚决拥护孙中山先生三大政策，坚持国共两党和平共处，“三赴延安”，再去北平，积极推进国共和谈，为中国和平做出了重要贡献，唯一一位没有同共产党打过仗的国民党将领，被称为“和平将军”、如今已驾鹤西去的文白先生，是否还惦念着海峡两岸的握手言和、一统江山？甚或，倘若先生归来，还愿意再一次为台湾回归而“和平”呼号奔走吗？

九十六、国际战士白求恩

【题记】

2018年5月10日上午、17日上午与2020年8月4日上午，我们分别骑行到★◆白求恩故居纪念馆、白求恩模范病室旧址（山西五台县耿镇镇松岩口村）、★◆白求恩纪念馆、白求恩墓（河北石家庄市华北军区烈士陵园）与白求恩柯棣华纪念馆（河北唐县）。

【诗词】

诉衷情·国际战士白求恩①

跨洋枫叶送福音②，战士白求恩。建成马背医院③，战地疗伤痕。

无利己④，有诚心，献终身。太行行药，晋冀扶伤，国际亲人。

【注释】

①亨利·诺尔曼·白求恩（1890～1937），加拿大安大略省人；加拿大共产党员，国际主义战士；2014年列入“民政部第一批著名抗日英烈和英雄群体名录”；新中国成立60周年之际，当选“100位为新中国成立作出突出贡献的英雄模范人物”。②枫叶：加拿大被称为“枫叶之国”。③白求恩在晋察冀发明了“马背医院”。④取自毛泽东《纪念白求恩》文：“一个外国人，毫不利己的动机……”

【随记】

早晨从金岗库乡出发，路好风顺，30多公里一个多小时，我们就骑到五台县松岩口村的白求恩纪念馆。

白求恩的名字早就耳熟能详。几十年前，我们在中学读书，插队农村，以及到部队服役，经常学习、背诵的“老三篇”之一是《纪念白求恩》：“白求恩同志是加拿大共产党员，五十多岁了，为了帮助中国的抗日战争，受加拿大共产党和美国共产党的派遣，不远万里，来到中国……”

纪念馆广场上有白求恩墓暨雕像，白求恩也是被中国政府树立雕像的第一位外国人，1990年诞辰100周年之际，中国和加拿大还联合发行了纪念邮票。白求恩故居是他在松岩口村的住处。被晋察冀军区司令部命名的“白求恩模范病室”则是按原貌重新修建。原先是一个设备简陋的医疗所，是白求恩为改进战场救治条件，组织人力物力，用五个多星期时间改建而成。

河北唐县白求恩柯棣华纪念馆

史姓年轻女工作人员热情洋溢地领着我们四处参观，还特别地指着一棵有800年生命的大树，讲述了一个鲜为人知的故事：白求恩医术精湛，并将自己的O型血输给生命垂危的中国士兵，一个外国人的精神不仅感动了中国人，甚至感动了这棵大树。于是，树枝长成为一只坚强的手臂，“象征着中国人民不屈不挠的顽强精神”；更令人称奇的是，在白求恩牺牲后，从不连接的树枝竟然长出了“连理枝”——惹得我们俩赶紧跑到大树下并请史女士帮助拍合影照片。

九十七、辉耀中印柯棣华

【题记】

2018年5月17日中午与2020年8月4日上午，我们分别骑行到★柯棣华墓暨☆印度援华医疗队纪念馆（河北石家庄市华北军区烈士陵园内）与白求恩柯棣华纪念馆（河北唐县）。

【诗词】

减字木兰花·辉耀中印柯棣华①

恒河情谊②，中国日中赠子弟③。救死扶伤，义士行医在战场。
高歌国际，晋察冀中彰道义。中印齐夸④，辉耀千秋柯棣华⑤。

【注释】

①柯棣华（1910～1942），原名德瓦卡纳思·桑塔拉姆·柯棣尼斯，印度孟买省人；著名医生，国际主义战士；2014年列入“民政部第一批著名抗日英烈和英雄群体名录”。②恒河：流经印度的著名河流。③中国日：1938年6月29日，柯棣华申请加入赴华医疗队，该日被孟买居民命名为“中国日”。④⑤取自朱德为柯棣华陵墓题词：“……国际主义医士之光，辉耀着中印两大民族。”

【随记】

几天前的天气预报说有大雨，让我们好纠结，但今天出发时下的是小雨。为防万一，我们还是全副武装。由井陉向石家庄的道路很不错，但不久我们发现有一些不对头，这一条标着省道的路，可能是刚修建完成但还未全线贯通的快速通道。想下，找不到路口，好在没有车辆，就这样，爬了许多山坡，沿桃河骑过许多桥，穿过包括两条长1276米和1760米的隧道——“糊涂”导航也为我们进入石家庄节省了路程和时间。

在“华北军区烈士陵园”，我们来到柯棣华墓暨印度援华医疗队纪念馆。1936年，柯棣华从孟买助学医学院毕业并考取英国皇家医学院，1938年随同印度援华医疗队到中国协助抗日，先后在延安和华北抗日根据地服务。最令人刮目相看的是，他真真切切地正式参加八路军，加入中国共产党。可惜的是，32岁的青春年纪却因病逝世。

河北石家庄市
“柯棣华墓暨印度援华医疗队纪念馆”

老赵多次来石家庄给中国移动等单位讲学。知道我们骑行到此，曾负责讲学安排、现已成为朋友的张树杨先生热情接待。晚上，一定要带我们从南二环驱车30多公里到城西北，去吃石家庄最有名的高建民驴肉火烧。树杨说：“石家庄满大街都是驴肉火烧，但只有这家是最地道。”而且是“提前几天就做了预订”。果然，该店生意十分红火：排长队，抢包厢，翻台子，人满为患，也把驴身吃了个遍。吃完以后更认知了“天上龙肉，地上驴肉”。细心的树杨，还另外给我们准备了明天路上吃的驴肉火烧。又约定，来日一道骑向北京。

九十八、史沫特莱真朋友

【题记】

2016 年 10 月 19 日下午，我们骑行到★史沫特莱墓（北京石景山区八宝山革命烈士公墓）。

【诗词】

惜分飞·史沫特莱真朋友①

白素女皇高挺首②，宣誓坚持战斗。正义一双手，笔耕不断雄风赳。
史沫特莱真朋友，文为中华庇佑。盼望江山秀，告别之日国歌奏③。

【注释】

①艾格尼丝·史沫特莱（1892 ~ 1950），美国密苏里州奥斯古德镇人；美国著名记者、作家和社会活动家；遵其遗愿，其骨灰安放在北京八宝山革命烈士公墓，墓碑上朱德题写碑文："中国人民之友美国革命作家"。②当时美联社曾有长篇报道说史沫特莱："从前的一个美国农村姑娘将成为千万黄皮肤人的实际上的'白肤女皇'"。③见下文。

【随记】

前以述，为中国革命做出巨大贡献的许多外国朋友来自世界各地，这里要补充说明，他们都是具有专业知识与技能的专家学者，都很年轻，他们还有男有女。杰出的是与众不同的美国人艾格尼丝·史沫特莱，就是其中女士之一。

1928 年底，史沫特莱漂洋过海到中国，一待就是 12 年。12 年，史沫特莱目睹日本对中国侵略之野蛮与残暴，她愤怒了；12 年，史沫特莱遍访华北、华中和延安并受到毛泽东和朱德的接见，成为八路军中第一个随军外国记者；深入云岭新四军军部，史沫特莱深刻认识了中国的红色革命和中国共产党，因此向世界发出了正义的声音—《中国红军在前进》《中国人民的命运》《中国在反击》与《中国的战歌》等纷纷出世，并成为不朽之作。

"大北方战役"如期进行，我们第一次骑行到达北京。在参观其他红色景点之后，我们骑行前往八宝山革命烈士公墓，去祭拜安葬在那里的史沫特莱。1940 年，史沫特莱因病回美国，因手术不治在英国伦敦逝世。但是，她留下的遗愿，却是要葬在中国，并在致友人的信中说："……如果能为我的遗体只唱一首歌，中国的国歌——'起来'，我将不胜感激。"史沫特莱如愿以偿，其骨灰最终安放在北京。我们知道，史沫特莱爱中国爱得太深，她舍不得中国，也离不开中国。史沫特莱更加热爱中国共产党，她曾经强烈要求加入中国共产党，当被告知留在党外能做更多工作时，她极为痛苦和伤心并为此放声大哭。

北京石景山区史沫特莱墓

轻轻地拭去墓碑上的浮灰，我们静默致哀，唯恐惊动了躺在墓穴中的"白肤女皇"史沫特莱。

九十九、进步作家斯特朗

【题记】

2016年10月19日下午，我们骑行到★斯特朗墓（北京石景山区八宝山革命烈士公墓）。

【诗词】

醉花阴·进步作家斯特朗①

进步作家斯特朗，将笔当钢杖。抗战写篇章，义愤填膺，豪情高千丈。
预言华夏新形象，慷慨说真相②。理想葬神州③，不尽相思，方寸留模样④。

【注释】

①安娜·路易斯·斯特朗（1885～1970），美国内布拉斯加州费伦德城人；芝加哥大学哲学博士，美国进步作家和中国人民的朋友。②斯特朗的报道与著述，既揭露了“4·12反革命政变”与“皖南事变”真相，又热情讴歌了中国共产党领导下的伟大的人民战争，并且向全世界人民预告：中国抗战必胜！③遵其遗愿，斯特朗骨灰安葬于被称为“理想的归宿地”的中国。④见下文。

【随记】

在北京八宝山革命烈士公墓，还安葬着一位杰出的美国妇女，这就是被称作“中国人民之友”的安娜·路易斯·斯特朗。我们在祭拜上述史沫特莱等杰出人物的同时，也特意找到了斯特朗陵墓并献上了诚挚的哀悼。

斯特朗是深受中国人民尊敬和爱戴的美国进步女记者与作家。她一生为追求进步和真理而不懈努力，先后六次来到中国，不仅留下了精彩的足迹，而且做出了非凡的贡献。尤其是前5次，她是在中国革命处于艰苦斗争的年代里来华访问，向世界报道中国人民的斗争实况和力量所在。在广州，她报道了著名的省港大罢工，采访了罢工领导人苏兆征。她深入湖南农村，报道了轰轰烈烈的农民运动。她到山西八路军总部采访了朱德等领导人，宣传了中国抗日的决心。她到重庆访问见到周恩来，昭示了中国共产党的理想。她访问延安，让全世界知道了毛泽东“一切反动派都是纸老虎”的著名论断。第六次是1958年，她以72岁高龄冲破重重阻力前来中国定居。诚如邓颖超的高度评价：“斯特朗生于美国，死于中国，她是中美两国人民的共同骄傲，又是两国人民的友谊象征。”

是的，中国，就是斯特朗的“理想的归宿地”。遵其遗愿，她的骨灰安葬于北京。而为了缅怀斯特朗，我国原邮电部于1985年6月25日发行一套《中国人民之友》纪念邮票三枚，斯特朗是其中之一，且与史沫特莱和斯诺并称为“3S”——因三人英文名字第一个字母均为S，故名。

北京的红色景点，因“3S”而异常鲜红。

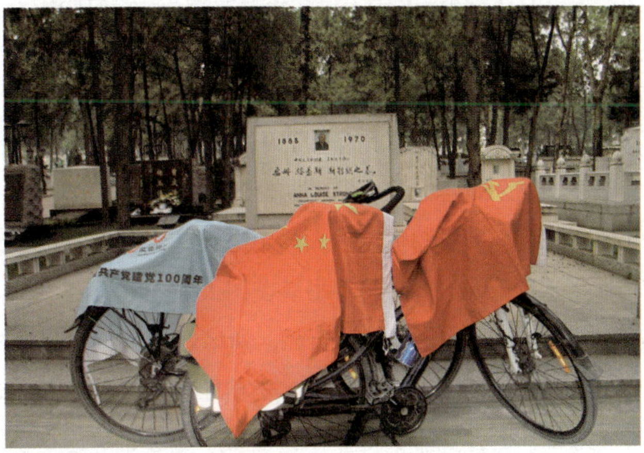

北京石景山区斯特朗墓

一〇〇、红星中国赖斯诺

【题记】

2016 年 10 月 19 日上午，我们骑行到☆◆斯诺墓（北京大学未名湖畔）。

【诗词】

减字木兰花·红星中国赖斯诺①

美国户口，鼻大肤白篮眼秀。冒险攻难，亲往边区看陕甘。
心连正义，红色中国书漫记②。意厚情殊，斯诺安魂北大湖③。

【注释】

①埃德加·斯诺（1905 ~ 1972），美国密苏里州坎萨斯城人；美国著名记者，第一个采访中国红色政权的西方记者；新中国成立 60 周年之际，当选“100 位为新中国成立作出突出贡献的英雄模范人物”。②③见下文。

【随记】

北京海淀区斯诺墓

创办于 1898 年，曾经的京师大学堂，如今的北京大学名闻遐迩。想象过多少种参观它的情形，却怎么也没有想到，处女之行是骑行到此，且是要来祭拜一位著名的红色“老外”——埃德加·斯诺。

北大人才荟萃，群星璀璨。100 多年来，聚集了众多著名学者专家，培养了一代代优秀人才，涌现出大批革命家、思想家、理论家、科学家和教育家。北大的官网信息显示，北大历史名人共计 217 位。李大钊、陈独秀、毛泽东、鲁迅、李四光、邓稼先等杰出人物，他们用智慧和生命，为北大发展谱写了光辉篇章，为中华民族的解放和振兴作出了重大贡献。

北大的标志景观同样众多，最著名的是“一塔湖图”。塔是博雅塔，湖是未名湖——位于校园中北部、呈 U 形、校园内最大的人工湖。为什么称之为未名湖？据说事出有因。该湖景色绝佳，当年大家竞相命名，却都不甚满意，于是干脆取此名。湖的南岸，在原花神庙遗址上，斯诺墓就坐落在那里。

1928 年，斯诺首次来华。1936 年，他费尽周折进入陕北根据地，开始他的红色访问，并成为第一个采访红区的西方记者。他撰写大量通讯，出版《红星照耀中国》一书。又名《西行漫记》的这本小册子，让全世界知道了伟大的中国共产党与英勇的中国工农红军。新中国成立后，他第三次来华访问，再著《大河彼岸》等书。美国人斯诺，用其真挚之心，勤奋之笔，对增进中美两国人民的相互了解和友谊，作出了特殊贡献。斯诺逝世后，遵其遗愿，其骨灰的一部分安葬在北大未名湖畔。

虔诚凭吊斯诺墓地，近看，松柏环绕，绿草如茵；远眺，一湖碧水，幽静深邃。而我们两个老共产党员、老教授的心中，正在生成热烈的企盼：这里的北大学子或那里的千万青年，应该健康成长茁壮成才，为中华民族的伟大复兴作出新贡献！

第三乐章：战地黄花分外香

（骑行瞻仰的100个红色遗址——含红军、八路军、新四军、抗日联军、民兵游击队和抗日国军正面战场等纪念场所、红色遗址、战斗遗址等）

旗开得胜马到成功

一、一方面军成立地

【题记】

2016年2月21日中午与2018年9月11日下午，我们分别骑行到★红一方面军总司令部、总前委、总政治部旧址（福建建宁县中央苏区反“围剿”纪念园内）与☆红一方面军成立地（湖南浏阳市永和镇石江村李家大屋）。

【诗词】

唐多令·一方面军成立地①

聚首李家祠，放歌大卵石②。浏阳河、荡起涟漪③。威武大军成立地，天晴朗，日春熙。

洗马闽西师④，平江湘赣旗⑤。为翻身，殊路同归。军恋朱毛声鹊起，建功业，展英姿。

【注释】

①红一方面军：中国工农红军主力之一，曾称“中央红军”。②亲历者（将军）回忆：“大屋前曾有一块黄色的大卵石，毛泽东曾头戴斗笠、脚穿草鞋，踏在上面发表激情洋溢的讲话”。③浏阳河绕经“李家大屋”附近。④⑤洗马：即“洗马池”，南昌起义总指挥部旧址，此处代指“南昌起义”；又，组成红一方面军的第一、第三军团，是来自南昌起义、湘赣边界秋收起义和平江、闽西、赣西南等地起义的部队。

【随记】

瞻仰李白烈士故居后，我们翻山越岭返回省道309，向西再爬当地最高的大洞岭，第一次跨浏阳河过官渡大桥，又南下转走县道003，骑到红一方面军成立地。

1930年8月，毛泽东、朱德率红一军团与彭德怀率领的红三军团在此会师。根据中央指示精神，两军整编成立中国工农红军第一方面军（简称红一方面军），共四万余人。毛泽东任前委书记兼总政委、中国工农革命委员会主席，朱德任总司令，彭德怀任副总司令。谁能想象，创建于清嘉庆年间的李家大屋，环境如此简陋，家具如此简单，却诞生了红一方面军这样一支在中国革命历史上具有十分突出地位的伟大队伍——仅开国十大元帅中就有八位，纪念馆内的墙壁上，则挂着满满一屋子的红军将领和革命先辈的照片。

参观后来到永和镇，我们已筋疲力尽。天色已晚，找旅馆特别麻烦。发呆时，一位石姓美女开车走到面前。“一定是遇到困难了”。这位来此开服装店的东北女老板主动说，“我看见你们来回骑了几次，是找不到适合住宿吧？”又说，“来，我给你们引路”。随即，她开车领引我们去了镇口“怡家宾馆”，再开车带老赵去街上买食品，还一再邀请说：“明天早上请你们吃特色早点。”真的让我们十分感动。

湖南浏阳市红一方面军成立地

二、二方面军出发地

【题记】

2018 年 10 月 11 日上午，我们骑行到★红二方面军长征出发地纪念馆（湖南桑植县刘家坪乡）。

【诗词】

破阵子·二方面军出发地①

呼应井冈烽火，点燃塔卧硝烟②。汇聚木黄成劲旅③，转战湘川斗宿奸。英雄何畏难。

高举冲锋旗帜，昂扬前进旌幡。勇士桑植发利剑④，第二雄狮劲奋拳⑤。高歌唱毕天⑥。

【注释】

①红二方面军：中国工农红军主力之一。②塔卧：永顺县塔卧镇，时年中共湘鄂川黔省委等在此建立根据地。③木黄：印江县木黄镇，1934 年 10 月红六军团与红二军团在此会师。④ 1935 年 11 月 19 日，红二方面军由桑植县刘家坪南下开始长征。⑤第二雄狮：代指红二方面军。⑥毕天：犹永世，永恒。

【随记】

昨天骑到贺龙家乡洪家关乡已经傍晚，景区附近的酒店旅馆也都爆满，我们只好再骑出一段路，夜宿村民开设的富华客栈。今早参观“贺龙故居和纪念馆”后，穿过熙熙攘攘的乡镇集市，听一位老乡指引，骑上一条崭新道路。导航肯定还没有更新标记，“忠于职守”的导航美女机器人，一路上不厌其烦地提醒：“请在前方路口掉头。”

上午 9:30，我们骑到红二方面军长征出发地纪念馆、纪念碑。土地革命战争时期，红二方面军由红军第二军团、第六军团及第三十二军组成，贺龙任总指挥，任弼时任政治委员，曾在湘鄂川黔苏区粉碎国民党军多次“围剿”。1935 年 11 月，这支英雄部队从刘家坪等地南下湖南桑植，开始了伟大的长征。

帮我们拍照的游人好奇地问，“为什么要选择骑行来追寻红色”？如此问题，朋友们已经问过 N 次！“交通工具很多呀？飞机、火车与大巴车，或者自驾车与摩托车。”有一次，孙儿赵十可竟然“建议”：“爷爷奶奶，你们还可以骑电瓶车的。”

湖南桑植县红二方面军长征出发地纪念馆

人们可能还不太了解，“红色骑行”所到之处，或者准确地说，我们要瞻仰的“红色遗址”，多处于深山僻野，至今还有一些交通不便。大西北、大西南和陕甘宁，昨天的洪家关，今天的刘家坪，都是如此。

此外，自行车骑行，也不只是方便与自由，健康与绿色。多年的“红色骑行”实践，我们还有特别体验：只有历经千辛万苦去追寻，才能更深刻地感受我们的党及其所领导的人民军队，是怎样一路跋山涉水与披荆斩棘而走过来！

三、四方面军诞生地

【题记】

2017 年 12 月 4 日上午与下午，我们分别骑行到☆红四方面军诞生地、☆红四方面军指挥部（湖北红安县七里坪镇）与到☆红四方面军总部旧址（河南新县首府路 30 号）；2018 年 3 月 19 日上午与 21 日下午，我们分别骑行到两处★红四方面军司令部旧址（四川旺苍县中国红军城、四川阆中市阆中古城）；3 月 19 日下午，我们骑行到★红军渡暨红四方面军长征出发地纪念馆（四川苍溪县西武当山）。

【诗词】

小重山·四方面军诞生地①

湛湛山南七里坪，美名齐汉口，贸商兴②。四军劲旅再出生，鄂豫皖，千里响雷霆。

首胜鄂边城③，屯兵川陕地，又长征。训词豪放志铿锵，不休殆④，历史载英名。

【注释】

①红四方面军：中国工农红军主力之一。②七里坪地处大别山南麓，时年商贸十分兴隆，人称“小汉口”。③鄂边城：指黄安（红安），地处湖北东北边境。④改自红四方面军 1934 年 11 月军训训词：“智勇坚定，排难创新，团结奋斗，不胜不休”。

【随记】

曾经被命名为“列宁市”的七里坪镇，还有一处重要的“红色遗址”，即中国工农红军第四方面军诞生地纪念碑。1931 年，以鄂豫皖苏区部队为主力，以徐向前任总指挥、陈昌浩任政治委员的红四方面军，就在七里坪西门外河滩上成立。

徜徉在庄严的纪念广场，仰望高高的纪念碑，我们尽可能去想象，当年那一天的七里坪，应该是多么的人声鼎沸，红旗激扬。老赵又特别地指着纪念碑背后的碑文让老曹仔细看，老曹大吃一惊：“啊？！是 11 月 7 日。红四方面军的成立日期居然还与我们有关系。”老曹玩笑地对老赵说：“真没有想到，你的生日这样的‘有意义’。既是前苏联的国庆节，还是红四方面军的成立日，当然还与我们的结婚纪念日是同一个日期。”老曹再坚定相信并无比自豪地放言：“我们与红色渊源深刻！‘红色骑行’舍我其谁？！”且一定要将“红色骑行”进行到底！

湖北红安县红四方面军诞生地

此后，这支英雄的部队跨越千山万水，征战大河上下，创建无数功勋。而在接下来两年里的“红色骑行”，我们还先后到达并瞻仰了与红四方面军相关的许多“红色遗址”。在新县沧桑的首府，阆中千年的古城里，在苍溪嘉陵江边的西武当山下，在旺苍的中国红军城内，我们一次又一次地被震撼！

四、红一军团建奇功

【题记】

2018年4月4日上午，我们骑行到★红一军团陈列馆（贵州赤水市丙安古镇）。

【诗词】

阮郎归·红一军团建奇功①

雄狮宣誓井冈峰，闽西挽硬弓②。战击千里是英雄，长征气势虹③。
扎古堡④，布刀丛，枪挑赤水汹。红一军旅建奇功，英名贯宇穹。

【注释】

①红一军团，中国工农红军主力部队之一。②见下文。③1934年10月，红一军团随中共中央实行战略转移，长征路上奋勇当先，屡建奇功。④古堡：丙安古镇，自古以来为川盐入黔著名驿站和商品集散地，具有“千年军商古城堡”之美誉；详见下文。

【随记】

太美！也根本没有想到！在贵州，从赤水市到茅台镇，居然有这样一条154公里长的专业自行车骑道。而且，路途中如遇爬坡上山，该骑道还开山劈坡沿赤水河畔架起栈道——真是一个了不起的工程。现在，这一条路已经承办了许多赛事。我们从赤水市出发，四周群山荟萃，脚边赤水奔流，骑行在栈道式的自行车道上特别爽。瞻仰复兴场红军战斗遗址，经赤水国家级风景名胜区，上午9时骑到了丙安古镇。

1935年1月25日，红一军团到达丙安古镇，将总指挥部设于丙安场上，开展了著名的赤水黄陂洞、复兴场之战，同时也揭开了四渡赤水战役的序幕。该旧址建立的陈列馆（含耿飚纪念馆），也是红一军团在全国唯一的纪念馆。

在路边丙安红军渡口的石碑拍照，穿过写有相同字样的桥门，走过木板铺设的插满了中国工农红军第一方面军旗帜的吊桥，左转通过一段有楼檐的栈道，进入石板铺地的街市，我们来到了赤水河南岸的陈列馆。前来参观的人与逛街旅游的人裹在一起，将一个本来就不大的古镇挤得水泄不通。尤其让我们既高兴又心疼的是，还有几十个幼儿园的小朋友举着国旗在参观，而他们听讲得那份认真，也十分有模有样。

贵州赤水市红一军团陈列馆

孩子们太小，还很难理解其中的意义。即如我们带孙儿赵十可或“红色骑行”，或去参观一些“红色景点”，小可子也似懂非懂。但是，传承红色，却必须从孩子抓起。重要的是，应该让孩子们从小就树立正确的人生导向，点亮红色心灯，知晓勇于担当。

五、红二军团战湘鄂

【题记】

2018 年 10 月 3 日下午、8 日下午与 11 日上午，我们分别骑行到★红二军军部旧址（湖北监利县周老嘴镇）、☆红二军团总指挥部旧址（湖北鹤峰县走马镇）与★红二六军团司令部旧址（湖南桑植县刘家坪乡）。

【诗词】

醉太平·红二军团战湘鄂①

公安会师，江陵举旗②。弟兄共赴屯危③，看军团肆威。
洪湖久持，江南骋驰。鄂湘鏖战千回，写鲜红史诗。

【注释】

①红二军团，中国工农红军主力部队之一。②红二、六军会师于湖北公安县，红二军团正式成立于湖北江陵县。③屯危：艰难危险，语出《南史·臧焘传》：“天下屯危，礼异常日。”

【随记】

“湘鄂赣战役”，我们骑达与红二军团相关的几处遗址。其中，骑向走马镇最为艰难，而且故事多多。

从磨市向走马，雨越来越大，山越来越高，更糟的是全程修路。两车道省道，半幅路基加高，上设各种障碍阻止通行。风雨中，过往车辆和行人，只能在降低了 20 公分犹如一条水渠的另半幅车道上穿行，艰难而危险。12 点多，我们才爬上著名的壶瓶山。穿过景区，在一民宅屋檐下吃午饭，主人客气地请我们进去躲雨。我们全身上下都是水，学习红军不扰民，只加了一些开水。老乡说，这里还是湖南，前面不远就是湖北了，距离走马镇还有 50 多公里，但前面还有东山峰等几座高山。

翻山越岭骑到南镇（百姓称为南北镇），以街中心为界，左边是湖南，右侧是湖北。辛苦备至中，我们终于骑达走马镇老街的红二军团旧址。贺龙曾七进七出走马坪，率领红军在这里进行了长达六年艰苦卓绝的武装斗争。因为风雨交加天渐黑，我们简单看看决定明早再来。

住宿后，老赵才发现一个最重要的包丢在了磨市镇澧杰宾馆，里面装的是所有票据资料日记本等，我们顿时吓出了一身冷汗。巧的是，早上出发时老板娘给了一张名片，老赵马上打电话。真要为该宾馆的老板娘点赞——她欣然答应，明天将包快递到我们即将抵达已经预订的张家界 7 天酒店。

湖北鹤峰县红二军团总指挥部旧址

第二天一早，我们重去旧址参观，一辆私家车正巧路过。为拍合影照片，老曹冒昧招手，车立马停下，一位彬彬有礼的中年人既热情为我们拍照，又用自己手机拍照说“你们传递正能量，值得学习宣传”，还要请我们吃早饭。一聊天，才知道这位先生是该镇的黄书记。呵呵，走马镇不愧是全国文明镇。

六、红三军团建军地

【题记】

2018 年 4 月 4 日下午与 9 月 7 日下午，我们分别骑行到☆红三军团司令部旧址（贵州习水县土城镇中国女红军纪念馆内）与★红三军团建军纪念馆（湖北大冶市刘仁八镇刘仁八村）。

【诗词】

红三军团建军地①

玉屏山高②，裹城果繁③。刘仁八村，儿郎揭竿。
反击围剿，征战凶奸。浴血兵峰，红三军团。

【注释】

①红三军团：中国工农红军主力部队之一。②玉屏山：地处刘仁八镇区域。③裹城：刘仁八镇盛产桃、李、枣等水果，有“裹城”之美称。

【随记】

9 时许到阳新，参观湘鄂赣边烈士陵园后，从省道 316 转省道 317 向西，到三溪镇后再北上换乡县道。原来担心路况会有问题，可出乎意料，此路出奇的好，且沿途风景美丽，一直延续到大冶刘仁八镇。在街口，我们左转爬小山坡骑刘仁八路，然后推车进入一条小巷，绕过满地的建筑材料，来到了“红三军团建军纪念馆”。

湖北大冶市红三军团建军纪念馆

正在大修的纪念馆，为阶梯式一进三幢土木建筑，内辟陈列室。一位胖胖的女工作人员客气地领我们参观，帮忙在门前拍照。建军诞生地旧址，则在不远处的刘仁八村中。晚上，我们在这当年声名显赫的刘仁八镇，住宿于小小的却起了一个大气名字的金鸿湾宾馆。

第二天，从刘仁八镇出发，70 公里后骑到阳新西南龙港镇。龙港当年也了不得，它是鄂东南革命根据地政治军事经济文化中心，云集党、政、军、工厂、学校、医院、银行和商店等 48 个机构，被誉为“小莫斯科”。在龙港革命纪念馆的广场上，彭德怀的塑像威武挺拔。

看看时间，不上不下的。我们决定再骑 70 多公里，前往武宁县。老曹虽有一些害怕犹豫，但从不退却。陡坡接着陡坡，爬上来，冲下去，累得够呛。歇口气，一抬头，看见“江西人民欢迎你”的牌牌，已经是下午 2 点钟了，我们才想起，该吃午饭了。我们故意将菜盆放在江西，把饭缸搁在湖北，跨越省界吃饭！

午饭后继续骑行，前面是江西境内 8 公里和 15 公里的两座大山，傍晚天暗时我们还未骑出大山。浓密的树林显得分外阴森，胆战心惊的老曹陪着老赵一路狂奔，8 点骑到武宁。老曹在宾馆里煮粥，在县城转了一圈的老赵却没有买到主食，骑了 140 多公里的我们喝点粥能熬得住吗？

七、红六军团先长征

【题记】

2018 年 10 月 11 日上午，我们骑行到★红二六军团司令部旧址（湖南桑植县刘家坪乡）。

【诗词】

踏莎行・红六军团先长征①

劲旅三支，雄兵一股。率先踏上长征路②。江山半壁啸风云，河川百数任飞渡③。

新厂伏兵④，甘溪逐鹿⑤。弟兄聚义黔东处。红军个个是英雄，军团第六功勋著。

【注释】

①红六军团：成立于 1933 年 8 月 12 日，由湘赣地区几支红军合编而成。②③ 1934 年 7 月下旬，中央命令红六军团作为红军长征的先遣队，从湘赣苏区出发向湘南挺进，掀开了红军长征序幕，后走遍了大半个中国。④⑤新厂伏击、甘溪激战：皆为红六军团西征中的著名战役。

【随记】

湘鄂赣，曾经的一片红色土地，上演过多少惊心动魄的红色大剧，留下了多少可歌可泣的红色大事，诞生了多少名垂青史的红色将士。

2018 年“红色骑行”决战之年之“湘鄂赣战役”，全程 41 天，骑行 3935 公里，呈“倒几字形”，二进江西，三进湖北，五入湖南，二跨长江，穿越绕行于湘鄂赣等三个省 16 个地级市（州）与 59 个县（区），参观瞻仰了 92 个红色景点。临行前，我们填词《南乡子・祭拜刚强湘鄂赣》以兹纪念：“耸翠韶峰昂，洪水歌声逐浪扬。险峻井冈花烂漫，茫茫。往日苏区武技狂。魂魄恋丹坊，梦里千回赴战场。祭拜刚强湘鄂赣，慷慷。又踏单车走四方。”

今天，我们如期骑到桑植县刘家坪乡红二六军团司令部旧址。旧址也在大修，四周围着栅栏，工地外有一办公室，我们找到负责人说明来意，他很高兴地同意我们进去参观。正在维修的工人师傅，则放下手中的活，临时充当“导游”，领我们瞻仰旧址内各办公地点及贺龙、任弼时、关向应和李达等将帅的住所，然后，又不亦乐乎地帮我们选址拍照，夸奖我们“真不容易，也很了不起”。看到我们展开党旗与国旗，师傅又肯定地说：“你们一定是老共产党员！”

湖南桑植县红二六军团司令部旧址

是的，爱国信党，做合格党员，我们想知道中国共产党为什么出发，又“从哪里来，到何方去”，而找寻根本，巩固基因，传承红色，传递正能量，是我们义不容辞的责任，也是我们“红色骑行”的初心。

曾经的红色歌谣“红漆桌子四四方、不打胜仗不回乡”，“要吃辣椒不怕辣，要当红军不怕杀”，仿佛还在耳际萦绕，英勇的红六军团则去向了远方……

八、第一神勇红四军

【题记】

2016 年 2 月 28 日上午、29 日上午与 2018 年 9 月 17 日中午、下午，我们分别骑行到★红四军司令部旧址（福建长汀县辛耕别墅）、★红四军前委机关、政治部、司令部旧址（福建上杭县古田镇八甲村）、☆红四军军部（江西井冈山市茅坪乡）与★红四军建军广场（江西井冈山市龙市镇）。

【诗词】

江城子·第一神勇红四军①

朱毛砻市和佳音②。聚同心，啸山林。四军神勇，威武到如今。最是古田谋战略③，明方向，换星辰。

【注释】

①红四军：是第一支打出“红军”旗帜的部队。②砻市：宁冈县城所在地，红军井冈山会师之地。③ 1929 年 12 月，红四军在上杭古田召开了第九次党代表大会（即著名的“古田会议”）。

【随记】

1928 年 4 月底，胜利会师的“朱毛红军”，于井冈龙市镇宣告合编成立红四军，从此中国共产党有了自己的第一支正式打出“红军”旗帜的英雄部队，灾难深重的中国也因此有了希望。参加中央苏区第一至四次反“围剿”等战役，再横枪跃马，红四军走过壮丽辉煌的道路，创造了鲜明显赫的功绩。

一路征战，红四军（军部）司令部也留下多处旧址，并从多个角度反映了红四军历史，我们一路骑行分别到达并参观瞻仰。我们因此知道：茅坪乡店上村的红四军军部，朱德曾经居住和办公，它是 1928 年“朱毛红军”会师后，在夏季由井冈龙市迁来，并成为巩固和发展井冈山革命根据地的指挥中心。金沙河畔的辛耕别墅，则是 1929 年 3 月红四军解放长汀城后的司令部、政治部所在地，毛泽东、朱德住过的房间还在。而当年的 12 月，毛泽东、朱德、陈毅等率领红四军再进驻古田，红四军司令部和朱德军长的住房，就设八甲村内建于清嘉庆十年的中兴堂。

福建上杭县红四军司令部旧址

神勇的红四军，真正的红军“第一军”，百年辉煌，千古留名，万古流芳！

九、八桂子弟红七军

【题记】

2017 年 2 月 10 日中午，我们骑行到★中国工农红军第七军军部旧址（广西百色市解放街 39 号）。

【诗词】

渔歌子·八桂子弟红七军

百色起义泣鬼神，广西人民铸七军①。
八桂汉②，壮族人③，骁勇善战为新辰。

【注释】

①红七军：1929 年 12 月由百色起义各部所建立。②八桂：广西别称。③壮族：代指少数民族；红七军是一支以广西少数民族为主组成的红军部队。

【随记】

有朋友担心我们的骑行安全，甚至问“有没有被抢劫过”等诸如此类的问题。以我们 13 年十万里骑行的亲身体验，中华大地国泰民安，十分安全，而且好人多多，温暖多多。

远的不说，就这几天大华南战役”中沿国道 324 一路向西北，从南宁到百色，途经隆安、平果、田东和田阳等几个县，我们就遇到许多好人，经历许多暖心的事情。前天路经隆安，下雨时进入路边一小雨棚换雨衣，一位老妇人硬将我们让进房内；昨天骑过平果，新安镇加油站的两位师傅，给我们加开水，又送上一份热姜汤；昨天在田东，祥周镇邮政局的两位美女工作人员热情地给我们盖邮戳，还送了一些小礼品；今天在田阳，我们遭遇爆胎，路边一户小商店，主人借给我们小盆盛水，以方便我们找被扎破的胎洞……

今天路况不错，风向又是偏的（只要不顶风就好），从田阳过来也不远，我们上午 10 时许就骑到位于广西西部、右江上游的百色市。资料表明，“百色”系壮语，有“拍洗衣服的地方”之意。据传，在鹅江与澄碧河汇合处，有一无底深潭，潭边有村庄，村女经常在此洗衣，因而得名。“百色”因此又有“鹅城”之名。

广西百色市红七军军部纪念馆

参观百色起义纪念园以后，我们骑入市区，前往位处解放街中心粤东会馆内的红七军军部旧址。该会馆始建于清朝康熙五十九年（1720 年），是百色市现存最大的一处古建筑群，曾经是广东商人为便利在百色商务活动而集资修建的场所。威震南疆的百色起义前后，它成为红七军党的领导机关和部队指挥部所在地。

起于百色澄碧河口，穿城而去的著名的右江，距红七军军部旧址不足 300 米，我们特意骑行前往观看，想象着左右两江当年的红色风暴，是怎样铺天盖地席卷中国西南边疆的。

十、红十四军震江南

【题记】

2015 年 10 月 13 日上午，我们骑行到★中国工农红军第十四军纪念馆（江苏如皋市福寿东路 148 号）。

【诗词】

诉衷情·红十四军震江南

红军十四是雄狮①，苏北震惊雷②。江南挥臂驰骋③，到处展旌旗。

拼热血，沥忠肝，好男儿。闯突关险④，冲破艰难，无比洪威。

【注释】

① 1930 年 4 月 3 日，中国工农红军第十四军在如皋西南乡贲家巷宣告成立，是江苏境内第一支正规红军。②③④取自张爱萍将军诗词："闯过重重关渡险……红十四军挥铁臂，苏北惊雷震江南。"

【随记】

较之于骑行大西南、大西北、陕甘宁与湘鄂赣，苏北大地的骑行，真是酣畅淋漓，痛快至极。因为，它不仅一马平川，而且道路非常好。尤其是此番"苏鲁皖战役"，正值秋高气爽的时节。所以，今天上午的第一站，我们从海安县到如皋市，区区的 30 公里，脚下一发力，一口气不停，一个多小时就骑达如皋城区东南部的红十四军公园。

江苏如皋市红十四军纪念馆

如皋市，地处长江三角洲北翼，是江苏省历史文化名城。今日之如皋，还有一项殊荣——被国际自然医学会评为"世界六大长寿乡"。据统计，该市百岁老人多达 270 多人，位居中国县市之首——满城都是"中国长寿城"的巨大石碑。

我们感兴趣的，当然还是与"红色"有关。

如皋是革命老区，是全国较早传播革命火种的红色地区之一。资料记载，早在 1922 年如皋就有共产党员进行革命活动的足迹。特别是 1930 年红十四军在如皋成立，更让这片红色土地光彩夺目——因为，红十四军是土地革命时期诞生在江苏境内唯一的一支正规红军。

走进"红十四军公园"，穿过宽阔的广场，主体建筑之"中国工农红军第十四军纪念馆"伫立于面前。馆名由张爱萍题写，馆名下大门上镶嵌一颗硕大的红五星。馆内有主展厅八个，另包括序厅与尾厅，共陈列了红十四军 1000 多位战士的英名。

那时候，江海现曙光，长夜震惊雷，并演绎了红十四军那斩木举义、军旗如画、革故鼎新、金戈铁马、碧血丹心与野火春风，胜利转战通、海、如、泰，促成如皋成为土地革命时期全国 15 块红军游击区之一的艰苦卓绝、可歌可泣的革命历史。

中午，我们找到一个小饭店吃午饭并稍事休息，然后一鼓作气骑向今天的下一站——黄桥战役纪念馆。

十一、二十五军何家冲

【题记】

2017 年 12 月 6 日上午，我们骑行到★红二十五军长征出发地暨军部旧址（河南罗山县铁铺乡何家冲）。

【诗词】

临江仙·二十五军何家冲①

银杏树枝曾记否②？那年骤雨狂风③。何家冲里喊冲锋。将军别父母，战士告胞兄。
北上抗倭征万里，路途布满刀丛。二十五队史鲜红④。光荣留四最⑤，革命记勋功⑥。

【注释】

①④红二十五军：1931 年 10 月成立于鄂豫皖革命根据地；词后以“二十五队”代称。②③长征出发集合地遗址有一棵 800 岁的银杏树；1934 年 11 月 16 日，红二十五军近 3000 名将士在树下宣誓出发长征，其时电闪雷鸣，暴雨倾盆。⑤四最：红二十五军长征，是唯一增员的、装备最好、最先到达陕北和最年轻的一支红军部队——指战员绝大部分是十二三岁到十七八岁的青少年，还有少数八九岁的娃娃。⑥毛泽东赞扬红二十五军长征“为中国革命立了大功”。

【随记】

晨 6 点从大悟县出发时天还没亮，7 点半骑经大新镇邮政所，没想到他们居然上班了，并热情为我们盖了邮戳——这么早就上班真不多见。一路上，在我们亲手绘制的中国大地图上盖邮戳，为“红色骑行”增添异彩，但也“五味俱全”。绝大部分工作人员非常热情，甚至感觉“红色骑行”于祖国大地，在这么大的手绘自制中国地图上加盖邮戳太有意义！有好几个人甚至出高价向我们“购买”。当然，节假日休息、中午休息，或被拒绝，困难也不少。

今日骑行县道“大界线”，比想象的好，上午四个多小时我们就骑到铁铺乡何家冲。何氏祠堂里，为巩固和保卫鄂豫皖革命根据地作出重大贡献的红二十五军的历史光辉灿烂；800 岁的老银杏树下，红二十五五军高举“中国工农红军北上抗日第二先遣队”的旗帜壮别父老，曾当过六安县乡苏维埃主席的二二三团供给处的熊发龙，正把他八岁的儿子装进布袋，然后由同志们再轮流背着，直到陕北……感人至深的动情场面，依稀呈现在眼前。

骑离何家冲，我们朝向 60 公里以外的信阳市。导航引我们走上了一条没有加油站的县道，口渴难熬时走到一户农家讨要开水，朴实善良的母女俩马上拎着水瓶出来，又说“人在外面不容易”。知道我们去信阳，悉心指路节省了十几公里，并一再嘱咐：“前面村道是曲曲弯弯的水泥单车道，很窄，有很多的桥与很暗的涵洞……”说得我们热泪盈眶。

河南罗山县红 25 军军部旧址

十二、二十八军鹞落坪

【题记】

2017 年 11 月 27 日傍晚，我们骑行到★红二十八军军政机构旧址（安徽岳西县包家乡鹞落坪村）。

【诗词】

临江仙·二十八军鹞落坪①

队伍廿八红艳艳②，军旗扛起三年。坚持革命战凶顽，伏击桃界岭③，名震大别山。

鄂豫皖中扬威武，放歌鹞落坪边。老屋撰写大名篇④。英雄抛热血，沃土遍旌旃。

【注释】

①②红二十八军（队伍廿八）：红二十五军北上长征后，1935 年在岳西重建；又，鹞落坪：红二十八军的游击根据地。③桃界岭：桃岭、界岭，红二十八军的著名伏击战旧址。④老屋：聂家老屋，红二十八军军政旧址，也是红二十八军政委高敬亭住所。

【随记】

昨天停留潜山县，顺道看望老曹的大学同学季冬冬及其夫君。医学院校园四年，实习一年，很多同学在实习时就分开，但她们俩上学、实习同房间五年。见面特别开心，喝了安徽名酒口子窖，再喝安庆啤酒天柱山，聊得最有趣的是一次奇遇：大学毕业近 20 年后的第一次见面是在北京科技大学，我们的儿子同在 2002 年考取该校。事先互不知情，却在送子上学的茫茫人海中不期相遇，她们惊讶意外而紧紧拥抱。

今天，从潜山到岳西来榜镇。沿着天柱山脉一路爬山，十余公里的黄沙岭，至今提起还胆战心寒。大别山山高坡陡弯多还处处是悬崖，狭窄的 318 国道仅有两车道，盘旋而上时许多路段只能推行。艰难到达的来榜镇，却有着非常来历：传说，北宋年间当地人为纪念一位情深义重的榜眼而命名。

不顾旅途艰辛，我们前往鹞落坪。深山之中的这一块土地，80 多年前高敬亭在此重建红二十八军，中共皖西特委随即迁驻于此，鹞落坪逐渐成为红二十八军领导鄂豫皖三年游击战争的大本营和中心游击根据地，成为南方三年游击战争中鄂豫皖地区保存革命力量最多的游击区之一。在旧址的石碑下留影后，我们于暮色苍茫中走近聂家老屋、会议室、高敬亭卧室与手枪团驻地，贴近了当年在这里生活战斗的英勇红军的历史。

安徽岳西县红 28 军军政旧址

晚上，在来榜镇当村官的学生罗勇设宴招待。罗勇很激动，“真心盼着老师与师母顺道来看我”，又回忆说：“当年在安徽工程大学读书，常去老师家吃饭，师母烧的菜很好吃，我经常将菜盘子都舔了。”再强调：“今天，老师师母一定要好好尝尝大别山里的山珍野味。”学生罗勇，是老赵的铁杆“粉丝”，痴迷地听老赵讲《管理学》，还把他与老赵的合影放大后挂在他的寝室。

十三、红军抗日先遣队

【题记】

2016 年 2 月 9 日清晨，我们骑行到★红军北上抗日先遣队纪念馆（安徽黄山市谭家桥镇中墩村山坡上）。

【诗词】

渔家傲·红军抗日先遣队

北上抗倭先遣队，打拼四省扬旗帜。五路红军尔为最。风猛戾，健儿擐甲还执锐①。

万里征途山复水，偏师历史留惊美②，谭家桥边惜玉碎。黄山涕，衿期壮士回乡里③。

【注释】

①擐甲执锐：身披铠甲，手拿武器。语出《左传·成公二年》："擐甲执兵，固即死也；病未及死，吾子勉之。"②红军北上抗日先遣队是红军长征的一支偏师。③衿期：犹心期，指人与人之间的相互期许。

【随记】

2016 年春节前、大雪后，我们启动"泛东南战役"。从家乡安徽芜湖市出发，历时 36 天，骑行 4048 公里，穿越皖赣闽浙四省 20 个市与 77 个县区。战役完成后，作诗词《骑行泛东南》以兹纪念：八千里路云和月，三六昼夜风伴雪。千山万壑身边去，皖赣闽浙大穿越。双轮飞驰比座驾，单骑炫动似玄钺。感恩苍天不负人，辛苦换得心愉悦！

是的，辛苦。即如昨天，猴年的大年初一，清晨 5 时起床，6 时出发，在隐隐约约的新春鞭炮声中，骑离宁国市，骑向一片漆黑的皖南山区。连日大雪，前天刚停，气温极低，冷气露珠居然在我们的自行车头盔上结成为小冰柱垂挂下来。晚上骑到东黄山谭家桥时，往日热闹非凡的小镇人烟稀少分外冷清，住宿的乡村旅店只有我们两个旅客。

当然，愉悦！今日大年初二，我们骑行不久，竟然有几只喜鹊飞在前后左右叫个不停。喜鹊又称报喜鸟，周代师旷所著的《禽经》中说："灵鹊兆喜。"猴年是老曹的本命年，还是花甲之年，出门见喜鹊，预示着一份好兆头，当然心情愉快。

安徽黄山市红军北上抗日先遣队纪念馆

很快，我们骑到红军北上抗日先遣队纪念馆。作为掩护红军主力部队进行长征的一支先遣部队，以方志敏、粟裕、寻淮洲等为领导，他们最先从江西出发，深入赣、闽、浙、皖四省国民党统治区浴血奋战，牵制了十几万国民党军队，策应了中央红军的第五次反"围剿"斗争和主力部队的战略大转移，最后在黄山谭家桥与国民党优势兵力惨烈交战并遭受重大失利，寻淮洲壮烈牺牲。他们是红军参加长征五支部队中的重要一支，也是唯一一支中途失败、牺牲惨重、未能最后到达陕北的红军部队。

黄山脚下，谭家桥边，战场还在，硝烟已熄。不远处碑刻"黄山东大门，上海后花园，交通枢纽地，红色谭家桥"，几行字情深意长，也分外沉重。

十四、工农红军挺进师

【题记】

2016 年 3 月 8 日傍晚，我们骑行到★工农红军挺进师纪念馆（浙江苍南县山门镇凤岭笔架山）。

【诗词】

巫山一段云·工农红军挺进师

守护仙霞岭①，穿梭闽浙泥。三年苦熬斗艰危②，奋武赛雄狮。

勇士先行队，红军挺进师。低潮之日秀英姿，敌后举红旗。

【注释】

①仙霞岭：工农红军挺进师浙西南游击根据地的中心地带。②工农红军挺进师在南方展开了三年游击战争。

【随记】

昨天从甘棠镇出发去福安市，看错路标骑上了县道。最怕骑山区县道，层峦叠嶂，道路狭窄。就在此刻，老曹的车不是骑不动了，而是推都推不动了——原来是后轮刹车系统全部坏了。在这崇山峻岭中咋办呢？老赵只能将后面的刹车部件全部卸掉以减少阻力。挨到福安市，找了一家捷安特专卖店更换零件修好刹车。

上了省道去拓荣，不久开始爬山，两个多小时不见尽头。一位老乡说："这座山叫郑家山，主峰叫彭家山，远着呢。"整整爬了五个多小时。鲜为人知的是，1997 年宁德地区争创小康示范村现场会在郑家山召开，时任省领导欣然写下"积极探索山乡脱贫致富奔小康的新路子"，并叮嘱干部群众要利用好 104 国道，发展各种行业，致富奔小康。如今，104 国道从宽 3.5 米到 5 米再到现在的 9 米，昔日贫困的郑家村因路而变，已成为宁德市小康明星村。

今天从拓荣出发，经福鼎市，第三次出福建，第二次进浙江，翻蜈蚣山，过苍南县，绕玉仓山与南雁荡山，到平阳县山门镇。这里是当年素有浙江延安之称的浙南平阳抗日根据地旧址，著名的中国工农红军挺进师纪念园暨陈列馆坐落于此。挺进师纪念碑分为主碑、北上抗日出征门、碑林三大部分。

浙江苍南县中国工农红军挺进师纪念园

前述被打散的红军北上先遣队余部，在刘英、粟裕率领下，组成红军挺进师继续进行抗日救亡斗争，成为土地革命战争后期南方三年游击战争的主力军之一。他们创建了浙南革命根据地——土地革命战争后期创立的最后一块根据地，也是整个中国革命进入低潮过程中少有的局部反攻。1937 年 10 月，挺进师到平阳山门镇集中改编。

在硕大的红色主碑前，我们留影，然后拾级而上去参观瞻仰。结束后，在暮色苍茫中我们赶到水头镇，入住"新天龙宾馆"。看我们老同志风尘仆仆的"红色骑行"，热情的老板直接给了会员价。

十五、典范红色娘子军

【题记】

2017年1月27日下午，我们骑行到★红色娘子军纪念园暨纪念馆（海南琼海市嘉积镇东线高速路官塘入口处）。

【诗词】

小重山·典范红色娘子军

妇女冤仇似海深①。悲情何处诉？怒藏心。识得共产事儿真②，爱红色，娘子做红军。

机智转椰林。海南拼热血，不沉沦。典范革命建功勋③。五百日④，千古烈名存。

【注释】

①②此两句取自电影《红色娘子军连歌》：“妇女的冤仇深，共产主义真”。③毛泽东、周恩来曾高度评价红色娘子军并是“世界革命的典范”。④海南红军主力作战失利后，存在了不到500天的娘子军被迫解散，散落于民间。

海南琼海市红色娘子军纪念园暨纪念馆

【随记】

年三十，我们在“红色骑行”。从文昌市出发，环海南岛东线省道201一路南下，路好风顺，60公里道路，我们中午11点钟就骑到琼海市。邮政局已关门打烊，老赵不甘心，手绘地图上怎么能缺少“琼海”？一路寻找，不得已，在一家渔具店和一个“中国电信”营业网点盖了两个有“琼海”字样的图章。

转国道223，跨万泉河，来到红色娘子军纪念园。1931年，红色娘子军创建于乐会县革命根据地，是土地革命战争时期琼崖苏区的一支武装力量。在中共琼崖特委领导下，她们出色地完成了许多战斗任务。想想看，一群妇女竟然创造如此不朽功勋，这是何等壮烈！当我们展开党旗、国旗时，许多人拍照并与我们合影——红色的娘子军与绿色的椰林寨是最最壮丽的背景。

离开纪念园，沿国道继续南下朝向万宁市。下午1点多钟，看见路边有一个遮阳棚，我们坐下来吃午饭。棚内无人，主人可能回家吃年饭去了，简陋的一张桌子与几把小凳权当我们的餐桌。吃完饭，一路狂奔70公里，中途只休息一次，傍晚6点我们骑到万宁。选择在万宁市过年，预示万事安宁，万事吉祥。本来，海南岛的春节就宾馆价格暴涨，这里离三亚只有100多公里，当然不会例外。寻得的主题宾馆，老板比较厚道，说年三十入住是缘分，并送给了一些点心水果。

执着于“红色骑行”，我们已连续三个春节没在家过了，挺想家的，想老人。难过的是下午孙儿赵十可打电话问：“爷爷奶奶又在哪里？”挺亏欠他的，多少个节假日，十可都是在爸爸妈妈的办公室里度过。

此起彼伏的鞭炮声早已响起，超市饭店大都关门，老赵只买了一些糕点，我们过了一个“革命化”的大年三十，在万事安宁、万事吉祥之“安宁”迎接鸡年。

十六、浴血天使女红军

【题记】

2018年4月4日下午，我们骑行到☆中国女红军纪念馆（贵州习水县土城镇）。

【诗词】

浴血天使女红军

良玉红玉抗清金①，贞德占西战英军②。
自古巾帼敢壮烈，最是中国女红军。

蔡畅圣徒唱马赛，月华出征付青春。
克清威武女司令，子珍舍生护众亲。
先任背儿走万里，曾玉身怀六甲人。
厚珍三寸金莲脚，新兰十一少女身。
德福铁锅是旗帜，秀英脸盆有功勋。
桂英放脚剪长辫，彩香长途挑星辰。
刘英娘娘拽骡尾，琮英抬脚不沉沦。
定国雪山留脚趾，富莲不屈勇吞针。
真仁三代爬雪山，小梅革命最深淳。
李贞将军数第一，泉媛永远有红心③。

女儿长征多少难？女儿出征几人回？
空前绝后女儿事，浴血大使女红军④。

【注释】

①梁红玉，宋朝著名抗金女英雄；秦良玉，抗清的巾帼英雄。②贞德，法国的自由女神、抗英的民族英雄；占西，印度抗英的民族女英雄。③第二段记述部分女红军的英勇事迹，详见下文。④“浴血天使”，中国女红军纪念馆前的雕塑（为一个半跪姿、怀抱襁褓的女红军形象），生动体现了女红军博爱的母性与不畏艰难的斗志。

【随记】

绝对没有瞧不起其他国家女士的意思，我们历来就尊敬妇女。但在这里，我们还是要肯定地说，中国共产党领导下的女红军是世界妇女之最！而且一定是“前无古人后无来者”！

不是吗？当你走进位处习水县土城镇的中国女红军纪念馆，你一定会与我们有同感；甚至于，你找不到言辞来形容参观瞻仰时刻的震撼心情。

中国工农红军长征，本来就是一个旷世奇迹；女红军，则是中国工农红军长征中的一个特殊群体，是中国工农红军的一群奇葩。她们凭借着坚强意志、崇高信仰与无限忠诚，在无比艰难的条件下，克服了难以想象的困难，经历了无法言语的痛苦，承受了比男人多得多的辛酸，胜利完成了伟大的二万五千里长征，慷慨书写了一段可歌可泣的革命历史。资料表明，1934年红军长征时有2000多名女红军，红一方面军走完长征只有30名女红军幸存；红四方面军中有许多女红军都是两过雪山，三过草地，西征时主动担任阻击任务，只有不到 300 人返回陕北。

土城的“中国女红军纪念馆”，是中国惟一一座以女红军为题材的纪念馆，经不断改陈布展，内容更加丰富和完善：从原来只讲述 1934 年到 1936 年长征中最具有代表性的 45 位女红军的英雄事迹，扩展为以 1927 年到 1937 年为时间段的 4113 位女红军（名录刻进英名墙），并突出遴选了 731 位女红军的英雄事迹和革命故事，展示了女红军忠诚正直的赤子情怀、伟大的人格力量和献身精神。

蔡畅，长征途中高唱《马赛曲》，被美国记者评价为“长征路上的圣徒”。

萧月华，长征路上唯一的“出征夫人”，接受组织安排，嫁给德国军事顾问李德，用自己最美好的青春年华为中国革命作出了一个女人能作出的最大牺牲。

康克清，长征路上英勇善战，享有“女司令”威名。

贺子珍，长征途中分娩不久，为营救战友而被炸伤，其中有七块弹片终身都未取出。

蹇先任，将长征出发前 18 天生下的女婴放在一个背篓里背着长征。

曾玉，本来不在长征名单中，竟挺着七个月的大肚子悄悄跟在队伍后面一路走去。

杨厚珍，迈着一双三寸金莲脚，量完了二万五千里。

王新兰，长征路上年龄最小的女红军（时年 11 岁）。

贾德福，炊事班班长，背着几十斤的食物和一口大铁锅行军，是长征途中妇女工兵营的一面旗帜。

危秀英，长征路中背一口在战场上缴获的“宝贝”脸盆，挡风遮雨，烧水煮饭，甚至于在女红军生孩子时用于接生。

李桂英，第一个放开裹脚布、剪去长辫子和解除童养媳婚约参加长征。

刘彩香，15 岁参加红军洗衣队，长征队伍中担架连的“女挑夫”。

刘英，被毛泽东称为“娘娘”的娇小女子，过雪山时发明了拽着骡子尾巴上山的办法，并得到了许多女同志的认可。

陈琮英，紧跟背着患重病的任弼时的战友，用双手抬着丈夫任弼时的脚行军。

王定国，三次爬雪山过草地，比战友多走了几乎一倍的长征路，一根脚趾因为冻死且永远留在了翻越雪山途中。

吴富莲，转战河西走廊时受伤被俘，吞针壮烈牺牲。

陈真仁，红军队伍中一家三代 11 口人，踏上漫漫征途。

谢小梅，长征路上，在被剥夺党籍的情况下仍矢志不渝地献身于革命。

李贞，1955 年被授予少将军衔，是中国唯一的女红军出身的女将军。

王泉媛，长征到达陕北后被任命西路军妇女先锋团团长，西征血战被俘后逃出牢笼时与党组织失去联系，被迫沿途乞讨回乡，等到享受老红军待遇时已是 76 岁高龄。

…………

问世界，问地球，问已经存在了 60 万年至 80 万年的全人类，敬仰着无尚伟大光荣、无比崇高杰出的中国女红军，你，我，我们大家，能说什么？！

贵州习水县中国女红军纪念馆

十七、黄洋界上炮声隆

【题记】

我们曾于2008年12月3日与2009年7月13日两次参观★黄洋界（江西井冈山市茨坪西北17公里处）；2018年9月16日，我们再次骑行到此。

【诗词】

小重山·黄洋界上炮声隆

孤岛汪洋挺劲松①。红军书历史，意鲜浓。读书石上坐英雄②。神奇树，换代郁葱葱③。

哨口立几重。森严还壁垒④，怕顽凶？寒来暑往数秋冬⑤，黄洋界，难忘炮声隆⑥。

【注释】

①黄洋界云雾缭绕，像是大海中的一个孤岛，故又名汪洋界、望洋界。②大井毛泽东旧居前平时读书看报坐过的石头，后加以保护并命名为“读书石”。③神奇树：见下文。⑤语出《千字文》“寒来暑往，秋收冬藏”，此处代指日月循环变换。④⑥取自毛泽东诗词《西江月·井冈山》：“早已森严壁垒……黄洋界上炮声隆……”。

【随记】

台风“山竹”肆掠，井冈山大雨如注。是为我们的到来接风洗尘吗？迎着风雨，我们全副武装骑向著名的黄洋界。醒目惊心的路牌一一呈现：“黄洋界景区16公里山路注意安全”“注意陡坡”“注意落石”。爬了四个小时，在一个四岔路口，在黄洋界景区“靠右行驶”的路牌边，我们走向路边的执勤岗亭咨询情况，两位警察马上为我们烧开水，并问：“你们从哪里骑过来的？”得知我们是“安徽芜湖”的。一位江姓警察特别兴奋：“啊？我曾在芜湖当兵十几年，那里的步行街、长江大桥还历历在目。”有这么样的巧遇。“算是半个老乡。”沾“老乡”的光，他打开栏杆，让我们从左边上黄洋界，不仅少骑了几公里，还不用爬山就直到景区门口。

曾两次参观，依然看不够的“黄洋界”地势险峻，山势嵯峨，峰峦峻拔，气象万千。“黄洋界保卫战纪念碑红四军哨口”就在路边，毛泽东在《西江月·井冈山》词中描写的黄洋界保卫战情景就在眼前。

江西井冈山市黄洋界哨口营房

黄洋界大井“神奇树”更是寓意深长：1929年2月，蒋匪占领大小五井，烧毁了大井全部房屋，只剩下一堵残墙和毛泽东旧居前的“读书石”及屋后两棵树。1949年，被战火烧得伤痕累累的两棵树突然抽枝发芽，长得枝繁叶茂，时年新中国诞生；1965年，这两棵树竟第一次开出满树如雪似银的小白花，时年毛泽东重上井冈山故地重游；1976年，这两棵树又莫名其妙地枯萎，时年9月9日毛泽东逝世；1978年，经专家考察后加以治理，这两棵树枯木逢春，长得更加郁郁葱葱，时年改革开放……

十八、中央苏区反“围剿”

【题记】

2016 年 2 月 21 日上午与 23 日下午，我们分别骑行到★中央苏区反“围剿”纪念园（福建建宁县溪口街 49 号）与★中央苏区反“围剿”战争纪念馆（江西宁都县翠微峰路南侧）。

【诗词】

醉花阴·中央苏区反“围剿”

红色苏区人马啸。五次拼“围剿”。逐敌在白云，大战黄陂，再奏广昌号①。
朱毛将士昂扬咲②。蒋匪捶胸叫。船顶越高峰③，驰誉丹青④，闽赣传捷报。

【注释】

①白云（山）、黄陂和广昌等：皆为五次反“围剿”中的著名胜战。②咲：同“笑”。③船顶：船顶隘，位于江西广昌县，为武夷山脉的尖峰，毛泽东、朱德率红一方面军回师赣南，经里心、桂阳曾跨越该峰；又，我们骑行也是同样行程，并于 2 月 22 日冒大雨翻越船顶隘。④驰誉丹青：美名留传史册；语出《千字文》。

【随记】

1930 年冬，军阀混战中获胜的蒋介石，开始着手部署“围剿”红军，并先后纠集百万以上的兵力，将战火燃烧到南梁、陕甘边、鄂豫皖、湘鄂西和闽赣中央苏区等革命根据地。而中国共产党在毛泽东、周恩来、朱德等正确领导下，依靠中国工农红军与苏区人民的同仇敌忾，取得了反“围剿”战争的伟大胜利。

“泛东南战役”中，我们于 2 月 21 日和 23 日顶风冒雨先后到达福建建宁县、宁都县的相关纪念场所。其中，建宁县城街边的中央苏区反“围剿”纪念园，曾是红一方面军领导机关总前委、总司令部和总政治部的驻地，现在新建了陈列馆。宁都城北的中央苏区反“围剿”战争纪念馆，扩建后紧扣中央苏区反“围剿”主线，突出展示人民战争的光辉思想与红军将士英勇无畏的英雄气概，再现了中央苏区反“围剿”战争波澜壮阔的历史画卷。

从泰宁骑向建宁的当天，虽然有小雨，还要爬一些山，但路况较前几天大有改观，这对于骑行者而言是万幸。参观纪念园后，我们骑向里心镇住宿。形成于 26 亿年前的里心是福建最古老的陆地之一，昔日著名的革命老区，还亟待发展：镇子不大，宾馆很少，入住的利民宾馆条件较差，当然，只需 60 元钱。

过广昌骑往宁都的当日，征途上大雨如注，但到达纪念馆时风停雨住，这给我们的参观与拍照带来许多方便。参观纪念馆及其他红色景点之后，我们咨询一位老乡，改计划骑行的国道为省道，骑达青塘镇，入住皇朝商务宾馆。

江西宁都县中央苏区反围剿战争纪念馆

十九、红军血拼松毛岭

【题记】

2016 年 2 月 28 日下午，我们骑行到★松毛岭阻击战遗址（福建长汀县南山镇松毛岭）。

【诗词】

浪淘沙·红军血拼松毛岭

烽火炙青山，遍地焦烟。红军奉命阻凶残。奋勇血拼松毛岭，只剩一员①。

悲愤左倾言，教义疯癫②。豺心老蒋又贼奸③。战略转移行万里，壮举空前。

【注释】

①见下文。②当时以博古、李德为首的左倾军事教条主义，提出一系列错误战略方针，致使红军陷于被动、屡遭失利并因此长征。③ 1933 年 5 月，蒋介石亲自坐镇指挥对中央苏区的第五次“围剿”。

【随记】

骑离“红军长征第一村”，沿国道 319 继续向东，不时地看到“红军战地医院”等指示牌，三公里不到处我们爬上松毛岭。

福建宁化县松毛岭阻击战遗址

一尊巨大的雕塑墙呈现在眼前，下方是持枪向前的红军战士，上方是展开的中国工农红军军旗，旗中间书写“英雄山，松毛岭”几个金黄色大字，旗下面一排白色小字书写着“中央红军长征前最后一役，松毛岭阻击战遗址”。雕塑附近的大石碑对此作简单介绍：“松毛岭战役是长征前第五次反‘围剿’红军在闽的最后一战，也是异常惨烈的一战……万余名无名红军战士身死松毛岭……七天七夜的坚守，红九军团、红二十四师在这里洒下鲜血，献出生命，负责断后的红二十四师最后只剩下一人。”

但是，红军战士的浴血奋战、英勇献身，为中央红军战略大转移赢得宝贵时间。1934 年 9 月 29 日，反复冲杀肉搏、弹尽援绝的松毛岭红军，终因敌我力量悬殊，被迫全线后撤到长汀县钟屋村。第二天，红九军团在长汀县钟屋村观寿公祠堂前的大草坪上集会誓师，下午 3 时红九军团兵分两路向红都江西瑞金开拔，举世闻名的二万五千里长征由此拉开宏大壮丽的帷幕。

资料还反映，为保卫松毛岭，还有 2000 多名地方武装开上前线投入战斗。与此同时，各级苏维埃政府发动当地百姓挖战壕、抬伤员、运物资、送茶饭，松毛岭附近几个村子呈现“家家无闲人，户户无门板”的空前境况。如今，为纪念此场战役和铭记红军与当地百姓军民深情，人民群众亲切地称松毛岭为“朱毛岭”。

抚摸着曾经被飞机大炮千百次蹂躏的土地，站在那已经被万千烈士鲜血浸透的英雄岭，看着今天万紫千红的江山，所有的赞美辞藻、感激言语，都是苍白无力的。你只能大呼：中国工农红军万岁！中国共产党万岁！中华人民共和国万岁！

二十、红军长征第一渡

【题记】

2016 年 2 月 25 日，我们骑行到★长征广场、长征源、中央红军长征出发纪念馆和★红军长征第一渡纪念碑（江西于都县红军大道）。

【诗词】

渔家傲·红军长征第一渡

万里长征多少路？至今难忘一征渡①！夜渡于都溅两岸，鸣四宇②，红军北上旌旗舞。
妻送夫君思绪翥，母拥骨肉心尖苦。不灭猢狲乡莫顾，除瘴雾，凯旋之日伐金鼓③！

【注释】

①一征：初次征伐。②取自叶剑英 1962 诗作："红军抗日事长征，夜渡于都溅溅鸣。"③伐金鼓：语出南朝。梁沉约《齐明帝哀策文》："伐金鼓以清道……"；又，金鼓，泛指金属制乐器和鼓。

【随记】

2 月的赣东，早上 6 点天还漆黑。为了既防雨又保暖，我们穿着厚厚的雨衣出发了。8 点多钟在南塘镇邮政局盖邮戳时，一个小伙子好心建议，不用绕赣州江口镇，返回两公里跨"平江"，从才溪乡有一条小路可以近几十公里。太诱惑了，但也纠结，万一爬山岂不更难？果不出所料，县道崎岖，山路陡峭，我们骑骑推推，耗了五个多小时，累得不行，11 时多在一个大坝上提前吃午饭。待骑出山路到达于都县，埋怨后悔的话也咽了。

于都，素有"六县之母"和"闽粤湘三省往来冲要"之称。80 多年前，是中央红军的主要集结地和长征出发地之一，而于都河是红军长征首先要过的第一条大河。1934 年 10 月 16 日至 19 日傍晚，从原驻地兴国、宁都、石城、长汀和瑞金陆续撤离转移到于都各地集结休整的红军共计 8.6 万余人，分别从于都城东门等十个渡口渡过于都河，踏上漫漫长征路。相关纪念设施如"长征源石碑、长征广场、纪念馆和纪念碑"等尽显光荣，尤其是那双帆造型、寓意中央红军由此扬帆出征、高为 10.18 米（纪念中央机关、红军总部、毛泽东、朱德、周恩来等领导同志于 10 月 18 日在此渡河）的"红军长征第一渡纪念碑"，更是巍巍壮观。

风雨中，我们告别"红军长征第一渡"，跨过红军曾经跨过的"于都河"，骑过红军没有走过的，但却是在红军木板桥原址上新建的于都长征大桥，再骑行 50 多公里于晚上 7 点多骑达西江镇。连日的风雨骑行，老曹原有的腰腿膝盖伤痛加重，赶紧找药店买药、找宾馆。好不容易找了一家，卫生间里居然到处滴水，已经没有精力和时间换房间换宾馆了，穿着雨衣上厕所，洗澡，吃饭，吃药，洗衣服，烘鞋袜衣服，11 多钟才躺下——明天还要出发！

江西于都县红军长征第一渡

二十一、红军长征第一村

【题记】

2016 年 2 月 28 日下午，我们骑行到★红军长征第一村【福建长汀县南山镇钟屋村（今中复村）】。

【诗词】

七律·红军长征第一村

壮士长征扫乱云，胸中永记第一村。
青草坪上拳林立①，风雨桥前胆赤忱②。
雾散云开期霁日，花红柳绿俟新春。
乡亲父老心莫虑，只待红军报喜音！

【注释】

①青草坪：钟屋村“观寿公”祠堂前的大草坪。1934 年 9 月 30 日，红九军团在这里召开誓师大会，开始了举世闻名的二万五千里长征。②“风雨桥”：后改称“红军桥”；当年，当地百姓就是从该桥送别万里长征的红军将士。

【随记】

举世闻名的红军长征，有五支英雄部队，分别从数个地方出发。一方面军即中央红军从江西、福建等地出发，二方面军从湖南桑植起步，四方面军从湖北打到四川并强渡嘉陵江宣誓长征，红二十五军从河南罗山迈步，还有一支偏师即策应主力战略转移的北上抗日先遣队从江西动身。全部长征历时两年，跨越 11 个省份。两万五千里，其实说的只是中央红军长征路程，出发地至少有江西瑞金、兴国和福建长汀、宁化等四处。

当然，有关长征出发的较著名的地方，可能是美国作家斯诺《西行漫记》中那一句关于长征的话：“从福建的最远的地方开始……”这就是福建长汀南山镇钟屋村。骑离长汀，一路南下，走国道 319，翻 “万安岭”，我们在下午 2 点左右到达这里。

小小山村，弹丸之地，却满村红色，到处经典：钟屋村现有松毛岭阻击战指挥部、红军长征出发地、抗日宣传漫画、红军战地医院、红军招兵站、红军桥等遗址多处，并正在向有关部门申请注册“长征第一村”商标——“长征第一村”的路牌，已经伫立村口。有趣也有意义的是，改革开放让这个红色小山村也弥漫着浓浓的现代商业气息，小道上的广告牌昭然提示：“红军长征，从这里出发；农村淘宝，从这里起航。”

福建长汀县红军长征第一村

伫立在这“慷慨赴死不归桥”的“红军桥”上，仿佛看见正走过红一军团、红三军团、红五军团、红九军团、红军东方军、红军北上抗日先遣队、红二十四师和福建军区的所有部队，而毛泽东、朱德、周恩来等，正领军阔步在前！

二十二、红军长征集结地

【题记】

2016 年 2 月 27 日上午，我们骑行到★长征出发集结地纪念碑（福建宁化县县城南端入口处红土地广场）。

【诗词】

虞美人·红军长征集结地

谁能媲美红军事？拷问人间史。长征两万五千途，真正雄狮浩荡展宏图。
率先举义集结处，宁化留诗语①。看君泼墨赋奇词②，恰似天兵怒气舞雄姿③。

【注释】

①②毛泽东关于宁化曾赋词《如梦令·元旦》。③取自毛泽东诗词《渔家傲·反第一次大“围剿”》赞誉红军：“天兵怒气冲霄汉。”

【随记】

宁化，是著名的革命老区，是中央 21 个苏区县之一，毛泽东、周恩来、朱德等都曾在这里进行过伟大的革命实践活动。

宁化，还是中央红军二万五千里长征的四个起点县之一。位于县城南端湖村镇巫坊村锣鼓坪的红军长征出发集结地广场暨纪念碑，是宁化县纪念红军长征的一座标志性建筑。纪念碑雕塑由四条拔地而起的棱柱组合而成，意喻着中央主力红军长征的四个起点县。棱柱塔顶是一颗红五星，表现着中国工农红军的帽徽。巨大的铜雕落实在宽厚的塔底基座上，生动再现宁化英雄儿女参加红军从长征走向革命胜利的壮丽景象——1934 年 10 月 12 日，红五军团主力部队共约两万人分别从城关、湖村、方田等地到达这里集结，然后奔赴瑞金，宣誓长征。

上午 9 时左右，我们兴致高昂地骑到“长征出发集结地纪念碑”下。因为该纪念碑及其广场地处县城城南边缘，周边道路是车辆匆匆，广场上却空无一人，天空亦灰蒙蒙的，是第五次反“围剿”失利的阴影还未消去？是被迫战略转移的悲壮气氛还在压抑？是征途茫茫的忧郁心思还在困扰？还是左倾盲动的偏激仍阴魂不散？

福建宁化县长征出发集结地纪念碑

绕着雄伟高大的“长征出发集结地纪念碑”骑了几圈，我们分明感受到的，却是当年战旗飞舞，战歌嘹亮，战马嘶鸣，战士怒吼的宏大场景与无限激情。二万五千里的长征，是中国共产党人战胜困难、敢于胜利的杰作，让蒋介石一辈子捶胸顿足、抱憾终身，更令全世界震惊。

忽地，云开雾散，红日攀升，我们的心情亦为之振奋。眼前的道路清晰了，远方的山峦清晰了，跨过翠翠的“翠江”，沿着崎岖的山路，我们再次跨上单车，精神抖擞地骑向下一个红军出发地纪念广场——清流“红广场”。

二十三、红军热血洒湘江

【题记】

2017 年 2 月 19 日中午，我们骑行到★红军长征突破湘江烈士纪念碑园暨湘江战役纪念馆（广西兴安县城西南狮子山）。

【诗词】

红军热血洒湘江

铁三角上风云暗①，恰似死亡封锁线。左倾盲动更揪心，万水千山添黯惨。
将军威武迎刀剑，勇士不屈冲阻险。红军热血洒湘江，鱼水三年无饮膳②。

【注释】

①铁三角：湘江第四道封锁线，被蒋军号称“铁三角”。②饮膳：饮食；取自《旧唐书·职官志三》有“家令掌太子饮膳、仓储、库藏之政”之说；又，湘江战役之悲壮，血染湘江，尸满湘江，战后当地百姓说：“三年不喝湘江水，三年不吃湘江鱼。”

【随记】

一路下坡正带劲，老曹的车后胎一点气都没了。老赵又不知道冲到哪去了，老赵最快的下坡时速可达 50 公里以上。赶紧打电话，将已经跑到五公里以外的老赵叫回来补胎。“气急败坏”的老曹一顿“臭骂”：“屡教不改？你以为我还是年轻姑娘？我是 60 多的老太婆了！”老赵连忙老老实实地检查车胎，并“唯唯诺诺”地保证“下次不敢了”。老曹亦趁机会再一次强调：“再也不许骑到我前面。”实际上，老曹要控制老赵的骑行速度，是为他提示一些危险，因为老赵的右耳在部队里受伤鼓膜穿孔，听力较差。苦的是，路上碎石玻璃太多，瘪气的破胎难以找到真凶。好在是，老赵的补胎技术越来越娴熟，有的时候没有水也能找到破洞。

终于骑到兴安。在县城西南一公里的狮子山上，我们参观红军长征突破湘江烈士纪念碑园暨湘江战役纪念馆，祭拜牺牲于湘江战役的红军烈士。

1934 年 11 月下旬，中央红军连续突破敌人三道封锁线后进抵湘桂边境。此时，蒋介石调集 30 万大军，在湘江以东地区布下第四道封锁线，意图在此全歼红军。红军将士在浴血奋战七昼夜之后，分别于兴安界首、全州大坪、凤凰咀等几处主要渡江点，英勇突破湘江。湘江战役虽然胜利，红军虽然突破第四道封锁线，但这是中央红军突围以来最壮烈、最关键的一仗，付出了巨大代价：渡过湘江后，8.6 万红军官兵，锐减至三万余人。

由大型群雕、主碑、纪念馆组成的纪念碑园，述说着湘江战役这一悲壮无比的战事。特别是纪念馆，它以情景再现、实物展示、图片介绍为载体，通过“苏区风云、兵临湘江、突破湘江、历史选择、精神永存”等篇章，将湘江战役及红军长征的历史画卷，全景式地再现在我们眼前。

广西兴安县
红军长征突破湘江烈士纪念碑园暨湘江战役纪念馆

二十四、红军巧渡金沙江

【题记】

2018 年 3 月 3 日中午，我们骑行到★红军长征渡江纪念馆（云南昆明禄劝县皎平渡大桥附近）。

【诗词】

破阵子·红军巧渡金沙江

丽水初生金子①，大河始现徽章②。一浪割开愁碎胆，两岸相通苦断肠。更兼追匪狂。

石上将军挥手③，洞中领袖端详④。巧渡金沙逐浪去，船子三七摇橹忙⑤。雄兵三万昂。

【注释】

①古有“黄金生于丽水”之说，金沙江因沿河盛产沙金于宋代而得名。②徽章：标志。③④见下文。⑤船子：船夫；详见下文。

【随记】

昨天骑离禄劝团街镇时，天未亮，两边是黑乎乎的连绵大山，屁股后面是追赶的狂吠凶狗。爬山到下午一点多钟，才在稍微避阳的路边吃午饭。因为山区，无处加水，加之暴晒，我们俩上火了，咽痛又咳嗽。下午到达皎平渡镇，赶紧买了消炎药，老曹再用大蒜萝卜配制口服液。有一些疲倦，又是元宵节，于是早早入住具有黎族风味的黎风印象酒店。又在外过元宵节，十多年骑行已记不清度过了多少节假日。为了减少孤独与思念，老曹安慰老赵：“你在哪家就在哪。”说得老赵鼻子发酸。

今天，依然是天未亮就出发。“撒皎线”继续爬山，山顶处是杉乐村，小集市也有几分热闹。在一个早点铺买馒头，顺便问前往皎平渡路况，30 多岁的小伙子居然回答“没有去过”，又指着不远处的路牌说，“自己去看”。路牌扎眼：“警告：30 公里下坡！”让我们不寒而栗。揪心的是，老曹的后车刹又出现异常声音。胆战心惊下陡坡，骑过一连串 270 度的急弯，感觉快要栽下去。“山重水复疑无路，柳暗花明又一村”，终于在中午前赶到皎平渡渡口。

皎平渡位于禄劝县皎西乡皎平村，两岸崇山峻岭，悬崖峭壁，是金沙江在滇川间主要渡口之一。1935 年 5 月，在 37 名船工七条船七天七夜奋力拼搏下，红一方面军三万名指战员，胜利甩脱几十万国民党军队的围追堵截，跳出包围圈。巧渡金沙江让红军取得战略转移中具有决定意义的胜利，皎平渡因此被写入中国革命历史。这里有朱德、刘伯承指挥红军渡江站过的“将军石”，纪念馆有许多历史照片和文物，馆外不远处立有“红军渡江纪念碑”，金沙江北岸还有毛泽东、周恩来、朱德等中央领导指挥渡江与工作休息的“红军洞”。

云南禄劝县红军长征渡江纪念馆

今日，金沙江皎平渡彻底改变模样——“皎平渡大桥”横跨在金沙江上。骑过大桥，离滇入川，我们开始翻越“难于上青天”的巴山“蜀道”！

二十五、红军强渡大渡河

【题记】

2018 年 3 月 7 日上午，我们骑行到★红军强渡大渡河纪念馆及★红军渡（四川石棉县安顺场大渡河西岸）。

【诗词】

生查子·红军强渡大渡河

去年大渡河，羽翼成悲剧①。咆哮涌流沙②，吞没太平戟③。
今年大渡河，将士书佳笔。英勇有十七，永载红军册。

【注释】

①羽翼：代指石达开；时年石达开受封为翼王，意为“羽翼天朝”。②据说，大渡河就是西游记中的流沙河。②太平戟：代指翼王石达开率领的太平天国军队。

【随记】

四川石棉县红军强渡大渡河纪念馆

青藏高原横断山脉东部，大渡河中游，雅安西南，有一个境域富藏优质石棉、全国唯一以矿命名的县——石棉县。我们昨晚到达，今晨离开，为的是前往 20 多公里外的安顺场。

安顺场，原名紫打地，紧临大渡河南岸，位于南北对峙的高山河谷地带。安顺场的 5 月，爆涨的河水格外汹野不羁，两个结局迥然不同的历史故事，更使之声名大噪。

前者，是 1862 年 5 月，翼王石达开兵败退到这里。北渡未成时，眼见大势已去，为保全 2000 多将士生命，石达开大义凛然，到清营束手就擒，在成都英勇就义。如今，不屈的石达开（塑像）依然屹立在通往安顺场路上的大渡河岸边，俯瞰着汹涌宽阔的大渡河。

后者，是 70 多年后的 1935 年的 5 月，中国工农红军长征抵达这里。面对着蒋介石要使红军成为“石达开第二”的狂妄叫嚣，刘伯承、聂荣臻亲临前沿阵地指挥，红一团一营营长孙继先亲自挑选并带领十七勇士，冒着敌人炮火强渡登岸，取得强渡大渡河的首战胜利，为中央红军北上开辟了一条通路，在中国革命战争史上写下了光辉的一页。

安顺场因此以“翼王悲剧地，红军胜利场”而享誉中外战争史。

如今的安顺场，修建了专题性纪念馆，馆内收藏有诸多文献资料。馆正前方是红军广场，广场上矗立着威严的红军强渡大渡河纪念碑。石棉的一位中年女骑友，闻知我们长途骑行而来，乐此不疲地帮我们拍照。

沿大渡河骑行，心旷神怡，道路两边，漫山遍野，种着很多已经成熟了的黄果柑。老乡告诉我们，这里气温较高，冬天无雪。买一些尝一尝，外皮粗黄，果实甜带微酸，水分充足，不仅口感特别好，而且润嗓止咳。

沿大渡河骑行也很惬意。你看看，石棉县公安局的广告就非常有创意，言辞中饱含着风趣、幽默、温馨和柔情：“慢！慢！前方急弯，必须减速，不然要翻！”乐得我们跳下车与之合影。

二十六、红军飞夺泸定桥

【题记】

2004 年 8 月 9 日，我们曾驾车到★红军飞夺泸定桥纪念馆、纪念碑及☆泸定桥；2015 年 7 月 16 日与 2018 年 3 月 8 日，我们两次骑行到此（四川泸定县城）。

【诗词】

鹧鸪天·红军飞夺泸定桥

大渡河中铺铁筋，康熙主政为乡民①。四川路上多关隘，泸定桥头有壁门。

冲虎口，扫残云。飞夺钢索战邪禽。朱毛胜算红军乐，万里长征唱笑音。

【注释】

①“泸定桥”，相传是康熙帝统一中国后，为加强川藏地区的文化经济交流而御批修建，并在桥头立御牌。

【随记】

沿大渡河骑行，既有前述的心旷神怡与惬意，也有惊心动魄与艰难。昨天离安顺场走的都是县道，左侧是悬崖峭壁，右侧是清澈的大渡河。车道狭窄的路上随处可见“注意山体滑坡”与“注意飞石”等提示牌。其间，我们在大渡河两岸来回骑跨八次之多，还连过了 1772 米、1156 米、2162 米和 2757 米等多条隧道。又下大雨了，天色亦晚，不得不停留入住德妥镇“老兵旅馆”。

今天又到“红色名城”泸定，十多年前我们驾车来此；四年前，我们带两名研究生骑行“川藏线”又驻足于此；这一次则是由滇入川，沿着红军长征路线且来回穿越大渡河两岸而再次骑达。县城还不陌生，很快找到红军飞夺泸定桥纪念馆，四周台阶很高，寻一个游人相对少一点地方，我们将自行车扛上去拍照。该馆以红军长征为主线，以飞夺泸定桥为重点，较全面地展示了 1935 年 5 月 29 日下午 4 时红军先锋团（红一军团四团）22 名勇士飞夺泸定桥的惊、险、奇、绝和对中国革命所产生的重大意义。然后，再去又称铁索桥的泸定桥，搭了木板的桥晃得特别厉害，有人害怕得尖叫。但是，这“13 根光秃秃的铁链托起了共和国”！

次日凌晨出发，老曹口中念念有词“决战二郎山！”紧张得不停地找厕所，因为天堑二郎山终于又来了。咬紧牙关，30 多公里盘山，五个多小时登顶，我们顽强而顺利地再次穿越了全国最长（4176 米）的非高速隧道“二郎山隧道”。坐在隧道出口吃午饭时，看着旅游大巴一辆辆地驶过，满满的自豪感。

当然，我们相互提醒“不可掉以轻心”，因为后面连续几十公里的陡峭下坡，道路依然充满危险。不是吗？“要想不把自己留在 318 国道上，请减速行驶”的路牌，让心都提到嗓子眼。骑过最后的 20 多公里维修路段，筋疲力尽之时我们骑到天全县。

四川泸定县泸定桥

二十七、红军强渡嘉陵江

【题记】

2018 年 3 月 19 日中午，我们骑行到★红军渡纪念地和★红四方面军长征出发地纪念馆（四川苍溪县临江镇红军渡 · 西武当山公园内）。

【诗词】

西江月 · 红军强渡嘉陵江

古誉北川淳邑①，今荣锦绣梨乡②。谭家号令赤旗扬③，强渡嘉陵江浪。
胜利运营蚌壳④，辉煌撰刻碑廊。长征万里向前方，永记塔山水港。

【注释】

①②苍溪，古有“川北淳邑”之雅称，今有“锦绣梨乡”之美誉。③谭家：谭家大院；位于苍溪塔子山后山下，是强渡嘉陵江战役的军事指挥所。④蚌壳：为适应强渡而建造名为“毛蚌壳”的船。

【随记】

今晨 6 点从朱德故里出发，一路是山，前方金城镇也在山上。瞻仰了山道旁石壁雕塑墙所展现的金城之战遗址战况，我们又参观了镇街中间的朱德铜像纪念园。继续骑向阆中市，山坡更大，且水泥路面破损，满地石子，坑洼不平，颠得手麻屁股疼。我们早有心理准备“大西南够呛！”但总以为骑过了大西北与西藏，大西南还能怎么的？不承想，现在每天有爬不完的山，且不管是村道、乡道、县道、省道还是国道！

阆中，古称保宁，山围四面，水绕三方，素有“阆苑仙境”和“巴蜀要冲”之誉，唐代诗人杜甫因此留下了“阆中城南天下稀”的千古名句。境内所拥有的中国保存最完整的四大古镇之一——阆中古城，也被誉为风水古城。逛古城，古色街道上色香味俱全的阆中酱牛肉让人垂涎欲滴，忍不住买了好多。当然，我们没有忘记参观古镇里包括红四方面军总部旧址在内的多处红色遗址。

今早再吃风味独特、能量强大的阆中酱牛肉，然后直奔苍溪。苍溪有“长寿之乡”、“雪梨之乡”和“红心猕猴桃之乡”等系列美誉。“红色”更十分了得！当年，红四方面军转战苍溪战斗 100 多次，强渡嘉陵江战役最有影响。1935 年 3 月，为贯彻中央“渡江西进”战略方针，正副总指挥徐向前、王树声亲临前线，选定“红军渡”（原名塔子湾渡口）为主渡口。战役胜利，红四方面军即挥师西进开始万里长征。

四川苍溪县临江镇红军强渡嘉陵江红军渡

参观景点后再出发，60 多公里县道大坡接二连三，我们傍晚 7 点路经太公镇，不得不驻足。镇子小，人口少，小旅馆的简陋房间还在二楼，且没有空调和卫生间，澡都洗不了。我们简单吃了点干粮就睡下，身上黏乎乎的，脸上脖子轻轻一搓，汗腻子就滚下来了。

二十八、红军血战剑门关

【题记】

2018 年 3 月 20 日中午，我们骑行到★红军血战剑门关遗址（四川剑阁县剑门关景区）。

【诗词】

红军血战剑门关

兵家必争之地①，万夫莫开之关②。
诸葛武侯设立，百战未曾伤残③。
红军血战剑门，历史绘就新篇。
军阀溃如山崩④，凯歌回荡雄关。

【注释】

①剑门关历来为兵家必争之地，素有“打下剑门关，犹如得四川”之说。②取自唐·李白《蜀道难》：“一夫当关，万夫莫开”。③据史料记载，剑门关是蜀汉丞相诸葛亮设立，且自古历经上百次战斗未曾有失。④取自当时歌谣：“……红军攻克剑门关。各路军阀如山崩……”

【随记】

出发就有小雨，走的又是路窄路烂的乡道，连续下坡 20 多公里更让人心惊肉跳。270 度的急弯连续不断，双手紧紧捏住刹车，再用身体抵着车身，才能控制下行。到江口镇，四过嘉陵江，再爬让人心碎肝裂的几十公里大山。过高观乡时，迎面骑来两个中年人，借着休年假，将车托运，人从北京飞四川，作短途骑游。看我们如此年纪，如此重装，敬佩不已，非要拍照留念，再加微信。

下午 1 点多钟才吃午饭，直奔剑门关。1100 米的隧道下坡顺利通过后，手机里提示“此次导航结束”。赶紧问路人，才知道我们骑过了。“红军血战剑门关”纪念场所，在隧道那边的国家森林公园里面，只好返回爬坡重过隧道。到了景区门口，被告知必须买门票（全国红色景点都不需要买票），景区公路运管所的执法员小王帮我们协商也被拒绝。十万里的“红色骑行”，我们不能错过剑门关，于是付钱 120 元进门，热心又好心的小王一直陪同我们参观并充当“讲解员”。

1935 年 4 月 2 日，红四方面军强渡嘉陵江后，一举攻克川北军事要塞剑门关，取得了辉煌战绩。此战是红四方面军的著名战例之一，也创下了战争史上的奇迹。相关纪念设施包括红星广场、纪念碑、纪念馆、石刻标语和指挥此战的徐向前和王树声两位将帅的塑像。其中，纪念馆四壁较有特色，是为剑门七十二峰，采用先进技术并通过多媒体模拟红军浴血剑门关的历史场景，亦生动壮观。

再过隧道，再上 108 国道，我们下山直奔宝能镇，入住设施简陋但基本齐全的兴利达宾馆。赶紧打扫个人卫生，昨夜的小旅店不能洗澡，我们自己都不好意思闻那一身的汗馊味。老赵匆匆冲凉后，再抓紧时间去街上购买食物，昨天既没有吃饱，也没有吃好。

四川剑阁县剑门关

二十九、红军四渡赤水河

【题记】

2018 年 4 月 4 日下午，我们骑行到★红军四渡赤水纪念馆（贵州习水县土城镇）。

【诗词】

摊破浣溪沙·红军四渡赤水河

安乐原来美酒坊①，英雄壮举再名扬。将士四番趟赤水，最荣光。
统帅神奇谋驿道②，泽东得意说疆场③。以少胜多击蒋匪，大篇章。

【注释】

①安乐水：赤水河古称；又，赤水河流域内盛产美酒，有“美酒河”之誉。②③见下文。

【随记】

2018“决战之年”设计三大战役，我们首发“大西南（云贵川渝）战役”，出发前作诗词《敬仰情结大西南》一首：诗仙直呼蜀道难，百步九折上青天。黄鹤展翅飞不过，猿猱振臂愁攀援。横断雪峰生坝子，云贵高原又穷悬。阴条青岭挽嘉陵，巴山渝水再笼藩。巧涉金沙夺泸定，血战剑阁抢娄山。四渡赤水出奇兵，跃进遵义著新篇。将帅英雄改历史，红色印迹遍西南。敬仰绕成千千结，我将单骑绵绵瞻。

是的，云贵川，山峦雄伟高大，起伏连绵，因此单车骑行无比艰难，我们深有感触地说：“除了海拔略低，其他任何方面较之于著名的川藏线 318，有过之而无不及！”。

当然，也有例外。在赤水祭拜赤水红军烈士陵园后，我们骑向习水土城参观红军四渡赤水纪念馆，中间就有一段非常罕见的、漂亮的骑行专道。

1960 年，访问中国的英国陆军元帅蒙哥马利，盛赞毛泽东指挥的辽沈、平津、淮海三大战役，可以与世界历史上任何伟大的战役相媲美。但毛泽东却说：“四渡赤水才是我的得意之笔。”美国作家索尔兹伯里则在《长征：前所未闻的故事》中，说四渡赤水是“长征史上最光彩神奇的篇章”，并用生动形象幽默的词语描写“毛主席用兵真如神”：“毛泽东故伎重演，而蒋介石却像巴甫洛夫训练出来的狗一样，毛泽东要他怎样，他就怎么样。”土城纪念馆的丰富资料，全面客观地反映了红军四渡赤水的战斗经历及其在中国革命史上的历史地位，突出表现毛泽东等军事家军事指挥艺术上的“神”。

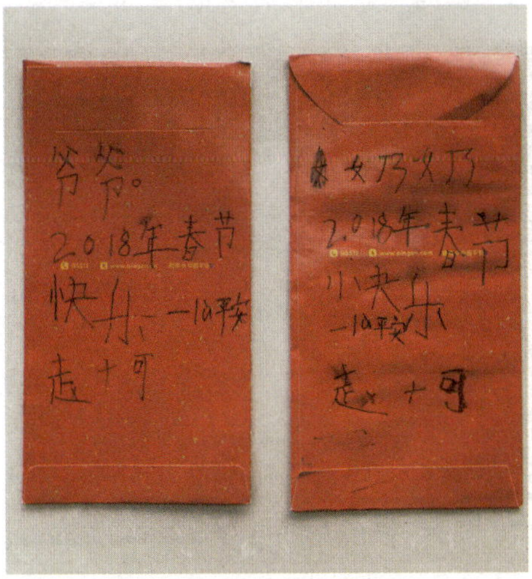

孙儿赵十可 2018 年春节的祝福红包

“大西南战役”穿越“云贵川”的千山万壑，也是我们“红色骑行”的“得意之作”。而出发前的一幕，则让我们一辈子“记忆犹新”！出发前，我们在家里反复念叨时，小学一年级学生、七岁的孙儿赵十可，钢钢的小暖男，居然悄悄地从压岁钱罐里取出 400 元分装两个红包送给我们，并在封面上写下“祝爷爷奶奶一路平安”——这也是我们骑行数十年来收到的最大的唯一的一笔“赞助款”！

三十、红军抢占娄山关

【题记】

2018 年 4 月 6 日下午，我们骑行到★娄山关红军战斗遗址（贵州遵义市娄山关景区）。

【诗词】

太常引·红军抢占娄山关

北黔险隘第一名，自古乱枪声①。勇士舞长缨：抢大娄、人欢马腾②。

西风凛冽③，雄关如铁④，岂可挡神兵。领袖更豪情：从头越⑤、光辉历程。

【注释】

①娄山关：自古被称为黔北第一险隘，历来为兵家必争之地。②大娄：娄山亦称大娄山。③④⑤取自毛泽东诗词《忆秦娥·娄山关》。

【随记】

昨天离习水，一直在阴雨中翻山越岭。中午路过“贵州正习高速公路第十八合同段”门口准备吃饭时，唐姓保安主动叫我们进公司工棚躲雨并烧了开水，又告知“前面还有很大的山”。果然，两个多小时我们才骑上山顶。此刻，雨小了，可浓雾弥漫，群山被笼罩，像一个个冒热气的馒头，能见度不足十米，过往车辆都开起大灯，我们的自行车车前灯也自动启亮。铆足了劲冲下山，进入桐梓县界，6 时许到达著名的夜郎镇。逛逛看看，在记有李白当年流放的“太白桥”上拍照，因没有适合旅馆，也买不到食物，只好再骑行十几公里夜宿新站镇——已是晚上 8 点。

今天，全副武装冒雨骑行，很快来到“中国第一湾 72 道拐”。特色鲜明的盘山 72 道弯，每一道拐都有一个规范而气派的指示牌，气喘吁吁的我们忍不住停下来冒雨拍照。贵州山区风景优美，气候凉爽，年平均气温不超过 20 度，所以这 72 道拐沿途有很多农家避暑山庄。老乡说，每年暑期来避暑的游客很多，1700 元一个月包吃包住，尽情享受没有空调的凉爽与山珍野味。顶风冒雨四个小时，我们爬上了 72 道拐，然后一路下坡穿过桐梓城，再冲向更高更陡更险的娄山关。

娄山关大捷包含两次战斗胜利。一是 1935 年 1 月红军长征途中占领遵义，抢占娄山关大获全胜，为遵义会议召开作出了重要贡献。二是同年 2 月，红军二渡赤水，回师黔北，攻下娄山关，赢得长征以来的第一次巨大胜利，展示了遵义会议的曙光。娄山关红色遗址很多。其中，关口东侧毛泽东《忆秦娥·娄山关》词手迹石碑；关口西侧娄山关战斗红军将士跃马横枪、攻克天险的英雄群像；以及陈列馆展示的红军抢占娄山关的恢弘历史画卷，印象最深。

贵州遵义市娄山关红军战斗遗址

正值清明长假第二天，人们踏青游览，缅怀革命先烈，景区车水马龙、人山人海。当我们展开党旗、国旗拍照时，许多人围观点赞帮助合影，贴心的交警还主动过来维持秩序、疏导人群。

三十一、红军乌江破天险

【题记】

2018 年 4 月 8 日上午，我们骑行到★贵州息烽县乌江景区（贵州息烽县乌江镇）。

【诗词】

清平乐·红军乌江破天险

乌江天险，川贵交通槛。流急滩多深谷峡①，更有匪兵使绊。
将军金鼓连天，英雄剑戟翩跹。迈向光明彼岸，掀开胜利单元。

【注释】

①乌江以流急、滩多、谷狭而闻名于世，号称“天险”，也是川黔交通必跨之“天险”。

【随记】

在遵义市湘江之星逸居酒店吃过自助早餐出发，一路缓坡，两个多小时我们骑到乌江特大桥。远远看到几个骑行者，赶忙前去打招呼——在外骑行遇到骑行人，通常大家都要聊天，也顺便打听各自刚刚骑过的道路情况。“你们是哪里的？”“安徽的。”“安徽哪里的？”“芜湖的。”“我们也是芜湖的。”话音刚落，对方骑行朋友一下子高兴地喊起来：“你们就是安徽工程大学的两位教授吧？哎呀，早就听说你们了，‘大后’（芜湖美利达专卖店的老板）多次提到你们，想不到今天在这么遥远的外乡见到‘真人’！”

真是“骑遇”加“奇遇”啊，大家都特别兴奋，拍照留念畅谈。他们男男女女一行六人，年纪也都在 50 岁以上，是将自行车托运到贵阳，并由那里骑来。我们与他们是反向，要路经这里骑往贵阳等地。大家与美利达老板“大后”都是好朋友，性急的女士已经在给“大后”打电话，说着这“他乡遇老乡”的传奇事情。

各自再踏骑程，我们骑往乌江景区。1935 年 1 月，红军经过数次战斗，取得突破乌江的伟大胜利，粉碎老蒋妄图凭借乌江天险将红军堵截于南岸并彻底消灭的黄粱美梦，使红军从此掌握了战争的主动权。此后不久，在遵义会议正确路线的指引下，借四渡赤水的成功，中央红军三万余人在乌江北岸向南岸息烽境内战略突进，威逼贵阳，为红军西入云南打开通道。乌江天险被彻底打破，红军也彻底摆脱了国民党 30 万人马的围追堵截。

站在长江上游南岸最大支流、贵州第一大河的乌江岸边，诗情画意的山水韵味任尔遐想：土木吊脚楼、千年古镇、青石老街与古巷等历史文化遗迹，就在大河上下两旁的崇山峻岭之中。更有反差极大的历史故事留在人间：历史上的“黔蜀要津”、兵家必争之地乌江渡，1600 年明军征讨播州杨应龙在此惨遭败绩；1935 年长征到遵义的中国工农红军，却在此重创国民党中央军。

贵州息烽县乌江景区

三十二、红军高峰六盘山

【题记】

2016年5月25日，我们冒雪骑行到★六盘山红军长征纪念馆（宁夏隆德县六盘山上）。

【诗词】

红军高峰六盘山

高峰夫如何？且看六盘山。万方多难时①，民族有忠贤。
西风卷红旗，灵空舞旌幡。好汉事长征，长缨缚敌顽②。

【注释】

①万方多难：指时局艰难，内忧外患；唐·杜甫《登楼》有："花近高楼伤客心，万方多难此登临。"②西风卷红旗及其后四句，源于毛泽东诗词《清平乐·六盘山》："……不到长城非好汉，屈指行程二万。六盘山上高峰，红旗漫卷西风。今日长缨在手，何时缚住苍龙？"

【随记】

凌晨2点钟被狂风暴雨惊醒，4点半我们起床准备，6时准点窜入雨中出发。刚骑出一公里，就被修路的沙石与工程车挡住去路。导航关键时刻"掉链子"，也与修路有关。退回来转了一个大圈，找到312国道。两个小时后，我们第一次骑入宁夏，不久在张桥汽车招呼站车棚下躲雨吃早餐，然后直奔六盘山。

宁夏隆德县六盘山红军长征纪念馆

从六盘山长征景区入口处转弯上山，到景区时下起了雪。门卫说："不能骑车上去，也骑不上去。"他们不是一般保安，而是正规警察，我们反复说明来意，两位警察十分敬佩，不仅免收门票，并答应帮助看管自行车和行李，最重要的是打开了因为大雪封闭的"红军小道"。

六盘山已经下了两天的雪，举头望去，白雪皑皑，银装素裹，十分壮观。当然，雨雪路滑，天气寒冷，不见游人。我们穿着早已湿透的单衣和已经不起作用的薄薄雨衣，一路踏雪参观两旁的红军及其战场雕塑，一小时以后爬上六盘山主峰，来到海拔2832米的纪念馆。嵌着毛泽东著名诗篇《七律·长征》和《清平乐·六盘山》手写体的纪念碑立于东西两侧，纪念广场上是由三面红军军旗组成的影壁墙和两组再现当年回汉人民喜迎红军及红军翻越六盘山壮观场面的青铜雕塑，长征纪念亭呈红、黄、蓝三色，毛泽东吟诗台巍然伫立，纪念馆文献资料再现壮丽历史。

"六盘山上高峰，红旗漫卷西风"。领袖毛泽东，诗人毛泽东，问世间，谁能与之争锋？！"苍龙"已经"缚住"，但"今日"仍需"长缨在手"！

下山来谢过警察，取车继续骑行，一口气穿越长长的六盘山隧道，赶到了六盘山镇，入住荣华宾馆。老赵在小菜场买了一些牛肉、萝卜等，老曹用电饭煲加工，再打开一瓶产于贵州有"第二茅台"美称的习酒，我们在六盘山下为伟大的毛泽东和红军干杯！

三十三、长征胜利到吴起

【题记】

2017 年 4 月 22 日下午，我们骑行到★吴起镇革命旧址和☆吴起中央红军长征胜利纪念园（陕西吴起县砚洼山南麓与胜利山脚下）。

【诗词】

长征胜利到吴起[①]

中华第一将，一生无败字。孔子好门生，戍边做刚刺[②]。
红军到吴起，声名又雄峙。胜利落脚点，革命有大势。

漂亮切尾巴[③]，直罗再长志[④]。立马彭大帅，横刀多勇士[⑤]。
长征两万五，丰碑传于世，天地泣鬼神，人类红旗帜。

【注释】

①②吴起县为纪念吴起而命名；吴起，孔子再传弟子，被认为是中华唯一生无败绩的第一名将，曾在吴起驻兵戍边。③⑤切尾巴：是中央红军到达吴起胜利结束长征的最后一场战役；又，战后毛泽东诗赞彭德怀："……谁敢横刀立马？唯我彭大将军！"又，彭总曾改为"唯我英勇红军"。④此后直罗镇战役胜利，给"党中央把全国革命大本营放在西北的任务，举行了一个奠基礼"。

【随记】

陕西吴起县中央红军长征胜利纪念园

早晨起来，在志丹保安革命旧址门前再拍合影照。昨天匆忙参观，感觉照片拍得不好，老赵做事力求尽可能完美，所以有此补拍。

接着，沿省道 303 向西北骑行。路不错，坡不多，在陕甘宁骑行，如此路况真出乎意料。当然，原因在于该道是贴着一条小河走，经顺宁镇后，小河北上，该道改向正西再转西南，又沿另一条小河前行。下午 1 时许，我们骑到吴起县。

吴起县不大，但名气不小。县城入口处高大的吴起将军塑像，表现着它昔日的荣誉。县城内胜利山（原名平台山）上的"中央红军长征胜利纪念园"，则昭示着中国工农红军长征胜利的辉煌。

1935 年 10 月 19 日，中央红军经过二万五千里长征，到达陕北吴旗（当时称吴起）镇，进入西北苏区，吴起因此是中央红军长征胜利的落脚点和领导中国革命走向胜利的出发点。为此而建的纪念园，内容特别丰富：它以红色旅游为主，设有入口、转移转折、雪山草地、会师和胜利等五大广场，以及长征胜利纪念馆、纪念碑、红军烈士陵园和"切尾巴"战斗指挥所、彭大将军横刀立马等景点。

游客很多，纪念园别具一格的三个弓形园门前广场上停满了车。我们带着党旗、国旗随后登上胜利山，满城春色尽收眼底，还可见不远处城内砚洼山南麓，那是我们要去参观的吴旗镇革命旧址暨纪念馆。

入住商务酒店也冠名"胜利"二字——"胜利"已深深地融入吴起人民的历史与当代。

三十四、红军长征大会师

【题记】

2016 年 5 月 23 日下午与 24 日清晨，我们分别骑行到 ★会宁红军长征会师旧址（甘肃会宁县城）与★会宁红军长征胜利纪念馆（会宁县城南国道 312 旁）。

【诗词】

西江月·红军长征大会师[①]

万里金戈铁马，一程胜虎威狮。红军征战大会师，庄严铸成历史。
灌沸西津城阙[②]，奋扬华夏边陲。凤凰檠涅展雄姿[③]，革命躬逢盛事。

【注释】

①见下文。②灌沸：沸腾意，语出汉·焦赣《易林·大畜之观》“……灌沸渰殪，与母长诀”；又，会师楼及会师门，原名西津楼；再，城阙：城楼，宫阙；唐·白居易《长恨歌》有“九重城阙烟尘生，千乘万骑西南行”。③凤凰檠涅：指凤凰在火中重生并得到永生，比喻一种不屈不挠的奋斗精神和坚强意志。

【随记】

疯狂的大雨终于止步，今天阳光灿烂，尽管县道路况不好，一直爬坡，但心情不错。不过，下午路况大跌眼镜，距离会宁还有 40 公里时，哪里是路啊？遍地杂石，烂泥水坑，老曹被颠簸得从坐垫上跳起来，老赵的手机也从手机架上颠了下来。尤其是那大段大段的坑洼路面，泥浆似糊一般又黏又厚，来往车辆在泥浆里打滑，车身摇晃不停，有的三轮车陷进泥潭出不来。自行车怎么骑呢？忽然，发现一辆电动三轮车在深深泥浆里不停地转向且前行自如——一定是非常熟悉道路的当地人。我们马上跟在后面，在烂泥水坑中探索骑行，紧握车把的两只手麻痛得失去了知觉，40 公里整整耗了五个多小时。

终于骑入会宁县城，终于骑到会宁会师旧址。1936 年 10 月，中国工农红军第一、二、四方面军经过艰苦卓绝的数万里长征，在甘肃会宁地区胜利会师。这一事件是长征胜利结束的标志，是中国革命走向胜利的转折点和里程碑。该旧址主要有会师楼及会师门、红军会师联欢会会址、会师纪念塔、革命文物陈列馆、红军烈士纪念堂和将帅碑林等主要建筑组成。第二天早晨，我们再骑经新建的会宁红军长征胜利纪念馆并参观。该馆由会师陈列馆和会师广场组成，与上述旧址相距不远且交相辉映、浑然一体。一位专业的摄影师主动帮我们拍照。

甘肃会宁县红军长征会师旧址

会宁与红军长征胜利会师相关的“红色”十分令人震撼：长征途中，毛泽东、周恩来等都曾途经会宁，朱德等九位共和国的元帅，徐海东等八位大将，杨成武等 46 位上将、127 位中将和 1000 多位少将都在会宁留下了战斗和生活的足迹。

三十五、会师中心界石铺

【题记】

2016年5月24日，我们骑行到★界石铺红军长征纪念园（甘肃静宁县界石铺镇继红村）。

【诗词】

捣练子·会师中心界石铺

神圣地，界石铺①。红色中心意义殊。万里长征人不寐，日今从此展宏图。

【注释】

①界石铺：中国工农红军第二十五军和红一、二、四方面军长征途经的主要地区，中央战略部署中确定的三大主力红军会师的有利中心“基点”。

【随记】

早晨6点半出发，出会宁县城即路经新建的会宁红军长征胜利纪念馆，参观后我们东去国道312继续前行。今天虽然爬坡不多，但骑行不久的国道312出现烂路——又在大修，弄得我们焦头烂额、疲惫不堪。十数年骑行，一看见修路就心惊肉跳，何况这里的修路“动静”更大，路段很长，挖的坑很大，土堆很高，又是必经之路，没办法只能硬着头皮向前骑，许多时候是推行，而且不得不在歪歪扭扭的便道上小心把住车把，以及要十分注意避开工程车辆。

中午12时，我们总算骑达界石铺镇。该镇位于静宁西北部，国道312穿腹而过，素有平凉“西大门”之称。该镇之有名，与红军长征相关，并特别彰显着红军长征三军会师中心基点的伟大战略意义。1935年至1936年，红军长征曾三次驻留界石铺，毛泽东、周恩来等在此留宿和播撒革命火种。紧靠国道旁边的界石铺红军长征纪念园里，纪念馆、红色记忆长廊、毛泽东旧居、红军楼等，以及毛泽东当年用过的电话机、铜灯、火盆馆，还有周恩来、朱德等中央领导同志长征时的珍贵图片资料，告诉我们曾经的荣耀，让我们知晓中国革命史上浓墨重彩的一笔。

参观完毕，我们在纪念馆门前广场附近坐下来吃午饭，再绕行到镇街找邮政所盖邮戳，然后骑向静宁。途中，老赵发现他的行车码表坏了，这可是我们骑行的重要设备，记录着我们的路程。两个多小时以后，我们骑到静宁县城，寻找美利达专卖店。两个骑车的小青年告诉我们，静宁只有捷安特专卖店，并带我们骑过去。师傅认真检查后说，是传感器淋雨受潮坏了，只能换新表了。两个骑车的小青年再主动将我们带到“紫东宾馆”，告诉我们这是他们骑行朋友常住的宾馆，“价格很优惠的”。果然，老板人很客气，宾馆实施亦不错。

甘肃静宁县界石铺红军长征纪念园

三十六、红军东征战晋西

【题记】

2017 年 4 月 16 日清晨、中午与 17 日下午，我们分别骑行到★红军东征纪念馆（山西石楼县城）、☆红军东征渡口（山西柳林县三交镇沿黄公路黄河边）与☆毛主席东渡黄河纪念碑（山西临县沿黄公路黄河边）。

【诗词】

红军东征战晋西

红军事东征，奋勇战晋西。乘夜偷渡河，天险何为奇。
扩红又筹款，白地见春熙①。抗日有先锋，志丹捐身躯②。
民族临危亡，儿孙无懦怯。墨盒依蜡台，巨人谱神曲③。
茅屋陪娘亲，手绢送呵嘘④。涛涛黄河水，日日问归期。

【注释】

①当年的晋西北，因阎锡山血腥统治而号称“白地”。②红二十八军军长刘志丹在东征中壮烈牺牲。③纪念馆存有毛主席东征期间用过的墨盒、蜡台、马灯、茶杯等物品。④石楼西卫村村民张年拴回忆当年毛主席住在他家：“主席的夫人贺子珍每天都陪娘聊天、帮娘干活，还送给哥哥一个红花格的铁盒，送给姐姐一个绣花缎手绢。”又，呵嘘：喻关心冷暖。

【随记】

骑行途中，也有意想不到的巧事。从延安出发的早晨，我们不慌不忙撤离 7 天快捷酒店，可店长在前台拿着手机焦急地告诉我们，通知 6 点半停电，现在已 6 点 40 了。这可是五楼啊，赶紧的，我们推着自行车乘两部电梯同时下楼。运气也真好，差一点被堵在楼上。

骑行途中，还能饱览大好河山。这几天，我们就一连路过了延安甘谷驿镇、延川文安驿镇、临县碛口“九曲黄河第一镇”等数个千年古镇和柳林三交“中国红枣第一镇”。其中，文安驿古镇管辖梁家河村，时年插队农村担任梁家河村支书的习近平，带领全村人民修建了知青坝、沼气池和铁匠铺，该镇因此也成为一个集千年古道驿站、百年窑居建筑群与千名知青记忆的文化旅游名镇。

山西石楼县红军东征纪念馆

骑行，更因为“红色”而精彩纷呈。1936 年 2 月 20 日，红一方面军在毛泽东、彭德怀率领下，以“中国人民红军抗日先锋军”名义渡河东征，开赴抗日前线。红军在山西转战 50 余县后，为避免内战，保存抗日力量．又回师陕北，史称“红军东征”。

这几天，我们分别参观瞻仰了红军东征的几处纪念馆所。我们由陕入晋，从沟梁遍布的延川，到山峦险峻的永和，一路穿行翻越，数度骑跨黄河。在石楼，我们登上高高的红军东征纪念馆；在柳林，我们驻足肃穆的红军东征渡口；在临县，我们伫立于滔滔黄河岸边的毛主席东渡黄河纪念碑。

三十七、红军西征陕甘宁

【题记】

2016 年 5 月 27 日，我们骑行到★红军西征纪念园（宁夏同心县南郊清真大寺旁）。

【诗词】

阮郎归·红军西征陕甘宁

红军奋战陕甘宁，西征刻盛名。回民儿女自先行，边区是赤城。
削马寇，训精兵。固安大本营。海德斯诺和歌声①，会师聚俊英。

【注释】

①美国记者埃德加·斯诺访问西征前线同心（时称宁夏豫旺县），填充了他的名著《西行漫记》将近三分之一内容；同往的美国医生乔治·海德姆在同心改名马海德并决定留下来参加中国革命。

【随记】

宁夏同心县西行漫记雕塑

骑往同心，需要参观的红色景点很多，红军西征纪念园与纪念馆是其中之一。

1936 年 5 月，红军东征回师陕北后，中共中央决定继续贯彻“以发展求巩固”的战略方针，向国民党兵力薄弱的陕甘宁边界地区进攻，开始了历时半年的西征，开辟了纵横各 200 公里的陕甘宁新的根据地。无比宽阔的纪念广场，巨型石碑“长征精神，永放光芒”特别耀眼。馆前一尊书本形态的雕塑，上书“西行漫记”，昂首挺胸正在吹号的红军战士立在前面。馆内资料文物则再现了红军西征的不朽业绩。

在园区吃午饭休息后，我们再上征程。蓝天白云下，巍峨峰巅上，正停留一辆农用拖拉机，我们恳请老乡帮助合影。老乡说：“你们真了不起，居然骑到这里！不过，前面的路非常艰难！”果然，20 多公里后途经“喊叫水村”。永远都记得这个村！你听听这个名字，就知道它的“不凡”！放眼望去，一望无际的大地，干燥开裂，路上浮灰几寸，骑上去仿佛棉花胎。“屋漏偏遭连阴雨”，老曹的车“不幸”爆胎，周边根本无水，老曹急中生智，把舍不得喝剩下的茶水倒在饭缸里，找洞补胎。老赵更舍不得倒掉饭缸里的脏水，竟然一昂脑袋将水喝掉。

而且，这里没有住宿，必须向前赶 40 公里到兴仁镇。已是下午 5 点钟了，加油站值班小美女主动为我们烧开水还一再请吃饭。我们说要赶路，小美女马上从锅里盛了一盒西红柿炒辣椒，让我们带着。小姑娘真太好了。

天渐渐地黑下来，自行车车灯已经自动亮起。19 : 45，一个路牌表明，距离兴仁镇还有六公里。我们相互鼓气，并借助车灯加快骑行。20 时入镇，第一家就是宾馆，已经无力再去寻找，赶紧入住。老曹开始煮饭，老赵去街心在微弱灯火下购买补充明天路上需要带的水果、干粮等。接着，吃饭洗澡洗衣服写日记，老赵再推敲熟悉明天路况……23 点多我们才睡觉。

三十八、黄河强渡虎豹口

【题记】

2016 年 5 月 29 日中午，我们骑行到☆虎豹口红军西征纪念碑（甘肃靖远县城西乌兰山下黄河边）；此前，我们骑行到☆靖远县红军渡河战役纪念馆（甘肃靖远县城）。

【诗词】

黄河强渡虎豹口

落天走东海①，谁知摆舟处？大河十万里②，问君几口渡？
更兼水肆虐，可怜母亲河③。先生遏黄龙，始有虎帮割④。

农会筹钱粮⑤，乡邻赠骆驼⑥。绅士捐大洋⑦，丝路无隘阻⑧。
英勇西路军，强渡虎豹口！军民一条心，能不灭白狗？

【注释】

①语出唐·李白《赠裴十四》："黄河落天走东海……"②大河：黄河古称。③母亲河：黄河誉称。④虎豹口原名"虎帮割"，据说早年有黄河主峰直对当地村庄且滔天巨浪盘旋肆虐；后有一位虎姓风水先生遏制黄龙割断龙脉，始称"虎帮割"。⑤⑥⑦见下文。⑧隘阻：关隘；虎豹渡口，古称"丝路关隘"。

甘肃靖远县虎豹口红军西征纪念碑

【随记】

经常爆胎，但老赵补胎技术也大有长进，相关照片、小视频发到微信群里，大家惊呼"真是全能教授"。其实，老赵有基础：插队农村后期被调到社办企业学机修；入伍至海军部队加工连，冬练三九夏练三伏，早出操晚学习，白天却换军装穿工作服摆弄车钳刨铣；退伍后再入一机械厂近两年。当然，专业全面维修单车还要求助于行家，昨天停宿平川，美利达专卖店年轻老板刘铁群就亲自帮我们检修。

今天，从平川绕行靖远，在县城参观红军渡河战役纪念馆后，贴着黄河我们骑到古丝绸之路上今红军西征的重要渡口——虎豹口。1936 年 10 月，蒋介石调集 260 个团兵力，企图消灭红军于黄河以东的宁甘边境，红三十军于 24 日选定虎豹口并强渡成功。红军渡河期间，当地群众筹粮捐钱赠马匹骆驼，特别是北湾乡开明绅士王供辰捐 10050 块大洋，这也是当时全国有记载的群众单笔最大捐款。

而今，黄河岸边旧址上，屹立着虎豹口红军西征纪念碑和红军强渡黄河塑像。很幸运，来了一辆小货车，司机说是约人在此交接货物，我们笑说："你是专门等候来给我们当摄影师的。"

知道要去白银市，司机说："前面有桥可抵达黄河对岸。"我们想感受强渡黄河，所以弃桥体验了很特殊的渡河——因黄河汹涌澎湃，小渡船是系于一根贯穿南北的铁索而滑驶。收费仅需两元，我们给了十元，船家高兴地提醒对岸是几公里烂石沙土糅合的河滩小路，"小心骑车"。果然，过黄河艰难骑行两个多小时才上国道。

三十九、高台惨烈西路军

【题记】

2016 年 6 月 13 日下午，我们骑行到★中国工农红军西路军纪念馆（甘肃高台县城东烈士陵园内）。

【诗词】

五律·高台惨烈西路军

血战高台邑，名垂北凉城①。
董杨呈义胆，壮勇献忠诚②。
悬眼城楼惨③，惊心土地铮。
凄戚西路史，悲壮是西征。

【注释】

①北凉：代指高台；北凉是古十六国之一，由京兆汉人段业所建，曾控制高台等河西地域。②壮勇：兵勇，士卒。③取自叶剑英《西游杂咏·高台》“悬眼城楼惊世换，高台为你著荣光”。

【随记】

一大早参观梨园口战役纪念馆等之后，我们顶着西北风骑到高台县。

1936 年 12 月下旬，从靖远虎豹口强渡黄河后的中国工农红军西路军到达张掖一带。1937 年元旦拂晓，奉命西征的董振堂部将士攻克高台城，建立县苏维埃政府，但尾随而至的马步芳纠集六倍于红军的兵力，在飞机、大炮的配合下实施围攻。红五军团浴血奋战八天七夜，董振堂及所属 3800 多人壮烈牺牲。为纪念他们，该县专门修建高台烈士陵园，现已更名为中国工农红军西路军纪念馆。陵园内花岗岩大型英雄群雕“血战高台”，真实地再现了西路军血染祁连的悲壮历程。

一路继续向西北，大漠浩瀚，景色绝美！

第二天天蒙蒙亮，我们冒着淅淅沥沥的小雨骑行，不久风停雨住，一道七色分明的彩虹呈现在蔚蓝天空上。接着，我们骑经“大漠粮仓”，骑入中国第一颗人造卫星奔月的边陲圣地“卫星发射中心”酒泉地界。

第三天晨曦中热情骑行，倏之间，在我们前方蓬勃跃起一颗火球似的朝阳。赶紧地，刹车停下，老曹开心地用一双手托住那鲜红的太阳拍照。前行不远，我们又在硕大的“奔月”雕塑下展开党旗、国旗，再骑经“声震华夷，气壮雄关”的酒泉鼓楼，又骑行去瞻仰“天下第一雄关”嘉峪关。

甘肃高台县中国工农红军西路军纪念馆

第四天，骑经玉门关，瞻仰著名的“铁人”王进喜纪念馆，中午在玉门赤金峡国家级景区“大展宏图”雕塑下休息吃午饭——方圆多少里没有人烟、没有树木，只有这一个雕塑有阴凉！

沿着一望无际连着天边的戈壁大漠，依着山岚迭峰忽隐忽现的皑皑雪山，在无比空旷的大西北骑行，心情居然忒好。忽然想到，这里浸透了多少红军战士的鲜血？掩埋着多少红军烈士的战骨？

四十、血浸临泽梨园口

【题记】

2016 年 6 月 13 日上午，我们骑行到☆梨园口战役纪念馆（含☆西路军历史博物馆）（甘肃临泽县东郊大沙河南岸）。

【诗词】

阮郎归·血浸临泽梨园口

河西走道血鲜浓，孕成大枣红①。两山一地遍英雄②，笃生梨树葱③。

杀贼寇，除狼虫。临泽鏖战隆。丰碑高过雪莲峰，梨园换艳容。

【注释】

①③临泽地处河西走廊，盛产红枣、沙河梨等。②临泽地形特征是“两山夹一川”，南屏祁连峻峰，北蔽合黎峰峦，中部是平坦的走廊平原。

【随记】

此次近 50 天的“大西北战役”，翻越秦岭，数跨黄河，出陕几度入甘青宁直到新疆，征途艰难曲折难以描述。从西宁北上骑走国道 227，连续几天翻越祁连山脉是惊心动魄之一！

骑向海拔 3792 米的达坂山—青石咀垭口，因狂风大雨，天既黑又冷，冻得发抖的手都无法拍照。然后，穿行在 30 公里蜿蜒陡峭的峡谷间，手机信号也没有了。

爬上海拔 3785 米的景阳岭，气温零下 4 度，大风六七级，我们穿上所有的单衣都抵御不了寒冷，不得已停下来蹦蹦跳跳地活动冻僵的手脚。

在海拔 3792.75 米的俄博岭前，在丝绸之路重要路口鹅堡镇，与高大的骆驼雕塑拍照后正欲出发，前方天空突然漆黑。老乡提醒我们：“现在不能上去，前方垭口已经下大雪了。”话音刚落，风雨夹雪就扑到面前。开农家“雪域风情园”的一对新婚小夫妻热情劝道：“住下吧，我们把新房让给你们”。半小时后，雨雪戛然停止，我们谢过情深义重的小两口赶紧翻山。但骑行不久，倾盆大雨后是鹅毛大雪，还未回过神，如珍珠一般晶莹剔透的冰雹又砸下来，冷丝丝冰雹直透血管——这可是六月啊！即便如此，当我们在天空放晴爬到峰巅时，老曹依然兴奋得如小姑娘一样展开双臂跳起来，老赵的相机亦留下这美丽精彩难忘的瞬间。

此后骑向张掖。国际商学院丝绸之路挑战赛组委会组织当地几十名骑友出城十公里迎接我们，并举行隆重的欢迎仪式。接着，我们作为河海大学商学院指导老师暨主力队员，与来自多国数千名 MBA 学生参加比赛，且在三天完赛后马不停蹄奔向新疆。

今天一路顺风，我们时速达 20 公里，两小时即骑到临泽。这里，曾是西路军河西血战 70 余天的主战场和总指挥部所在地，是西征停留时间最长、战斗规模最大、伤亡人数和留下战斗遗址最多、最为悲壮、也是最具纪念意义的地方。

甘肃临泽县梨园口战役纪念馆

四十一、八路总部南茹村

【题记】

2018年5月10日中午，我们骑行到☆南茹村八路军总部旧址（山西五台县茹村乡南茹村）。

【诗词】

鹧鸪天·八路总部南茹村

黛瓦灰砖座四门[①]，坡平巷窄径无闻。穷乡抗御贼倭寇，僻壤迎接八路军。
袭机场[②]，战雁门[③]，平型关上揍奸人[④]。千秋荣誉南茹令，万代功名不朽村。

【注释】

①该八路军总部旧址是典型的北方四合小院。②③④总部驻此期间，领导八路军打了许多胜仗（详见下文），取得了抗日战争的初步胜利。

【随记】

醉心于“红色骑行”，老赵“功课”做得特认真、特仔细。老曹常常惊叹：“老赵，你是怎么找到的？”老曹其实是明知故问，因为她很清楚，十几年来特别是退休后，除了骑行，除了吃饭睡觉，老赵所有的时间都在伏案研究“红色”，每天十几个小时。“红色骑行”的许多地方、许多人及许多事，一般人几乎没有听说过！若干旧址遗址等，迄今为止甚至于还没有正式整修与开放，譬如今天所到的南茹村八路军总部旧址。

但是，该旧址可了不得。在前往它的路上，老赵告诉老曹：“这可是八路军的第一个司令部所在地！”

离开金岗库，参观白求恩纪念馆以后，顺着一条小河沿310省道向西南，过高洪口乡不久转向西北，我们骑到茹村乡。此时，导航不显示了，老乡指路将我们引上一个小山坡。在那里，看见一个用铁栅栏围起的枪刺朝天的纪念碑后，我们在乱草丛中探索，再然后找到一条下坡小路，艰难绕进了南茹村八路军总部旧址。

山西五台县南茹村八路军总部旧址

旧址是典型的北方四合小院，低矮门檐红匾上有“南茹村八路军总部”字样，尚未完全开放。庭院内安静无声，只有一个老汉在一间小厢房里面。然而，这是八路军总部抗战出征的第一个驻扎地，是朱德、彭德怀、任弼时等曾居住和战斗了30多天的地方。1937年七·七事变后，八路军东渡黄河北上抗日，于9月23日至10月28日驻扎于此，朱、彭等在此指挥了著名的平型关大战、夜袭阳明堡、雁门关伏击战等战役。该旧址也是八路军由“北上”改为“南移”的折返地，更是八路军战略部署重大调整的完成地。因此，该旧址在抗日战争乃至整个中国革命史上，都具有重要的历史地位和极高的文物价值。

换言之，这个古老村庄孕育了革命的成功！所以，当我们站在沉重的大门口拍照时，心中油然升腾起一股敬仰之情。

四十二、八路总部王家峪

【题记】

2018年5月14日上午，我们骑行到★八路军王家峪总部（山西武乡县王家峪村）。

【诗词】

临江仙·八路总部王家峪

伫马太行削孽畜[①]，风云呼啸山乡。王家峪里亮刚强。将军驻僻野，总部立村庄。

舞剑涞源除阿部[②]，名声震撼青苍。神州抗日志高昂。青青一叶树，赤赤五星杨[③]。

【注释】

①取自朱德《寄语蜀中父老》诗："伫马太行侧……夜夜杀倭贼。"②在王家峪期间，八路军总部指挥涞源战斗，歼灭了日寇号称"精旅"的第二混成旅团，击毙其旅团长阿部规秀中将。③五星杨，见下文。

【随记】

昨天参观八路军太行纪念馆，今天我们迎着初夏阳光骑向八路军其他几个纪念场所。

先经过里庄，一块染红的石壁上写着"红色经典：粉碎'九路围攻主战场'遗址"。一会儿途经永乐村，路边宣传栏表明这是抗日虎将叶成焕的牺牲地及永乐村战斗遗址。不久，骑过"中国红色第一镇蟠龙"，穿过横跨道路上标有"红色老区欢迎您"的门梁，我们很快骑到地处武乡县王家峪的八路军总部旧址纪念馆。

抗日战争时期，朱德、彭德怀、左权等率领八路军总部于1939年10月至1940年6月在此驻扎，并多次召开军事政治会议，指挥我太行军民展开大小反顽战斗共135次，巩固了我太行山抗日阵地，该旧址因此成为太行山抗日根据地的指挥中心。该旧址主体建筑由东、中、西三个农家院落、14孔窑洞、15间土瓦房组成，有参谋部、政治部、中共中央北方局旧址以及许多老一辈革命家旧居等。

一定有深刻原因，中国共产党红色领袖们与"树"有不解之缘。这不，参观井冈山，我们看到了毛泽东的大柏树，还真真切切地抚摸过这些神奇的树；瞻仰竹沟，我们知道了刘少奇的石榴树故事，并且留影拍照。今天，我们再一次知晓了朱德、邓小平有关树的神奇故事。在王家峪旧址门口有一棵枣树，据说当年朱德、邓小平来这里开会，常将战马拴于该树，树上依稀可见马啃树皮的痕迹。那时，老乡担心树皮被马啃了树会死掉，邓小平哈哈一笑："不会的，还会多结枣呢。"果然，时至今日，这棵枣树仍然枝叶茂盛果实累累。旧址附近，还有朱德等当年亲手种植的一片白杨树林且枝繁叶茂。更令人称奇的是，该树枝横断面有一个鲜艳的五角星，当地人亲切地称之为"红星杨"。

山西武乡县王家峪八路军总部旧址

你信吗？反正我们信！

四十三、八路总部砖壁村

【题记】

2018 年 5 月 14 日中午，我们骑行到★八路军砖壁总部（山西武乡县东砖壁村）。

【诗词】

木兰花·八路总部砖壁村

太行绝顶峰雄伟，华北平原风旺势。
又将砖壁建行营，再把武乡当堡垒①。
百团大战惊天地，万众抗倭铭永世。
德怀榆树耸云端②，八路功勋垂历史。

【注释】

①②见下文。

【随记】

武乡是八路军的故乡，是子弟兵的摇篮。这种荣誉，不是任谁可以获得；这种情结，也不是任谁可以拥有的。昨天，在八路军太行纪念馆的门里门外，我们已经充分感知，参观瞻仰的人们充满敬意，当地的百姓充满自豪。今天清晨出发时，还看见一群穿着灰色八路军军服、挂着八路军臂章的中学生。一打听，才知道今天是周一，他们要穿八路军军服式样的校服升国旗。

说一个绝对的事情可以更加确证八路军与这片土地的深厚情缘：在武乡及其周边，仅仅是八路军总部旧址就有多处，我们也在此次“晋察冀战役”中一口气参观了几处。5 月 10 日，骑到五台县南茹村总部；5 月 13 日，骑到武乡县寨上总部；今天刚刚参观武乡王家峪总部；附近左权县还有麻田总部，现在我们翻山爬坡再骑向离此不远的砖壁总部。

1939 年 7 月至 1940 年 6 月，朱德、彭德怀、左权等曾三次进驻砖壁村，将八路军总部设立于此，并建立晋察冀等抗日根据地，使太行山成为抗日战争坚强的战略基地。在此，总部指挥八路军进行了一系列战役和战斗，特别是部署和指挥了震惊中外的“百团大战”，极大地提高了共产党、八路军的威望和全国军民抗战胜利的信心。在此，总部还先后接待了若干抗日民主人士、国民党抗日将领和国际友人的参观访问。砖壁村，因此也成了八路军对外宣传和交流的重要窗口。该旧址及其陈列内容，再现了当年八路军总部转战华北的光辉历程。

山西武乡县砖壁村八路军总部旧址

信不信，在该旧址院中还有彭德怀亲手栽下的一株榆树，且如今高大参天。

四十四、一一五师拼晋鲁

【题记】

2016年11月6日清晨，我们骑行到★山东省政府和八路军一一五师司令部旧址（山东莒南县大店镇）。

【诗词】

阮郎归·一一五师拼晋鲁

大军出晋有何图？要杀日本猪。移防大店建新都①，莒南风劲呼②。

战青口，渡沂湖③，反攻射角弩④。英雄八路挺头颅，武威英勇殊。

【注释】

①②大店：鲁东南三大历史名镇之一；一一五师司令部和山东党政机关在莒南大店达四年之久，莒南一度成为山东的党政军指挥中心，被誉为“山东的小延安”。③沂湖：代指沂水；又，六渡沂水、战青口等，是一一五师的胜利战役。④角弩：用角为饰的强弩，代指八路军武器。

【随记】

11月份的山东，日照很短，下午四点半天色就暗了，五点天就全黑了。此时，距目的地还有15公里。靠着自行车车前灯微弱光线照着狭窄道路，伴随着来往疾驰而过的车辆，我们小心翼翼地在路边30公分宽的白线内骑行。遇到堵车，这一点路都可能被大车占去。一位在我们前方骑电瓶车的妇女在让车过程中，就倒向了路边水坑。记得去年夜骑江苏青湖镇，老赵也曾倒进路边的水沟。再说老曹，以前不敢走夜路，更别说夜骑了。可是，为了“红色骑行”，我们夜骑青湖镇、渚城、即墨与大店镇及大江南北，老曹也收获了胆量。因此，老曹常感叹：信仰可以激发人的无限潜能。

昨天又绕行参观其他红色景点，不仅骑了140多公里，还遇到骑行中很令人头疼的修路。就这样，昨晚骑到大店时天色已经很晚，所以参观八路军一一五师旧址只能在今晨进行。巧得很，一辆面包车路过，我们赶紧挥手请车主帮忙合影，小伙子立马停车欣然答应。

一一五师是八路军三大主力师之一，在山西由林彪指挥创造平型关大捷等之后，1939年由陈光、罗荣桓率大部奉命挺进山东，直到1945年抗战胜利，在山东长达七年，其中有四年驻扎于此。纪念馆众多的文献资料和文物，呈现了一一五师所取得的一系列辉煌战绩，展示了他们为夺取抗日战争胜利作出的不朽贡献。纪念馆还向人们讲述了刘少奇、罗荣桓等在这里工作、战斗和生活过的非凡经历。

山东莒南县省政府和八路军一一五师司令部旧址

历史上商贾云集、文化厚重之大店，如今依然物阜民丰、商贸发达。而庇佑古镇的重要因素，一定与当年“山东小延安”及八路军一一五师的恩泽相关。如此深切感知，来到这一片热土就能够体验。

四十五、一二O师战陈庄

【题记】

2020年8月3日上午，我们骑行到★陈庄歼灭战旧址（河北灵寿县陈庄镇横山湖度假区）。

【诗词】

画堂春·一二O师战陈庄

太行一脉尽红装①，挺身烈女雄郎。横山湖水更激昂②，遍地忠良。

粉碎牛刀恶狗③，铲除螳臂蟑螂。贺龙劲旅胜陈庄，万古流芳。

【注释】

①②陈庄战役遗址，地处太行山脉，毗邻横山湖。③牛刀：牛刀子战术，是进犯陈庄时日寇采用的自以为是的战术。

【随记】

昨天，我们再一次参观瞻仰享有“新中国从这里走来”“中国命运定于此村”之美誉的革命圣地西柏坡。

今天，沿着开国领袖们华丽转身、阔步前行的道路——70多年前毛泽东率领中共中央“进京赶考”的路线，我们告别英雄的西柏坡，骑向伟大的北京城。

骑行不久，我们稍稍绕道穿“秋山景区”，绕横山湖畔，先行骑往太行山东麓、横山湖东岸的陈庄歼灭战旧址。该旧址包括陈列馆、纪念碑与烈士墓群等。位于半山腰的陈列馆坐北朝南，主体呈扇形，馆内布局肃穆整洁；入口处矗立着伟岸挺拔、气宇昂然的贺龙和聂荣臻的塑像；集展览、收藏、研究、瞻仰、教育等多重功能于一身的馆内藏品丰富，其中不乏当地民众的无偿捐赠。西南方向不远处，错落有致的茂盛翠柏中，迷蒙且神秘的南探花楼小山头上，纪念碑立于造型优美的碑亭内，附近是陈庄歼灭战烈士墓群及孙毅将军的骨灰撒放处。

陈庄歼灭战是一二〇师的大战杰作。抗战时期，作为八路军三个主力师之一的一二〇师及晋绥军区部队，在贺龙、关向应领导下，建立了晋绥抗日民主根据地，同时又协同晋察冀军区部队开辟解放区，并保卫了陕甘宁边区，为抗战胜利作出重大贡献。其中，六天五夜歼敌1380余人的“陈庄歼灭战”，也是抗战时期八路军在河北一次性歼敌最多的战斗，它既有力挫败了日伪军破坏晋察冀边区后方的企图，也极大提振了八路军威名。

河北灵寿县陈庄战役陈列馆

参观完毕，我们再骑向行唐、曲阳、唐县、完县（今顺平县）、保定市区、徐水、定兴、新城（今高碑店）、涿县，直到北京，继续去努力追寻体验红色领袖们“进京赶考”的路线。

四十六、一二九师扎赤岸

【题记】

2018 年 5 月 20 日傍晚，我们骑行到★八路军一二九师纪念馆、司令部旧址（河北涉县赤岸村）。

【诗词】

一二九师扎赤岸

女娲造人又补天①，高祖立县续千年②。
东渡黄河夯基地，挺近太行新纪元。
响堂铺里挥巨臂③，神头岭上舞铁拳④。
丁香紫荆春赤岸⑤，将帅魂灵守青山⑥。

【注释】

①涉县中皇山是神话传说中女娲氏“炼石补天，抟土造人”的地方。②汉高祖刘邦于公元前 206 年设置涉县。③④响堂铺、神头岭是一二九师大获全胜的著名战役。⑤⑥见下文。

【随记】

离开晋冀鲁豫边区纪念馆以后，下午进入太行山脉又开始爬山了。上坡 11 公里的尖饼岭，基本是推上去的。到达涉县，在距一二九师司令部旧址还有六公里的地方，导航又“不知所措”了。其实怨不得导航，施工师傅告诉我们，这里封路修桥，所以对面可以依稀看到的“革命旧址”，却不得不多绕十几公里才能抵达。

一二九师也是八路军三个主力师之一。抗战爆发后，该师在刘伯承、邓小平率领下东渡黄河，挺进太行，进驻涉县。就是在这小小的赤岸村，1940 年 12 月至 1945 年 12 月刘伯承、邓小平、徐向前等在这里战斗、生活达六年之久，长期驻扎的党政军财文等机关有 110 多个，并因此创建了当时全国面积最大的晋冀鲁豫边区抗日根据地。

旧址精彩内容很多，主要由一二九师司令部旧址、将军岭和一二九师陈列馆三部分组成。其中，司令部旧址由三个农家四合院和一个防空洞组成，现存有司令部会议室等办公室，刘伯承、邓小平等宿办室，以及其他旧居及原物陈列；将军岭陆续安放了刘伯承等将帅的灵骨；陈列馆则通过六个部分的丰富内容，再现了一二九师将士在太行山战斗和生活的精神风貌。特别再次提醒，这里也有红色将领与“树”的故事，那是刘伯承、邓小平、李达等当年在司令部旧址亲手栽种的丁香树和紫荆树。

河北涉县八路军一二九师纪念馆、司令部旧址

我们虔诚地参观赤岸村一二九师旧址，爬上雄伟的纪念馆，登上庄严的将军山，流连忘返于司令部旧址的一间间房屋，返回涉县已经晚上 7 点多钟。意外的是，看上去不错的涉县政府宾馆居然没有空调，本来我们的快干衫，拉一根绳索到天亮即可被吹干，今天看来有麻烦了：那么多被淋湿的衣服，只能用吹风机一件一件地吹干——其实根本吹不干，也用不着吹干——反正明天还要继续穿。

四十七、武汉八路大本营

【题记】

2017 年 12 月 1 日中午，我们骑行到☆八路军武汉办事处旧址（湖北武汉市江岸区长春街 57 号）。

【诗词】

八路武汉大本营

风雨飘摇遍地腥，山河破碎漫天暝。
可伶中华蒙羞耻，悲愤神州无安宁。
统战吹响集结号，救亡铸就大本营①。
八路武汉办事处，历史画卷留光荣。

【注释】

①抗战全面爆发后，红军主力部队改编为国民革命军第八路军，在国民党统治区一些主要城市先后设立了 16 个办事处。八路军武汉办事处虽只存续一年，但担当历史重任，成为当时中共在武汉推动统一战线、开展救亡运动的大本营。

【随记】

地处江汉平原东部、长江中游的武汉，有“九省通衢”之称，是中国内陆最大的水陆空交通枢纽与长江中游航运中心。作为国家历史文化名城，武汉是楚文化的重要发祥地，是中国民主革命的发祥地之一。我们“红色骑行”所关注的武汉，当然与武汉的“红色”相关。“鄂豫皖战役”攻略的设计，圈定武汉的几处红色遗址，八路军武汉办事处旧址是其中之一，也是我们在武汉考察瞻仰的第一站。

从黄冈浠水县出发，到武汉的 112 省道是顺着长江由东向西，且道路弯曲同于长江的曲曲弯弯。进入武汉市区以后，道路更是贴着长江朝向西南，沿江北快速路转沿江大道，不久就到达长春街 57 号的八路军办事处旧址。

1937 年 10 月，中共中央派董必武于武汉筹建八路军武汉办事处，起初设于汉口安仁里 1 号，及至年底迁到此地。这是中国共产党在国民党统治区建立的公开办事机构。不过，也是在这个时间，中共中央决定在武汉成立长江局，其机关就设于办事处内。此时起至 1938 年 10 月，周恩来、董必武等中共领导人在这里领导长江局和八路军武汉办事处的工作。

这是一幢日式建筑，系砖混结构的四层楼房，原为日商大石洋行。1944 年日军占领期间被美军飞机炸毁，1978 年在原址按原貌重建，1979 年 3 月 5 日正式对外开放。纪念馆通过复原而陈设十三间展室及其他辅助陈列，展示了八路军武汉办事处和中共长江局为争取抗战最后胜利作出的伟大贡献，以及武汉人民在抗日战争中的英雄业绩。

湖北武汉市八路军武汉办事处旧址

纪念馆门口，长长的浅蓝色办事处标牌用繁体字撰写，小小的白色纪念馆标牌牌镶嵌在墙壁中，一棵青松生长于旁边，我们庄重留影纪念。

四十八、兰州八路指挥所

【题记】

2016 年 5 月 30 日，我们骑行到★八路军兰州办事处旧址（甘肃兰州市酒泉路 314 号）。

【诗词】

清平乐·兰州八路指挥所

兰州八办，革命指挥站①。抗日救亡烽火璨，坚持统一战线。

俯身发动人民，挺胸吹奏强音。建立后方基地，呼应前线风云。

【注释】

①周恩来曾赞誉八路军兰州办事处旧址为“革命的接待站，战斗的指挥所”。

【随记】

早晨六点半，骑离白银市路经皋兰县前往甘肃省会兰州。从头至尾，一直走着国道 109，其间除了翻越长长的星星湾，基本上是一马平川——比想象的要好得多。

甘肃兰州市八路军兰州办事处旧址

路好，距离不足百公里，骑起来很快，下午 3 点就抵达八路军兰州办事处旧址。门口正在装修，又逢周一闭馆日，我们心想这下糟糕，试着上前说明情况，正巧遇到纪念馆领导。领导十分赞赏我们，然后客气地打开大门，并特地叫来一位年轻的解说员陪同仔细参观。

该办事处是抗战时期中国共产党设在兰州的公开办事机构，是领导甘肃抗日救亡、进行后方发动、实现全民族抗战的主要基地，也是西北国际交通线上的重要枢纽。旧址纪念馆设有三个基本展览、数个展厅与单元，珍藏有多幅历史图片和多件珍贵文物。桩桩件件，充分展示了从 1937 年 5 月至 1943 年 11 月这六年间，办事处在谢觉哉等领导下，坚定执行党的抗日民族统一战线政策，营救被俘流落的红军西路军将士，接待党的过往人员，输送进步青年奔赴延安和抗战前线，转运苏联援华物资，以及指导中共甘肃工委开展工作的光辉业绩。

兰州，因为它的侠肝义胆，被称作最江湖的城市；兰州，又因为“西北偏北，羊马很黑，你饮酒落泪，把兰州灌醉”，成为“中国西北游，出发在兰州”的重要节点；兰州，还因为被标榜为“白日东方曼哈顿，入夜维多利亚湾”，而身居中国最具幸福感城市之列。

短暂略过，我们衣食住行全方位体验：纪念馆破例让我们在闭馆之日参观，并单独安排解说；美利达专卖店全面调试我们的自行车，热情还免费；晚上，从“丝绸之路挑战赛”组委会那里知道我们的兰州大学 EMBA 学生杜荣强，素不相识的他早早预约，用地地道道的兰州风味接风洗尘……在兰州，一定要吃本土正宗的兰州拉面，第二天早晨在人头攒动的“占国牛肉面”清真面馆里，我们吃上了闻名遐迩的兰州拉面——是几个“吃货”将我们引到这里。

四十九、新疆八路办事处

【题记】

2016 年 6 月 26 日，我们骑行到★八路军驻新疆办事处纪念馆（新疆乌鲁木齐市胜利路 392 号）。

【诗词】

清平乐·新疆八路办事处

新疆八办，触目柔肠断。茹苦含辛惟统战，历史功德圆满。
送迎志士仁人，动员抗日兵民。最恨女贼毒歹①，迪化弑我忠臣②。

【注释】

① 1941 年 8 月宋美龄飞抵这里，要求盛世才肃清新疆共产党。②迪化：即乌鲁木齐。

【随记】

大美新疆，令人无限向往。可是，你太远了，更何况我们骑的单车！前半程我们绕行陕甘宁，接着完赛“国际商学院丝绸之路挑战赛”，然后仅从张掖市起步到乌鲁木齐，直线距离就有 1500 多公里。其中，包括骑过了近 1000 公里的“无人区”（白天路上只有大货车，没有行人），其间有太多艰辛。

新疆乌鲁木齐市八路军新疆办事处旧址

从哈密市向巴里坤县，骑上 303 省道不过四公里，一个很小的树刺竟然将老曹的车后胎轧破，真想不通它是怎么轧进这厚厚的轮胎。接着，翻越几十公里的天山山脉，狭窄的攀山公路是劈山而建，骑行穿越犹如在石林之中。小心避让不停穿梭的大货车，又遭遇狂风骤雨，气温因此越来越低，我们冻得浑身发抖。下山后骑到“口门子”加油站，穿着棉大衣的工作人员告诉我们：刚刚下过雪。

从巴里坤县到木垒县，有一段连续三公里的下坡路，坡陡弯急，有一急弯处干脆直接提示是“死亡黑点”。果然，此处护栏多处被撞坏，坡下显见翻车和货物。我们停留在很小的下涝坝乡，老赵转来转去才找到邮政所，按图索骥打电话，工作人员立马赶过来，我们居然在此偏乡僻壤盖上了邮戳，也太意外了。

下涝坝乡只有一家哈萨克族小旅馆，40 元住一晚，平房里只有几张上下铺，没有卫生间，别说洗澡，喝的水、洗脸的水都要到较远处的小卖部去接，“方便”则要去马路对面 500 米以外的加油站才能解决。

我们终于骑到乌鲁木齐八路军驻新疆办事处纪念馆。1937 年至 1942 年，这里既是八路军在新疆的办事机构，也是中国共产党在新疆的领导机关。办事处在陈云等领导下，在新疆展开抗日救亡运动，短短几年，贫困落后的新疆发生重大变化，民族矛盾趋于缓和，抗日统一战线红红火火。不幸的是，1942 年 9 月盛世才突然变脸，共产党员陈潭秋、毛泽民等被残酷杀害，办事处被迫关闭。

陈云及八路军新疆办事处工作人员和孩子们（塑像），陪我们一道记住那久远的辉煌与壮烈！

五十、桂林八路办事处

【题记】

2017 年 2 月 18 日下午，我们骑行到★八路军桂林办事处旧址暨纪念馆（广西桂林市中山北路 96 号）。

【诗词】

眼儿媚·八路办事在桂林

桂林自古是花坪，如此有美名①。誉闻天下，巍巍玉碧②，瑑瑑罗青③。

西南抗日风云骤，八路桂林行。周公筹划④，醋坊号令⑤，旧舍扬声。

【注释】

①桂林：简称“桂”，因桂花成林而得名。②③玉碧：指桂林的山；罗青：指漓江的水；语出南宋·王正功《嘉泰改元桂林大比》：“桂林山水甲天下，玉碧罗青意可参”。④周恩来亲自创办八路军桂林办事处。⑤醋坊：万祥醋坊；办事处旧址租用的房屋原名。

【随记】

参观“红色东兰”后，我们连续骑行几天前往桂林，再次领教了“十万大山”。

由东兰向河池的国道是两车道山路，清晨朦胧，人车皆少，不时窜出的几条野狗狂叫着追赶我们，吓得老曹哇哇大叫浑身冒冷汗。因为时差，广西天亮得迟，我们又走得早，黎明前伸手不见五指的骑行，真是胆战心惊。老赵说：“老曹你跟着我吧。”老曹说：“不行！骑你前面怕，骑后面更怕。”广西的山还不同于闽赣等地，它 180 度甚至 270 度地绕着山转，几个弯转下来，不过在原点之上。爬到高海拔低头向下看，刚爬的山就在脚下面，呵呵，我们在山上兜圈子。

广西当然更美，譬如桂林、阳朔。我们曾多次前来游玩，老赵也多次到此讲学，老赵兼任芜湖市登山协会主席时，还专门带着 18 个驴友从桂林沿漓江步行“百里画廊”到阳朔。此次骑行，别有意蕴。风景依然的大榕树，繁华极致的西街等，无愧是世界的阳朔，阳朔人的银行。我们在西街的“大师傅啤酒鱼店”晚餐，四个菜三碗饭一扫而光，还喝了一点广西名酒“桂林三花酒”。停在酒店外的两部自行车，则围满了赞赏拍照留念的国内外游人。哦，说到吃，还记得刚才在荔浦县既吃了又买了带着的著名“荔浦芋头”——那个当年大贪官和珅巴结皇帝老儿经电视剧渲染的好“东东”。

广西桂林市八路军桂林办事处旧址

经河池、宜州，过柳州、鹿寨，绕荔浦、阳朔，我们终于北上桂林，骑达挂有八路军桂林办事处纪念馆与国民革命军第十八集团军办事处两块牌子的红色目的地。该办事处是中共中央于 1938 年 11 月派李克农到桂林建立，此后周恩来等多次到此指导工作。在南方局的直接领导下，该办事处努力工作，作出了重要贡献。旧址还在，纪念馆全景再现光辉历程，光荣依然！

五十一、西安八路办事处

【题记】

2017 年 4 月 9 日下午，我们骑行到★八路军西安办事处纪念馆（陕西西安市北新街七贤庄）

【诗词】

蝶恋花·西安八路办事处

竹海深深深几许？肆意七贤，胸臆湾湾诉[①]。八路办公鸣壮语，十年统战开新路。

集聚国民同御侮，阵地坚持，使命毋辜负。做成桥梁连首府[②]，留存印记荣千古。

【注释】

①七贤庄：系由西安知名人士成柏仁借“竹林七贤”美传而题书并镶嵌于庄首门楼；竹林七贤，源自魏正始年间嵇康等七人常聚在竹林之下肆意酣畅而得名；又，湾湾诉：有记载，迫于当时政治统治，七贤等文士们不能直抒胸臆而不得不采用比兴等手法隐晦表达思想感情。②首府：代指延安；又，桥梁：史称八路军西安办事处为“红色桥梁”。

【随记】

“陕甘宁战役”如期拉开帷幕，我们将穿越绕行于陕晋宁蒙四省区，五次跨越黄河，参观瞻仰该地区的红色景点。后续小半程，还要马不停蹄骑往内蒙古自治区阿拉善盟，在那里我们将作为河海大学指导老师兼主力队员，携手亚太地区 76 所顶级商学院 1800 名 MBA 精英，参加第六届亚太地区商学院沙漠挑战赛——用两天半时间穿越腾格里 70 公里沙漠。临行前，填词《西江月·骑行亲吻陕甘宁》：前路沟梁遍布，心藏初恋之情。骑行亲吻陕甘宁，寻找丹红风景。又有亚沙挑战，手牵商界精英。恰如大漠训苍鹰，且看他年峭劲。

上午 10 点 47 分，火车准时抵达西安。下车出站取车，熟练而顺利。我们简单吃完午饭，然后先参观西安事变纪念馆，再赶往离此不远的八路军西安办事处纪念馆。

“西安事变”和平解决后，中国共产党在西安北新街七贤庄设立了红军联络处，1937 年 9 月改为八路军驻西安办事处，是当时全国所有八路军、新四军办事处中，成立最早、坚持斗争时间最长的办事处，周恩来等曾多次到此指导工作。1946 年 6 月，蒋介石发动全面内战，同年 9 月办事处撤回延安。

穿行于纪念馆的五道院中，瞻仰着周恩来等重要领导人的办公室，以及接待室、机要室等旧址，阅读着馆内收藏的大量文物资料，八路军西安办事处十年的光荣岁月历历在目。

陕西西安市八路军西安办事处旧址

忽然就想说，当年的“红色桥梁”，架起的何止是国统区与延安的联系？看如今红遍的万里江山，哪一寸土地不连着仁人志士英勇奋斗的红色场所？看如今红火的时移世变，哪一个时刻不连着革命前辈殊死决战的峥嵘岁月？

五十二、长沙八路通讯处

【题记】

2018 年 9 月 28 日中午，我们骑行到☆八路军驻湘通讯处旧址（湖南长沙市蔡锷中路徐祠巷 19 号）

【诗词】

减字木兰花·长沙八路通讯处

中流砥柱，八路长沙通讯处。同志齐心，更赖徐王是圣君①。

展开统战，筹措物资捐前线。岁月三年②，美誉传扬岳麓山。

【注释】

①徐王：徐特立、王凌波，前者为八路军少将参议、驻湘代表，后者为通讯处主任。②八路军驻湘通讯处在湖南工作近三年时间。

【随记】

长沙，我们曾经来过几次，还曾携儿子赵募一同来此，陪同老赵参加全国领导科学学会年会暨毛泽东领导思想研讨会，顺便游览了若干景区。此次“红色骑行”到此，连续在城内骑车绕行两天，是专程参观瞻仰这里十分丰富的红色遗迹。在参观新民学会与肖劲光旧居等几处红色遗址以后，我们还在附近推车登上著名的岳麓山，专门去看爱晚亭，去祭拜长沙会战遗址—第九战区司令部战时指挥部遗址—七十三军抗战阵亡将士墓。

返回下山，向东再跨湘江，沿五一大道，过五一广场，北上转蔡锷中路，我们将车推到徐祠巷的路口，问几位坐在那里纳凉闲聊的老太太，才确定进入这条周围民宅正在拆迁的很长很窄的小巷。绕了一个弯，在陈旧的徐家祠堂房屋前，我们看见了“八路军驻湘办事处”的门牌。旧址已经关闭，准备扩建维修，参观可能困难了。但我们不甘心，至少要拍照片呀，特别是合影，找了一大圈也不见人影。忽然，老曹隐约听到关门声，顺着声音找到一张姓美女，她欣然帮忙为我们合影，又用自己手机拍照说：“发朋友圈，让大家都看看。”

湖南长沙市八路军驻湘通讯处旧址

建立于 1937 年 12 月的八路军驻湘通讯处，在徐特立、王凌波等人的领导下，仅有的 20 余名工作人员日夜奔走民众之间，为扩大和巩固抗日民族统一战线做了大量工作。他们宣传抗日救国的形势和中国共产党积极抗日的主张，与国民党湖南地方当局交涉释放被捕的共产党人和爱国人士，吸收革命青年奔赴抗日前线，以及配合中共湖南省工委大力发动湖南的抗日救国运动。该通讯处后曾几度迁移。

我们接着骑向清水塘。从小巷中向外转的时候，路遇挂着“老长沙味道”招牌的湘煲佬小吃店。招牌勾人，香气更勾人，且小店里里外外还很有特色。骑了一上午，既累又饿，且已经是中午。不由分说，我们一头钻进去，点了几份长沙小吃。乖乖，味道确实不错。

五十三、彭总百团开大战

【题记】

2018 年 5 月 14 日上午与 16 日上午，我们分别骑行到★百团大战指挥部砖壁旧址（山西武乡砖壁村）与★百团大战纪念馆（山西阳泉市狮脑山）。

【诗词】

蝶恋花·彭总百团开大战

彭总百团开大战，振奋江山，华夏留诗翰。赤壁高卢归旧款[①]，晋绥冀察书新传[②]。

狮脑峰巅降狡悍，再破囚笼[③]，抗日风翻卷。一脉太行红烂漫，双方领袖齐称赞[④]。

【注释】

①赤壁高卢：中外著名战役。②晋绥冀察：百团大战的发生地。③囚笼：日军推行的所谓“以铁路为柱，公路为链，碉堡为锁”的“囚笼政策”。④百团大战的胜利，不仅得到了中共中央和毛泽东的充分肯定，也得到了国民党和蒋介石的大力赞扬。

【随记】

百团大战，是抗日战争时期中国共产党领导下的八路军与日军在华北地区晋察冀边区发动的以破袭正太铁路（正定至太原）为重点的一次规模最大、持续时间最长的战役。八路军参战部队达 105 个团，故称为“百团大战”。实际参加战斗的还有许多地方游击队和民兵。这次战役共进行大小战斗 1800 余次，攻克据点 2900 余个，歼灭日伪军 45000 余人，给日伪军以沉重打击，鼓舞了中国军民抗战的斗志。

前天，在武乡参观百团大战指挥部砖壁旧后，按计划离武乡前往左权。昨天，依次骑经和顺、昔阳、平定，直到阳泉市。这一路，还是那么多的车，还是那么多的灰，过平定时还下起了大雨，脸上身上流淌下来的都是煤灰黑水。与此同时，沿途的一大景观是，交警和路警的浑身上下也满有煤灰，脸上只露出两只扑闪闪发光的眼睛——令人感动又心疼。

昨晚夜宿阳泉市，今晨骑往狮脑山百团大战纪念馆。提醒一下，地图和导航显示的都是“狮脑山街”，而实际上这哪里是什么“街”，完完全全是连续八公里的陡坡高山，特别是最后的 1.8 公里，陡得怕人。我们的两辆自行车架着两个大驮包，不要说骑，推起来都十分艰难，需要走 S 形方能前进。当地两位骑友轻车上山，看我们如此重装，特别佩服，帮我们拍照后还与我们合影。

山西阳泉市百团大战纪念馆

沿途不时可见“百团大战遗址森林公园”的石碑。百团大战纪念碑暨纪念馆建在狮脑山主峰上，这里也是百团大战第一阶段的主战场之一。纪念碑巍然屹立，纪念馆彰显辉煌。

彭德怀，百团大战，英雄八路，谁人不知，谁人不晓，名震大千世界，定格在光荣的中国历史里，鲜活在人们的永远记忆中！

五十四、八路大捷平型关

【题记】

2018 年 5 月 8 日上午，我们骑行到★平型关战役遗址暨纪念馆（山西灵丘县白崖台乡）。

【诗词】

临江仙 · 八路大捷平型关

峪谷幽深沟壑乱，危岩迴绝峰峦。山西锁钥有篱藩①。延昭曾镇守②，八路又攻关。

骤雨暴风黑月夜③，奔袭道路辛艰。抗倭捷报史无前，雄狮摧下话④，八路写神篇。

【注释】

①锁钥：山西，四面环山，地势险要，在军事上被兵家称之为“华北之锁钥”。②平型关传为宋将杨延昭镇驻之地。③见下文。④下话：传话，代指神话；日军板垣师团号称“钢军”，平型关大捷打破了日军不可战胜的神话。

【随记】

昨天出大同，国道 109 破损严重，大风卷起煤灰尘沙，戴两层面罩也无济于事——满嘴还是煤沙，浑身上下包括自行车装备也全是煤沙，晚上洗面罩，揉出的都是黑水。煤矿大省之山西，矿山特多，运料货车也就特多，狭窄车道上，不是一辆接一辆，而是几十辆接几十辆。我们基本是“挂”在路沿上骑，老曹几次连人带车滚下路边。

爬起来继续骑，70 多公里过清源县，再顶风爬经“悬空寺”翻“恒山”。天快黑时左转从一小路上趺趺撞撞下陡坡，骑到王庄堡。镇很小，好不容易找到“平和客栈”住下。小房间的床上放着一张小桌子，仔细一看，不是床，是炕！

停宿王庄堡，为的是今天转县道去灵丘县。20 多公里后转乡道不久，一路骑经平型关战役遗址之平型关关口、主战场乔沟与老爷庙等，又参观“平型关大捷纪念馆”。1937 年 9 月 24 日夜，八路军 115 师师长林彪率领 3 个团冒雨设伏于平型关东北峡谷两侧的悬崖上，并于第二天清晨成功伏击了日军板垣师团主力。八路军出师首战平型关，给锐气正胜的日军以迎头痛击，大大鼓舞了中国人民抗日斗争的士气。

朝前走，爬上“明长城山西平型关段”隘口，老曹与老赵调侃，“骑过大西南的人，这些山都不在话下”。后面，20 多公里专为红色遗址修建的县道，更让我们轻松一刻。天晓得，接下来 108 国道砂河段全程大修，立马让我们苦不堪言。路面特糟，或者根本无路！寻着推土机和挖掘机的路迹攀爬，老赵在前面推车，老曹在后面托着车，再返回推第二辆，连滚带爬 30 公里。在加油站休息时，老板惊讶地问“从 108 国道骑过来的吗？”又迷惑不解：“是两口子吗？”还特别地指着老曹说：“你跟他受这份罪干嘛？”

干嘛？！老赵是“红疯子”！老曹是“红傻子”！

山西灵丘县平型关战役遗址

五十五、武汉诞生新四军

【题记】

2017 年 12 月 1 日中午，我们骑行到☆汉口新四军军部旧址纪念馆（湖北武汉市江岸区汉口胜利街 332—352 号）。

【诗词】

采桑子·武汉诞生新四军

弟兄携手驰国难，除扫氤氲①。集聚虎贲②，武汉天生新四军。
十三军部渠魁地③，首座营门④，威武兵屯，南北江山烈火喷。

【注释】

①氤氲：烟气、烟云弥漫的样子。②虎贲：古代勇士代称，语出《周礼·夏官·虎贲士》："王出将虎贲士居前后。"③④据资料记载，新四军军部所在地共有 13 处，武汉军部是第一处；又，渠魁：大头目、首领，语出《孔传》："渠，大。魁，帅也。"

【随记】

有关新四军军部，有研究说是 10 个，也有说 13 个的。有一点是肯定的，武汉军部是第一处，是新四军正式诞生的地方——顺便说，我们的"红色骑行"竭尽微薄之力，骑到了其中的 7 处并在此书中加以赞颂。

湖北武汉市汉口新四军军部旧址纪念馆

新四军是中国共产党领导下的坚持华中抗日斗争的人民军队。他的诞生，因之于七七事变后，国共开始第二次合作暨携手抗日。1937 年 9 月 28 日，叶挺被任命为新四军军长，接着从 10 月起原活动于赣闽粤湘鄂豫皖等八省 14 个地区的红军游击队，奉命陆续改编成新四军，是以 10 月 12 日为建军纪念日。11 月 12 日，叶挺在汉口着手筹建新四军军部，12 月 25 日在军部召集在武汉的新四军全体干部，召开了新四军军部机关的第一次会议。

骑到武汉，我们参观八路军武汉办事处以后，紧接着参观汉口新四军军部旧址纪念馆。两处红色遗址相隔不足 200 米，自行车推着走一段路就可以到。走进该纪念馆，我们依次参观了 A、B 栋展馆。其中，A 栋为"汉口新四军军部历史陈列"展览，有文物多件、照片多幅；B 栋一、二楼复原叶挺、项英、郭沫若的办公室兼卧室及其他机关部门。

满目沧桑中尽显厚重历史。特别是，新四军军部在此驻扎时间并不长，前后仅有十天，具体时间为 1937 年 12 月 25 日至 1938 年 1 月 4 日。但该旧址所具有的意义却非凡——它是新四军组建时的第一个军部，它宣告并标志着新四军军部的诞生。"光荣北伐武昌城下，血染着我们的姓名；孤军奋斗罗霄山上，继承了先烈的殊勋……八省健儿汇成一道抗日的铁流，东进，东进！我们是铁的新四军！"陈毅作词、何士德作曲的《新四军军歌》亦永远激扬高唱！

五十六、南昌树旗新四军

【题记】

我们曾于 1993 年、2008 年与 2009 年三次参观★南昌新四军军部旧址（江西南昌市象山南路友竹巷 7 号）；2016 年 2 月 13 日，我们再次骑行到此。

【诗词】

减字木兰花·南昌树旗新四军

铁流如注①，八省健儿开大步②。新四军旗，且看南昌树艳姿。
气冲霄汉，血染姓名多转战③。万里奔腾④，只为山河天放晴。

【注释】

①②③④均取自《新四军军歌》“光荣北伐武昌城下，血染着我们的姓名，千万里转战 …… 八省健儿汇成一道抗日的铁流”等句。

【随记】

1938 年因战事需要，新四军把武汉军部迁往南昌，1 月 6 日在南昌正式以军部名义对外办公。所以，南昌新四军军部的意义非常特殊。虽然此前已多次参观这里，但重要地点“红色骑行”必须骑自行车到达（这是我们“红色骑行”的原则要求与特别规定，否则怎么体现“骑行”。）

江西南昌市新四军军部旧址

南昌新四军军部旧址是北洋军阀张勋建于 1915 年的公馆。相继设在这里的，还有中共中央东南分局和新四军驻赣办事处。旧址内有两栋砖木结构楼房和一栋平房，属中西合璧的古建筑。从军部驻扎于此到 4 月 4 日离开南昌开赴抗日前线，军部在此完成了组建新四军的艰巨任务及广泛开展抗日民族统一战线和抗日救亡活动，建立了不朽功勋。旧址中展出有叶挺、项英等办公和居住的房间及生平图片，还通过四个展厅全面系统地展现了新四军从 1937 年成立至 1947 年改编为华东野战军十年间的光辉历程及其英雄业绩。

骑向南昌的今天，天公作美，原先预报的中雨一直没有出现，老曹开心地说：“什么叫‘老天有眼’？这就是真天助我也。”老曹在这一点上经常夸奖老赵“功课做得不错”。虽然雨雪不可避免，但如果战役设计中尽可能考虑季候与天气常态，将会最大限度地减少骑行困难。譬如，我们 2017 年年初执行“大华南战役”，尤其是其中绕骑海南岛就是一个温暖而又惬意的“冬季”。又如，2016 年 9 月开始“大北方战役”，当我们北上骑达黑龙江再南下时（已是 9 月底），从哈尔滨向长春、沈阳，直到北京，那大雪是“追在屁股后面”！待我们一头骑进山东，十多天里，周边河北、河南等地又是连续大雨。而当我们出山东过江苏返安徽，又多为阳光灿烂。

五十七、岩寺结集新四军

【题记】

2008 年 8 月 12 日傍晚与 2016 年 2 月 9 日，我们两次骑行到★岩寺新四军军部旧址（安徽黄山市岩寺镇滨河南路荫山巷）。

【诗词】

点绛唇·岩寺结集新四军

古镇丰韵，六街商贸民风润①。乾坤披锦，文脉添明俊②。

新四军儿，岩寺新结阵。亮帅印，雄狮东进，媲美延安郡③。

【注释】

①②原岩寺古镇有六街，既为商贸中心，也是名家辈出之地，有“一镇六状元”之辉煌历史记载。③见下文。

【随记】

安徽黄山市岩寺新四军军部旧址

昨晚电饭煲预约煮饭，今晨起床后饱餐一番，主菜肴是蒸香肠，配一些凉拌的木耳、洋葱和大蒜，剩下的带着中午在路上继续吃。买电饭煲是一个好主意。以前总在路边各式各样的小饭店或餐馆买东西吃，一则担心卫生问题（老赵的肠胃比较“娇嫩”，一不小心就“跑腿”）；二则等着用餐太耽误时间。2015 年骑行川藏线，发现一位江苏的独行老汉带着电饭煲，一下子如梦初醒并从此效仿起来。

路经并参观红军北上抗日先遣队纪念馆，我们开始翻越黄山山脉，经过著名的浪漫“情人谷”。不过，坡连坡，岭接岭，很多大坡简直无法骑，气喘吁吁中少有“浪漫”。比预定的时间要晚，大约下午 3 时许，我们骑到岩寺新四军军部旧址。几年前骑行于此匆匆掠过，此次时间充裕得以仔细参观。

1938 年 1 月新四军正式成立后，第一、二、三支队和特务营奉命于当年的 2 月至 4 月间到达皖南岩寺地区集中组编训练，军部机关随之进驻荫山巷金家大院。4 月 26 日，新四军召开抗日誓师大会，28 日先遣部队即从潜口出发，揭开了新四军东进抗日的序幕。从而实现了新四军从一支分散的游击力量向正规化抗日革命武装力量的历史性转变，时有“北有延安，南有岩寺”之誉。

来纪念馆的人很多，大家饶有兴趣地认真参观。再一次转回到门厅时，背依“入党誓词”的红色展牌，我们两个计有 90 多年党龄的老共产党员庄严地举手宣誓，只听到下面一片热烈的响应声，“我也是共产党员，我也要宣誓！”

岩寺镇，曾是徽州区府所在地。唐初为村，仅百余户人家，后因村前山岩上有一寺庙香火极盛，遂称“岩寺”，并改村为镇。明清时期已成远近闻名之“鳞次万家，规方十里，阀阅蝉联，百昌辐辏”的繁华市镇，且再因文教昌盛而相继涌现一大批学者和显宦。1938 年，南方八省红军游击队集中于该镇而改编为新四军之光荣“红色”，更让岩寺名闻遐迩。

五十八、云岭统帅新四军

【题记】

我们曾多次参观★皖南新四军军部旧址纪念馆（安徽泾县云岭镇罗里村）；2016 年 1 月 2 日下午，我们再次骑行到此。

【诗词】

鹧鸪天·云岭统率新四军

种墨园中布战云①，大夫第里弄星辰②。陈祠崛起神威士③，云岭雄强新四军。
浓雾岭④，俏佳人⑤。将军豪气满胸襟。横刀江壁驱狼豺，立马悬崖扫秽尘⑥。

【注释】

①②③种墨园，大夫第，陈祠（陈家宗祠）：皆为新四军司令部等旧址所在地。④⑤⑥取自新四军军长叶挺诗：“云中美人雾里山，立马悬崖君试看……”

【随记】

清晨，我们利用元旦假期开始执行“小皖南战役”。7 时许，骑经神仙台，我们请了一束鲜花，绕道去看看奶奶的陵墓。奶奶 2012 年元月无疾寿终，驾鹤西去，享年 100 岁。奶奶生前吃了许多苦，但晚年很开心。在奶奶百岁寿辰，五世同堂的我们为其祝寿时，老祖宗抱着我们的孙儿赵十可连连笑赞：“十可，十可，十分可以，十分可爱！”知道我们骑行，老祖宗一再叮咛：“注意安全，你们的年龄也不小了。”老祖宗生前对我们最最好，在老祖宗的追悼会上，老赵作为长孙致悼词哭成了泪人，一句“奶奶，下辈子还做您的孙子”，让大家悲恸不已。骑向老祖宗陵墓时，老曹说：“祭拜老祖宗，是一个重大安排，很有纪念意义！”是的，放上鲜花，我们愿老祖宗在天堂安详，并期愿老祖宗在天之灵庇佑我们的“红色骑行”。

元旦期间，气温还是很低的，今天是零下 4 度，路边的小水坑都结冰了。骑经南陵县，我们寻得一家“205 老面馆”，吃了一大碗热乎乎的大肉面，然后直至泾县。先参观皖南事变纪念园，再赶往云岭，去瞻仰新四军军部。

安徽泾县皖南新四军军部旧址纪念馆

1938 年 7 月至 1941 年 1 月，新四军军部设于此，中共中央东南局也同时设此。这期间，也是新四军向华中敌后发展的关键时期，将士们驰骋大江南北，英勇抗敌，创建了很多抗日根据地。因此，此时此地的新四军军部，对中国革命贡献巨大。我们在上大学与工作的期间，曾多次来此参观，这一次是专程骑行而来。参观让我们对新四军的丰功伟绩，以及对震惊中外“皖南事变”的悲壮历史等，有了进一步的了解。

晚上，住宿于云岭镇上小宾馆大名称、只需 50 元的“云岭大酒店”。老曹点了一个牛肉火锅，再加两个蔬菜，还要了喜欢喝的红星二锅头。我们举杯：敬不甘平凡的我们。每个人心中都有一颗红星！

五十九、瑶里改编新四军

【题记】

2016 年 2 月 10 日，我们骑行到★新四军瑶里改编旧址（江西浮梁县瑶里镇）。

【诗词】

卜算子·瑶里改编新四军

瑶水载徽风①，瑶里藏情韵②。新四军儿古镇编，陈毅功勋震。
引颈唤乡民，振臂磨刀刃。猛虎成团奋勇兵，抗日传佳讯③。

【注释】

①②瑶水：瑶河，瑶里古镇的“母亲河”，穿镇而过，两岸错落有致地分布着数百幢明清徽派古建筑。③见下文。

【随记】

早上 5 点起床，漆黑夜空下一路西行，天渐亮时骑到齐云山脚下。老赵曾兼职芜湖市登山协会主席八年，老曹跟着一道也攀登过包括海拔 5588 米的岷山主峰雪宝顶，这齐云山亦多次攀登。该山是中国道教四大名山之一，旧有“江南小武当”之美称，与黄山、九华山并称为中国皖南三大名山，乾隆帝称之为“天下无双胜景，江南第一名山”。拍照留影时，老曹说：“还记得啊，我们还曾爬到这山上方腊义军的屯兵之处。”

继续骑行不久，我们离休宁入黟县，从鱼亭镇左转西南方向骑上破烂的山岭不断的县道 032。再入祁门县，经凫峰，又到休宁县流口。连续四跨新安江，走县道路经皖浙赣井冈山老区汪村镇中国工农红军皖浙赣独立团旧址，祭拜六股尖烈士陵园，转省道 205，翻越海拔 1400 米的虎头山。

刚刚还“责怪”老赵设计的路线山太多太高，尤其是爬虎头山，足足用了两个多小时。可是，在山顶垭口处看到路边积雪，老曹忘却辛苦而大呼小叫起来：“太漂亮了！”老曹甚至于不顾寒冷，用手捧起雪：“老赵，快拍照。”一口气 20 多公里下山，风驰电掣一般。在路边休息时，老乡看到我们惊得目瞪口呆：“你们是翻山骑过来的？”

进入美丽的“瑶里景区”，我们骑达瑶里古镇。该古镇始建于西汉末年，地处皖、赣两省四县交界处，群峰环抱，古风古韵，如画如屏。古镇之有名，还因其是著名的皖赣边区三年游击战争的根据地之一。1937 年和 1938 年，陈毅受党中央委派，两次亲临瑶里指导游击队改编，同时在皖赣等地征兵。经整训改编后开赴歙县岩寺，正式编入新四军第一支队第二团第三营（该团即威震大江南北的“老虎团”，现驻北京）。我们参观了瑶里改编纪念碑与陈毅旧居等。

江西浮梁县新四军瑶里改编旧址

晚上，我们宿于古镇，或沿河，或跨河，借着那到处挂着的小灯笼微红光亮，或在小吃店吃吃喝喝，或信马由缰四处闲逛。

六十、石塘整编新四军

【题记】

2016年2月17日，我们骑行到★新四军石塘整编旧址（江西铅山县石塘镇）。

【诗词】

巫山一段云·石塘整编新四军

主力移师去，红军向北巡。一支孤旅守山村①，翘首盼佳音。

编整游击队，生成新四军。石塘古镇抱成群，抗日为国民。

【注释】

① 1934年10月，红十军团担负抗日先遣队任务移师北上。此后三年，留守闽赣苏区的红军与党中央失去联系，在极其艰苦的情况下保存了一大批革命力量。

【随记】

早上6点半从永新镇出发，天蒙蒙亮。骑行不远，路边有一指示牌告知“石塘古镇”，哦，这正是今天要去的第一站。左转入乡道，路很不好，颠簸了个把小时，骑到镇上。导航找不到地址，问人也不清楚。一位40多岁的男士还说，他在这里生活了几十年，怎么不知道有新四军旧址。我们只能一步步向前询问。兜来兜去，终于在一条很小的巷子找到了旧址，门口挂着“新四军三支队五团”的牌子。大门锁着，一位路过的老乡说平时不开放，有人参观可以打电话，讲解是要收费的。

就在这时，隔壁门口一位洗衣服的老妇人，放下手中的活，主动来到我们身边说：“你们年纪也很大，骑这么远来参观，太不容易了。”又说：“你们等一下，我去村里找钥匙。”老妇人72岁了，名叫宁冬莲，退休前是一位小学教师。为我们拿钥匙，她先找街道主任，再找村长儿子（是她女婿的好朋友），又说讲解员有事情，要到中午以后才能来，所以领我们参观的老妇人还“承担”了解说任务，并打电话喊来他儿子为我们拍合影。谢别时，我们要付钱给她，她怎么也不肯收。参观该旧址，额外有感动！

旧址里，飞檐翘角的门厅内，往日模样保存完好，门厅外小广场上伫立着新四军战士的雕塑。时年，黄道等人成立中共闽赣省委，领导留守的闽北红军游击队，并通过不懈努力而改编为闽赣边区抗日义勇军，又确定铅山县石塘镇为红军游击队集结改编地点。扩充后的部队很快发展到1500多人，并于1938年1月初经中共东南分局指示，在石塘镇集训改编为新四军第三支队第五团，且就是在这石塘镇的操场列队举行抗日誓师大会。

江西铅山县新四军石塘整编旧址

记得老妇人向我们介绍：“来这里参观的人还是很多的，尤其是在一些重要的纪念日如建党建国建军的日子里。”是的，应该纪念他们，应该纪念为新中国诞生而英勇奋斗的仁人志士、革命先烈，应该纪念与传承“红色”！

六十一、盐城重建新四军

【题记】

2015 年 10 月 11 日上午，我们骑行到★新四军重建纪念馆（江苏盐城市建军东路 159 号）。

【诗词】

鹧鸪天·盐城重建新四军

事变江南太断魂，哀咽叶挺笃天真。未防老蒋存杀意，轻信奸人有善心。

擦泪水，治伤痕。泰山庙里绘新春①。盐城再上辉煌路，重建英雄新四军。

【注释】

①泰山庙：重建军部旧址。

【随记】

江苏盐城市新四军重建纪念馆

江苏很富饶，各地名优特产特别多，我们一路“红色骑行”也饱尝口福。从山东南下，仅仅在苏北，连云港的虾婆饼，灌南的毛脸凉粉，涟水的捆蹄，淮安的茶馓，阜宁的大糕和建湖的藕粉圆等，都堪称一绝。昨晚停宿建湖，老赵曾携老曹来此讲学，还记得被邀请去著名的九龙口度假区，在湖边一条大船改造的餐厅里，吃了一顿地地道道的水产品宴席。当然，此行还是“红色骑行”，而今天由建湖向大丰沿路“红色景点”亦比较突出。

上午 11 时许，我们首先到达盐城并参观位处建军西路（俗称泰山庙）的国民革命军新编第四军重建军部纪念馆。皖南事变后，中共中央决定重建新四军，1941 年 1 月 25 日，重建军部设于盐城市。该馆由主馆区、建军广场、新四军重建军部旧址三部分组成，丰富的资料展现了“皖南事变”后中共重建新四军军部，粉碎国民党顽固派取消新四军图谋，拯救中华民族于危亡的坚强意志与恢弘历史。

下午 3 时，我们再骑到地处大丰市白驹镇国道 204 旁的新四军与八路军白驹狮子口胜利会师纪念塔。该塔形似一把直插云天的双刃宝剑，象征八路军、新四军是中共领导下的两支工农抗日武装。白驹会师，是我党我军历史上少有的新四军与八路军会师，因此显得非常特殊。

晚上，我们在白驹镇住宿。该镇是施耐庵的故里，一条精心打造的“水浒街”，几乎尽数搬来了水浒里面那些耳熟能详的好汉，且用作商铺名称：神行太保车行、浪里白条水产行、朴天雕粮行、聚义茶庄等，细细品味，还真不是勉强，确实有一些“瓜葛”。水浒城及施耐庵纪念馆在水浒街的尽头，“替天行道”的杏黄旗在夕阳下飘扬，小河中有一小船，上书“王婆茶舫”，不远处是施耐庵先生手持书简站立在广场中央。敢问施先生，能否泼墨挥毫，也写一本《新四军传》？估计困难。除非施先生能够跟随不屈不挠、英勇顽强的新四军，纵横驰骋于“扬子江头、淮河之滨”，“巩固团结坚决的斗争！抗战建国高举独立自由的旗帜”！

六十二、黄花塘村新四军

【题记】

2015 年 10 月 3 日，我们骑行到★黄花塘新四军军部旧址（江苏盱眙县城东南黄花塘村）。

【诗词】

更漏子·黄花塘村新四军

黄花塘，英雄地，抗日反攻坚毅。猛虎卧，蛟龙藏，乡村旗帜扬。

拼热血，献忠骨，苦战三年数月①。换天地，亮苍穹，华中铸大功。

【注释】

①从 1943 年 1 月初到 1945 年 9 月底，新四军军部暨中共中央华中局移驻该旧址两年又八个月。

【随记】

很多人知道江苏盱眙，那是因为大名鼎鼎的“盱眙龙虾”。应季时，这小东西会卖到 10 元钱一只，真让人大跌眼镜。其实，见怪不怪了。随着人民生活水平的提升，许多以前不登大雅之堂的食品或菜肴，例如南瓜藤、红薯茎和菱角叶，以及这小龙虾，开始焕然一新并登堂上桌。可是说盱眙还有“新四军军部”并且坚持近三年，一些人还不太了解。

离开来安县，路经并参观皖东烈士陵园暨半塔保卫战旧址，走省道 312 绕行天长县，转国道 205 进入江苏，再转县道 305，我们骑到地处盱眙黄花塘的新四军军部旧址纪念馆。接近目的地时，路边随处可以看到指示牌。待到达旧址时，参观的游人也有很多，尤其是许多年轻家长带着孩子来这里。当然，孩子们在参观纪念馆之余，更钟情于纪念园里面那些由空军、海军、导弹部队等赠送的退役的飞机大炮与军舰——我们也饶有兴趣地跟着如织人流参观这些军事设备。

重点还是参观纪念馆。在全国抗日战争由相持转入反攻的关键阶段，刘少奇、陈毅等领导着新四军军部和中共中央华中局，曾在此旧址运筹帷幄，指挥华中抗日大业，直到抗战胜利。纪念馆由旧址、旧居、陈列馆和园林等组成，馆内存放有大量的历史图片和文物，展示华中抗战的峥嵘岁月，反映新四军战斗、整风、生产、生活等多方面的历史面貌，再现了当年革命前辈与新四军将士的战斗风采。

江苏盱眙县黄花塘新四军军部旧址

旧址所处之地，是距离县城几十公里以外的盱眙远郊乡村，附近没有住宿，因此参观后必须再骑往县城。伴随金秋时节的微风，在天色渐黑之时，我们骑到华灯初上的盱眙县城。在“海友宾馆”安排好住宿，一放下自行车，我们就迫不及待地上街。不用刻意寻找，灯火阑珊处，到处悬挂着“盱眙龙虾”的诱人招牌。大排档里坐下来，先喊“店小二”端上一盆“秘制龙虾”，再要了一瓶江苏名酒“今世缘”——剩下的带着后面继续喝——图的是一个“今世缘”。

六十三、临沂荣誉新四军

【题记】

2016 年 11 月 7 日上午，我们骑行到★临沂新四军军部旧址纪念馆（山东临沂市河东区前河湾村）。

【诗词】

西江月·临沂荣誉新四军

经历枪林弹雨，踏平火海刀山。武昌亮剑数十年①，多少风云变幻？

不忘艰辛岁月，铭怀荣誉河湾②。铁军浴血斗凶顽③，华夏天开雾散。

【注释】

①取自新四军军歌："光荣北伐　武昌城下……" ②河湾：前河湾村，新四军最后一个军部驻地和华东军区华东野战军诞生地；1947 年 1 月，新四军奉命改编组建华东野战军，至此完成其光荣的历史使命。③铁军：新四军誉称。

【随记】

新四军军部是新四军领导机关的总称。1937 年 12 月 25 日在湖北汉口成立时，只有中共中央派来的军长叶挺、副军长项英及少数工作人员。该军部在汉口工作十天后就移至南昌，时节虽短，意义非凡，它是新四军的第一个军部。我们今天骑达参观地处山东临沂的军部，则是新四军的最后一个军部驻地，也是华东军区华东野战军诞生地，意义自然非同一般。

山东临沂市新四军军部旧址纪念馆

1946 年底到 1947 年初，陈毅、张云逸等在此指挥了著名的宿北战役、鲁南战役和临沂南线阻击战，制定了莱芜战役的作战方案，形成了孟良崮战役的作战思路，召开了华野前委扩大会议，完成了整编合编任务。1947 年 1 月，新四军奉命改编组建华东野战军，至此新四军完成了它光荣的历史使命，临沂的前河湾村也由此在新四军历史上写下了精彩绝伦的一页，占据特别显赫地位，具有重大历史价值。该馆内有相关资料加以介绍。

骑到该旧址暨纪念馆时，也逢周一闭馆日。来一次很不容易，到了跟前我们更不想错过，也不愿意因此耽误整整一天时间在这里等候，只好求助（此前此后在许多景点，我们多次求助）。很感激的是，大部分纪念场所的工作人员，在了解了我们的情况之后，都能够通融。是不是？看我们两个两鬓斑白单车骑行而来的"红疯子"，感受我们两个"死缠烂打"的执着情怀，任谁都会为之动容、为之动情，进而"网开一面"，了却我们的愿望，成全我们的行为。该旧址的两个年轻保安即是如此。你知道后面发生什么？他们两位商量后，居然是一个留下管理门岗，另一位陪同我们前前后后地参观，一路上还仔仔细细地为我们作讲解，尤其是还允许我们推着自行车进入，带着自行车拍照——当然，该年轻保安也承担了摄影师的"重任"。

六十四、立马汤池战江北

【题记】

2017 年 12 月 13 日下午，我们冒雨骑行到★新四军江北指挥部旧址（安徽庐江县汤池镇严家松园）

【诗词】

立马汤池战江北

九福之地茶鲜翠①，一汪温泉水妩媚②。严家松园聚好汉，庐江古镇名高蜚。

举旗皖东反扫荡，立马汤池战江北③。短暂时光指挥部，千秋历史业宏伟。

【注释】

①②汤池温泉水温高、流量大，富含多种微量元素，曾被古人誉为“九福之地”；汤池亦因温泉得名，素有“温泉古镇，名茶之乡”美誉。③取自叶挺为江北指挥部写下的著名诗句：“云中美人雾里山，立马汤池君试看。”

【随记】

“鄂豫皖战役”行将结束，孙儿赵十可已经用他爸妈的电话催问过几次了：“爷爷奶奶，我想你们了，什么时候才能骑回来啊？”挺亏欠老人小孩，尤其是孙儿赵十可，人家的爷爷奶奶接送上学，可是我们长期骑行，十可只能吃“小饭桌”，许多节假日，只能在他爸妈的办公室里度过。

安徽庐江县新四军江北指挥部

昨天，老赵的研究生陶恒在六安为老师师母接风洗尘。陶恒毕业后考取了六安公务员，热情接待还非要挽留，但我们今天还是出发直奔庐江。国道省道都不错，不过大坡小坡不断，11 点多过舒城的一个加油站，我们想在那里吃午饭，一位年轻人却不同意——这不大多见。此刻，天还在下雨，老曹上前与之沟通，他问我们：“你们骑车有人给钱吗，你们真的用这车骑了这么多地方吗？”了解情况后，年轻人被感动了，马上给我们搬凳子、倒开水。

骑达庐江县城前，我们到了东汤池严家松园的新四军江北指挥部旧址暨纪念馆。说实话，汤池风景区建设不错，但置于其中的该“红色遗址”却标识不清，入景区问来问去，好不容易才找到。实际上，1939 年 5 月中旬在叶挺主持下，由张云逸任指挥，在庐江成立的“新四军江北指挥部”，在新四军发展史上占有重要地位，并对中国革命作出了重大贡献：促进了中央向东发展方针的贯彻和执行；统一了江北新四军部队的领导和指挥；积极反击国民党顽固派的猖狂进攻，壮大和发展了人民抗日武装力量；创建了皖东抗日根据地。两位来此参观的小美女，认真地帮我们调整位置拍合影。

晚上，我们冒雨骑向庐江停宿，第二天再顶风冒雨前行。骑经无为时，老曹的大学同学叶学林让女婿开车拦路“强行”将我们“劫”到餐馆盛情款待，用餐后谢别老同学，我们第 15 次骑跨长江于晚上 8 时返回芜湖。

六十五、威震江南水西村

【题记】

2012 年 8 月 17 日，我们骑行到★新四军江南指挥部旧址（江苏溧阳市前马镇水西村）；2015 年 2 月 9 日清晨，我们再次骑行到此。

【诗词】

诉衷情·威震江南水西村

连天烽火故园沦，难以见虹云。江南龙虎威震①，挺立水西村。
兵士勇，众民淳，统军神②。东南鏖战，北向前行，华夏英魂。

【注释】

①取自纪念馆帷幕上所镶嵌的李一氓题词：“威震江南　功在民族”。②统军：古代军事官名，此处代指新四军统帅、将军。

【随记】

江苏溧阳市新四军江南指挥部

两次骑往新四军江南指挥部纪念馆，冰火两重天，记忆深刻。

第一次是 2012 年的“皖苏南战役”，我们利用暑假时间。8 月的天气十分炎热，另外还有许多麻烦。过高淳后，先走省道 123，再转县 307，上下坡不断，热得喘不过来气。下午经过云鹤镇，想停下来不走了，可找不到旅馆。坚持骑到上沛镇，住宿的宾馆淋浴实施又坏了，只能洗冷水澡。休息时才发现，老赵因为大意，没有戴手套，手背上晒出了十几个水泡。第二天起早出发，但服务员脱岗又退不了房。以后我们决定，要尽量避开酷暑。

第二次再去是 2015 年的“苏沪浙战役”，我们利用寒假时间。2 月初，春节前，天气十分寒冷，一连几天的气温都是在零度以下。清晨骑行，但见路旁水塘都结了厚厚的冰。由高淳而来，停宿于南渡镇，清晨再骑往纪念馆。因为出发太早，骑到纪念馆时还没到开放时间，且逢周一闭馆日。但 8 点的时候，仍然有工作人员来上班，经请求他们也很乐意让我们进去参观。

1938 年夏，新四军第一、第二支队先后挺进苏南敌后开展抗日游击战争，次年 11 月，新四军江南指挥部在水西村成立。陈毅、粟裕等认真贯彻党中央“向南巩固，向东作战，向北发展”的战略方针，统一指挥第一、第二支队和地方抗日武装，开创、巩固和发展了以茅山为中心的苏南抗日根据地。旧址原系李氏宗祠，始建于明代。纪念馆建设非常不错，大厅内屹立着指挥陈毅、副指挥粟裕的全身铜像，展馆陈列文献资料十分丰富，纪念馆左侧建有将帅馆，介绍了陈毅和粟裕等 76 位将帅生平业绩。

水西村虽小，“新四军江南指挥部”功绩却巨大，而将帅的革命爱情则使之锦上添花，充盈着满满的红色浪漫：陈毅与张茜在这里喜结连理，粟裕与楚青在这里培育爱情……

六十六、高淳老街一支队

【题记】

2008 年起，我们数次骑行到☆新四军第一支队司令部旧址（江苏南京高淳区老街吴家祠堂）；2015 年 2 月 8 日，我们再次骑行到此。

【诗词】

减字木兰花·高淳老街一支队

高淳圣地①，御笔点圈铭历史②。古老街亭③，现代妖姿醉慢城④。
英雄抗日，芦苇丛中军号疾。勇士投枪，且看江南支队刚。

【注释】

①②③高淳曾被乾隆皇帝誉为“江南圣地”，其“老街”是著名的古街之一。④高淳还是现代名闻遐迩的中国首个“国际慢城”。

江苏南京市高淳区新四军一支队司令部旧址

【随记】

早晨 5 时起床，洗漱、整理、吃饭，5∶58 出家门下楼骑上自行车出发时，天尚未亮。十几公里到清水镇再次骑上青弋江大堤时，太阳才露脸。这一条路我们骑过 N 次了，比较熟悉。在小咀附近登上一条小渡轮，对岸就是当涂县黄池镇境内。小渡轮的价格出奇地低，每人次只需要一元钱，自行车还不要钱，几年前如此，现在还没有涨价。

黄池境内，基本上是曲曲弯弯的村道与乡道，转乌溪镇以后骑上省道。不久，跨水阳江大桥，进入高淳境界。在前几次经常休息的加油站，我们再次停下来加一些热水，吃一些干粮与水果。到高淳老街不过 11 时，如以前一样，我们向看街门的老汉说明情况，然后就推车步行前往参观新四军一支队司令部旧址。

第一支队，是新四军初建四支主力部队之一，组建于 1938 年春，陈毅任司令员。时年，高淳老街的吴家祠堂，为新四军东进抗日进入苏南茅山地区的第一站暨新四军第一支队司令部所在地。1938 年 6 月 1 日，陈毅率第一支队向苏南敌后发展，先后取得新丰车站等战斗胜利，此后与第二支队一起开辟了以茅山为中心的苏南抗日游击根据地，又与江南人民抗日义勇军联合取得黄塘等战斗胜利。

高淳老街，今古皆有名，游客自然不少。这几年，境内固城湖那肉质细嫩、味道鲜美的上等水产螃蟹名声大噪，让高淳旅游上了一个台阶。而地处老街中心地段的新四军旧址，再给高淳旅游增添一份“红色”精彩。今天恰逢星期天，这老街上更是人头攒动、热闹非凡。

当我们在旧址前面展开党旗、国旗拍照时，游客停下来我们围上了几层。看见我们的“红色专旗”，知道我们的“红色骑行”是为纪念中国共产党建党 100 周年而展开，一些人还掰起手指头算算到底还有几年。围观的人们与我们聊天，给我们鼓劲：“加油！一定能看到你们美梦成真！”

六十七、中分村里三支队

【题记】

2017 年 11 月 24 日中午，我们骑行到★新四军第三支队司令部旧址（安徽繁昌县孙村镇中分村）；又：我们多次骑行到☆新四军第三支队西河纪念馆（安徽芜湖县西河镇）。

【诗词】

中分村里三支队

鸣吼马人山①，呼啸峨岭头②。英勇三支队，繁昌宰倭蝼。

滋润连理树③，孕养红貔貅④。秀美中分村，千古记风流。

【注释】

①语出旧诗：“记得马人鸣吼夜，旌旗喇喇动秋风”；又，马人山系马仁山旧名，位于繁昌县孙村镇境内。②峨岭头：五次繁昌保卫战的主战场。③见下文。④貔貅：古书记载的一种猛兽，常比喻勇猛的军队，此处红貔貅意指新四军。

【随记】

“鄂豫皖战役”今日启程。6∶18 我们下楼出发，开门大吉，天气晴好，一路顺风，穿繁昌县，走县道绕行去了位处中分村的新四军第三支队司令部旧址。

该支队是在安徽省南部坚持抗日斗争的新四军主力部队之一。其间，谭震林一度率部驻扎中分村，司令部设在该村原为徐氏宗祠这座砖木结构的徽派建筑内。该支队协同第一支队在铜繁地区作战 200 余次，尤以五次繁昌保卫战最为激烈，所取得的重大胜利受到新四军军部通令嘉奖，中分村至今还保留众多红色遗迹。

其中，连理树的故事十分动人。穿过中分村的清溪，那里有两棵相依相偎的古槐，传说时任机要秘书的葛慧敏在对岸洗军装，谭震林这边吹口琴，两人在烽火岁月中产生了爱情。可是，新四军第一个递交申请结婚报告的谭震林，却没有得到上级同意，因为有领导认为这是典型的“不爱江山爱美人”。一支队司令员陈毅给谭震林出主意：向延安“告状”，结果很快被批准。中分村清溪旁，现立碑“将军连理树”，铭记这段“红色”爱情。

安徽繁昌县新四军第三支队司令部旧址

继续前行，下午 3 点多就到了铜陵。老曹的大学同窗王辉早已等候，先带我们游览风景优美的天井湖公园，再携夫人设晚宴款待。王辉同学是骨科专家，却因文采博众被同学称为“大师”，席间即兴作诗《贺国庆骑行觅史有感》：党史军史红军史，千般磨难走至今。不忘初心励大志，继往开来有后人。伉俪同骑觅踪迹，寻根探祖续华章。六万骑行细微处，百年大庆续新篇。又赠曹大姐：山高水长，舒情畅怀，以车代马，风云际会。

六十八、东进抗日四支队

【题记】

2018 年 6 月 5 日傍晚，我们骑行到★新四军第四支队司令部旧址暨新四军东进抗日纪念馆（安徽肥东县白龙镇河塘村褚老圩）。

【诗词】

东进抗日四支队

蒋家河口第一枪，东进抗日开门红①。投枪又战庐江地，挽弓再射定远东②。
反击顽军忘生死，敌后游击踏刀丛。褚老圩里作决断，第四支队气如虹。

【注释】

①蒋家河口：地处安徽巢湖东南郊，1938 年 5 月 12 日新四军四支队在此打响了东进抗日的第一枪，这也是新四军完成改编挺进华中后的第一仗。②庐江、定远：皆是四支队开展敌后抗日游击战的地方。

【随记】

安徽肥东县新四军第四支队司令部旧址暨新四军东进抗日纪念馆

自从进入皖北大地，虽然基本还是骑省道或县道，但一马平川很少爬山了，今天过凤阳才爬了几个坡。中午时分，经定远县朱湾镇邮政所，下班了，门关着，但没锁，我们试着推门，一位工作人员立马从靠椅上站起并迎过来。他姓宋，刚刚吃过饭从家里过来，该邮政所就他一人，他以所为家。知道我们来意，他非常热情地调好邮戳上的时间，盖好邮戳，又给我们倒开水，还送了两瓶矿泉水说，他 52 岁了，退休后也会像我们这样去骑车。幸亏有宋师傅送的水，下午 60 多公里县道和乡道一个加油站都没有。

傍晚时，我们骑到白龙镇青龙厂附近时，看不见标识也找不到路。一位老乡指我们转进一条很小的村道，绕几个弯，我们骑到了新四军第四支队司令部旧址暨新四军东进抗日纪念馆的后门。看管的商师傅说，“纪念馆正在修建不开放”，但看我们如此辛苦骑行就开门让我们进去。纪念园区比较大，商师傅开着电瓶车追上我们，介绍那正在维修扩建的新四军东进抗日纪念馆，领我们参观新四军东进抗日群雕、高敬亭纪念林和纪念碑等。

第四支队，是在安徽省中东部地区开辟敌后抗日根据地的新四军主力部队之一。1938 年春，由原活动在鄂豫皖边的红二十八军和鄂豫边红军游击队改编而成，高敬亭任司令员，在抗击日寇争取民族独立和人民解放事业中，建立了不可磨灭的功勋。该旧址是新四军四支队、江北游击队司令部驻地，也是新四军江北抗日指挥部驻地，刘少奇、叶挺等曾来此指导工作。

参观完毕，披着落日余晖，我们骑到白龙镇，找到“君悦宾馆”住下。其实，那里能让“君”喜“悦”？惨得很，小旅馆房间里连卫生间都没有。

六十九、保卫半塔五支队

【题记】

2015年10月3日上午，我们骑行到★新四军第五支队半塔保卫战旧址纪念馆暨皖东烈士陵园（安徽来安县023县道东50米）。

【诗词】

保卫半塔五支队

以少胜多靠赤胆，以弱胜强拼勇敢。固守待援赖信念，转攻反击操胜算。

抗日劲旅五支队，保卫半塔战凶悍。将帅高声赞英雄①，华中大地红旗艳。

【注释】

①陈毅曾高度评价说："在华中，先有半塔，后有郭村；有了半塔，就有了黄桥"，"半塔保卫战是固守待援的范例。"

【随记】

昨日骑经来安，老曹的大学同学赵家宁夫妇盛情款待。今早告别，我们再上征程。省道路况不错，此外本次"皖苏鲁战役"选择的时期也较好，是风和日丽少雨的十月艳阳秋，路边的树木葱茏，使人感到凉爽惬意，这样骑起来也很快。10点多，我们就骑到了新四军第五支队半塔保卫战旧址纪念馆暨皖东烈士陵园。

1938年新四军刚组建时，只有四个支队，后来在第四支队东进过程中又诞生了一支劲旅。这就是1939年7月1日，成立于在路西定远藕塘附近安子集的第五支队，由罗炳辉任司令员。五支队成立后，深入皖东敌后展开了广泛的游击战争，壮大和发展了这一地区的抗日力量，开辟了以半塔（五支队领导机关所在地）为中心的皖东津浦路东抗日根据地。1940年3月21日至29日，五支队以保卫半塔为中心，击退了顽军十几次疯狂进攻，是我军在华中地区首次大规模反顽作战并获得全胜，是以少胜多、以弱胜强、固守待援的典型战例。

拾级而上，"皖东烈士陵园"几个字刻于正门之上，附近的青松翠柏间有一小块由国务院公布、安徽省政府敬立的纪念碑，上书"全国重点文物保护单位"，园区内纪念墙壁上再有烫金的"半塔保卫战旧址"几个大字。

安徽来安县新四军第五支队半塔保卫战旧址纪念馆暨皖东烈士陵园

我们骑到这里时是周六，一些参观者中不乏年轻人，这让我们感到有些小意外。说句实话，该馆所处位置并没有什么优势，因为远离繁华都市，周边多为乡村。我们请几个小青年帮助拍合影，也顺便"采访"他们，一位小帅哥说："早就知道这里的，正好国庆节假日有些时间，大家就相约一同过来。"一位小美女补充道："感想还是蛮多的。看了纪念馆里陈列那么多的历史资料图片和文物，感觉到新四军英勇，也很不容易。"然后，他们好像有些不好意思："只是，我们知道的太少了。"

七十、苏浙军区小延安

【题记】

2019 年 3 月 21 日中午，我们骑行到★新四军苏浙军区纪念馆（浙江长兴县槐坎乡温塘村）。

【诗词】

浪淘沙·苏浙军区小延安

日伪太刁蛮，罪恶滔天。神州遍地有仇冤。苏浙军区发重誓，断斩奸顽。

敌后小延安，革命营盘。军民携手换人间。大院辉煌存永远①，历史斑斓。

【注释】

①大院：沈家大院，苏浙军区司令部旧址暨纪念馆所在地。

【随记】

早上起床，窗外依然是淅淅沥沥的雨声，原来昨晚一夜的春雨未停。当我们全副武装推着自行车离开溧阳的“格林豪泰”时，几个年轻服务员简直不敢相信自己的眼睛：“爷爷奶奶，还在下雨啊！”

其实，我们也在纠结，但不是纠结出发与否，而是纠结到底骑什么路。因为，导航指引了一条骑行道路，可我们担心它不靠谱——好几次了，导航的骑行道路让我们苦不堪言，老赵也因此被老曹“骂”过几次。老赵思考了一下，与老曹商量：“江苏的道路也许要好，毕竟骑行道路近许多。”老曹点头了：“就再相信它一次吧。”呵呵，这一次蒙对了，一点点的小山坡，道路出奇好。出江苏，再过安徽，绕太极洞景区入浙江，中午 12 时许，我们骑到新四军苏浙军区旧址暨纪念馆。

1943 年 9 月，日寇在苏浙皖边发动新的进攻，12 月粟裕奉命率部由苏中、淮南渡江南下，次年 2 月成立苏浙军区，4 月叶飞又率部南下入编。苏浙军区成立后，多次向浙西日伪军出击并取得胜利，开辟了浙西抗日根据地，成为当时全国 19 块解放区之一和华中八个战略区之一——苏浙皖边根据地的重要组成部分。1945 年 9 月下旬，苏浙军区开始分批撤至苏北解放区进行整编，胜利完成了历史使命。

以苏浙军区司令部为中心的旧址共有 18 处，是我国江南地区保存最为完整、规模较大的一处抗日战争时期的革命旧址群，享有“江南小延安”美誉。旧址内纪念馆丰富的馆藏文物照片等，系统反映了新四军在浙西的战斗及根据地建设历程。在纪念馆门口，一位年轻的美女工作人员撑着雨伞为我们拍照，参观完毕在门口台阶上准备吃饭时，程姓保安走过来关切地问道：“饭菜是不是有一些凉？”然后，为我们续添热水。

浙江长兴县新四军苏浙军区纪念馆

看着小雨渐止，我们再次骑车出发。沿途不只是春雨绵绵，春雨潇潇，在我们进入长兴县城时，天晓得，居然一瞬间倾盆大雨，宛若夏日风暴。

七十一、黄桥战役取华中

【题记】

2015 年 10 月 13 日下午，我们骑行到★新四军黄桥战役纪念馆（江苏泰兴市黄桥镇米巷 10 号丁家花园内）。

【诗词】

采桑子 · 黄桥战役取华中

黄桥战役枪声骤，挺近华中。挺近华中，亮剑天穹，苏北见长虹。
两军会聚欢歌唱[①]，胜利相逢。胜利相逢，凛烈威风，抗日战旗红。

【注释】

①黄桥战役胜利，不仅狠狠打击了国民党顽固派的嚣张气焰，而且实现了新四军与八路军的胜利会师。

【随记】

上午在如皋参观红十四军纪念馆后，沿省道 334 我们向泰兴市黄桥镇。不过 40 公里左右的路程，路况又不错，下午 2 点多我们就骑到该镇路口。但接下来有一些麻烦，主要是标识不太清楚，导航带到的黄桥战役纪念馆是新馆，尚未完工。我们绕到永丰里历史文化街区并匆匆游览，但见一栋老房子上用篆体刻有“永丰里”字样，问一位老人才知晓黄桥古称“永丰”。老者又告诉了我们去老馆的道路。

江苏泰兴市新四军黄桥战役纪念馆

抗日战争进入相持阶段，国民党加紧进行反共军事磨擦，将磨擦中心由华北移向华中。为了坚持抗战，反对投降，我新四军江南指挥部奉命率主力部队挺进苏北、发展华中，展开自卫还击。自 1940 年 6 月 28 日起，先后发起了保卫郭村、东进黄桥、营溪反击、攻占姜堰等四次战斗，取得黄桥战役的完全胜利，创造了以少胜多的又一光辉范例，也由此奠定了苏北抗日民主根据地的基础，打开了华中抗战的新局面。

不得不说一说与著名黄桥战役紧密相连的“黄桥烧饼”。那年那时，在陈毅、粟裕等直接指挥下的黄桥战役打响后，黄桥镇 12 个农磨坊 60 只烧饼炉，日夜赶做烧饼。伴随镇外战火纷飞，镇内是一片炉火通红，黄桥人民再冒着敌人的炮火，把这酥脆焦黄、香喷喷、非常可口的烧饼送到前线阵地，并由此谱写了一曲军爱民、民拥军的壮丽凯歌。据称，时隔 30 余年之后的 1975 年 5 月粟裕重返黄桥盛情款待将军的仍然是这“黄桥烧饼”。

如此，我们一定要吃这油酥和面、用火腿或猪油等做馅的或圆形或椭圆形的“黄桥烧饼”。要知道，该烧饼如今是“黄袍加身”、荣誉非凡：2003 年荣获“中华民族小吃”称号，2004 年获“江苏食品博览会金奖”……

七十二、塞外延安大青山

【题记】

2018 年 5 月 2 日上午，我们骑行到★大青山抗日根据地展览馆与★大青山抗日根据地旧址（内蒙古武川县得胜沟乡）。

【诗词】

采桑子·塞外延安大青山

八峰五壑藏兵站①，塞外延安。塞外延安，抗日刀枪更悍坚。
内蒙僻野扎军阵，壮丽青山。壮丽青山，英勇人民唱凯旋。

【注释】

①八峰五壑：大青山抗日根据地位于大青山深处，境内峰峦起伏，有华尖山等八大高峰，山与山之间又有得胜沟等五大沟。

【随记】

内蒙古武川县大青山抗日根据地展览馆

内蒙古大青山抗日游击根据地素有“塞外小延安”之称，是抗日战争时期我党领导的全国 19 个抗日根据地之一，为夺取全国抗战胜利作出了重要贡献。武川县境内的井尔沟、得胜沟等为大青山抗日根据地的主要区域，乌兰夫、李井泉等在这里留下了光辉足迹。

果然，骑往武川县，一路“红色”。

昨天，出呼市不久就是连续 30 多公里的上坡。客观说，坡不陡，问题是一直顶风，还有寒流导致气温骤降，我们只能把所带单衣全部穿上来御寒（因为此次“晋察冀战役”，越骑天越热，担心负重过多，所以没有带厚衣），当然“红色”让我们兴奋。一入武川界，地处大青山乡坝顶村的蜈蚣坝伏击战旧址纪念碑就伫立在眼前，骑经用汉蒙两种文字撰写的“北魏重镇·武川”大石碑，我们再骑到武川县城内的大青山英雄纪念碑。入住“坤源假日酒店”时已近傍晚，在这不太大的县城里补充了食物与水果等。

今天依然是零下 2 度。四件上衣、三条长裤全部上身，手脚耳朵冻得生疼。当然，今天的“红色”更有名。沿着 30 多公里的单车道乡道（老乡称之为“小油道”），10 时许骑到大青山抗日根据地纪念馆，正在维修施工的师傅们帮我们拍照，并指引我们登上台阶去参观，接着又告知如何前往得胜沟——因为导航又“罢工”了。

蓝天白云下的大青山渺无人烟，我们于正午时刻骑到地处群山环抱之中的德胜沟。巍峨高耸的虎头山在东，石门和壁立千仞的石崖在西，林木蔽日的钻天沟处于西南山间，正北是东西绵延起伏的山梁。当我们接近目的地从山上眺望时，“得胜广场”及“塞外小延安革命老区欢迎您”的巨大牌匾即刻满满映入眼帘。下山进入圣地，农家乐的老板热情介绍情况，并招呼他的孩子领我们去看那八路军一二〇师三五八旅七一五团和绥远省委专署等遗留下的红色印记。

大青山，德胜沟，武川永远的荣耀。

七十三、琼崖抗日第一枪

【题记】

2017年1月26日中午，我们骑行到☆琼崖纵队抗日第一枪纪念园（海南海口市琼山区云龙镇玉仙村）。

【诗词】

太常引·琼崖抗日第一枪

百年榕树有心伤①，见证铁蹄狂。打响第一枪：战潭口，刀劈虎狼。
琼崖抗日，海南阻战，享誉太平洋②。勇士上战场，志气壮，红旗荡扬。

【注释】

①潭口码头旁有百年古榕树一棵，见证了当年日寇铁蹄践踏琼崖大地的悲惨。②侵琼时日，蒋介石发表讲话，称其为太平洋的“9·18”；如此，有历史评论，潭口阻击战虽小，却是太平洋上的第一次抵抗，意义深远。

【随记】

晨曦中，祭拜解放海南岛烈士陵园和李硕勋纪念馆后，马不停蹄从海口赶向文昌。先出琼山城区，很快上国道223，再向南跨“南渡江”过“南渡江第一大桥”，继续顺国道一路南下。过灵山镇不久，路边有“琼崖纵队抗日第一枪纪念园”右转指示牌。我们知道，这里曾经发生的故事，影响十分了得，往大了说，享誉“太平洋”。

必须的，绕多少路，也要去参观瞻仰。我们右转下国道，骑上一条细窄的无名乡道，路边是低矮树木，路面不太平整，路上空无一人。大约两公里后，我们骑到纪念园大门口。大门较简单，两根白色的方形水泥柱托起一道横梁，横梁上书写着“纪念园”全称。纪念园不大，甚至于很小，园中心立有潭口渡口阻击战纪念亭，亭内再竖石碑并于正面刻有碑文简介。1939年2月10日，日寇入侵海南，国民党军撤到腹地。中共琼崖特委领导下的独立队队长冯白驹审时度势，判断日军将会从潭口渡江，遂果断命令第一中队队长黄大猷率领80多人前往阻击，打响了琼崖人民抗日的第一枪。此战打击了气焰嚣张的日军，为群众和琼崖抗日力量的转移赢得了宝贵时间，极大鼓舞了海南人民的抗日斗志。

从纪念园附近一条小路走去百米远，眼前就是南渡江。该江全长333.8千米，又称南渡河，古称黎母水，是海南岛最大河流。它发源于海南白沙黎族自治县青松乡南部的南峰山，干流斜贯海南岛中北部，流经海南白沙、琼中与琼山等诸多市县后，在海口美兰区流入琼州海峡。

海南海口市琼崖抗日第一枪纪念园

站在美丽的南渡江边，你还能想起当年这方土地是怎样的硝烟弥漫、枪林弹雨？你可知那时琼崖儿女是如何的同仇敌忾、杀声震天？阻击战的码头，勇士壮烈的战场，你可知我们没有忘记？

七十四、东北抗联好儿郎

【题记】

2016年9月14日下午、18日中午与24日下午，我们分别骑行到★东北抗日联军纪念馆（吉林通化市靖宇路）、☆长白山东北抗日纪念馆（吉林敦化市201国道旁寒葱岭）、★东北抗日联军纪念园（黑龙江哈尔滨市太阳岛）、★东北抗日联军博物馆与★东北烈士纪念馆（哈尔滨市一曼街243、241号）。

【诗词】

东北抗联好儿郎

贼寇来东洋，歹毒又猖狂。三光无人道①，烬灭毁家乡②。
枉披一张皮，实在是贼獐。怨问老天爷，为何生豺狼？
爱民烽火燃，七省旌旗扬③。抱团冰雪地，啸聚密林旁。
处处义勇军，人人抗联枪。苦战十四年，东北好儿郎！

【注释】

①三光政策：即烧光、杀光、抢光，是日本侵华期间实行的一种惨无人道的政策。②烬灭：即烧尽灭绝、烧光杀绝，还是“三光政策”。③爱民、七省等：当时一些义勇军（抗联前身）的名称。

【随记】

沿国道201一直向北，好家伙，在东北也一路爬坡。前天由丹东去宽甸，爬四面岭和蚂蚁岭等七八座山；昨天到桓仁，大坡四五个，最大的坎川岭上下20公里，但一路风景美到令人窒息！宽甸是多民族聚居县，有“鸭绿江畔的香格里拉”之美誉，境内朝鲜族、锡伯族、俄罗斯族等18个少数民族，风情浓郁，到处是五颜六色的鲜花。桓仁则是一个以奇山奇石而闻名的满族自治县，从宽甸过来30公里的茫茫林海，隐秘在云海云雾缭绕之中，是天然氧吧，骑行特爽。到桓仁时遭遇瓢泼大雨，但被美景吸引，我们冒雨拍照。

今天骑行124公里到通化，腰岭和虎岭等大岭小坡仍然不少。如此路况很纠结，推行吧不甘心，骑行吧又太累。十个手指分工不同，一刻也不闲着，左手小指、无名指控制前轮刹车，拇指、食指、中指控制主盘三个档位的调速，右手小指、无名指控制后车轮刹车，拇指、食指、中指控制副盘30个档位的调节，每天两手都肿胀麻木疼痛。

一路“红色骑行”向东北，我们要深刻感知“东北抗日联军”。这是中国共产党领导的一支英雄部队，是抗日战争的重要组成部分，在中国革命史上有不可磨灭的伟大功绩。通化与哈尔滨的数个红色景点形成完整的展览体系，生动全面地展现东北抗联14年光辉历史。

吉林通化市东北抗日联军纪念馆

明天，是一年一度的中秋节，我们又在骑行中度过，虽在途中仍可以通过现代通讯与亲朋好友互致问候。英勇的抗联战士，何日阖家团圆呢？

七十五、白洋淀上雁翎队

【题记】

2012年，我们曾经参观瞻仰★白洋淀（河北安新县白洋淀）；2016年10月26日下午，我们再次骑行到此。

【诗词】

清平乐·白洋淀上雁翎队

嫦娥仙醉，宝镜天成水①。秋富夏红春绿翠，最是白洋淀绮②。
不期燕赵蒙羞③，恨憎日寇蹦蹂。芦荡雁翎雄起，嘎子猎户寻仇④。

【注释】

①相传，很久以前嫦娥偷吃仙药飘然离开月宫，就在她落入凡尘的瞬间猛然惊醒，失手将随身宝镜落入人间，摔成大大小小143块，形成了现在白洋淀的143个淀泊。②白洋淀景随时移，春翠绿嫣然，夏荷花绽红，秋蟹肥鱼跳，冬冰雪封淀。③燕赵：今多指河北省，此处代指当地。④嘎子，为作家徐光耀笔下《小兵张嘎》人物，取材于雁翎队；又，雁翎队战士原多为水上猎户。

【随记】

白洋淀是中国海河平原最大的湖泊，素有“华北明珠”与“北国江南”之美誉。白洋淀最早名称或为祖泽，西晋时称掘鲤淀，北魏时称西淀，北宋至明嘉靖间称西塘，并出现“白羊淀”名。明代以后，人们见到淀水汪洋浩渺，势连天际，遂演化写成“白洋淀”。现如今，白洋淀被评为国家5A级旅游景区，又被列为全国十大红色旅游景区之一。

白洋淀与“红色”有关，事出有因。抗日战争期间，在淀泊相连、苇壕纵横的白洋淀上，活跃着一支独具特色的、神出鬼没、来无影去无踪、令敌人闻风丧胆、令百姓欢欣鼓舞的抗日武装——人称“水上飞将军”的雁翎队。他们在中国共产党领导下，利用淀区芦荡遍布、沟河交错的有利地形，开展机动灵活的游击战，打日寇、锄汉奸、端岗楼、打伏击，以弱胜强，功绩卓著，被冀中军区评为抗日先进集体。

我们曾经来白洋淀旅游度假，今天参观冉庄地道战遗址暨纪念馆后，继续骑行70多公里来到白洋淀红色景区。这么做，既是要完善我们的“红色骑行”，脚踩单车抵达这片“红色”的湖泊，也是要再次看看这片“红色”土地。

河北安新县白洋淀

当我们沿着湖边的道路骑行，品读着随处可见的有关介绍，再远眺那碧波浩荡的白洋淀，分明还能看到有那么一群特殊的勇士，他们头顶荷叶，嘴衔苇管，身藏刀枪，隐蔽在芦苇丛中正准备随时出击。

七十六、神出鬼没地道战

【题记】

2012 年，我们曾经参观★冉庄地道战纪念馆（河北清苑县冉庄村）；2016 年 10 月 26 日上午，我们再次骑行到此；此前 17 日下午，我们骑行到★焦庄户地道战纪念馆（北京顺义区燕山余脉歪坨山下）。

【诗词】

小重山·神出鬼没地道战

千里平原怒火峥。长城藏地下，隐精兵。蛤蟆蹲洞链成城①。棋盘路，勇士径直行②。

地道铸军营。神出加鬼没，尽杀声。古槐真正有魂灵③，情谊特，青史永垂名。

【注释】

①蛤蟆蹲：最初为躲避敌人残害而挖的单口洞。②棋盘路：地道内小道纵横交错形成的道路；又，径直行：源自成语“径情直行”。③古槐：冉庄地道战遗址具有传奇色彩的著名景点，该千年古槐因当年挖地道伤其主根而逐渐衰竭，1965 年拍电影《地道战》时枝叶突现生机。但电影拍完后，它似乎感知完成历史使命，便枝脱叶落与世长辞，而今唯留下不朽身躯化作文物，供后人景仰。

【随记】

地道战，是抗日战争时期华北平原抗日军民利用地道打击日寇的一种独特作战方式。著名的有焦庄户与冉庄地道战。当时，焦庄户挖掘近 12 公里长的地道，被授予“人民第一堡垒”锦旗。骑到该纪念馆时，正逢闭馆日，与值班人员反复交涉无果，我们只能在大门外拍照。好在是，骑到冉庄，我们再次深入参观。当年的冉庄，构建了近 16 公里长的“地下长城”，荣获“地道战模范村”称号，今天仍保留着 20 世纪三四十年代冀中平原村落的环境风貌，以及当年构筑的地道和各种作战工事。

前往焦庄户的道路不好，老赵的车驮包又太重，路上连爆两次车胎，第二次明明摸到外胎有一个小钢丝就是取不出来。恰巧，附近有一个小修车铺（现在很少有修车铺），我们赶紧请求帮忙，老师傅用一个铁钩子在外胎上戳戳捣捣，谢天谢地谢老汉，还真拔出了小钢丝。

继续骑向顺义，在一爬坡路段全力蹬踩时，一辆红色私家车在身边停下，走过来的年轻女士是北京平谷“万姓源孝德文化有限公司”的王丽荣，正在做一项走长征的公益活动。志趣相同，共识清楚：中国什么物质都不缺，也有数千年的文化底蕴，更有最可贵的“红色”基因。我们需要的是激发中国精神，强化红色教育，要像输血那样让传统文化，特别是红色文化基因，输入国人的血液里。人民有信仰，国家有力量，民族有希望。我们与王丽荣这两代人紧紧地握手，约定为共同目标不懈努力。

河北清苑县冉庄地道战纪念馆

七十七、抗日民兵地雷战

【题记】

2016 年 11 月 2 日下午，我们骑行到★地雷战旧址（山东海阳市赵疃乡赵疃村）。

【诗词】

长相思·抗日民兵地雷战

梅花雷，长藤雷[1]，雷炸声声倭寇凄，长歌天际飞。
化虎威，守福威[2]，瓜响隆隆魔鬼悲[2]，光荣青史垂。

【注释】

①梅花雷等，指民兵创造的地雷品种。②见下文。③瓜：铁西瓜，当时人们对地雷的“戏称”。

【随记】

山东路况不错，可气的是仍然被扎了车胎。另外，风有一些“乱”，在一个加油站加开水休息时，周边数面旗帜奇怪地同时飘向两个方向。

也有趣事。在莱西市一个邮政所，一女士帮我们盖完邮戳后非要出高价购买我们手绘的地图。此事已遇到多次，在郑州市航海中路邮政局的先生就激动地说，这幅地图太珍贵了。是的，从画这幅地图开始，13 年我们带着它骑行十万里，骑遍了祖国的万里河山，盖上了上千个地方邮戳，凝结了许多艰辛和快乐。不敢说是“无价之宝”，但一定珍奇无比，我们期待在“红色骑行”战略工程完成后将它隆重献出。

山东海阳市地雷战遗址

从莱西市到莱阳市赵疃村，本来国道、省道都不错，可一老乡说有一乡道能省十公里，老赵动心了，并鬼使神差地领着老曹骑向乡道。前面路尚可，但后面到处是烂泥巴乱石头，绕了六公里后不得不返回省道，一反一复，多骑了十几公里——又让老曹狠狠地“批评”一顿。全天下来总共骑了 140 多公里。

在一个乡道口转弯前往赵疃村。曾经多次看过《地雷战》，站在抗日战争赵疃地雷战遗址高大门栏下拍照时有一些激动。地雷战是抗日战争时期中国民兵最重要的作战方法之一。海阳赵疃村等乡村民兵，创造了 10 多种地雷和 30 多种埋雷方法。赵疃村现存多处地雷战遗迹，村中建有赵疃地雷战陈列馆。赵疃等三个村荣获“特等模范爆炸村”称号，赵守福、于化虎和孙玉敏三人荣获“全国民兵英雄”光荣称号。新中国成立 60 周年之际，于化虎又当选“100 位为新中国成立作出突出贡献的英雄模范人物”。

当天返回即墨市，第二天上午赶到美丽的滨海度假城市、被誉为“东方瑞士”的琴岛、岛城的青岛。已经毕业并在青岛工作的研究生马恒新，知道老师师母骑行来此，早早地安排好了食住行，带我们吃海鲜大餐，喝地道的“青岛啤酒”，逛五环、奥运广场和“八大关风景区”，游海滩，沐海风，最难忘的是参观海军博物馆，激起了老赵这个老海军的军旅情怀。

七十八、铁道飞虎游击队

【题记】

2016年11月9日早晨，我们骑行到★铁道游击队纪念园（山东枣庄市临山路东首）。

【诗词】

临江仙·铁道飞虎游击队

威震鲁南千里地，毗邻泊水梁山①。英雄铁路写新篇。一心驱外贼，赤胆护家乡。

爬上火车骑骏马②，奔驰铁道除奸。威风飞虎史无前③。歌谣依旧唱，何处见儿男？

【注释】

①枣庄和《水浒传》中108条好汉聚义的梁山相隔不远。②取自电影《铁道游击队》主题曲歌词：“爬上飞快的火车，像骑上奔驰的骏马。”③老百姓形象地称铁道游击队为“飞虎队”。

【随记】

昨天，从临沂赶往枣庄，一路顺风，骑得很快，许多时候时速都在20公里左右。130多公里的路程，中午就穿过枣庄市区，下午4时即骑达薛城区，住进预定的“尚客优”。洗洗涮涮后，寻得一处坐下，要一份枣庄“辣子鸡”，来一摞五色俱美、六味飘香俗称“鲁南热狗——汉堡包”的“枣庄菜煎饼”，当然少不了山东名酒“孔府家”。酒足饭饱后又在附近简单逛逛，难得的轻松雅兴。

今天清晨，骑到铁道游击队纪念园。“铁道游击队”是抗日战争时期活跃在现山东枣庄一带的一支抗战特种兵部队，由铁路工人和矿工等组成，隶属于八路军一一五师苏鲁支队，成立时称鲁南军区铁道大队。该队以薛城为中心，挥戈于百里铁道线上，出没于万顷微山湖中，依靠人民群众开展游击战术，与日寇展开浴血奋战。他们截军列、打洋行、扒火车、炸桥梁，他们护送刘少奇、陈毅、罗荣桓等安全过境到达延安，等等。历史传奇，业绩传奇。

我们推车爬向临山路东首主峰之纪念园的山顶。纪念园以铁道游击队纪念碑为主体建筑，广场、甬道、碑廊等景观散布其中，错落有致。高33米的纪念碑坐落在园区中心，顶端是一尊游击队战士持枪冲杀的铸铜人物塑像，碑前及两侧八级台阶代表了八年全面抗日战争，碑体正面造型体现了游击队员们活跃在铁路线上浴血奋战的深刻含义。纪念碑东边150米处有相隔百米的“双雄墓”，是为纪念铁道游击队大队长刘金山和副大队长王志胜而建。不远处还有铁道游击队影视城，上面书有“铁道游击队传奇，英雄再现，红色世界”字样。

山东枣庄市铁道游击队纪念塔

模拟的“临城”城楼伫立在那里，“临城站”就在附近，一会儿就可以看见隆隆驰过的小火车。“老洪”会带着“鲁汉”和“彭亮”（《铁道游击队》塑造的英雄人物）等游击队员再一次飞车吗？

七十九、藏龙卧虎微山湖

【题记】

2016 年 11 月 9 日中午，我们骑行到★微山湖风景区（山东微山县）。

【诗词】

更漏子·藏龙卧虎微山湖

微山湖，微山岛，满目风光奇娇。蛟龙隐，猛虎藏，湖山尽武装。
荷花媚①，莲子美，丰硕果实荟萃。酥湖色，慰征途②，他年展志图③。

【注释】

①微山湖风光秀丽，尤以有“花中仙子”之称的荷花最为耀眼，也称为“中国荷都”。②取自陈毅元帅过微山湖诗词：“横越江淮七百里，微山湖色慰征途。”③志图：志向抱负。

【随记】

参观了铁道游击队纪念园，骑车前往微山湖，那里还有包括“铁道游击队”在内的红色记忆。从纪念园下山，过纪念广场，左转沿“泰山南路”和“凤城路”一直南下，一个多小时以后我们就到达微山湖景区。在那碧波荡漾的微山湖湖边，十分醒目的“微山岛”三个大字，高高地伫立在横跨道路的渡口门庭之上。

位于鲁苏交界处的微山湖，是中国著名的六大淡水湖泊之一，由微山湖、昭阳湖、南阳湖和独山湖四个彼此相连的湖泊组成，所以微山湖又名“南四湖”。微山湖之美是独特的，它艳丽中微藏神秘，洒脱中保存自然；微山湖之美又是和谐的，它山岛与森林共处，湖面与渔船一体，芦苇荡与荷花池遥相辉映，落日夕阳与袅袅炊烟同生相安。

骑行抵达于此，既为欣赏微山湖之风光，更关注微山湖的“红色”。微山湖区革命斗争历史光荣，它既是苏、鲁、豫、皖四省的交汇之地，又是鲁南和湖西两大战略区的结合部。抗日战争爆发后，中共党组织在各地发动武装斗争，组建人民抗日武装，先后在微山湖南北地区开辟了两块抗日游击根据地，成立了中共沛滕边县委和中共湖东县委，同时建立了鲁南铁道大队（即铁道游击队）、运河支队、滕沛大队和微湖大队等抗日武装。在微山岛上，还有一处铁道游击队纪念园，在微山湖边另有微山湖抗日英烈纪念园，皆展现了当年微山湖根据地的革命风采。

山东微山县微山湖

八十、英雄游击华蓥山

【题记】

2018 年 3 月 31 日上午，我们冒大雨骑行到☆华蓥山游击队英雄群雕（四川华蓥市蓥城华蓥山广场）。

【诗词】

浪淘沙·英雄游击华蓥山

情爱最人间，一吻千年①。骚人墨客叹无边②。更有双枪奇太婆，盖世新篇。
放眼看峰峦，到处旌幡。华蓥山上斗凶残。江姐红岩昂首立，血染今天。

【注释】

①一吻千年：华蓥山景区别具一格的石林景观。②李白等文人骚客都曾畅游华蓥山并留下了大量诗词。

【随记】

每天我们都起得比较早，除了洗漱等还要在宾馆或旅社里面煮饭，以准备路途中的早餐与中餐。因为早晨时间有限，所以简单的菜肴如排骨烧土豆等，是前天晚饭后做好的。

今晨尚未出发，天已下雨。我们在昨晚入住的广安“北辰宾馆”大厅里穿雨衣，也给自行车上的驼包及车把上导航用的手机套上防雨罩等。服务员劝我们多住一天，等明天天晴再出发。“明天如果继续下雨呢？”我们笑笑迎着风雨而去。“红色骑行”以来，我们坚持如此：一旦骑行，按计划推进，风雨无阻！

因为自行车不能走高速，只能骑国道及其以下的道路。去往重庆有很长一段县道，许多陡坡，既要推着上，也要推着下。雨大坡多岔道多，导航又“瞎指挥”了。一老乡指了一条路，但老赵还想按导航继续，那老乡见状，热情又执着地追上来，劝我们听他的话“这条路近，坡也少”。风雨中，看着这位老乡，我们真得好感动，果然只爬两个坡即上了省道。

雨却越下越大，自行车把手上的海绵都往下滴水。大雨中，我们骑达华蓥山纪念广场瞻仰华蓥山游击队英雄群雕。20 世纪 30 年代初到 40 年代末，中共地下党在华蓥山区组建了党的地下武装“华蓥山游击队”。他们创建的历史功勋卓著。如今的华蓥山上，还留有游许多红色遗迹。“英雄群雕”突出华蓥山游击队女英雄“双枪老太婆”和其他游击队员，并与华蓥山青松、岩石融为一体，充满革命英雄主义和浪漫主义，艺术地塑造了英雄人物的整体形象。

四川华蓥市华蓥山游击队英雄群雕

大雨依然“孜孜不倦”地下着。忽然，一位年轻美女撑着雨伞走到我们面前，美女姓游，是广场街边“达芙妮专卖店”的工作人员。小游说：“我已经看你们很长时间了，好感动。”又问：“你们一定想拍合影留念吧？我来帮你们。”真是一位善解人意的姑娘。拍完照片，小游还与我们合影，又用她自己的手机拍照说：“发朋友圈，让大家都看看。”

八十一、国军血战台儿庄

【题记】

2015年10月6日下午，我们骑行到★台儿庄大战纪念馆（山东枣庄市台儿庄区）。

【诗词】

阮郎归·国军血战台儿庄

峰城拼命舞旛麾①，亲兵视死归②。铭章饮弹殉英姿③，人间最为奇。
开大战，著雄诗。民族展奋威。台儿庄里血纷飞，国军战绩巍。

【注释】

①②台儿庄大战，国民党军第三十一师师长池峰城组织敢死队；又，旛麾：指挥用的旗子。③台儿庄大战，国民党军第一二二师师长王铭章在兵尽粮绝屡次负伤后用手枪饮弹殉国。

【随记】

一大早，从宿迁皂河古镇出发，我们先去参观邳州市八路镇的小萝卜头纪念馆。此后，转向省道251，骑行不远路经土山镇。小镇因有土山而得名，有2000多年历史，为历代兵家必争之地。史料记载，明代文豪罗贯中对此山情有独钟，为撰写《三国演义》曾亲临土山考察，并在第25回故事中写下“屯土山关公约三事，救白马曹操解重围”，忠义关羽由此一举闻名，小镇也因此名声在外。

记述土山，还要特别提及1948年12月震惊中外的淮海战役碾庄圩战斗打响，粟裕将军指挥部正是设在这土山之上。骑行15公里以后，我们到达碾庄圩战斗纪念馆。作为淮海战役主战场的碾庄圩，既是南京政府遭遇的“滑铁卢”，更是中国人民解放事业的历史转折点。

说来遗憾，被人民解放军打得鬼哭狼嚎的“国军”，当年在抗日正面战场上可是威风凛凛，许多将士之英勇壮烈，曾惊天地泣鬼神！名录于红色景点中的“台儿庄战役”是其中之一。下午3时左右，我们骑到台儿庄大战纪念馆。

山东枣庄市台儿庄大战纪念馆

台儿庄，地处苏鲁交界，为山东南大门，徐州之门户，举世闻名的京杭大运河横贯全境，南北漕运枢纽自古而成，战略位置十分重要。1938年春，震惊中外的台儿庄战役（又称鲁南会战）爆发。该战役由李宗仁、孙连仲、张自忠等抗日将领指挥，历时一个月，毙伤日军20000余人。台儿庄大捷，是中华民族全面抗战以来取得的最大胜利，是国民党政府正面抗战中的第一次胜利，也是国共两党第二次合作的光辉结晶。中国共产党人毛泽东、周恩来等高度评价其意义“影响战斗全局，影响全国，影响敌人，影响世界！”

八十二、国军刀闪喜峰口

【题记】

2016年10月11日中午，我们骑行到★喜峰口长城抗战遗址（河北迁西县喜峰口）。

【诗词】

清平乐·国军刀闪喜峰口

滦河之上，又是燕山障①。筑起长城防魍魉，功赖继光雄壮②。
今天登禹摩拳，今天勇士挥鞭。刀闪喜峰口上，国军怒发冲冠！

【注释】

①喜峰口是燕山山脉东段的隘口，雄踞在滦河河谷；又，障：边障，边境上的城堡、要塞。②喜峰口长城是明代长城的要塞之一，由明代万历年间抗倭名将戚继光等人率军重修。

【随记】

今天，由宽城前往迁西喜峰口，到潘龙湖景区时导航又“糊涂”了。老乡说，或返回绕行省道40多公里，或走10公里的陡峭山道。不过，“山路空手都很难爬，何况你们还有自行车和大包”。又提醒，“路上还有许多狗”。这让我们很纠结。

突然，停下一辆私家车，司机下车热情自我介绍说，他也喜欢骑车，看我们如此重装，一定是长途远道而来，问是否需要帮助？知道情况后，他立刻打电话给朋友确认，“山路确实很近，也太陡太难，但路上有很多‘红色遗址’”。这太诱惑人了，于是我们决定冒险，司机也二话没说开车引导很长距离，将我们带到一条窄窄的机耕路口，那里有一块“二十九军夜袭路”的路牌。司机说，“就从这里上去”，又说刚给山上“养鹿场”打电话，“让他们把狗拴起来”。

谢别司机，沿山路推车而上，路越来越窄，山越来越陡，一些地段几乎有50多度，常迫使我们连车带人往后倒。没办法，只能顺势下滑，找一个支撑点站稳后再冲上去。下山更难，笔陡山路上布满滚珠一般的石子，我们双手紧握车刹，腿和臀部顶着车座前行。

但是，值！沿途随处可见“二十九路军抗战遗迹”。1933年初，长城抗战全面爆发，国民党军第二十九路军临危受命，开赴喜峰口一线，据险抗敌。3月9日晚，赵登禹旅长身先士卒，率500余人挥舞大刀，浴血拼杀；民众舍生忘死，奋勇支前。激战数昼夜，毙敌5000余人。此战是“九一八”后中国军队抗日的首次大捷，国内外媒体竞相报道，全国军民欢欣鼓舞，《大刀进行曲》即由此创作并唱遍神州。该遗址还包括纪念碑、主题雕塑群、二十九路军喜峰口作战前敌指挥部、营房等，尤其是“雄关大刀园”那一把几十米长的大刀模型，给我们留下的印象最深刻！

河北迁西县喜峰口长城抗战纪念碑

推车出景区，保安愣住了：“你们怎么从天而降？没见你们上去啊？从后山翻过来的？我的天，太牛了！”

八十三、七战七捷谁能敌

【题记】

2015年10月12日，我们骑行到★苏中七战七捷纪念馆（江苏海安县长江中路68号）。

【诗词】

七战七捷谁能敌

以少胜多真难事？七战七捷谁能敌？投抢灭匪烈火燃，挥刀斩寇鏖战急。

欣慰统帅有英明，幸喜将军善布局。从来人民多奉献，最是勇士敢捐躯①。

【注释】

①后四句，反映了纪念馆所展现的苏中战役统帅英明、将军韬略、勇士壮烈、人民奉献的不朽场面。

【随记】

昨天夜宿白驹镇并闲逛“水浒街”，对那些以“水浒传”人物命名的商铺印象很深。可是，今天早餐却坏了感觉，价格较贵不说，主要是那肉包子呕心，老赵玩笑地说：“莫不真是张清携母夜叉孙二娘，从孟州道十字坡来此杀人越货，用人肉做的？”

玩笑归玩笑，骑行照常。沿国道204一路南下，10时左右我们骑到东台市。因为今天不足百公里，时间充足，我们匆匆游览了“西溪文化旅游景区”内的东台大观、泰山寺和董永七仙女文化园等。当然，也因此知道那个老实憨厚“卖身葬父”的孝子董永，在东汉初年就出生在东台西溪镇西北角的一个名叫“董家舍”的小村里。这也让我们糊涂，不是说董永是山东博兴县陈户镇董家庄人？又说是湖北孝感县人吗？都是抢“旅游资源”闹的！

下午3时到海安，重点是参观七战七捷纪念馆。苏中七战七捷又称“苏中战役”，是指1946年7月13日至8月27日，华中野战军在粟裕等指挥下以三万兵力迎击美式装备的国民党军12万之众，连续作战七次，仗仗奏捷，取得歼敌53000余人的胜利，这也是解放战争中以少胜多的典范篇章。延安总部发言人时称其为“七战七捷”，故传遍中华大地。

看门的老人允许推车进入纪念馆园区，我们可以充分参观，还得以在重要纪念场所留影纪念。纪念碑碑身是古铜色花岗岩砌成的高27米的一把刺刀，被誉为世界上最大的“刺刀”，陈列馆正面是向天鸣捷的七支枪。纪念馆再现了苏中战役统帅英明、将军韬略、勇士壮烈、人民奉献的不朽场面。

江苏海安县苏中七战七捷纪念馆

此前，河海大学学生知道我们的“红色骑行”，恰巧MBA2015级春季班学生马慧贤就在海安工作，同学们都嘱托她好好接待一下赵老师与师母。这不，聪明贤惠的马慧贤精心安排，邀请她闺蜜一道在海安富有浪漫情调的“禾里咖啡屋”与我们共进晚餐。

八十四、雄狮四野留英名

【题记】

2016 年 9 月 25 日下午，我们骑行到★四野指挥部暨东北民主联军前线指挥部旧址（黑龙江哈尔滨市双城区昌盛街优干胡同 6 号）。

【诗词】

雄狮四野留英名

史记吴起魏武卒①，书载大漠猎狐兵②。遍地英雄是烟云，雄狮四野留英名！
白山黑水擂战鼓，天涯海角舞长缨③。辽沈战役千古炳，红色军队最光荣。

【注释】

①吴起：战国时卫国人，创立中国第一支职业军队，是中国历史上唯一一位一生无败绩的名将，被认为是中华第一名将；魏武卒：是吴起训练的精锐步兵部队，战国前中期天下无敌。②大漠猎狐：阿拉曼战役，是“二战”时非洲战场转折点，由蒙哥马利统率英第八集团军迎战号称“沙漠之狐”的隆美尔率领的德意军队组成的非洲军团，此后盟军完全掌握了非洲战场的主动权。

【随记】

遥远的黑龙江，冰雪文化名城哈尔滨，美丽的太阳岛，我们是骑行到达的。“要去看看‘太阳岛’”。老曹提出要求。老赵说：“必须的。而且，这里还有红色景点。”在游览太阳岛，观看天然奇石“太阳石”与参观东北抗日联军纪念园后，我们回跨松花江，由哈尔滨南下。

昨夜一直有雨，今天却晴空万里，道路也不错。然而，“天有不测风云”，我们遇到了顶风。老曹常常说，“顶风不亚于爬山”。是的，顶风很凶时根本就骑不动。直到下午 1 时，我们才骑到四野指挥部旧址，正逢中午休息，我们干脆抓紧时间在门口先拍照，又在附近找一阴凉处吃午饭，等到下午 1∶30 纪念馆重新开门再进入参观。

该旧址是四野指挥部与东北民主联军前线指挥部合二为一的纪念场所，始建于 1917 年，原为私人住宅，分东西两院。1946 年 10 月至 1948 年 10 月，东北民主联军即东北人民解放军（后整编为中国人民解放军第四野战军，简称“四野”）前线指挥部驻于此。其间，先后指挥大小战斗战役 22 次，特别是 1948 年 9 月中下旬在此成功策划组织了历时 52 天歼敌 47 万的辽沈战役。

“四野”是解放战争时期中国人民解放军主力部队之一。“四野”成立后，先是南下华中，威逼武汉，牵制白崇禧集团；后向中南进军，歼灭白崇禧集团和余汉谋部；又挥师南下，挺进广西，大战粤桂边，直捣海南岛。

从东北大地一路拼杀到海南岛，逢山筑路，遇水架桥，攻城略地，所向披靡，“四野”将士用生命和热血书写了中国人民解放事业的壮丽画卷。

黑龙江哈尔滨市
四野指挥部暨东北民主联军前线指挥部旧址

八十五、威猛华东野战军

【题记】

2016 年 11 月 7 日上午与 2018 年 5 月 30 日中午，我们分别骑行到★华东野战军纪念馆（山东临沂市河东区前河湾村）与★淮海战役总前委会议暨华东野战军指挥部旧址（安徽萧县蔡洼村杨家台子）。

【诗词】

临江仙·勇猛华东野战军

大崮顶中捉悍匪，济南再灭狂獐①。初闻涕泪满衣裳②。弟兄愁不在，姐妹喜非常。

陈粟大军真勇猛，华东信马由缰。英雄野战最辉煌③。天翻赢盛景，地覆获宁昌。

【注释】

①大崮顶（孟良崮战役纪念碑耸立处）、济南等，皆为华东野战军著名胜利战役。②初闻涕泪满衣裳：取自唐·杜甫《闻官军收河南河北》："剑外忽传收蓟北，初闻涕泪满衣裳。"③毛泽东称赞华野为"全国各区战绩最大的部队"。

【随记】

沂河，又名沂水，是淮河流域泗沂沭水系中较大的河流。它发源于山东沂源牛角山北麓，流经数县市至江苏邳州吴楼村进新沂河而入黄海。沂河流域自然风光秀丽，名胜古迹荟萃：金雀山、银雀山东西对峙，猿人遗址、织女洞等依次呈现，阳都、禹国、郯国等故城鳞次栉比。沂河流域"红色"同样耀眼，特别是在因临沂河得名（古称琅琊、沂州）的临沂，曾诞生了中国人民解放军主力部队之一——华东野战军。

"大北方战役"已历时两个多月，穿越黑、吉、辽、京、津、冀等数个省市县区，十多天前我们由冀入鲁，过德州，第四次骑跨黄河到济南，东走淄博、潍坊，绕骑山东半岛，再由青岛回骑烟台、日照到临沂。此刻，我们正沿着毗邻沂河的滨河大道，骑到临沂河东区前河湾村的华东野战军纪念馆。

该馆与新四军军部旧址纪念馆共处一地。1947 年 2 月 1 日，遵照中央军委命令，原山东野战军和华中野战军合编而成华东野战军，陈毅任司令员兼政委，粟裕为副司令员，故也称"陈粟大军"。1949 年 2 月，奉中共中央军委令，华东野战军再改称第三野战军。华东野战军在第二次国共内战期间歼灭国民革命军 245 万人，在解放军战略部队中排名第一。该馆展陈内容丰富。两年后，我们又骑行参观了位处安徽的华东野战军指挥部旧址。

山东临沂市华东野战军纪念馆

或临沂，或萧县，背依华东野战军的旧址拍照，我们热血沸腾。因为，这里或那里，当年曾聚集了英明将帅在运筹帷幄、决胜千里；而在他们的麾下，勇猛的战士正以摧枯拉朽、排山倒海之势，捣毁蒋家王朝。

八十六、刘邓大军渡黄河

【题记】

2018 年 5 月 22 日上午，我们骑行到★刘邓大军司令部（河南安阳市西蒋村马氏庄园）。

【诗词】

西江月·刘邓大军渡黄河

马氏庄园独冠，中原故宅前排①。风云际会聚人才②，最是将军豪迈。

昨日挥鞭出晋，明天仗剑开台。英明刘邓号行牌③，猛士翻江倒海。

【注释】

①马氏庄园：当时号称“中原第一名宅”。②庄园主人马丕瑶，曾诰封光禄大夫、威武将军；其女马青霞是赫赫有名的辛亥革命女志士，世称“民国女侠”；此外，光绪皇帝、慈禧太后等也曾下榻此处。③行牌：谓下发令牌或公文。

【随记】

昨天清晨，涉县宾馆的服务员追到门外劝我们，“等雨小点再骑吧”。但“雨什么时候才能小一点呢？”出发不到半小时，衣服全湿透。8 点钟路过固新镇邮政所，明示 8 点半上班，里面有一年轻人在整理文件，老赵进去一说，年轻人马上热情盖邮戳。冒雨骑行 40 多公里以后，路遇河北最后一个加油站，服务员也劝我们等雨小了再骑。路过任村邮政所，老赵进去盖邮戳，小美女看到装手绘地图的塑料袋在滴水，立马把自己放衣服的袋子给我们换上。

太行山脉，群山环绕，秀峰绝壁，山路旁不时出现“危险地段，绕山道路”与“山体滑坡，注意安全”等类似提示，一路上也可见山上滚下的落石。翻越分水岭到达红旗渠景区时，天气仍然不好，即便如此，重要路标和景点我们仍然下车简单游览拍照。一路顶风冒雨，骑到林州想洗个热水澡，没想到宾馆蓄水不足，压力不够，水不热，只好洗冷水澡了。

今天，终于阳光灿烂，但灰尘漫天飞舞。尤其是安阳县多处修路，在一处塌方地，车辆水泄不通堵了几里路长。遭殃的还是我们骑行人，连日大雨致使塌方路段全是烂泥糊，小心翼翼过泥浆，钻车缝，艰难出逃烂路。好在不久骑达的中原大地，一马平川，偶有缓坡也不在话下，我们很快骑到了马氏庄园。

河南安阳市刘邓大军司令部

中原野战军（1949 年 2 月改编为第二野战军）别称“刘邓大军”，1946 年 6 月底由晋冀鲁豫野战军组成，一年后出晋入豫，一度将司令部设在马氏庄园。“鲁西南作战会议”就在此院堂屋召开，会议传达了党中央和毛泽东的重要指示，详细部署了突破国民党军中央防线，南渡黄河，挺进大别山，威慑南京的作战任务。该旧址内保存有相关文物图片等。可是，该红色遗址被位处旅游景区内，必须购买门票，自行车也不能进。无奈，只能老赵一人买票进去。

八十七、千里挺进大别山

【题记】

2018 年 6 月 2 日上午，我们骑行到☆千里跃进大别山纪念馆（安徽临泉县韦寨镇）。

【诗词】

鹧鸪天·千里挺进大别山

挺进英雄大别山①，长途跋涉亦安闲。黄河强渡冲屏障，铁路穿插越巨藩。

攻要点，啃一边②，英明战略取中原。泽东布局削顽匪，刘邓挥师灭暴残。

【注释】

①大别山是鄂豫皖革命根据地的中心地带，是红军的发源地之一。②取自刘伯承、邓小平所采取的“攻其一点，吸其来援；啃其一边，各个击破”的作战方针。

【随记】

在 37891 部队的老兵微信群里，临泉战友程金贵多次呼喊：“老赵，从临泉过，这里有挺进大别山纪念馆。”恰巧，该红色遗址就在计划中。昨天，我们骑离涡阳，途经利辛、太和与界首，欣然前往这人口和面积都占据安徽最大的县域临泉。

130 多公里顶风骑行，6 月的阳光又分外“热情”，汗水顺着脸颊往下流，腌得眼睛睁不开。下午 1 点多钟，我们找到一棵大树遮阳并站着吃午饭。一位骑着电瓶车的妇女好奇地停下来问我们，为什么不骑电动车，又快又省力的？老曹的中学同学李松等也问过，那么多交通工具，你们为什么选择自行车？一辆私家车停在身边，下来几个年轻人与我们聊天，然后点头说：“这才是生活。”

是吗？懂或是不懂，并不重要。重要的是，“红色骑行”让我们收获许多。脚踏单车骑过十几个春夏秋冬，党的伟大和人民军队的英勇，让我们一次次感动，更让我们深刻体验了其中的千难万险。而顺道饱览大好河山，幸会亲朋好友，也让我们的“红色骑行”多一些美好记忆。

昨晚，程金贵在酒店为我们接风洗尘，作陪的还有十几位战友。哦，说起来读者可能不相信，老赵与程金贵根本不相识，这也是第一次见面，当年当兵在一个团也从未谋面。可是，他们热情拥抱，举杯换盏，聊意甚隆，依依不舍。你，不当兵怎么能够体验？

安徽临泉县千里跃进大别山纪念馆

今早，骑往韦寨镇挺近大别山纪念馆。得知我们已经绕行近十万里而来，值班员热情介绍情况。1947 年 6 月，刘伯承、邓小平遵照中共中央和毛泽东的战略部署，率晋冀鲁豫野战军主力大军强渡黄河，跨越陇海线，千里跃进大别山，揭开了中国人民解放军由战略防御转为战略反攻的序幕。时年，为了在中原立足生根，刘邓大军选择临泉作为前沿阵地和休兵之所，在此运筹帷幄，指挥部队作战 88 天，在中国革命历史上写下了光辉的一页。

八十八、决战决胜在辽沈

【题记】

2016年10月4日上午，我们骑行到★辽沈战役纪念馆（辽宁锦州市北京路五段1号）。

【诗词】

破阵子·决战决胜在辽沈

扶策关门打狗①，定决分路擒禽②。华夏数年飘血雨，辽沈一朝荡黯云。凯旋胜利门③。

恩记平凡百姓④，情栖硕大铜人⑤。五万英雄铭历史⑥，一役辉煌成显闻⑦。光荣贯古今。

【注释】

①②取自中共中央有关辽沈战役所制定的“关门打狗”战法及各个歼灭的作战方针。③凯旋门：位于法国巴黎戴高乐广场中央，是拿破仑为纪念1805年打败俄奥联军而修建，辽沈战役纪念馆“胜利之门”可与之相媲美。④东北解放战争中，东北地区共160万人参军，出动民工313万人，担架20万副，交纳粮食450万吨。⑤⑥见下文。⑦显闻：显著而为世所闻知。

【随记】

东北的风（不是东北风）虽然没有西北的风那么肆掠，但顶风还是相当吃力。老曹一直腰腿疼痛，顶风上下车就特别困难，上车时要先调整腰部的骑车位置，再把腿慢慢跨上车，下车时要忍痛先把腿抬下去，再转动上身。如此艰难，骑行里程一天不少。前天145公里，昨天120多公里，今天还有100多公里。老曹自夸：“骑行收获了坚韧。”

今天先骑向锦州，因昨晚住宿的凌海离这里很近，所以8时半我们已经站在辽沈战役纪念馆巨大背景墙下拍照，然后拾级而上直抵纪念馆。

辽沈战役是解放战争中具有决定意义三大战役的第一个战役，历时52天，战役结束后解放军首次在兵力数量方面超越国民党军。主题是“决战决胜”的陈列馆，全面展现了此战役的壮丽辉煌。而伫立在纪念塔塔顶、被锦州民间俗称“大铜人”的那持枪振臂呐喊之青铜铸就的解放军战士全身塑像，辉映着铭刻五万多在东北解放战争中牺牲的烈士英名的、庄严肃穆的烈士墙纪念碑廊，则向人们昭示了辽沈战役的英勇悲壮。

辽宁锦州市辽沈战役纪念馆

正值国庆假期，参观的人非常多，当我们展开党旗、国旗拍照时，许多人过来关注。接下来，你知道发生了什么？人们居然自行排队借用我们携带的党旗、国旗拍照留念！人民爱国信党，百姓知道“吃水不忘挖井人”。诚如此，每当有人为我们点赞并说被我们感动时我们总是说：是党的伟大和人民军队的英勇，感动了我们。

骑离锦州，我们朝向塔山。

八十九、平津战役向胜利

【题记】

2016 年 10 月 15 日中午，我们骑行到★平津战役纪念馆（天津红桥区平津道 8 号）。

【诗词】

更漏子・平津战役向胜利

垓下刀，赤壁剑①。血雨腥风弥漫。格勒惨，铁卢昏②，惊天泣鬼神。

发源地③，辉煌史，大战平津更绮。换日月，铸新篇，迎接晴朗天。

【注释】

①②垓下战役、赤壁战役、格勒（斯大林格勒）战役、铁卢（滑铁卢）战役等，皆为中外著名战役，平津战役有过之而无不及。③华北是中华民族的发源地之一，平津战役发生在此。

【随记】

阴雨蒙蒙、风雨绵绵中，我们从汉沽骑向天津市区。欣慰的是，较之昨天，今天路好风也顺，且骑行不久雨停了，天气转好。11 时，我们进入天津市区，先行参观位处南开区水上公园附近的周恩来邓颖超纪念馆，我们连跨津河、南运河和子牙河，骑达平津战役纪念馆。

天津红桥区平津战役纪念馆

平津战役发生于解放战争时期，历时 64 天，是中国人民解放军及地方武装一部在北平（今北京）、天津、张家口地区，对国民党军进行的又一次战略性决战，此役共歼灭、改编国民党军 52.1 万人。战役结束，人民解放军进驻北平城，北平宣告和平解放，华北地区也基本解放。此役之伟大胜利，是军事打击和政治争取相结合的结果，连同辽沈战役、淮海战役（史称“三大战役”）的胜利，是毛泽东关于战略决战思想的伟大实践。

位处天津的相关纪念馆，专为纪念平津战役而建，馆名由聂荣臻元帅亲笔题写。该馆主体建筑为三层，陈列内容比较丰富，通过参观我们更深刻地知晓了平津战役的历史功绩。

恰逢周六，有不少年轻人也在参观。了解后知道，他们是在天津读书的大学生，随机问他们：“是志愿来的吗？”答曰：“是的。”再问：“知道这里的情况吗？还有其他两大战役？”年轻学生回答得很机智：“就是想来看一看吗？”我们会心地笑起来，由此也深刻感知，真的需要加强“红色教育”，也只有深入了解“红色历史”，我们才能真正认知中国共产党为什么出发，“从哪里来，到哪里去”，才能“不忘初心”“继续前行”！

第二天，从天津市区骑往蓟县，晚上入住网上预订的“全球速 8 快捷酒店”。看到我们推着自行车步入大堂，经理和工作人员一起围了过来，关心而好奇，佩服加赞赏。经理尤为感动，立马客气对我们说：“我们能做的，就是给你们最好的标间、最优惠的价格。”呵呵，我们也被感动了。

九十、大败蒋军在淮海

【题记】

2015年10月6日、2016年11月9日与11日及2018年5月30日，我们分别骑行到★淮海战役碾庄圩战斗纪念馆（江苏邳州市碾庄）、★淮海战役纪念馆（江苏徐州市凤凰山）、★双堆集战役烈士陵园（也是另一处“淮海战役纪念馆”，位于安徽濉溪县双堆集镇）与★淮海战役陈官庄纪念馆（河南永城市陈官庄）。

【诗词】

离亭燕·大败蒋军在淮海

剑捣黄维兵寨①，枪破百韬关隘②。捕获聿明赢战役③，蒋匪葬身淮海。解放大诗篇，声誉震惊中外。

跨越四方边界，驰赴浦津陇海④。双手举出新世界⑤，更有竹竿精彩⑥。胜利有原因，西点怎能求解⑦？

【注释】

①②见下文。③淮海战役中，杜聿明在河南永城陈官庄被俘。④淮海战役范围广大，以徐州为中心，跨越苏鲁豫皖四省，贯穿津浦、陇海两条铁路。⑤举：代指推；又，陈毅、粟裕都曾说：淮海战役的胜利是人民群众用小车推出来的。⑥小竹竿系馆藏一级文物之一，上面密密麻麻刻满小字，是特等支前功臣唐和恩带领小车队从家乡山东莱阳万寨乡出发，随军转战，所刻下的途经鲁苏皖三个省88个城镇和村庄的名称，行程达5000余里。⑦20世纪80年代，美国西点军校专门派团到淮海战场旧址进行实地考察，评价结果是“不可思议”。

【随记】

解放战争时期的三大战役，个个壮丽辉煌，也各有鲜明特色。其中，淮海战役是三大战役中解放军牺牲最大、歼敌数量最多、政治影响最大、战争样式最复杂的战役。战役中，中原、华东两大野战军在中央军委和战役总前委的英明领导下，首歼黄百韬兵团于碾庄，又歼黄维兵团于双堆集，再歼杜聿明兵团于陈官庄，历时65个昼夜，共消灭及改编徐州“剿匪”总司令部刘峙所统领的国民党军五个兵团部、22个军部、56个师及一个绥靖区共55.5万余人。

安徽濉溪县淮海战役纪念馆

我们在间隔四年里，乐此不疲地骑达地处苏豫皖的多处纪念馆及总前委指挥部。

以上所说“淮海战役是解放军牺牲最大的战役”，印象尤为深刻。“苏鲁皖战役”祭拜碾庄纪念馆里，仅是无名烈士就有5000人之多，“大北方战役”祭拜徐州纪念馆与双堆集纪念馆，前者记载着31006名烈士英名，后者是一个巨大的烈士墓群，“晋察冀战役”祭拜陈官庄纪念馆，那里安葬着2342名英烈，其中单身烈士651名，是全国最大的单身烈士墓群。

必须祭拜祭奠纪念英雄！

九十一、太原解放攻坚战

【题记】

2018 年 5 月 11 日下午，我们骑行到★太原解放纪念馆暨牛驼寨烈士陵园（山西太原市凯旋街 99 号东山牛驼寨）。

【诗词】

太原解放最攻坚

牛驼寨，卧虎山，碉堡成群做强藩①。大军倚天举长剑，三晋高歌换人间。

凯旋门，钥匙碑②，五千烈士血斑斑③。红色革命万千事，太原解放最攻坚。

【注释】

①牛驼寨、卧虎山等，是阎锡山集团的防区要点，筑有以碉堡群为据点的永久性工事，是太原的主要屏障。②凯旋门与钥匙型碑等，是纪念园区的主要建筑物。③太原战役牺牲了 5500 多名解放军战士。

【随记】

“红色骑行”以来，事件多多，感触多多。今天刚进一个加油站，一位女工就迎上来说：“是要开水吧，才烧的，加吧。”让我们很感动，因为也有少数加油站不让加水，甚至不准进去休息。真的，事情一样，但人与人差别很大。这不，路过一个乡邮政所，两位中年女工不让盖邮戳，老曹转向一位小伙子说明来意，他就很高兴地给我们盖了。后来，在阳曲县城邮政局，一位小美女说规定是不让盖在空白纸张上，盖在你们自己绘制的地图上没有问题，“何况，你们如此骑行的精神，我十分羡慕”！她还叮嘱我们要注意安全。

由定襄县出发，过阳曲县翻石岭关，骑到太原。太原解放纪念馆与牛驼寨烈士陵园在一起，位于太原东山的牛驼寨上。该寨地势陡峭，沟壑纵横，自古以来就是兵家攻守太原的军事要塞，有“太原门户”之称。当年，这片土地就是解放太原的主战场之一。

山西太原市太原解放纪念馆

好不容易骑到纪念馆门口，但门卫虎着脸拒绝我们推车进入拍照。老赵看见不远处有几间房屋，就单身前往，管理人员小朱听说来意后，一边说着“太佩服你们的红色骑行了”，一边打着手势，叫门卫让我们带车进来，并且热情地帮我们拍照，高兴地与我们合影，又仔细告知如何参观。

1948 年 10 月，华北野战军等部在徐向前指挥下发起太原战役，经六个月大战而获取胜利。太原战役，是解放战争中历时最长、战斗最激烈、付出代价最大的城市攻坚战。但其意义重大，它的胜利拔除了国民党反动统治在华北的最后堡垒，结束了阎锡山对山西省长达 38 年的统治，标志着山西全省解放以及华北地区的彻底解放，并推动了全中国解放战争的进程。

夕阳下的牛驼寨，因为那么多的烈士抛头颅洒热血而一片殷红！

九十二、中原突围迎解放

【题记】

2017 年 12 月 5 日中午，我们骑行到☆中原突围纪念馆（湖北大悟县宣化店河西村）。

【诗词】

点绛唇·中原突围迎解放

秘密包围，磨刀凶寇三十万①。北南两线②，到处伏狼犬。

解放突围，奋勇冲邪险。第一战。中原震撼，且看红旗艳。

【注释】

①至 1946 年 6 月下旬，蒋介石用于包围中原军区的兵力已达是个整编师约 30 万人。②国民党军分北线与南线秘密实施对我中原解放军的包围。

【随记】

在“湖北会馆”参观完宣化店谈判旧址，我们紧接着参观附近的中原突围纪念馆。

1946 年 6 月 26 日，蒋军撕毁“宣化店谈判协议”，纠集重兵大举进攻我中原部队。在此关键的历史时刻，中原部队遵照中共中央指示，主力分左右两路向西突围，胜利地实现了战略转移。中原突围的意义十分显著，它是解放战争打响的第一枪，它拉开的是全国解放战争序幕。因此，中原突围，对保卫陕甘宁边区、保卫延安，对配合各个解放区作战，对党的革命事业，都作出了重大贡献。该纪念馆建设比较高大上，纪念馆门前广场上专门修建了一个巨大牌坊式的飞檐翘角的下宽上窄的门楼。“中原突围纪念馆”几个大字雕刻于门栏中间，两根主柱上写有长联：一声枪响四路兵分解放战争开序幕，铁军雄风中原浩气文明华夏谱新章。该对联恰如其分，既反映了几十年前打响解放战争第一枪的中原突围战，又展示了英雄奋斗开辟了华夏历史新纪元。展馆内，一份份珍贵史料，一件件石雕石刻与油画，一辆辆飞机坦克与战车等，将中原突围的历史背景、战役经过和英雄故事表现得淋漓尽致。

骑走在由中原突围纪念馆、中原军区旧址、中原军区大会场、湖北会馆等旧址，以及由明代古桥、古井、文化民俗一条街所组成的环境中，明显感觉这鄂豫边境当年被称为“小汉口”的宣化店果然非同一般。弹丸小镇，商贸昌盛，红色历史也十分厚重。除了上述已知，它还是革命苏区、红色老区。其中，1929 年 8 月的宣化店起义，与鄂豫皖革命斗争不可分割，而由该起义组成的罗山独立团等，曾先后向主力红军 15 次输送兵源共达两万余人，及在后来成为红二十五军、红二十八军的一支劲旅。翻看共和国 1955 年授衔的 37 位大悟籍将军，宣化店就有 7 位。

湖北大悟县中原突围纪念馆

宣化店，储藏着红色；箭杆河，流淌着红色。

九十三、四战四平土亦香

【题记】

2016 年 9 月 28 日下午与 29 日晨，我们分别骑行到★四平战役纪念馆（吉林四平市英雄大街 60 号）、★四平烈士陵园（四平市哈大公路 102 线四平入口处）与★四平市烈士纪念塔（四平市英雄大街与新华大街交汇处广场中央）。

【诗词】

四战四平土亦香

东方马德里①，关东英雄城。一方四平地，四战太恢宏。
杀敌留红色②，土香慰雄兵③。人民再贡献，江山刻英名④。

【注释】

① 1939 年西班牙内战时期，马德里军民宁死不屈展开了首都保卫战；又，纪念馆存有四平战役期间毛泽东手书电文“化四平街为马德里”；另，四平战役名闻中外，被外国记者称为“东方马德里”。②③取自陶铸诗赞四战四平：“杀敌留红土亦香。”④东北三年解放战争，共有 300 万人参加战勤工作，140 万人参加东北民主联军。

【随记】

早晨 6∶20 骑离长春。长春市连续九次蝉联中国最具幸福感城市，真乃名不虚传。别的不说，就是这道路，十分平坦宽阔，尤其让我们高兴的是，有宽敞的自行车道。别小看了这一点，好多城市包括一些大城市，都没有专门的自行车道。此外，长春的司机师傅开车也特文明，非常注意礼让行人，每到交叉路口都给我们让道，所以今天出长春非常顺利。

东北 9 月还是寒冷的，但今天天气很给力，风和日丽，风向还有一些顺，加之少有山坡，我们骑速有时达到 25 公里左右。即便绕进公主岭市找邮局盖邮戳耽误了一个多小时，我们仍然在下午 5 时前就骑完近 140 公里，顺利进入四平市。

解放战争时期，国共双方在四平展开了四次大规模作战，又称“四战四平”——分别是四平解放战、四平保卫战、四平攻坚战和四平收复战，最后人民解放军解放四平，因此被誉为“英雄城”。纪念馆通过大量的历史文献和文物，展现了这一段血染的历史。相隔不远的烈士纪念塔，由塔、牌坊和塔园三部分组成，塔顶镶嵌着一颗闪闪发光的五角红星，象征着英烈的精神永放光芒。城市入口处的烈士陵园，主轴线正中是一座由四把尖刀组成的四战四平主体纪念碑，碑后是无名烈士墓，安葬着英勇牺牲的 10000 多名烈士，无名墓四周是四组 208 座有姓名的烈士墓。

晚上，我们入住与纪念馆一街之隔的“公元城市宾馆”，“英雄广场”及纪念馆依稀可见。

吉林四平市四平烈士纪念塔

九十四、殊勋黑山阻击战

【题记】

2016 年 10 月 2 日傍晚，我们骑行到★黑山阻击战纪念馆暨黑山阻击战烈士陵园（辽宁黑山县黑山镇北外环路 10 号）。

【诗词】

渔歌子·殊勋黑山阻击战

弹雨飘没见曙光，枪林托举创新天。殊勋灿①，特功斓②，英雄阻击战黑山。

【注释】

①②取自黑山阻击战烈士纪念碑文“黑山烈士 殊勋特功”。

辽宁黑山县黑山阻击战纪念馆暨烈士陵园

【随记】

今天从沈阳到黑山，有 140 公里的路程。正准备出发，老赵发现自行车后胎没气，这可是最窝心的事，赶紧补胎，因为心急，一连补了三次，出发时已经 7∶45，平常的这个时间，我们已经骑了十几公里。好在前半程 304 国道路况好，还有一点偏风，我们以 20 公里左右的时速骑行，11 点多就到达新民市。还如往常，绕进去来回几公里为的是盖邮戳。

午饭后就没那么轻松了，转向西南方向的国道 102，遇到迎面而来的西南风，速度立马下降。更糟糕的是，老曹的旧伤发作，腰椎不稳椎体滑脱导致腰腿疼痛，头都不能前倾，骑的时候要尽量挺直腰部，不时用右手顶着按摩，上下车更困难，每次下车都疼得一身冷汗，上车就不用说了。不过，傍晚时，我们还是骑到黑山阻击战纪念馆。

黑山阻击战是辽沈战役期间，发生在辽西黑山、大虎山的东北人民解放军与国民党廖耀湘兵团之间的一场战斗。为缅怀在此英雄土地上壮烈牺牲的解放军指战员，黑山人民在县城北部石龙岗上修建了相关烈士陵园和烈士纪念塔，安葬了为夺取辽沈战役伟大胜利而光荣献身的四野指战员。烈士陵园旁边还建有黑山阻击战纪念馆，再现当年阻击战惊天动地的伟大壮举。

一位先生帮我们在纪念馆前拍合影，并告知，每逢节假日，来这里参观的人很多。知道我们要找宾馆，又指着夜幕下的远方说，住宿要到四五公里以外的县城去。此时，天色已黑下来，我们赶紧从石龙岗向下，再左转返回国道，朝向灯火蹦斓的黑山县城骑去。

因为是国庆假日期间，结婚，旅游，逛街，小小黑山的宾馆涨价也爆满。寻寻觅觅找到的“万鑫商务宾馆”，也只有最后一间大床房了。老板非常敬佩我们，房价优惠，还赠送早餐。而此刻，老曹老病新伤，疼痛难忍，入住后赶紧躺下做她自己设计的理疗操，再洗热水澡。老赵则上超市买回来酱猪肘子、大葱凉拌辣椒，排骨与土豆等，熬汤，吃菜，饮酒，喝酸奶，写日记，然后休息，明天还有 100 多公里呢。

九十五、经典塔山阻击战

【题记】

2016 年 10 月 4 日中午，我们骑行到★塔山阻击战纪念馆（辽宁葫芦岛市连山区塔山乡）。

【诗词】

阮郎归·经典塔山阻击战

打渔岛上做营盘①。白台树赤幡②。人民战士斗凶顽，阻击在塔山。

枪挑剑，掌击拳。腐尸亦为栏③。英雄经典史无前，流芳千万年。

【注释】

①②时年，塔山是去往锦州的咽喉要道，其东临锦州湾打渔山岛，西接白台山（唯一的防御制高点）等地，是为阻击战战场。③战至白热化阶段，我军阻击阵地是用蒋军尸体堆成的。

【随记】

一直预报下雨，一直都没有下，我们庆幸。因为下雨时，雨衣外面是雨水，里面是汗水，里里外外都是水，浑身上下冰冰凉，经常冻得牙打颤，更可怕的是下雨骑车存在安全隐患。

今天一大早先参观“锦州辽沈战役纪念馆”，然后绕道去向塔山乡。9 时，我们在锦州路边休息吃东西，骑行体力消耗很大，除了大量喝水，通常一小时左右就要补充食物等。又担心负担过重，所以老赵每天要去住宿地的超市、商贸市场或菜市场，仅购买当晚及第二天路上需要的食物。而为了均衡营养，购买的食物品种繁多，每天老赵总是背着满满一大包回到宾馆。有大米、小米、黑米与红枣用于做饭，有排骨、萝卜与土豆用于熬汤，有猪脚、鸭翅与烤鸡用于佐餐，有啤酒、黄酒与各地著名的白酒用于解乏，有鸡蛋、牛奶、酸奶、糕点与巧克力用于补充能量，还有苹果、雪梨、香蕉与火龙果等补充维生素。你说多不多？就这，不包括沿路购买的山珍海味农副产品土特产，有时还要稍微多买一些，怕住宿小镇补充不了。

12 时，骑到塔山阻击战纪念馆。塔山阻击战，是辽沈战役中东北野战军一部为保障主力夺取锦州，于塔山地区对增援锦州的国民党军“东进兵团”所进行的一次陆战经典防御作战。此战共进行了六天六夜，直接决定锦州战役甚至影响辽沈战役的结局，因而此战也使塔山闻名于世。

纪念馆等建在塔山战场遗址上，几十年前的大战风云仿佛还未散去：眼前那两军对垒境况，已经决定塔山战役成败——蒋军以 50 万金圆券组成“敢死队”，我人民解放军则是开展思想政治工作，提出“死守阵地”“与阵地共存亡”等口号。因此，塔山阻击战空前壮烈！烈士陵园里前有八位将军墓碑，碑后葬有镌刻 3747 位烈士英名的烈士合葬墓。

辽宁葫芦岛市连山区塔山阻击战纪念馆

红色江山，烈士做成！

九十六、陈粟大战孟良崮

【题记】

2016年11月6日下午，我们骑行到★孟良崮战役纪念馆（山东蒙阴县和沂南县交界处）。

【诗词】

减字木兰花·英雄大战孟良崮

沂蒙山岭，陈粟雄兵真勇猛。跨越沟壕，血雨飘来湿战袍①。
孟良崮上，大战硝烟天际荡。扑向刀丛②，百万军中斩大虫③。

【注释】

①②此两句取自陈毅在孟良崮战役结束后所赋诗词：“刀丛扑去争山顶，血雨湿战袍。”③见下文。

【随记】

骑离八路军一一五师司令部旧址，我们又听导航的话，骑上乡道471去往孟良崮。结果，又上当了，乡道很直，一直向西，但路途中遇到几处修路堵道，不得不绕许多路。老曹说：“‘偷鸡不着蚀把米’，想省路，却绕远了。”好在乡道不过15公里左右，很快就上了国道。骑行不远，导航又向一条乡道上引，一咬牙再准备上当，可谁知这山青线出奇的好，尤其是过葛沟镇以后，老曹说“几乎比省道还好”。

途经青驼镇，参观山东抗日民主政权创建纪念馆，我们改国道205北上直奔孟良崮战役纪念馆。该馆的确切位置，实际上是蒙阴与沂南两县的交界处，准确地说刚刚看到“蒙阴”县界碑，我们就骑到了纪念馆。

转向的路口边，一块巨石上刻有“孟良崮战役遗址”几个大字。继续向上，即可见陈毅元帅、粟裕将军侍马而立的大型花岗石塑雕，雕像底座红色花岗岩上镌刻着陈毅元帅的《孟良崮战役》长诗。雕塑后数十个台阶上，是由三块刺刀状板块组成“山”字形战役纪念碑，再向后是纪念馆及烈士墓地。墓地正中是粟裕将军骨灰撒放处，其后是烈士英名塔，塔身镌刻着牺牲于孟良崮战役中的2800多名烈士姓名。

1947年5月，解放战争期间孟良崮战役即发生此。时年，华东野战军在陈毅、粟裕指挥下，经浴血奋战，歼灭号称国民党“五大主力之首”的“王牌”整编第七十四师，粉碎了蒋介石对山东重点进攻的战略图谋。该战役是打破国民党军对山东解放区重点进攻，也是解放军转变华东战局的关键一战，被陈毅元帅誉为“百万军中取上将首级”。

崮，是当地百姓有关顶平坡陡方山地形之习称。孟良崮系沂蒙山区“七十二崮”之一，但因其山体由花岗岩组成而与其他石灰岩山峰不同。当然，孟良崮之不同，更在于它无比沉重深厚的“红色”分量。

山东省蒙阴县孟良崮战纪遗址

九十七、济南战役攻坚战

【题记】

2016年10月30日早晨，我们骑行到★济南战役纪念馆和★济南革命烈士陵园（山东济南市英雄山路18号）。

【诗词】

西江月·济南战役攻坚战

清亮水泉争涌①，娇情荷柳连绵②。一城山色半城泉③，是否相思好汉？

匪首老王被虏④，英雄战士攻坚。济南战役换河山，看那红花灿烂！

【注释】

①济南城内百泉争涌。②③济南是少有的集山、泉、湖、河、城于一体的城市，自古就有“四面荷花三面柳，一城山色半城湖”的美誉。④老王：王耀武，济南战役时蒋军总指挥，时人有“宁碰阎王，莫碰老王”之谓；但是，老王兵败济南战役，化装潜逃时被我民兵俘获。

【随记】

早就听说，山东的道路不错，亲自来骑一骑，确实感同身受。这不，昨天由德州到济南140多公里路程，我们下午4时多就骑到。晚上，我们停宿于著名的“泉城”济南。

但是，还要说一点惋惜：山东这段道路标识不多，特别是没有“山东欢迎您”“德州欢迎您”与“济南欢迎您”这样暖心的路牌。我们特别喜欢这样的路牌，就是骑经一些小县城、小乡镇，只要看到“欢迎您”的牌牌，就一定拍照留念。这里，可都是国道、省道呀？第四次骑跨黄河，那“济南建邦黄河大桥”几个字也忒小，真的有一些遗憾。

今早6时出发，很快就到了济南“英雄山”。我们瞻仰济南革命烈士陵园，在青松翠柏中找到王尽美、邓恩铭等烈士墓地进行祭拜，然后参观济南战役纪念馆。

济南战役，是1948年9月解放战争时期，华东野战军按照中央军委和毛泽东同志的指示，第一次攻克具有坚固设防的大城市的攻坚战。该战役胜利结束，沉重打击了国民党军的重点防御计划，使我华北、华东解放区连成一片，为解放战争的战略决战揭开了序幕。纪念馆陈列厅陈列了大量的济南战役历史资料，全景画馆反映了济南战役的战争实景。纪念堂是由一块块巨大的黑色石碑组成，碑上镌刻着62576位烈士的英名，其中县团级以上的烈士372名。

英雄山也是一个风景美丽的大公园。金秋季节的早晨，空气又分外清爽，陵园内、纪念馆外，到处可见晨练的人们，或舒展四肢，或悠闲行走，满满的幸福感，显著的恬静惬意。真的想问一下，可记得掩埋于身边为中国人民解放事业而付出鲜血乃至生命的先辈们？真的要记住他们！

山东济南市济南战役纪念馆

九十八、台州解放一江山

【题记】

2016 年 3 月 11 日早晨，我们骑行到★解放一江山岛纪念馆（浙江台州市青年路 518 号）。

【诗词】

踏莎行 · 台州解放一江山

孤岛垝垣，锈枪破鼓。残兵败将栖身处。欲当跳板作反攻①，可伶美蒋斜阳暮。

正是雄兵，恰如猛虎。冲锋陷阵多威武。三军合作揍豺狼②，一江山上红旗舞。

【注释】

①时年，美蒋签订《共同防御条约》，蒋介石在浙闽沿海建设所谓“保卫自由世界”的前哨据点和“反攻大陆的跳板”。②见下文。

【随记】

昨天出发时天气不错，但不久下雨，入台州界翻越大溪岭，岭上还飘起雪花。是春雪！老曹兴致勃勃地不顾寒冷拍照片录视频。但随即麻烦了，她的车出了大问题！因为没有及时更换刹皮，刹铁刹爆了后车轮钢圈，内胎竟然从裂缝中“挤”了出来。更头疼的是，大溪岭下山是全国少见的“怪”路，路面由一个个一尺见方的小石块组成，可能有助于汽车防滑，但自行车怎么骑呢？

找到的大溪镇“捷安特”专卖店却不能修理，热情的店主夫妇联系了台州椒江总店，又建议将老曹的驮包放到老赵车上，再放掉一些气，这样可勉强骑行。30 多公里，老曹咬着牙，慢慢地一圈一圈蹬着，雨水伴着雪花甚至还有泪水顺着脸颊流淌。到椒江已经晚上 7 点多，接了电话在门口等我们的老板告知：“我已经安排好了。”由于当时车型是老款，没有现成钢圈，热心老板让师傅拆了一部新车调整钢丝修理，整整加班两个多小时。感谢的话是多余的，我们记住你，椒江捷安特总店。

今天一早，我们登上椒江城区的枫山北麓，参观解放一江山岛纪念馆。大陆解放后，部分国民党残余军队逃至台州海口外的大陈岛、一江山岛等岛屿。为粉碎美蒋“共同防御”阴谋，中央军委决定解放一江山岛。两个多小时英勇作战，人民解放军攻克全岛。这是我军历史上首次海、陆、空三军联合作战，标志着我军现代化作战样式的发展和战斗力的提升，是我军战史上一个具有划时代意义的里程碑。

浙江台州市解放一江山岛纪念馆

参观结束，我们再一口气骑向宁海县，老曹的大学同学吴进已经在海边码头酒店安排了海鲜大餐。那酒店颇具特色，涨潮时酒店在海面上，退潮时则在海滩上。席间，老板神秘地告诉我们：“当年蒋介石就是从这个码头逃亡台湾的。”不知是真是假？

席间，老曹另一位大学同学潘一萍从奉化来电催问“明天什么时候到我这里啊”？并告知她夫君钟先生已经备好了陈年“五粮液”！

九十九、胜利渡江第一船

【题记】

2020年1月20日，我们携孙儿赵十可骑行到★板子矶渡江战役第一船登陆点纪念碑（馆）（安徽繁昌县夏家湖板子矶风景区）。

【诗词】

更漏子·胜利渡江第一船

半城山，半城水①，巨埠芜湖真美②。要害处，置兵场，又曾刀剑坊③。
追穷寇，揍丧狗，胜利威风劲抖。冲在首，抢争先，渡江一号船。

【注释】

①芜湖山水相映，有半城山半城水之称。②取自孙中山赞誉芜湖语“长江巨埠、皖之中坚”。③渡江第一船登陆点位于繁昌西北长江之中板子矶，人称“长江二十四矶之首”，《中国名胜词典》称它“惊险异常，为大江上下之要害，古来兵家必争之地”。

【随记】

小可子兴奋得很，因为这是他第一次长途骑行，我们反复叮嘱他：不要骑得太快，我们是一支团结的骑行队伍，奶奶在前面引路，爷爷在后面压阵，你在中间骑。

从我们的住宅（安徽工程大学专家楼）出发，南下跨青弋江，上省道321，再跨漳河，一路过来，小可子骑得有模有样。过了三山区，右转走国道转县道，不久就骑到长江边，然后乘渡船，登上板子矶风景区，我们来到渡江第一船登陆点的纪念碑和纪念馆。

1949年4月20日，由于南京国民党政府拒绝签署国内和平协定，当夜人民解放军百万雄师万船齐发、乘风破浪，打响了规模空前的渡江战役。其中，从江北无为县白茆洲出发的第二三五团（即屡立战功、赫赫有名的“济南第一团”）一营三连二排五班那条船（由安徽巢县船民张孝华、张友香父子俩驾驶），率先于21时左右在繁昌保定乡夏家湖靠上南岸，在渡江战役史上留下了光辉一页。渡江战役结束后，张氏父子荣立一等功，获得“渡江支前模范”称号，该船也被命名为“渡江第一船”，并由中国革命历史博物馆收藏。

安徽芜湖市渡江战役第一船登陆点

说来真有故事。渡江第一船是“抢”来的。因为，渡江时间原定于2晚上9时开始，可出现了一个意想不到的情况：二三五团团长王景昆看到部队完成准备工作后，即下令“听令开船”，通信员向各连排班依次传令，也搞不清楚是哪里出了差错，或者是战士们按捺不住战斗心情，团长的“听令开船”变成了“立即开船”。于是，晚上8时，一场气势磅礴、波澜壮阔的渡江战役提前打响，也才有了这著名的“渡江第一船”！

“爷爷奶奶，这故事太有意思。”可子站在纪念碑前，走在纪念馆中，认真地听着那古老而又神奇的红色故事。

一〇〇、百万雄师过大江

【题记】

2015年10月15日下午与2016年11月14日早晨，我们分别骑行到★渡江胜利纪念馆（江苏南京市渡江路1号）、☆渡江胜利纪念碑（南京市下关广场中心）与☆渡江战役纪念馆（安徽合肥市滨湖新区）。

【诗词】

小重山·百万雄师过大江

百万雄师过大江①，人民驱老蒋，慨而慷②。千帆竞渡战旗扬。扫魑魅，到处换红装。

夫子庙端详，秦淮河皎澈，是新妆。钟山灵秀古都昌③。凝情立，华夏更荣昌。

【注释】

①②取自毛泽东诗词《七律·人民解放军占领南京》“百万雄师过大江……天翻地覆慨而慷”。③秦淮河、夫子庙、钟山等，皆为南京著名景点。

【随记】

我们的“红色骑行”，不同于其他任何骑行。我们骑行的主题十分明确，且“企图”骑遍我国重要的红色景点（指新中国成立前“狭义”的红色遗址等——参见本书附：红色骑行相关说明）。因为任务太重，耗时太多，说句实话，所经过的风景名胜，我们很少驻足。譬如，昨天所到之扬州市。当然，老赵多次来扬州讲学，我们也专程前往游览。昨晚，河海大学在扬州工作的MBA学生徐文静，知道老师与师母骑经扬州，特意设宴招待。

今天清晨穿越扬州，7时多就骑到仪征。再骑沿江公路，过六合，下午2时我们第九次骑跨长江过“南京长江大桥”。时年，该大桥还未大修，狭窄的人行道与慢车道混合道路上坑坑洼洼，骑车绝非儿戏，老曹不得不下车推，过大桥耗用了近一个小时。

入宁后先前往渡江胜利纪念碑，它如同一艘乘风破浪的战舰。渡江胜利纪念馆主馆区为“木船”形状，寓意“驶向胜利之船”，渡江胜利广场上矗立着大型的“千帆竞渡”群雕。一年后我们骑行参观安徽合肥的渡江战役纪念馆，该馆以领导人群雕为序列起点，胜利之师雕塑、纪念馆、解放广场、铁石铺成的金沙滩、胜利广场、胜利塔依次展开。

如此隆重地纪念“渡江战役”，实乃因为渡江胜利、南京解放是重大历史转折性事件，它宣告了国民党政权的灭亡，标志着中国近代史的结束、新中国的诞生。与此同时，它也赋予了南京英雄之城、胜利之都的历史文化内涵。

安徽合肥市渡江战役纪念馆

晚上，河海大学在南京工作的MBA学生仲祎东为我们接风洗尘，应邀作陪的还有徐红梅、豆妮等同学。让我们高兴的是，他们非常乐意听“红色故事”，“特别是，老师的‘红色’故事，许多是第一手资料呀”。

第四乐章：为有牺牲多壮志

（骑行祭拜的 100 个红色英烈一含英雄人物、革命烈士、烈士陵园、惨案遗址等）

胜利的号角

一、最小烈士萝卜头

【题记】

2015 年 10 月 6 日与 2017 年 4 月 9 日下午，我们分别骑行到☆小萝卜头纪念馆（江苏邳州市八路镇）与☆烈士小萝卜头宋振中墓（陕西西安市杨虎城将军陵园内）

【诗词】

最小烈士萝卜头[①]

身瘦弱，志豪遒[②]。最小烈士萝卜头。
是牢房，是战场，春秋八度命途稠[③]。

【注释】

①“小萝卜头”，真名宋振中（1941 ~ 1949），江苏邳州人；牺牲时年仅 8 岁，是共和国乃至全世界最年轻的革命烈士。②豪遒：遒豪，刚劲豪放。③命途：平生的经历，生活的道路。

【随记】

昨晚夜宿明末清初渐成集市的“文化古镇”“水乡古镇”之皂河古镇。晚上闲逛时，就注意到一处自称是古镇传统名吃的小吃店，今早出发前我们即坐在了该店的饭桌前。好吧，就来一份那招牌菜“酱豆炒鸡蛋”，外加一份粥、一张煎饼。味道确实不错，还特别便宜，每人只花了七元钱。

6∶30 骑离皂河。江苏北部一马平川，省道 250 北上道路又特别好，骑起来很轻松。25 公里以后，离开省道进入县道，时间不长我们骑到了八路镇岠山脚下山北村的小萝卜头纪念馆。

该村是“小萝卜头”父亲的故乡。故乡人民永远怀念他以及他的爸爸妈妈，集资在此建造了纪念馆。“小萝卜头”的故事很早就知道，参观纪念馆里所展示的“小萝卜头”和他的父亲宋绮云、母亲徐林侠的多幅事迹图片及部分实物，让我们有了更深刻的认知。

“小萝卜头”出生八个月后即与母亲同时入狱。1949 年，他仅仅八岁，就与父母同时被蒋介石下令杀害！这么小的孩子，他竟然举得起屠刀！

可怜的孩子，人之童年所有幸福与快乐都与他无关，他甚至衣不蔽体、食不果腹。在狱中，因为严重缺乏营养，发育不良，头大身小，难友们才称其为“小萝卜头”。勇敢的孩子，小小年纪却机智地投身“革命”，因其年龄小，行动相对自由，遂成为难友们相互间传递消息的“小交通”。解放后，“小萝卜头”宋振中被追认为革命烈士——共和国最小的烈士！

两年后，我们骑达西安，专程前往杨虎城将军陵园，祭拜了“小萝卜头”与他烈士父母的墓。

所有赞美语言都是苍白的，尤其是面对全中国年龄最小的孩儿烈士！所有的思考都需要继续深入，因为中国人民的解放事业深藏着无尽的感动！

江苏邳州市小萝卜头纪念馆

二、炮兵之父是朱瑞

【题记】

2015年10月5日下午，我们骑行到☆◆朱瑞将军故里（江苏宿迁市龙河镇朱大兴庄）及☆◆朱瑞将军纪念馆（宿迁市滨河路与环城西路交汇处）。

【诗词】

采桑子·炮兵之父是朱瑞

炮兵之父名朱瑞①，飒爽英姿。刚武鸿威，戎马持枪正遇时。
悲嗟黑夜将星坠②，不朽军魁。永远雄狮，普照江山展阜熙③。

【注释】

①朱瑞（1905～1948），江苏宿迁县人，有“炮兵之父”之誉；新中国成立60周年之际，当选“100位为新中国成立作出突出贡献的英雄模范人物”。②悲嗟：伤心叹息。③阜熙：昌盛安和；语出南宋·鲍照《河清颂·序》：“……地平天成，含生阜熙。”

【随记】

昨天骑经双沟，满镇酒香，不得不“闻香下马”，买了一瓶“双沟大曲”。晚上，入住宾馆洗洗涮涮后，在附近找了一家自助火锅，开瓶喝酒聊天。火锅店里小青年为数很多，我们老两口看上去有一点“不协调”。

今天骑离泗洪县前往宿迁市。站在市中心的美女警察，真是一道漂亮的“风景线”，骑过时你会不由自主地行注目礼。沿国道235北上，路况好，60多公里，中午即骑达。宿迁是项王故里，我们匆匆游览；宿迁还是“洋河股份”所在地，沿途酒香四溢，我们又买了一瓶带上。

宿迁之有名，还因为它是“炮兵之父”朱瑞的家乡。苏联炮兵科班出身，参加长征的老红军，人民炮兵的奠基人，可惜43岁时牺牲在辽沈战役攻克义县的战斗中，朱瑞也是中国人民解放军在全国解放战争中牺牲的级别最高的指挥员之一。朱瑞故里，硕大塑像伫立在道路旁村口前，纪念馆设立于不远处两条大道的交叉口附近，馆内大厅还有一尊高达五米纯铜铸造的朱瑞雕塑。纪念馆文献资料全面客观地展现了朱瑞波澜壮阔的一生，特别是展示了他对炮兵缔造所作的卓越贡献。

“古黄河河道”就在身边，经过打造的黄河风景带，景区美轮美奂。稍稍北上两公里，就是至今仍在使用的（我们“红色骑行”先后12次跨越）的“京杭大运河”，是世界上里程最长、工程最大的最古老的人工运河之一，是与长城、坎儿井并称为中国古代三项伟大工程之一。朱瑞家乡，风景旖旎更兼历史奇迹。

江苏宿迁市朱瑞将军故里纪念馆

三、李林华侨女英雄

【题记】

2016 年 3 月 2 日上午，我们骑行到☆◆李林烈士塑像和纪念碑（福建厦门市集美区集美中学）。

【诗词】

减字木兰花·华侨抗日女英雄①

甘心血流，不灭东倭枪不休②。宁死毋降③，只恨东洋未斩光。
华侨旗帜，烈女李林真武毅。抗日英雄，勇敢捐躯换彩虹。

【注释】

①李林（1915 ~ 1940），女，福建龙溪县人；1940 年 4 月 26 日在山西朔州市壮烈牺牲；2014 年列入“民政部第一批著名抗日英烈和英雄群体名录”；新中国成立 60 周年之际，当选“100 位为新中国成立作出突出贡献的英雄模范人物”。②③见下文。

【随记】

今天，从漳州角美镇骑往厦门集美街道。在参观陈嘉庚故居之前，我们先骑往集美中学。为什么不远万里来一个中学？一如以前翻山越岭骑往通渭县的文庙街小学？都是事出有因。文庙街小学，是毛泽东第一次公开朗诵《长征》诗词的地方；而集美中学，是第二次世界大战历史上著名华侨抗日女英雄李林读书的地方。

幼年随养母侨居印度尼西亚，1929 年 14 岁回国的李林，集美中学是她读书的第一站。此后，她分别就读于上海爱国女中与北平民国大学，并积极参加学生抗日救亡运动，写下“甘愿征战血染衣，不平倭寇誓不休”的誓言。十分英勇悲壮的是，年仅 25 岁的李林，不顾三个月身孕在英勇击毙日伪军六人被包围后，宁死不屈，用最后一发子弹射进自己喉部而壮烈牺牲。集美中学为了纪念这位被贺龙称赞为“我们的女英雄”，被中共中央妇女运动委员会称为“不仅是女共产党员的光辉模范，而且是全国同胞所敬爱的女英雄”，在校园中建立了她的雕塑和纪念碑。

福建厦门市集美区李林烈士塑像和纪念碑

集美中学系爱国华侨领袖陈嘉庚先生于 1918 年创办，学子遍五洲，声名播四海，被誉为“中国名校”。因为修路，几经周折才找到校址，但上课时间不得进去，更不允许骑车进入。正当我们心急如焚时，里面出来一位年轻人——该校化学老师李剑，听到我们与门卫交涉，知道了我们的来意，主动与门卫协调，又去找分管校长，批准后，他再为我们带路前往李林雕塑与纪念碑。我们十分感动，然而李剑老师却说是被我们的行为精神所感动。一路上，遇到很多这样热情帮助的人，我们都相互被感动，这更加坚定了我们将红色骑行进行到底的决心。

四、英勇坚决何宝珍

【题记】

2015 年 2 月 16 日与 2018 年 12 月 26 日下午，我们两次骑行瞻仰★何宝珍烈士事迹（江苏南京雨花路 215 号雨花台烈士纪念馆内）。

【诗词】

渔歌子・英勇坚决何宝珍

英勇坚决何宝珍①，随夫千里啸风云。献赤胆，付真心。雨花台上献青春。

【注释】

①何宝珍（1902 ~ 1934），湖南道县人；刘少奇第二任妻子；1933 年被捕，面对酷刑拷打，始终坚贞不屈，1934 年秋在南京雨花台英勇就义，年仅 32 岁；又，英勇坚决：取自刘少奇称赞何宝珍语："英勇坚决，为女党员之杰出者。"

【随记】

在中国共产党的历史上，还有一大批功勋卓著的妇女。她们为党的事业冲锋陷阵、赴汤蹈火，与男人别无二致。赵一曼，红枪白马叱咤风云，壮烈殉国在白山黑水；向警予，领导中国最早的无产阶级妇女解放，英勇献身于长江之畔；江竹筠，华蓥山上，义无反顾承接丈夫未竟事业，直至倒在歌乐山上；奔腾不息的松花江，永远记住坚贞不屈的"八女"；罪恶的铡刀，摧残花季少女刘胡兰，永远"生的伟大，死的光荣"；还有那长征路上英勇无比的女红军，永远是空前绝后的"浴血天使"。

特别提及她们，是因为她们非同一般。为人妻，为人母，她们要比男人承受更多的艰难。何宝珍，嫁给了刘少奇，嫁给了革命，嫁给了共产主义事业。1923 年入党后与刘少奇结成革命伴侣，跟随刘少奇为革命多方奔走，四海为家：1925 年春，惜别工作了两年多的安源，奔赴广州开始新的战斗；同年 5 月，去上海中华全国总工会工作；1926 年 2 月，到广州全国总工会工作；同年 10 月又赴武汉担任汉口市妇女协会组织部长；大革命失败后，先后辗转于华北、东北、上海等地，参加当地党的工会及妇女群众的许多工作。尤其是，为了便于从事革命工作，她将一儿一女先后送人代养。1932 年冬，刘少奇离开上海前往中央苏区后，何宝珍带着小儿子留在上海坚持地下斗争，1933 年不幸被叛徒告密而被捕牺牲。

江苏南京市何宝珍影像及事迹

英勇坚决的何宝珍，没有离去，没有走远，她还在雨花台。松柏环抱的秀丽山岗中，古朴典雅的烈士纪念馆里，何宝珍还是那样的热情似火，还是那样的大胆机智。32 个春秋虽然短暂，但她的一生却闪闪发光。

五、二七烈士林祥谦

【题记】

2016 年 3 月 4 日下午，我们骑行到★◆林祥谦烈士陵园暨二七烈士纪念堂（福建闽侯县祥谦镇福厦公路东侧枕峰山）。

【诗词】

忆秦娥·二七烈士林祥谦①

汽笛咽，狂飙骤起惊京汉。惊京汉。千里铁路，一声呼唤②。
二七烈士冲霄汉，祥谦意志书经典。书经典，寒梅傲雪③，劲松璀璨。

【注释】

①林祥谦（1892 ~ 1923），福建闽侯人，“二七”大罢工领导人之一，中国工人运动的先驱者之一；新中国成立 60 周年之际，当选“100 位为新中国成立作出突出贡献的英雄模范人物”。②1923 年 2 月 4 日上午 9 时，林祥谦下达罢工令，工人黄正兴拉响汽笛，其他汽笛也跟着怒吼，从江岸开始全长 2400 多华里的京汉铁路，在不到三小时内胜利实现了全路总罢工。③何香凝先生曾为林祥谦烈士陵园纪念堂画了一幅梅花图，象征烈士像寒梅那样斗傲霜雪。

【随记】

又是老曹的生日，纪念的行动，是加油，再加油。今早从莆田出发，即朝东北方向一路狂奔。

骑着骑着，老赵有一点犯嘀咕，因为沿路乡镇虽多，却没有盖到邮戳，但进入福清市界后连盖三个，老赵高兴了。那边，老曹却有一些心疼，原来她的自行车又爆胎了，“刚刚才换的新胎啊”。

当然，“红色骑行”的日子里时常被感动。经过晋江市时，“跃骑俱乐部”的一批骑友带我们去单车生活馆，小老板坷英杰热情为我们检修自行车。穿越福鼎市时，“天蓝车队”的骑行爱好者陪我们找邮局盖邮戳，还送了食物和水。最感动的是在江苏，几个在路边玩耍的四五岁小朋友，蹦蹦跳跳地冲着我们高喊“中国队加油”。

下午 2 时左右，我们骑到闽侯县祥谦镇的林祥谦烈士陵园。领导“二七”大罢工的林祥谦不幸被捕，在敌人屠刀面前视死如归，拒发复工令，惨遭杀害，年仅 31 岁。该陵园是家乡人民为纪念他而专门修建。陵园位处紧靠国道边的枕峰山，一进门可见高四米的花岗石雕林祥谦像。二七烈士纪念堂大厅内还有一尊林祥谦铜像。纪念馆陈列着许多文献资料。石砌围屏的半球形烈士墓，建在纪念堂后山的陵园最高处，陵园内还有千人广场等纪念性建筑。

福建闽侯县林祥谦烈士陵园

六、红枪白马赵一曼

【题记】

2016 年 9 月 22 日傍晚与 23 日上午，我们分别骑行到☆◆赵一曼牺牲地（黑龙江尚志市尚志路 180 号）与★◆赵一曼纪念园暨被捕地（尚志市长寿乡一曼村）。

【诗词】

太常引·红枪白马赵一曼①

巾帼义气太风光，黄埔练刀枪②。热血沃家乡③：赵一曼、名垂宇寰。

红枪白马④，从戎舍子⑤，影葬震穹仓⑥。刺臂念亲娘⑦：泣神鬼、天悲地伤。

【注释】

①②⑤赵一曼（1905 ~ 1936），四川宜宾人，著名的抗日女英雄，1927 年入黄埔军校武汉分校学习，“9.18”后舍子从戎赴东北组织抗日；牺牲时年 31 岁；2014 年，入选“民政部第一批著名抗日英烈和英雄群体名录”；新中国成立 60 周年之际，当选“100 位为新中国成立作出突出贡献的英雄模范人物”。③取自赵一曼诗词：“……甘将热血沃中华。”④伪满哈尔滨报纸曾刊登题为《共匪女头领赵一曼，红枪白马猖獗于哈东地区》。⑥⑦见下文。

【随记】

昨天，从海林到亚布力，出门就爬山，更苦的是一路补不到饮用水。期间，所经风景点名声显赫：夹皮沟、威虎山、东北虎林园、俄罗斯小镇——我们也顺便游览，下午 4 时骑到亚布力。当我们灰头垢面地寻找住宿时，一位中年男士走过来热心地问“需要什么帮助”，然后开车带我们去了本镇最好的“雪乡假日宾馆”，订好房间并付了房费。我们坚辞不让，他诚挚地说：“最佩服你们这样的人了，就想为你们做点什么”。亚布力，因有镇西南大锅盔山上全国最大的滑雪场而驰名中外，我们更记住了新朋友东北好人刘品贵。

今天，前往尚志市的道路一塌糊涂，百公里用了 13 个小时，傍晚前才骑到赵一曼牺牲地。当年，日寇枪杀赵一曼等两位女烈士后还曝尸数日，不许百姓收殓，尸骨被饥饿的野狗撕碎吞噬无存。几十年后，人们将赵一曼生前照片埋放在她殉难地举行“影葬”。1956 年，26 岁的陈掖贤来此祭奠母亲，用钢针蘸着蓝墨水在自己的左小臂上刻下了“赵一曼”三个字。

第二天，我们骑往赵一曼纪念园。管理员是一位年过古稀的老人，他每天步行从十几里外的村子背来干粮和水，数年如一日。我们又去祭拜赵一曼被捕地，沿路两边是毛泽东女儿李纳、瞿秋白女儿瞿独伊、陈毅之子陈昊苏等一大批领袖将帅后代的签名悼念石碑。如此荣誉，当属赵一曼！

黑龙江尚志市赵一曼纪念园暨被捕地

七、蜡烛人生萧楚女

【题记】

2008 年 8 月 16 日下午，我们骑行到☆◆萧楚女雕塑（安徽宣城市宣城中学内）。

【诗词】

点绛唇·蜡烛人生萧楚女[①]

烛蜡人生[②]，一腔心血无虚度。挺身引路，奋起开雄步[③]。
忽报悲音，越秀山飘雾[④]。颦不语。痛失支柱，长啸光明处[⑤]。

【注释】

①萧楚女（1891 ~ 1927），湖北汉阳人；中国共产党早期青年运动领导人之一，1927 年被捕后遇害；新中国成立 60 周年之际，当选“100 位为新中国成立作出突出贡献的英雄模范人物”。②取自萧楚女名言：“人生应该如蜡烛一样，从顶燃到底，一直都是光明的。”③⑤取自萧楚女诗词：“……一旦奋起何其雄……慷慨长啸几度秋。”④越秀山：代指广州。

【随记】

首战“芜湖初出征”，今天由宁国骑向宣城。

老曹与宣城感情很深，因为她的故乡是宣城宁国市，生于斯长于斯，高中毕业又插队农村五年，直到 1978 年 23 岁时考入皖南医学院，才离开知青点青龙湾与家乡。前天骑行归来，老曹心情特别激动，母女聊到深夜。

老赵与宣城感情也深。宣城女婿自不必说，老赵还是历经工农兵八年艰苦多样生活，并在 1978 年 25 岁时高考圆大学梦，就读的安徽劳动大学校址即在宣城市区 25 公里外的洪林镇叶家湾麻姑山下。该校后因环境等诸多原因而拆分，老赵转入安徽大学学成毕业。不过，当时的“劳大”绝非“等闲之辈”，许多著名教授因“文革”由北京等地至此，而日后培养的学生也成绩不俗。

安徽宣城市萧楚女恽代英雕塑

共产党人萧楚女与宣城亦有精彩故事。1921 年 9 月，经恽代英介绍，萧楚女来到宣城第四师范担任国文教员，写下了“前程万里，毛羽需丰，一旦奋飞何其雄”诗句，并与恽代英联合创作了校歌《奋飞曲》及开展青年运动。此后，他东去上海协助恽代英编辑《中国青年》，南赴广州协助毛泽东编辑《政治周报》及担任农讲所教员与黄埔军校政治教官。为纪念这位红色人物，该校建造“奋飞广场”并伫立起萧楚女和恽代英两铜像，独特的“奋飞”精神至今仍然激励着宣城中学。

晚上，老曹的大学同窗王晓俊为我们接风洗尘，推杯换盏中一再祝愿我们“心想事成”。

八、投笔作枪邹韬奋

【题记】

2015 年 2 月 13 日上午与 2016 年 2 月 15 日上午，我们分别骑行到☆◆邹韬奋故居纪念馆（上海卢湾区重庆南路万宜坊 205 弄 53、54 号）与☆◆邹韬奋纪念馆（江西余江县邓埠镇）

【诗词】

渔家傲·投笔作枪邹韬奋①

坐牢流亡求正义②，赴汤蹈火凭刚毅。七君团结成兄弟，文章里，一支巨笔真犀利。

养晦韬光修志气③，惊涛骇浪扬旗帜。战士书生无悖异，伟人意，民族解放心安慰。

【注释】

①③邹韬奋（1895 ～ 1944），笔名“韬奋”取意“韬光养晦”和“奋斗”，著名记者、政论家、出版家；2014 年列入“民政部第一批著名抗日英烈和英雄群体名录”；新中国成立 60 周年之际，当选“100 位为新中国成立作出突出贡献的英雄模范人物”。②邹韬奋在震惊中外的“七君子”事件中与沈钧儒等一道被捕并名列黑名单，因此流亡海外。

【随记】

出身书香门第的邹韬奋，1920 年上海圣约翰大学毕业后从事新闻工作。他以犀利之笔，力主正义舆论，抨击黑暗势力，致力于社会改革，是继鲁迅之后代表我国先进文化的光辉典范。

“苏沪浙战役”，我们第一次骑抵上海，在参观中共一大会址等红色景点之后，骑到重庆南路上一个不起眼的小弄堂。街巷里有一些陈旧、拥挤甚至是杂乱，然而这里曾居住过一位非常伟大的红色精英人物，他就是少有获得双重荣誉（见上述注释）的邹韬奋。邹韬奋故居纪念馆不太大，保持着 20 世纪 30 年代韬奋一家居住的原貌，馆内陈列有珍贵文献资料。欣慰的是，人们记住邹韬奋。负责管理的大学生志愿者告诉我们，每天有人参观，又指向一些人说：“有很多家长领着孩子来。”询问孩子得知，“是老师布置的作业”。

上海卢湾区邹韬奋故居纪念馆

邹韬奋是江西余江人，一年后我们在“泛东南战役”中骑达这里。乡亲们用各种方式缅怀他，确立并围绕着“韬奋故里游”主题，建立以邹韬奋命名的研究所、纪念馆、故乡碑、塑像、桥梁与书屋等系列人文景观。纪念馆内，邹韬奋半身铜像上“以笔代枪的英雄——邹韬奋”几个字苍劲有力，四个馆区陈列着他的手稿、主编的报刊、各种著作及遗物等。

邹韬奋病逝前口授遗嘱，郑重申请加入中国共产党，表达了他一生不懈的政治追求和诚挚愿望。1944 年 10 月 7 日，《解放日报》发表了中共中央致邹韬奋家属的唁电，追认他为中国共产党党员，并给予了崇高的赞誉和评价。

九、英勇善战毛泽覃

【题记】

2018年9月26日下午，我们冒大雨骑行到☆◆毛泽覃雕塑（湖南韶山市烈士陵园六亲台）。

【诗词】

十六字令（三首）·英勇善战毛泽覃①

前。兄弟先头举铁鞭②。勋章灿，热血浸山川。
坚。奋勇拼争闽赣边。心刚毅，傲骨斗风寒。
顽。善战泽覃是义男。人何在？魂魄守红山。

【注释】

①毛泽覃（1905 ~ 1935），字润菊，湖南湘潭人；受长兄毛泽东的教育影响，1923年转入中国共产党，1935年在江西瑞金牺牲；新中国成立60周年之际，当选“100位为新中国成立作出突出贡献的英雄模范人物”。②毛泽覃是毛氏三兄弟中走向武装斗争的第一人。

【随记】

开国领袖毛泽东，创建中国共产党，缔造中华人民共和国，还“舍小家、为大家”，影响与教育家人走上革命道路，为革命牺牲了六位至亲的亲人。妹妹毛泽建牺牲，时年24岁；夫人兼战友杨开慧被国名党反动派杀害，时年29岁；胞弟毛泽覃牺牲，时年29岁；胞弟毛泽民牺牲，时年47岁；侄子毛楚雄牺牲，时年19岁；儿子毛岸英牺牲，时年28岁。

冒大雨再次（曾先后三次）参观韶山毛泽东故居等，我们又迎着风雨骑向韶山烈士陵园“六亲台”，去瞻仰上述六位烈士陵墓。323级台阶预示着中国革命的雄关漫道，我们两位60多岁的老共产党员扛着旗子，顶着大雨，背着相机，一步一步艰难拾级向上。老曹常说，老赵是一个十分粗心、对什么事都不太在意之人，然而对“红色”却执着到痴迷，真正是“情到深处人痴狂”。老曹又说，老赵每天说着说不完的红色故事，她自己是接受红色教育最多的人。也正是因为这“红色”，我们两个老共产党员勠力同心“红色骑行”13年、十万里，几乎骑遍了中华大地上所有重要的“红色”！“六亲台”上，在毛泽覃等塑像前，我们尊重摆放好党旗、国旗与“红色骑行”专旗，那风那雨，见证着我们诚挚的哀悼与敬意！

湖南韶山市毛泽覃雕塑

穿着湿透的衣服鞋子，推着滴水的自行车与行李包，入住韶山“主题宾馆”。老板了解到我们是刚刚冒雨参观韶山、瞻仰“六亲台”而来，以最优惠的价格接纳我们，还帮我们搬车搬行李。毛泽东的乡亲，给了我们温暖。

十、八女投江立丰碑

【题记】

2016 年 9 月 20 日下午，我们骑行到★◆八女投江纪念馆 与★◆八女投江塑像（黑龙江牡丹江市西二条路与江滨公园）。

【诗词】

八女投江泣神鬼①

青春姐，豆蔻妹②，姐妹舍命阻顽匪。
少女烈，巾帼美，携手投江泣神鬼。
唱裙钗③，颂蓓蕾④，宁死不屈更妩媚。
林海雪，乌斯水⑤，万代千秋记英伟。

【注释】

①八女投江：1938 年 10 月下旬，东北抗联妇女团指导员冷云，班长胡秀芝、杨贵珍，战士郭桂琴、查桂清、王惠民、李凤善和安顺福八位女战士，掩护大部队转移，英勇抗击日军，宁死不屈，最后毅然投江为国捐躯；2014 年被列入“民政部第一批著名抗日英烈和英雄群体名录”；新中国成立 60 周年之际，当选“100 位为新中国成立作出突出贡献的英雄模范人物”。②豆蔻：比喻十三四岁的少女，源于唐·杜牧《赠别》诗：“娉娉袅袅十三余，豆蔻梢头二月初”；详见下文。③裙钗：身上穿裙、头上戴钗，代指女性。④蓓蕾：含苞未放的花，代指少女。⑤乌斯水：乌斯浑河，八女投江为国捐躯之地。

黑龙江牡丹江市八女投江纪念馆—雕塑园

【随记】

牡丹江，是松花江第二大支流，牡丹江市因牡丹江横穿该市而得名。脑海中，是那么遥远。可今天我们一口气连续三次跨越此江，且于下午 2 时许“莅临”该市。每当骑达这些神往而遥远的地方，老曹都会自豪地说：“我是骑单车来的！”

抗战时期，牡丹江流域是抗联战士活动的重要基地。八个青春靓丽、风华正茂的年轻女子，最大者不过是 23 岁指导员冷云，最小的是 13 岁王惠民——她几乎还是一个小姑娘。可是，她们大义凛然地慷慨投江，演绎了人世间最悲壮动人的千古绝唱！该市专门为她们建立起“纪念馆与博物馆”。展厅里，八女的生平简介、图片和部分遗物，清楚展示了她们的英雄壮举。

在江滨公园的中心地带，牡丹江市再为她们矗立起“烈士群雕与纪念碑”。她们手持钢枪，昂首挺胸，正勇敢迈步投向牡丹江。也许，牡丹江的支流乌斯浑河是凶猛暴烈冰冷刺骨的，恰如它满语“凶狠的河流”之意。可我们分明感知，这凶狠完全是要阻止日寇铁蹄践踏白山黑水。如此，乌斯浑河真实是饱含深情的，是她拥抱着具有中华民族刚强气节的女儿保持纯洁而去向远方。

帮助拍照的年轻人对我们的“红色专旗”凝视了许久，然后兴奋地说：“你们是‘红色骑行’，你们要在 2021 年完成骑行任务，是为建党 100 周年献礼！”

十一、中国佐罗杨子荣

【题记】

2016 年 9 月 20 日傍晚，我们骑行到★◆杨子荣烈士陵园暨杨子荣烈士纪念馆（黑龙江海林市东山）。

【诗词】

鹧鸪天·中国佐罗杨子荣

林海茫茫路厉狩，雪原莽莽径峥嵘。又闻虎豹蹂村落，忍见猢狲祸众生。

擒四匪②，逮彪氓③，密林深处拿雕鹰④。佐罗西域名声震⑤，冠世中国杨子荣⑥。

【注释】

①杨子荣（1817 ~ 1947），原名杨宗贵，山东牟平人；“战斗模范”和“特级侦察英雄”；1947 年不幸在剿匪战斗中英勇牺牲，年仅 30 岁；新中国成立 60 周年之际，当选“100 位为新中国成立作出突出贡献的英雄模范人物”。②③④四匪：许家四虎；彪氓：九彪、李发林等土匪；雕鹰：座山雕等；皆是被杨子荣消灭或俘虏的惯匪。⑤佐罗：传说中西方民众敬仰的一位除暴安良的传奇人物；另，详见下文。⑥冠世：谓超人出众，天下一流。

【随记】

参观“八女投江”相关纪念场所后，我们在江滨公园的林荫道上站着吃完午饭并立刻出发。几位在公园休息的老太太好心地劝道：“你们要休息一下呀，刚刚才吃饭。”她们观察得真仔细。我们笑笑谢过，依然踏上征程。每天，充分抓紧时间，我们已经习以为常。一位年轻的警察赶过来，了解我们去向后指了一条新路，下午 5 时我们骑到了海林市杨子荣烈士陵园。

黑龙江海林市杨子荣烈士陵园暨纪念馆

读过多遍《林海雪原》，看过多少次样板戏《智取威虎山》，杨子荣的故事是耳熟能详。可是，骑到海林市，爬上东山，观瞻英雄的纪念馆和纪念碑，亲身祭拜传奇的烈士，还是再次被震撼。时年，大股匪徒被歼后，部队首长组建熟悉当地情况又有独立指挥作战能力的杨子荣担任侦察小分队（团侦查排）负责人，消灭流窜于深山老林中的残匪。小分队出色完成任务，杨子荣更是只身打入虎穴，里应外合，活捉匪首“座山雕”等 25 个土匪，创造了深入匪巢以少胜多的战斗范例。1969 年，美国艺术代表团团长詹姆斯在中南海观看样板戏《智取威虎山》后，深深地为杨子荣的传奇故事所折服，说：“杨子荣就是西方的英雄佐罗，他应受到所有人的敬仰与崇拜。”

第二天，我们骑经夹皮沟和威虎山，站在英雄杨子荣们真实战斗过的热土，敬仰之情油然而生。赶紧拍照，还等什么？

十二、抗联英豪李兆麟

【题记】

2016 年 9 月 24 日，我们骑行到☆◆李兆麟将军纪念馆（黑龙江哈尔滨市道里区兆麟街 88 号）。

【诗词】

钗头凤·抗联英豪李兆麟①

天凄暗，地崩乱，白山黑水腥风悍。和人恶②，倭刀怖，一群牲口，几多无赖。害！害！害！

运思异，横杀厉③，兆麟英勇丰碑伟。旌旗奋，长缨振④。山河应变⑤，九州激愤。震！震！震！

【注释】

①李兆麟（1910 ~ 1946），辽宁辽阳县人；中共北满省委主要领导人之一，东北抗日联军创建人之一；1946 年 3 月 9 日被国民党军统特务杀害于哈尔滨道里水道街 9 号，时年 36 岁；新中国成立 60 周年之际，当选“100 位为新中国成立作出突出贡献的英雄模范人物”。②和人：大和人简称，日本民族的主体。③此两句改自李兆麟生前振兴中华的座右铭“运思出奇，横扫千军”。④⑤取自李兆麟所作东北抗日民主联军军歌：“振长缨，缚强奴，山河变。”

【随记】

哈尔滨的红色景点非常多，我们骑行绕经并特别瞻仰了道里区街口的“毛主席塑像”。兴建于清光绪二十四年（1898 年）的中东铁路哈尔滨临时总工厂，解放后是铁道部直属的全民大型企业哈尔滨车辆厂，2003 年 6 月后改制。它有一段非常值得自豪的光荣历史——1950 年 2 月 27 日，毛泽东访问苏联回国后到达哈尔滨并视察该厂。为了永远纪念此事，他们在街口敬立“毛主席塑像”并在碑基铸有“毛主席宝像传奇”：“滚滚松花江，淘尽大英雄。五十年代初，亲临车辆厂。敬立主席像，人民共瞻仰……”

黑龙江哈尔滨市李兆麟纪念馆

道里区还有一个英雄的地方，那就是李兆麟将军纪念馆。该馆实际是李兆麟被害地。36 岁的他，浴血沙场抗击日本侵略者毫发无损，最终却倒在了国民党特务暗杀的枪口下。纪念馆通过文献资料及借助雕塑影视等手段，全面展示了李兆麟在党的领导下，戎马驰骋在辽、吉、黑三省大地上，率领抗日健儿与日本侵略者浴血奋战，配合我军和苏联红军消灭日本关东军，解放全东北的生平历史和为革命事业无私奉献的精神。跨过纪念馆门前大街向左过去不远，就是以英雄命名的“兆麟公园”，园中建立有将军亭等。

下大雨了，很大很大。在去向预订宾馆路上，我们只能钻进路边一个加油站躲雨，不过半小时啊，路上的积水像河流一样奔泻。是悼念李兆麟的泪水成河？

十三、忠于革命高敬亭

【题记】

2018 年 6 月 5 日傍晚，我们骑行到◆高敬亭纪念林（安徽肥东县白龙镇褚老圩新四军东进抗日纪念馆内）。

【诗词】

减字木兰花·忠于革命高敬亭[①]

功昭日月，鄂豫皖中拼热血。渡越时艰，咬牙坚持大别山[②]。

向东抗日，斩杀日倭强无敌。骇叹风腥，革命忠贞高敬亭[③]。

【注释】

①高敬亭（1907 ~ 1939），河南新县人；1934 年 11 月红二十五军长征北上，高敬亭奉命重建红二十八军，在大别山坚持了三年坚苦卓绝的游击战争；1937 年该部改编为新四军第四支队，高敬亭任司令员；1939 年 6 月，高敬亭被错杀，年仅 32 岁；1977 年 4 月平反；2015 年被列入“民政部第二批著名抗日英烈和英雄群体名录”；②取自徐向前元帅题词：坚持鄂豫皖武装斗争未断，功昭大别山业绩永存史册。③见下文，高敬亭大义凛然含冤就义。

【随记】

在白龙镇青龙厂参观新四军第四支队司令部旧址暨新四军东进抗日纪念馆，我们意犹未尽。因为，青龙场，储家围子，这是英雄高敬亭冤死的地方。看管陵园的商师傅，非常理解我们的来意，尽管天色渐晚，尽管陵园尚未完全修建结束，以及尚未正式开放，仍然乐意领着我们前往那里。走进一片青松翠柏，商师傅清理附近杂草，拨开厚厚余枝，引我们来到了高敬亭纪念林和纪念碑。

高敬亭英勇传奇。在第二次国内革命战争的最后三年里，他率领 2000 余名红军连续破坏国民党军的“驻剿”、“围剿”和“追剿”，击败了率领十多万国民党军“剿共”的三任总指挥。红军时期战功卓著，抗战时期名震大江南北……实在不敢相信，被气急败坏的老蒋悬赏十万大洋购买人头的高敬亭，竟然倒在自己人的枪口下。

1977 年 4 月，中国人民解放军总政治部发出《关于给高敬亭同志平反的通知》，对高敬亭功过作出了实事求是的评价。高敬亭，这位在被错杀时还高呼“我是忠于工农革命的军人”的盖世英雄，终于被洗净满身污迹还其清白之身而重新被家人拥抱。这就够了。共产党人高敬亭早就慷慨表白“死对共产党人无所畏惧”，而我们心中却满是酸楚：“不应该，太可惜！”

安徽肥东县高敬亭纪念林

一年前，我们骑行于高敬亭的家乡河南新县，随处可见其亲人的怀念。

十四、英雄连队刘老庄

【题记】

2015 年 10 月 9 日，我们骑行到★◆刘老庄八十二烈士陵园（江苏淮阴县刘老庄乡）。

【诗词】

阮郎归·英雄连队刘老庄①

英雄连队气高昂。挽弓射恶狼。红心勇士志如刚，举刀护大娘。
洒热血，献衷肠。名扬刘老庄。威风八面好儿郎②，高歌向太阳。

【注释】

①1943 年 3 月 18 日，新四军三师十四团四连 82 位勇士，为掩护人民群众和领导机关的安全转移，与 3000 多人日伪军展开激战，因弹尽援绝，全部壮烈牺牲；2014 年被列入“民政部第一批著名抗日英烈和英雄群体名录”；新中国成立 60 周年之际，当选“100 位为新中国成立作出突出贡献的英雄模范人物”。②八面威风：成语，源自元·郑德辉《三战吕布》“大将军八面威风”，形容声势显赫、威风极盛的样子。

【随记】

早起离开灌云县，寻得一家小吃店吃早餐后，我们即刻出发。沿国道 233 一直向南，两跨新沂河，先过灌南县，再经涟水县，及至淮安市淮阴区老张集镇右转入县道，骑到了刘老庄街西南角的八十二烈士陵园。

陵园大门两边门柱上，刻有挽联“由陕北到苏北敌后英名传八路；从拂晓到黄昏全连苦战殉刘庄”。一条中轴路贯穿陵园，西面是烈士墓，东面是纪念馆和 82 棵松树，北边是陵园的主体纪念碑，碑前是纪念广场和刻着烈士英名的纪念柱：连长白思才、指导员李云鹏、副连长石学富、文化教员孙尊明、卫生员杨林标……1943 年，这里发生了一场敌我力量悬殊的战斗，面对穷凶极恶的 3000 多名日伪军，我英雄的新四军 82 勇士，从拂晓打到黄昏，最后跳出战壕与敌人白刃战，直至全部壮烈牺牲。

江苏淮阴县刘老庄八十二烈士陵园

朱德说 82 烈士是人民军队“英雄主义的最高表现”，陈毅赞 82 烈士的行为是“惊天地泣鬼神的壮举”。淮阴人民清理烈士遗骨，举行公葬并建立了该陵园。2011 年 5 月，又启动确证 82 烈士姓名的大型寻访活动，期待着能将目前仅知 18 人的其他姓名补充完整，让烈士不再无名！

其实，烈士没有远去！就在我们此次“皖苏鲁战役”骑行之时，2015 年 9 月 3 日在纪念中国人民抗日战争暨世界反法西斯战争胜利 70 周年的大阅兵式上，这支再生的英雄连队正雄赳赳气昂昂地走过了天安门。

十五、俊卿现代花木兰

【题记】

2016 年 10 月 7 日中午与 2019 年 4 月 5 日下午，我们分别骑行到☆◆郭俊卿家乡（辽宁凌源市三十家镇）与☆◆郭俊卿灵柩安放地（江苏常州市烈士陵园）。

【诗词】

鹧鸪天·俊卿现代花木兰①

戎马挥鞭十二年②，当年拚却醉红颜③。从军替父声名灿，藏女装男千古传。
削辫发，整衣衫④，加封孝烈非一般⑤。俊卿再靓巾帼照，现代英雄花木兰。

【注释】

①郭俊卿（1930 ~ 1983），辽宁凌源县人；1950 年被中央军委授予“全国女战斗英雄”与“现代花木兰”荣誉称号，荣获“模范奖章”“勇敢奖章”与“毛泽东奖章”；新中国成立 60 周年之际，当选“100 位为新中国成立作出突出贡献的英雄模范人物”。②⑤花木兰：替父从军 12 年，唐高宗曾封为“孝烈将军”。③取自北宋·晏几道《鹧鸪天》：“彩袖殷勤捧玉锺，当年拚却醉颜红。”④见下文。

【随记】

东北人称山为“梁子”。昨天，从朝阳市去凌源市翻了六座大梁子，小梁子则是接连不断，120 公里骑了 11 个小时，你想想是什么概念？凌源市民营宾馆都比较贵——“红色骑行”比较大的开销之一是住宿费。看到这高档的“惠丰宾馆”，老曹说“试试吧”，很高兴呀，美女经理见我们骑行几千里路经这里给了最优惠的价格。

今天沿国道 101 向西南，由凌源市去平泉县。出发时就顶风冒雨，中午时分风雨更大，下坡把我们吹得连人带车向后退。好在国道路况不错，“梁子”亦少了一些，中午时骑到辽西重镇三十家子镇，再向前就骑离辽宁进入河北了，老赵站在这里长吁短叹。老曹说：“怎么恋恋不舍？”老赵说出缘由，这里是现代花木兰郭俊卿的家乡，可是实在找不到相关资料，迫不得已我们在“三十家子镇”的路牌下展开党旗拍照。

古有花木兰，今有郭俊卿。其实，她的故事比花木兰更加真实感人。在当时部队不收女兵的情况下，郭俊卿干脆剃成光头，在脸上抹一层黑灰，再隐瞒真实性别，又将年龄报大两岁，用假名郭富报名参军。在多年的戎马生涯中，因为担心性别问题，她从来都是和衣而睡。

必须祭拜她，所以四年后的“长三角战役”，我们再次骑达常州，专门去常州烈士陵园。恰巧问到的杨先生是陵园管理者，他领我们一直找到老干部室 108 号：郭俊卿的灵柩安放在这里，我们完成了祭拜她的心愿。

江苏常州市郭俊卿灵柩安放地

十六、隆化歌颂董存瑞

【题记】

2016年10月9日上午，我们骑行到★◆董存瑞烈士陵园暨董存瑞纪念馆和☆存瑞中学（河北省隆化县县城）。

【诗词】

菩萨蛮·隆化歌颂董存瑞①

幽幽暗堡枪声脆，阴阴壁障硝烟秽。人马欲前行，征程埋血腥。
存瑞身伫立，炸药空中劈。隆化颂英雄，燕山铭巨功②。

【注释】

①董存瑞（1929～1948），原察哈尔（今属河北）怀来县人：1948年，在隆化攻坚战的关键时刻，董存瑞舍身炸碉堡，献出了年仅19岁的生命；1950年被追认为“全国战斗英雄”和“模范共产党员”；新中国成立60周年之际，当选“100位为新中国成立作出突出贡献的英雄模范人物”。②隆化县位于燕山深处。

【随记】

本来预计昨天骑到隆化，但一路麻烦不断，到处修路修桥，大雨将便道冲成了烂泥潭，老曹的前车胎又被轧，幸好有户人家借桶打水方便补胎。紧接着，老赵的车后胎也被轧，正好路过三沟镇，修车铺老板吕建业很厚道，提供场地和水，又送了一些补胎贴、胶水等，还说“在路上用，都是急需的”。继续骑行再遭强烈顶风，时速低至六公里，下午2点多钟才找到一加油站休息吃午饭。老曹担心夜晚在山区骑车不安全，于是我们在距离隆化30公里处的高寺台镇住下。小旅馆，很惨，在四楼，没有电梯，只能扛车扛包上去。

今天天还没亮，我们就出发。因为，今天又是100多公里，我们需要往返隆化并赶到承德（不敢再住高寺台镇）。10月初的东北，天气已经很冷，零下四度了，地面积水已结成厚厚的冰，虽然穿上所有保暖的衣服，但薄薄的手套无济于事，手脚一直冻得僵硬生疼，换挡调速不灵光，方便的时候裤子都系不好。糟糕的还是路况太差，老赵车胎再次被轧。

河北隆化县存瑞中学董存瑞塑像

当然，不枉此行。我们把党旗、国旗和骑行专旗，如愿地展现在改称“存瑞中学”的隆化中学校园中心，那里耸立着手握炸药包的董存瑞；如愿地飘扬在董存瑞烈士陵园的董存瑞塑像、纪念碑、烈士墓和纪念馆前。

隆化，中国北方一个“隆盛开化”的地方，更有解放战争中千古垂名的董存瑞在此舍身炸碉堡。告别它，骑离它，我们直奔避暑圣地承德，夜幕下的避暑山庄幽静安然，陪伴她的武烈河清爽娇媚。老曹说，“承德，是我们到目前为止见过的最美好的中等城市”之一。

十七、军歌嘹亮郑律成

【题记】

2016年10月19日下午，我们骑行到★◆郑律成墓（北京八宝山革命公墓）。

【诗词】

鹧鸪天·军歌嘹亮郑律成①

楚曲当年奏颤声②，动摇垓下霸王兵③。虞姬屠刎残生绝④，项羽愁杀气命崩⑤。
星月转，地天惊。征程唱响最强声。军歌嘹亮人心沸，永远歌吟郑律成。

【注释】

①郑律成（1914～1976），出生于朝鲜（现韩国）全罗南道光州，1950年定居北京并加入中国籍，近代中国著名的作曲家，著名的国际主义战士；新中国成立60周年之际，当选"100位为新中国成立作出突出贡献的英雄模范人物"。②③楚曲：取自"四面楚歌"成语，源自《史记·项羽本纪》："项王军壁垓下……夜闻汉军四面皆楚歌，项王乃大惊。"实为汉王刘邦借助歌曲而运用的心理战。④虞姬：为项羽爱姬，四面楚歌困境下在楚营内自刎。⑤项羽：楚霸王，兵败乌江而自杀。

【随记】

北京西部石景山区，八宝山南麓，西长安街北侧，坐落着八宝山革命公墓。那里，安葬着我国已故党和国家及军队领导人、民主党派领导人、爱国民主人士、著名科学家、文学家、高级工程技术人员、革命烈士、国际友人和一定级别的领导干部。郑律成是其中之一。

郑律成1933年9岁时来到中国，他先入朝鲜在华抗日团体开办的南京"朝鲜革命干部学校"学习，校长金若山发现郑律成的音乐爱好，让他到上海国立音乐专科学校学习音乐，因为"革命也需要音乐"。1937年，他怀着满腔热情奔向延安，先后入陕北公学、鲁迅艺术学院音乐系学习。1938年，他担任中国人民抗日军政大学音乐指导、鲁迅艺术学院声乐教员，开始"革命音乐"创作。其中，代表作既有后来被评为20世纪华人音乐经典的《延安颂》，也有1939年他光荣入党后创作的《八路军进行曲》：1949年新中国成立时，在隆重的开国大典上，这支名曲回响在天安门广场上空；1988年7月25日，该歌曲被中共中央军委正式定为《中国人民解放军军歌》，郑律成因此被誉为"军歌之父"。

北京石景山区郑律成墓

暮色苍茫中，我们祭拜八宝山革命公墓，在郑律成与夫人丁雪松的合葬墓穴前，我们放上随身携带的党旗、国旗与骑行专旗。冥思遐想中，仿佛听到嘹亮的《中国人民解放军进行曲》："向前，向前，向前，我们的队伍向太阳……"

十八、狼牙山巅五勇士

【题记】

2016 年 10 月 25 日下午与 2020 年 8 月 5 日早晨，我们分别骑行到★◆狼牙山五勇士纪念馆（河北易县西太行山东麓狼牙山巅）与☆狼牙山五勇士纪念碑（河北保定市狼牙山顶）。

【诗词】

点绛唇·狼牙山巅五勇士①

燕赵家乡②，悲歌慷慨侠风史③。狼山竞美④，为谁呈丰媚？
勇士五名，纵身悬崖地！天凝睇⑤，云荫风弭⑥，贼寇折腰体⑦。

【注释】

①五勇士：抗日战争时，狼牙山战斗中英勇抗击日伪军的八路军五位宁死不屈、纵身悬崖的英雄；2014 年列入“民政部第一批著名抗日英烈和英雄群体名录”；新中国成立 60 周年之际，当选“100 位为新中国成立作出突出贡献的英雄模范人物”。②燕赵：河北俗称；③侠风：燕赵文化造就了燕赵侠风，唐宋八大家之韩愈有名言“燕赵多慷慨悲歌之士”。④狼山：狼牙山；狼山竞美，即“狼牙竞秀”，战国时期即为燕国十景之一。⑤凝睇：凝视、目不斜视；语出唐·谷神子《博异志·敬元颖》：“忽见水影中一女子面……仲躬凝睇之。”⑥弭：平息、停止；⑦见下文。

【随记】

昨天，北京的首次“红色骑行”告一段落，早晨 6 点冒着小雨出发，我们继续“大北方战役”。连续过几个区才出北京六环，然后进入河北，经涿州市和高碑店市，晚上骑到涞水县，全程近 140 公里。

今天，雾霾笼罩着河北大地，能见度极低，骑着骑着，浓雾转成了小水珠从骑行帽上滴下来，内外衣服都湿透了。然而，漫山遍野的柿子树林，给人满满的收获感。那满树金黄色的柿子，很特别，圆圆的，扁扁的，柿体也一层一层具有层次感，买了一些尝尝，脆甜脆甜的，我们还是第一次吃到这样的柿子。接近目的地时，有一段七公里的上坡，且坡度越来越陡，几乎接近 40-50 度，只能将车一步步推向狼牙山。

狼牙山巅建有被人民群众誉为“狼牙山五勇士”的纪念碑与纪念馆。英勇跳崖的五勇士中，马宝玉、胡德林、胡福才壮烈殉国，葛振林、宋学义被山腰树枝挂住幸免于难。他们表现了崇高的爱国主义、革命英雄主义精神和坚贞不屈的民族气节。

另据史料记载，当一向骄横的“武士道”信徒们冲上悬崖顶，发现与之激战近一日且在最后时刻义无反顾纵身数十丈深悬崖的八路军对手只有五个人时，侵略者亦动了恻隐之心，并整齐地在悬崖上排成几列，面对五人跳崖处三度折腰敬礼。

跳下去的是顶天立地的勇士，站起来的是令敌人也敬佩的英雄。

河北保定市狼牙山五勇士纪念碑

十九、爆破大王马立训

【题记】

2016 年 10 月 30 日下午，我们骑行到★◆淄川革命历史纪念馆暨★◆马立训铜像处（山东淄博市淄川区杜坡山路附近）。

【诗词】

爆破大王马立训[1]

先偷爆，再飞爆[2]。毁围墙，炸碉堡。又空爆，还连爆[3]。摧据点，轰暗窖。
开路先锋技高超，爆破大王手精巧。伪军倭寇一锅端，英雄立训真神炮[4]。

【注释】

①马立训（1920 ~ 1945），山东淄川（今淄博市淄川区）人，八路军著名的爆破英雄；山东军区“特等战斗英雄”，被誉为“开路先锋”与“爆破大王”；1945 年英勇牺牲，年仅 25 岁；2014 年列入“民政部第一批著名抗日英烈和英雄群体名录”；新中国成立 60 周年之际，当选“100 位为新中国成立作出突出贡献的英雄模范人物”。②③见下文。④马立训还被誉为“神炮”；临沂国民党军司令王洪九就曾命令各据点加固工事，并到处张贴通缉“神炮”的布告。

【随记】

山东路况很不错，今天还有一些顺风。清晨在济南市英雄山参观若干红色景点之后，沿国道 309，再转省道 325，我们一路向东奔向淄博市。路过章丘，大开眼界，名特优的葱中之王“章丘大葱”居然有一人多高，葱杆瓷白，葱叶翠绿。老远处初看，我们还以为是广告图片，走近了细瞅，才知道这世界上真有如此神奇农产品。沿路摆满了一捆又一捆整齐的大葱，葱农们自豪地说，我们的大葱吃起来脆嫩可口，辣味稍淡，微藏清甜，不仅国内有名，还出口国外。

淄博是一座组团式城市，资源型城市，现代化工业城市。我们更关注的是位处淄川区的淄川革命历史纪念馆，尤其是那里还有一位英雄。绕了一个圈，我们从一条小路爬上小山坡，将车推到纪念馆广场上的八路军著名爆破英雄马立训的铜像前。

1940 年参加八路军、1944 年加入中国共产党的马立训，共参加 40 余次战斗，完成爆破突击任务 20 余次。特别是他苦练杀敌本领，不断革新爆破技术，采用偷爆、飞爆、空爆、连环爆等方式，炸死日伪军 500 余人，是名副其实的“爆破大王”。在淄川革命历史纪念馆（烈士陵园内），除了门前竖立的马立训铜像，在二楼展厅内还专门设有马立训烈士展室。

山东淄博市马立训铜像暨淄川革命历史纪念馆

进入淄川街区之前，路遇一家“毛泽东像章收藏屋”。祝姓主人非常热情地领我们参观他几十年的精心收藏，与我们分享他的故事，还给我们每人送了一枚像章。老百姓心地很纯，知道“吃水不忘挖井人”。

二十、刑场婚礼最豪情

【题记】

2017年1月22日上午，我们骑行到☆◆周文雍、陈铁军烈士陵园（广东开平县百合镇）。

【诗词】

刑场婚礼最豪情①

密欧丽叶刎项颈②，山泊英台化蝶行③。公子小姐为爱狂，辞赋诗文说不停。

文雍携手陈铁军，革命伴侣最豪情。笑将枪声作贺音，刑场婚礼人神敬！

【注释】

①周文雍（1905～1928），广东开平人，1925年入党，曾任中共广东省委常委、广州起义工人赤卫队总指挥等职；陈铁军（1904～1928），女，广东佛山人，1926年入党，曾任中共两广区委妇女委员等职；1927年，两人假扮夫妻参与广州起义准备工作，1928年因叛徒出卖而同时被捕，英勇就义前在广州红花岗举行了悲壮的刑场婚礼；新中国成立60周年之际，当选“100位为新中国成立作出突出贡献的英雄模范人物”。②取自威廉·莎士比亚著名戏剧作品《罗密欧与朱丽叶》。③取自中国民间爱情故事《梁山伯与祝英台》。

【随记】

现代年轻人的婚礼有些奢侈，仅形式就五花八门，或中式或西式或中西合壁式，或量身定做，近年来还出现了空中、水下等新潮婚礼。无可非议，现代人赶上了好日子。但是，有一场婚礼无人能够比及，而且绝对的前无古人后无来者！那就是周文雍、陈铁军的刑场婚礼。

1928年2月6日，在广州红花岗畔的刑场上，周文雍、陈铁军两个青年男女革命者，在为党的事业献身的最后时刻，面对敌人枪口，将在革命斗争中建立的爱情公布于众，并从容不迫地庄严宣布：“我们要举行结婚典礼了，让反动派的枪声来作为结婚的礼炮吧。”然后，他们昂首挺胸高唱国际歌，慷慨就义。此英勇悲壮，令天地动容，山河失色，神鬼胆颤！

今天沿国道325，很快就骑到周文雍陈铁军烈士陵园。陵园坐南向北，建有纪念馆、碑等若干纪念设施。纪念碑正面镌刻着记述两位烈士革命事迹的碑文，左面刻有陈铁军誓言：“一个革命者应该学习古今中外伟大人物的高贵品质和英雄气概。”右面刻着周文雍就义诗：“头可断，肢可折，革命精神不可灭。壮士头颅为党落，好汉身躯为群裂。”

广东开平县周文雍陈铁军烈士陵园

烈士家乡还给我们留下了暖心印象：昨天进入开平市，远远看到路边一个简易房挂着醒目条幅“摩托车骑行休息点”，几个警察也招呼我们过去休息一会儿，加热水，送食品。原来，春节将至，这是政府为返乡过年的摩托车手们专设的，我们也顺便“沾光”。

二十一、服务人民张思德

【题记】

2017年4月13日下午与2018年3月16日下午，我们分别骑行到★◆张思德墓（陕西延安市四八烈士陵园内）与★◆张思德纪念馆（四川仪陇县春晖路三段）。

【诗词】

西江月·服务人民张思德①

领袖高歌素质②，平民敬仰精神。齐天荣誉亮星辰，思德品行高俊。

死生两般境界③，重轻两种胸襟④。模范服务为人民，永远令人崇信。

【注释】

①张思德（1915 ~ 1944），四川仪陇人，共产主义战士，全心全意为人民服务的典范；1933年12月参加红军，1937年10月入党，1944年9月在执行烧炭任务时牺牲，年仅29岁；新中国成立60周年之际，当选“100位为新中国成立作出突出贡献的英雄模范人物”。②毛泽东亲笔为张思德题写挽词。③④见下文。

【随记】

“陕甘宁战役”，我们骑到革命圣地延安，在参观杨家岭、凤凰山、枣园等几处革命旧址后，再登上四八烈士陵园祭拜了张思德的陵墓。一年后的“大西南战役”，今天我们又专程骑到仪陇县的张思德纪念馆。

早晨，在南充市顺庆区参观罗瑞卿纪念馆后，我们立刻前往仪陇。一路是断断续续的阵雨，骑离县道后上省道，又遇到许多小山坡。忽然，老曹感觉怎么也骑不动，原来车胎又被扎了，困难的是还找不到水。无奈，我们只能在路边扒胎，然后把内胎打得足足的，再用手一节一节地挤，听漏气的声音。终于发现破洞处，又是路上的小钢丝扎的。老曹以前总是批评老赵骑车不小心，此刻她亦无语了——你总不能眼睛盯着路面？

120多公里到仪陇县，自行车停在张思德纪念馆前时已经是下午4点，管理人员说“抓紧时间参观吧”，因为马上要下班了。仪陇人为他们的张思德感到骄傲，纪念馆详细介绍了这位不普通的普通战士。时年，在延安执行烧炭任务时突遇窑洞塌方，他奋力推出战友，自己却壮烈牺牲。中央机关和中央警卫团在延安为其举行追悼大会，毛泽东亲自参加并发表了《为人民服务》的著名演讲，还借用司马迁“人固有一死，或重于泰山，或轻于鸿毛”，高度称赞“张思德同志是为人民利益而死的，他的死是比泰山还要重的”，号召要学习张思德完全、彻底为人民服务的思想境界和革命精神。

四川仪陇县张思德纪念馆

你说，领袖莅临普通战士的追悼会并专门发表寓意深远的讲话，在共产党内既是平常，也贵为殊荣。张思德，是不是不普通的普通战士？

二十二、坚强战士李硕勋

【题记】

2017 年 1 月 26 日上午，我们骑行到★◆李硕勋烈士纪念亭（海南海口市勋亭路 39 号）。

【诗词】

如梦令·坚强战士李硕勋①

学运高擎旗帜，革命走奔万里。意志最坚强②，战士硕勋不死。流涕，流涕，左券满含情义③。

【注释】

①李硕勋（1903 ~ 1931），四川庆符县（今高县）人，我国早期学生运动的杰出领袖之一；1931 年在海南因叛徒出卖而英勇就义，年仅 28 岁；新中国成立 60 周年之际，当选“100 位为新中国成立作出突出贡献的英雄模范人物”。②朱德题词称李硕勋“是人民的坚强战士”。③左券：古代称契约为券，用竹做成，分左右两片，立约的各拿一片，左券常用作索偿的凭证，后来说有把握叫操左券；郭沫若捧读李硕勋给妻子赵君陶的遗书而题词：“……这是中国人民革命成功的左券”。

【随记】

骑向海南岛，跨越琼州海峡，一路“刺激”不断。

前天从电白到湛江，远远看到“湛江海湾大桥欢迎你”的标牌，很兴奋，直奔桥头却被保安拦截，不允许骑单车通行。这是国道呀？绕到五公里处的渡口，又被告知人少不开渡船，当地人说要再骑十几公里前往麻斜渡口。古老的渡船，人车货混装，轰隆隆的发动机冒着滚滚浓烟，也挺有味道的，6 元钱，两个人，两部车，总算进入湛江。

昨天由湛江到徐闻，天没亮就出发，五公里乡道黑灯瞎火，看家护村的狗儿狂叫猛追，我们怀疑是不是路错了，待看见一辆私家车才放下心。上了省道 293 还是烂路，加上绕道找邮局，总骑行超过 150 公里。12 个小时到徐闻，一打听，前方十几公里的海安港晚上 10 点前都有渡船。我们立刻改变原住宿计划直奔港口。距港口五公里处开始堵车，车辆黑压压排成长龙——全国人们到海南过年来了。我们在路边窄窄的缝隙中钻行，终于排队买到船票。晃晃悠悠渡琼州海峡，老曹在渡船上吐得一塌糊涂。晚 10 时，踏上美丽的海南岛，又 1 个多小时我们骑到刚在渡船上网定的宾馆，只能吃方便面了。

海南海口市李硕勋纪念亭暨陈列馆

今晨，在海口参观李硕勋纪念亭暨陈列馆。1931 年 5 月，李硕勋任中共两广省委军委书记，同年 8 月赴琼指导琼崖革命武装斗争，不幸被叛徒出卖而英勇牺牲。纪念亭建于当年烈士的就义地，陈列馆文献资料丰富。睹物思人，李硕勋你还好吗？

四季常春别称“琼州”的海南，温暖舒适誉称“椰城”的海口，因红色而更加动人。

二十三、黄河高唱冼星海

【题记】

2017 年 1 月 19 日下午，我们骑行到★◆星海园暨冼星海烈士墓（广东广州市麓湖西岸）。

【诗词】

南乡子·黄河高唱冼星海①

乐圣贝多芬，命运英雄响古今②。星海黄河发怒吼，忠魂，保卫中国不沉沦。
节奏蕴深情，慷慨音符大众心③。抗日英雄精气神，功勋，赤县山河唱大音④。

【注释】

①冼星海（1905 ~ 1945），祖籍广东番禺，出生于澳门，中国近代著名作曲家、钢琴家，毛泽东称其为“人民音乐家”；代表作《黄河大合唱》是旷世千古的绝响；新中国成立 60 周年之际，当选“100 位为新中国成立作出突出贡献的英雄模范人物”。②贝多芬：德国音乐家，对世界音乐发展有举足轻重的作用，被尊称为“乐圣”；又，英雄、命运：取自他两首著名交响曲作品的名字。③取自周恩来题词，见下文。④大音：语出《老子》：“大方无隅，大器晚成，大音希声。”后以“大音”指美妙的乐音。

【随记】

“大北方战役”绕行穿越黑吉辽京津冀鲁苏皖等九个省市之后，稍作休整，刚过 2017 年元旦，我们即开始发动“大华南战役”。启程之日，填词《诉衷情·再骑南国》以兹纪念：昨天九省大骑游，豪迈驾龙虬。南国又在呼唤，敬仰最风流。年岁长，鬓飘秋，志清遒。人行征路，心系当初，梦绕神州。

快马加鞭，一转眼半个月，今日从顺德出发连续三次骑跨珠江抵达广州市，先参观其他景点，然后再北上麓湖到“星海园”。

骑行在麓湖之滨，林木苍翠，鸟语花香，其间点缀亭榭桥廊，果然是“一山环秀水，半岭隐涛声”的人间仙境。流连忘返之中，我们骑到了深藏其中的红色景区“星海园”。星海园内设有冼星海塑像、纪念碑、陵墓和陈列室，陈列室共七个部分展出了冼星海的生平业绩。

被毛泽东赞誉为“人民音乐家”的冼星海，1929 年赴巴黎勤工俭学，师从著名提琴家帕尼·奥别多菲尔和著名作曲家保罗·杜卡斯。1935 年回国后，他积极参加抗日救亡运动，1938 年到延安后担任鲁迅艺术学院音乐系主任，1939 年加入中国共产党。冼星海之伟大，恰如周恩来所说，他“为抗战发出怒吼，为大众谱出心声”！

广东广州市星海园暨冼星海烈士墓

今天，冼星海的《黄河大合唱》还在发出怒吼！因为，它所热情讴歌的中华民族源远流长的光荣历史和中国人民坚强不屈的斗争精神，永远是中华民族巨人般的英雄形象及精神食粮。

二十四、冯平武装海南岛

【题记】

2017 年 2 月 3 日早晨，我们骑行到★◆冯平、符节革命烈士纪念园（海南澄迈县金江镇）。

【诗词】

阮郎归·冯平武装海南岛①

肩挑重任赴苏联，勤精学剑拳②。取得马列返家园，天涯起涟涟。
讨逆乱③，聚忠贤。齐心战寇奸。海南岛上赤红天，冯平何处眠？

【注释】

①冯平（1899 ~ 1928），汉族，海南文昌县（今文昌市）人；海南岛革命武装的创建者之一；1928 年因叛徒出卖而英勇就义；新中国成立 60 周年之际，冯平当选“100 位为新中国成立作出突出贡献的英雄模范人物”。② 1923 年，冯平被中共中央选派到苏联莫斯科东方大学和红军学校学习政治和军事。③工农革命军前身为讨逆革命军。

【随记】

海南岛是著名的度假胜地。环绕骑行，在祭拜红色的同时，我们亦尽可能去与之“亲密接触”。在三亚，在鹿回头，在天涯海角，我们将车和行李放倒在沙滩上，脱了鞋袜，走向沙滩，涉入海水，像孩子一般地嬉戏玩耍。许多游客是举家开车来过年的，看我们一对老夫妻骑着单车从安徽芜湖过来，吓得这些男女老少目瞪口呆，半天回不过来神。呵呵，少见多怪了吧，到底是谁“OUT”？

当然，骑行海南也不尽是惬意。骑行西线，山坡也不少。昨天天没亮从拜溪镇出发，顶大风爬陡坡，时速只有七八公里，下午 3 点半钟才到加来镇。想住宿找不到宾馆，赶到 15 公里之外的多文镇，仅有的三家宾馆价位高且客满。又下雨了，我们站在雨中纠结。这时，一个小伙子告诉我们，前面 20 公里处的福山镇 “富裕一些”。已经 5 点钟了，还有 20 公里，还下着雨啊，我们喝了一点水，分吃了仅剩的 1 个小馒头，咬紧牙关，拼命狂奔，终于在 6 点半钟到达地属长寿之乡澄迈县的福山镇。好地名，福像山一样赐予我们。

海南澄迈县冯平符节革命烈士纪念园

今天早上 8 时，我们即骑行 20 公里赶到位处县城内的冯平符节革命烈士纪念园。1923 年，冯平被中共中央选派到苏联学习政治和军事，回国后曾在广东省农协工作。1926 年初，他回到海南家乡开展革命，积极发展农民武装。1928 年 5 月，不幸与政治部主任符节一道被捕英勇就义。此纪念园就是两位烈士的就义地。

骑离澄迈，骑离烈士英勇就义的地方，我们海南绕行与横穿皆结束并顺利返回海口，紧接着于当天下午 5 时再次渡过琼州海峡。

二十五、血色骄兰伍若兰

【题记】

我们曾多次瞻仰★伍若兰雕塑（江西井冈山烈士陵园雕塑园）；2018 年 9 月 16 日傍晚，我们再次冒雨骑行到此。

【诗词】

唐多令·血色骄兰伍若兰①

重上井冈山，将军泪涕涟②。想那年，血色娇兰③。犹记赣州风怒号，城门上，奋头悬④。
挥笔作宣言，双枪击匪顽⑤。伍若兰，智勇双全⑥。壮丽音容今仍在，歌不尽，颂千年。

【注释】

①伍若兰（1903～1929），湖南耒阳县（今耒阳市）人；朱德第四任妻子；1929 年牺牲，时年 26 岁。②见下文。③取自朱文科以朱德与伍若兰的战地恋情为主线，再现朱德早期光辉历史的中篇纪实文学名称《血色骄兰》。④敌人残杀伍若兰，并将其头颅悬挂在城门示众。⑤伍若兰有“双枪女将”美名。⑥朱德曾向美国作家史沫特莱介绍伍若兰说：“她是一个……能文能武、智勇双全的难得女子。”

【随记】

被誉为“中国革命的摇篮”“中华人民共和国的奠基石”的井冈山，我们曾在工作期间两度前往：一是在省委党校组织“高知班”的学习期间，二是学校利用暑假安排的教授学习活动。两次参观，对井冈山的认识从书面到实际，从抽象到具象，收获满满。

井冈山雕塑园，是井冈山红色的重要组成部分。毛泽东、朱德、陈毅、彭德怀、罗荣桓等革命先辈的 19 尊雕像，从一开始就深深印在脑海中。特别要提到的是，雕塑园仅有两位女性：一是贺子珍，二是伍若兰。也必须说明，她们伫立于此，不仅因为她们是伟人毛泽东和朱德的妻子，更由于她们也是当年井冈山斗争的主要参与者。

伍若兰，1925 年秋加入中国共产党，1928 年 3 月参加红军，然后随红军上了井冈山。1929 年，为保护朱德等军部首长安全，她勇率部分战士突击以吸引敌军，后因弹尽负伤被俘而于赣州遭残杀。

江西井冈山市伍若兰塑像

据说，以写中国民间生活而获诺贝尔文学奖的赛珍珠，童年时喜欢采摘紫萁和百合。但有一种黄色百合，她却从不采摘，因为该百合花期只有一天，赛珍珠心疼它生命的短暂。

然而，无论是谁，怎能比朱老总一生酷爱兰花！1962 年春，76 岁高龄的朱德重上井冈山，刚落脚就急切地手拄拐杖寻找兰花，并留下了“唯有兰花香正好”这饱含深情的著名诗句。

血色骄兰，你在哪里？你知道元帅一辈子挂念你吗？你知道井冈山永远以你为荣吗？

二十六、若飞一切为人民

【题记】

2017 年 4 月 10 日下午，我们骑行到★◆王若飞墓（陕西延安市四八烈士陵园内）；2018 年 4 月 10 日中午，我们骑行到★◆王若飞故居纪念馆（贵州安顺市中华北路 202 号）。

【诗词】

七律·若飞一切为人民①

改名立志扫灰尘②，举手宣言做泰辰③。
西域四番增智慧④，铁窗六载练躯身⑤。
匪巢和谈谋福祉，战地厮杀盼盛春。
自古神州多壮士，若飞一切为人民⑦。

【注释】

①王若飞（1896 ~ 1946），贵州安顺人；新中国成立 60 周年之际，当选“100 位为新中国成立作出突出贡献的英雄模范人物”。②王若飞自幼崇拜民族英雄，读《木兰辞》“万里赴戎机，关山度若飞”名句而改名若飞。③泰辰：谓太平时世。④见下文。⑤王若飞曾被捕入狱近六年，他坚贞不屈，想方设法锻炼身体。⑥取自若飞精神：“一切要为人民打算”。

贵州安顺市王若飞故居纪念馆

【随记】

昨天，前往贵阳的山路很特别，上坡多于下坡！前面三公里上山，下坡仅 500 米，接着上山五公里，下坡 700 米，下坡去哪里了？此外，国道 210 只有两车道，特别窄，大货车又特别多，汇车，错车，超车，一个比一个快，我们只能挂在路边勉强骑行，有几次差点被大货车挤倒。后来，老曹一听到大货车叫就吓得跳下来“礼让”大货车。

今天是“大西南战役”最后一站，由清镇前往安顺。依然早早出发，60 多公里的路是那么好，下午 1 点多钟就骑到了王若飞故居。

该故居陈列以若飞精神“一切要为人民打算”作为布展主线，纪念和展示了王若飞的光辉事迹。1917 年起，王若飞先后赴日、法及两度赴苏学习。在法国，他同赵世炎、周恩来等发起成立“旅欧中国少年共产党”，回国参加革命后曾任中共中央秘书长等职。1945 年 8 月作为中共代表之一，与毛泽东、周恩来赴重庆谈判，1946 年 4 月 8 日因飞机失事不幸遇难。正好是一年前，我们在延安四八烈士陵园祭拜过他的陵墓。

参观完毕，赶紧奔向安顺火车站托运自行车，我们要乘坐明天凌晨 1 点的火车返回家乡。自行车托运了，最最艰苦的“大西南战役”画上圆满句号，老曹真的累了，不想跑来跑去，于是老赵一人上街去买食品。将食品递给老曹时，老赵说起了他在返程时经常说的话：“又把老曹带回家了。”老曹，坐在车站旁边的台阶上，头未抬，捂着脸，“呜呜”地哽咽。

二十七、创建苏区周逸群

【题记】

2018 年 10 月 2 日中午与 3 日下午，，我们分别骑行到★◆周逸群纪念地（湖北洪湖市湘鄂西苏区烈士陵园内）与★◆贺龙、周逸群旧居（湖北监利县周老嘴镇湘鄂西根据地旧址群内）。

【诗词】

破阵子・创建苏区周逸群①

美誉黔东门户②，背依梵净山林③。五彩贵州生俊士④，靓丽铜仁有重臣。英雄周逸群。

破浪迎涛人奋⑤，梭镖林立旗欣⑥。湘鄂西中行大事，创建苏区搅战云。可惜早殒身。

【注释】

①周逸群（1896 ~ 1931），贵州铜仁人；湘鄂西红军和苏区创建人之一；1931 年牺牲，时年 35 岁；新中国成立 60 周年之际，当选“100 位为新中国成立作出突出贡献的英雄模范人物”。②黔东门户：铜仁市美誉。③梵净山：中国十大避暑名山，位处铜仁市。④五彩贵州：贵州美称，又叫多彩贵州。⑤⑥取自周逸群诗词：“破浪迎涛人出没，梭镖林立旗无边，洪湖任流连。”

【随记】

昨天是国庆节，我们在“红色骑行”的征途上，从平江到岳阳。省道、县道、乡道与国道，各有几十公里，全天下来 130 多公里。其间，钻了四条隧道，过了六次汨罗江。在距离岳阳市还有十几公里时，全程修路，漫天灰尘，清洗路面的洒水车冲过来的泥浆，把我们连车带人带驮包糊了个遍。连日曝晒和暴雨，加之汗水和雨水的浸泡，我们大腿内侧红肿溃烂，骑行时每蹬一步都疼痛难忍，到了驻地洗澡时更是痛不可耐。老曹的“保健”因地制宜土法治伤再显神通——洗完澡，我们用电吹风吹干创面，涂上药物牙膏，还真奏效。

今日，第 15 次跨长江，从湖南到湖北，江汉平原一马平川，我们径直骑达洪湖市湘鄂西苏区革命烈士陵园（纪念馆）。第二天，我们再骑行到地处监利县周老嘴镇湘鄂西根据地旧址群内的贺龙周逸群旧居。

周逸群，先赴日留学，再入黄埔军校学习。1924 年加入中国共产党，1926 年参加北伐时先后任师、军政治部主任，1927 年参加南昌起义，1928 年与贺龙一起到湘鄂西创建工农武装，开辟革命根据地。1931 年 5 月在岳阳贾家亭附近遭国民党军伏击牺牲。

“洪湖岸边是家乡”，旧居保存尚好。洪湖人民爱戴的红军杰出将领，创建苏区的一代革命英豪周逸群，何时归来？

湖北监利县周逸群旧居

二十八、民族英雄马天安

【题记】

2016年9月20日中午，我们骑行到★马骏纪念馆（黑龙江宁安市宁安镇马骏街）。

【诗词】

忆江南·民族英雄马天安①

开大步，五四走向前②。金水桥中名鹊起，北京城里誉斑阑。永远马天安③。

【注释】

①马骏（1895～1928），又名马天安，吉林宁安县（今黑龙江宁安市人），回族，五四运动杰出的青年领袖之一；1928年，因叛徒出卖而被捕牺牲。②五四，指五四运动。③五四运动期间，马骏率领京津万名学生代表大闹天安门，被誉为“马天安”。

【随记】

“大北方战役”，我们的起点是辽东半岛大连市，然后沿国道201北上，经丹东，穿通化，过白山，走延边，直到牡丹江。

前天，翻越著名的“寒葱岭”，晚上入住敦化市少数民族官地镇“易安旅馆”。其实，该旅馆是一朝鲜族民居，老板娘姚广清是朝鲜族人，热情客气温文尔雅。她的家庭旅馆不大，但民族特色显著：进门必须脱鞋，房间内外洁净无比。当然，老板娘通情达理，担心自行车放在门外不安全，破例让我们推进门厅。早晨出发，沿途鲜花的后面是一排排带烟囱的朝鲜族小木屋，独特风情，记忆犹新。

昨天，路经著名的“镜泊湖”。该湖由万年前火山喷发而形成，是中国最大、世界第二大的高山堰塞湖，明志记载因湖水照人如镜始呼“镜泊湖”，意为清平如镜。我们更愿意听信动人的传说：很久以前，牡丹江畔美丽善良的红罗女有一面宝镜，人们有苦难，她只要用宝镜一照，便可以消灾弭祸。这引起了王母娘娘的嫉妒，派天神盗走了宝镜。红罗女上天索取，争执中宝镜从天上掉下而铸成镜泊湖。

骑行进入并穿越原始天然、风韵奇秀、山重水复、曲径通幽的镜泊湖，我们就骑进了传说中的黑龙江。再向前，跨过牡丹江，我们骑到了宁安市马骏纪念馆。宁安人马骏，从青少年时代就积极投身革命洪流，是东北地区党组织的创始人之一。1925年赴莫斯科中山大学学习，1927年大革命失败后奉调回国负责重建北京市委，后因叛徒出卖而于1928年英勇就义，年仅33岁。纪念馆陈列包括珍贵文物、历史文献、照片及多幅创作画，展现了马骏的生平事迹。

黑龙江宁安市马骏纪念馆

门卫很为家乡的马骏感到自豪，他悄悄地告诉我们：“马骏还曾经是周恩来的领导人。”时年，马骏是天津学生运动的领袖之一。

二十九、断肠取义陈树湘

【题记】

2017 年 2 月 19 日中午，我们骑行到★◆陈树湘塑像（广西兴安县湘江战役纪念馆内）；2018 年 4 月 4 日上午，我们骑行到又一★◆陈树湘塑像（贵州赤水市丙安古镇）。

【诗词】

鹧鸪天·断肠取义陈树湘[1]

自古中华有俊郎，吉平豫让又天祥[2]。舍生忘死千秋誉，杀体成仁万古芳[3]。

求解放，为国殇。愿将腰下剑张扬[4]。红军战士雄风烈，取义断肠是树湘。

【注释】

①陈树湘（1905 ~ 1934），湖南长沙人；新中国成立 60 周年之际，当选“100 位为新中国成立作出突出贡献的英雄模范人物”。②吉平、豫让、文天祥等，皆为中华民族历史上舍生取义的著名英雄。③杀体成仁：即杀身成仁，语出先秦·孔子《论语·卫灵公》：“志士仁人，无求生以害仁，有杀身以成仁。”④取自唐·李白《塞下曲》：“愿将腰下剑，直为斩楼兰。”

【随记】

贵州赤水市陈树湘塑像

陈树湘是我们“红色骑行”必须祭拜的大英雄。查阅资料可知，陈树湘 10 岁因家乡遭大旱，随父流落到长沙市小吴门外陈家垅，以种菜为业。于是，我们先托朋友后亲自骑行前往寻找旧址，可惜无果。欣慰的是，“大华南战役”最后一站，骑到广西兴安县参观湘江战役纪念馆，在那里我们第一次祭拜陈树湘塑像。一年多以后，“大西南战役”骑到贵州赤水市丙安古镇，再一次向赤水河河畔的陈树湘塑像鞠躬致意。

陈树湘，年少时接受新思想，15 岁即参加长沙反日爱国运动。1921 年，毛泽东、杨开慧定居长沙清水塘，从事建党活动。陈树湘因为常去清水塘挑水送菜，因而结识了毛泽东、何叔衡等一批湖南早期革命活动家。从此，陈树湘义无反顾地走上了革命道路。加入中国共产党，参加秋收起义，踏上井冈山，参加历次反“围剿”战斗，参加开辟赣南、闽西革命根据地的斗争。1934 年 10 月参加长征，率全师将士担负全军后卫，身负重伤，弹尽被俘，在敌人押送途中从伤口处掏出肠子绞断，慷慨就义，实现了他“为苏维埃新中国流尽最后一滴血”的誓言，年仅 29 岁。

什么叫大义凛然？什么叫视死如归？什么叫坚贞不屈？什么叫舍生忘死？什么才是真正的惊天地？什么才是真正的泣鬼神？那就是断肠取义之红军将领陈树湘！那就是英勇无比的共产党人陈树湘！

三十、聂耳人民音乐家

【题记】

2018 年 2 月 28 日下午，我们骑行到★◆聂耳纪念馆、聂耳墓（云南昆明西山森林公园）。

【诗词】

减字木兰花·聂耳人民音乐家①

为民呐喊②，大路歌声音永远③。呼唤新春，华夏高歌义勇军④。
情萦桑梓，前进曲词强意志。爱我中华，聂耳人民音乐家。

【注释】

①聂耳（1912 ~ 1935），云南玉溪人；中国音乐家，中华人民共和国国歌《义勇军进行曲》的作曲者；1933 年加入中国共产党，1935 年 7 月年仅 23 岁的聂耳不幸溺水身亡；新中国成立 60 周年之际，当选“100 位为新中国成立作出突出贡献的英雄模范人物”。②取自聂耳语：音乐要替“大众呐喊”。③④大路、义勇军等：取自聂耳创作的音乐名。

【随记】

参观西南联大旧址之后，我们前往西山公园聂耳纪念馆，虽然不过 20 多公里，但穿过昆明城的道路很不好骑。尤其是在接近目的地时，导航又“糊涂”了。面前有三条路，询问路人，说法又不一。焦头烂额的我们，试着推车在几条道路上探路上山，最后被引进了一条小道。大约是“龙门社区”，路边几个带着红袖章的老汉一再说“自行车上不去的”。我们停在“苏家村”一块小空地旁一筹莫展。必须去的，怎么办？最后决定，老曹在这儿看着自行车，老赵一人带着三面旗帜和相机登山去寻找。

决策是正确的。登山的道路，人爬起来都困难重重，更不要说推自行车，而且上去后才知道正儿八经的道路很远，是旅游通道，根本不允许自行车骑行。此刻，老赵爬的是登山小道，山道太差，不是碎石满地，就是看不到头的台阶，还曲曲弯弯岔道多多。问一个下山游客，说是有四公里，可老赵足足爬了 50 分钟。加上参观拍照等，返回“苏家村”耗用两个半小时，负责看管自行车的老曹已经睡着了。

云南昆明市聂耳纪念馆聂耳墓

聂耳纪念馆在西山森林公园的龙门景区内。1930 年聂耳到上海，参加反帝大同盟，在抗日救亡运动中创作了《义勇军进行曲》《大路歌》和《毕业歌》等几十首革命歌曲，开辟了中国新音乐的道路，是中国无产阶级革命音乐的先驱。呈琴状的聂耳墓地，上书“人民音乐家聂耳墓”几个大字，就坐落在纪念馆的下方。

聂耳英年早逝，但他的音乐却一直激励着人们。特别是，《义勇军进行曲》被确定为中华人民共和国国歌，成为中华民族精神文明的重要象征，并被世世代代的中国人民高歌传唱！

三十一、中国丹娘江竹筠

【题记】

2018 年 4 月 1 日，我们骑行到★◆江竹筠塑像（重庆沙坪坝区歌乐山烈士群雕）。

【诗词】

太常引·中国丹娘江竹筠①

竹签手指志如钢②，江姐是丹娘③。昂首笑狂獐，可知否、胸怀昊苍。

忍含悲痛，承接事业④，威武女儿装。视死作归乡，人道是、千年丽芳。

【注释】

①江竹筠（1920 ~ 1949），曾用名江雪琴等，四川自贡市人；著名革命女烈士，“江姐”是对她的爱称；1939 年入党，1948 年 6 月因叛徒出卖而被捕，1949 年 11 月被杀害，年仅 29 岁；新中国成立 60 周年之际，江竹筠当选“100 位为新中国成立作出突出贡献的英雄模范人物”。②在狱中，国民党军统特务对江姐使尽了如老虎凳等多种酷刑，甚至把竹签钉进她的十指。③丹娘：前苏联影片中人物，述说的是卫国战争中女英雄卓娅的故事；又，狱中难友们称江姐为“中国的丹娘”。④见下文。

【随记】

国道 318，我们绝不陌生。它是我国华东、华中、西南地区一条著名的国道，起于上海，终点西藏日喀则市聂拉木县，途经八个省区市。其中，318 川藏线段对骑行者而言，是一条心中放不下的道路。我们曾数次骑行它：一是 2015 年夏季“川藏线战役”，从成都西去拉萨；二是本次“大西南战役”，从泸定东向成都；三是在多个省份骑经；这几天，我们又在 318 国道上几度骑行。

而特别为了让 2011 年出生的孙儿赵十可长大后记住我们的“红色骑行”，记住爷爷奶奶骑过全世界最经典的 318 国道，我们还有意在梁平到大竹的路途中往返数公里寻找到 G318—2011 的里程碑。为什么要往返？因为，这一段里程碑被汽车撞倒了，我们骑过去没发现而不得不回头找，然后将里程碑立起来拍照留影。

这一带，不远处就是华蓥山，1948 年，江姐曾在此接任牺牲的丈夫彭咏梧而继续战斗。这一带，附近就是万州区（原名万县），1948 年 6 月江姐就是在此被叛徒出卖而被捕。这一带，已经毗邻重庆市，1945 起江姐还在此负责《挺进报》，因被捕而于 1948 年关押于重庆军统渣滓洞监狱，1949 年 11 月 14 日被敌人杀害并毁尸灭迹。

在歌乐山上，在离渣滓洞不远的地方，在一片寂静的雕塑园中，我们推车走到敬爱的江姐塑像前，将鲜红的党旗、国旗覆盖在她的墓碑上，并轻轻地告诉她：“江姐，我们两个共产党员不远万里‘红色骑行’看你来啦！”

重庆沙坪坝区江竹筠塑像

三十二、井冈英烈余贲民

【题记】

2018 年 9 月 14 日上午，我们骑行到☆余贲民雕塑（江西芦溪县卢德铭烈士陵园）。

【诗词】

捣练子・井冈英烈余贲民①

奔共产，率宗亲②。起义秋收最致心③。红色管家人敬佩④，井冈英烈记贲民。

【注释】

①余贲民（1888 ~ 1933），湖南平江人；历任湘赣边界特委委员、湘赣边界工农兵苏维埃政府财政部长、湘鄂赣省委军事部长等职；1932 年战斗负伤，1933 年因伤势恶化牺牲，终年 45 岁。②国民党当局将余贲民的母亲抓起来游街，余贲民不仅毫不动摇革命意志，还带着子女五人一同闹革命。③致心：诚心。④在苏区，余贲民被称作红军的好“管家”。

【随记】

13 年“红色骑行”，十万里长途跋涉——翻山越岭，跨江过河，披星戴月，风雨兼程，其间辛苦无法用言语描述，但我们奇迹般的毫发无损，身体也经受了考验。除了老曹因患有多处运动旧伤，长期腰腿疼痛，只是偶然有一点感冒或者腹泻。好在老曹是“吉祥三保”——保健保安与保姆，“三保”也真带来了许多“吉祥”。

昨天夜里 2 点多钟，我们俩都腹泻了。想想，我们的胃肠功能都特别好，骑行路上多数时候是自己做饭菜。此刻的问题，或因水土不服，或因昨晚购买的食品有问题。老曹立刻开医嘱，当机立断“命令”早餐先禁食，接着她土法上手段，每人喝一大杯盐水就出发了。在路上，继续不吃东西，饿了就喝水。真有一点吃不消，但饥饿疗法很见效，很快就止泻了。晚上，在宾馆里继续食疗，用自身携带的电饭煲熬了一点小米粥，就着榨菜，糊弄了一餐。

江西芦溪县余贲民塑像

清晨，骑往卢德铭烈士陵园。这里，还有一处将军雕塑园，余贲民与毛泽东、谭政、宛希先、何挺颖等人的雕塑排成了一排。井冈英烈余贲民，湖南 49 标军官学堂毕业后，参加辛亥革命。1922 年，毛泽东在长沙介绍他加入中国共产党，1926 年进入广州农民运动讲习所学习。认识到真理所在，他将其五个子女都带上了革命道路。1927 年，他任工农革命军第一军第一师副师长，率部参加秋收起义，进入井冈山又参与根据地的创建，直至战斗负伤而壮烈牺牲。

人说五百里的井冈郁郁葱葱，我们说五百里的井冈其实红红艳艳。毛泽东、朱德、彭德怀、陈毅等率领红军战士在这里浴血奋斗能不红艳？余贲民就是血洒井冈的英烈代表之一。

三十三、贺英鏖战湘鄂边

【题记】

2018 年 10 月 9 日下午，我们骑行到★◆贺英烈士墓（湖北鹤峰县湘鄂边苏区革命烈士陵园）。

【诗词】

鹧鸪天·贺英鏖战湘鄂边①

良玉长缨马上欢②，梨花利剑灭狼烟③。贺英鏖战洪湖上，烈女威风湘鄂边。

香大姐，美贞媛④，巾帼英勇盖千年。满山花卉拥红色⑤，澧水清绵慰丽娟⑥。

【注释】

①贺英（1886 ~ 1933），湖南桑植人；革命烈士，贺龙大姐；新中国成立 60 周年之际，当选“100 位为新中国成立作出突出贡献的英雄模范人物”。②良玉：秦良玉，明朝末期战功卓著的民族英雄、女将军、抗清名将；又，取自崇祯皇帝赋诗彰其功：“……桃花马上请长缨”。③梨花：樊梨花，中国古代女英雄，协助其夫薛丁山登坛挂帅、所向披靡。④贺英乳名香姑，游击队员亲切地称其为“香大姐”；又，贞媛：贞洁贤淑的妇女。⑤满山红：贺英陵墓安放地。⑥澧水：流经鹤峰县的河流；又，丽娟：代指贺英。

【随记】

骑向鄂西南的鹤峰县，一路山高陡峭，Z 字行的盘山道在头顶上盘旋，“蜀道难，难于上青天”的情景再现湖北。但风景特别美，我们一面爬山一面拍摄，全然不顾劳顿。待爬到半山腰，抬头望去依然是高山重叠。但前方隧道群带来转机，最长隧道 2708 米，过完隧道连续下坡。

270 度的急弯接二连三，我们骑过一座横跨两座大山的新建大桥时，遇到了骑行以来的大麻烦，老赵的刹车碟片圈彻底断裂了。坚持着用后轮刹车前行，不幸中的万幸，小小的鹤峰，半山腰的城街上居然有一家美利达专卖店。小于老板吓了一跳，说：“专卖并修车这么多年，还是第一次看到把刹车刹成这样的。”然后，热情地连夜加班两个小时。

就在修车前，我们还坚持骑到满山红烈士陵园祭拜“一号烈士段德昌”，再向贺英烈士墓鞠躬。贺龙元帅的大姐贺英，1906 年与丈夫组建与恶势力抗衡的地方武装，1916 年支持贺龙革命，1922 年丈夫被害后继续率领群众武装，并于 1928 年春将千余人的武装交给贺龙、周逸群，从此加入工农革命军。1930 年春，当贺龙率红军东下洪湖后，贺英率游击队在湘鄂边根据地坚持游击斗争，直到壮烈牺牲。

湖北鹤峰县贺英墓

特别要致敬贺英，她是以非党员的身份为党工作直至献身。贺龙曾说：“大姐曾三四次向我和逸群提出入党要求，逸群向我姐解释说：‘香姑你目前不入党比入党作用还大……’。”

三十四、铁血男儿夏明翰

【题记】

2018 年 9 月 21 日中午，我们骑行到★◆夏明翰雕塑（湖南衡阳市西湖公园内）。

【诗词】

西江月·铁血男儿夏明翰①

孟母三迁育子②，女杰一意教男③。豪门公子跨围栏④，只为中华红艳。
不惧头颅悬剑⑤，但求信仰鸿延。廿八生命义云天⑥，铁血男儿明翰⑥。

【注释】

①夏明翰（1900 ~ 1928），湖南衡阳人；1928 年在汉口被捕牺牲，时年 28 岁；新中国成立 60 周年之际，当选“100 位为新中国成立作出突出贡献的英雄模范人物”。②孟母三迁：即孟轲的母亲为选择良好的环境教育孩子，多次迁居；语出《三字经》：“昔孟母，择邻处。”③女杰：指夏明翰母亲陈云凤，详见下文。④夏明翰出身豪绅家庭。⑤见下文。⑥义云天：高义薄云天，取自宋·沈约《宋书·谢灵运传》：“……贾谊、相如，振芳尘于后，英辞润金石，高义薄云天。”⑦铁血男儿：取自同名电视剧《铁血男儿夏明翰》。

【随记】

昨天从永兴县骑往耒阳市，气温很高，室外 38 度，中午地面温度 50 度，我们不得不吃一些“仁丹”预防中暑。在破烂的 107 国道旁，直到下午 1 点多钟才找到一废弃煤场的墙壁遮阴吃午饭。

今天，一路狂奔从耒阳市过衡南县到衡阳市。12 时半我们骑到西湖公园内的夏明翰雕塑。夏明翰曾担任多项要职，中共八七会议后在湖南积极参加组织秋收起义，1928 年英勇就义时留下撼天动地的就义诗：“砍头不要紧，只要主义真。杀了夏明翰，还有后来人。”必须提及，夏明翰兄弟姐妹走向革命的启蒙老师和最忠实的支持者，是他们的母亲陈云凤——一位颇具传奇色彩的潇湘女杰。

夏明翰雕塑附近，绿树成荫，寻一处石凳坐下来，我们陪一下英雄。然后，再挥手告别这千古流芳的奇男儿，跨湘江骑向衡东县。

路边壳牌石化的广告语“不只是加油”吸引了我们，员工们果然特别热情，也很羡慕我们：“你们这老两口真浪漫，真幸福，也更有激情”。哪里哟，骑行艰苦，三天三夜也说不完。这不，下午 60 多公里就再一次折磨我们，坑洼的水泥路面，长而陡的大坡，临近衡东的 18 公里简直是前所未有，水泥路面裂缝深且宽，间隔三米左右就是一条，当地养路维修方法又很独特，直接用柏油填补，鼓出路面的柏油埂相当于减速带，18 公里是一埂一埂骑过来的，晚上 7 点多钟到衡东县，手脚屁股全部颠麻了。

湖南衡阳市夏明翰塑像

三十五、生死伟大刘胡兰

【题记】

2018 年 5 月 12 日下午，我们骑行到★◆刘胡兰纪念馆（山西省文水县刘胡兰村〈原名云周西村〉）。

【诗词】

潇湘神·生死光荣刘胡兰①

刘胡兰，刘胡兰，青春少女不平凡。生死显荣人伟大②，忠于信仰美名传。

【注释】

①刘胡兰（1932 ~ 1947），山西文水人；14 岁被吸收为中共预备党员；1947 年 1 月，因叛徒告密被敌人用铡刀残酷杀害，牺牲时尚未满 15 周岁，是中国共产党女烈士中年龄最小的；1947 年 8 月被破格追认为中国共产党正式党员；新中国成立 60 周年之际，当选“100 位为新中国成立作出突出贡献的英雄模范人物”。②取自毛泽东为刘胡兰的亲笔题词“生的伟大，死的光荣”；又，显荣：显赫荣耀，光荣。

【随记】

太原市的道路不错，还有骑行道，但毕竟是早上上班的时间，出城仍然不容易，耗用了一些时间。顺着汾河一直南下，滨河西路之后基本上没有省道，而是十几公里的乡道、县道，甚至还有一些村道，大多是大堤应急通道，水泥路面全部被轧坏了，到处沟沟坑洼，十分难骑。老曹一个陡坡冲下去，下坡时来不及反应掉进大坑，重重地摔了一跤，半天都爬不起来。尤其是臀部摔重了，勉强才能坐上车座。

下午，跨过汾河上省道 320 ，几公里后，我们骑到了刘胡兰的家乡刘胡兰镇。先走英雄北路去刘胡兰故居，可惜大门锁着，没有办法参观。接着，我们返回跨过道路再走英雄南路，到了刘胡兰纪念馆。纪念馆的前身为刘胡兰烈士陵园，经数次调整布局及整修扩建，现在的主要建筑物包括毛泽东题词纪念碑、七烈士纪念厅、刘胡兰事迹陈列室、陵墓、刘胡兰雕像、碑亭、烈士被捕受审就义原址等。较之于其他的烈士事迹陈列馆，这里是以图片为主。

山西文水县刘胡兰纪念馆

今天是周六，来纪念馆参观的人还不少，其中不乏 15 岁左右的花季少女。我们努力地揣想，不知道这些孩子看见与之同龄的少女共产党员刘胡兰，会有什么样的思考？尤其是，她们相信 15 岁的少女刘胡兰能够面对严刑拷打，无所畏惧，不屈不挠，毅然决然地昂首挺胸走向敌人的铡刀？！

骑向祁县，晚上入住“昭馀古城”附近的“都江宾馆”。这里也是祁县县城的中心地带，周末夜晚满大街可见一拨又一拨的花季少女以及无忧无虑幸福着的人们。敌人没有了，铡刀没有了，她们赶上了好时代，我们赶上了好时代。

三十六、生死中国刘伯坚

【题记】

2018 年 3 月 23 日下午，我们骑行到★◆刘伯坚纪念馆（四川平昌县新华街佛头山红色文化园）。

【诗词】

破阵子·生死中国刘伯坚[①]

跨海勤学知识，留苏苦练神拳。笃信马恩奔大道，起义宁都向红天。凯歌唱九寰。

带镣长街行走[②]，将心故土接联[③]。扼守心中豪迈志，生死伯坚华夏男[④]。英名传百年。

【注释】

①刘伯坚（1895 ~ 1935），四川平昌人；中国工农红军早期优秀将领；1920 年赴欧勤工俭学，1922 年与周恩来等发起组织中国少年共产党，后转为中国共产党党员；1923 年赴苏联入东方劳动大学学习，1928 年再赴苏联入伏龙芝军事学院学习军事；1931 年底参与领导宁都起义，1935 年负伤被捕壮烈牺牲；新中国成立 60 周年之际，当选“100 位为新中国成立作出突出贡献的英雄模范人物”。②③取自刘伯坚狱中所写诗歌《带镣行》：“带镣长街行，我心无愧怍……我心自安详”。④取自刘伯坚遗书：“生是为中国，死是为中国。”

【随记】

早晨离开巴中市的“7 天快捷”，该酒店电梯太小，自行车需要竖起来才能上下。先参观川陕革命博物馆，那里有全国最大的“将帅碑林”，然后沿巴河向川南平昌县，不久遭遇中等阵雨并开始持续地爬山。真应了老乡所说，出了（巴中）盆地，就会迎来大山，一座又一座，直到平昌县境内。

平昌是全国唯一具有七个 4A 级旅游区的县，田园风光，百里森林，风景绝美，可惜我们只能沿路匆匆掠过。骑到县城里的一个路口，导航又“罢工”了，询问一对中年夫妇，被告知从二中的门口上去。到了二中门口，一群学生娃指向一条山道，车根本推不上去。这时，刚才为我们指路的张先生追了回来，他担心我们找不到就让妻子先回去，他返回陪我们绕街巷、爬山坡，又主动上前和门卫协商，我们连人带车进了“佛头山红色文化景区”。记住了张先生，素不相识，如此热情。

四川平昌县刘伯坚纪念馆

景区里面参观“中国工农红军标语石刻园”，我们来到刘伯坚纪念馆。该馆系统展示了刘伯坚光辉战斗的一生。刘伯坚，几番远足学习，一生忠于革命，中央红军长征后，留在苏区坚持斗争而负伤牺牲。他不仅是优秀的红军将领，还是“红色”诗人，写有《带镣行》等诗歌。

“生是为中国，死是为中国。”中国刘伯坚！

三十七、竭尽忠勇张子清

【题记】

我们曾数次前往瞻仰☆张子清烈士雕塑（井冈山烈士陵园内），2018 年 9 月 16 日傍晚我们再次骑行到此。

【诗词】

更漏子·竭尽忠勇张子清①

武校兵②，将门子③，胸有鸿鹄之志。攻宁岗，占茶陵，隧川再夺营④。
坚强汉，忠勇腕，咬紧牙关取弹⑤。载史册，颂威名，英雄张子清。

【注释】

①张子清（1902 ~ 1930），湖南桃江人；中国工农红军早期著名将领；1930 年因伤势恶化牺牲，年仅 28 岁。②③见下文。④张子清指挥部队取得了茶陵、隧川、宁冈等多次重要战斗的胜利。⑤张子清在没有麻药的情况下，两次咬木取弹，无惧伤痛，被誉为“红军中的关云长”。

【随记】

前已述，骑向井冈山的那一天大雨如注，我们穿的骑行雨衣早就形同虚设了。骑行的雨衣，我们已经更新了三代，以前的雨衣体积大、分量重、材料厚而不透气，如今的新产品体积小了，分量轻了，材料薄了，但仍然不透气。而所谓“形同虚设”，是指其防雨功能不理想，尤其是在大雨中超过一个小时就没有效果，不透气更让骑行者从里到外湿透。于是，我们干脆脱了雨衣，冒雨再骑了 20 多公里。

就有这么多的“神奇”，当我们骑到井冈山烈士陵园时，风停雨住。赶紧上山，踏着一级级台阶，伴随着参观的人群，我们来到雕塑园区站在了张子清等人的塑像前。

张子清，科班出身，将门之后。他 1912 年考入长沙陆军芝芳小学，1920 年毕业于云南讲武堂，其父张建良曾任湖南江道区少将司令官。1925 年他加入中国共产党，1926 年主动放弃去美国留学的机会，毅然进入广州农民运动讲习所学习。此后，张子清于 1927 年参加秋收起义、三湾改编，后参与指挥保卫井冈山革命根据地的作战。红五军转移之后，张子清担任中共湘赣边界特委书记，在极其困难条件下带病参与领导坚持湘赣边界的游击战争，终因伤势恶化而牺牲。

江西井冈山市张子清塑像

这一片雕塑园，我们曾先后三次瞻仰，这一次是在“第 18 次出征”之“湘鄂赣战役”中专门骑行而来。每每凝望张子清的塑像，扼腕叹息中总想着他才 29 岁，可惜了他那文韬武略、满腹经纶、济世之才与治国安邦之能！

三十八、三大互助王克勤

【题记】

2018 年 5 月 19 日中午与 6 月 2 日下午，我们分别骑行到★★王克勤烈士墓（河北省邯郸市晋冀鲁豫烈士陵园）与☆◆王克勤烈士事迹展览（安徽阜阳市人民西路阜阳市革命烈士纪念馆）

【诗词】

潇湘神·三大互助王克勤①

王克勤，王克勤。崭新战士好精神②。杀敌爱兵三互助③，赢来解放奏佳音。

【注释】

①王克勤（1920 ~ 1947），安徽颍上人；1945 年在邯郸战役中参加中国人民解放军，1946 年加入中国共产党；在党和人民军队培养下，迅速成长为具有高度政治觉悟、英勇善战的优秀战士；新中国成立 60 周年之际，当选“100 位为新中国成立作出突出贡献的英雄模范人物”。②③见下文。

【随记】

在临泉县韦寨镇参观千里挺进大别山纪念馆后，骑向阜阳市。导航引我们骑了一天的县道与乡道，正赶上麦收季节，沿路晒着厚厚的麦穗，骑在上面既滑又滞。更麻烦的是，麦草卡满链条，换不了档也骑不动，只好用牙签慢慢把麦草挑出来。就这样，骑一段下来清理一下再骑，艰难骑了 100 多公里来到阜阳革命烈士纪念馆。该馆处于大修期间，与保安张师傅说明来意后，他非常热情领我们进去，将纪念馆每一层楼的灯都开亮，以便能仔细参观。

王克勤，是一个具有特殊意义的英雄典型。出生于安徽阜阳县干东店村（现在为颍上县）一个贫苦农民家庭的他，曾被国民党军队抓壮丁六年，是党和人民军队在邯郸战役中解放培养了他。光荣入党后，他屡建战功，特别是他创造的思想、技术、生活三大互助活动，对人民军队建设具有重大意义。1947 年 7 月，王克勤光荣牺牲于鲁西南战役中，所在排后被命名为“王克勤排”。我们在此前曾骑行到邯郸市，在晋冀鲁豫烈士陵园祭拜了他的陵墓，然后一路南下专程骑行到此，参观他革命性转变及创造的巨大功勋。

河北邯郸市王克勤墓

晚上，现在阜阳师院工作的学生盛鹏宴请我们。知道老师与师母要骑经阜阳市，这几天盛鹏几乎要把电话打爆，邀请几位小有成就的同学作陪。师生相聚，聊过去，谈今天，说未来，许多的开心；当然还要讲红色，论现代，又有多少的希冀。

三十九、抗日名将罗忠毅

【题记】

2019 年 3 月 20 日下午，我们骑行到★◆罗忠毅烈士墓（江苏溧阳市西山公园）。

【诗词】

渔家傲·抗日名将罗忠毅[①]

铁打襄阳多义士[②]，三国文化荣青史[③]。弃笔从戎抒壮志，罗忠毅，投身革命张雄翅。

起义宁都旗易帜，复兴华夏人扬气。岂料溧阳呜眼泪，名将坠，江南抗日何人继？

【注释】

①罗忠毅（1907 ~ 1941），湖北襄阳人；新四军抗日名将；2014 年列入“民政部第一批著名抗日英烈和英雄群体名录”；新中国成立 60 周年之际，当选“100 位为新中国成立作出突出贡献的英雄模范人物”。②罗忠毅家乡襄阳，古城大战旷日持久，有“铁打襄阳”之说。③襄阳还是三国鼎立格局形成的源头，三国文化影响深远。

【随记】

早晨 6 时，从安徽芜湖安徽工程大学家属楼出发，在小雨中我们开始“长三角战役”。今天第一天骑了 140 多公里，是因为道路驾轻就熟——已经多次骑行。此外，起始道路有稍许变化，青弋江上新架了“赤铸山”大桥，于是我们不再是乘小渡船，而是直接过桥经当涂县进入江苏省。

再一次路经高淳区，直到溧阳市“西郊公园”，但找不到罗忠毅墓。问一个老人说不知道，找到的一位警察说，可能在对面不远处的“烈士陵园”里。有关红色景点，资料以及导航说得不甚明白，这往往耽误时间。不久，我们骑到烈士陵园，1941 年 11 月在塘马激战中壮烈牺牲的罗忠毅，陵墓建于山上。

在家乡襄阳，罗忠毅曾是萧楚女的学生，受其影响，阅读了萧楚女、鲁迅、李大钊等人的文章，积极参加学联活动。1927 年 20 岁时，他到冯玉祥部当兵，1931 年参加宁都起义走上革命道路，参加红军入党后在瑞金红军中央军事政治学校深造，历任师参谋长等职，参加中央苏区第四、第五次反“围剿”。抗战爆发后，参与创建以茅山为中心的苏南抗日根据地及参与指挥一系列战斗。真正是“青山处处埋忠骨，何必马革裹尸还”，罗忠毅永远躺在他战斗的地方。

江苏溧阳市罗忠毅墓

又下雨了，并且越来越大，我们赶紧骑向溧阳城。盖邮戳的情形具有戏剧性：起初一位中年男子不同意，离开时遇到一位邮车司机，不由分说将我们领到一位女士跟前说：“这太珍贵了！价值连城啊！”说话的表情、姿态，与我们在郑州等地遇到的工作人员一模一样。

四十、抗日虎将叶成焕

【题记】

2018年5月14日上午与19日中午，我们分别骑行到☆◆叶成焕烈士牺牲地（山西武乡县长乐村）与★◆叶成焕烈士墓（河北邯郸市晋冀鲁豫烈士陵园）。

【诗词】

卜算子·抗日虎将叶成焕①

万里走长征，一路迎鏖战。抗日横刀又举枪，捷报三番现。
奋勇斗豺狼，豪气降鹰犬。表里山河好汉多②，虎将名成焕。

【注释】

①叶成焕（1914～1938），河南新县人；2014年列入“民政部第一批著名抗日英烈和英雄群体名录”；新中国成立60周年之际，当选“100位为新中国成立作出突出贡献的英雄模范人物”。②表里山河：表里即内外；外有大河，内有高山，指有山河天险作为屏障；语出《左传·僖公二十八年》：“子犯曰：……若其不捷，表里山河，必无害也。”

【随记】

一路骑行，可以看到形形色色的广告。譬如，“冷库住宿”“美发过磅”……呵呵，“冷库”里怎么住宿？“美发”如何过磅？有一块路牌更奇怪，写的是“保通道路”，问老乡，说就是前面路况比较差。

当然，在红色武川骑行，沿路还有许多红色印记。7时多，路经“红色经典，粉碎‘九路围攻’主战场，里庄”。沿路向前，又有“中国红色第一镇蟠龙”“八路军王家峪总部旧址”“中共中央北方局旧址”和“八路军砖壁总部”等一系列红色纪念地。

里庄过来十几分钟，我们骑到了长乐村战斗遗址，纪念碑立在路旁，宣传栏介绍了战斗情形及叶成焕的英勇事迹。1930年，叶成焕参加鄂豫皖红军，抗战时任八路军七七二团团长，率部参加了长生口、神头岭、响堂铺等著名战斗。1938年，年仅24岁的抗日虎将叶成焕壮烈牺牲于此，刘伯承得知噩耗，捶足顿胸，并从指挥部快马加鞭赶过来，痛不欲生地伏在叶成焕遗体上。五天后，我们骑到“晋冀鲁豫烈士陵园”，再一次祭拜叶成焕。

河北邯郸市叶成焕墓

邯郸市的朋友师光复夫妇热情接待我们。几年前，老赵多次到石家庄和邯郸等地，为中国移动河北公司的管理干部讲学，就是师光复联系及安排的。久别重逢，大家非常高兴。第二天，我们还是冒雨出发。

四十一、重霄九上柳直荀

【题记】

2018 年 10 月 3 日下午，我们骑行到☆柳直荀烈士纪念园（湖北监利县周老嘴镇）。

【诗词】

巫山一段云·重霄九上柳直荀①

雾罩洪湖上，惊依晓梦残②。战刀偏倒弑忠贤，可伶好儿男。

问讯吴刚何有③，忍看嫦娥舒袖④。重霄九上乱云嗔⑤，哀咽柳直荀。

【注释】

①柳直荀（1898 ~ 1932），湖南长沙人；早年参加新民学会，1924 年入党，1932 年在肃反扩大化中被错杀，时年 34 岁；1945 年中共六届七中全会为其平反。②取自柳直荀夫人李淑一悼念丈夫的词《菩萨蛮·惊梦》：“底事太难堪，惊侬晓梦残。”③④⑤取自毛泽东复信李淑一及所附的词《蝶恋花·答李淑一》：“我失骄杨君失柳，杨柳轻飏直上重霄九。问讯吴刚何所有，吴刚捧出桂花酒。寂寞嫦娥舒广袖……”。

【随记】

一首悲壮委婉的《蝶恋花》，不仅让人们晓得了毛泽东对发妻杨开慧的浓情蜜意，也让人们知道了毛泽东对战友柳直荀的深情怀念。

在参观地处洪湖市瞿家湾的湘鄂西根据地革命旧址群之后，我们又骑向地处监利县周老嘴的同名纪念地。时间上，当年他们也是先驻扎于洪湖，再转战监利。

中午时分，已经骑了 50 多公里，肚子明显提“抗议”了，我们在路边一农家门前吃午饭。菜是排骨烧土豆，昨晚就已经做好，黑米红枣饭是今早在宾馆刚做的。打开电饭煲，还有一些热气，最主要的喷喷香。老曹分配一下，一人一大缸子，再取一些榨菜萝卜干以调味，狼吞虎咽，风扫残云般。

下午 2 时左右我们骑到周老嘴，临街转角处设有“湘鄂西根据地革命旧址”的纪念碑，我们将自行车扛上去拍照。参观旧址群以后，经人指点绕一个圈，骑到“柳直荀烈士纪念园”。

柳直荀入党后，参加革命任多项要职，1930 年 4 月受命到洪湖革命根据地工作，任红二军团政治部主任、军团前敌委员兼红六军政委等，与贺龙、段德昌等同志巩固和发展了湘鄂西革命根据地。周老嘴心慈庵之陵园所在地，即为烈士当年的殉难处。1979 年，监利县人民政府在此为柳直荀烈士建立陵园及其陵墓，修建纪念亭，并撰文立碑以志纪念。

在又一个被“肃反”扩大化错杀的英雄面前，我们展开了党旗、国旗，我们相信柳直荀泉下有知……因为他在党旗下曾经庄严宣誓。

湖北监利县柳直荀纪念园柳直荀墓

四十二、千古功臣何挺颖

【题记】

2018 年 9 月 14 日上午与 16 日下午，我们骑行到两处☆何挺颖雕塑（江西芦溪县卢德铭烈士陵园将军雕塑园内）与（江西井冈山烈士陵园雕塑园内）。

【诗词】

南乡子·千古功臣何挺颖①

保卫井冈山，跟随朱毛战赣南。军政两优人爱敬，铭鼎②。千古功臣何挺颖。

【注释】

①何挺颖（1905 ~ 1929），陕西南郑人；1929 年在战斗中身负重伤不幸牺牲，年仅 24 岁。②铭鼎：在钟鼎等器物上刻铸文辞，引申为建功立业，以传后世。

【随记】

井冈山革命烈士陵园，位处茨坪中心景区北岩峰上，它有这样一组数据，那是嵌刻在吊唁大厅四周墙面的一组烈士英名录。上面清楚记载，当年井冈山革命根据地包括周边七个县市范围，共牺牲了 15744 位烈士。这只是我们可以找到与祭奠有名有姓的烈士。大厅中正上方还有一块汉白玉的无字碑，则表示人们对无名先烈的深切怀念。

井冈山雕塑园，地处纪念堂左侧高山之巅，是全国第一座以革命历史为题材的人物雕塑园。青松翠柏间，毛泽东、朱德、陈毅、彭德怀、罗荣桓、何挺颖等革命先辈的 19 尊雕像巍然耸立。这些雕像，或以青铜制造，或以汉白玉雕刻，或以花岗石制成，当年叱咤风云的领导人物、英雄将领的形象生动再现，井冈山艰苦卓绝的革命斗争也历历在目。

秋收起义烈士陵园，又称卢德铭烈士陵园，建设在江西萍乡市芦溪县上埠镇山口岩上，其中还有一座秋收起义名人雕塑园。园内雕像 15 座 15 人，他们是秋收起义的各级领导人，分别是秋收起义前委书记毛泽东，秋收起义总指挥卢德铭，工农革命军一团特务连党代表、1955 年被授予元帅军衔的罗荣桓，工农革命军第一团团部书记、1955 年被授予大将军衔的谭政，以及三湾会议后任工农革命军第一团党代表的何挺颖。看见了吧？两处雕塑园，都有千古功臣何挺颖。

江西芦溪县何挺颖塑像

何挺颖，1925 年考入上海大同大学，参加“五卅”运动，不久转入上海大学学习，后加入中国共产党。1926 年参加北伐战争，1927 年随毛泽东参加秋收起义，历任工农革命军连、营、团、师党代表，参加了开创井冈山革命根据地的斗争。1929 年 1 月，率部随毛泽东、朱德进军赣南，在大余战斗中身负重伤不幸牺牲。

毋庸置疑，胜利了的中国共产党和日益强盛的红色中国没有忘记何挺颖。

四十三、血洒井冈宛希先

【题记】

2018 年 9 月 14 日上午与 16 日下午，我们骑行到两处☆宛希先雕塑（江西芦溪县卢德铭烈士陵园将军雕塑园内）与（江西井冈山烈士陵园雕塑园内）。

【诗词】

虞美人·血洒井冈宛希先[①]

秋收起义冲锋去，领头三湾处[②]。政权首创在茶陵，又率雄狮湘赣舞长缨。

生前赤胆忠于党，死后还依仰[③]。问天能有几多冤？血洒井冈哭我宛希先。

【注释】

①宛希先（1906 ~ 1929），湖北黄梅人；1929 年，宛希先在江西永新县大湾被错杀，年仅 23 岁。1945 年，党的七大追认他为革命烈士。②三湾改编时，宛希先首先举手呼喊："跟着毛委员打天下，坚决革命到底！"③在井冈山雕塑园内毛泽东雕像的右边，紧排着的是宛希先雕像；在秋收起义名人雕塑园，宛希先的雕像也同毛泽东的塑像在一起。

【随记】

同于何挺颖，在我们骑行到达的这几处红色纪念场所，都有宛希先的英雄形象与挺拔身躯。

宛希先，少年就读于县高等小学时，就受《向导》《中国青年》等进步书刊的影响，开始接受马列主义，并初步立下改造社会、造福劳苦大众的志向。1924 年参加革命，1925 年任黄埔军校政治部职员，同年加入中国共产党。1926 年参加国民革命军，1927 年参加秋收起义，参与建立湘赣边界第一个县级红色政权茶陵县工农兵政府，参与开辟和保卫井冈山革命根据地的斗争，并作出了重大贡献。让人痛心的是，他不是牺牲在革命战场上，而是被自己人错杀。

两年后，我们在"湘鄂赣战役"中骑行抵达湖南茶陵县城关镇前进村三角坪茶陵县工农兵政府旧址，并特别地在这被毛泽东称之为中国历史上"第一个县级红色政权"的地方，找寻宛希先的战斗足迹，缅怀宛希先的英雄功绩。宛希先，他曾率部两次攻克茶陵，并担任中共茶陵县委书记，深入边界各地健全和扩大党的组织，领导群众开展政治斗争和经济斗争。

"红色骑行"，不仅让我们更直接地认知了这"红色"的伟大与光荣，也更深刻地体验了这"红色"的壮丽与沉重。中国红，不要忘记宛希先等先烈的鲜血！

江西芦溪县宛希先塑像

四十四、李白空中架桥梁

【题记】

2018 年 9 月 11 日中午，我们骑行到☆◆李白故居（湖南浏阳市张坊镇白石村）。

【诗词】

李白空中架桥梁①

年少高举手，一生为党忙。潜心习无线，空中架桥梁，
电台重生命②，电波连中央。天地哭李白，英雄别曙光③。

【注释】

①李白（1910 ~ 1949），化名李霞等，湖南浏阳人；电影《永不消逝的电波》中“李侠”的原型；1949 年上海解放前夕，被国民党特务秘密杀害，年仅 39 岁；新中国成立 60 周年之际，当选“100 位为新中国成立作出突出贡献的英雄模范人物”。②“电台重于生命”，李白终生的座右铭。③见下文。

【随记】

早晨 6∶50，我们骑离铜鼓，翻七星岭和佘家岭等，路经排埠镇毛泽东化险福地暨秋收起义纪念地。毛泽东一生转战南北，历经无数的艰难险阻，其中，铜鼓化险传为佳话。1927 年 9 月 5 日，毛泽东奔赴铜鼓指挥秋收起义，7 日在浏阳边界被国民党团丁扣留，在押往团防局途中，毛泽东巧施“四块银圆妙计”摆脱团丁，并机智地跳进水沟及借着竹林、灌木藏身，从而留下了毛泽东一生当中“一脚踏二省，四圆定乾坤”的传奇经历。

参观完毕，继续骑行，我们第五次骑离江西，第一次进入湖南，向左进入崎岖乡道。老乡说，“前面的山太高太难了”，但那里有李白烈士故居呀。拖着酸痛的双腿，我们骑行加推行终于抵达，也更加敬佩这位从大山里走出去的革命志士。深山里行人很少，回老家探亲的长沙中医康复医院的罗医生停下车热情为我们拍照，询问有没有困难，还约请我们到长沙联系他。

今天又逢周一闭馆，我们不甘心地按照门上留的号码打电话。很高兴，五分钟以后黄管理员就到了，她是李白烈士的亲侄媳妇，介绍李白饱含深情并凸显亲情。15 岁时，李白就在家乡加入中国共产党，随后参加秋收起义，参加红军，参加长征。1937 年 10 月受党派遣化名赴上海、浙江等地从事秘密电台工作，用无线电波架起了上海、浙江和延安之间的“空中桥梁”。被捕后被国民党特务秘密杀害时，距离 1949 年上海解放只有 20 天。

参观完已过中午 12 点，这才感觉肚子饿了：哦，上午爬了好几座大山。我们就在李白故居门口的树下，边吃午饭边与黄管理员叙谈。然后，返回省道，翻越大洞岭，第一次跨浏阳河骑向红一方面军诞生地。

湖南浏阳市李白故居

四十五、隐蔽战线钱壮飞

【题记】

2019 年 3 月 22 日上午，我们骑行到★◆钱壮飞烈士纪念馆（浙江湖州市烈士陵园内）。

【诗词】

长相思·隐蔽战线钱壮飞①

隐红旗，蔽战姿。虎穴栖身为了谁？心中有梦思。
志心巍，弘毅支②。保卫中央太炫奇。功勋钱壮飞。

【注释】

①钱壮飞（1895 ~ 1935），浙江湖州人；中共隐蔽战线著名“龙潭三杰”之一，1935 年 4 月牺牲；新中国成立 60 周年之际，当选“100 位为新中国成立作出突出贡献的英雄模范人物”。②弘毅：弘，广大；毅，强毅；取自曾子曰：“士不可以不弘毅，任重而道远。仁以为己任，不亦重乎？死而后已，不亦远乎？”

【随记】

今天从长兴过来，第一站是湖州，路程不过 30 多公里。国道路况不错，又不需要爬山，所以，很快进入湖州市区。麻烦的是，市区水网复杂，骑到目的地对面也不知道从哪里过。标识不清，在五一大桥下面我们兜圈子。放弃导航，问一位当地人，才找到 360 度大回旋的上桥道路，再找到一条狭窄小路，骑到了湖州市烈士陵园。经门卫允许，我们骑车进入陵园前往钱壮飞烈士纪念馆。

钱壮飞，中国共产党的特殊战士，隐蔽战线的大功臣。他 1926 年加入中国共产党，1928 年入上海无线电管理处任职，1929 年底打入国民党中央组织部党务调查科任徐恩曾的机要秘书。钱壮飞最重大的贡献，是 1931 年 4 月报告顾顺章叛变的绝密消息给党中央，避免了一场中共中央机关的灭顶之灾。周恩来曾多次满怀深情地说：如果没有钱壮飞同志，我们这些在上海工作的同志早就不在人世了。此后，钱壮飞进入中央苏区，继而参加长征，遵义会议后被任命为红军总政治部副秘书长，不幸牺牲在长征途中。

浙江湖州市钱壮飞纪念馆

参观结束，导航引上的东苕溪路全面大修，几位师傅指引我们在乡村里面绕了很长时间的小路，导航里面的“机器人美女”又叫我们走国道 104。我们生气了，怕上当，冒险骑到苕溪河边。哈哈，是标准骑行道，出奇得好。

下午 4 时左右，骑进杭州良渚文化村。老曹的中学同学孙音音早就站在路边，扑上来与我们一一拥抱后，领我们在她安排好的酒店放下自行车与驮包，再领我们去她家。晚上，等到音音的夫君阿虎回来，温馨的家宴立刻盛大开启。音音的烹调技艺绝不亚于星级酒店的大厨，把我们撑得不行，阿虎一瓶又一瓶开绍兴老酒，把我们灌得不行。

四十六、志不可夺杨闇公

【题记】

2018 年 3 月 14 日，我们骑行到☆◆杨闇公故居（重庆潼南区双江镇）。

【诗词】

鹧鸪天 · 志不可夺杨闇公①

转战成渝显义风②，筹谋团党建殊功。武装巴蜀扬刀刃，起义泸州试剑锋

一众俊，六胞兄③，佛图关上伫英雄④，马儿掌铁人生事⑤，志不能夺杨闇公⑥。

【注释】

①杨闇公（1898 ~ 1927），杨尚昆四哥，四川潼南人（今重庆市）；四川党团组织主要创建人和大革命运动的主要领导人之一；新中国成立 60 周年之际，当选“100 位为新中国成立作出突出贡献的英雄模范人物”。②义风：正义的气概和风范。③杨闇公、杨尚昆家族，兄弟六人献身于革命事业。④佛图关：杨闇公被害地。⑤⑥取自杨闇公人生格言：“人生如马掌铁，磨灭方休”；刑场上慷慨怒斥敌人：“我的头可断，志不可夺。”

【随记】

地处涪江下游建于明末清初的重庆潼南县双江镇，因猴溪、浮溪如玉带环腰而得名。该镇自古既是西南地区的军事、商贸要地，又在 2003 年由国家建设部和文物局联合评选中，荣获中国第一批“十大历史名镇”称号。

今天，我们在“大西南战役”中骑离四川遂宁，骑入重庆潼南这一著名古镇。当然，在我们眼中双江不只是一个集历史文化、水光山色为一体的古镇，它还是革命英烈辈出的红色集镇。前国家主席杨尚昆的出生地在这里，其胞兄杨闇公的旧居也在这里。一副金色对联“杰出杨门赤诚报国无私欲，高悬祖训清白传家有遗风”将我们引至旧居门前，典型的穿斗悬山顶小青瓦建筑，二进三重四合院布局，古朴典雅中凸显西南地区的清代建筑风格。

杨闇公，从小受到爱国主义教育，立志救国，曾入南京军官教导团学习，又东渡日本留学，回国后在重庆从事马克思主义的启蒙宣传活动。1924 年，他与吴玉章等在成都成立中国青年共产党，随之转战成渝，建党建团，是中共四川省委第一书记兼军委书记，与朱德、刘伯承等领导了泸顺起义，不幸于 1927 年“3 · 31 惨案”被捕牺牲。

老曹的 62 岁生日，瞻仰杨闇公及杨氏兄妹的丰功伟绩，具有革命意义。推车行走于青石铺就的古镇老街，古朴的建筑、古韵的楼台、古色的庭院，更有一番意蕴。特别是，在刻有“双江”二字飞檐翘角的街门下拍照，真印了背后墙壁上的两行字“双江一日，梦回千年”。

重庆潼南区杨闇公故居

四十七、英雄母亲戎冠秀

【题记】

2018 年 5 月 17 日中午，我们骑行到★◆戎冠秀雕塑（河北石家庄市华北军区烈士陵园）。

【诗词】

鹧鸪天・英雄母亲戎冠秀①

纳做衣鞋救死伤，耕耘土地措军粮。坚墙清野防贼寇，送子随夫揍虎狼②。

戎冠秀，似亲娘，中华大地美名扬。鲜花一束情无限③，母爱绵绵在梦乡。

【注释】

①戎冠秀（1896 ～ 1989），河北平山人；1944 年被授予“北岳区拥军模范子弟兵的母亲”光荣称号；新中国成立 60 周年之际，当选“100 位为新中国成立作出突出贡献的英雄模范人物”。② 1941 年春，在参军动员大会上，戎冠秀先后替丈夫和三个儿子报名。③ 1988 年，聂荣臻专门托人去探望，并将一束“勿忘我”花送到老人病榻。

【随记】

“红色骑行”十万里，让我们对中国共产党的伟大，中国人民的伟大，有了进一步认知。没有共产党，就没有新中国；而没有人民，就没有中国共产党的过去、今天和未来。

这样说不为过。仅以淮海战役为例，苏鲁皖豫人民用极大的物力、人力支援了战争，四省共出动民工 543 万人，战役第三阶段参战兵力与支前民工的比例高达 1∶9，人民提出的口号是“倾家荡产，支援前线，忍受一切艰难，克服一切困苦，争取战役的胜利”。陈毅在总结战役胜利原因时特别强调“庞大深厚的民力支援”，并意味深长地指出：“淮海战役的胜利，是解放区人民用独轮小车推出来的。”

戎冠秀，是人民的杰出代表！奋勇支前，她积极为八路军筹集粮草；照顾伤员，带头送夫送子上前线；抗日救亡，她组织妇救会和识字班，宣传抗日。她的所作所为，无愧于“拥军模范子弟兵的母亲”光荣称号。为了表彰她的贡献，新中国成立后她出席政协第一届全体会议，参加开国大典，受到毛主席、周总理等老一辈无产阶级革命家的亲切接见，又多次出席全国劳动模范会议和拥军优属表彰会议，先后当选为全国人大代表、妇联代表、全国妇联执委，并荣获全国“三八红旗手”称号。

河北石家庄市戎冠秀塑像

今天，我们从井陉县骑来，11 时左右就到了石家庄市华北军区烈士陵园，我们走到戎冠秀的雕塑前，向这位英雄的子弟兵母亲致以崇高敬意。

第二天，我们骑离石家庄，沿国道 107 直向邢台。哇塞，河北的市县呈扁态，我们一天骑过了七个县，四个区，二个市。在全部骑行中，这是穿过地区最多的一天。

四十八、王佐有功井冈山

【题记】

2018 年 9 月 17 日上午，我们骑行到☆王佐墓（江西井冈山市大井村北山岗）。

【诗词】

临江仙·王佐有功井冈山[①]

创业治国多少事[②]，中间苦辣酸甜。真实王佐是才贤[③]。领军奔正道，易帜井冈山。

长恨此身非我有[④]，怎能兄弟相残？可怜志士死含冤！功勋依旧在，哀壮寄家园。

【注释】

①王佐（1898 ~ 1930），江西井冈山人；1930 年 2 月在永新被错杀，新中国成立后被追认为革命烈士。②③王佐才贤：王佐之才，指有辅佐帝王创业治国的才能；语出《梁书·孔休源传》：“董仲舒华令思何以尚此，可谓后生之准也。观其此对，足称王佐之才。”④取自宋·苏轼《临江仙》：“长恨此身非我有，何时忘却营营。”

【随记】

工作期间，我们曾经几次到井冈山来参观学习。因为和单位同事或学习团体的同志一道，又是跟随旅游团前往，所以参观处主要是一些名气大的景点，如黄洋界、茨坪和茅坪等。此次，我们“红色骑行”专门到此，主要祭拜王佐与袁文才的陵墓。

顶着台风“山竹”的余威，我们今天全副武装（雨衣穿好，雨罩套好），一路骑向著名的黄洋界。沿省道 230 绕行井冈山风景区，四五公里后转向省道 246，骑经大井林场、大井希望小学与领袖峰，我们到达大井景区。在井冈山国家级杜鹃花博览园附近，顺着一条小路，一个高大的牌坊伫立在眼前。横批是“浩气长存”四个大字，两边石柱上写有“金戈铁马存英魂在罗霄，风云际会立伟业于井冈”对联。再登上数十级台阶，就来到了“王佐同志永垂不朽”的石碑及其后面的陵墓前，陵墓两边是“王佐烈士之墓”与“大井革命烈士之墓”。

裁缝出身的绿林武装首领王佐，是井冈山的大功臣。不是他与袁文才的积极支持和帮助，1927 年 10 月毛泽东怎能率领工农革命军进驻井冈山？1928 年 4 月，王佐接受改编，这位绿林好汉蜕变为中国共产党党员，1929 年 1 月奉命留守井冈山，先后任团长、红五军第六纵队司令。只是，阴差阳错，可惜了一条好汉！

江西井冈山市王佐墓

“同志”二字最重！这一声“同志”，承认了 1930 年的错杀，洗去了所有的委屈。而今，王佐同志可以安息了。井冈山，有他永远抹不掉的光荣与灿烂；中国革命的胜利，有他青春的热血浸染。

四十九、井冈雄杰袁文才

【题记】

2018年9月17日中午，我们骑行到☆袁文才墓（江西井冈山市茅坪乡坝上村马源坑）。

【诗词】

眼儿媚·井冈雄杰袁文才①

当年奋武井冈山，怎料有蜚言。英雄遭陷，将军蒙难，千古奇冤。
袁文嫂子一声唤，领袖碎心肝②。文才不死，精神永在，魂魄垂天。

【注释】

①袁文才（1898～1930），江西宁冈人；1930年2月于永新县被诬陷杀害，新中国成立后被追认为革命烈士。②1965年毛泽东重上井冈山，特地将袁文才之妻谢梅香接到宾馆，亲切地称她“袁文嫂子”，向她表示亲切慰问，并一起照了相。

【随记】

在井冈山，与王佐齐名的英雄是袁文才。他们两人，人生经历相差无几，革命道路差不多，冤屈的结果相同，出生于同一个年份，真是同生共死的兄弟。

祭拜了王佐，我们爬山返回，重上省道230，西北方向绕行翻越井冈山，在黄洋界保卫战纪念碑——红四军哨口拍照留影。此后，道路以下坡为主，大约10公里向右骑入了一段无名道路，而且十分的弯弯曲曲，几成回旋状态。又是10多公里，我们向左南下骑入864县道，中午12时多从县道下来，走入大约1公里长的羊肠小道，小道旁有一块小牌子上写“袁文才墓”几个字。因为小道上野草茂盛，自行车不能骑了，我们只能一边拨着野草，一边推车朝向纵深。袁文才的墓地较大，前后却被野草覆盖，一块黑色的长方形墓碑横向放置，上面刻着“袁文才生平简介”。

袁文才是客家人，早年为反抗土豪劣绅的压迫，参加当地马刀队。1926年秋，该队被编为宁冈县保卫团，袁文才担任团总。同年9月，受湖南农民运动影响，在中共宁冈县支部的领导下，宁冈举行暴动，袁文才建立农民自卫军任总指挥，不久，加入中国共产党。1927年大革命失败后，他率领农民自卫军在茅坪坚持斗争。同年10月，毛泽东率领秋收起义部队进驻宁冈茅坪后，亲切会见了他，并勉励他同工农革命军联合起来开展斗争。袁文才接受整编，参与创建井冈山革命根据地，历任工农革命军团长、湘赣边界工农政府主席、中共湘赣边界特委委员、红四军参谋长等职。可惜同于王佐，屈死在自家人的刀下。

江西井冈山市袁文才墓

这里很偏僻，无人无车，非常寂静，寂静得可以听到野草的嘶磨声与小虫的低吟。这些年来，井冈山雄杰袁文才，红色中国记得你。你好吗？

五十、民主战士李公朴

【题记】

2018 年 2 月 28 日下午，我们骑行到★◆李公朴墓（云南昆明西南联大旧址内）。

【诗词】

清平乐·民主战士李公朴①

战兵公朴，勇敢求民主②。期待滇池生风雨③，换我春城朝暮④。
先生视死如归⑤，先生生命如诗。欣喜红旗遍地，更琼更艳还威。

【注释】

①李公朴（1900～1946），江苏武进人；著名"七君子"之一，中国民盟早期领导人，杰出的社会教育家；新中国成立 60 周年之际，当选"100 位为新中国成立作出突出贡献的英雄模范人物"。③滇池：昆明著名景点。④春城：昆明别称。②⑤李公朴曾说："我们搞民主运动的人，是要随时准备牺牲的"。"为了民主，我已准备好了，两只脚跨出门，就不准备再进门了"。

【随记】

"大西南战役"如期执行。我们从芜湖出发，乘火车前往昆明。为了尽量避免骑行路线重复，我们往往是接着以前骑行到达或转折的地点继续向前。例如，"大华南战役"是接着"泛东南战役"曾路经的福建漳州、龙岩等地，从广东梅州开始骑行直到广西的百色等地。而这一次，则是续接"大西南战役"在毗邻贵州的云南昆明起步。

此次出发正值春节返程期间，火车票难买，没想到提前许多天预定，买到的卧铺还是上铺。36 个小时躺在上面一直晕乎乎的，只有想起孙儿赵十可在春节期间送给我们的 400 元红包才高兴。2018 是我们"红色骑行"的决战之年（2019 是"决胜之年"，2020 是"收官之年"），一年级小学生小可子给我们发红包，红包上汉字加拼音："祝爷爷、奶奶一路平安。"这是我们骑行以来接受唯一的最大的赞助款，也是一个好兆头。

今天早上 7∶09，火车准时抵达昆明，下车飘飘然，站都站不稳，稍稍定一下伸，取车袈包，直奔红色景点，所有不适抛到了九霄云外。

云南昆明市李公朴墓

参观西南联大旧址，我们特地祭拜了李公朴墓。李公朴先生曾留学美国，归国后与他人先后筹办《读书生活》等，抗战期间四上华北抗战前线，二访延安，发表诸多抗战言论。先生一生，忠诚于中华民族进步事业与和平民主事业，不期于 1946 年 7 月在昆明市被国民党暗杀。周恩来称李公朴"是一个为民主革命而献身的战士"。

李公朴"爱国、民主、进步"的精神是崇高的，既有特定的历史意义，更有强烈的现实意义。

五十一、正气长存闻一多

【题记】

2017年11月29日中午与2018年2月28日下午，我们分别骑行到☆◆闻一多纪念馆（湖北黄冈市浠水县城凤栖山麓）与★◆闻一多衣冠冢（云南昆明文昌路西南联大旧址）。

【诗词】

太常引·正气长存闻一多[①]

悲哀七子日蹉跎[②]，正气闻一多。民愤被折磨：恨妖孽、欺人奈何[③]？

民何畏死[④]，坚持战斗，仗剑要除魔！怎料起风波：文星坠[⑤]、一声挽歌。

【注释】

①闻一多（1899～1946），湖北浠水人；中国民盟早期领导人，中国共产党的挚友；1946年夏在云南昆明被国民党暗杀；新中国成立60周年之际，当选“100位为新中国成立作出突出贡献的英雄模范人物”。②七子：《七子之歌》，是闻一多于1925年在美国留学期间创作的一首组诗，共七首，描写中国被侵犯的澳门香港等七片土地。③④语出闻一多亲自为“12·1惨案”死难烈士书写的挽词：“民不畏死，奈何以死惧之”。⑤文星：文曲星，代指学者闻一多。

【随记】

爬大坡翻小岭，膝关节、踝关节与腰部都不轻松。早晨起来，老曹的膝盖、腰部都有些疼，立马先热水浴，再保健操，又自我按摩。为了骑行，她借助多年行医经验，结合自身状况，摸索了一些治疗方法。一整套动作做下来，还挺管用。

离开英山，沿国道318南下，再转省道201，跨浠水过浠水大桥，转省道202，中午12时左右我们骑到浠水县西门凤栖山麓的闻一多纪念馆。该馆仿古庭院建筑，三栋平房和一栋二层楼被回廊连成一体，展览内容丰富，总标题为“千古文章未尽才”。

闻一多，1912年以复试鄂籍第一名的成绩考入清华留美预备学校（清华大学前身），1922年7月赴美留学，1925年5月回国任教，1932年回到母校清华大学任中文系教授，1937年7月全国抗战爆发后随校迁往昆明任西南联合大学教授。展馆内，闻一多挂牌治印时使用过的刻刀，任教时佩带的校徽，以及使用过的手杖等，尤显特色。长约150米的碑廊里，镶嵌着毛泽东、周恩来等老一辈无产阶级革命家36块悼念闻一多的唁电、悼词和挽联，同时愤然控诉着蒋介石的残忍暗杀。

湖北浠水县闻一多纪念馆

一年后，我们骑到昆明再祭先生的衣冠冢。

五十二、血染卢沟佟麟阁

【题记】

2020 年 8 月 6 日下午，我们骑行到☆◆佟麟阁将军纪念馆（北京海淀区香山北正黄旗十八号香麓园抗战名将纪念馆内）。

【诗词】

菩萨蛮·血染卢沟佟麟阁①

喜峰口上军刀闪，宛平城域烽烟卷。模范好男儿，忠贞如岳飞。
抬棺迎斗搏②，壮烈佟麟阁。热血染卢沟，精神万古讴。

【注释】

①佟麟阁（1892 ~ 1937），满族，河北高阳县人；2014 年列入“民政部第一批著名抗日英烈和英雄群体名录”；新中国成立 60 周年之际，当选“100 位为新中国成立作出突出贡献的英雄模范人物”。②抗日誓师大会上，佟麟阁仿效三国庞德“抬棺决死战”典故，命人做一口大棺材，用大马车拉到会场，在车上高悬着一面“佟”字巨幡，以昭示誓与阵地共存亡的决心。

【随记】

香山，地势险峻，苍翠连绵，古为杏花山，每年春季杏花开放，清香四溢。因其最高峰顶有一块巨大的形似香炉的乳峰石，且在晨昏之际远看云雾缭绕，犹如炉中香烟袅袅上升，故而得名“香炉山”（简称香山）。香山始于晋代，是一座具有山林特色的皇家园林，1956 年作为人民公园正式对公众开放。如今，连同着峰峦叠翠的千年名山、珍贵稀有的古树名木、清冽甘醇的自然泉水、闻名遐尔的漫山红叶与世纪伟人毛泽东和中共中央进驻北平最早居住办公地——双清别墅，香山公园蜚声中外。

第二次骑行北京，来到香山脚下抗战名将纪念馆，佟麟阁将军纪念馆即在此馆内。这里曾是将军生活的地方，也是将军为国捐躯后的墓地。佟麟阁，早年参加护国讨袁战争，因作战骁勇和屡建奇功，从连长一路升至军长。1933 年，他率部参加长城抗战，取得了著名的喜峰口大捷，此后跟随冯玉祥抗日，为光复察哈尔作出重大贡献。1937 年 7 月，在抗击日军保卫南苑战斗中，佟麟阁壮烈殉国，随风飘扬的“佟”字巨幡也戛然而止。

北京海淀区佟麟阁纪念馆

老曹的中学同学施宗成又来电话了。老施也是一位老共产党员，长期在部队担任政治委员职务，一辈子从事部队思想政治工作，对党有深厚的感情。因此，对我们的“红色骑行”，不仅赞赏，还非常关心支持。记得 2016 年“大北方战役”第一次骑行北京，为我们接风洗尘，为我们壮胆助威，还直接让我们在他家中住了几天，以便我们在北京“红色骑行”。

五十三、抗日殉国赵登禹

【题记】

2020 年 8 月 6 日上午，我们骑行到☆◆赵登禹墓（北京市丰台区卢沟桥城东关文子山大瓦窑）。

【诗词】

西江月·抗日殉国赵登禹①

城垛墙前防寇，喜峰口上杀猪。战刀卷刃砍妖狐②，八面威风儿女③。

牢记军人天职④，铭怀战士征书。丰台忽有孽风呼，抗日殉国登禹。

【注释】

①赵登禹（1898 ~ 1937），山东菏泽人；七七卢沟桥事变爆发，任南苑指挥官，壮烈殉国后南京国民政府追赠为陆军上将；2014 年列入“民政部第一批著名抗日英烈和英雄群体名录”；新中国成立 60 周年之际，当选“100 位为新中国成立作出突出贡献的英雄模范人物”。②喜峰口大战，赵登禹亲自挥刀上阵砍杀，两口价值 180 块银圆的战刀均被砍缺了刃。③八面威风：各个方面都很威风，形容神气足、声势盛；语出元·郑德辉《三战吕布》第三折：“……大将军八面威风。”④取自赵登禹战前激励战士之语：“抗日救国，乃军人天职……”。

【随记】

宛平城，自古即为京南门户，明末崇祯十一年（1638 年）开建，历三年而成，以屯兵守卫京城，后渐迁商肆民居，明时称“拱极”城，清时改为“拱北”城。其后，隶属数次变更，1952 年重新划归北京。向西不远，即是因横跨卢沟河（永定河）而得名的，也是北京现存最古老联拱石桥之著名的卢沟桥（芦沟桥）。

卢沟桥事变，就发生在宛平城边、卢沟桥上，我们曾多次参观。骑行在庄严壮丽的宛平城与卢沟桥，抚摸着那尚存的弹孔，或俯身凝望，或极目远眺，几十年前的英勇仿佛就在眼前。这里，曾有千余名士兵用血肉之躯抗击日寇，这里还曾有赵登禹挥舞大刀斩杀东洋孽障。

赵登禹，1914 年加入冯玉祥部队，由于武艺出众、作战勇敢，几年间由护兵一路升迁至旅长。1933 年，奉命把守喜峰口阵地，击退日军攻击被擢升为一三二师师长，授陆军中将衔。1937 年 7 月，在卢沟桥事变中英勇抗日，结集途中不幸被日军伏击壮烈殉国。

曾经骑行喜峰口，我们在崇山峻岭间推车踏上那片烈士鲜血浸染的战场，凭吊了赵登禹及其战友的勇敢。骑行宛平城、卢沟桥，我们再次被赵登禹及其战友的壮烈殉国而震撼。在赵登禹墓前，我们为这位为新中国成立作出突出贡献的英雄模范人物的中国国民党党员，放上了中国共产党的党旗和中华人民共和国的国旗！

北京丰台区赵登禹墓地

五十四、以身殉志杨虎城

【题记】

2017 年 4 月 9 日下午，我们骑行到☆◆杨虎城将军陵园（陕西西安市樊川路 65 号附近）

【诗词】

定风坡·以身殉志杨虎城[1]

跳上波涛去斗争[2]，蒲城刀客赴征程[3]。护法讨袁驾战马，谁怕？关中转战举旗旌[4]。

壮士助忙成事变，勇敢，虎城义举为国宁。善念可惜流水付[5]，悲剧，以身殉志好名声[6]。

【注释】

①杨虎城（1893 ~ 1949），陕西蒲城人；1937 年联合张学良发动“西安事变”，1949 年 9 月 6 日被杀害；新中国成立 60 周年之际，当选“100 位为新中国成立作出突出贡献的英雄模范人物”。②取自杨虎城 24 岁自赋诗：“……黄河后浪推前浪，跳上浪头干一场。”③蒲城：杨虎城出生地并在此举义。④护法讨袁、关中转战等，系杨虎城的著名胜战。⑤善念：1949 年，转向亲共之李宗仁曾下令释放杨虎城，但命令未被施行。⑥取自毛泽东题词杨虎城：“以身殉志，不亦伟乎！”

【随记】

西安，古称长安，是举世闻名的世界四大文明古都之一，是中国历史上建都时间最长、建都朝代最多、影响力最大的都城。2009 年被列为继北京，上海之后我国第三国际化大都市。

大雁塔、兵马俑等众多名胜古迹曾经游览，此次专程骑行是为了瞻仰红色景点。参观西安事变纪念馆后，我们穿过西安古城墙的和平门，沿雁塔北路南下，过大雁塔西转上长安南路，即骑到了杨虎城将军陵园。

郁郁葱葱的少陵塬畔，爱国将领、中国共产党的真挚朋友杨虎城就长眠于此。进入陵园大门，“千古功臣，民族英雄”八个大字镶嵌在迎面斜坡上。陵园分上下两层，杨虎城的墓在上层，左右为夫人谢葆贞、儿子杨拯中墓，下层则是秘书宋绮云徐林侠夫妇和儿子小萝卜头宋振中等诸烈士墓。

自护国起义以来，杨虎城百战不屈，“西安事变”既是中国历史的重大转折点，也是他人生浓墨重彩的一笔。恨只恨独夫民贼蒋介石，不仅囚禁他 12 年，还在新中国成立前夕将他及幼子杨拯中、幼女杨拯贵，以及秘书宋绮云夫妇及幼子宋振中等八人一道密令杀害。

西安太多的历史辉煌与现代灿烂，是几乎全世界绝大部分城市都望尘莫及的。西安的红色，更加因为一些事、一些人，而彰显着无与伦比的厚重。

陕西西安市杨虎城将军陵园

五十五、忠贞爱国冯玉祥

【题记】

2016 年 11 月 14 日下午，我们骑行到☆冯玉祥（安徽）故居（安徽巢湖市夏阁镇竹柯村）。

【诗词】

七绝·忠贞爱国冯玉祥[①]

革命挺身人绝顶，救民立志不休肩[②]。
玉祥抗日功高卓[③]，爱国忠贞唱万年[④]。

【注释】

①冯玉祥（1882 ~ 1948），祖籍安徽巢县（今巢湖市）人；民国时期著名爱国将领，有“爱国将军”之称。②此两句取自冯玉祥用于自勉而题于住室墙壁上的一副对联：“救民安有息肩日，革命方为绝顶人”。③冯玉祥系国民政府抗战青天白日勋章、美国总统二战银质自由勋章、国民政府首批抗战胜利勋章三大勋章获得者。④周恩来悼念冯玉祥时称：忠贞爱国、不断追求进步的精神和历史功绩将永生在中国人民心中。

【随记】

我们每天出发的时间都比较早，出发前一般在旅社里会先吃一些点心、水果与牛奶等，我们称之为喝早茶，骑行一段时间约在 8 点左右才正式吃早饭。其实，路餐很多，几乎是每小时一次，因为需要休息，也需要补充能量——骑行消耗体力很大（也特别帮助“减肥”——老赵每一战役回来，体重都要减少 10 多斤，老曹的体重则总是下降到 100 斤以下。）今天，我们沿合肥环巢湖路况好、风景美的滨湖大道，一路顺风骑向巢湖。

“爱国将军”冯玉祥，抗日功勋璀璨，荣获许多极高荣誉。天有不测，1948 年回国参加新政协会议筹备工作，途中因轮船失火而遇难。故居客厅辟为生平事迹陈列馆，陈列有若干文献资料等，门首悬有“冯玉祥故居”匾额。

安徽巢湖市冯玉祥故居

本来合肥距巢湖不足 60 公里，可是为参观几个红色景点，我们绕来绕去，有时还骑行于羊肠小道，最后共骑了 110 多公里。晚上，老曹的大学同学昌荣林大哥和嫂子盛情款待，同学马克玉作陪。上大学时，班上同学年纪最大者，男数昌荣林（孩子两个且已读小学），女是老曹，两人还是正副班长（恢复高考入学的我们 77、78 级学生，年纪参差不齐，年纪小的应届生只有 16 岁，年纪大的同学如老曹、老赵的班长，都年近 40 岁，而且拖儿带女）。昌哥昌嫂频频举杯，又不断夹菜，还叨叨唠唠地劝个不停：“补补，再补补，你们太辛苦了！”

五十六、马革裹尸戴安澜

【题记】

我们多次拜祭☆◆戴安澜烈士墓（安徽芜湖市赭山公园），2020 年 1 月 19 日下午带孙儿赵十可骑行到此。

【诗词】

七律·马革裹尸戴安澜①

马革裹尸明壮志②，安澜殒命誉沙场③。
澄清宇宙安黎庶④，复兴中华救故乡。
将马远征削蠹孽⑤，弯弓搭箭射夕阳⑥。
赢来大汉声威灿⑦，化作天龙向上翔⑧。

【注释】

①戴安澜（1904 ~ 1942），安徽无为人；著名抗日将领，抗战胜利后追认为革命烈士；2014 年列入“民政部第一批著名抗日英烈和英雄群体名录”；新中国成立 60 周年之际，当选“100 位为新中国成立作出突出贡献的英雄模范人物”。②取自蒋中正为戴安澜赋诗：“……马革裹尸酧壮志。”③取自毛泽东为戴安澜赋诗“沙场竟殒命，壮志也无违。”④⑥取自戴安澜绝句诗：“澄清宇宙安黎庶，先挽长弓射夕阳。”⑤见下文。⑦取自二战期间时任驻华美军司令、盟军中国战区参谋长史迪威评价：“立功异域扬大汉声威的第一人。”⑧见下文。

【随记】

家乡芜湖，古名鸠兹，浩瀚长江穿城而过，自古享有“江东名邑”与“吴楚名区”之美誉，近代为“江南四大米市”之首，又有“半城山半城水”之美称。其中，江城“雄山”“玉峰”之赭山最负盛名——相传，因楚国干将在邻近铸剑，炉火将此山熏映成赭色而得名。赭山上古迹颇丰，史载：晋明帝、明弘帝和清乾隆帝，曾登赭山游鉴；历代文人名士如黄庭坚、张孝祥等，也曾信步登山且留下大量诗文。而今，“赭塔晴岚”位列芜湖十景之首。

赭山实有大小两座山峰，戴安澜将军墓立于小赭山半山腰，附近有毛泽东等题赠的挽诗挽词和将军生平简历等多块石碑。青年戴安澜原名戴炳阳，为表达自己镇狂飚于原野，挽巨澜于既倒，誓死振兴中华的凌云壮志，而改名“安澜”。1926 年黄埔军校三期毕业，曾血战古北口，并在台儿庄战役、徐州会战、昆仑关战役等立下战功，获蒋中正“当代之标准青年将领”之赞誉，也是二战中第一位获得美国勋章的中国军人。1942 年，他率第二〇〇师赴缅参战，不幸重伤殉国。官兵遵其遗愿抬回遗体，因天气炎热尸体腐坏，不得不在瑞丽江心滩上火化，火光中有一股蟒状火焰夹着许多火星向天空飞去，官兵高喊“师长乘龙上天了”。

孙儿赵十可听我们的话，在戴安澜铜像前虔诚鞠躬致意并整整齐齐的放上党旗、国旗与“红色骑行”专旗。

安徽芜湖市戴安澜墓

五十七、国门悬头吉鸿昌

【题记】

2018 年 5 月 24 日下午与 28 日上午，我们分别骑行到☆◆吉鸿昌墓、纪念碑亭（河南郑州烈士陵园）与★◆吉鸿昌将军纪念馆（河南扶沟县城南）。

【诗词】

采桑子·国门悬头吉鸿昌①

从戎弃学图福祉②，拯救炎黄。拯救炎黄，为民武装，革命志如刚。
投身抗日身先死③，报效亲娘。报效亲娘，何惧人亡④，壮士是鸿昌。

【注释】

①吉鸿昌（1895 ~ 1934），河南扶沟人；爱国将领；2014 年列入“民政部第一批著名抗日英烈和英雄群体名录”；新中国成立 60 周年之际，当选“100 位为新中国成立作出突出贡献的英雄模范人物”。②吉鸿昌弃学从戎，始终不改变“当兵救国，为民造福”的初衷。③④取自吉鸿昌所写就义诗：“恨不抗日死，留作今日羞。国破尚如此，我何惜此头！”

【随记】

昨天，从郑州出发，经长葛，入鄢陵，沿途十几公里的花博大道七彩缤纷，两侧的护城河流则柳树成荫，感觉特别爽。不知不觉进了城区，我们驻足于昆仑乐居商务宾馆。刚停下车，店长等都迎了出来：“老远的，就看见你们老两口了。”了解到我们的“红色骑行”，更是仰慕折服，说要给最优惠的价格，让我们住最豪华的商务大床房。如此热情温暖，我们不好意思走了，客房部主管秦沛还特地写了明信片，送上小礼品，说“很荣幸与你们二老相识”。

今天骑向扶沟吉鸿昌将军纪念馆。此前几天，我们刚在郑州祭拜了吉鸿昌的陵墓与纪念碑亭。1913 年，吉鸿昌离开家乡入冯玉祥部，骁勇善战，从士兵递升至军长；1932 年加入中国共产党，反蒋抗日，发动四次兵变，积极筹建抗日武装，后被蒋介石下令杀害。吉鸿昌，由一名爱国旧军人转变为坚定的共产主义战士，给我们的“红色骑行”添上了一抹精彩。

河南扶沟县吉鸿昌纪念馆

离开扶沟，从县道进入省道，我们骑上了一马平川的中原大地。路况有利，但 5 月骄阳却火辣辣——柏油路都晒化了，满地都是油，骑上去吡吡的油粘声。在离拓城还有 40 多公里的时候，老赵发现车子骑不动，检查后确认不是爆胎。勉强骑行三个小时后，在县城找到美利达专卖店修车。老板大为惊讶：“你怎么骑来的？刹片没了，整个车轮处于刹车状态，刹铁紧紧卡住了车轮！”

五十八、壮烈自戕范筑先

【题记】

2018 年 5 月 19 日中午，我们骑行到☆范筑先墓（河北邯郸市晋冀鲁豫烈士陵园）。

【诗词】

阮郎归 · 壮烈自戕范筑先①

神州旧日血风寒。山河遍地冤。儿郎不屈战凶蛮，英雄有万千。
裂目北，悍睛南②。匹夫斗志坚③。自戕身死也尊严，光荣范筑先。

【注释】

①范筑先（1881 ~ 1938），河北馆陶县人；1938 年在与日寇作战中身受重伤，不甘被俘，举枪自戕，壮烈殉国；2014 年列入“民政部第一批著名抗日英烈和英雄群体名录”。②取自范筑先抗日通电：“裂目北视，决不南渡……”又，悍睛：睁大突出的眼睛。③取自《论语 · 子罕》：“三军可夺帅也，匹夫不可夺志也。”

【随记】

英雄人物及群体，我们的“红色骑行”要尽数抵达。其中，诸如佟麟阁、赵登禹、张自忠、戴安澜等国民党爱国将领，以及喜峰口抗战和台儿庄大战等国民党正面抗日战场也是我们重点骑行地。今天，我们则专程骑往晋冀鲁豫烈士陵园来祭拜包括范筑先在内的革命烈士。

范筑先，早年从军北洋陆军，1931 年回山东先后任第三路军少将参议、山东省第六区行政公署专员兼保安司令等职。“七七事变”爆发，他即发动民众建立抗日武装，保家卫国，护我中华，并积极与我党建立统战关系。1938 年日军重兵包围聊城，他率部应战，在城门被攻破时亲率余部与日军展开激烈巷战，终因寡不敌众，身受重伤，又不甘被俘而举枪自戕。其殉国之壮烈，举国震悼，国共两党都为他举行隆重的追悼会，高度评价了他英勇的抗战业绩。

河北邯郸市范筑先墓

凝望着“范筑先将军墓志”及其陵墓，整理周边的青松翠柏，我们尊重地覆盖上党旗、国旗与“红色骑行”专旗。这是我们的敬仰与思念。

五十九、外国八路是希伯

【题记】

2016 年 11 月 7 日，我们骑行到★汉斯墓（山东临沂市华东烈士陵园内）。

【诗词】

点绛唇·外国八路是希伯[①]

妙笔生花，雄文檄字敲金鼓。挽弓张弩，抗日书专著。
战士希伯，欧亚奔波苦[②]。颦不语，外国八路，血染沂蒙处[③]。

【注释】

①汉斯·希伯（1897 ~ 1941），原奥匈帝国（现波兰）克拉科夫人，后定居德国；国际主义新闻战士，德国共产党员；2014 年列入“民政部第一批著名抗日英烈和英雄群体名录”；又，在根据地人们亲切地称希伯为“外国八路”。②③取自希伯纪念碑上罗荣桓等写的“为国际主义奔走欧亚，为抗击日寇血染沂蒙”的题词。

【随记】

为中国革命作出巨大贡献的外国朋友，有很多很多。他们来自世界各地，既有美国人，又有苏联人，还有印度人等。我们在“红色骑行”的战略策划与战役设计中，毫无例外地关注他们，并确信无疑地要记述他们——这些具有国际主义精神、共产主义精神的杰出外国人。今天我们要去瞻仰的，则是来自原奥匈帝国被人们称为“外国八路”的汉斯·希伯。

山东临沂市汉斯·希伯墓

因为求学，年轻的希伯辗转到德国上大学并加入德国共产党。怀着对穷苦大众的同情，通晓英、德、俄、波兰和中国五国文字的他，很快成为太平洋学会一名出色的新闻记者，成为著名的反法西斯政论家。中国抗战全面爆发后，他曾经五次来华，携夫人积极支持抗日斗争，肩背装有地图、望远镜、搪瓷杯、毛巾的牛皮囊，活动在部队与村民中间，及时向世界人民报道中国共产党人在敌后英勇抗战的真实情况。希伯曾访问新四军军部与延安，受到毛泽东接见。1941 年，他不幸在大青山战役中英勇牺牲，年仅 44 岁。

一座不同寻常的白色圆锥形纪念碑与大型汉白玉雕像，坐落在临沂华东革命烈士陵园内。蓝天白云下，青松翠柏中，汉斯·希伯就在这里——他端庄而坐，神态安详，目光深邃，凝视前方；他两臂交互放置胸前，一手握笔一手捧着采访本——汉斯·希伯依然在战斗！

在希伯的纪念碑与雕像面前，我们展开了党旗、国旗与“红色骑行”专旗想告诉他：今天，我们两个中国共产党老党员，在“红色骑行”的万里征途中，专门来看你这个“外国八路”了。不远处，陵园外面的广场，正传来“花儿为什么这样红”的优美音乐……

六十、库里申科不能忘

【题记】

2018 年 3 月 27 日下午，我们骑行到★◆格里戈里 · 库里申科墓（重庆万州区西山公园内）。

【诗词】

库里申科不能忘①

光荣自由乌克兰②，古老国度在人间③。那年正义助抗战，派来英雄飞行员。
库里申科不能忘④，长空万里揍敌顽。巍巍西山埋忠骨，滔滔长江颂俊贤。

【注释】

①格里戈里 · 库里申科（1903 ~ 1939），原苏联空军少校飞行大队长，伟大的国际主义战士；1939 年来中国援助抗日，同年 10 月在空战中牺牲；2014 年列入“民政部第一批著名抗日英烈和英雄群体名录”；新中国成立 60 周年之际，当选“100 位为新中国成立作出突出贡献的英雄模范人物”。②③取自乌克兰国歌歌词：“乌克兰仍在人间，她的光荣，她的自由”。④ 1958 年，周恩来总理对特邀前来参加国庆活动的库里申科家属说：中国人民永远不会忘记格里戈里 · 库里申科。

【随记】

今天，我们骑往重庆万州区，去祭拜一位外籍英雄格里戈里 · 库里申科。

都说四川山难爬，这重庆也不逊色。下午骑行遭遇那高耸入云的铁峰岭，一个又一个的 360 度弯道层层叠叠，抬头看那盘山道似乎就在头顶上，14 公里几乎全部是推上去的，整整耗了三个小时。过了三亚口隧道，连续下坡 16 公里，傍晚 6 时我们才骑到目的地。好在西山公园还开放着，我们乘着落日余晖找寻格里戈里 · 库里申科陵墓。很不容易，200 多级台阶下去，再同样爬回来。

1939 年，格里戈里 · 库里申科和考兹洛夫受苏联政府派遣，率两个轰炸机大队来中国援助抗日。10 月 14 日与日寇机群激战，不幸座机受损，待平稳迫降扬子江心，机上的轰炸员和射击员跳水游到岸上后，他本人却因操劳过度无力跳出机舱而壮烈牺牲。

库里申科烈士墓园松柏掩映，古木参天，长方形陵墓被山茶、桂花环绕，墓前塑着用中俄两国文字书写的高大墓碑，库里申科塑像端坐正方，山下就是奔腾不息的万里长江。还听说有一段动人故事，代表着中国人民对库里申科的深厚情感——万州市民谭忠惠、魏映祥母子，从 1958 年开始守护库里申科墓，半个多世纪从未间断。

重庆万州区格里戈里 · 库里申科墓

六十一、赤石暴动胜凶顽

【题记】

2016年2月18日清晨，我们骑行到★赤石暴动纪念馆（福建武夷山市区南崇阳溪畔）。

【诗词】

西江月·赤石暴动胜凶顽

古树老枝虬曲，涧溪绿水残寒①。英雄暴动胜凶顽，赤石声名震撼②。
破狱不能退却，冲锋只顾朝前。群英奔向武夷山，革命重燃烈焰。

【注释】

①崇阳溪畔赤石渡口的岸边有两棵古树，见证了当年赤石暴动的壮烈情景。②赤石暴动在我党监狱斗争史上具有空前重大意义，它不仅给国民党反动派以沉重打击，而且粉碎了他们造谣说新四军被捕人员屈服投降的欺骗宣传。

【随记】

昨天下午，参观大安闽北红色首府之后，我们马不停蹄赶往武夷山市，到达时已过下午6点。夜幕下，远处被称为“华东屋脊”的武夷山最高峰黄岗山不见踪影，但恬静温馨的小城沿街却隐约可见市树“樟树”与市花“岚花”。一位50多岁骑电动车的男士，操着闽北口腔的普通话，主动为我们引路寻找宾馆。

今天一早，我们直奔赤石暴动纪念馆。全是新修的路，可不知何故，导航将路引错。往返多走十几公里后，一位卖草莓的农妇安慰说：“不着急啊，前面拐弯就是景点了。”这才让我们放心。

旧址广场正中是“赤石暴动烈士陵墓”，背面镌刻有赤石暴动前后壮烈牺牲的73位烈士英名，前立赤石暴动纪念碑记述赤石暴动经过：1942年6月17日，被国民党反动派关押在江西上饶集中营的第六队80多名同志（绝大多数是皖南新四军的同志），在向闽北建阳撤离途中，在秘密党支部的领导下，于崇安县（即今武夷山市）赤石乡渡口举行越狱暴动，冲上了武夷山。

福建武夷山市赤石暴动纪念馆

奇秀甲东南的武夷山，历史的红色令人动容，传说的美丽亦非同寻常：相传远古时崇安无名，洪水成灾又让百姓日无安宁。山中一彭姓老人即带领村民开山治水，纺织种田，人们尊称他为“彭祖”。彭祖880岁时被玉帝召上天成仙去了，临走时留下一把斧子、一柄锄头和一弯弓箭，嘱咐两儿彭武和彭夷继承祖业，造福崇安。兄弟俩不忘父训，把这一带装点成人间仙境，村民亦过上五谷丰登的日子。彭武、彭夷去世后，百姓为纪念他们的恩情，即以兄弟俩名字命名，始有“武夷山”。

六十二、西路军魂猩猩峡

【题记】

2016 年 6 月 18 日傍晚，我们骑行到☆西路军魂纪念碑（新疆哈密市猩猩峡镇）。

【诗词】

西路军魂猩猩峡

眺望洁白猩猩峡[①]，满天星斗闪闪莹。忍看殷红长长途，遍地英雄啸啸鸣。

尽忠心，献赤胆，那年壮士舞长缨。叹悲壮，歌英勇，最是西路军魂宏。

【注释】

①据考证，当地有星星山盛产石英石，洁白。每当皓月当空，山上石英石闪闪烁烁，宛若满天星斗；于是，石得名星星石，山得名星星山，山之峡亦取名星星峡；“猩猩”二字系陕甘总督左宗棠 1875 年被任命为钦差大臣督办新疆军务时所改。

【随记】

西北日照长，黑的晚，亮的早，“大西北战役”因此可以“起早摸黑”。今早 4∶30 起床，即由瓜州大道上国道 312。路烂不说，一路“注意横风，谨慎驾驶”的巨大指示牌，更让我们叫苦不迭、忧心忡忡。老赵连人带车加包 200 多斤，竟然被刮得“飘移”，老曹就不用说了。与风奋斗其乐无穷，我们学会了歪着车体压风以降低重心而骑行。二个小时后，我们才息于一座小旱桥吃自带早餐。

大西北悠远空旷，动辄数百公里的无人区，苍茫中无人、无树、无加油站，只有急驰往来的大卡车、油罐车，交汇时强劲的横风几乎要将你吸进大车。中午吃饭，先将车和包放倒在路边，以免被大风刮倒，然后低头将嘴伸进饭缸内一勺勺地吃，不然，菜和饭送不到嘴边就被风刮飞。狂奔 150 多公里，我们终于在傍晚时骑达猩猩峡。

新疆哈密市西路军魂纪念碑

猩猩峡并非峡谷，而是雄踞于丝绸古道上的险关要隘，是由河西走廊入东疆的必经之处，素有新疆东大门“第一咽喉重镇”之称。1937 年 5 月 1 日，一路浴血奋战、九死一生的红军西路军 400 余名指战员在李先念率领下，与前来接应的中共中央代表陈云在此会合。自此，西路军完成历史使命，猩猩峡也因此成就了中国革命史上的一座丰碑。在悲悴庄严的西路军魂纪念碑前，我们展旗拍照，再深深鞠躬致意。

猩猩峡位处新甘交界，地属哈密，是一个交通枢纽镇。远看一栋新楼名叫“星星宾馆”，我们骑车过去，老板开价很贵。这时，进来一位中年人发话说：“优惠一点，人家那么远骑车来的啊。”一聊方知他是镇党委书记王成进，家住哈密市，本周末为迎接明天市领导视察未回家。他特佩服我们的骑行，晚上硬邀请去吃颇具特色的新疆羊排手抓饭：“就在宾馆后面。镇政府食堂，工作餐，等你们，洗洗涮涮就过来啊。打牙祭，聊红色！”

六十三、红旗不倒商城县

【题记】

2017 年 12 月 10 日下午，我们骑行到★商城县革命烈士陵园（河南商城县城东郊）。

【诗词】

风入松·红旗不倒商城县

呼风唤雨拽雷霆，革命事恢宏。吴头楚尾千年地①，挺身板，万种豪情。南豫山中苦斗，金刚台上拼争。

建军起义换天晴，先烈献魂灵②。英雄儿女丰功在，豫东南，一世光荣。艳艳红旗不倒，琼琼红色商城。

【注释】

①商城，春秋战国时为“楚尾吴头”。②战争年代，10 余万商城优秀儿女先后投身革命，英勇牺牲者有 8 万之众。

【随记】

昨晚几乎一夜没睡，闹市的广告喇叭一直喊到晚 10 点多钟。刚想睡觉，住在同层楼的少男少女开始骚动奔跑，打牌狂叫，一直乱到凌晨。广告无法阻止，疯狂少年更无法制止，迷迷糊糊地熬着，想着今天还有 130 多公里，不如起床打理行装，一边吃早餐，一边做中午的饭，早晨 6 点即摸黑出发。

做攻略时就纠结路长，出乎意料的是今日顺风！要知道，顺风与逆风具有天壤之别。一路顺风在国道与省道上交替向前，上午 10 点多就骑 60 多公里过了光山县。中午在路边一座空房屋前吃午饭，稍事休息，过潢川县仁和镇，下午 4 时许就骑到商城县，比预计至少提前了两个小时。

商城为豫南革命老区之一，早在 1922 年就有党团活动。资料记载，1925 年夏商城即成立党团支部委员会，1929 年 5 月商城起义爆发，诞生了河南省第一支工农红军队伍——中国工农红军第十一军第三十二师，建立了河南省第一个县级苏维埃政府，开创了河南省第一块革命根据地——豫东南革命根据地。此后，几支红军队伍纷纷在商城结集，先是 1931 年红一军与红十五军在商城会师并奉令合编为红四军，后有 1934 年红二十八军与红二十五军在商城豹子岩会师合编为新红二十五军，并于当年底从商城葛藤山出发北上抗日。更有光荣属于商城：1935 年至 1937 年，它是著名革命史迹“金刚台三年红旗不倒”的所在地；1947 年，它是刘邓大军千里跃进大别山的立足地。商城烈士陵园内，纪念设施众多：硕大雕塑之中国工农红军第 28 军、第二十五军和第四军三军大旗风展如画，“八月桂花遍地开”雕刻于军旗之中，纪念碑碑文激情展示了商城“红旗不倒”的光荣历史。

晚宿商城。历史名城，文化厚重，“大别山下状元县”之商城，红色热土、英雄辈出之商城，从这里诞生并传唱于全国的经典革命歌曲《八月桂花遍地开》还在回荡。

河南商城县商城烈士陵园

六十四、宁化长征第一园

【题记】

2016 年 2 月 27 日清晨，我们骑行到★宁化北山革命纪念园（福建宁化县北大街北山公园）。

【诗词】

摊破浣溪沙·宁化长征第一园

美誉苏区乌克兰①，支前模范走头前。宁化长征鸣号角，第一园②。

一纸诗词铭大愿③，万名将士跨时艰④。而今北山埋战骨，记当年。

【注释】

①时年，宁化最早建立红色政权，不断为前方输送物资，是中央和红军巩固的根据地及中央苏区支前模范县，被誉为“中央苏区乌克兰”。②③④见下文。

【随记】

连续一周冒雨骑行，太累，但今早依然 5 点起床，因为需要用电吹风烘烤衣服。昨晚，我们宿于石壁镇，小宾馆，大标间，老板还提供洗衣机。看见这少有的条件，老曹把里里外外的衣服全都洗了——这几天一直下雨，衣服浸透了雨水与汗水，太脏，甚至有一些臭。虽然多为快干衫，但阴雨天也干不了。烘烤衣服耽误许多时间，直到 7 点多才出发，好在今天的第一站是去瞻仰坐落于宁化县城内的宁化北山革命纪念园。石壁镇距离县城不过区区 20 公里，一发力，8 时多我们即骑到目的地。

宁化是著名的革命老区，是中央红军二万五千里长征四个起点县之一，毛泽东、周恩来等在此进行过伟大的革命实践活动。

集古宁化微缩风景和革命历史文物于一体、面积达五万平方米的北山公园内，肃穆的宁化北山革命纪念园，雄伟的宁化革命纪念馆，庄严的革命烈士纪念碑……无声地诉说着壮烈故事：当年总人口仅有 13 万多人的宁化，有 1.3 万多人参加红军，为革命牺牲的烈士则多达 6600 多人，仅湘江战役就牺牲了近一个师宁化籍将士。

气宇轩昂的毛泽东《如梦令·元旦》铜雕伫立园中，它生动再现了 1930 年春节期间毛泽东率红四军路经宁化，在马背上写下该光辉词章，以及那战马啸啸、战旗猎猎、战士奋勇的壮丽场面。纪念馆内陈列着的梭标长矛、土枪土炮和号角大刀等革命文物，以及所介绍的宁化如火如荼的革命与革命烈士的英勇业迹，则与之遥相辉映、相得益彰，且令每一个到此参观的人都肃然起敬，思绪万千。

福建宁化县北山革命纪念园

宁化北山革命纪念园——“长征第一园”，告诉我们的何止是万里长征？！

六十五、烽火不息集中营

【题记】

2018 年 4 月 9 日早晨，我们骑行到★息烽集中营革命历史纪念馆（贵州息烽县猫洞村）。

【诗词】

忆秦娥·烽火不息集中营

儿女烈，为民许党身心热①。身心热，看轻生死，壮怀奇倔。

不息烽火更雄阔②。坐穿牢底流鲜血。流鲜血，忠于信仰，守持心结。

【注释】

①取自烈士诗词："从来壮烈不贪生，许党为民万事轻。" ②烽火不息：取自纪念馆大厅碑文。

【随记】

早晨 5 点钟就离开息烽县的 7 天快捷酒店，今天要赶往贵阳，担心路不好走。因为，昨天从遵义市到息烽县路况不好，尤其是过了乌江特大桥，参观红军突破乌江的风景区以后，骑行道路十分艰难。国道 210 多处大修，一路过来到处是工地，建筑材料堆得乱七八糟，破损路面坑坑洼洼，川流不息的车辆再卷起漫天灰尘，还有爬不完的连绵不绝的山峦。

出发不久至 7 公里处，左转进入县道 057，我们骑到了息烽集中营革命历史纪念馆。纪念馆包括英烈事迹陈列展、营区、烈士陵园和玄天洞等几个部分，我们骑到时才 7 点多钟，纪念馆尚未上班，但大门开着保安允许我们进去参观。

与重庆白公馆、渣滓洞集中营、江西上饶集中营等，同为抗战期间国民党设立的四大集中营之息烽集中营，是国民党军统局设立规模最大、等级最高的一所秘密监狱，由设于息烽阳郎坝的本部和玄天洞囚禁处组成。因为这里关押的人员都是从全国各地押来的"要犯"，在军统内部被称之为"大学"（重庆望龙门看守所为"小学"，重庆白公馆监狱为"中学"）。该集中营从 1938 年 11 月建立至 1946 年 7 月撤销，先后关押共产党人、进步人士 1220 余人，其中有 600 多人被秘密处决或折磨致死。

"国民政府军事委员会息烽行辕"几个字还横跨于大门之上，"青天白日"徽章还置于其上方，木板做出的大门路边还有两个木制的小岗亭。谁承想，这里面曾是"人间地狱"！

别了"息烽行辕"，再也不会有"集中营"。而我们记住的是那纪念馆大厅内"烽火不息"，及其永远"烽火不息"的中国红色。

贵州息烽县息烽集中营革命历史纪念馆

六十六、皖南事变千古冤

【题记】

我们曾数次前往★皖南事变烈士陵园（安徽泾县城郊水西山）；2015 年 1 月 2 日，我们再次骑行到此。

【诗词】

浣溪沙·皖南事变千古冤

煮豆燃萁事未消①，又闻心狠举屠刀，奇冤千古血成潮②。
还见小桥留战地③，只哭志士上云霄，幸得华夏换殷饶④。

【注释】

①煮豆燃萁：成语，比喻兄弟之间自相残杀；源自南朝·宋·刘义庆《世说新语·文学》：“文帝尝令东阿王七步作诗，不成者行大法。应声便为诗曰：‘煮豆持作羹，漉菽以为汁，萁在釜下燃，豆在釜中泣……’”②取自周恩来题词，详见下文。③叶挺小桥：新四军军部旧址遗迹之一。④殷饶：富饶、富裕。

【随记】

安徽泾县皖南事变烈士陵园

泾县，古称猷州，其境内旅游资源十分了得。譬如那桃花潭，自然景观和人文景观精巧融为一体，清新秀丽、苍峦叠翠的皖南风光散发山川灵气，保存完整、风格独特的古代建筑则弥漫着思古幽情。而唐代大诗人李白“桃花潭水深千尺，不及汪伦送我情”之千古绝唱，更使之声名远扬。

泾县的红色旅游资源，也是名闻遐迩。譬如位处云岭镇的新四军军部旧址分量特重。从 1938 年春到 1941 年春，新四军部队在这里从 2 万人发展到 9 万多人。诚如此，人们将云岭称为“新四军的摇篮”。

但我们今天骑达并参观的皖南事变烈士陵园，却有一份沉甸甸的心情。因为陵园记载的是一段血淋淋的历史：1941 年 1 月，皖南新四军 9 千余人北移至泾县茂林地区时，突遭国民党 7 个师约 8 万人的猛烈袭击。血战七天七夜，新四军寡不敌众，弹尽粮绝，少数被俘，大部壮烈牺牲。军长叶挺被俘，副军长项英、参谋长周子昆突围遇难，政治部主任袁国平英勇捐躯。

中共中央随即发出《关于皖南事变的指示》，提出惩办皖南事变祸首等 12 项要求。毛泽东以中共中央军委发言人名义发表谈话，揭露皖南事变真相。宋庆龄带头签署义愤填膺之宣言。周恩来拍案而起，愤怒题词在《新华日报》：“千古奇冤，江南一叶，同室操戈，相煎何急！”

为纪念皖南事变新四军将士殉难五十周年，1990 年初修建了该陵园。陵园主碑碑面撰刻“皖南事变死难烈士永垂不朽”，碑下方镌刻新四军军歌及《皖南事变烈士纪念碑碑记》，碑后为无名烈士墓，墓池后燃烧着常年不息火焰的祭坛，环绕纪念广场的巨大圆形石柱最意蕴深刻——9 根中有 7 根呈残留半截状，那代表的是在国民党阴谋袭击中遇难的 7000 名新四军将士。

六十七、中国抗日第一山

【题记】

2015 年 10 月 8 日，我们骑行到★抗日山烈士陵园（江苏赣榆县夹山乡王洪村抗日山）。

【诗词】

七绝·中国抗日第一山

中国抗日第一山[①]，意义非凡记百年。
忠骨赢来天灿烂，英魂换就世平安。

【注释】

①抗日山原名马鞍山。1941 ~ 1944 年间，为纪念抗日死难烈士，曾在此四次树碑建塔，抗日山由此得名。此山还是我国建园最早、规模最大、第一座、也是唯一一座以抗日命名的山（烈士陵园），有“中国抗日第一山”之美誉。

【随记】

13 年“红色骑行”，骑过千山万水，走遍大江南北，历经了数不清的艰难困苦，遭遇了无数次的风霜雨雪。或许是起初的体验最为深刻，老曹一直念叨着要写以下的“夜骑青湖镇”。

江苏赣榆县“抗日第一山”

昨天，冒雨离开山东台儿庄，十几公里后进入江苏，再穿邳州市，路经岔河镇。此刻，老赵的车爆胎了。而且，偏偏在大雨中的烂泥巴路上。

推车到附近的岔河中心警务室，好心的警察将我们让进了办公场所，“老先生，在这儿修车，不能再淋雨了。”可补好胎出门没多远，又跑气，真没辙了。六神无主之时，警察冒雨赶上来告诉我们，镇里有修车的。周师傅补胎才知道，还有一个洞。又继续检查，相信不相信？还有第三个洞。怪不得一会儿就跑气。周师傅补胎时又叫他的妻子在外胎上寻找，竟然找到三根细小的铁丝！“老赵，你真会‘扎’小铁丝。”“落汤鸡”一样的老曹还忘不了“嘲笑”。

沿国道 310，我们第 2 次穿回山东，过郯城县，又第 7 次进入江苏，骑经东海县。耽误时间太长，天已黑了。在一个加油站吃最后一点点干粮，问服务员被告知“前面青湖镇才有宾馆，但还有 40 多公里！”

脚下道路大修，天空漆黑一片。微弱头灯无济于事，老曹跟在后面瞅着老赵身上与驼包上的反光条寻路，风雨中危机四伏，我们几次因避让汽车而摔倒在路边烂泥中。老赵狼狈不堪，老曹欲哭无泪。“苦不苦，想想红军长征两万五？”晚上 8 时多，我们终于浑身湿透地骑到青湖镇。住下来找酒店，要了几个大菜，打开了昨日喝剩下的“梦之蓝”，怀揣“红色梦”的我们将自己灌得酩酊大醉……

今天，多云轻风，经石梁河，绕海陵湖，我们登上了由纪念塔、纪念亭、纪念堂、纪念碑、烈士冢与东西墓群等组成的大型烈士陵园之“中国抗日第一山”。

秋高气爽的时分，“抗日山”更显威武雄壮。而夜骑青湖镇，让我们“红色骑行”祭拜“抗日山”，平添一份精彩。

六十八、龙华陵园血染成

【题记】

我们曾数次参拜★龙华革命烈士陵园；2015 年 2 月 13 日下午与 2019 年 3 月 30 日中午，我们再两次骑行到此（上海徐汇区龙华西路 180 号）。

【诗词】

虞美人·龙华陵园血染成

龙华陵阜哀音号①，忠骨埋多少？心中主义最坚强，任尔穷极凶恶舞猖狂。
青松翠柏悲声湃，壮士英魂在。忍将鲜血付苍穹，且看桃花因此彻天红②。

【注释】

①陵阜：丘陵、坟墓；语出唐·刘长卿《孙权故城下怀古兼送友人归建业》："古来壮臺榭，事往悲陵阜。"②取自狱中革命志士所写诗篇，详见下文。

【随记】

有人问，"'红色骑行'十几年，你们吃了多少苦受了多少累？"真没有统计，也无法回答。仅拿天气说，就经过了许多的严寒酷暑，风雨霜雪。老曹体验深刻："风雨就像双胞胎"，有风就有雨；而"风雪是亲兄弟"，这就是为什么人们常讲"大雪纷飞"，没有风，雪怎么"纷飞"？有时候，行人都穿着棉大衣了，而我们穿的还是单衣和雨衣，冻得上牙战下牙。翻越"祁连山脉"，我们还遭遇了冰雹！当然，必须信心满满地告诉大家，即便如此艰难，冒雨骑行，我们还用手机开着"音乐会"哼着小调，老曹自言自语自夸："恰如红军的革命乐观主义。"

其实，"不忘初心"真的十分必要，老曹因此常说的"'红色骑行'太值了！"亦是肺腑之言。所以，一点点的苦与累算什么？！

践行"红色骑行"，祭拜革命烈士，我们还两次专程骑车前往龙华烈士陵园。

上海徐汇区龙华烈士陵园

该陵园，早年又名血华园，原为龙华革命烈士就义地，素有"上海雨花台"之称。陵园入口处矗立"红岩石"，陵园内建有纪念瞻仰区等八大功能区，另有 10 座大型纪念雕塑和龙华烈士诗词碑林。数次瞻仰，两次骑达，我们重点祭拜了罗亦农、杨殷、陈延年、彭湃等著名烈士，他们都是在新中国成立 60 周年之际，被全国人民选出的"100 位为新中国成立作出突出贡献的英雄模范人物"。与此同时，我们还参观了陵园内的相关纪念场馆及其所展示的数百位革命烈士事迹、千余件革命文物。

"龙华千古仰高风，壮士身亡志未穷。墙外桃花墙里血，一般鲜艳一般红。"1934 年春，龙大道、罗石冰和欧阳立安等狱中革命志士，为纪念死难烈士所写下的诗词，既是那样地慷慨激扬，又是那样地情真意切。特别是，它昭示着中国的红色为什么分外红艳？！

六十九、殷殷热血染雨花

【题记】

我们曾数次前往★雨花台烈士陵园（江苏南京市雨花路 215 号）；2015 年 2 月 16 日、2018 年 12 月 26 日与 2019 年 3 月 26 日，我们三次骑行到此。

【诗词】

西江月 · 殷殷热血染雨花

坛庙动情说法①，人间如雨飞花②。河山原本遍红霞，燕舞莺歌似画。

怨恨奸人凶虐，厌憎恶党淫邪。殷殷鲜血染中华③，璨璨春秋冬夏。

【注释】

①②史记南梁初年，高僧云光法师曾在此设坛说法，因内容精彩感动佛祖，顷刻间天上落花如雨，因此得名“雨花台”。③国民党统治时期，雨花台是屠杀共产党人和革命志士的刑场，有近 10 万革命先烈在此遇难。

【随记】

我们数次参观雨花台，其中，三次是专程骑达。不为别的，只为心中一份牵挂。

雨花台，坐落在南京中华门外松柏环抱的秀丽山岗上。“六朝雨花凝天地神韵，一部青史铸千秋圣台”，是其真实写照。新中国成立后，为了纪念在此献身的数十万革命烈士，为了铭记邓中夏、恽代英等我党早期领导人的巨大贡献，为了纪念刘少奇的第一位夫人何宝珍等众多烈士的英勇顽强，此处建起了这座中国规模最大的纪念性陵园。其中，主峰上 6.8 米高的纪念碑，镌刻有毛泽东手书“死难烈士万岁”，“忠魂亭”则由南京市 30 万共产党员交纳特殊党费兴建。

古称金陵、建康的南京，是中华文明的重要发祥地，有“六朝古都”和“十朝都会”之称，有“天下文枢”和“东南第一学”之美誉。天资聪慧、才学过人的留洋博士，中国著名的经济学家和历史学家朱偰先生，对南京的评价尤为深刻且饱含热忱。在比较中国长安、洛阳、金陵与北京等四大古都之后，他说：“此四都之中，文学之昌盛，人物之俊彦，山川之灵秀，气象之宏伟，以及与民族患难相共，休戚相关之密切，尤以金陵为最。”

哦，美丽的南京，朋友太多。老曹的大学同学石海明，老赵的学生，都已邀请多次，今晚，是老赵的大学同学叶国英、康淑珍、汤志伟等携家人宴请。汤志伟说两位大姐几次做东，这一次就让给他这个小老弟。老党员康大姐夫妇，可劲地为我们“红色骑行”点赞。大学校长位置上退下来的叶国英，则回忆当年在“劳大”读书的第一次元旦联欢——她叶国英独唱，老赵拉手风琴伴奏，那是一首由同学桂林作词、老赵谱曲的校园歌曲。叶国英立马还一字不错地唱起来，末了还忘不了说，“等你们骑行梦想实现哦。”

江苏南京市雨花台烈士陵园

七十、上饶血腥集中营

【题记】

2016 年 2 月 16 日中午，我们骑行到★上饶集中营革命烈士陵园暨茅家岭暴动旧址（江西上饶市南郊茅家岭）。

【诗词】

忆秦娥·上饶血腥集中营

血腥筵[①]，上饶凄惨集中营。集中营，人间地狱，满目狰狞。

愿将腰剑杀贼兵[②]，茅家岭上鸣枪声[③]。鸣枪声，挣开锁链，再做雄鹰。

【注释】

①筵：络丝、纺纱或卷棉条的用具，有“笼”意；古同“莛”。②取自唐·李白《塞下曲》：“愿将腰下剑，直为斩楼兰。”③茅家岭（监狱）：人称上饶集中营“狱中之狱”，1942 年 5 月 25 日，闻名全国的茅家岭暴动就发生在这里。

【随记】

江西上饶市上饶集中营革命烈士纪念馆

可能是昨晚吃的东西油重了，老赵不适，半夜起拉肚子。睡不了，干脆 5 时起床整理，6 时即在漆黑一片中骑离弋阳县。依稀还能听到鞭炮声，哦，春节刚过，元宵节将至，人们兴奋依然。还有，这几天节日不断，我们也无意中过了一个特别的“情人节”。

记得前天冒雨骑行一天，晚上 7 点多钟才到达东乡县，沿路找宾馆，全部客满。原来适逢情人节——我们真正是“OUT”了，也实在想不到，小小县城也这样“时髦”“时尚”，甚至“疯狂”。家家宾馆老板客气有加，“不好意思啦，春节前就被预定咯。”

风雨中的我们无言以对。已经走到闹市尽头了，我们这一对老夫妻今晚莫不是要露宿街头？继续向前寻找至开发区，看到新开业的非常豪华的金尚国际商务酒店，硬着头皮进去一问，只有一间豪华大床房了，价格不菲，有点犹豫。恰在此时，美女老板来了。听说我们年过花甲骑行几万公里，感动的她在会员价上再打折，我们就这样过了一次浪漫的情人节。

今天，骑行上饶。老赵已经被腹泻折腾得疲惫不堪，还要不停地上下坡。“吉祥三保”老曹再使“狠招”，禁食，连续地喝加糖果的盐水。老赵最相信老曹的医术，老老实实地遵照“医嘱”，呵呵，效果真不错，到晚上住宿时，腹泻停止啦。

中午 12 时，我们骑到上饶集中营旧址。它是一座规模庞大的法西斯式的人间地狱，是 1941 年 3 月国民党在上饶茅家岭、周田等地设立，主要囚禁在皖南事变中谈判被扣的新四军军长叶挺、弹尽粮绝被俘的新四军排以上干部、其他共产党人和爱国进步人士，共有 760 余人。解放后，这里先后建设有革命烈士陵园区、茅家岭监狱等五个旧址参观区。

诚如朱德 1961 年诗作所言：“上饶集中营，拘留尽群英。”

七十一、全红黎川真壮烈

【题记】

2016年2月19日下午，我们骑行到☆黎川革命烈士公园等（江西黎川县东方红大道14号）。

【诗词】

菩萨蛮·全红黎川真壮烈①

黎滩河水千层沸②，日峰山岭一身翠③。最敬老区人，拳拳赤子心。

团村鏖战急，洵口枪林立。老区满心忠，黎川全体红。

【注释】

①黎川县是著名革命老区，有“全红黎川”美誉。20世纪30年代初，黎川参加红军者达2000多人，半数以上为革命光荣献身。②黎滩河是黎川县的主要河流之一。③日峰山为黎川县的著名山峰，黎川县烈士陵园依傍于山脚下。

【随记】

关于“湖”，有多种说法。一般而言，湖就是“湖”。但在四川、青海与甘肃那边，“湖”被叫作“海子”，譬如我们骑经的“九寨沟海子”等。而到了西藏，“湖”又称为“措”，譬如我们骑经的“羊卓雍措”等。关于“山”，也有许多称呼。大部分地区，山就是“山”。然而，在东北那“旮旯”，山是“梁子”，大山是“大梁子”，记得清清楚楚，从承德到宽城，我们曾一连翻了四个大梁子，其中一个，仅仅是向上就有7公里。在陕甘宁地区，山称为“圪梁梁”又似乎与“沟”相关，仅从黄陵骑向延安，沿国道我们就爬了“老塌沟”、“马沟”与“麻花沟”等。到了江西与福建等地，山又被叫着“岭”或者“隘”——老曹后来一听到“岭”与“隘”，就两腿打颤。

今天我们骑离福建邵武前往江西黎川，爬的就是终身难忘的数十公里碎石铺就的碎石岭。下山后，在金坑乡参观闽赣省苏区旧址，骑过红军九番入住、又由此出发长征的金坑“红军桥”，总第2次进入江西省，直到黎川县烈士陵园。

该园建于1956年，毛泽东手书“发扬革命传统，争取更大光荣”镌刻于大门两侧。园内有纪念塔、碑、亭等建筑物，刻有老一辈革命家在黎川的革命活动事迹。其中，彭德怀指挥的团村鏖战，苏区第五次反“围剿”第一战洵口大捷等，突出表现了黎川军民的英勇顽强。而篁竹滩头红军历史上规模最大的阅兵誓师大会，闽赣省委建立以黎川为中心的中央苏区东北防线区域（下辖黎川、建宁、泰宁等21个苏区县）等，传播革命火种最为宏大壮烈。一尊彭德怀与红军战士合影的雕塑基座上，“碧血染团村，浩气冲云天”几个字，将“全红”黎川表现得淋漓尽致。

江西黎川革命烈士公园

夕阳下，日峰山红云缭绕，黎滩河红光粼粼，“千年古邑黎川老街”红辉笼罩。黎川，你真的全红！

七十二、东兰烈士垂千古

【题记】

2017 年 2 月 12 日下午，我们骑行到★东兰烈士陵园（广西东兰县城西曲江路）

【诗词】

西江月·东兰烈士垂千古

红水河流清澈①，天门山岭丰腴②。东兰美丽似丹图，更是鲜红国土。
岩上宣传大运③，楼中谋计前途④。将军威武战功殊，烈士永垂千古。

【注释】

①红水河：东兰县地处红水河中游。②天门山：东兰县著名景点。③岩：列宁岩，原名北帝岩，广西农民运动讲习所旧址。④楼：魁星楼，红七军前敌委员会旧址。

【随记】

十万里“红色骑行”，我们脚踩单车，骑行到达并穿越了伟大祖国的 34 个省（含直辖市、自治区、港澳台），269 个地级市、州、盟，1087 个县、县级市、区、自治县和旗，圆满完成预定的战略部署及 21 次战役任务，参观瞻仰了 793 个红色纪念场所，对中国共产党的伟大光荣正确及其中国的红色，有了前所未有的、比较全面深刻细致的理解与认知。

与此相应，我们在历经千辛万苦、千难万险，跨越千山万水、千峰万壑之时，既饱览了祖国千红万紫、千状万态的大好江山，还充分享受东南西北的美食：世界排名第一的宁夏盐池滩羊，嫩香鲜美的新疆木垒、巴里坤的羔羊，皮薄肉甜的新疆哈密瓜，以及西藏的牦牛肉、酥油茶，江苏苏州阳澄湖的大闸蟹，江苏盱眙的小龙虾，山东章丘的大葱，浙江宁海、福建马尾、山东青岛、辽宁大连的海鲜，福建的香蕉，广西的桂圆，宁夏的枸杞，广东的菠萝，海南岛的椰子，河北的山楂和大枣，陕甘宁的臊子面，东北的玉米，以及台湾屏东的凤梨，台湾台南的芒果，台湾花莲的西瓜……不一一说了，也说不完。最重要的是，这可都是我们亲自在原产地品尝，毋庸置疑的正宗！

今天骑达的广西“水墨东兰”，最著名的土特产是乌鸡、墨米与板栗。当然，我们关注的重心，还是红七军的发祥地，右江革命根据地的策源地和心腹地，全国最早的革命根据地之一，有着“将军之乡”美誉之称的“红色”东兰。

广西东兰烈士陵园

县城内九曲河畔更闹坡上，坐落着经过多次修建的东兰烈士陵园。陵园现由韦拔群烈士墓暨纪念馆、农民革命军战斗群雕、革命烈士纪念馆、纪念塔、纪念碑与烈士雕塑等组成。依傍着韦拔群、张云逸等 17 座英雄塑像，这里长眠着大革命时期以来英勇牺牲的 2258 名东兰籍革命烈士和无数个无名英烈。

云贵高原浩瀚，拉甲山连绵，红水河激荡，庇佑我东兰烈士千古！

七十三、血染英山三尺深

【题记】

2017 年 11 月 28 日下午，我们骑行到★英山革命烈士陵园（湖北黄冈市英山县陵园大道）。

【诗词】

眼儿媚·血染英山三尺深

毕昇故里起风云[①]，革命震乾坤。子孙数万，血染红土，三尺幽深[②]！
武当敬仰天堂颂[③]，红色我人民。英山业绩，当年刻骨，今日铭心。

【注释】

①英山是中国古代“四大发明”之一的活字印刷术发明家毕昇的故里。②英山当时仅有18万人口，但为主力部队输送子弟 3 万多人，牺牲 7 千余人，被称为“血染红土三尺深”的红色苏区。③南武当山与大别山主峰天堂寨等山峰，地处英山境内。

【随记】

今天，骑离安徽岳西，骑向湖北英山。都说要翻大山，我们紧张得早早起床。可是，“起了一个大早，赶了一个晚集。”入住的来榜镇君悦大酒店，宾馆与餐厅分别经营，我们的自行车锁在楼下的餐厅里取不出来，急得我们团团转。叫醒了宾馆值班的小伙子，他立即打电话联系，然后又开车去取钥匙。虽然耽误了半个多小时。但还是要感谢小伙子。

骑行 4 公里，开始爬明堂山脉，比较陡，不能骑，只能推。“屋漏偏遭连阴雨”——雨越下越大，加上 318 国道部分路段改扩建，多处地段开山爆破被阻止通行，时间被一再耽误。待骑到白帽镇时，雨停了，我们抓紧时间吃午饭。出发不久又遇大山，老曹焦虑得不行，“老赵你做的什么攻略，这么多的山？”下午 2 时，终于爬上山顶。看到了豫皖分界线，看见了“湖北欢迎您”，看见了“英山”界碑，看见了前面是长长的下坡，老曹破涕为笑了。4 时，我们骑到英山县烈士陵园。

英山也是一个革命老苏区，早在 1927 年就组建中共党组织，1931 年即建立苏维埃政权。英山“红色”精彩还在于，红四方面军从这里西征，红 27 军在这里组建，红 28 军以这里为游击根据地，红 25 军长征从这里起步，千里跃进大别山的刘邓大军将这里作为主要军事通道并在此迂回鏖战。英山人建立烈士陵园，记载着已被追认并编入英名录的2560名烈士，史有英山“血染三尺”之说。

湖北英山革命烈士陵园

晚上，我们入住预定的尚客优。在路边菜市场买了一些菜，老曹做了排骨烧豆角，老赵在超市补充食品水果等，又买回来小瓶装的红星二锅头。碰杯，一抬头，干了。再套一下广告语，“我们的心中有一颗红星！”是的，没有红星、红心，我们怎么能够历经常人想象不到的艰难困苦而牢记“不忘初心”，践行“红色骑行”！

七十四、浩气长存在盘山

【题记】

2016 年 10 月 17 日早晨，我们在大雾中骑行到★盘山烈士陵园（天津蓟县盘山）。

【诗词】

柳梢青·浩气长存在盘山

鬼斧镌巅，神工凿洞，蓟县盘山。墨客留言，皇帝唏嘘，不下江南①。

冀东优秀儿男，更豪迈、活捉恶狼②！众志成城，同仇敌忾，保卫家园。

【注释】

①盘山集幽林、古洞、奇峰、秀水为一体，为历代帝王将相文人墨客竞游之地，留下大量诗文、石刻、碑记；清乾隆更是情有独钟，曾多次登临盘山，并发出“早知有盘山，何必下江南”的感叹。

②墓区安葬的先烈之一冀东军分区副司令员包森，曾率队活捉日本天皇表弟赤本。

【随记】

我们一致认为，十万里“红色骑行”，如果要给骑行装备评功摆好，最重要的是自行车与电饭煲。

自行车首屈一指，没有它，我们怎么能完成“红色骑行”？ 13 年骑行，我们购买及更换了 6 部，孙儿赵十可后期参与“红色骑行”又购买了 1 部。小可子还特别要求：“和爷爷奶奶的‘美利达’一个样，尤其是要‘蝴蝶把’的。”

电饭煲则功不可没。不只是方便、卫生，还节省了大量时间。起初，我们是骑到哪，吃到哪，大饭店，小饭馆，大排档，小吃摊，“登门造访”无数次。但自从在川藏线上发现江苏一独行老头使用电饭煲，我们立刻认知了它的巨大优势，并一直使用下来。尤其在那荒山僻野、远乡僻壤之地，在那茫茫原野、千里戈壁的路上，电饭煲就是我们的饭店、食堂。但一路颠簸，电饭煲也巅坏了几个。老曹的闺蜜李爱荣又建议使用电压力锅。换上九阳 2L 电压力锅，试做红烧猪肘与牛肉杂酱，“味道好极了！”最重要的是，更加节约时间。有趣的是，有一小旅馆早晨房间停电，这可怎么办，今天将骑行于荒无人烟的县道啊。还是老曹有办法，她找到了走廊里的插头煮饭。两个人的世界，我们不曾拥有风花雪月，但却独特地同心携手前行在“红色骑行”的十万里征途上——太有意义了！

今天天未亮，我们煮好饭菜就出发。河北的雾霾太浓，能见度不足 5 米。我们一路爬坡骑往盘山烈士陵园。

这是冀东有名的烈士陵园之一，是为了纪念在抗日战争中牺牲的革命烈士而修建。陵园建在盘山南麓，有若干纪念设施。纪念馆位处陵园中心位置，纪念碑巍然矗立在陵园北部最高的地方，烈士墓区安葬着 205 位阵亡先烈,陈列馆展出了诸多文物文献资料。

陵园大门口，一大批中学生正列队前来参观。应该的，不能忘记盘山。

河北蓟县盘山烈士陵园

七十五、桂花开满大别山

【题记】

2017年12月12日下午，我们骑行到★皖西烈士陵园暨大别山革命历史纪念馆（安徽六安市解放路路段九墩塘畔）。

【诗词】

桂花开满大别山

头颅抛千斛[①]，捐躯为明天。皖西好儿女，奋勇在当年。
烽火八百里，起义再而三[②]。桂花开满地[③]，灿烂大别山。

【注释】

①取自纪念馆展示的烈士周狷之的就义诗："头颅抛千斛，风雨撼孤舟……"②大别山方圆800里，曾发动了黄麻、商南，六霍三大农民起义。③当年革命胜利时，佛堂坳小学校长罗银清（或说是江西民歌，又说是河南商城县的一位革命烈士）创作革命歌曲《八月桂花遍地开》并唱红了神州大地。

【随记】

参观许继慎纪念馆以后，我们朝向六安市。沿着国道105，依着淠河总干渠，再横跨之，然后一路北上，下午4时许，我们骑到皖西烈士陵园暨大别山革命历史纪念馆。

该园地处六安市区中心人口密集、商业发达的解放路路段。交通比较拥挤，骑行比较麻烦。此外，该园实际上是一个三面环水、风景秀丽的小岛。导航往往在"关键时刻掉链子"，我们半天摸不着门。问了几个当地人，才推车进入这个四周由日月塘、拱心桥、苗圃、花卉、林荫绿带、娱乐场等构成的目的地。爬上小山坡，烈士纪念塔首先呈现在我们的眼前。附近有纪念馆、亭、祠等多处纪念设施。

安徽六安市皖西烈士陵园暨大别山革命历史纪念馆

纪念馆是由原皖西烈士陵园的将军馆、陈列馆拆并重建的名为"大别山革命历史"的新馆。该馆内容十分丰富，形式多样，手段先进，且以大别山叙事说人为主线而展开，包括有"辉煌历史"等四大版块和"名人荟萃"等八个单元。

皖西，一个在中国革命历史上具有突出地位的地方，是一块红色的土地，是一个红军的故乡，是一大批将军的摇篮。它既是鄂豫皖革命根据地的重要组成部分，也是中国革命三大主力红军红四方面军的发祥地。烽火燃烧的年代，老一辈无产阶级革命家董必武、邓小平、李先念、刘伯承、徐向前等曾在这里领导革命，英雄的皖西人民曾在这里英勇奋斗，许继慎、高敬亭等一批革命英烈为党献身，30多万优秀儿女为国捐躯，其中新中国成立后被追认的在册烈士就达26000余名。

烈士鲜血洒满了皖西大地，也浇灌了大别山飘香的桂花。一直如此，直到今天："八月桂花遍地开，鲜红的旗帜竖呀竖起来，张灯又结彩呀，光辉灿烂闪出新世界。"

七十六、红旗插上海南岛

【题记】

2017 年 1 月 26 日清晨，我们骑行到★解放海南岛战役烈士陵园（海南海口市海秀大道金牛岭公园内）。

【诗词】

鹊桥仙·红旗舞动海南岛

琼州海域，伯陵防线①，谁料险凶多少？强攻偷渡两结合②，笑看那、藩屏被捣③。

椰林绿了，槟榔熟了，美了天涯海岛。红旗舞动海南潮，不能忘、舍生太保④。

【注释】

①伯陵：海南防卫总司令薛岳的字，时年他以字将其组成的所谓海陆空立体防御，命名为“伯陵防线”。②我军制定的“积极偷渡，分批小渡与最后登陆相结合”的战役指导方针。③藩屏：屏障，语出《诗·大雅·板》：“价人维藩，大师维垣；大邦维屏，大宗维翰。”④太保：古代三公之一，为辅弼国君的重臣；又，对绿林好汉的尊称；此处代指解放军战士。

【随记】

2008 年，我们在进行“红色骑行”战略总体设计时，围绕“纪念中国共产党建党 100 周年”之重大主题，精心规划了必须骑达的红色景点（区）。与此同时，鉴于“红色骑行”的宏大历史意义及其创造性与独特性，我们还刻意策划了与之相关的重要内容：例如，设计“红色骑行”logo 与专旗；手绘面积超大的中国地图并沿途尽可能多地加盖当地邮戳；确保“红色骑行”必须抵达我国的 34 个省区（包括港澳台），让“红色骑行”线路遍布全中国的千城万乡、千山万水；及其要在“红色骑行”中绕行我国排名前三位的半岛如山东半岛、辽东半岛和雷州半岛，以及绕行排名我国前四位的大岛如台湾岛、海南岛、崇明岛和舟山岛，等等。

此次“大华南战役”，我们即穿越历史悠久、文化灿烂，因古雷州府辖地而得名的雷州半岛。该半岛处于中国大陆最南端，广东省西南部，东接南海，西接北部湾与越南隔海相望，南接琼州海峡与海南岛对峙。该半岛犹如一条巨龙冲向南海，气势磅礴，令人震撼。是的，我们昨天即从湛江经雷州到徐闻，再跨过琼州海峡，直上海南岛。

今天一早，骑到海口市内的解放海南岛战役烈士陵园。1950 年春季，在琼崖纵队和全岛人民的大力接应与配合下，我渡海作战部队先分两批四次潜渡琼州海峡，胜利登陆，再发起大规模渡海强攻，4 月 23 日海口解放。接着乘胜追击，于 5 月 1 日 解放海南全岛。胜利来之不易：该烈士陵园一座宏伟的革命烈士名录墙，墙上镌刻着在海南革命战争中牺牲的 18861 名烈士名字。

海南海口市解放海南岛战役烈士陵园

海南岛的绿色、蓝色，因为红色而分外妖艳。

七十七、同仇敌忾鄂东南

【题记】

2018年9月7日上午，我们骑行到★湘鄂赣边区鄂东南革命烈士陵园(湖北阳新县兴国镇陵园大道1号)。

【诗词】

七律·同仇敌忾鄂东南

同仇敌忾鄂东南，革命儿郎志悍坚。
大冶老城行剧变①，龙港古镇树戎旃②。
衷心谱写辉煌曲，热血浇淋壮丽篇。
问讯英雄何处在？长眠卧虎护山川③。

【注释】

①大冶兵暴：发生于湖北大冶，是南昌起义、秋收起义的延续。②龙港：阳新县古镇，土地革命时期，鄂东南苏维埃政府，红五军司令部等17个党政军机关均设立在这里，是著名的革命旧址；又，戎旃：军旗。③卧虎山：陵园所在地。

【随记】

2018“决战之年”“湘鄂赣战役”如期执行。好兆头，火车提前1个小时抵达九江。夜宿预定的格林豪泰，昨天早上8点去火车站取车，盖邮戳，出九江，过瑞昌，骑离江西，总第4次骑入湖北，一口气骑到阳新县枫林镇停宿。

昨晚下了一夜的大雨，天气预报说今日还有雨，幸运的是一直没有下。糟糕的是，骑着骑着，突然听到嗤嗤声，老曹的车前胎被扎破了。停车补胎还发现，钝器不仅轧了内胎，还将外胎轧了一个大洞。这给老赵出了难题，他还没有补过外胎呢。幸亏他是一个“老师傅”：下放农村的第二年调入社办工厂，当海军又在37891部队加工连，退伍再进入一机械厂。老曹真服了，老赵居然用小胶贴在外胎内侧进行了修补。老曹笑着“建议”：“回去以后，你在校门口开一个修车铺吧，挣两个小钱贴补家用哦。”也无怪乎，照片发到微信群，学生们夸老赵是“全能教授”。

沿省道316向西，翻了两座小山坡，9时许，我们骑到阳新县，抵达湘鄂赣边区鄂东南革命烈士陵园。

20世纪30年代，威名显赫的湘鄂赣边区鄂东南革命根据地，有近30万英雄儿女为之捐躯。为缅怀先烈的光辉业绩，该陵园于1979年始建，后经数次修扩建，现如今的规模为湖北之首。参观陵园及其所属纪念馆等，你尽可以领略毛泽东、彭德怀等老一辈无产阶段革命家的光辉形象，还可以了解鄂东南21个县市的革命史略和烈士事迹等。重要的是，你可以知道，中国革命实属不易，中国红色无与伦比！

湖北阳新县湘鄂赣边区鄂东南革命烈士陵园

七十八、大战宿北马陵山

【题记】

2015 年 10 月 5 日下午，我们骑行到☆宿迁烈士陵园暨宿北大战纪念塔（江苏宿迁市幸福路中心广场）。

【诗词】

西江月·大战宿北马陵山

大战马陵山岗①，厮杀宿北林丛。七天七夜揍狼熊②，不叫一人失控。
陈毅运筹帷幄，士兵勇敢冲锋。哀肠百转想英雄，看那丰碑高耸。

【注释】

①马陵山：宿北大战主战场；宿北大战是解放战争初期山东野战军、华中野战军会合后的对敌第一仗，也是我军集中优势兵力大打歼灭战的一个光辉范例，以歼灭国民党一个整编师的战绩载入解放战争史册。②宿北大战持续七天七夜。

【随记】

正是金秋十月，从泗洪县向宿迁市，沿国道 235 北上，漂亮的道路两旁，丰收在望。老曹看在眼里，想在心中，说在嘴上："快了，马上就是收获的季节了。"40 多年前，当时 18 岁的小曹高中毕业，正赶上上山下乡，于是去了农村，并且一干就是 5 年，直到恢复高考上大学才离开。插队农村不久，她很快就入党，还担任了从生产队、大队到公社的许多职务。为什么呢？因为表现较好。一件事情可以说明情况。在农村时间不长，她一天拿的"工分"可达到 8 分 5 厘（计算薪酬的一种标准，相当于一天挣了 0.42 元钱），这可是当时女社员的最高所得。"当然，当地的老百姓对我也很好。"老曹接着告诉老赵，"'双抢'时节辛苦得不得了，休息时，我都能够在一条 15 公分宽的长条凳上睡着。而农村的几位女社员就分别坐在我的两边保护着，生怕我一个翻身摔到地上。"

说话间，我们骑到了宿迁，在参观朱瑞将军纪念馆等红色景点之后，来到了宿迁烈士陵园及宿北大战纪念馆。该园建成于 1978 年，是宿迁市公园、陵园合一的新景区。其中，纪念馆是主体部分之一，并通过大量文献资料，介绍了解放战争初期，发生在宿迁马陵山麓纵横五六十里地域的宿北大战。

33.12 米高的由陈毅题写碑名的宿北大战马陵山革命烈士纪念塔在山顶巍然屹立。29 尊宿北大战群英塑雕，分明就是当年前仆后继、奋勇冲杀的活生生的解放军战士。胜利时刻，陈毅诗兴大发，挥笔题词："敌到运河曲，聚歼夫何疑？试看峰山下，埋了戴之奇。"更将这一场激战七天七夜的宿北大战描绘得出神入化。

素有"华夏文明之脉、江苏文明之根、淮河文明之源、楚汉文化之魂"之称的宿迁，因宿北大战的辉煌，再多了一份隆重的红色光荣。

江苏宿迁烈士陵园暨宿北大战纪念塔

七十九、将军金寨立丰碑

【题记】

2017 年 12 月 11 日下午，我们骑行到★金寨县革命博物馆与★金寨县革命烈士陵园（安徽六安市金寨县梅山镇）。

【诗词】

将军金寨立丰碑

将军五十九①，队伍十一支②。儿女十万整，烈士千乘十③。
巍峨大别山，英雄绘史诗。中国升红日，金寨立鸿姿。

【注释】

① 1955 年授衔，金寨籍将军有 59 名，是全国著名的"将军县"。②革命战争年代，金寨诞生和组建了 11 支主力红军部队。③时年，金寨有 10 万儿女踊跃参军，大多数为国捐躯，解放后被追认为革命烈士 11000 余人。

【随记】

早晨在商城吃饭后，先后骑上了县道 017、059，再翻过横山头，绕过金刚台，爬长岗、黄岭坎与岭西 等，我们第 3 次骑离河南，返回家乡安徽省，进入金寨县境界。

山路很窄，山峰很高，再一次领略了大别山。不只是感知大别山的雄伟壮观，也同时沐浴着大别山的旖旎风光。这也是骑行县道（以及乡道、山道）的特别享受，看见了一般人不容易看见的美景奇象。商城苏仙石乡曾岗村的路边，村民正在杀猪。热气腾腾的大锅在旁边，已经杀倒的猪，被吹得鼓鼓的放在长凳上，猪毛已经被刮净。老曹兴奋地跳下车，"老赵，这就是我以前在农村插队时的场景再现啊！"又说，在农村过年时，家家户户杀年猪，热情的村民们天天邀请去吃杀猪饭，农村主妇能用猪身上的各个部位做一桌地道美味的杀猪饭，"想想还流口水。"

安徽金寨革命博物馆

骑入金寨就翻黄土岭，过铁冲大桥，我们走乡道，转县道，又翻杨桃岭，转省道，走乡道，再翻大鹿角岭等。然后骑跨美丽的梅山水库，过金桃大桥，越过 小青风岭与银岭，我们骑到到金寨县梅山镇，分别参观了红军广场、金寨县革命烈士陵园与金寨革命博物馆。

金寨位于大别山腹地，有着十分光荣的革命历史。从中国共产党成立和大革命开始，它历经土地革命战争、抗日战争和解放战争，且在每一个时期都作出了巨大贡献。有开国将军 59 人，并在全国将军县中名列前二，是为证！博物馆革命历史文物 1200 多件，馆展陈列满满的七个部分，是为证！烈士陵园以纪念塔为中心，融塔碑堂墓园村为一体，安息着无数的革命先烈，是为证！红军广场，红色金寨，从中国共产党诞生之时就展开的红色，从中国共产党党旗飘扬之时就升腾的红色，依然红艳，是为证！

八十、百里洪湖昭日月

【题记】

2018年10月2日中午，我们骑行到★洪湖市烈士陵园暨湘鄂西苏区革命烈士纪念馆（湖北洪湖市城区西南郊）。

【诗词】

江城子·百里洪湖昭日月

疾风骤雨卷狂飙。水潇潇，浪滔滔。洪湖百里，满目立梭镖①。湘鄂西中兵布阵，除恶霸，斗顽刁。

出生入死志凌霄。舞枪刀，做英豪。奋伐荆楚②，赤帜尽情飘。烈士功勋昭日月，传万代，誉今朝。

【注释】

①取自周逸群江南词：“梭镖林立旗无边，洪湖任流连”。②荆楚：古代湖北名称；语出先秦·诗经《殷武》：挞彼殷武，奋伐荆楚。

湖北洪湖市烈士陵园暨湘鄂西苏区革命烈士纪念馆

【随记】

第15次跨长江，江北是湖北的监利境界，我们沿着省道103一直朝向东北方向的洪湖市。

浩瀚的长江就在我们的身边，老赵有许多的感慨。因为，16岁时，他就插队渔村当渔民，就是在这长江及其支流上捕鱼。十几米长的渔船是他的“新家”，准确说，是当时小赵的师傅、安徽省学习毛泽东思想积极分子殷师傅的家。殷师傅夫妻二人和他们的两个幼孩住在中仓，小赵则住在白天捕鱼、晚上可以睡觉的窄小的前仓。迎风上游时，小赵是纤夫，需要上岸背纤，脱去鞋袜光着赤脚，卷起有补丁的裤子，下雨时还要穿上蓑衣，高一脚低一脚地背着渔船朝向前方。“哥哥在岸上走”，“纤绳荡悠悠”，却没有“恩恩爱爱”的“妹妹你坐船头”。真佩服那些艺术家，那么艰苦备至的背纤活儿，竟然被他（她）们演绎得、渲染得那么浪漫动人。

“老赵，前面就要到了。”老曹的提醒将老赵唤回到眼前的“红色骑行”。右转前行，我们骑到长江之畔的洪湖市烈士陵园。说明了来意，门卫罗师傅开闸让我们自行车骑入。

以洪湖根据地为中心的湘鄂西苏区，是第二次国内革命战争时期，中国共产党领导下的10多个苏区中形成较早、规模较大、坚持时间较长的一个。该陵园是为纪念贺龙、周逸群、段德昌等老一辈无产阶级革命家和在湘鄂西苏区牺牲的革命烈士而修建，包括有贺龙元帅全身铜像、革命烈士纪念碑、烈士祠等。陵园内还建有纪念馆，陈放着湘鄂两省50多个县市烈士的英名录，展出102位烈士的遗像、部分遗物和生平事迹，展示着湘鄂西苏区的光荣史实。

再骑到“洪湖”边，想真正地看一眼“四处野鸭和莲藕，秋收满仓稻谷香”，想搞清楚为什么“人人都说天堂美，怎比我洪湖渔米乡。”今天哪里也不去了，就在这红色的洪湖旁边，我们寻得一家旅社住下来。

八十一、抗战遗址李子坝

【题记】

2018 年 4 月 1 日下午，我们骑行到★李子坝抗战遗址公园（重庆渝中区李子坝轻轨车站旁）。

【诗词】

抗战遗址李子坝

背靠鹅岭冈①，面临嘉陵江②。坚强李子坝，伫立红岩旁。
坡上石碉堡，勇敢护家乡。宅院高公馆，民族生机昌③。
抗战有遗址，历史一长廊。反击法西斯，重庆威名扬④。

【注释】

①②李子坝具体位置。③ 1942 年元旦，高公馆旧址举办近半个月的千川工厂产品展览会，周恩来题词：“民族的生机在此”。④重庆是当时世界反法西斯战争的四大历史名城之一。

【随记】

2018 年“决战之年”之“大西南战役”全程 46 天，9070 里（4535 公里）。因之于考察目标，骑行路线总体设计为“∩形”。先乘火车入滇，然后接上以往战役骑行路程，由滇沿红军长征路线骑行北上，骑跨“金沙江”，总第 2 次入川，西向 8 次骑跨大渡河，东走 318 穿越二郎山隧道，经几度回旋川中，第 1 次南下重庆后，第 3 次入川续上川北，绕行川东，东向又第 2 次入渝，再向西折回第 4 次入川，再一路南下第 3 次入渝，第 5 次入川，最后入黔，并由西向东，由北向南，由东向西实施“之形”穿越，完成战役。

深刻领教“蜀道难难于上青天”，充分浏览大西南的绝美景象，我们于今日骑到北有大巴山，东有巫山，东南有武陵山，南有大娄山，长江、嘉陵江穿插而过的山城、江城、雾都重庆。在依次参观了渣滓洞、白公馆、红岩广场、红岩村等红色景点之后，我们沿嘉陵江骑到了地处渝中区的李子坝抗战遗址公园。

重庆渝中区李子坝抗战遗址公园

该公园前后连接曾家岩、红岩村，是曾家岩——红岩村抗战文化遗址走廊“一心两翼”的“一心”，也是重庆首个抗战遗址公园，还是国内首次以主题公园的形式展示历史文化保护成果的公园。园内错落有致地分布着 5 组抗战历史文物建筑，它们分别是高公馆、李根固旧居、刘湘公馆、国民参议院旧址、交通银行学校旧址以及石碉堡等，沉甸甸的历史旧址，满目沧桑的历史遗迹，作为抗战文化的新符号和新阐释，它们集中展示了重庆抗战时期的政治、经济、文化、军事、外交、金融等各个方面的历史风貌。

“中国人民抗日战争胜利，是近代以来中国抗击外敌入侵的第一次完全胜利”，习近平在纪念中国人民抗日战争暨世界反法西斯战争胜利 70 周年大会上的讲话，振聋发聩，声震寰宇。鹅岭峰下，嘉陵江畔，亲水滨江的李子坝，有不可磨灭的光荣。

八十二、“四八”烈士彪千古

【题记】

2017年4月13日下午与2018年5月19日中午，我们分别骑行到★“四八”烈士陵园（陕西延安市）与★“四八”烈士阁（河北邯郸市晋冀鲁豫烈士陵园内）。

【诗词】

“四八”烈士彪千古[①]

俊杰遇难黑茶山，王秦叶邓不复还[②]。谈判桌上谁说事[③]？铁军冲锋谁执权[④]？
世界职工谁代表[⑤]？教书育人谁承担[⑥]？“四八”烈士彪千古，革命事业有接班。

【注释】

①②“四八”烈士（王秦叶邓等）：1946年4月8日，中共谈判代表王若飞、秦邦宪、新四军军长叶挺、中共中央工委书记邓发、教育家黄齐生先生等乘飞机由重庆回延安，失事遇难于山西兴县黑茶山；同机遇难的还有叶挺夫人李秀文和两个孩子、八路军军官及美军机组人员，共计17人。③指王若飞、秦邦宪。④指叶挺。⑤邓发此前代表中国解放区职工，刚刚出席在法国巴黎举行的世界职工代表大会。⑥指黄齐生。

【随记】

“心口呀莫要这么厉害地跳，灰尘呀莫把我眼睛挡住了……手抓黄土我不放，紧紧儿贴在心窝上。几回回梦里回延安，双手搂定宝塔山。千声万声呼唤你——母亲延安就在这里！”我们也有梦，我们在梦里也念叨着延安。“红色骑行”之“陕甘宁战役”，我们梦想成真。我们来到了古称“肤施”的中华民族重要的发祥地，现代中国革命的圣地——延安。亲吻清莹的延水河，朝拜雄伟的宝塔山，瞻仰枣园、杨家岭、凤凰山与王家坪的红色灯火，我们再骑往地处延安城北6公里处李家的“四八”烈士陵园。

陵园依山傍水，宏伟壮观，宽阔的青石台阶从山下直抵墓园。塔高19.46米（寓意1946年）的汉白玉纪念塔高耸在墓园中间，塔身后部呈4层阶梯式，塔下有8级台阶（寓意4月8日）。象征中国共产党的镰刀斧头图案置于塔尖之上，塔顶最高一层四面嵌着四颗鎏金五角星，代表中国人民的事业。毛泽东手书“为人民而死虽死犹荣”几个鎏金大字嵌于塔身正面。正面塔座上雕砌着一只汉白玉花环，右侧勒记“四八”烈士遇难碑记。陵园最高处的烈士墓台，安葬着“四八”遇难烈士和在延安时期牺牲的重要领导人和知名人士等。一年后的5月，我们又骑行祭拜了地处邯郸的“四八”烈士阁。

时年，延安各界群众3万多人举行隆重的追悼大会。毛泽东题词并致悼词，朱德、刘少奇等亲自执绋，送灵下葬。周恩来情真意切地高度赞扬“四八”烈士：“你们是中国人民的瑰宝，你们是中国共产党的光辉！”

陕西延安市“四八”烈士陵园

八十三、先烈血染满山红

【题记】

2018 年 10 月 9 日下午，我们骑行到★湘鄂边苏区革命烈士陵园（湖北鹤峰县城南）。

【诗词】

小重山·先烈血染满山红

溇水河边挺鹤峰①。那年根据地，太威雄。贺龙元帅领工农。战湘鄂，赤帜舞青空。
吐血祐花容②。舍生取大义，震苍穹。万般思念向谁融，先烈血，陶染满山红③。

【注释】

①鹤峰地处溇水河畔。②吐血祐花：传说杜鹃花是由一种鸟吐血染成。③满山红：映山红，杜鹃花的别名。

【随记】

在人生旅途中，我们都是匆匆过客，匆匆相遇，又匆匆相离。当然，就是在这来来去去的匆匆中，留下了一串串说不完的故事；也就是在这稍纵即逝的匆匆中，延伸着弥足珍贵的缘分；还是在这看似平凡的匆匆中，才知道应珍惜那来之不易的情谊。一次错过可能就错过了终身；反之，一次相逢，则定格了永远值得记忆的精彩。

湖北鹤峰县湘鄂边苏区革命烈士陵园

13 年“红色骑行”，我们遇见了人生旅途中许多重要的过客，也记住了他们的深厚关爱：家乡的亲朋好友，那是贴心的关注；遍布天南地北的战友、同学、朋友和学生，给予的是火一样的热情。

当然，我们自己也在人生旅途中风雨相伴，昼夜相随，努力地朝向预定目标，满怀信心地期待梦想实现。

记得 2016 年“大西北战役”的一天早晨，在一望无际、荒无人烟的漫漫戈壁上，我们俩坐在路边地上吃着自带早餐。呵呵，这是多么大的餐厅！举目远眺，明月在当头，阳光已灿烂，竟然日月同辉！老曹再一次说，“老赵，你在哪，家就在哪！”一句话，五尺汉子泪流满面。哦，我们携手在这千里戈壁，并肩在那万里山川，共同在逐梦路上。有朋友感叹：原来生活还可以这样！

幸福的遐想中，我们今天骑到鹤峰，登上那溇水河畔、红色砂岩山岭上的湘鄂边苏区革命烈士陵园。

第二次国内革命战争中，鹤峰人民在党的领导下进行了顽强斗争。资料记载，当时只有 6 万人的鹤峰县，投身革命者多达 2.5 万人，其中，有 3000 多人英勇牺牲。为缅怀先烈而建设的该陵园，主要建筑有贺龙铜像、烈士祠、纪念碑和主墓群等。祠内陈列着蹇先为等 80 多位烈士的画像及简介，主墓群安葬着段德昌、王炳南、贺英等三位革命烈士的忠骨。

该陵园因满山红杜鹃花盛开又得名满山红烈士陵园。我们以为，盛开的杜鹃花所以鲜红，那是因为它扎根在被烈士鲜血浸透了的曾经的湘鄂边苏区的红土地上；而且，非如此，鲜红的杜鹃花不能怒放！

八十四、青藏高原飞雄鹰

【题记】

2015 年 8 月 11 日上午与 13 日上午，我们分别骑行到★西藏山南烈士陵园（西藏山南地区乃东县泽当镇）与★拉萨烈士陵园（西藏拉萨市郊）。

【诗词】

忆江南·青藏高原有雄鹰

蓝天澈，雪岭最晶莹。青藏高原多壮士，西扎山岭有雄鹰①。天籁响佳音。

【注释】

①西扎山是泽当最高山峰，也是最险绝山峰。

【随记】

我们的“红色骑行”战略，共发动战役 21 次。其中，骑行穿越国道 318 之川藏线具有特别意义——国内骑行有两个最艰难的地域节点，第一是高海拔川藏线，第二是新疆近千里的无人区。

318 川藏线全程骑行历经四川、西藏 2 个省（区）6 个（地级）市（州）与 22 个县（区），总计 5472 里（2736 公里）。出发之日，是冒雨从四川成都踏上征程，翻越了包括折多山在内的 14 座海拔 4000 米以上高山（其中东达山、米拉山海拔 5000 米以上）。骑到拉萨稍事休整后，又沿雅鲁藏布江南岸省道 101 骑往西藏山南地区。在乃东泽当镇祭拜西藏山南烈士陵园，再跨过泽当大桥绕行雅鲁藏布江江北新路，翻越 4000 米以上的孜隆山，返回拉萨市，并祭拜拉萨烈士陵园。

泽当的烈士陵园建于 1965 年，是西藏自治区规模最大、资料最完整的革命烈士纪念建筑。朱德题写“烈士陵园”大门门牌，邓小平题写“烈士纪念馆”横匾，原西藏军区司令员张国华在照壁上题写“浩气长存”四个大字。拉萨的烈士陵园内有 2255 座墓葬，多为土石封堆，安葬的是藏、汉、门巴、珞巴等民族烈士。

知道我们骑行川藏线，在西藏工作的学生王广明、袁东田，在贡嘎乡“设卡拦截”，并不由分说地将我们拉到“藏家乐”，又邀来次仁拉央等其他几位学生。我的天！尽是一些从未吃过的“东东”。有羊血肠、辣牦牛肚、蒸牦牛舌、干酪炒肺片和酥油炒青稞，又佐以藏族酥酪糕、酥油糌粑、干酪和藏面，再喝酥油茶和青稞酒。喝着喝着，学生们唱起了欢迎的藏族歌曲（不好意思，没听明白，但是高兴），次仁拉央等美女又隆重地献上了洁白的哈达！陪伴我们骑行的研究生葛杨生，也伸着脖子接受这份无上的荣誉，激动得夜不能寐。

西藏山南地区乃东县泽当镇山南烈士陵园

川藏线结束之际，我们特作七律一首以资纪念：教授焱发年少狂，单车川藏坐骑欢。栉风沐雨几千里，踏地追云十数天。一脚踩平千仞水，双轮碾过万重山。年龄花甲人红色，精彩依然绽笑颜！

八十五、燕儿窝里埋忠骨

【题记】

2016年6月26日，我们骑行到★乌鲁木齐市革命烈士陵园（新疆乌鲁木齐市南郊燕尔窝）。

【诗词】

摊破浣溪沙·燕儿窝中埋忠骨

大海悲涛远处泅①，天山哀雪眼前疯。壮志未酬身已死，哭英雄！
优美牧场草毁悴②，苍茫西域雨朦胧。燕儿窝中埋傲骨③，哭英雄！

【注释】

①乌鲁木齐是离海洋最远的城市。②乌鲁木齐蒙古语意为“优美的牧场”。③中国古籍中“燕”字含有“安息”之意，因此该陵园被选在乌鲁木齐市南郊燕儿崖山坳下的燕尔窝。

【随记】

从哈密翻过天山，经巴里坤哈萨克自治县下涝坝乡后，骑行的北疆美艳惊人：玉雪天山恰似酣睡美女，靠近雪山的是浓墨翠绿的青山，靠近青山的是卡斯特地貌的褐色山丘。三峰层叠，美不胜收。巴里坤湖水波荡漾，似乎连着天边。就是没有行人，连大货车都很少，陪伴我们的只是路边悠然自得的牛、羊、骆驼和毛驴。那绵延起伏的道路更是长得“怕人”，有一段直线约40公里，路边不时闪过指示牌“直线道路，谨慎驾驶”。

随后骑行，算是有惊无险。前天在木垒5点起床，看窗外依然风雨交加，想新疆太大，路上连躲雨地方都难找，于是吃完早饭干脆睡觉。也许是连续几十天太累，我们一觉睡到10点。醒来一看，雨停了，那就再出发。不料，1个小时后又下雨，无奈，只能披挂雨衣硬着头皮继续骑行。谁承想，新疆的天，孩儿的脸，3个小时后雨过天晴。我们快马加鞭，一路狂奔过奇台到吉木萨尔。

昨天呢，再起大风，又连着几个十几公里以上的大缓坡，累得我们疲惫不堪。每天和风战斗，我们真正懂得为什么送行时常说“一路顺风”。终于，甘河子镇后开始下坡，且风向有变，我们一口气冲到阜康市安营扎寨。

今天，骑行70公里进入乌鲁木齐，我们先参观八路军新疆办事处，再骑向乌鲁木齐市革命烈士陵园。知道我们从遥远的安徽骑行数千公里而来，门卫特别允许骑入，还特意要与我们合影。

该陵园是新疆各族人民为纪念抗战时期被盛世才杀害的我党创始人之一陈潭秋等革命烈士而建。经重新修建，越发庄严肃穆。在祭坛上，我们将党旗、国旗与“红色骑行”专旗摆放在陈潭秋、毛泽民等五位烈士的墓上。然后，绕行于陵园，又分别瞻仰了人民英雄纪念碑、雕塑墙、陈列馆、陈潭秋雕像等。

至此，我们终于骑行祭拜了祖国西陲最远之处的新疆燕尔窝、西藏拉萨与山南乃东泽当等几个著名的烈士陵园。我们的心意到了。

新疆乌鲁木齐市革命烈士陵园

八十六、赤水河畔祭红军

【题记】

2018 年 4 月 3 日傍晚，我们骑行到★四渡赤水红军烈士陵园（贵州赤水市城区南郊杉树坝）。

【诗词】

浪淘沙·赤水河畔祭红军

赤水怒涛声，鬼哭神惊。泽东四次渡奇兵。恶浪狂风何所惧，绝处逢生。

河畔祭红军，碑颂精英。冲锋路上叹泥坑。光彩篇章千万字①，告慰魂灵。

【注释】

①光彩篇章：取自美国作家哈里森·索尔兹伯里所著《长征——前所未闻的故事》：“长征是独一无二的，长征是无与伦比的。而四渡赤水又是‘长征史上最光彩神奇的篇章’。”

【随记】

昨晚停宿素有“天府名镇”、“川东文化重镇”之美称和 “小香港”之盛誉的江津白沙镇。该镇历史悠久，商贸繁荣，独特的地理环境（土壤富含有助于人体健康的微量元素硒）与气候特征，滋养了这里的酿酒文化。据说公元前 300 多年，该地巴乡清酒就曾被进贡给秦昭襄王；而今，则有渐成大势的品牌高粱酒江小白。也应了早年民间就流传的顺口溜：“江津豆腐油溪粑，要吃烧酒中白沙。”好吧，在江小白的地盘，当然要喝江小白。对酒当歌，晕晕乎乎中，再踏着蜿蜒曲折的青石路面，穿梭于尚存的清末民初传统民居及西洋风格的洋楼，我们不亦乐乎。

今天，三离重庆，五入四川，穿越合江，与长江拜拜，骑跨赤水河过高洞河大桥，依赤水河一路南下进贵州。“大西南战役”永世不忘，刚告别“难于上青天”蜀道，我们又爬山涉水在“地无三分平，天无三日晴”的贵州。山高坡陡，烈日暴晒，喝了许多的水都没有小便。120 公里以后，我们骑达赤水市。两条腿虽然拖不动，但不能不去看看赤水市烈士陵园里面安息的红军。

该陵园是全国第一个为纪念“四渡赤水”战役中牺牲的红军烈士而专设的陵园。园内石碑，记绘着中央红军四渡赤水战役的路径示意图，四处瞻仰，可以充分感受四渡赤水的精彩与红军战士的壮烈。该陵园所展现的“四渡赤水”长征文化的真实性、完整性和独特性，是其他烈士陵园无可替代的。

晚上，坐在“老字号——赤水第一烧”大排档，点了满满一大锅赤水鱼，取出尚未喝完的江小白，我们期待“红色骑行”圆满成功！仿佛听到，“横断山，路难行。敌重兵，压黔境。战士双脚走天下，四渡赤水出奇兵。”肯定知道，千回百转的赤水河就在不远处，金戈铁马的红军就纵横在胜利彼岸，而毛泽东人生最得意的“四渡赤水”，千真万确永载史册！

贵州赤水市四渡赤水红军烈士陵园

八十七、华北兵民多烈士

【题记】

2018 年 5 月 17 日上午，我们骑行到★华北军区烈士陵园（河北石家庄市中山西路 343 号）。

【诗词】

华北兵民多烈士

粉骨碎身全不怕[1]，幽燕自古多豪杰[2]。抗日救国忘生死，华北兵民更坚决。

本斋振臂唤回民，云彪将马战顽劣。振堂博生白求恩，烈士伟绩昭日月[3]。

【注释】

①取自明代名臣、民族英雄于谦诗词：“粉骨碎身全不怕，要留清白在人间。”②取自宋苏东坡语：“幽燕之地，自古多豪杰”。又，幽燕，即燕赵，与如今所说华北地区所包括的地域相近。③后阕记述该陵园的著名烈士。

【随记】

昨天，从阳泉狮脑山百团大战纪念馆参观下山，已经快 10 点，一路下坡 9 公里骑上 307 国道，胆战心惊的大货车队又来了。更为惊险的是向东转入省道 315，要沿着温河骑行。温河发源于孟县方山，由乌玉河等 7 条河流汇流而成，壮观无比的百里温河水利工程，号称“山西红旗渠”，就是盘绕在悬崖峭壁上的“人造天河”。错误的导航“领导”着我们连续 5 跨“温河”，5 穿隧道，其中娘子关隧道群，最长 1685 米，最短的 485 米。

过了娘子关隧道出口，我们仍然惊魂不定。停下来吃午饭。看天灰蒙蒙阴沉沉，心情也随之沉重。待上了正儿八经的省道，一个指示牌“前方蔡庄涵洞塌陷，去河北的车辆请自行设计路线”，让我们更纠结。人生地不熟，导航瞎指挥，如何设计路线？硬着头皮往前骑，涵洞里面那场面特惨：虽经抢修，但涵洞仍有塌陷之处，一辆大货车陷下去了，上百辆车挤着堵着，灰尘弥漫，我们从车缝里推着车钻出了车流。一路颠簸， 三番离晋入冀，骑达井陉县。这一天是怎么闯过来的啊？！我们的“本事”真大。

昨天导航的可能是一条不能走的新道路。今天前往石家庄导航继续错误，再一次领走尚未全线贯通的快速通道，七跨桃河，风尘仆仆进入石家庄，我们骑到华北军区烈士陵园。

该陵园是我国兴建早、规模大、建筑规格高的著名烈士陵园之一，由朱德总司令于 1948 年秋提议，为了纪念牺牲在华北大地上的革命烈士。陵园动工于 1950 年，竣工于 1953 年，后又数次改扩建。我们不仅重点祭拜白求恩大夫陵墓暨和纪念馆、柯棣华大夫陵墓暨印度援华医疗队纪念馆、“子弟兵母亲”戎冠秀塑像、董振堂和赵博生纪念碑亭，还参观了纪念馆、纪念堂等其他纪念设施，祭拜了民族英雄马本斋及安葬有数千名烈士的墓群。

河北石家庄市华北军区烈士陵园

八十八、英烈长眠鄂豫皖

【题记】

2017 年 12 月 3 日傍晚与 4 日下午，我们分别骑行到★麻城烈士陵园暨黄麻起义和鄂豫皖苏区革命烈士纪念碑（湖北麻城）、☆鄂豫皖苏区中心烈士陵园（湖北红安县七里坪镇八一村桂花岭）与★鄂豫皖苏区首府烈士陵园（河南新县城南白毛尖）。

【诗词】

定风坡·英烈长眠鄂豫皖

心荡神怡忆昨天，声名吟啸大别山。三省迂回赢百战，挥剑，三军威武展红颜①。

痛悼英雄存眷恋，悲憾，忍将英烈祭长眠。喜看燎原蓬勃处②，明煦，万红千紫史无前。

【注释】

①三军：当年，鄂豫皖苏区有红四方面军、红 25 军、红 28 军等三支主力红军。②燎原：取自陵园花岗岩浮雕墙墙名。

【随记】

13 年“红色骑行”，亲朋好友用心问候牵挂陪伴。奶奶、父亲在世时叮嘱，要抽空打电话。年迈的两位老母，也学会用微信接受照片并竖起大拇指点赞。孩子常问：“骑到哪里了？”孙儿赵十可时而视频一下，是哦，十可“小饭桌”的饭菜与奶奶老曹的糖醋排骨、红烧鳜鱼和罗宋汤根本不能相提并论。逢年过节了会有同学喊：“疯子，过年了，快回家吧。”下雨下雪时会有学生叫：“老师、师母，歇歇再骑吧。”

湖北红安县鄂豫皖苏区中心烈士陵园

听说要骑行大西北，有朋友非常执拗地阻止。听说要骑行大西南，对老曹身上那些骨关节病伤非常清楚的学医的同学更是担心，“曹锦芬，你违背了医学科学常理，你可以改写教科书了。”甚至于要免费为她检查探究，看看到底是什么样的“钢筋铁骨”。更不要说出发时践行，回来时接风，路过时盛情。战友、同学与学生，恨不能一顿让我们挽回脂肪补全营养——骑川藏线、大西北、大西南，老赵每次减肥十多斤；71 天的大北方骑行归来，老曹的体重不足百斤了。

“鄂豫皖战役”又是艰苦一战。在湖北、河南三进三出，也分别骑达位处这两省的多处有关“鄂豫皖”革命烈士的纪念场所。

从大革命时期到新中国成立，鄂豫皖根据地为革命牺牲的先烈有 13 万人之多。湖北红安的鄂豫皖苏区中心烈士陵园，是根据国家民政部在全国范围内开展抢救保护零散烈士墓和烈士纪念设施而修建，包括有烈士墓区（1481 座烈士墓）等主要建筑物。河南新县的鄂豫皖苏区首府烈士陵园，则是全国建筑时间早、烈士资料齐全、知名度高的烈士陵园之一，其组成部分有事迹陈列厅、烈士墓地等。

长眠的鄂豫皖英烈，功绩灿烂，历史光辉。

八十九、热血青春一二一

【题记】

2018 年 2 月 28 日上午，我们骑行到★西南联大旧址与★一二·一运动纪念馆暨四烈士墓（现云南师范大学内）。

【诗词】

七绝·热血青春一二一

独夫贼手举屠刀，热血青春一二·一①。
悲怆春城生怒火②，不屈两海起风潮③。

【注释】

①此处“一”的发音，按人们在很多场合下的习惯读做“幺”（yāo）。②春城：昆明美誉。③两海：代指滇池，中国第六大内陆淡水湖，位处昆明市南；该湖有海埂将湖体分为内外两部分，称外海与内海，此处谓两海。

【随记】

春节刚过，元宵节尚未到，我们已经在“红色骑行”的路上。有人惊讶，“你们春节都在骑行中？”是的，我们骑行在浙江杭州、安徽黄山与海南万宁过春节；骑行在安徽泾县过元旦；骑行在内蒙古呼和浩特、阿拉善过五一节；骑行在甘肃张掖过端午节；骑行在安徽全椒、辽宁沈阳、湖南岳阳过国庆节；骑行在吉林白山、湖南宁乡过中秋节；骑行在山东临沂、浙江宁波、四川遂宁、福建马尾过我们的生日……其中，2016 年、2017 年与 2018 年这三年，分别骑行了 130 多天、160 多天与 120 多天，这几个年份我们有三分之一的日子是骑行在外。

今早火车抵达云南昆明，我们取车骑车，立刻参观该市内若干红色景点，并来到了西南联大旧址。当年，国立北大、清华和私立南开迫于形势南迁昆明并组建国立西南联合大学。徜徉于旧址，看着那低矮教室，我们知道为什么联大被称作“草屋大学”。看国立西南联合大学纪念碑更是气势恢宏。它碑体雄壮兼书法遒劲，文采飞扬又意蕴深广，被称为现代的“三绝碑”——碑文由西南联大文学院院长冯友兰先生撰写，篆额者为中文系教授闻一多，书丹人为中文系教授、系主任罗庸。

云南昆明市西南联大旧址

在旧址内，我们祭奠了著名民主人士李公朴等四烈士墓，参观了一二·一运动纪念馆。抗战结束，全国人民希望和平民主，但国民党却一意孤行。昆明青年响应中共中央号召，举行反内战、争民主运动。不料 1945 年 12 月 1 日，大批国民党特务和军人分途围攻西南联大和云南大学等校，炸死学生潘琰等 4 人，重轻伤多人，造成了震惊全国的“一二·一惨案”。昆明 3 万多师生立即掀起更大规模的反内战、争民主运动，并于 1946 年 3 月 17 日举行了四烈士大出殡。

热血青春“一二·一”，是中国青年运动史上的奇葩，对中国革命作出了不可磨灭的贡献。

九十、晋冀鲁豫最光荣

【题记】

2018 年 5 月 19 日中午，我们骑行到★晋冀鲁豫烈士陵园（河北邯郸市陵园路中段）。

【诗词】

晋冀鲁豫最光荣

亨德杀敌气势宏①，筑先奋勇战聊城②。左权威震太行山③，英雄儿女献魂灵。
邯郸热土埋忠骨，烈士陵园葬英雄。千年古都灿烂史④，晋冀鲁豫最光荣。

【注释】

①②③见下文；又，聊城：范筑先在此通电抗战。④邯郸有 7300 年文明史，3100 年建城史，500 多年的都城史，及 3 次为都、6 次为陪都的北京大名府历史。

【随记】

从邢台市到邯郸市，是骑行中少有的短距离，我们也想着在邯郸休整一下。"晋察冀战役"从内蒙古呼和浩特北上再南下又穿越山西，我们参观了许多红色景点。特别是在太行山，参观了八路军的 4 个司令部及众多红色遗迹等，至今还未缓一口气。再者，还想在邯郸会一会老朋友（前已述）。所以，今天的骑行分外轻松。与此同时，沿国道 107 直线南下，冀中大平原又少山坡。

中途休息时，喝水吃水果补充一点巧克力，再啃昨天买的尚未吃完的馒头。也就在这时，"坏了"，老曹发现馒头上有小霉点，一定是天气炎热所致。可是饥不择食的老赵已经吃了一个，让老曹担心了许久，好在后来无事。跨沙河过沙河大桥，经沙河市，跨洺河过洺河大桥，路经黄粱梦景区，我们骑到到位处邯郸市的晋冀鲁豫烈士陵园。

该陵园是按照党的七大精神，为纪念牺牲在晋冀鲁豫边区的革命烈士，由晋冀鲁豫边区参议会决议修建，奠基于 1946 年 3 月，落成于 1950 年 10 月，是我国建筑最早、规模最大、老一辈无产阶级革命家的题词和碑文最多的烈士陵园。陵园分南北两院，北陵园 晋冀鲁豫烈士陵园，内有烈士纪念塔、人民英雄纪念墓、陈列馆、"四八"烈士阁、纪念堂和军事家左权墓暨纪念馆等。南陵园为晋冀鲁豫军区人民解放军烈士公墓，安葬着抗日民族英雄范筑先、一等杀敌英雄赵亨德、战斗英雄王克勤等著名烈士近 200 名。

骑到陵园门口开始下雨了，车又不让进。我们弃车祭拜，特别是仔细寻找计划中重点关注的英雄人物，并瞻仰拍照。老赵非常执着，离开前又拿出出发前制定的"骑行计划书"核对，发现范筑先陵墓还真遗漏了。于是，老赵再返回并来回穿街在南北两院寻找了一个多小时。老曹则利用这点时间给两部车子清洗上油保养了一下。

又下雨了，莫不是老天爷为晋冀鲁豫的烈士们而伤心流泪？

河北邯郸市晋冀鲁豫烈士陵园

九十一、亲人血洒红军山

【题记】

2018 年 4 月 7 日中午，我们骑行到★遵义市红军山红军烈士陵园（贵州遵义市红花岗区凤凰山）。

【诗词】

临江仙·亲人血洒红军山

万里长征多少苦？腥风血雨天寒。红军血洒凤凰山①。青松陪壮士，翠柏伴忠贤。

难忘当年鏖战急，红旗尽性盘旋。红花岗上战旗欢②。高歌迎丽日，奏凯换新天③。

【注释】

①凤凰山：见下文。②红花岗：遵义战役的战斗遗址。③奏凯：谓战胜而奏庆功之乐，后泛指胜利；语出《周礼·春官·大司乐》：“王师大献，则令奏恺乐。”

【随记】

昨天冒雨十几个小时翻越“72 道拐”，参观娄山关战斗遗址及纪念馆，到泗渡镇时，天已经完全黑了。实在太累，赶紧找旅社，可泗渡镇不大，旅社很少。好不容易找到一家下面是小饭店、三楼有房间的小住所（饭店？旅社？）。房间当然没有空调，没有电视，没有热水，只有公共卫生间。不过，老板娘热情，见我们浑身上下湿透，就把自家的取暖器，吹风机都拿来了。长时间地淋雨，不透气的雨衣也渗水了，汗水经体温变成潮气，内衣，骑行服，皮肤衣都紧紧裹在身上，脱下来看到上面汗渍都是白色的盐渍，连胸前后背腿部皮肤的皱褶处也都是盐渍——老曹拍照片发微信，唬得朋友一惊一乍问“这是怎么回事”。老曹想用吹风机吹干衣服，明天还要穿，因为连日下雨，已经没有多余衣服了。殊不知，被汗浸透的衣服，不洗是吹不干的，还散发出浓浓的馊味。

今天，骑向遵义市，在参观著名的遵义会议会址之前，我们先去红军山红军烈士陵园。“红色骑行”我们骑到了许多的红军桥、红军街、红军路、红军山，遵义市的红军山气势最大。其实，该山原称之为“凤凰山”，或者准确说是“凤凰山”山麓的“小龙山”。新中国成立后，遵义人民不能忘记那长征途中在遵义牺牲的红军将士，将在当年战场遗址找到的 77 位红军烈士坟墓迁移至此，并修建了该烈士陵园。从那时起，遵义人民称此山为“红军山”。现陵园最高处安葬着红军将领邓萍墓，其他还包含有烈士纪念碑、陈列室、红军坟、女卫生员塑像、青松堂、翠柏园等，并形成了一个纪念体系。

贵州遵义市红军山红军烈士陵园

一步一步地向上，老赵习惯地数着台阶（老赵说，这里面包含着管理学的经典思想，寓意精细管理与科学计划，老赵大学毕业以后一直从事管理学的教学与科研）。366 级的台阶上，留下了我们的脚印，也记录着我们对红军战士血洒红军山的扎扎实实的祭奠。

九十二、红岩魂系歌乐山

【题记】

我们曾经参观★歌乐山烈士陵园等系列景区（重庆沙坪坝区歌乐山麓壮志路）；2018 年 4 月 1 日下午，我们再次骑行到此。

【诗词】

霜天晓角·红岩魂系歌乐山

歌乐山峦，有膻腥巨藩。旧日颠狂蒋匪，渣滓洞，舞钢鞭。
红梅花最嫣，唱扬多少年。脚踩冰霜开放①，魂所向，伫红岩②。

【注释】

①②取自歌曲《红梅赞》歌词："红岩上红梅开，千里冰霜脚下踩。"

【随记】

13 年"红色骑行"，翻山越岭是常态，跨江过河很平凡，披星戴月不足奇，栉风沐雨不算事，艰难困苦数不尽，惊心动魄说不完。尤其是，若干重大战役更是刻骨铭心、记忆犹新："川藏线战役"的"恐惧"（骑越 15 座 4000 米以上的高山），"大西北战役"的寂寞（近千里的无人区），"陕甘宁战役"的荒凉（连绵不绝的圪梁梁山沟沟），"大北方战役"的漫长（一次性穿越九个省，历时 71 天，全程 7552 公里），以及"港澳台战役"的"担心"——我们让党旗、国旗在香港的紫荆花广场，在澳门的大三巴，在宝岛台湾的台北、基隆与花莲等地迎风飘扬，可是朋友们总担心这一爱党爱国行为会诱发台独港独伤害我们。这一次"大西南战役"同样艰难无比。记得回家去修车保养，师傅检修车时目瞪口呆："你们怎么骑回来的？中轴断了，这非常少见，也十分危险。链条也磨齿了，出发前刚换的碟刹片已经全部磨光，这种刹片可以骑行 1.5 万公里的。你们大西南 4000 多公里的骑行太艰难！"

重庆沙坪坝区歌乐山烈士陵园

辗转千里，翻山越岭，我们五入四川，三进重庆，骑到了歌乐山烈士陵园暨红岩魂陈列馆等处。该陵园，设于国民党"军统"特务重庆集中营和中美特种技术合作所的旧址，建于 1949 年"11·27" 政治大屠杀的发生地。原名称作"中美合作所重庆集中营美蒋罪行展览馆"，1984 年改称烈士陵园，主要场馆包括陈列总馆、渣滓洞、白公馆、松林坡、雕塑区等。1999 年，歌乐山革命纪念馆改名为红岩魂陈列馆，陈展内容有图片文物等。

一曲《红梅赞》，传唱多少年？！"红梅花儿开，朵朵放光彩，昂首怒放花万朵，香飘云天外。"江姐们"含着热泪绣红旗，热泪随着针线走……千分情，万分爱，化作金星绣红旗。"许云峰、成岗们"千里冰霜脚下踩，三九严寒何所惧，一片丹心向阳开"！可知，今天"百花齐开放"，已经"新春来"！已经是"一片新天地"！

九十三、最后一仇在瓜州

【题记】

2016 年 6 月 17 日中午，我们骑行到☆安西（今瓜州）战役纪念馆暨西路军最后一战纪念塔（甘肃瓜州县城）。

【诗词】

采桑子·最后一仇在瓜州

棘荆布满西征路，最后一仇。最后一仇，悲愤红军不怵头。
英雄难忘生平事，爱恨瓜州。爱恨瓜州，壮丽青春远旧丘[①]。

【注释】

①旧丘：故乡、故居；语出《后汉书·蔡邕传论》：“但愿北首旧丘，归骸先垄，又可得乎？”；又，唐杜甫《后出塞》诗之一：“战伐有功业，焉能守旧丘。”

【随记】

甘肃安西战役
西路军最后一战纪念塔

昨天出发时，老赵就说从嘉峪关到玉门镇，路可能不太好。老赵为了鼓励老曹，总是“报喜不报忧”，现在“安民告示”，老曹笑着嘀咕：“不是‘好兆头’”。果然，出城 1 公里就见分晓，且远超出了我们的想象力和承受能力。路面尽是大大小小的石头，狭窄的单行道两旁也堆满了修路的沙石。而当大货车穿梭而过时，其强大的气流时几乎要把我们吸进去。于是，只要来车，我们就要让到路边的沙石堆里。有一次，老曹来不及刹车，直接陷进了石头堆，惯性将她从车上摔出去，右脚踝扭伤，手也擦破皮。这一天的 130 多公里，我们用了 12 个多小时。到了玉门镇，盖邮戳的小伙子吓了一跳说：“你们怎么骑来的？”然后自言自语：“这么多天，没有人没有业务。我给你们调整一下邮戳上的日期哈。”

今天去瓜州，道路依然不好，比昨天还长。特殊的“风景”是，大西北的国道上，中间少有村镇、少有加油站，这给骑行加水造成巨大困难。空旷的戈壁，穿梭的大货车，除了我们两人，没有骑车的，更没有行人。而大风夹带着沙尘掀起的沙尘暴，又遮天盖地。此外，国道与高速无数次交汇，交汇时的国道必须绕道爬坡过立交桥，我们也因此来回地跨越立交。幸运的是，今天基本顺风，顺风“送”来了速度，路比昨天长，我们却提早到达瓜州。

1937 年 4 月，李先念等率领西路军左支队近千名指战员，经过 43 天的艰苦跋涉，终于走出雪山，进入安西（今瓜州）境内。为了取得给养，李先念部以疲惫之师，与数倍于我的马家军，在安西红柳园子等地激烈交战，100 余名红军指战员血染疏勒河水，抛骨戈壁沙场。

在西征中的最后一战——瓜州战役的纪念馆、纪念碑前，我们再一次感知了红军西征的悲壮。揉着身上的酸痛，吞咽着已经凉了的饭菜，我们忘却了“红色骑行”的辛苦，思想的，是长征、东征又西征的红军，他们付出了太多太多！

九十四、夜半枪声九一八

【题记】

2016 年 10 月 1 日，我们骑行到★九一八历史博物馆（辽宁沈阳市大东区柳条湖桥望花南街 46 号）。

【诗词】

更漏子·夜半枪声九一八

柳条湖，奉天郡①，夜半枪声惊震②。华北惨，关东悲，瞬间血雨飞。
持久战③，坚决铲，誓灭东洋恶犬。国耻日，九一八，不能忘创疤。

【注释】

①奉天：沈阳旧称。②九一八事变发生于 1931 年 9 月 18 日夜。③ 1938 年 5 月，毛泽东写《论持久战》，系统阐明了中国共产党的抗日持久战方针。

【随记】

早晨还是 5 时起床，6 时出发。已经很习惯了。因为，我们毕竟都是过了“花甲之年”的老同志，长途骑行不能与小青年相比，所以必须“起早摸晚”“披星戴月”，抓紧再抓紧时间。包括自带电压力锅煮饭做菜以大量节约饭店就餐等待时间，包括中途只是小憩喝水吃水果补食干粮而从不午休等。晚上住下来，或去饭店尝当地美食打牙祭，多数时候则是有条不紊分工合作：老曹在宾馆洗衣做饭，老赵去市场或超市购买蔬菜、排骨，补充水果、干粮、油盐酱醋等。然后，吃饭洗澡二次洗衣，再“做作业”——每人都要写日记，以及做好第二天的排骨烧土豆等菜肴（通常是早晨起床后吃超市买的馒头或其他并同时做当天午饭）。一个家庭的生活几乎全盘“复制”在“红色骑行”的十万里征途上！

今天，从抚顺市出发，中午之前就骑到九一八历史博物馆。

辽宁沈阳市九一八历史博物馆

1931 年 9 月 18 日 22 时 20 分左右发生在这里的九一八事变骇人听闻，震惊中外。它是日本长期以来推行对华侵略扩张政策的必然结果，是日本企图变中国为其独占殖民地的开端。但是，它也是英雄的中华民族勇敢绝地反击、进行全面抗战的开始，并揭开了世界反法西斯战争东方战场的序幕。

九一八事变的发生地就在沈阳市柳条湖桥。为纪念这一重大的历史事件，人民在这里修建了一座寓意深远的“残历碑”，1999 年又扩建成九一八历史博物馆。该馆收藏的众多文献资料充分展示了不屈辱的东北人民，从沦为亡国奴到走向抗日战争全面胜利的光辉历史。

“我的家在东北松花江上，那里有森林煤矿，还有那满山遍野的大豆高粱……那里有我的同胞，还有那衰老的爹娘。”一曲《松花江上》，把我们带进了沉重的回忆。“九一八，九一八，从那个悲惨的时候……”让我们为这“国耻日”痛心疾首。前世之事后事之师，柳条湖，你始终是一座长鸣的警钟！

九十五、天下惨案平顶山

【题记】

2016 年 9 月 30 日，我们骑行到★平顶山惨案遗址纪念馆（吉林抚顺市东洲区南昌路 17 号）。

【诗词】

清平乐·人间惨案平顶山

人间惨案，触目柔肠断[①]。平顶山中枪声乱，日寇如狼似犬。
一村血流成川，三千生命沦亡[②]。国恨家仇深重，永远诅咒东洋[③]。

【注释】

①触目柔肠断：取自南唐·李煜《清平乐》："别来春半，触目柔肠断"。②详见下文。③平顶山惨案幸存者只有 100 多人，后因伤不治仅剩 50 几人，幸存者代表杨宝山等作为原告多次起诉日本政府，但一直被东京高等法院驳回。直到 2009 年 5 月 5 日，相原久美子从东京赶到中国，代表日本国会 24 名议员向幸存者致歉，十几年平顶山惨案的诉讼案，才最终以平复民愤的方式告一段落。

【随记】

连续几天爬缓坡，老曹的老伤发作，左侧膝盖和右侧腰部都疼痛难熬。特别是她的踝关节，在骑行中会突然出现痉挛疼痛，需要在骑行中不停地垂下脚旋转脚踝、变换位置来调整肌肉的力量。老赵在她的后面，经常看到这个垂脚旋转晃动脚踝的"特殊"姿势，一开始还搞不清是怎么回事。问了以后才知道，是老曹不想停下来耽误时间，于是一边骑一边缓解疼痛。朋友们常说，"骑行不容易，最是曹锦芬。"这话是真的。60 多岁的"奶奶级"的女士啊！骑行征途实属罕见。

昨天，从开原市一路南下，经铁岭市、铁岭县，下午 3 时骑到抚顺市。先后参观了雷锋纪念馆与抚顺战犯管理所旧址，再骑到平顶山惨案遗址纪念馆。

1932 年 9 月 15 日，途经平顶山村的辽东民众抗日自卫军袭击日军仓库等，让抚顺日军兽性大发并迁怒于无辜平民百姓，且于次日将平顶山等村村民 3000 余人（其中三分之二是妇女和儿童）集中驱赶到平顶山下，开始了残暴无比的大屠杀，一刹那，400 多户人家几乎被杀绝。为掩盖罪行，歹毒的日军又用汽油焚尸，再放炮崩山，将殉难者尸骨掩埋于山下，并纵火烧毁了全村 800 多间房屋，将平顶山村夷为平地，制造了震惊中外的平顶山惨案。纪念馆建于惨案旧址，馆内陈列有在现场发掘出的殉难同胞遗骨 800 余具以及部分遗物。

吉林抚顺市平顶山惨案遗址纪念馆

看过平顶山惨案旧址及其后述潘家峪惨案旧址、大同万人坑旧址与南京大屠杀纪念馆等，丧尽天良、人性泯灭这些词，都无法形容日寇的无耻与凶残。老天爷，这是人间啦？！你怎么会生出大和民族里的这些恶魔！

九十六、伤心惨案潘家峪

【题记】

2016年10月12日上午，我们骑行到★潘家峪惨案纪念馆暨潘家峪惨案陵园（河北唐山市丰润区火石营镇潘家峪村）。

【诗词】

伤心惨案潘家峪

人间有撒旦[①]，窝藏在东洋。那年来进犯，无时不疯狂。
肩扛膏药旗，怀揣魔鬼肠。可怜小山村，顷刻遭灾殃。
铁门闯野狗[②]，潘家进虎狼[③]。血浸老槐树[④]，尸满大坑旁[⑤]。
伤心潘家峪，悲酸成屠场。永远祭惨案，奋起护家乡。

【注释】

①撒旦，《圣经》中的堕天使，后来堕落成为魔鬼，被看作与光明力量相对的邪恶、黑暗之源。②③④⑤小铁门、潘家大院、老槐树、西大坑、南岩子等，皆是当年惨案遗址。

河北唐山市潘家峪惨案纪念馆

【随记】

骑离迁西县，沿碾唐线南下，转乡道261，我们翻越一座山坡骑到了潘家峪村——当年日本帝国主义对中国实行三光政策的第一个村。该村在山中，今天为了村民出行方便，也为了大家能比较方便的参观这里，政府专门修了一条水泥村道。

当年的潘家峪山村，是冀东抗日根据地之一。正因为这样，潘家峪成了日军“扫荡”的重点地区。1941年1月25日，灭绝人性的侵华日军突然包围了这个山村，并凶残地对手无寸铁的村民实施了惨绝人寰的大屠杀。全村1537人中有1230人，其中有妇女儿童650余人，在顷刻间被残暴杀害，23户被杀绝，1235间房屋全被烧毁，全部财物也被抢劫一空。

为纪念惨案中死难同胞，地方政府和潘家峪村民先后修建成纪念馆等场所。参观纪念馆，看那原始照片、实物和影像资料等，惨案发生的历史背景、事件经过以及潘家峪人民不屈不挠的反抗精神，真实形象地再现眼前。

来此参观的游人很多，许多人还是远途而至。来自南京一家幼儿园的小朋友，参观中满是惊恐。孩子们根本想象不到世界上竟然有这样的民族，他们打着“大东亚共荣”的招牌，扛着那猩红的膏药旗，如狼似虎地闯进我中华，干尽了丧心病狂的坏事，犯下了足以天诛地灭的罪行。其实，谁都不能忍心看完这罪恶滔天的惨案。

如今，潘家峪已成为北方的吐鲁番。满村沿途都是葡萄架，一串串紫紫的大葡萄垂挂在架子上，像在画中。人们流连忘返，留恋不舍，我们也驻足停留并在葡萄架下吃午饭。

应该是太平世界，人稠物穰啊！所以，习近平在中国人民抗日战争暨世界反法西斯战争胜利70周年纪念大会上发表的重要讲话，特别是18次提到“和平”，意蕴深刻！

九十七、七七事变卢沟桥

【题记】

2016 年 10 月 19 日下午与 2020 年 8 月 8 日上午，我们两次骑行到★卢沟桥与★宛平城（北京丰台区宛平城）。

【诗词】

破阵子·七七事变卢沟桥

晓月调和金阙①，玉栏护卫石桥②。态色相得师母乳③，顾抱迭连亲子娇④。谁知举铡刀？

痛恨七七事变，念思日日春宵。永定湍湍扬巨浪⑤，宛平巍巍做战壕。卢沟发怒嚎。

【注释】

①金阙：道家谓天上有黄金阙，为仙人或天帝所居；本句取自唐张说《东都酺宴四首》："晓月调金阙，朝暾对玉盘。"②卢沟桥整个桥体都是石结构，关键部位均有银锭铁榫连接，两旁是白玉栏杆。③④取自明代刘侗、于奕正编著《帝京景物略》："师母乳顾抱负赘，态色相得，数之辄不尽"，另民间亦说："卢沟桥的石狮子——数不清"。⑤永定：即永定河（卢沟河）。

【随记】

穿过古色古香的宛平城威严门，两次去瞻仰著名的卢沟桥。想推车进去拍照并且多看看，门卫说"买票即可"。20 元一车一人，我们踏上了横跨卢沟河（即永定河）而得名的北京市现存最古老的石造联拱桥卢沟桥。

早在 13 世纪，卢沟桥就闻名世界。意大利人马可·波罗在其游记里就十分推崇此桥，称它"是世界上独一无二的"；又特别欣赏桥栏柱上所刻石狮，说它们"共同构成美丽的奇观"！金章宗年间，"卢沟晓月"被列为"燕京八景"之一。

卢沟桥沧桑而又伟大，更紧密联系卢沟桥事变。1937 年 7 月 7 日，日本帝国主义在此发动全面侵华战争，宛平城中国驻军在卢沟桥打响了全面抗战的第一枪。也正是因为中华民族同仇敌忾驱赶虎狼，雕刻于桥身石雕护栏 281 根望柱上大小不等、数之不尽的石狮子，虽然还留着累累弹痕，却依然形态各异，栩栩如生。

行走于大石块铺就的卢沟桥，看尽情游玩的人们，或抚摸着可爱的石狮子，或偎依在古老的石雕护栏上，总是万种柔情，总是喜笑颜开。我们知道，那是因为卢沟的烽火不再，"事变"的痛苦远去。伫立在桥东头清乾隆题写的"卢沟晓月"碑前，想着皇帝老儿当年的风流倜傥、踌躇满志，我们晓得，那个时候，泱泱我中华也曾有人岁岁来朝年年进贡。

什么时候，因为什么，他小日本竟敢飞扬跋扈，犯我神州？！我们心中波涛汹涌，倒海翻江！更理解要不忘初心，牢记使命，砥砺前行。更清楚要强军强国强民复兴中华，以负责任地"自立于世界民族之林"！

北京丰台区卢沟桥

九十八、东北沦陷不屈辱

【题记】

2016年9月27日，我们骑行到★东北沦陷史陈列馆（吉林长春市南关区光复北路5号）。

【诗词】

东北沦陷不屈辱

家在松花江，遍野有高粱①。那年遭贼手，粮仓成屠场。
长春变新京②，殖民在伪满③。悲愤绞心肺，仇恨碎肝胆。
一曼捐身躯，八女投大江。靖宇抛头颅，尚志为国殇。
血肉做长城，胸膛迎枪弹。沦陷不屈辱，东北尽好汉！

【注释】

①取自歌曲《松花江上》。②③1932年3月1日，日寇扶持清末代皇帝溥仪建立傀儡政权“满洲国”，将长春定为“国都”，改名“新京”。

【随记】

早晨6时多从德惠出发，不久突然下起了瓢泼大雨。我们刚好骑到一座桥上，根本无处躲雨。将车靠在桥栏杆急忙从驮包里面翻出雨具，相互搀扶着在桥边穿雨衣雨鞋，给驮包套雨罩，给手机套塑料袋。尚未穿戴完毕，我们从里到外、浑身上下已经湿透。两个“落汤鸡”站在大风大雨中，桥面的积水像河流一样流淌湍急。

顶着4—5级大风、冒着大雨继续骑行，还是没有地方躲雨，也没有办法喝水补充能量，最困难的是没有办法方便，憋得十分难受。几十公里以后，雨渐渐小了，气温也骤降了，东北的9月末，寒冷得十分可怕。我们全身透凉，手脚冰凉，找了个隐蔽的地方先方便一下。几十年天天洗冷水浴、从来不惧冷的老赵，居然冻僵了手，拉不了拉链。老曹哆哆嗦嗦的嘴唇也啃不了干粮。这，就是我们骑向梦中的国家历史名城、中国著名的汽车城、电影城、雕塑城、北国春城、科教名城、雪域冰城之长春的刻骨铭心的经历。

中午12点风停雨住时，我们骑到了位处长春市南关区伪满皇宫东部的东北沦陷史陈列馆。

该馆实际上是一座集收藏、展示和学术活动于一体的历史类专题展馆。其中，由阴谋篇、残暴篇、抗战篇等三大板块构成的《勿忘九一八——日本侵略中国东北史实展览》，展出了历史照片与珍贵文物各数千件。不仅全面真实展示了东北沦陷的屈辱历史，深刻揭露了日本军国主义的罪行，而且激情讴歌了中国共产党领导东北人民英勇抗日和中华民族同仇敌忾坚守东方战场，夺取抗日战争与世界反法西斯战争最终胜利的伟大壮举。

左侧，伪满皇宫博物院里富丽堂皇，内容丰富；右侧，那伪满洲国皇宫旧址怎么看也是阴森森的，想象不出溥仪如何在这里做着黄袍加身、复辟帝制的黄粱一梦。

吉林长春市东北沦陷史陈列馆

九十九、大同煤矿万人坑

【题记】

2018 年 5 月 6 日中午，我们骑行到★大同煤矿万人坑遗址纪念馆（山西大同市矿区同泉西路）。

【诗词】

七绝·大同煤矿万人坑

大同煤矿万人坑，置换人煤太血腥①。

竹罄难书倭寇罪②，记怀国耻警钟鸣。

【注释】

①置换人煤：日寇占领大同煤矿野蛮推行了“以人换煤”的血腥政策。②竹罄难书：罄竹难书；罄：尽，完；竹：古时用来写字的竹简；形容罪行多得写不完；语出《旧唐书·李密传》：“罄南山之竹，书罪无穷；决东海之波，流恶难尽。”

【随记】

早上 6 时多离开丰镇市。这是一个县级小市，隶属内蒙古乌兰察布市，地处内蒙古与山西交界。丰镇的月饼名扬全国，更有蛮漂亮的“月饼博物馆”。十万里骑行，我们路经了许多许多冠名为“第一”或者“之城、之市、之镇、之乡、之村、之……”的地方，不胜枚举，几乎涉及到人民生活的方方面面。当然啦，我们既饱尝眼福，也饱尝口福——有几人能如我们这样脚踏单车，骑遍万里河山？呵呵，在“月饼之城”必须买几块月饼尝尝，感觉还不错。

丰镇市出来几公里，就进入山西境界。不敢恭维哦，道路尚可，只是大卡车特别多，尤其是灰尘特别大，可能是山西矿区太多缘故。不久，又骑上特别难走的一段路，被大卡车压坏的路面全是坑。老曹在前面缓缓地不停地绕大坑，忽听到后面哐当一声，下车回头一看，原来是路面大坑旁沙土松散，老赵连人带车倒下了，还好没有伤着。

大同煤矿万人坑遗址纪念馆在矿区里面。曲曲弯弯，绕来绕去，还跨过了一段内部铁路，我们在中午时分骑到目的地。门卫帮着拍照，替我们保管自行车与驮包，我们进入了触目惊心的纪念馆区。

该馆简称“万人坑”。据馆藏史料记载，自 1937 年 10 月起，日寇占领大同煤矿并持续八年，共掠夺煤炭 1400 余万吨。最骇人听闻的是，日寇诱骗或强抓京、津、鲁、豫、苏、冀、皖等地大批农民和手工业者下井充当矿工，并将不计其数的被摧残丧生或患病垂危的矿工扔进山洞和旧煤窑中，日积月累，形成了一个个白骨累累的“万人坑”。纪念馆的外面即有遗址，坑内堆积着层层叠叠的遇难矿工遗骸。而在当年，仅仅在大同煤矿矿区，这样的“万人坑”有 20 多处，目前我国面积最大、保存最完整的“万人坑”是煤峪口矿南沟，那里死难矿工达 6 万多人。

山西大同煤矿万人坑遗址纪念馆

“万人坑”，日军残害中国矿工的铁证，日本侵华罪行的铁证，而且铁证如山！

一〇〇、莫忘国耻大屠杀

【题记】

我们曾数次前往★侵华日军南京大屠杀遇难同胞纪念馆（江苏南京市江东门街 418 号）；2015 年 10 月 15 日下午与 2019 年 4 月 11 日下午，我们再次骑行到此。

【诗词】

七律·莫忘国耻大屠杀

金陵曾为帝王家①，黎首②悠闲赏百花。
万里河山来暴寇，一方水土进人渣。
生灵涂炭魂飞散，尸骨阴森血浸沙。
国耻深切心不忘，要防孽畜再张牙。

【注释】

①金陵：南京古称，曾为六朝古都。②黎首：百姓；语出《千字文》：爱育黎首。

【随记】

第 11 次骑经江苏，第 23 次骑跨长江，骑过刚刚大修、焕然一新的中国第一座跨江大桥之南京长江大桥，我们又进入了历史悠久的六朝古都、美轮美奂的现代大都市南京。

“侵华日军南京大屠杀遇难同胞纪念馆”，是南京市人民政府为铭记 1937 年 12 月 13 日日军攻占南京后制造的南京大屠杀事件而筹建。是一处以史料、文物、建筑、雕塑等综合手法，全面展示南京大屠杀特大惨案的专史陈列馆。该馆于 2015 年 10 月 9 日成功申遗。这也同时表明，全世界人民都对侵华日军南京大屠杀的暴行义愤填膺。

第二天，阳光灿烂之中，我们平安返回安徽工程大学校园里的家。电视台采访车早已在等候，校门口已聚集了打着欢迎标语的数百位同学，老赵的研究生、已经留校工作的梅琼，带领着学生献上鲜花。

2020 年 8 月 8 日我们骑达北京，与 2008 年 8 月 8 日开启“红色骑行”战略工程的月日相同。中共中央北京香山革命纪念地热情接待并全程导引参观，北京厚浪文化传媒公司精心运作收官仪式。在具有重大历史意义的香山双清别墅标志前，我们正式宣布 13 年 10 万里“红色骑行”战略工程圆满收官，完美落幕。

次日，我们乘高铁由北京返芜，老战友陈其云、王绪章、胡来田等举行盛大欢迎宴会；之后，天南海北的战友、同学、学生与朋友，或莅临举杯庆贺，或借助于网络而分享喜悦！

我们一而再、再而三地重复着最最真实的情感：“一定要爱国信党！是中国共产党感动了我们！是红色中国感动了我们！”

江苏侵华日军南京大屠杀遇难同胞纪念馆

第三章

奏鸣曲：红色期盼 圆梦中华

——港澳台骑行特辑

【题记】

世界上只有一个中国，台湾是我国不可分割的一部分。香港与澳门，分别于1997年与1999年回归中国，成为我国的特别行政区。“红色骑行”，让中国共产党的党旗与中华人民共和国的国旗，飘扬在具有特殊情形的港澳台地区，是我们的战略思想，并且在一开始就被设计于“红色骑行”战略工程规划之中，通过后续的“红色骑行”实际行为而表现。

2017年初，我们发动“总第13次骑行出征”，执行“大华南战役”。期间，于1月16日骑行进入香港，1月17日骑行进入澳门。

2019年5月初，我们发动“总第20次骑行出征”，于5月9日从厦门乘海轮，并于10日登陆台湾岛。然后，历时10天，从基隆出发，走台湾西线南下，至屏东狮子乡转向东，再由南向北，走台湾东线返回到基隆，执行“环骑台湾岛”战役暨环岛一圈，随之再乘海轮回厦门、返芜湖。

【散记】

第一乐章：香港骑行篇

一、上篇

以前，我们曾经到港澳观光旅游。但是，我们还必须脚踏单车骑行到达港澳，这是我们“红色骑行”战略规划与战役践行的重要设计及其组成部分。

骑行香港是一次记忆犹新的行程。

2017年1月16日早上，天还下着小雨，我们仍然毫不犹豫地按计划离开深圳住宿的酒店，兴冲冲直奔文锦渡口岸。骑行至此并想到马上要骑行进入香港，心中有一股激情。然而，一位女性边检人员劈头盖脸给我们泼了“一盆冷水”：“你们不可以骑单车‘过关’。”一位自称“在这里工作了十几年”的男性边检人员更严厉地“嘲笑”道：“自行车还能够过去？从来没有见到过这种情况。”我们完全懵了。

通行证等相关手续齐全，而且咨询过骑友等，现在怎么会出现这种情况？老曹说：“不着急，不妨去楼下海关问问怎么办？因为骑行香港有很多人的。”当我们连车带包从三楼下到一楼海关处去咨询时，你信不信？海关工作人员客气友善地对我们说：“老同志，你们的出境手续没有问题，完全可以通过！而且，你们随身所带的单反照相机和运动摄像仪等都不用报关。祝你们旅途顺利。”真是“天上地下”！刚才悬着的心终于放了下来，我们再一次连车带包爬上三楼的关口去交涉，并得以安检通关。可是那位女性边检人员还在后面嘀嘀咕咕：“看你们后面怎么过？”

前往香港过罗湖口岸

原来，她的话事出有因。即从深圳出境入香港，其间有七八公里的路程只能乘坐专用大巴车，反之是不允许任何行人自行通过，更不可能让人骑单车。在售票处，我们“战战兢兢”地买了票，还好，经咨询并征得同意且按照要求“顺顺利利”地给“自行车”买了票。可是，检票口居然不让进！“那为什么要卖票给我们呢？”真的搞不懂？检票员拉着脸说：“大巴车司机不会带你们。”

唯一的关口，专用的大巴，我们这一下真的彻底懵了！正在垂头丧气一无所措时，一位中年男子拍了拍我们的肩膀说：“坐我的车吧。”老曹吓了一跳并警惕地问道，“师傅，你什么车啊？”名叫海国基的司机师傅微笑着热情地说：“我的车是3号大巴车，马上就到我出车了。”真得太感动了！还是好人多，我们“如获救星”。赶紧的，一定要抓紧时间与海师傅合影。也再一次相信“天无绝人之路”，更再一次坚信：“当你全心全意地去做一件有意义的事情时，全世界都会支持你！”

二、下篇

好心人海师傅，又特意把车提前开过来。然后，他打开行李车箱，整理里面的行李，腾出空间，把我们的两辆自行车塞了进去。大巴车顺利出发，1公里后驶到“香港入境口”，所有人和行李都要下车安检，海师傅再主动去和关口工作人员交涉，“让这两位骑单车的老人先入境”。等我们推着车并重新载上行李找到3号大巴时，行李车厢堆满了行李，自行车又上不去了。海师傅马上上车喊道：“请去尖沙咀的乘客下车取走行李，这车是去上水广场的。”原来刚才过境车多，许多人上错了车。

10时许，大巴车开到上水界，海师傅稳稳地停车并客气地告诉我们：“从这里，你们就可以自由骑行啦。老人家，一路注意安全！”特别暖心的海师傅，我们感激万分。

有着“东方之珠”美誉的香港，我们终于扎扎实实地骑行在你的山山水水。

骑行香港，九龙半岛开始的行程也有许多较高山岭。最苦的还是一路没有小商店，没有加油站——我们无法补充热水。在一个废弃的公交站牌下，我们吃自带的午饭，也因为太渴而喝掉了最后一点点的水。“实在不行，待会儿就找山泉或者溪水吧。”老赵安慰老曹——以前我们在深山老林中骑行也往往这样做。幸运的是，爬山不久，路遇驻港部队的一个基地。告知情况后，一个来自于广西的战士，热情地从食堂里来回两次取来许多饮水，先让我们喝一个饱，再把我们的几个水壶盛满。

翻越大帽山，耗费两个半小时。大帽山是香港最高的山峰，海拔957米，向上骑爬有一些吃力，下坡的路陡道弯也不好骑。翻越大帽山以后入城的十几公里的路则更难骑。不仅道路窄，没有自行车道（也根本看不到骑车的人），而且来往的汽车很多，几乎是贴着我们的身边飞驰而过。尤其是香港车辆靠左行驶，我们极不习惯，精神也为之高度紧张，有一种从未有过的“恐怖感”，不得已，许多地段我们干脆推行。尽管这么难骑，老曹还坚持用运动摄像仪记录着美好的瞬间。必须说，我们俩骑行在

骑行翻越香港大帽山

香港的大街上，不仅特别自信，而且满满的自豪感。当然，也引来了无数注目礼。

下午 4 时左右，我们骑到维多利亚港湾。据史料记载，公元前 220 年，秦王嬴政统一六国后，“因南征百越之君”，于公元前 214 年基本上占领岭南，并随即把香港一带纳入其领土，属番禺县管辖。从那时起直至清朝，随着中原文明向南播迁，香港地区得以逐渐发展起来。而香港由昔日的小渔村，逐步建设与发展成为今天的国际化大都市，与这港阔水深的维多利亚天然良港极其相关。我们骑行在港湾的“星光大道”上，但见港内客轮、货船、帆船、舢舨以及豪华大邮轮穿梭不绝，而对面则是鳞次栉比的摩天大楼。晚上，我们入住预定的皇家太平洋酒店豪华观景房，服务生不仅给我们引路，还帮助开电梯推进两部自行车。夜逛维多利亚港湾及附近酒红灯绿的街区，充分感受到“东方明珠”的繁花似锦。回到酒店，从 16 层高高的楼层上再俯瞰维多利亚港湾的夜景，更感觉其别具惊艳。

骑行入住香港皇家太平洋酒店

第二天，我们 7∶30 就离开皇家太平洋酒店，8 时不到就骑到附近的尖沙咀码头。昨天晚上逛街时已经顺便来此打探了情况，今晨即很顺利地购票上船。哇塞，太精彩，也太有贵宾感了，你相信不相信，偌大的渡轮只有我们两位乘客！简直就是一条专轮耶。问了一下工作人员才晓得，“早班船，人很少”。可这也太少了！我们的“待遇”也忒高了吧？！

过香港尖沙咀轮渡

渡轮很快到达湾仔新天星码头，推车下船，我们踏上香港岛，并且很快骑行至不远处的金紫荆广场。1997 年 7 月 1 日香港特别行政区成立，中央政府把一座高 6 米的金紫荆铜像赠送香港。该铜像正式名称为“永远盛开的紫荆花”，寓意香港永远繁荣昌盛。该铜像被安放在会展中心旁。面对大海，这个广场被命名为金紫荆广场，中国国旗及香港特区区旗飘扬在广场上。广场的另一角，矗立着高 20 米的香港回归纪念碑。2 公里不到的地方，则是香港特区政府总部。在金紫荆广场，我们昂首挺胸、信心满满、喜气洋洋地展开了中国共产党党旗、国旗与我们“红色骑行”的专旗！这一刹那，我们特别地为党骄傲，为国骄傲，为我们自己自豪！生在伟大的中国，由不得你不自豪！

骑达香港紫荆花广场展开党旗和国旗

第二乐章：澳门骑行篇

一、上篇

沿着义和道骑行，我们抵达香港中西区港澳码头，准备乘船去澳门。码头上、售票厅与登船通道里游客很多，我们两个老同志推着自行车行走于其间，显得很不协调，也引来一些诧异的眼光。当然，许多游客热情地与我们聊天。在得知我们是60岁以上的老两口骑行港澳，而且已经骑行了祖国的万水千山，赞扬之中更包含了许多的祝福。

买票很顺利，只是登船麻烦。主要是因为没有电梯，自行车上上下下不方便，只能卸下驮包，来回搬几次。此外，海轮起伏颠簸得十分厉害，一会儿抛上半空，一会儿跌下低谷。老赵以前插队农村在渔船上，又是一个老海军，面对这些波浪没有太大问题，可苦了老曹。对她而言，从香港渡船到澳门，不是一次“愉快”的旅程。一个多小时的航程，别人都在欣赏伶仃洋的海上美景，头晕目眩的老曹是昏昏沉沉、迷迷糊糊度过。

由香港骑往澳门

本名为濠镜或濠镜澳的小渔村澳门，早年因当时泊口称为“澳”而置名“澳门”。后人又因澳门及其附近盛产蚝（即牡蛎），而改称为较文雅的“濠镜”。再后来，又引申出濠江、海镜、镜海等一连串澳门的别名。实际上，澳门这个名字源于“妈祖”。1553年，葡萄牙人从妈祖阁（妈阁庙）附近登陆，并从当时明朝广东地方政府那里取得澳门居住权。葡萄牙人问当地人这里的地名叫什么，因在妈阁庙旁，当地人便回答“妈阁”，于是澳门便被命名为MaCau（“妈阁”葡萄牙语的译音），后多拼写为MaCao。

二、下篇

11∶30分，渡轮停靠氹仔客运码头，我们踏上MaCao。骑车在附近大潭山郊野公园等几处匆匆浏览后，随即再跨过海峡抵达澳门半岛。

澳门的道路难骑，较之于香港有过之而无不及。尤其是路经有名的新葡京以后前往澳门政府总部是极其困难。加之导航到这里好像不是很起作用，明明知道地址是顺堂区南湾大马路131号，也问了许多的人，就是不容易到达。巷道很多，巷街很窄，路面不平整，还有许多的上下坡。自行车是没有办法骑了，我们只能推车向前不断地询问，不断地寻找。好在是区域不大，我们终于抵达目的地。

澳门政府总部是一栋两层小楼，院落外大门的两边各有一棵高高的椰子树。院落内办公楼的楼门上方是澳门的区徽，二层楼顶之上的一间小阁楼上是中华人民共和国的国徽，阁楼楼顶上飘扬着五星红旗。执勤的警察很友善，在我们说明来意以后，同意我们在院落的大门口拍照。路边的行人也让出了道路，一位先生还热情地帮我们合影。拍得不错哦！要知道，这是在澳门特区政府的总部门前，而且，最最重要的是，我们在这里信心饱满地展开了鲜红的党旗、国旗和我们“红色骑行”的专旗，那份荣耀何等了得？！又有几人可以做到？！尤其是有几人能够从祖国大陆单车骑行来此？！

接着，我们前往澳门著名的标志性建筑物大三巴牌坊。它与特区总部相距不远，只是道路更加拥挤。本来就十分狭窄，两边又有许多售卖旅游纪念品及其他商品的摊贩，简直是“人”泄不通。让你想想，我们是怎样地费了九牛二虎之力推着自行车前行？如前所述，我们来过澳门，当然一定来过这具有标志性意义的大三巴。即便如此，我们“红色骑行”的一个重要心愿及其重要设计，就是要将车“骑”到这里。最最特别的，是要在大三巴展开中国共产党的党旗和中华人民共和国的五星红旗！展开我们为“红色骑行”特别设计的专旗。我们做到了！尤其感动的是，多得不得了的游客还主动为我们腾出了一片区域，让我们志气昂扬、精神抖擞地拍照。呵呵，还有许多游客“抢”着帮我们合影，又一定要与我们合影。

MaCao，祖国的“孩子”！我们骑车来看你了。因为，你终于回来了！是的哦，闻一多先生 1925 年 3 月饱含深情之言，一直揪着祖国母亲的心；而祖国母亲，更理解被拐走的“孩子”那破碎的心：

骑达澳门民政总署门前

骑达澳门总督府门前展开党旗和国旗

“你可知 MaCao 不是我的真名姓？我离开你的襁褓太久了，母亲！但是他们掳去的是我的肉体，你依然保管着我内心的灵魂。三百年来梦寐不忘的生母啊！请叫儿的乳名，叫我一声‘澳门’！母亲！我要回来，母亲！”闻一多《七子之歌》首篇代表作“MaCao”所哭诉的，何止是你们被迫离开母亲的襁褓，受尽异族的欺凌，渴望重回母亲怀抱的强烈情感；更昭示着中华民族一统江山的炽热情感与坚强决心。

如今，香港与澳门这两个“孩儿”已经回归！大陆老家的我们，今天就特意骑车来看你啦！台湾，走失了70年的海峡那边的“骨肉”，我们也一定要骑行去看你的！“红色骑行”，我们要让党旗、国旗飘扬在全部的祖国大地，一个不能少！坚决不能少！怎么能够少？！肯定不会少！

骑经澳门新葡京

骑达澳门大三巴展开党旗和国旗

第三乐章：台湾骑行篇

一、上篇

“第 20 次骑行出征——环骑台湾岛”，更加地“惊心动魄” “精彩无限”。

2019 年 7 月 31 日，海峡两岸旅游交流协会发布公告：鉴于当前两岸关系，决定自 2019 年 8 月 1 日起暂停 47 个城市大陆居民赴台个人游试点（即“自由行”——而不能“自由行”，就无法骑自行车。）看到这个消息，我们很庆幸刚刚顺利完成了骑行“环骑台湾岛”。呵呵，差一点点，真得就差一点点哦，我们“红色骑行”骑遍祖国的心愿要有一些些耽搁。

12 年以前，我们在抉择“红色骑行”时，环台湾骑行就是整体战略的一个重要组成部分并已经确定为“第 20 次骑行出征——环骑台湾岛”。特别地，我们有意将其安排在整体战略工程基本完成后，以及整体战略工程全面完成（第 21 次骑行出征——收官向北京）的前夕。

而为了确保环骑台湾岛实施，我们还做了特殊准备。因为，我们不是跟着旅游团去台湾旅游观光，而是要独立地脚踏自行车执行环岛骑行，则“个人游 - 自由行”是先决条件。问题是，我们所居住的城市（安徽省芜湖市）还没有列入“个人游 - 自由行”的试点城市。通过资料查询与相关咨询，我们得知问题可以解决。巧的是，老赵长期受聘位处江苏省南京市的河海大学 MBA 教育中心兼职教授，为了教学方便，我们在南京借住了房屋。这样，我们便顺理成章地申请了南京居住证。而因为有了此证，我们在南京也顺利办理了赴台的“个人游 - 自由行”通行证。

老曹的大学同学石海明、彭宇竹夫妇，为我们在此事办理的全过程中提供了许多帮助。所有手续办好的那一天，石海明、彭宇竹夫妇还专程为我们设宴庆贺。“恭祝‘姐姐姐夫’（老曹的大学同学都是这么叫我们）心想事成，也预祝‘姐姐姐夫’环台湾骑行凯旋而归！”这真是最好的祝愿！一直以来，他们都十分关心我们的“红色骑行”，在我们每一次的出发前后及其途中，总是给以充分的关注。老曹问石海明：“还记得五六年前你说了什么吗？”老赵补充回忆到：“那是我们骑行在福建翻越高山的路上，石海明你发过来一条微信‘有梦想，万一实现了呢’？”时间真得很快，我们的“红色骑行”已经坚持不懈地执行了 12 年。重要的是，我们及我们的朋友们都能够清晰地看见，我们梦想的实现就在眼前！

“红色骑行”，从 2008 年开始我们执行了“大北方战役”“大西北战役”、“川藏线战役”和“大西南战役”等十几次“战役”。后期，任务越来越艰巨——2018 年是我们的“决战之年”，2019 年是我们的“决胜之年”，2020 年是我们的“收官之年”，2021 年是我们的“献礼之年”。今年（2019 年）3 月，我们执行了“第 19 次骑行出征——长三角战役”，4 月底至 5 月初，我们又带着孙儿赵十可参加“亚太地区（第八届）腾格里沙漠挑战赛‘沙 8’”。返程时路经南京，河海大学 MBA 学生张雷、沈银峰、常榕钰、张峰、于志敏、戚松涛、朱晓银、宋云鹏、臧芬、陈怀萍等几十位学生，既欢迎我们从“沙 8”凯旋而归，又同时预祝我们骑行台湾圆梦中华。

回芜湖简单休整，我们即于 5 月 8 日发动了这一次“环骑台湾岛”战役。自行车几天前就托运了，我们乘高铁前往厦门。到厦门以后，顺利取车。5 月 9 日下午，我们从厦门码头推着“战车”——我们的（更新换代后的第三代）自行车，登上了“中远之星”海轮。迎着海风，趁着夜色，在跨越台湾海峡之远洋巨轮上，我们再一次展开中国共产党党旗与中华人民共和国国旗，满怀豪情壮志地朝向祖国的宝岛台湾。

学生预祝环台湾骑行成功

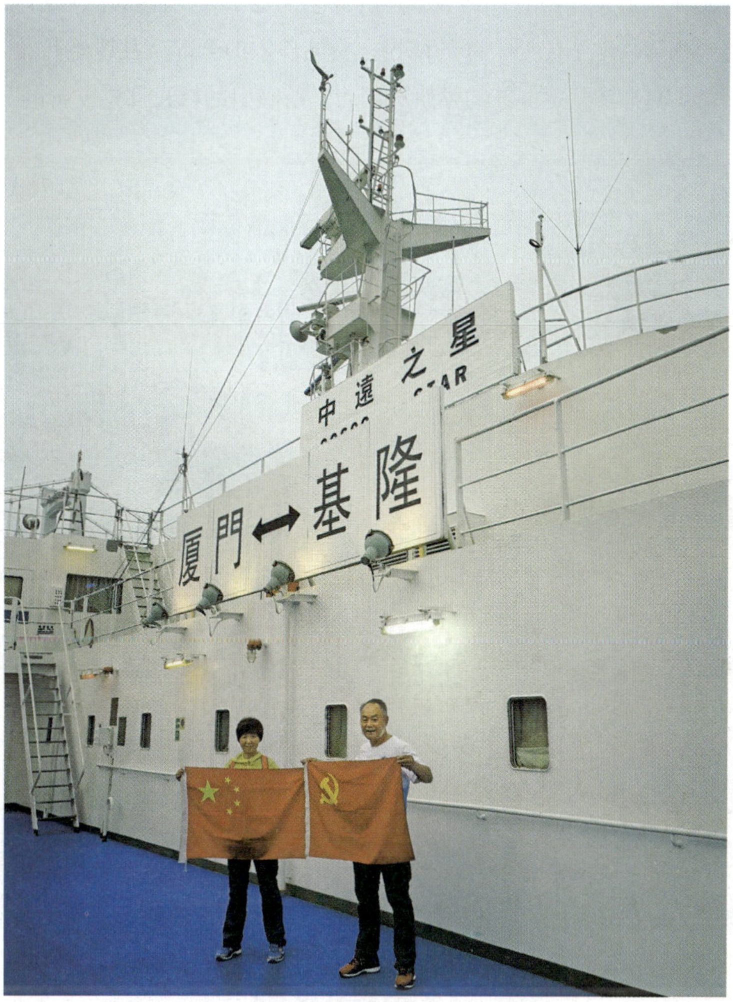

在前往台湾的海轮上展开党旗和国旗

二、中篇

5 月 10 日早晨，经过近 12 个小时的夜航，中远之星抵达美丽的基隆港。不由自主地，我们哼起那首唱了多少年的歌曲：“……鼓浪屿海波在日夜唱，唱不尽骨肉情长。舀不干海峡的思乡水，思乡水鼓动波浪。思乡思乡啊思乡，鼓浪鼓浪啊鼓浪。我渴望，我渴望，快快见到你，美丽的基隆港。”如今，渴望见到的基隆港真真切切的就在眼前，渴望变成事实。基隆你好，台湾你好，宝岛你好，我们脚踏单车来看你啦!

下船验关通关，9 时许我们实实在在地开始“红色骑行”之重大战役“环骑台湾岛”。

数次跨越基隆河，匆匆浏览并穿过基隆，导航将我们带过高架下的小商品市场与菜市场后，引上了一条山道。爬得气喘吁吁之时，一对老夫妻告诉我们：“前面翻山以后没有路的。”我们只好向后退，在一转角处向一对开摩托车的中年夫妇打听道路。得知我们要经台北骑往新竹，他们说：“这里路况有一些复杂，我们带你们去正道。”刚到台湾，同胞的热情给我们留下了深刻印象（后面还有许多这样的事情）。

一路经新北到台北再过新北。在台北城的界牌下，我们自豪而又光荣展开了党旗与五星红旗。微信朋友们关心地提醒说，“老赵、老曹，小心‘台独’啊。”应该说，台独只是少数，绝大部分的台湾同胞是友好的。环岛骑行 10 天，我们从基隆开始沿台湾西线，经新北、台北、桃园、新竹、苗栗、台中、彰化、云林、嘉义、台南、到高雄，绕屏东，走东线，过台东、花莲、宜兰，再绕走北宜公路，返回台北到基隆。除了位处中部的南投，台湾岛上的全部市县皆悉数骑达或路经，而且在各个地区的界牌下，我们都展开了鲜红的党旗和国旗，所吸引的目光都是友善的。

骑经台北市展开国旗

从台北到桃园，一位名叫陈坤睿的初三中学生，担心我们骑错路，陪我们骑了 20 多公里。骑行中的交谈，我们知道了小陈是自行车业余运动员，在桃园等地的自行车比赛中，还取得了很好的成绩。

今天的骑行路程比较长，而且，一路上还翻越了石门山及其他许多不知名的山岭。但是，台湾的道路不错，路边景色不错，也再一次感受台湾热情的百姓。在骑往通往石门水库的路上，一位骑单车锻炼的中年人，放慢了速度陪着我们骑了很长时间。不久，一位来自江苏南京的环岛骑行的小伙子，也减缓速度与我们共骑了一程。总体上，骑行台湾的感觉很兴奋，甚至于很刺激。傍晚时分，我们骑到新竹，住进了预订的金燕精致旅馆。

在江苏苏州的台商徐月娇女士，从杭正武（老赵多年前的安徽师大学生，如今是江苏小有名气的律师）那里了解到我们环台湾骑行的事宜，打电话加微信，热情得不得了："赵教授，我已经给在台湾的表弟刘文雄说好了，晚上他在新竹为你们接风洗尘啊！"是的，刘先生下午已经打了几次电话，还邀来了林、邓、刘等五位朋友。期间，喝着地道的"台啤"，吃着地道的台湾菜肴，两位女士还热情地推荐着路途前方台南的芒果、屏东的凤梨，以及花莲的西瓜等。推杯换盏的聊天中，我们还得知在座的台湾朋友都曾几次去过祖国大陆，一位女士的孩子还在上海工作。尤其是，他们特别佩服祖国大陆的繁荣昌盛，期盼着改善关系，一统江山。

11 日，早晨阳光灿烂，我们骑上与 1 号公路并行的海岸线。经苗栗县，绕好望角，过台中市。在路边的一个饮食店买馒头时，老板娘听说我们是从大陆来环岛骑行，热情地劝我们休息一下，并且为我们加满了开水。我们向她表示感谢，老板娘却用很朴实的言语自然回答："是一家人哎，两岸一家亲哦。"

骑经台湾好望角展开国旗

下午 4 时左右，我们骑到彰化县鹿港镇，在名叫后车巷的一条小巷中，入住预订的小艾人文工坊。这是一家青年旅社，或许是因为适宜于年轻的"背包族"及其具有特色，或许又因为地处旅游胜地鹿港，或许还因为据说这是文艺青年"出没"的地方等，该客栈的价格不菲，优惠后还要新台币 1400 元。其实，因为是青年旅社，客栈里卫生间等都是共用的。出发前在家网络预订时，老赵即对老曹说，我们也是"老驴"，重温一下"驴行感觉"吧，顺便感受一下鹿港这座曾有着显赫文化历史的、位于台湾中部西海岸的小镇。放下自行车，洗洗涮涮后，拿着小老板递给的一张标识了美食和景点位置的鹿港小镇寻宝地图，我们按图索骥，既逛了城隍庙、天后宫及妈祖文物馆等，也尝了木瓜牛奶、龙山蚯蚓面线糊与蚵仔煎等，再蹿进繁华美妙夜幕下的鹿港街市，饶有兴趣地游览。

12 日，起得很早，骑往台南，路更长，而且导航有问题。先是按骑行道路前行，许多时候骑在一条小河旁边的乡村道路上。一路狂奔 20 多公里以后，导航坚决“罢工”了。骑行模式与步行模式，什么也不导。换成驾驶模式，又总是要我们上高速。就在这不知所措之时，又连续爆了两次胎，还因为道路颠簸，摔下并摔坏了运动摄像仪。在一个小镇上，一位小青年耐心地告知道路，我们终于骑上 19 号线，再转 17 号线。5 月的台湾，天气热得出奇，脸被晒得通红滚烫，汗流尽了，一上午都没有小便。中午路经一个小镇，买了一个 10 斤重的西瓜，我们两人坐在路边，居然将它一口气吃完了，呵呵，权当午饭了。

经云林、嘉义，傍晚 6 时我们才骑达台南市，入住预订的首学大饭店。赶紧找吃的。环台湾骑行，我们没有带压力锅，每天吃饭有一些麻烦。譬如在这台南市，夜市的小吃多为甜点。老赵说，“今天是‘母亲节’，中午吃‘西瓜’，晚上吃‘沙茶面’和‘冰手工汤圆’，算是过节啊。”可是，这些食品怎么能够满足我们骑了 150 多公里的人？问了半天，也没有找到像样的饭店。看看周边到处都有特色“猪油饭”，老赵说：“干脆就是它了。”问老板：“可有酒？啤酒什么的都行。”老板笑笑说：“我们小饭店都不卖酒的。想喝，到前面的 7Eleven（便利店）去自己购买。”

13 日，酒店吃早餐。一看才知道，是酒店服务人员刚刚在对面的 7Eleven 订购的三明治与牛奶。高兴的是，今天的导航工作不错，17 号线转 1 号线，一路过高雄、上屏东。台湾沿途的红绿灯非常多，沿海岸线基本上有摩托车（含自行车）的车道专线，所以尽管疯狂的黑压压的摩托车群，既多于私家车，也速度快过私家车，不过骑行总体还是比较安全的。而名不虚传的台湾水果，既解渴，又充饥，还补充维生素。在高雄，瓜农说“西瓜是‘花莲’的。”呵呵，那瓜的个头实在太大，基本都在二三十斤以上。老板很客气哈，将瓜剖开了卖与我们四分之一。在屏东，凤梨太美太甜。尤其是在“芒果之乡”枋山乡，那芒果实在是个大肉多，而且新台币 100 元可以买 4 斤，自然是没有理由不买的。请路边小超市的主人周先生帮我们在路牌下拍合影照，得知我们来自祖国大陆，周先生一定还要与我们合影。

5 时许，我们骑到狮子乡枫林小镇，入住隆安旅社。这是一个家庭旅馆，网络上口碑不错，我们的预订有一些意外没有订上。巧的是，我们骑到这里时还有房间，客气的母女俩也优惠让我们入住。又告诉我们：“这里很小，8 时左右街上就没有什么人了。附近有小饭店，吃完饭还可以抓紧时间逛逛。”那就逛吧，在好不容易找到的一个小饭店吃了晚饭以后，我们再沿着灯光幽暗、非常安静的街巷来回转了一会儿。

14 日，早晨在旅社旁边的小吃店吃特色鸡蛋饼，同时买了几个酥饼与馒头准备中午路餐。老乡说，今天的南回公路即台 9 线，要穿越台湾著名的中央山脉，其间有几十公里的盘山公路，并且大山连绵不断。果然，出门就爬山，而且上山有 20 多公里。本来山势就比较陡峭，又有多处修路，只剩下一条车道。大型旅游车与大货车几乎就是擦身而过。10 时许，我们骑到著名的寿卡，这里是此段山脉的最高点，也是屏东与台东的交界处。接着是十几公里的连续下坡，直到东部海岸边。风景很美，左侧是陡峭的山峰，右侧是一眼看不到头的太平洋，美到令人窒息。只是依山爬坡越来越频繁，苦的还是这一路几十公里居然没有一处加油站，也没有超市或小商店，我们根本补充不到饮用水。烈日炎炎下的骑行，让我们感觉有一些吃不消。终于，路遇一 7Eleven，吃了一些水果干粮，喝足了水，补足了水，下午 4 时骑到台东。

不知何故，到了松夏大饭店才晓得网络预订没有成功。旅游的人非常多，幸运的是还有一间新台币 1380 元的大床房，而且晚上 8 时以后提供夜宵。入住后洗澡时发现，因为天气太热，我们的衣服上满满的汗盐结晶，大腿的两侧则生出了许多痱子。夜逛台东，也顺便向路人咨询了明天的路况。

15日，早起，我们走花东海岸沿11号海岸线继续北上。沿海的骑行，景色非常漂亮。尤其是三仙台、成功花海与石雨伞等沿海景区，具有一种独具特色的美。哦，路边果农们出售的芭蕉，不仅好吃，还很便宜。而沿途补水，我们找到了一条途径——去挂着所谓“中华民国国旗”的警察局。应该说，警员们还是比较客气的。

大约70公里以后，从长滨乡宁埔村左转进入30号线玉长公路，开始向西爬长长的海岸山脉。艰难翻越之时，雪上加霜，天变了，开始下雨，并且越来越大。坚持中，穿过最高点370米高的玉长隧道，再转北上9号线，沿东西两侧都是山岭的花东纵谷公路前行，两旁逐次闪过以××部落为名的村落——附近是原住民的原居地，在筋疲力尽骑到北回归线标志地时，天空终于放晴。哎呀，老天有情，故意给一个良好时光，两位来自浙江宁波旅游的小美女帮我们拍照留影。

骑经台湾花莲北回归线景区

傍晚，骑到花莲瑞穗乡，入住预订的139乐骑。这是一家民宿，环境较好。主人已经通过网络给我们留言，如何开门，如何入住。这家民宿相对比较高档，房间宽敞，实施齐全，我们将湿透的衣服全部洗了。不一会儿，胖胖的小老板也来了，又为我们介绍当地情况，告诉我们晚上去哪里的街道可以吃晚饭。第二天早上，待我们离开时，吧台上则有留言：“主人已经下班了，带好你的物品，欢迎下次再来。”

16日，早晨起来就发现天气变好啦。不过，太阳也忒“热情”啦，沿着少有遮阴树木的道路骑行，委实很艰苦。在一个西瓜棚下停下自行车还没有来得及购买，老板就送上来两瓣西瓜说：“你们在这个天气里骑车，太热了，也太辛苦了。”环台湾骑行，台湾老百姓的热情友好一次次地给我们留下印象。在进入花莲城区的路口，看见一个挂有“大陆妹”招牌的小饭店，正好也接近中午了，我们停车进店买了两碗水饺当作午饭。跟老板娘聊天：“为什么取这个店名？”老板娘笑嘻嘻地说：“‘大陆妹’，勤劳甜美呀。”

穿过花莲城区，我们骑到了新城乡，入住预订的花鲁阁民宿。与昨天一个情形，主人不在，通过门口留下的电话机，主人一步步地指导我们如何入住。一会儿，女老板又赶回来细心介绍附近哪里有景点，哪里有蚵仔煎等台湾小吃。正好，今日时间充裕，我们慢慢地在周边看看景点，逛逛小街，在小小的美食街（群）吃台湾小吃，又特别去看了看火车站。哎哟，那么小，那么陈旧，开过的火车看上去甚至于不如我们几十年前的绿皮车。”

17日。环台湾骑行艰苦一战。早晨5时多就出发，天空黑沉沉的，骑了很长时间，环岛1号线两旁的路灯仍然亮着。不久，又下雨了。为了不放过这一段骑行情形，本事大有长进的老曹，再一次重抄旧业，又开始一手把车，一手用手机录像。本来老曹是用运动摄像仪的，可是前几天路途太颠簸，运动摄像仪从老曹车架上颠到地上摔坏了。

这一段路也叫苏花公路，起伏大，道路险，还有三个坡，可谓西边有峭壁，东方悬崖临大海。不敢恋战，我们一路快马加鞭直到宜兰。此时，老赵自行车又爆胎了。老曹去很远的洗手间用我们吃饭的饭缸盛来了一些水，再找到一避雨棚下补好车胎。不敢耽搁，我们继续冒大雨骑行，直到“温泉之乡”礁溪乡。预订的兰桂温泉会馆比较小，也不太好找，但该民宿服务周到，尤其是老板娘非常热心，早已将温泉池洗净并放好了温泉。太舒服了，浑身湿透骑行100多公里的我们，一下子“泡”到了“幸福”之中。

晚上，“幸福”继续，在江苏苏州的台商徐月娇女士再次约了她在宜兰的朋友池东堂、李燕秋夫妇为我们设宴。你说，怎么会有这么巧的事：池先生在台北工作，池太太在宜兰县城工作，他们是周末才分别从各自的工作地点回到礁溪的家。事先我们并无联系，可今天恰恰是星期五，而且我们预订入住的旅馆，竟然就在池先生的家门口！连旅馆的老板娘都大吃一惊：“你们在这里还有朋友啊？！你们一定是好人！”吃的还是蚵仔煎等地道的台湾菜，喝的还是台湾本土的“台啤”，从未谋面的我们亦像老朋友一样天南海北地聊天。酒足饭饱，谢过池东堂、李燕秋夫妇，我们再逛热闹的礁溪街，感觉就像走在祖国内地的乡镇街道一般。回到旅馆，热情的老板娘，不时地让她还在上幼儿园的小女儿爬上二楼，给我们送巧克力等小食品。真地想到：缘分很深，台湾海峡隔不了“两岸一家亲”！

18日，骑行最美的北宜公路，翻“九弯十八拐”。昨晚，池先生夫妇与旅馆的老板娘等台湾朋友都建议我们不要骑这一条道路，说是“太艰难了”！当然，他们不清楚，骑行者往往最喜欢骑这一条路。美丽、惊险、刺激，且都于“九弯十八拐”相关。道路两旁尽是郁郁葱葱的山峦，在那么多的拐弯处，你尽可以眺望远方的大海。或许，惊险、刺激多于美丽。30多公里的狭窄的盘山公路上没有慢车道，来来往往的大客车与大货车特别多。此外，是我们十几年骑行第一次遇见的特殊情形：五颜六色的飞驰的赛车，尖叫着在身旁呼啸而过，害怕与恐惧都不足以表达此时的感觉。待骑到半山腰，看见一个赛车训练基地，我们恍然大悟，这一段路应该是赛车的训练道路。随即也有一点想不通，繁忙的公路怎么可以同时成为异常凶猛的赛车的训练道路？下山后不久，从枫林乡再度开始爬很陡的山，许多地方陡到无法骑行只能推走，5公里多的路程几乎一直在推车，而且竟然耗费了近两个小时。

接下来，一路下坡，下午2时许我们骑到台北。此刻，刚刚还是不错的天空，突然下起了淅淅沥沥的小雨。哇塞，也太讲究“礼数”了。是为我们基本完成环台湾骑行任务而洗尘啊！入住预订的民宿“台北窝在101旁”，洗理完毕，我们去逛台北市。台北著名景观“101”是肯定要去的哦，还要买一点台湾土特产例如凤梨酥什么的伴手礼哦。必须要去的“国父纪念馆”，则留在了第二天。

三、下篇

19日上午去参观“国父纪念馆”。开馆时的仪式非常有特色。数十个武装整齐而又严肃认真的卫兵们，一丝不苟地展开了礼仪似的表演。头带的钢盔银白锃亮，脚蹬的皮靴乌黑瓦亮，手握钢枪英姿飒爽且不断变换着姿势，脚步则随之或上或下或向前或后退。孙中山先生（塑像）安详端坐于正中后方高高台阶的石刻座椅上，正目光炯炯地看着他的士兵，看着来自于四面八方参观瞻仰他的人们，看着他“致力国民革命凡四十年”的大中华。孙先生一生以“世界潮流，浩浩荡荡，顺之则昌，逆之则亡”为自己的座右铭，在天的孙先生一定还惦念着“应该把我们中国所有各民族融成一个中华民族，并且要把中华民族造成很文明的民族”。

参观完毕，我们早早地在街上吃午饭，然后回到民宿整理装备，再度骑向基隆，亦由此展开了惊险、惊奇而又精彩的返程之旅。

骑达台北参观国父纪念馆

连跨3次基隆河后，导航误事了，引我们骑上一条看似非常普通却是不可骑行的公路。刚骑几步，一辆货车停在我们身边，司机夫妇告诉我们，前面马上要上高速公路的。热心的他们又仔细告知我们应该怎么样改道。谢过师傅，我们也重新导航朝向港口。谁承想，导航又坏事了，再将我们引到了货运码头。这一下糟了，离入关登船的时间已经不多了，可我们还不知道怎么走。退回到一岔路口，老曹走向路边停着的一辆私家车询问情况。李姓夫妇告知我们：“去中远之星的登船码头还有许多路，而且有一些复杂。”然后，他们俩好心地说：“我们来给你们引路吧。”在骑离台湾的时刻，再一次感受到了台湾同胞的热情与友好。

中远之星的乘务员已经认出了我们，远远地就热情招呼：“祝贺你们环台湾骑行顺利归来。”并将我们安排到来时就入住的船舱。晚上，我们在海轮上的餐厅点了几个菜，又要了两瓶啤酒，是可以自己庆贺一下了。因为，“环骑台湾岛”是我们“红色骑行”一个重要节点，而它的顺利结束，则清楚地表示我们已经骑下了10万里，已经骑遍了包括港澳台在内的全国34个省区市的中华大地！与此同时，它更加明确地昭示着，我们已经完成了“红色骑行”战略工程的基本目标，我们正在逼近“红色骑行”的完美落幕之时——2020年“第21次骑行出征”之“收官向北京”。

渡轮是夜航船。下半夜时迷迷糊糊地感觉到海轮航行很慢。早上5时醒了，看弦窗外，整个大海被浓郁的大雾所笼罩，能见度不足50米，中远之星抛锚停泊了！我们禁不住有一些焦急。因为，按计划海轮应该是8时前停靠厦门；下船后，我们还要去10公里以外的火车站托运自行车；接着，要转地铁前往高崎高铁站，搭乘12∶40的G1602次高铁返回（芜湖）南陵；在南陵，一些朋友已经为我们全国骑行的基本完成而在准备欢迎晚宴呢，然后再开车带我们一道回芜湖。这中间，从厦门港到高崎高铁站，大约需要两个小时左右的时间。问题是现在，海轮竟然停止运行了！

天亮了，赶紧向船上工作人员打听情况。得到的信息让我们的心提到了嗓子口："上个星期的大雾，我们停到下午 3 点才入港。""那可怎么办啊？"我们着急万分。工作人员回答说："除非天气'帮忙'。例如，或出太阳，或下大雨，或刮大风，最好是天空响几颗雷！"

6 时，7 时，8 时……时间分分钟、时时刻地溜去，然而，漫天大雾依然！海轮纹丝不动！我们则如热锅上的蚂蚁，烦躁不安，六神无主。

台湾骑行真的扣人心弦、惊心动魄！

你再想想，我们在此文前面所说，为了能够取得"自由行"，我们是怎样千方百计才做出了成功准备；"8 月暂停台湾'自由行'"，我们赶得又是多么的及时。任何环节慢一步，"环骑台湾岛"之骑行不仅会"泡汤"，甚至会让我们精心策划、艰苦践行了 13 年的、期望在纪念中国共产党建党 100 周年之前完成 10 万里"红色骑行"之单车骑遍全中国寻访致敬红色经典的战略计划，毁于一旦。

此外，"环台湾骑行"又不同于在大陆骑行。因为，台湾毕竟还未回归，尤其是最近相当长的时期里，两岸关系还有一些紧张。临行前，许多朋友就曾劝说我们要特别地慎重考虑，朋友们还戏称，"台独、台风、地震，台湾好像搞得不停耶"。为此，我们也曾从许多渠道想约一些朋友一道骑行。但最后，还只是我们这两个相伴一生的"钢铁搭档""组阁"出行。是不是步步惊奇？是不是处处动魄？现在，终于绕岛一圈，难道会在返程中出现意外吗？

突然，一直站在甲板上在阴云浓雾中观察天气的老赵兴奋地大叫："看天！风云搅动啦！"说话间，8∶18 大风刮起，大雨飘来，特别是真真切切地在天空炸了几颗雷！ 9 时，天空一片蔚蓝，海轮终于再一次起锚航行了！

骑行台湾环岛 1 号线

我们要在这里，在这记录接近尾声处再一次强调，你，必须相信："当你全心全意地去做一件有意义的事情时，全世界都会支持你！"

我们及时找到当值管理人员韩主任，说明后面的时间对我们是多么的重要，稍有耽搁，都可能误车。韩主任也一直非常关心我们行程，善解人意的他立刻做出了为我们争取时间的一切相关决定：10 时，允许我们先到船下部货舱处将自行车推上来，并直接推到下船的舱门口；又向其他旅客说明我们的特殊情况，并告知大家排队在后面不要拥挤；再让负责下船安全的工作人员做好一切准备，抓紧时间与港口的外事部门联系，随时准备放行。而这位工作人员，恰巧还是安徽宿州的老乡，且我们 10 天前乘船来的时候就熟悉了。小老乡不停地打电话联系，待海轮一靠岸，又破例让我们不要搭乘港务局的专程大巴，以避免等候其他旅客再耽误时间，并特别允许我们骑行前往海关处抓紧时间检验通关——如果要等着与全部旅客一道乘大巴车会耽误很多时间。待我们沿着港口码头的道路飞快地骑到海关时，工作人员还没有缓过神——怎么这么快，竟然有两位老同志骑着单车来了——从未有过的情况啊。10∶45 分，我们顺利完成全部手续，推车走出了厦门港。

一路飙奔，骑往火车站 10 公里的厦门城的车水马龙道路，我们只用了 45 分钟。已经 11∶30，大部分工作人员吃饭去了，我们赶紧办理托运手续，剩下的两位师傅帮助包装自行车的时候又说："我们会包装好的，你们赶紧打车到高崎高铁站去吧。"谢过师傅，我们一人拎着一个大驮包，踉踉跄跄地快步离开。想想地铁车站不远，另外较之出租车稳妥，我们赶上了 11∶50 分的地铁。下地铁直奔高崎高铁站，到达检票口是 12∶30。从绿色通道检票上车，驮包还未放上行李架，高铁 12∶40 准时出发，我们两人的衣服已经从里到外全部湿透。去卫生间换下所有衣服，坐下来喘口气，才知道我们累得要虚脱了——但是，我们胜利了！

4 个多小时以后，高铁准时到达南陵。老曹的大学同学夏敏已经开车到站迎接，他的太太张赤陵正在准备丰盛的家宴，老曹的另外两位大学同学陈启平、李晓晨夫妇也从芜湖开车过来，其他的同学朋友电话微信亦纷至沓来："热烈祝贺你们从台湾骑行胜利归来！热烈祝贺你们骑遍全国！热烈期待着你们的'红色骑行'完美收官，实现梦想！"

是的，一切一切，仿佛梦一样！也就是一场追逐梦想的马拉松。梦，梦想，红色的梦想，风雨兼程 13 年 10 万里，不就是为了追逐这"红色骑行"寻访红色的梦想吗？！

"骑行红色看河山，发誓在当年。屈指十三冬夏，夙愿化诗言。十万里，两苍颜，战车欢。爱国信党，不忘初心，逐梦今天！"——全部"红色骑行"战略完成之后，我们情真意切地写下了这首《诉衷情：爱国信党 红色骑行》。

诗言志！

诗词歌赋，表达的是我们对中国共产党百年华诞的热情讴歌、真心祝福！奉献的是我们对党对祖国的赤诚之情、忠诚之爱！

而我们为之所付出的心血与努力，又何止是几行诗词能够表白？！

真正是"倾心倾情倾智倾力，旷世厚礼隆重巨献"！

尾　声

畅想曲：红色信念 爱国信党

一、诗词：

诉衷情·爱国信党红色骑行

骑行红色看河山，发誓在当年。屈指十三冬夏，夙愿化诗言。

十万里，两苍颜，战车欢。爱国信党，不忘初心，逐梦今天！

【注释】

①苍颜：苍老的容颜；代指我们是年过花甲的人。

党旗前

二、歌曲：

百年祝福

1＝F $\frac{2}{4}$

赵国庆　曹锦芬　词曲

中速，铿锵有力地

附：红色骑行相关说明

一、★●◆☆标记说明

“★”标记：为“2016—2020年全国红色旅游发展规划”（发改委、中宣部等单位）联合确认的中国“红色旅游经典景区”〔约292处（系列）——若扩展，具体的红色景点约上千个〕。

“●”标记：为国家确认的“中国共产党36位开国军事家”。

“◆”标记：一是新中国成立60周年时国家确认的“100位为新中国成立作出突出贡献的英雄模范人物”；二是2014年、2015年列入“民政部第一、二批著名抗日英烈和英雄群体名录”。

“☆”标记：为上述以外的其他红色景点或红色人物。

二、本书诗词歌赋用韵说明

诗韵：为“平水韵”。

词韵：为“词林正韵”。

其他诗词、歌词：为“中华新韵”或“宽韵”。

三、其他说明

（一）本书有关“红色景点”的说明

隆重迎接两个100年，特别是迎接建党100周年，最好的纪念之一，就是传承红色基因，弘扬红色文化！其中，重要的载体之一，是通过对红色资源之红色景点的参观瞻仰而表现。

然而，有关红色资源及其红色景点的认知，却需要作一些说明。

红色资源及其红色景点，联系着“红色文化”及其派生出或延伸出的红色基因、红色精神、红色思想、红色遗产与红色遗迹等相关概念。我们认为，文化是物质文明与精神文明建设的总和，红色是中国的特定符号与代表色，则红色文化是主概念，是一个特定的中国概念。进一步说，红色文化，宏观上涵盖的历史很长，微观上存在于特定的时期。我们强调认为，当今所论红色文化，主要应从微观上即特定时期去理解，且它又包容着广义与狭义的两个方面。

广义上，它指中国共产党人基于中华民族的优秀传统文化与世界先进文明，在不断加强自身建设和持续成长壮大的进程中，在指挥人民军队战胜无数个中外强敌的过程中，在领导中国人民进行长期的革命和建设的实践中，独自创立发展的、极具中国特色的先进社会意识形态和物态，并具体形成于自中国共产党成立以来的一切革命与建设的历史时期及其活动中。

狭义上，它特指中华人民共和国成立前，以中国共产党领导全国人民和人民军队，在开天辟地、英勇奋斗、建树丰功伟绩的革命和战争时期，所产生的红色领袖、革命前辈、仁人志士、英雄（烈士）和由此形成的红色历史、红色活动、红色事迹、红色精神与红色遗迹等，及其所形成的极具中国红色的社会意识形态和物态。

概而言之，特定的中国“红色文化”，起始于中国共产党建党之时，并且一直延续至未来。其广义概念涵盖着全部内容，狭义概念之定域特指中华人民共和国成立以前。我们理解，相应的，关于红色资源及其红色景点也有广义与狭义的两个方面内容。

因此需要提醒表明，我们 13 年 10 万里的“红色骑行”，所抵达及参观瞻仰的红色景点，主要关注狭义方面的红色资源。

顺便提及，我们设想，广义的红色景点，其中主要是中华人民共和国成立以后的红色资源，将放在迎接下一个 100 周年，即迎接中华人民共和国成立 100 周年的历史过程中进行。

（二）本书所涉及红色景点与红色人物及其内容安排

本书所涉及红色景点与红色人物，全部为作者真正骑行所到之处。囿于时间等，若干红色景点与红色人物纪念地等尚未能骑行到达，挂一漏万，在所难免，敬请读者海涵。

注：本书有关红色景点与红色人物内容安排，一是分类大致考虑关联；二是排名不分先后。

四、主要参考文献

（一）全国红色旅游经典景区名录

2016 年 12 月 19 日，国家发改委、中宣部等联合发文指出，按照中央办公厅、国务院办公厅印发的《2016—2020 年全国红色旅游发展规划纲要》（以下简称《红色旅游规划》）的要求，发布《全国红色旅游经典景区名录》（简称《经典景区名录》），共有 292 处（系列）全国红色旅游经典景区进入名录（内容若展开，具体的红色景点更多）。该名录，是为保护好珍贵革命遗址遗迹、有效加强红色旅游教育功能，在此前《全国红色旅游经典景区第一批名录》和《全国红色旅游经典景区第二批名录》基础上，进一步充实完善经典景区体系而形成的最新名录。具体名单略。

（二）《中国大百科全书·军事卷》《中国军事百科全书》：中国共产党 36 位开国军事家

1994 年 8 月，经中央军委审议确定，被称为军事家的有毛泽东等共计 36 人。又：这 36 位也被称为“中国人民解放军军事家”或“中国当代军事家”。具体名单略。

（三）中宣部等：100 位为新中国成立作出突出贡献的英雄模范人物

为推动群众性爱国主义教育活动深入开展，迎接新中国成立 60 周年，经中央批准，中央宣传部、中央组织部、中央统战部、中央文献研究室、中央党史研究室、民政部、人力资源社会保障部、全国总工会、共青团中央、全国妇联、解放军总政治部等 11 个部门联合组织开展评选“100 位为新中国成立作出突出贡献的英雄模范人物和 100 位新中国成立以来感动中国人物”活动。最终，所评选的人物包括八女投江、于化虎等 100 人。具体名单略。

（四）民政部：著名抗日英烈和英雄群体

2014 年 9 月 1 日，民政部公布第一批 300 名著名抗日英烈和英雄群体名录。具体名单略。

2015 年 8 月 24 日，民政部公布第二批 600 名著名抗日英烈和英雄群体名录。具体名单略。

（五）中共中央党史研究室：《中国共产党的九十年》

（六）中国共产党新闻网

（七）中红网

（八）商务印书馆：诗韵词韵速查手册

鸣　谢

感谢伟大的中国共产党！

感谢具有崇高信仰并身体力行乃至英勇献身的领袖人物、仁人志士、革命先烈！

感谢英勇的中国工农红军、八路军、新四军、抗日联军、中国人民解放军、民兵游击队及其他爱国军队！

感谢我们的老祖宗（奶奶）在生前的理解、支持与千古以后的庇佑！

感谢父母亲、儿孙和亲朋好友的理解与支持！

感谢战友、工友、农友（插友）、骑友、跑友、驴友、山友（登山活动）、丝友（国际商学院丝绸之路挑战赛）、沙友（亚太地区商学院腾格里沙漠穿越挑战赛）的鼓励与支持！

感谢同学、同事的鼓励与支持！

感谢学生们的鼓励与支持！

感谢社会各界人士的鼓励与支持！

感谢全国各地红色景区（景点）对我们的理解、帮助与支持，特别感谢那些允许我们推自行车进入景区（景点）拍照的管理人员、门卫、保安及其工作人员！

感谢 10 万里红色骑行途中全国各地各民族人民群众的鼓励与支持！

感谢 10 万里红色骑行途中帮助我们拍摄合影照片的男女老少！

感谢 10 万里红色骑行途中热心为我们指引道路或带路的男女老少！

感谢 10 万里红色骑行途中我们曾经住宿的宾馆、快捷酒店、旅社、招待所、乡村客栈和民宅！

感谢 10 万里红色骑行途中我们曾经就餐吃饭的酒店、饭店、大排档、小餐馆及小摊点！

感谢 10 万里红色骑行途中我们曾经购物的超市、商店、农贸市场及其他各类市场！

感谢 10 万里红色骑行途中为我们提供热水、方便遮风避雨休息的无数个（石油）加油站、（各类）银行（信用社）、邮政局（邮政所代办所）、公安警务室、乡镇街道办公室、乡村公交车站和（无数个）百姓农家住户！

感谢 10 万里红色骑行途中中国邮政所属邮政局及其工作人员，尤其是感谢偏远地区（山区）的乡镇邮政所、邮政代办所及其工作人员，为我们的手绘中国地图加盖邮戳！

感谢 10 万里红色骑行途中高德地图的导航！

感谢本校（安徽工程大学）艺术设计学院硕士研究生汪丽红同学帮助我们设计“红色骑行”logo。

感谢本校（安徽工程大学）纺织服装工程学院博士、副教授顾春华老师为我们拼制“红色骑行”手绘地图。

感谢本校（安徽工程大学）学生宣佳阳同学帮助我们制作“红色骑行”宣传片。

感谢北京厚浪文化传媒有限公司暨总经理田旭先生、副总经理杨鑫先生、总导演张楠先生，以及耿娟、曹娜、郝秋云、王博铮、芦晓涛、赵紫薇、刘晨等各位先生女士为我们精心策划、辛勤运作“红色骑行”战略工程收官仪式！

感谢教育学博士、人民政协报教育在线周刊主编、创始人贺春兰女士，为本书出版给予的热情帮助与大力支持！

感谢北京协和医院主任医师、教授、中华医学会麻醉学分会主任委员、世界麻醉医师协会联盟（WFSA）常务理事黄宇光先生，为本书出版给予的热情帮助与大力支持！

感谢以下各新闻媒体和有关单位的采访与新闻报道（排名不分先后）：中国教育电视台、人民日报海外版官网、中国新闻网、新浪微博、百度新闻、今日头条、CCTV 公益之声、搜狐网、人民政协报、网易安徽、网易（手机客户端）、凤凰网安徽、中讯网、大众网、中华网、凤凰网客户端、华夏晚报、腾讯快报—随机号、创头条—随机号、中国公益新闻网、中国经贸文化网、河北青年报、皖南医学院校友会公众号、安徽工程大学团委公众号、芜湖新闻网、芜湖电视台、大江晚报等。

感谢中国共产党新闻网、中红网等新闻单位的文献资料！

感谢各红色景点的热情接待及所提供的文献资料！

感谢中国文史出版社的热情帮助与大力支持！

感谢责任编辑窦忠如先生和秦千里先生的热情帮助与辛勤付出！

编辑絮语

深谙坚持理念并践行不移者，是我钦佩也愿意美荐的。安徽工程大学教授赵国庆曹锦芬伉俪就是其中之一。

认识教授夫妇，缘于人民政协报社贺春兰博士的引荐。没想到的是，教授夫妇既是我的安徽同乡（即便离乡三十年来从无刻意根植同乡观念），也是我内心推崇的一种坚持模范，这恐怕与自身近二十年来每天步行十公里（起初几年每天步行五公里）的习惯有关，何况年岁相加超过 130 岁的教授夫妇竟然 13 年骑行了十万里！至于这 13 年间经历过怎样的不同凡响，至于这十万里间跨越过怎样的惊险奇绝，任何人都不难想象，又恐难以想象，总之这不能不让人敬仰中满含折服。究其根由，又不单单是一种坚持的理念。

果然，出身经济学与医学的教授夫妇，不意文史功底扎实、特别是红色文史认知深刻，对新中国老一辈革命者的推崇可以说深入骨髓、刻入基因，否则谋划骑行的起止时间与地点不会如此用心，否则谋划骑行的路线与遗址不会如此经典，否则谋划骑行的心志与毅力不会如此果决。因此，从某种角度来说教授夫妇的红色骑行，是一种理念的实践，也是一种信仰的检验。而这种理念与信仰在他们留下的文字中处处可见，即便不刻意追溯赵教授娴熟诗词用典中英雄情怀之观照，仅从曹锦芬大姐细碎随记里也可感知中华古文化那种温良恭俭让的情感温度。换言之，这就是他们文字之所以感动人的涵养与底蕴。

我一度认为从善如流易、从谏如流难，能做到从谏如流者，自然是我钦佩也愿意效仿的。教授夫妇就是其中难得者之一。

作为作者，担当拙作的责任编辑们几乎都成为良朋；作为编辑，我的作者们也几乎都成为挚友。这让我深切体会到诚挚待人与善于沟通的重要，而教授夫妇不仅从善如流、从谏如流，而且心地之纯净、情意之善解、待人之浓情，真可以用甘之如饴、如沐春风来形容。且不说在编辑加工这部大作中的有限沟通，是那样充分、高效、畅通与信任，单是去岁年底我与同事出差宣城，教授夫妇获悉力邀途经其家乡芜湖不能如愿后，竟于当晚驱车宣城与我们在酒店门口“偶遇”，这实在让我与同事大为诧异与感动。其实，能做到从谏如流者，自然都是温润如玉者，而温润如玉者自然又是谦谦君子，与教授夫妇这两位谦谦君子结识让我这种认知更加铭刻不移。

为人做嫁衣十年，我不记得担当责任编辑的图书有多少，但是撰写这种工作琐记是第二次。

第一次是 2013 年为恩师罗哲文老周年祭组织出版纪念文集，那实在因为是有太多的个人情感要抒发。而这次虽是教授夫妇不弃邀约，但暗自思忖还是想着写这一“絮语”的，即便此刻的我因伤只能一“目”独视，似乎也没有妨碍我被教授夫妇以上情怀与品行所感化，哪怕历经磨砺的我即将进入知天命之年。其实，教授夫妇身上承载了太多的传统美行懿德，实在不是我这点文字所能诠释一二，好在有他们这部献给中国共产党百年诞辰的《红色骑行十万里》，好在这份厚礼也是教授夫妇献给广大读者特别是喜好骑行者的，当然还是教授夫妇留给自己信仰与理念的一份见证。

窦忠如于京华翠微陋室

2021 年 3 月 6 日

（本书责编之一：窦忠如，字子徽，号嘉山，安徽滁州人，作家，编辑。2014 年度中国好书奖、2014 年度中国有影响力图书奖、第五届中国传记文学优秀作品奖获得者，有“中国具有独立精神与践行能力的学者型青年传记文学作家”之誉。）